Um deus em ruínas

Kate Atkinson

Um deus em ruínas

Tradução: Celina Portocarrero

GLOBOLIVROS

Texto fixado conforme as regras do Acordo Ortográfico da Língua Portuguesa (Decreto Legislativo nº 54, de 1995).

Título original: *A God in Ruins*

Editora responsável: Amanda Orlando
Editora assistente: Elisa Martins
Preparação de texto: Maria Fernanda Alvares
Revisão: Tomoe Moroizumi, Huendel Viana e Ana Maria Barbosa
Diagramação: Gisele Baptista de Oliveira e Diego de Souza Lima
Capa: Keith Hayes/Hachette Book Group, Inc.

1ª edição, 2016

CIP-BRASIL. CATALOGAÇÃO NA PUBLICAÇÃO
SINDICATO NACIONAL DOS EDITORES DE LIVROS, RJ

A89u
Atkinson, Kate
Um deus em ruínas / Kate Atkinson ; tradução Celina Portocarrero.
- 1. ed. - São Paulo : Globo, 2016.

Tradução de: A God in Ruins
ISBN 978-85-250-6149-2

1. Romance inglês. I. Portocarrero, Celina. II. Título.

16-32303 CDD: 813
CDU: 813.111-3

Direitos de edição em língua portuguesa para o Brasil
adquiridos por Editora Globo S. A.
Av. Nove de Julho, 5229 — 01407-907 — São Paulo — SP
www.globolivros.com.br

Para Reuben

Um homem é um deus em ruínas. Quando os homens são inocentes, a vida será mais longa e passará à imortalidade com tanta delicadeza quanto despertamos de sonhos.
RALPH WALDO EMERSON, *Natureza*

O objetivo da Arte é transmitir a *verdade* de algo, e não *ser* a própria verdade.
SYLVIE BERESFORD TODD

Certo dia [São Jorge] chegou a uma cidade chamada Salem, perto da qual vivia um dragão cujo alimento diário era um de seus cidadãos, escolhido por sorteio. No dia em que São Jorge chegou, a sorteada foi a filha do rei, Cleolinda. São Jorge decidiu que ela não morreria, e por isso apresentou-se e atacou o dragão, que vivia num brejo vizinho, matando-o.

Quando confrontado com uma dificuldade ou perigo, por maior que parecesse — mesmo sob a forma de um dragão —, ele não o evitava ou temia, mas o enfrentava com toda a energia com que conseguisse prover a si mesmo e a seu cavalo. Mesmo sem armas adequadas para aquele embate, munido apenas de uma espada, atacou, deu tudo de si, e por fim conseguiu superar uma dificuldade que ninguém ousara afrontar.

É exatamente assim que um escocês deve encarar uma dificuldade ou perigo, não importando quão grande ou apavorante lhe possa parecer, ou quão mal equipado possa estar para a batalha.
ROBERT BADEN-POWELL, *Escotismo para meninos*

30 de março de 1944

O último voo

Naseby

Ele andou até a sebe que demarcava o fim do campo de pouso.

A superação dos limites. Os homens se referiam àquilo como sua "caminhada diária" e se preocupavam quando ele não a fazia. Eram supersticiosos. Todos eram supersticiosos.

Do outro lado da sebe havia terrenos baldios, arados no último outono. Ele não esperava assistir à alquimia da primavera, ver a enfadonha terra marrom se transformar em verde brilhante e depois em ouro pálido. Um homem poderia contar sua vida por colheitas ceifadas. Já vira o suficiente.

Estavam cercados por terrenos planos e cultiváveis. A sede da fazenda erguia-se quadrada e imóvel mais à esquerda. À noite, uma luz vermelha brilhava no telhado, para impedi-los de ir a seu encontro. Se a sobrevoavam ao voltar para o campo, sabiam que haviam ultrapassado os limites e estavam em apuros.

De onde estava, ele podia ver a filha do fazendeiro no quintal, alimentando os gansos. Não havia uma canção de ninar que falava disso? Não, ele estava pensando na mulher do fazendeiro, não era? Cortando rabos com um facão de açougueiro. Uma imagem repugnante. "Coitados dos ratinhos", ele pensava quando era menino. Continuava a pensar do mesmo jeito agora que era homem. Canções de ninar eram coisas cruéis.

Nunca se encontrara com a filha do fazendeiro nem sabia seu nome, mas estava desproporcionalmente apaixonado por ela. Ela sempre acenava para eles. De vez em quando, o pai a acompanhava, uma ou duas vezes a mãe, mas a presença da moça no quintal da fazenda era constante em todos os ataques.

Ela o viu e acenou. Em vez de devolver o aceno, ele fez um cumprimento. Imaginou que ela gostaria disso. É claro, daquela distância ele era apenas um uniforme. Ela não fazia ideia de quem ele era. Teddy era apenas um dos muitos.

Assobiou chamando o cão.

1925

ALOUETTE

— OLHE! — DISSE ELE. — Ali... uma cotovia. Uma calhandra.

Virou-se para ela e viu que ela estava olhando para o lugar errado.

— Não, ali — repetiu, apontando.

Ela estava completamente perdida.

— Ah! — ela exclamou, afinal. — Ali, estou *vendo*! Que estranho... o que ela está fazendo?

— Planando, e depois é provável que suba.

A cotovia planava, emitindo o tema transcendental de seu canto. O voo palpitante do pássaro e a beleza de sua música despertaram nele uma inesperada e profunda emoção.

— Está ouvindo?

Sua tia levou a mão em concha à orelha, num gesto teatral. Ela estava tão pouco à vontade quanto um pavão, usando um chapéu bizarro, vermelho como um extintor de incêndio e com duas grandes penas de faisão que bamboleavam ao menor movimento da cabeça. Ele não se surpreenderia se alguém lhe desse um tiro.

Se ao menos..., pensou. Teddy estava autorizado — autorizava-se — a ter pensamentos brutais, desde que permanecessem não ditos. ("Boas maneiras", sua mãe aconselhava, "são a armadura que devemos vestir todas as manhãs.")

— Ouvir o quê? — a tia perguntou afinal.

— O *canto* — ele respondeu, munindo-se de paciência. — O canto da cotovia. Já acabou — acrescentou, enquanto ela continuava a fazer de conta que ouvia.

— Pode começar de novo.

— Não, não pode, ela se foi. Voou.

Ele agitou os braços para demonstrar. Apesar das penas no chapéu, era evidente que ela não sabia nada a respeito de pássaros. Ou de qualquer outro animal. Ela nem ao menos tinha um gato. Era indiferente a Trixie, a cadela lurcher da família, naquele momento farejando com entusiasmo o caminho pela valeta ressecada ao lado da estrada. Trixie era sua companheira mais fiel e estava a seu lado desde filhote, quando era tão pequena que podia se esgueirar pela porta da frente da casa de bonecas de suas irmãs.

Ele se perguntou se deveria dar aulas à tia. Era para isso que estavam ali?

— A cotovia é famosa pelo seu canto — falou, em tom elucidativo. — É lindo.

Era impossível dar aulas de beleza, é claro. Simplesmente *era*. Ou se é tocado por ela ou não é. Suas irmãs, Pamela e Ursula, eram. Seu irmão mais velho, Maurice, não era. Seu irmão Jimmy era jovem demais para a beleza, seu pai provavelmente velho demais. Seu pai, Hugh, tinha uma gravação para gramofone de *A cotovia ascendente*, que às vezes ouviam em tardes chuvosas de domingo. Era encantadora, mas não tão encantadora quanto a própria cotovia. "O objetivo da arte", dizia, ou melhor, ensinava sua mãe, Sylvie, "é *transmitir* a verdade de algo, e não *ser* a própria verdade." O pai dela, avô de Teddy, fora um artista famoso, morto havia muito tempo, um parentesco que dava a ela autoridade em relação à arte. E à beleza também, Teddy supunha. Todas essas coisas — Arte, Verdade, Beleza — tinham iniciais maiúsculas quando sua mãe as mencionava.

— Quando a cotovia voa alto — ele continuou a explicar a Izzie, sem muita esperança —, quer dizer que o tempo está bom.

— Bem, não precisamos de um pássaro para nos dizer se o tempo está bom ou não, basta olharmos em volta — disse Izzie. — E esta tarde está gloriosa. Eu adoro o sol — acrescentou, fechando os olhos e levantando o rosto maquiado para o céu.

Teddy pensou: E quem não adora? Talvez sua avó, que passava a vida num salão sombrio em Hampstead, com pesadas redes de algodão penduradas para impedir que a luz entrasse na casa. Ou talvez para evitar que a escuridão fugisse.

"O código dos cavaleiros", que ele aprendera de cor no *Escotismo para meninos*, um livro para o qual voltava com frequência em tempos de incerteza, mesmo agora em seu autoexílio do movimento, insistia em que "o cavalheirismo exigia que os jovens fossem treinados para realizar os mais trabalhosos e humildes ofícios com alegria e graça". Imaginou que dar atenção a Izzie era uma dessas ocasiões. Era trabalhoso, sem dúvida.

Protegeu os olhos contra o sol e esquadrinhou o céu em busca da cotovia. Ela não reapareceu e ele teve que se satisfazer com as manobras aéreas das andorinhas. Pensou em Ícaro e se perguntou que aparência ele teria se visto do solo. Bem grande, acreditava. Mas Ícaro era um mito, não era? Iria para o colégio interno depois das férias de verão e realmente precisava começar a organizar seus conhecimentos.

— Você precisará ser estoico, meu companheiro — advertira o pai. — Será uma provação, é essa a finalidade, suponho. É melhor manter a cabeça protegida — acrescentou. — Não afunde nem flutue, procure se mover devagar pelo meio.

— Todos os homens da família foram para o colégio — disse a avó de Hampstead (sua única avó, já que a mãe de Sylvie morrera havia muito), como se aquilo fosse uma lei, escrita em tempos ancestrais.

Teddy supunha que seu próprio filho deveria ir para lá também, embora esse menino existisse num futuro que Teddy nem conseguia imaginar. Não deveria, claro, pois nesse futuro ele não teria filhos, só uma filha, Viola, o que seria uma tristeza para ele, embora jamais falasse a respeito disso, com certeza não para Viola, que teria ficado um tanto ofendida.

Teddy ficou perplexo quando Izzie de repente começou a cantar e — mais surpreendente — a fazer uma dancinha. "*Alouette, Alouette, gentille Alouette.*" Ainda não sabia francês e achou que ela estivesse cantando não "*gentille*", e sim "jantinha", uma palavra que achava engraçada.

— Você conhece essa música? — ela perguntou.

— Não.

— É da guerra. Os soldados franceses a cantavam.

A sombra fugaz de alguma coisa — tristeza, talvez — passou por seu rosto, mas quase ao mesmo tempo ela continuou, em tom alegre:

— A letra é *bem* medonha. Tudo sobre depenar a pobre andorinha. Arrancar seus olhos e penas e pernas e por aí vai.

Naquela inacreditável embora inevitável guerra ainda por vir — a guerra de Teddy —, *Alouette* era o nome do Esquadrão 425 dos franco-canadenses. Em fevereiro de 1944, não muito antes de seu último voo, Teddy fez um pouso de emergência na base de Tholthorpe, dois motores em chamas, atingido ao cruzar o canal. Os rapazes franceses ofereceram conhaque a sua tripulação, bebida grosseira pela qual mesmo assim ficaram gratos. A insígnia do esquadrão, que Teddy não conhecia antes de encontrá-los, mostrava uma andorinha sobre a divisa *Je te plumerai,** e ele se lembrou daquele dia com Izzie. Era uma recordação que parecia pertencer a outra pessoa.

Izzie fez uma pirueta.

— Que farra! — disse ela, com uma gargalhada.

Seria isso, perguntou-se, o que seu pai queria dizer quando afirmava que Izzie era "absurdamente instável"?

— Como?

— Que farra! — Izzie repetiu. — *Grandes esperanças*. Você não leu?

Inesperadamente, ela pareceu estar falando como a mãe dele.

— Mas é óbvio que eu estava fazendo uma piada. Porque não existe mais nenhuma. Cotovia, claro. Vuô. Si mandô — continuou, com um sotaque idiota. — Já comi cotovia — acrescentou, num improviso. — Na Itália. Elas são consideradas uma iguaria lá. Não há muito para comer numa cotovia, é lógico. Na verdade, vai tudo numa só garfada.

Teddy estremeceu. A ideia do sublime passarinho sendo arrancado do céu, de seu maravilhoso canto sendo interrompido em pleno voo, era terrível. Muitos, muitos anos depois, no começo da década de 1970, Viola descobriu

* Vou te depenar. (Esta e as demais notas são da tradutora.)

Emily Dickinson em um curso de literatura americana que fazia parte da graduação. Em sua caligrafia selvagem e descuidada, copiou o primeiro verso de um poema que imaginou que agradaria ao pai (preguiçosa demais para transcrever inteiro o pequeno poema). "Disseque a cotovia — e encontrarás a Música, bulbo após bulbo em prata embrulhada." Ele ficara surpreso por ela ter pensado nele, quase nunca pensava. Supunha que a literatura era uma das poucas coisas que tinham em comum, ainda que raras vezes a discutissem, se é que o tivessem feito alguma vez. Pensou em mandar alguma coisa como resposta, um poema, até alguns versos escolhidos — uma forma de se comunicar com ela — "Salve, espírito livre! Pássaro sem jamais ter sido",* ou "Ouça como as alegres aves entoam suas melodias e gorjeiam em louvor do amor",** ou "Etéreo menestrel! Peregrino do céu! Menosprezas a terra em que sobejam preocupações?".*** (Haveria um poeta que *não tivesse* escrito a respeito de cotovias?) Pensou que a filha acharia que ele estivesse sendo de alguma maneira condescendente. Ela era avessa a aprender qualquer coisa com ele, talvez com quem quer que fosse, e assim acabou respondendo apenas com um "Obrigado, foi um gesto muito atencioso".

Antes que conseguisse se conter, com a armadura de boas maneiras despencando, ele disse:

— É *nojento* comer uma cotovia, tia Izzie.

— Nojento por quê? Você come frango e outras coisas, não come? Qual é a diferença, no fim das contas?

Izzie tinha dirigido uma ambulância na Grande Guerra, aves mortas eram pouco para abalar seus nervos.

Uma diferença enorme, pensou Teddy, embora não pudesse deixar de se perguntar que gosto teria uma cotovia. Felizmente, foi tirado desse pensamento por Trixie latindo muito para alguma coisa. Inclinou-se para investigar.

— Um licranço — disse contente consigo mesmo, esquecendo a cotovia por um tempo.

* Do poema "To a Skilark" (Para uma cotovia), de Percy Shelley.
** Do *Epitalâmio*, poema de Edmund Spenser.
*** Do poema também intitulado "To a Skilark", de William Wordsworth.

Pegou-a com delicadeza nas duas mãos e mostrou-a a Izzie.

— Uma cobra? — reagiu ela, fazendo uma careta.

Pelo visto, cobras não tinham encanto algum para ela.

— Não, um licranço — Teddy explicou. — Não é uma cobra. Nem uma minhoca. Na verdade, é um lagarto.

Suas brilhantes escamas em tons de ouro e bronze reluziam ao sol. Aquilo também era bonito. Haveria alguma coisa na natureza que não fosse? Até uma lesma merecia algum tipo de reverência, embora não de sua mãe.

— Você é um garotinho muito engraçado — disse Izzie.

Teddy não se considerava um "garotinho". Achou que a tia — a irmã caçula do pai — entendesse ainda menos de crianças que de animais. Não fazia ideia da razão por que ela o tinha raptado. Era um sábado, depois do almoço, e ele estava no jardim, fazendo aviões de papel com Jimmy, quando Izzie pulou em cima dele, bajulando-o para que fosse dar uma volta com ela "pelos campos", como parecia considerar a alameda que ia da Toca da Raposa até a estação de trem, nem de longe natureza selvagem em relação a pedras e rio.

— Um pouco de aventura. E uma conversa. Não vai ser divertido?

Agora ele era refém de seus caprichos, enquanto ela perambulava, fazendo perguntas estranhas:

— Você já comeu minhoca? Você brinca de índios e caubóis? O que você quer ser quando crescer?

(Não, brinco, maquinista de trem.)

Com cuidado, colocou o licranço de volta na grama e, para compensar seu fracasso com a cotovia, ofereceu-lhe jacintos.

— Temos que cruzar o campo para chegar ao bosque — explicou, olhando com dúvida para os sapatos.

Pareciam ser feitos de pele de crocodilo e tingidos de um verde um tanto escabroso, inadmissível para qualquer crocodilo que se preze. Eram novos em folha e com certeza não destinados a andanças pelos campos. Era fim de tarde, e o rebanho bovino estava milagrosamente ausente do pasto. As vacas, enormes coisas flácidas com doces olhos curiosos, não saberiam o que fazer com Izzie.

Ela rasgou uma das mangas ao escalar os degraus para a cancela e depois conseguiu enfiar um dos pés cobertos de crocodilo num estrume de vaca que teria sido um tanto óbvio para qualquer outra pessoa. Redimiu-se um pouco aos olhos de Teddy reagindo com admirável e despreocupada alegria aos dois contratempos. ("Espero", a mãe dele disse mais tarde, "que ela jogue fora essas duas peças repulsivas.")

Entretanto, ficou desapontado com o pouco interesse da tia pelas campânulas. Na Toca da Raposa, a exibição anual de campânulas era saudada com a mesma reverência que outros prestavam aos Grandes Mestres. Os visitantes eram, com orgulho, levados ao bosque para admirar o aparentemente infinito borrão azul.

— Wordsworth tem seus narcisos — dizia Sylvie —, nós temos nossas campânulas.

As campânulas não eram "deles", de modo algum, mas sua mãe tinha uma personalidade propensa a ser possessiva.

Caminhando de volta ao longo da alameda, ele sentiu um repentino e inesperado tremor no peito, uma espécie de exaltação do coração. A lembrança do canto da cotovia e o intenso e fresco perfume do grande buquê de campânulas que colhera para a mãe se combinavam para criar um instante de pura embriaguez, uma euforia que parecia indicar que todos os mistérios estavam prestes a ser revelados. ("Existe um mundo de luz", sua irmã Ursula disse. "Mas não podemos vê-lo por causa da escuridão." "Nossa pequena maniqueísta", comentou Hugh, com orgulho.)

O colégio no qual ele estudaria não lhe era, é claro, desconhecido. O irmão de Teddy, Maurice, estava agora em Oxford, mas quando ele ainda estava no colégio, Teddy fora com a mãe ("meu pequeno acompanhante") a entregas de prêmios, festas do Dia dos Fundadores e, às vezes, a uma coisa chamada "visitação", quando um dia por semestre os pais tinham permissão — ainda que não fossem especialmente encorajados — para visitar os filhos.

— Mais parece um sistema penal do que um colégio — a mãe zombava.

Sylvie não era tão entusiasta dos benefícios da cultura quanto era esperado dela.

Considerando sua lealdade ao antigo colégio, o pai demonstrava uma acentuada resistência em relação a qualquer tipo de "visitação" a seus velhos redutos. Havia diversas explicações para as ausências de Hugh: ou estava "preso" com compromissos no banco, ou em "reuniões importantes", ou com acionistas impacientes.

— E isso e aquilo — murmurou Sylvie.

— Voltar atrás é em geral mais doloroso do que seguir em frente — ela acrescentou quando o órgão da capela gemeu para dar início à abertura de "Dear Lord and Father of Mankind".

Isso aconteceu dois anos antes, na entrega dos prêmios, quando Maurice completou o último período. Maurice era vice-representante de turma, o "vice" em seu título o deixava furioso.

— Segundo no comando — ele fumegou ao ser nomeado no início do último ano. — Eu me vejo como um comandante, não um vice.

Maurice se considerava feito da matéria-prima dos heróis, um homem que deveria liderar outros homens nas batalhas, embora tenha passado a guerra seguinte literalmente sentado atrás de uma imponente escrivaninha em Whitehall, onde os mortos eram para ele apenas inconvenientes números em tabelas. Ninguém na capela do colégio daquele dia quente de julho de 1923 teria acreditado que uma nova guerra viria nos calcanhares da outra com tanta rapidez. A tinta dourada ainda estava fresca nos nomes de ex-alunos ("Os honoráveis mortos") exibidos em placas de carvalho ao redor da capela.

— Grande coisa "a honra" faz por eles quando já estão mortos — Sylvie cochichou, irritada, no ouvido de Teddy.

A Grande Guerra fizera de Sylvie uma pacifista, ainda que uma pacifista um tanto beligerante.

A capela do colégio sufocava; a sonolência caía sobre os bancos como uma camada de poeira à medida que a voz monótona do diretor zumbia. O sol filtrado pelos vitrais era transformado em losangos cor de pedras preciosas, artifício que não era substituto para a realidade lá de fora. E logo também caberia a Teddy aquele quinhão. Uma monótona perspectiva de resistência.

Quando aconteceu, a vida escolar não foi tão ruim quanto ele temera. Tinha amigos e era atlético, o que sempre acarretava certa popularidade. E o fato de ser um menino gentil que não passava trotes nos outros também o tornava popular, mas apesar disso, ao deixar o colégio e ir para Oxford, ele concluiu que o colégio era um lugar brutal e selvagem e que não transmitiria aos filhos aquela tradição cruel. Esperava ter muitos — alegres, leais e fortes —, em vez disso recebeu a destilação (ou talvez a redução) de esperança que foi Viola.

— Fale mais de você — pediu Izzie, arrancando um talo de cerefólio da sebe e quebrando o clima.

— Falar de mim o quê? — ele se surpreendeu, a euforia desaparecida, os mistérios mais uma vez velados. Mais tarde, no colégio, ele aprenderia o poema de Brooke, "A voz" — "O encanto foi quebrado, a chave me foi negada" —, adequada descrição para aquele momento, mas então — sendo tais sensações efêmeras por natureza — já teria esquecido.

— Qualquer coisa — disse Izzie.

— Bem, eu tenho onze anos.

— *Isso* eu sei, bobo.

(Ele meio que duvidava que ela soubesse.)

— O que faz de você, *você*. O que você gosta de fazer? Quem são seus amigos? Você tem um treco, sabe... — continuou ela, esforçando-se em busca de um vocabulário desconhecido — Davi e Golias... uma coisa de elástico.

— Um estilingue?

— É. Para sair por aí machucando gente e matando coisas e tudo isso.

— Matando coisas? Não! Eu nunca faria isso.

(Seu irmão, Maurice, faria.)

— Nem sei mais onde está. Eu usava para derrubar castanhas da árvore.

Ela pareceu desapontada com o pacifismo dele, mas não desistiria do interrogatório.

— E coisas mais apimentadas? Você deve fazer algumas, todos os meninos fazem, não é? Estripulias.

— Estripulias?

Ele se lembrou, com certo horror, do incidente com a tinta verde.

— Você é escoteiro? — ela perguntou, perfilando-se num arremedo de posição de sentido e prestando continência. — *Aposto* que é escoteiro. Faça você mesmo, faça você mesmo, data de nascimento e tudo mais.

— Já fui — ele murmurou. — Fui lobinho.

Não era um assunto que quisesse explorar com ela, mas, para ele, era mesmo impossível mentir, como se um feitiço lhe tivesse sido lançado ao nascer. Suas duas irmãs — e até Nancy — mentiam que era uma beleza, se fosse necessário, e Maurice e verdade (ou Verdade) não se davam lá muito bem, mas Teddy era lamentavelmente honesto.

— Você foi chutado para fora dos escoteiros? — insistiu Izzie, ansiosa. — Rebaixado? Houve algum escândalo horroroso?

— Claro que não.

— Me conte. O que aconteceu?

Aconteceu a Associação dos Kibbo Kift,* Teddy pensou. Era provável que passasse horas explicando a Izzie o que era aquilo, sem sequer mencionar as palavras.

— Kibbo Kift? — ela repetiu. — Parece o nome de um palhaço.

— E os doces? Você tem loucura por eles, por exemplo? Se sim, por quais?

Um caderninho apareceu, alarmando Teddy.

— Ah, não se preocupe — disse ela. — Todo mundo toma notas hoje em dia. Então... doces?

— Doces?

— Doces — afirmou Izzie, suspirando, e prosseguiu. — Você sabe, meu querido Teddy, isso é só porque eu não *conheço* nenhum garotinho, além de você. Sempre me perguntei o que acontece na formação de um menino, além dos habituais caracóis e lesmas e rabos de cachorrinhos, é claro. E um menino — continuou — é o homem em formação. O menino no homem, o homem no menino, e assim por diante.

* Grupo pacifista britânico liderado por John Hargrave, dissidente do escotismo de Baden-Pawell.

Isso foi dito com ar ausente, enquanto ela observava o cerefólio.

— Pergunto-me se você gostaria de ser como seu pai quando crescer, por exemplo.

— Espero que sim.

— Ah, você não deve se contentar com a mediocridade. Tenho certeza de que *eu* nunca faço isso! Você deve crescer para ser predatório!

Ela começou a fazer picadinho do cerefólio.

— Os homens dizem que as mulheres são criaturas misteriosas, mas acho que isso é um truque para nos impedir de ver sua *absoluta incompreensibilidade*.

As duas últimas palavras ditas um tanto alto e com muita irritação, como se ela tivesse em mente alguém em especial. ("Ela sempre tem algum homem à mão", ele ouvira a mãe afirmar.)

— E as garotas?

— O que tem elas? — ele se surpreendeu.

— Bem, você tem uma "amiga especial"... você sabe, uma menina de quem você gosta mais do que das outras?

Ela fez uma cara de tonta e deu um sorriso bobo, que ele imaginou ser uma tentativa (muito pobre) de imitar romance ou qualquer outra bobagem. Ele enrubesceu.

— Um passarinho me contou — ela insistiu — que você arrasta a asa para uma das meninas da casa vizinha.

Ele se perguntou que passarinho seria. Nancy e seu bando de irmãs — Winnie, Gertie, Millie e Bea — viviam perto da Toca da Raposa numa casa chamada "das Gralhas". Grande número daqueles pássaros se empoleirava no bosque e tinha predileção pelo gramado dos Shawcross, onde a sra. Shawcross jogava torradas frias todas as manhãs.

Teddy *não* daria Nancy a Izzie, sob circunstância alguma, nem sob tortura — que era o que estava vivendo. Não diria o nome dela para vê-lo conspurcado e ridicularizado pelos lábios de Izzie. Nancy era sua *amiga*, sua companhia preferida, não a namorada idiota e piegas que Izzie queria dar a entender. É claro que um dia ele se casaria com Nancy e a amaria, sim, mas seria com o amor puro e galante de um cavalheiro. Não que ele compreendesse a existência de qualquer outro tipo. Tinha visto o touro com as vacas, e Maurice dissera que era aquilo que as pessoas também faziam, incluindo a mãe e o pai deles, caçoara. Teddy tinha certeza de que ele estava mentindo. Hugh e Sylvie eram dignos demais para tais acrobacias.

— Ah, rapaz, você está vermelho? — grasnou Izzie. — Acho que revelei seu segredo!

— Balas de pera — disse Teddy num esforço para dar fim àquele interrogatório.

— O que têm elas? — Izzie reagiu. (Distraía-se com facilidade.)

O cerefólio arruinado estava jogado no chão. Ela pouco se importava com a natureza. Em seu descaso, teria pisoteado o prado, chutado ninhos de ventoinhas, aterrorizado os ratos do campo. Ela pertencia à cidade, a um mundo de máquinas.

— É meu doce favorito — ele explicou.

Virando numa curva, depararam com o gado leiteiro abrindo caminho aos empurrões pela alameda, de volta da ordenha. Deve ser tarde, pensou Teddy. Esperava não ter perdido o chá.

— Ah, campânulas, que lindas! — disse sua mãe quando entraram pela porta da frente.

Ela vestia um traje de noite e parecia linda também. No colégio ele descobriria que a mãe tinha muitos admiradores, segundo Maurice. Teddy se sentia bem orgulhoso porque a mãe era considerada uma beldade.

— Mas o que vocês fizeram todo esse tempo? — Sylvie perguntou.

Pergunta feita a Teddy, mas dirigida a Izzie.

Sylvie estava usando pele e contemplava seu reflexo no espelho do quarto. Ergueu a gola de um bolero de noite para emoldurar o rosto. Um exame crítico. O espelho já fora seu amigo, agora ela sentia que era olhada com indiferença.

Levou uma das mãos ao cabelo, sua "coroa de glória", um ninho de pentes e alfinetes. Penteado agora fora de moda, a marca de uma matrona sendo deixada para trás pelo tempo. Deveria cortá-lo? Hugh ficaria consternado. Teve uma lembrança repentina — um retrato em carvão, feito pelo pai pouco antes de morrer. *Sylvie posando como um anjo*, ele o chamou. Aos dezesseis anos, recatada num longo vestido branco — uma camisola, na verdade, um tanto frágil —, ela olhava meio de lado para o pai, a fim de exibir sua encantadora cachoeira de cabelos.

— Faça uma cara pesarosa — instruiu o pai. — Pense no Declínio do Homem.

Sylvie, com toda uma vida encantadora e desconhecida à sua frente, achou difícil se preocupar com aquele assunto, mas ainda assim assumiu uma linda expressão amuada e olhou com ar ausente para a parede mais distante do imenso ateliê do pai.

Tinha sido uma pose difícil de manter, e ela se lembrou de como suas costelas doeram, um sofrimento pela arte do pai. O grande Llewellyn Beresford, retratista dos ricos e famosos, um homem que nada deixara após a morte além de dívidas. Sylvie ainda sentia a perda, não do pai, mas da vida que ele havia construído e que infelizmente se revelara uma estrutura sem base.

— Conforme semearmos — sua mãe chorou baixinho —, assim colheremos. — Mas foi *ele* quem semeou e *nós* que nada colhemos.

Um humilhante leilão de falência seguira-se à morte dele, e a mãe de Sylvie insistira para que ambas estivessem presentes, como se precisassem testemunhar passar diante de seus olhos todos os itens que haviam perdido. Sentaram-se, anônimas (assim se esperava), na última fila e assistiram a seus bens mundanos desfilarem para que todos vissem. Em algum momento, no fim daquela mortificação, o desenho de Sylvie foi posto à venda. "Lote 182. Retrato em carvão da filha do artista", foi anunciado, a natureza angelical de Sylvie então aparentemente perdida. Se o pai tivesse lhe dado um halo e asas, seu objetivo teria ficado claro. Como estava, ela parecia apenas uma menina bonita e mal-humorada, de camisola.

Um homem gordo de aspecto um tanto decadente levantara o charuto a cada rodada de lances, e Sylvie foi afinal vendida por três libras, dez xelins e seis pence.

— Barato — a mãe murmurou.

Talvez mais barato ainda agora, pensou Sylvie. Os quadros de seu pai haviam saído de moda depois da guerra. Onde estaria aquilo agora, perguntou-se. Gostaria de tê-lo de volta. O pensamento levou-a a fazer o sinal da cruz, uma carranca no espelho. Quando o leilão afinal terminara ("Um lote compreendendo um par de cães de lareira de bronze, um rescaldeiro de prata, manchado, uma grande caneca de cobre"), elas se apressaram a sair da sala com o resto da multidão e tiveram ocasião de ouvir o homem sórdido dizer em voz alta a um companheiro:

— Vou me divertir olhando para aquele jovem pêssego maduro.

A mãe de Sylvie deu um grito — discreto, ela não era de criar confusão — e puxou seu anjo inocente para fora do alcance da voz.

Manchado, tudo manchado, Sylvie pensou. Desde o princípio, desde o Declínio. Arrumou a gola do bolero. Estava quente demais para usá-lo, mas ela achava que lhe caíam bem as peles. O bolero era de raposa ártica, o que a deixava um pouco triste depois que se encantara com as raposas que visitavam o jardim — ela batizara a casa por causa delas. Perguntou-se quantas raposas seriam necessárias para fazer um bolero. Não tantas quanto para um casaco, pelo menos. Tinha um vison pendurado no armário, presente de Hugh pelos dez anos de casados. Deveria mandá-lo a um peleteiro, ele precisava ser transformado num modelo mais moderno.

— Assim como eu — disse para o espelho.

Izzie usava um casaco novo, em forma de casulo. Zibelina. Como Izzie conseguia seus casacos de pele, se não tinha dinheiro? "Um presente", ela dissera. De um homem, é claro, e nenhum homem dá um casaco de pele sem esperar receber algo em troca. A não ser um marido, é claro, que nada esperava além de uma modesta gratidão.

Sylvie poderia ter desmaiado com a quantidade de perfume que usava, derramada por uma mão nervosa, embora em geral não fosse dada a nervosismos. Ia a Londres naquela noite. Estaria quente e abafado no trem, pior ainda na cidade, precisaria sacrificar suas peles. Como as raposas tinham se sacrificado por ela. Havia uma piada — de algum tipo — em algum ponto daquele raciocínio, do gênero que Teddy poderia fazer, não Sylvie. Sylvie não tinha senso de humor. Era uma mancha em seu caráter.

Seu olhar foi a contragosto atraído pela fotografia em sua penteadeira, um retrato feito em estúdio depois do nascimento de Jimmy. Sylvie estava sentada, o novo bebê em roupa de batismo — uma coisa enorme, usada por todos os Todd — parecia transbordar de seus braços, enquanto o resto da ninhada estava artisticamente disposto à sua volta em aparente adoração. Sylvie passou um dedo sobre a moldura de prata, com intenção de carinho, mas encontrou poeira. Precisava ter uma conversa com Bridget. A garota estava ficando desmazelada. ("Todos os criados voltam-se um dia contra os patrões", avisara a sogra quando Sylvie estava recém-casada com Hugh.)

Uma comoção no andar de baixo só poderia indicar a volta de Izzie. Relutante, Sylvie tirou o bolero de pele e vestiu o leve casaco de noite para o qual apenas laboriosos bichos-da-seda haviam sido sacrificados. Colocou o chapéu na cabeça. Sua antiquada cabeleira não se adequava aos elegantes barretes e boinas da moda, e ela ainda usava um *chapeau*. Por acidente, espetou-se com o comprido alfinete de prata. (Seria possível matar alguém com um alfinete de chapéu? Ou apenas ferir?) Murmurou aos deuses uma injúria que fez com que os filhos, com rosto limpo e inocente, lhe enviassem da fotografia um olhar de reprovação. Tinham razão, pensou. Logo faria quarenta anos, e a perspectiva a deixava insatisfeita consigo mesma. ("*Mais* insatisfeita", observara Hugh.) Podia sentir a impaciência às suas costas e a imprudência à sua frente.

Fez uma última avaliação de sua imagem. Vai servir, avaliou, o que não era necessariamente um julgamento com o qual gostava de se contentar. Dois anos haviam se passado desde que "o" vira. Ainda a consideraria uma beldade? Era assim que a tinha chamado. Haveria na Terra alguma mulher capaz de resistir ao ser chamada de beldade? Mas Sylvie resistira e continuara casta.

— Sou uma mulher casada — retrucara, puritana.

— Então não deveria se entregar a este jogo, minha cara — dissera ele. — As consequências podem ser trágicas para você, para nós.

Ele riu ao dizer isso, como se a ideia fosse atraente. Era verdade, ela o seduzira e depois descobrira que não havia para onde ir.

Ele havia saído do país, ido para as colônias, num importante trabalho para o Império, mas agora estava de volta, e a vida de Sylvie escorria por entre seus dedos como água, e ela já não se sentia tão disposta a ser puritana.

Foi acolhida com um enorme buquê de campânulas.

— Campânulas, que lindas! — disse a Teddy.

Seu menino. Tinha outros dois, mas às vezes eles mal pareciam contar. As filhas não eram necessariamente objetos de afeto, mais como problemas a serem resolvidos. Uma única criança capturava seu coração com as mãos um tanto sujas.

— Lave-se antes do chá, querido — disse a Teddy. — O que vocês fizeram todo esse tempo?

— Estávamos nos conhecendo — disse Izzie. — Um menino tão querido. E como você está glamorosa, Sylvie! Eu já podia sentir seu perfume a cem quilômetros daqui. Típica *femme séduisante*. Você tem planos? Conte-me.

Sylvie encarou-a, mas sua resposta foi desviada pela visão dos imundos crocodilos verdes na passadeira Voysey do hall de entrada.

— *Fora!* — exclamou, enxotando Izzie em direção à porta da frente. E repetiu: — *Fora!*

— Maldita mancha — Hugh murmurou, indo do gabinete para o hall enquanto Izzie saía sapateando. Virou-se para Sylvie. — Você está linda, querida.

Ouviram o motor do Sunbeam de Izzie esbravejando de volta à vida e o ruído irritante do acelerador. Ela dirigia como o sr. Sapo,* muita buzina e pouco freio.

— Mais cedo ou mais tarde ela mata alguém — disse Hugh, um motorista solene. — E eu achava que ela estava sem um tostão. O que fez para conseguir recursos para outro carro?

— Nada decente, pode ter certeza — retrucou Sylvie.

Teddy estava enfim livre das medonhas perambulações de Izzie, mas ainda precisava se submeter ao habitual interrogatório da mãe antes que ela se con-

* Personagem de *O vento nos salgueiros*, clássico da literatura infantil inglesa, escrito em 1908 por Kenneth Grahame.

vencesse de que um de seus filhos não tinha sido de alguma forma corrompido pelo contato com Izzie.

— Ela nunca faz coisa alguma sem motivo — afirmou Sylvie, sombria.

Ele foi enfim liberado para ir em busca de seu lanche, um decepcionante amontoado de sardinhas numa torrada, já que era a tarde de folga da sra. Glover.

— Ela já comeu uma cotovia — Teddy contou às irmãs à mesa do lanche. — Na Itália. Não que faça diferença *onde*.

— Ferida na asa a cotovia — citou Ursula e, quando Teddy a olhou sem entender, explicou: — Blake. Ferida na asa a cotovia, um querubim seu canto silencia.*

— Esperemos que um dia *ela* seja comida por alguma coisa — Pamela, mais pé no chão, acrescentou, bem-humorada.

Pamela iria para a Universidade de Leeds, estudar ciência. Estava ansiosa pelo "norte revigorante", por pessoas "reais".

— Nós não somos reais o bastante? — Teddy resmungou para Ursula.

Ela riu e disse:

— O que é real?

Essa pergunta pareceu idiota para Teddy, que não tivera oportunidade de questionar o mundo dos fenômenos. Real era o que se pode ver, comer e tocar.

— Você está se esquecendo de pelo menos dois sentidos — observou Ursula.

Real era o bosque e as campânulas, a coruja e a raposa, um trem elétrico Hornby rolando pelo chão do quarto, o cheiro de um bolo assando no forno. A cotovia ascendendo em pleno canto.

O relato noturno da Toca da Raposa: depois de ter levado Sylvie de carro à estação, Hugh se retirou para o gabinete com um pequeno copo de uísque e o toco de um charuto já fumado. Era um homem de hábitos moderados, mais por instinto que por escolha consciente. Não era comum que Sylvie fosse à cidade.

— Teatro e ceia com amigos. Dormirei por lá — dissera ela.

* Versos de "Canções da inocência", de William Blake.

Sylvie era um espírito inquieto, característica lamentável numa esposa, mas ele precisava confiar nela sob todos os aspectos ou toda a construção do matrimônio desmoronaria.

Pamela estava na sala do café da manhã, o nariz enfiado num livro de química. Não tinha passado no exame de admissão para Girton e não queria realmente se aventurar no "norte revigorante", mas "a necessidade ensina", como Sylvie tinha o hábito — irritante — de dizer. Pamela sonhava (em silêncio) com prêmios resplandecentes e uma carreira brilhante, e agora receava que não fosse a mulher ousada que desejara ser.

Ursula, escarrapachada no tapete aos pés de Pamela, declinava verbos irregulares em latim.

— Que alegria! — ela disse a Pamela. — A vida só pode melhorar a partir de agora.

Pamela riu e retrucou:

— Não tenha tanta certeza.

Jimmy estava sentado à mesa da cozinha, de pijama, degustando seu leite com biscoitos antes de dormir. A sra. Glover, a cozinheira, era uma mulher que não toleraria nenhum mito ou fábula; por isso, na ausência de sua supervisão, Bridget aproveitava para distrair Jimmy com uma história distorcida, mas ainda incrivelmente horripilante, sobre "o Púca",* enquanto esfregava as panelas. A sra. Glover, por sua vez, estava em casa, cochilando um pouco, pés apoiados no guarda-fogo, um copinho de cerveja preta ao alcance da mão.

Nesse meio-tempo, Izzie estava na estrada, cantando "Alouette" para si mesma. A melodia já se instalara firmemente em seu cérebro. "*Je te plumerai*", berrou sem música, "*je te plumerai*". Vou te depenar. A guerra tinha sido terrível, ela gostaria de não ter se lembrado daquilo. Tinha sido uma EPSY. Um acrônimo bem idiota, na opinião de Izzie. Enfermeira de Primeiros Socorros Yeomanry. Começara a dirigir ambulâncias, embora nunca tivesse dirigido

* Criatura travessa do folclore irlandês e galês, que se diverte em atrapalhar e até causar a morte de viajantes.

um carro sequer, mas no final já fazia coisas deploráveis. Lembrava-se de limpar as ambulâncias no fim do dia, sangue, fluidos e lixo. Lembrava-se também das mutilações, dos esqueletos carbonizados, dos vilarejos arruinados, membros espetados em meio a lama e terra. Baldes de compressas imundas e bandagens embebidas em pus, as terríveis feridas abertas dos pobres rapazes. Não admirava que as pessoas quisessem esquecer tudo aquilo. Um pouco de distração, pelo amor de Deus! Ela recebeu uma *Croix de Guerre*. Nunca contou a ninguém da família. Jogou-a numa gaveta ao chegar em casa. Aquilo não significava nada quando pensava no que aqueles pobres rapazes haviam enfrentado.

Ela ficara noiva duas vezes durante a guerra, os dois homens morreram poucos dias depois do pedido e muito antes que Izzie tivesse tempo para escrever uma carta com a boa notícia. Estava ao lado de um deles, o segundo, quando ele morreu. Por sorte, o encontrou num hospital de campanha para onde estava levando feridos em sua ambulância. Não o reconheceu de início, de tão mutilado que havia sido pela artilharia. A enfermeira-chefe, com falta de enfermeiros e atendentes, encorajou-a a ficar com ele.

— Tudo bem, tudo bem — Izzie o acalmava, mantendo-se em guarda junto a seu leito de morte sob a luz amarelada e oleosa de um lampião a querosene. Ele chamou pela mãe no final, todos eles chamavam. Izzie não conseguia se imaginar chamando por Adelaide em seu leito de morte.

Ela alisou os lençóis do noivo, beijou-lhe a mão, pois não havia muito rosto para beijar, e informou a um atendente que ele estava morto. Sem eufemismos por ali. Então voltou a sua ambulância e continuou à procura de mais baixas.

Esquivou-se quando o terceiro, um rapaz um tanto tímido, um capitão chamado Tristan, se ofereceu para amarrar um pedaço de barbante em seu dedo. ("Desculpe-me, é tudo o que tenho. Haverá um belo brilhante para você quando tudo isso acabar. Não? Tem certeza? Você estaria fazendo um imenso favor a um sujeito.") Ela trazia má sorte e iria poupá-lo, pensou Izzie — num atípico altruísmo —, o que era ridículo por parte dela, considerando que todos aqueles adoráveis subalternos estavam praticamente condenados, com ou sem sua ajuda.

Izzie nunca mais viu Tristan depois de sua recusa e considerou-o morto (ela considerava todos mortos), mas, um ano após o fim da guerra, ao esquadrinhar as páginas sociais, deparou com uma foto dele saindo de St. Mary Undercroft. Ele era agora membro do Parlamento e, ficava claro, de família podre de rica. Sorria exultante para a noiva ridiculamente jovem que levava pelo braço, uma noiva que usava no dedo, caso se olhasse com uma lupa, um brilhante sem dúvida belíssimo. Izzie o salvara, pensou ela, mas infelizmente não salvara a si mesma. Estava com vinte e quatro anos quando terminou a Grande Guerra e concluiu ter esgotado todas as suas oportunidades.

Seu primeiro noivo se chamava Richard. Pouco soubera dele, além disso. Caçava com os Beaufort Hunt, achou que se lembrava. Disse "sim" a ele por capricho, mas foi loucamente apaixonada pelo segundo pretendente, aquele cuja morte testemunhou num hospital de campanha. Ela gostava dele e, melhor ainda, ele gostava dela. Tinham passado seus breves momentos juntos imaginando um futuro encantador — passeios de barco, cavalgadas, dança. Comida, risos, sol. Champanhe para brindar sua boa sorte. Nada de lama, nada de terríveis carnificinas sem fim. Ele se chamava Augusto. Os amigos o chamavam de Gussie. Poucos anos depois, ela descobriu que a ficção podia ser tanto um meio de ressurreição quanto um meio de preservação.

— Quando tudo o mais se foi, a arte permanece — ela disse a Sylvie durante a guerra seguinte.

— *As aventuras de Augusto* é arte? — questionou Sylvie, erguendo uma sobrancelha elitista.

Nenhuma deferência para Augusto. A definição de arte de Izzie era mais ampla do que a de Sylvie, sem dúvida.

— Arte é qualquer coisa criada por uma pessoa e apreciada por outra.

— Até Augusto? — Sylvie perguntou, dando uma risada.

— Até Augusto — respondeu Izzie.

Aqueles pobres rapazes mortos na Grande Guerra eram poucos anos mais velhos do que Teddy. Houve um momento em que ela estava com o sobrinho em que quase foi tomada pela ternura de seus sentimentos por ele. Se ao menos pudesse protegê-lo de todo mal, da dor que o mundo (inevitavelmente) lhe traria. É claro, ela tivera um filho, nascido quando tinha dezesseis anos e adotado às pressas, uma excisão tão certeira e tão rápida que ela nunca pensou no menino. Talvez tenha sido exatamente naquele momento, em que ela se sentiu inclinada a esticar a mão e afagar o cabelo de Teddy, que ele de repente se abaixou e disse: "Ah, veja, um licranço", e Izzie ficou com a mão no ar.

— Você é um garotinho muito engraçado — disse ela, e por um instante viu o rosto estilhaçado de Gussie enquanto morria numa cama de campanha. E depois o rosto daqueles pobres rapazes mortos, fileira após fileira, estendendo-se cada vez mais à distância. Os mortos.

Acelerou para longe daquela lembrança o mais rápido que pôde, desviando no último instante antes de atingir um ciclista, deixando-o cambaleante no acostamento, de onde berrava insultos na direção do para-choque traseiro do imprudente Sunbeam que se afastava.

Arduis invictus, tinha sido o lema das EPSY. Invencível nas dificuldades. Uma chatice. Izzie já tivera dificuldades suficientes, obrigada.

O carro voava pelas estradas. O germe de Augusto já germinava na memória de Izzie.

Maurice, ausente daquela lista de chamada, amarrava-se numa gravata branca e fraque idem, preparando-se para um jantar do Bullingdon Club, em Oxford. Antes do fim da noite, o restaurante, como pedia a tradição em Bullingdon Club, seria destruído. Dentro daquela carapaça engomada, muitos se surpreenderiam ao saber, havia uma suave e retorcida criatura cheia de dúvidas e dor. Maurice estava determinado a não deixar que aquela criatura visse a luz do dia e que no futuro não muito distante ele se fundiria com a própria carapaça, caracol que jamais escaparia de sua concha.

Um "encontro secreto". A própria expressão soava pecaminosa. Ele reservara dois quartos no Savoy. Tinham se visto antes que ele partisse, mas em encontros inocentes (por assim dizer) e em público.

— Quartos contíguos — disse ele.

O pessoal do hotel conheceria de fato a intenção da palavra *contíguos*? Que vergonha. O coração de Sylvie golpeava seu peito enquanto ia de táxi da estação ao hotel. Ela era uma mulher prestes a cair.

A tentação de Hugh.

"O sol, cujos raios flamejam em perpétua glória." Hugh cantava consigo mesmo no jardim. Deixara o gabinete para dar um pequeno passeio depois do jantar (se é que se podia chamar aquilo de jantar). Do outro lado da sebe de azevinho que separava a Toca da Raposa da Casa das Gralhas, ouviu um canto em resposta. "Observe a chama da plácida dama, sua alteza celestial da Lua." O que pareceu ser como ele se viu na estufa dos Shawcross, com os braços em torno de Roberta Shawcross, tendo atravessado a passagem aberta pelas crianças na sebe, depois de anos de uso. (Tanto ele quanto a sra. Shawcross haviam participado pouco tempo antes de uma produção amadora local de *O Mikado*. Ambos surpreenderam a si mesmos e um ao outro com o vigor de suas improváveis atuações como Ko-Ko e Katisha.)

Sol e Lua, pensou Hugh, os elementos masculino e feminino. Como teria reagido se soubesse que um dia aqueles seriam os nomes de seus bisnetos? Com perplexidade, é provável.

— Sra. Shawcross — exclamou ao chegar do outro lado da sebe, um tanto arranhado pelo azevinho. Deu-se conta de que as crianças que usavam aquele atalho eram bem menores do que ele.

— Ah, por favor, Hugh, é Roberta.

Que desconcertante intimidade tinha o som de seu nome nos lábios dela. Lábios úmidos e acolchoados, acostumados a oferecer elogios e encorajamento a todos.

Ela era quente ao toque. E sem espartilho. Vestia-se de um modo um tanto cigano, mas era vegetariana e pacifista, e, claro, havia toda a questão do sufrágio. A mulher era uma tremenda idealista. Não se podia deixar de admirá-la. (Até certo ponto, pelo menos.) Suas crenças e paixões estendiam-se além dela. As paixões de Sylvie eram tempestades que ressoavam em seu interior.

Ele apertou de leve o abraço na sra. Shawcross e sentiu-a reagir do mesmo modo.

— Ah, meu caro... — disse ela.

— Eu sei... — compreendeu Hugh.

O que havia com a sra. Shawcross — Roberta — era que ela *compreendia* o caso da guerra. Não que ele quisesse falar a respeito disso, santo Deus, não, mas era reconfortante estar na companhia de alguém que *sabia*. Um pouco, pelo menos. O major Shawcross havia tido alguns problemas quando voltara do front e sua esposa demonstrara muita boa vontade.

Coisas terríveis tinham sido vistas, nenhuma delas adequadas como assunto de conversa doméstica e, é claro, Sylvie não tinha intenção alguma de discutir a guerra. Aquilo fora um rasgo no tecido de suas vidas e ela o costurara com capricho.

— Ah, é uma excelente colocação, Hugh — disse a sra. Shawcross (Roberta). — Mas você sabe, a não ser que se consiga fazer um remendo muito invisível, sempre haverá uma cicatriz, não é mesmo?

Ele lamentou ter introduzido a metáfora da costura. A superaquecida estufa estava cheia de gerânios perfumados, um aroma bastante opressivo, na opinião de Hugh. A sra. Shawcross colocou a mão em seu rosto, com delicadeza, como se ele fosse quebrável. Ele moveu os lábios para mais perto dos dela. É uma situação difícil, pensou. Estava em território inexplorado.

— É exatamente como Neville — ela começou, acanhada.

(Hugh se perguntou quem seria Neville.)

— Neville não consegue... mais. Desde a guerra, sabe?

— O major Shawcross?

— É, Neville. E ninguém quer ser... — ela enrubescia.

— Ah, entendo — disse Hugh.

Os gerânios começavam a fazer com que se sentisse um pouco enjoado. Precisava de ar fresco. Começou a ficar em pânico. Levava seus votos de matrimônio a sério, ao contrário de alguns homens que conhecia. Acreditava no compromisso do casamento, aceitava sua circunscrição. E a sra. Shawcross — Roberta — vivia na casa ao lado, pelo amor de Deus! Havia dez crianças entre eles — dificilmente um bom alicerce para uma paixão adúltera.

Não! Precisava se desembaraçar daquela situação, pensou, enquanto os lábios se moviam cada vez para mais perto.

— Ai, meu Deus! — ela exclamou, recuando de repente. — Está na hora?

Ele olhou em volta em busca de um relógio e não o encontrou.

— É noite de Kibbo Kift — disse ela.

— Kibbo Kift? — Hugh repetiu, confuso.

— É. Preciso ir, as crianças estão esperando.

— Sim, claro — ele reagiu. — As crianças.

Começou a bater em retirada.

— Bem, se por acaso precisar conversar, você sabe onde estou. Logo na porta ao lado — acrescentou de forma desnecessária.

— Sim, é claro.

Fugiu, tomando o caminho complicado da trilha e da porta, em vez da viciosa abertura na sebe.

Teria sido um erro, pensou, retirando-se para a casta segurança do gabinete, mas mesmo assim não conseguiu deixar de se sentir um pouco envaidecido. Começou a assobiar "Three Little Maids from School". Sentia-se bastante animado.

E quanto a Teddy?

Teddy estava de pé num círculo no campo vizinho, em Ettringham Hall, gentilmente cedido por lady Daunt. Os membros do círculo, em sua maioria crianças, moviam-se na direção dos ponteiros do relógio, realizando uma estranha cabriola baseada na fantasia da sra. Shawcross de como seria uma dança saxônica. ("Os saxões dançam?", perguntou Pamela. "Nunca se pensa neles dançando.") Seguravam cajados de madeira — galhos que conseguiram no bosque — e de vez em quando paravam e batiam no chão com aqueles espetos. Teddy vestia o "uniforme" — jaqueta, short e capuz — e com isso parecia uma mistura de elfo com um dos (não muito) alegres homens de Robin Hood. O capuz era meio disforme porque ele tinha sido obrigado a costurá-lo sozinho. Trabalhos manuais eram uma das coisas nas quais os Kibbo Kraft eram peritos. A sra. Shawcross, mãe de Nancy, sempre os incumbia de bordar distintivos, braçadeiras e estandartes. Era humilhante.

— Marinheiros costuram — Pamela disse, num esforço para encorajá-lo.

— E pescadores fazem redes — Ursula acrescentou.

— Obrigado — ele agradeceu, de mau humor.

A sra. Shawcross estava no meio do círculo, conduzindo seus pequenos dançarinos. ("Agora pulem com o pé esquerdo e façam uma pequena reverência para a pessoa à sua direita.") Tinha sido da sra. Shawcross a ideia de que ele se juntasse aos Kibbo Kift. Bem quando ele começava a ansiar por sua formatura como lobinho para se tornar escoteiro, ela o seduzira usando Nancy como isca. ("Meninos e meninas juntos?", questionou uma desconfiada Sylvie.)

A sra. Shawcross era uma grande entusiasta da Associação. Os Kibbo Kift, explicou a sra. Shawcross, eram uma alternativa igualitária aos escoteiros militaristas, dos quais seu líder se desligara. ("Renegados?", Sylvie perguntou.) Emmeline Pethick Lawrence, uma das heroínas da sra. Shawcross, era membro. A sra. Shawcross tinha sido sufragista ("Muito corajosa", dizia o major Shawcross, orgulhoso). Ainda se aprendia a viver na floresta, explicou a sra. Shawcross, acampar, fazer caminhadas e coisas assim, mas isso vinha escorado por uma ênfase na "regeneração espiritual da juventude inglesa". Isso interessava a Sylvie, não a Teddy. Embora fosse em geral hostil a qualquer ideia que tivesse como origem a sra. Shawcross, Sylvie decidira que seria uma "boa coisa" para Teddy.

— Qualquer coisa que não encoraje a guerra — disse ela.

Teddy achava difícil acreditar que o escotismo encorajasse a guerra, mas seus protestos foram em vão.

Não era só a costura que a sra. Shawcross deixara de mencionar, havia também a dança, as canções folclóricas, as cabriolas pelo bosque e o falatório sem fim. Havia clãs, tribos e lojas, pois um bom número de (supostos) costumes dos peles-vermelhas se misturava aos (supostos) rituais saxônicos, criando uma mixórdia inacreditável.

— Talvez a sra. Shawcross tenha encontrado uma das tribos perdidas de Israel — zombou Pamela.

Todos escolheram nomes indígenas para si mesmos. Teddy era Pequena Raposa. ("Com certeza", disse Ursula.) Nancy era Pequena Loba ("Honiahaka em cheyenne", disse a sra. Shawcross, depois de consultar seu livro). A sra. Shawcross, por sua vez, era Grande Águia Branca. ("Ai, por Deus", exclamou Sylvie , "é muita arrogância!")

Havia algumas coisas boas — e estar com Nancy era a primeira. Aprendiam a manejar arcos e flechas de verdade, não coisas que precisavam fazer com galhos ou algo parecido. Teddy gostava de arco e flecha, ele imaginava que poderiam ser úteis um dia, se virasse um fora da lei, por exemplo. Teria coragem de matar um veado? Coelhos, texugos, raposas e até esquilos ocuparam um lugar especial naquele coração. Achava que se fosse uma questão de sobrevivência, se morrer de fome fosse a única opção. De qualquer maneira, estabeleceria algum tipo de limite. Cachorros, cotovias.

— Tudo isso soa um tanto pagão — afirmou Hugh, incerto, à sra. Shawcross. ("Roberta, por favor.")

Foi uma conversa anterior ao "incidente" na estufa, antes que ele pensasse nela como uma mulher.

— Bem, "utópico" seria uma descrição melhor — ela retrucou.

— Ah, a Utopia — disse Hugh, resignado. — Que ideia pouco proveitosa!

— Não foi Wilde — perguntou a sra. Shawcross — quem escreveu que "o progresso é a realização das Utopias"?

— Seria muito difícil que eu fosse consultar *esse* homem em busca de minha doutrina moral — retrucou Hugh, um tanto desapontado com a sra. Shawcross (um sentimento inibitório do qual se recordaria mais tarde, quando seus pensamentos voltassem ao perfume de gerânios e à ausência do espartilho).

A ideia que Teddy faria de Utopia não teria incluído o Kibbo Kift. O que incluiria? Um cão, sem dúvida. De preferência, mais de um. Nancy e as irmãs dele estariam lá, sua mãe também, ele achava, e viveriam todos numa linda casa construída no campo verdejante dos Condados Domésticos e comeriam bolo todos os dias. Sua vida real, na verdade.

Por sua vez, os Kibbo Kift produziam seu próprio movimento separatista, o menos excêntrico Woodland Folk, numa época em que Teddy já tinha dado um jeito de sair do grupo. No colégio, juntou-se ao Corpo de Treinamento de Oficiais e apreciou a conveniente ausência de pacifismo. Era um menino, afinal de contas. Teria ficado surpreso ao saber que, quando tivesse mais de sessenta anos e seus netos fossem morar com ele em York, passaria vários meses indo e voltando do salão gelado de uma igreja para que Bertie e Sunny pudessem frequentar a reunião semanal de um grupo dos Woodcraft Folk do qual eram membros. Teddy achou que a continuidade poderia ser boa para eles, considerando que Viola, mãe de ambos, parecia ter lhes repassado muito pouco. Olhou para o rosto inocente dos netos enquanto entoava as palavras de esperança do "credo" no começo da reunião. "Continuaremos cantando para a construção de um novo mundo."

Chegou a participar de um acampamento com os dois e foi cumprimentado por sua "habilidade para viver nos bosques" pelo líder do grupo, que, apesar de ser grande, jovem e negro, lembrou-o um pouco a sra. Shawcross.

— Aprendi nos escoteiros — disse, sem querer admitir, mesmo tantos anos depois, que devia alguma coisa aos Kibbo Kift.

Sylvie pagou o motorista do táxi, e o porteiro do hotel abriu a porta do carro e murmurou "Madame". Ela hesitou na calçada. Outro porteiro já mantinha aberta a porta do hotel. "Madame." Outra vez.

Ela se aproximou, pouco a pouco, centímetro a centímetro, trilhando com lentidão seu caminho para o adultério.

— Madame? — repetiu o porteiro, ainda segurando a porta, perplexo com aquele avanço vagaroso.

O hotel acenava. Ela podia ver os tons exuberantes do foyer, a promessa de luxúria. Imaginou champanhe borbulhando em copos de cristal da Boemia, *foie gras*, faisão. A iluminação fraca no quarto, a cama com lençóis engomados de hotel. Seu rosto estava em fogo. Ele devia estar esperando lá dentro, logo depois da porta. Talvez já a tivesse visto, já se pusesse de pé para cumprimentá-la. Hesitou mais uma vez, avaliando o que receberia em contraste com o que perderia. Ou talvez um resultado pior — tudo continuaria na mesma. E então pensou nos filhos, pensou em Teddy, o seu preferido. Arriscaria a vida como mãe dele? Por uma aventura? Um calafrio de horror apagou as chamas do pecado. Porque era de pecado que se tratava, não acreditava estar errada. Não é necessário um Deus (Sylvie era uma ateia inconfessa) para acreditar no pecado.

Recompôs-se (foi difícil) e disse ao porteiro, um tanto altiva:

— Ah, sinto muito. Acabo de me lembrar que tenho outro compromisso, em outro lugar.

Fugiu dali, andando depressa, cabeça erguida, uma mulher decidida com um destino decente e civilizado à sua espera... um comitê de caridade, até mesmo uma reunião política, qualquer coisa menos um encontro com um amante. Um concerto! A entrada iluminada do Wigmore Hall apareceu à sua frente — um farol aceso, um porto seguro. A música começou quase de imediato, um dos Quartetos de Mozart dedicados a Haydn, "A caçada". Apropriado, pensou. Ela fora a caça e ele o caçador. Mas agora a caça estava livre. Não muito livre, talvez, pois estava numa poltrona um tanto acanhada, nos fundos do salão, espremida entre um rapaz quase maltrapilho e uma senhora idosa. Mas sempre se paga um preço pela liberdade, não é mesmo?

Ela havia sido uma frequentadora assídua de concertos com o pai, e conhecia bem os *Quartetos de Haydn*, mas ainda estava atônita demais com o fato de ter escapado por um triz para ouvir Mozart. Apesar de ter sido pianista, nos últimos tempos evitava ir a recitais, eram uma lembrança muito dolorosa de uma vida que poderia ter tido. Ouvira de seu professor, quando era jovem, que poderia chegar a "tocar como uma concertista" se levasse os estudos a sério, mas então, é claro, a bancarrota, a grande queda em desgraça, acontecera, e o Bechstein fora removido sem cerimônia e vendido a um comprador particular. A primeira coisa que fizera ao mudar para a Toca da Raposa tinha sido adquirir um Bösendorfer, presente de núpcias de Hugh. Um grande consolo pelo casamento.

O "Dissonante" veio depois do intervalo. Quando os quase inaudíveis acordes iniciais se fizeram ouvir, ela se viu soluçando em silêncio. A senhora idosa entregou-lhe um lenço (limpo e passado, graças a Deus) para que secasse as lágrimas. Sylvie agradeceu sem falar. Aquele diálogo mudo a animou um pouco. No fim do concerto, a senhora insistiu para que ficasse com o lenço. O rapaz malvestido ofereceu-se para acompanhá-la até um táxi. Como podem ser gentis os estranhos, ela pensou. Dispensou com delicadeza o possível acompanhante, recusa que mais tarde lamentou porque, em seu estado de perturbação, dobrou uma esquina errada em Wigmore Street e depois outra, e viu-se numa zona nada salubre, armada apenas com um alfinete de chapéu para se defender.

Já se sentira em casa em Londres, agora aquela cidade lhe era estranha. Um lugar que era um pesadelo sórdido e lúgubre, e ainda assim ela descera por vontade própria àquele círculo do inferno. Devia estar louca. Tudo o que queria era chegar em casa, mas estava ali, perambulando pelas ruas como uma alucinada. Quando por fim encontrou o caminho de volta para a brilhante e movimentada Oxford Street, gritou de alívio. Uma corrida de táxi depois, estava recatadamente sentada num banco na plataforma da estação, como se voltasse de um dia de compras e jantar com as amigas.

— Céus! — Hugh exclamou. — Pensei que fosse um ladrão. Você disse que passaria a noite na cidade.

— Ah, foi tudo mortalmente entediante — disse Sylvie. — Decidi que faria melhor voltando logo. O sr. Wilson, o chefe da estação, me deu uma carona de charrete.

Hugh observou a aparência altiva da esposa, a expressão quase selvagem em seus olhos de cavalo de corrida exausto. A sra. Shawcross, ao contrário, era menos um puro-sangue e mais um simpático pônei. O que, na opinião de Hugh, poderia ser preferível, às vezes. Beijou de leve o rosto de Sylvie e disse:

— Lamento que seus planos para a noite não tenham dado certo, mas é muito bom tê-la em casa.

Sentada diante do espelho, retirando os grampos do cabelo, um novo desespero desabou sobre Sylvie. Tinha sido uma covarde, e agora estava para sempre acorrentada àquela vida. Hugh chegou por trás e pôs as mãos nos ombros dela.

— Lindos — murmurou, passando-as pelos cabelos.

Ela precisou reprimir o desejo de fugir dele.

— Cama? — ele perguntou, parecendo esperançoso.

— Cama — ela concordou, radiante.

Mas não era apenas o pássaro, era?, pensou Teddy deitado na cama à espera de que o sono o encontrasse, o esquecimento noturno mantido à distância por pensamentos ardilosos. Não era apenas aquela cotovia que fora silenciada por Izzie. (*Toda de uma vez.*) Eram as gerações de pássaros que teriam vindo depois e agora nunca nasceriam. Eram todas aquelas belas melodias que nunca seriam cantadas. Mais tarde ele aprenderia a palavra *exponencial* e, ainda mais tarde, a palavra *fractal*, mas naquele momento era uma ninhada que ia ficando cada vez maior enquanto desaparecia num futuro que nunca existiria.

Antes de se deitar, Ursula foi vê-lo e o encontrou acordado lendo *Escotismo para meninos*.

— Não consegue dormir? — perguntou com a simpatia espontânea de uma companheira de insônia.

Os sentimentos de Teddy pela irmã eram quase tão simples e descomplicados como os que tinha por Trixie, deitada aos pés da cama, resmungando baixinho em seus sonhos.

— Coelhos, imagino — disse ela.

Ursula suspirou. Tinha quinze anos e tendência a ser pessimista. Embora a mãe negasse com firmeza, aquele era também o temperamento dela. A irmã empoleirou-se em sua cama e leu em voz alta:

— "Esteja sempre a postos, usando sua armadura, salvo quando estiver em seu momento de descanso, à noite."

(Talvez fosse a "armadura de boas maneiras" da mãe, pensou Teddy.)

— Uma metáfora, espero — disse Ursula. — É difícil esperar que os cavaleiros passem o dia inteiro fazendo bleng-bleng numa armadura. Sempre que penso em cavaleiros me lembro do Homem de Lata de *O mágico de Oz*.

Era um livro do qual todos gostavam, mas Teddy preferia que ela não tivesse posto aquela imagem em sua cabeça; os *Idílios do rei* e a *Morte de Arthur* dissolveram-se no ar em segundos.

Uma coruja piou, um ruído alto, quase agressivo.

— No telhado, pelo som — disse Teddy.

Ouviram juntos por alguns instantes.

— Bem, boa noite — desejou Ursula por fim.

Ela o beijou na testa.

— Boa noite — ele respondeu, enfiando *Escotismo para meninos* debaixo do travesseiro.

Apesar da coruja, que continuava a piar sua arrepiante canção de ninar, caiu quase de imediato no sono profundo e inocente dos esperançosos.

As aventuras de Augusto

As terríveis consequências

Começou um tanto inocente, pelo menos na opinião de Augusto.

— O começo é sempre inocente — suspirou o sr. Swift, embora duvidasse de que a definição de inocência para Augusto fosse igual à das outras pessoas.

— Mas não foi *culpa minha*! — Augusto protestou, furioso.

— Estará escrito em seu túmulo, querido — disse a sra. Swift, erguendo os olhos da meia que estava cerzindo. Meia de Augusto, desnecessário dizer. ("O que ele *faz* com elas?", ela se surpreendia com frequência.)

— E, de qualquer maneira, como eu poderia saber o que ia acontecer? — indagou Augusto.

— Não há ação que não traga consigo uma reação — disse o pai de Augusto. — Só os incautos não avaliam as consequências.

O sr. Swift era advogado e passava os dias no tribunal processando culpados, apreciando as idas e vindas da batalha judicial. Alguns desses hábitos necessariamente respingavam em sua vida doméstica, o que fazia o filho achar que o pai levava uma injusta vantagem.

— Inocente até prova em contrário — Augusto sussurrou.

— Você foi pego com a mão na massa — disse o sr. Swift, com brandura. — Isso não prova sua culpa?

— Eu não estava com a mão na *massa* — retrucou Augusto, indignado. — E, de qualquer maneira, era *tinta*. Tinta verde, senhor — acrescentou, com solenidade.

— Ah, por favor — a sra. Swift murmurou. — Vocês estão me dando dor de cabeça.

— Como eu posso estar lhe dando dor de cabeça? — ele perguntou, magoado por mais aquela acusação. — Para lhe *dar* uma dor de cabeça eu teria que *ter* uma dor de cabeça. Não se pode dar uma coisa que não se tem. E eu não tenho dor de cabeça. *Ergo* — disse em tom imponente, tirando a palavra de algum aprendizado distante.

A dor de cabeça da sra. Swift não melhorou com aquele arrazoado. Ela sacudiu a mão na direção do filho como se tentasse se livrar de uma mosca especialmente irritante e voltou a sua costura.

— Às vezes — murmurou —, pergunto-me o que fiz para ofender os deuses.

Augusto, em compensação, ficou bem contente consigo. Estava construindo uma sólida defesa. Era um homem inocente no banco dos réus, lutando por seus direitos. Sua irmã Phyllis, uma "sabichona", segundo a mãe, estava sempre discursando a respeito dos "direitos do homem comum". E aqui estou, pensou Augusto, eles não são mais comuns do que eu.

— Tenho direitos, vocês sabem — exclamou, cheio de coragem. — Tenho sido violentamente usado — acrescentou, grandioso.

Tinha ouvido seu irmão Lionel ("um pedante", segundo Phyllis) dizer aquilo a respeito de alguma paixonite idiota que tinha por uma garota.

— Ah, por Deus! — exclamou seu pai. — Você não é Edmond Dantès.

— Quem?

— Parece que você nunca *pensa* — disse o pai. — Qualquer pessoa com um pouco de bom senso teria visto o que aconteceria.

— O que eu estava *pensando* era que eu só queria ver o que havia do outro lado — retrucou Augusto.

— Ah, pergunto-me quantas vezes essa frase foi pronunciada como prelúdio de um desastre — disse o sr. Swift para ninguém em particular.

— E o que havia do outro lado? — perguntou a sra. Swift, incapaz de conter a curiosidade.

— Bem... — respondeu Augusto, movendo uma bala de pera de uma bochecha para a outra, para ter tempo de refletir.

— Seria, por acaso, a peruca da sra. Brewster? — perguntou o sr. Swift em seu tom de tribunal, que significava que ele já sabia a resposta.

— Como eu ia saber que ela usava peruca? Podia ser a peruca de qualquer um. Só uma peruca jogada por aí. E como eu poderia saber que a sr. Brewster era careca? *O senhor* usa peruca e não é careca.

— No tribunal, eu uso peruca no tribunal — retrucou um exasperado sr. Swift.

— Suponho que você tenha alguma ideia de *onde* o cão deixou a peruca? — a sra. Swift perguntou ao filho.

Jock, latindo animado e um pouco manchado com a já mencionada tinta verde, escolheu aquele momento para entrar na sala, e a sra. Swift...

— Ora, por todos os deuses — Teddy rosnou, largando o livro no chão.

Izzie tinha roubado sua vida. Como foi capaz? (O incidente da tinta não tinha mesmo sido culpa dele.) Ela pegara a vida dele, distorcera tudo e o transformara num menino completamente diferente, um garoto idiota, vivendo aventuras idiotas. Com um cachorro idiota, idiota, idiota... um *westie*, com uma cara desenhada e olhos de contas pretas. O livro tinha imagens, figuras que mais pareciam ter saído de uma história em quadrinhos, que tornavam a coisa toda ainda pior. O próprio Augusto era um garoto esfolado, aluno malcomportado, com um boné permanentemente colado na parte de trás da cabeça, um topete caindo nos olhos e um estilingue pendurado no bolso. O livro tinha capa de cartolina verde e letras douradas onde se lia *As aventuras de Augusto*, por Delphie Fox, que era, ao que parecia, o "pseudônimo" de Izzie. Dentro, havia a inscrição *Para meu sobrinho Teddy. Meu próprio Augusto querido.* Que droga!

Mais que tudo era o cão *westie* que o deixava irritado. Não era só o cachorro errado, mas ele o lembrava de sua perda terrível, de Trixie, que morrera pouco antes do Natal. Nunca passara pela cabeça de Teddy que ela pudesse morrer antes dele, por isso sofria tanto de incredulidade quanto de luto.

Quando voltou do primeiro período no internato, encontrou-a morta, enterrada ao lado de Bosun, debaixo das macieiras.

— Tentamos mantê-la viva até você chegar, meu companheiro — Hugh disse —, mas ela não aguentou.

Ele achou que nunca superaria aquele luto, e talvez nunca tenha superado, mas, poucas semanas depois da publicação de *As aventuras de Augusto*, Izzie apareceu com outro presente, um minúsculo filhote *westie* com o nome "Jock" gravado na caríssima coleira. Teddy tentou ao máximo não gostar dele como se isso fosse uma traição de seu amor por Trixie, e também havia toda a medonha ficcionalização da sua vida. Era uma tarefa impossível, é claro, e o cachorrinho logo deu um jeito de se esconder bem no fundo das cavernas de seu coração.

Augusto, entretanto, continuaria, de um jeito ou de outro, a atormentá-lo pelo resto da vida.

Ursula chegou à sala, pegou o livro do chão e começou a ler em voz alta:

— "'Aquele não é Augusto?', cochichou a srta. Slee no ouvido do sr. Swift. Um cochicho um tanto alto, do tipo que faz as pessoas nas cadeiras em volta se virarem e olharem para você com interesse."

O que *havia* acontecido quando Teddy foi feito? Não foram lesmas e caracóis, é verdade, e sim gerações e gerações de Beresford e Todd convergindo para um único ponto numa cama gelada, no frio de uma noite de outono, quando seu pai agarrara a corda dourada do cabelo de sua mãe e não a soltara até que tivesse rebocado a ambos para a outra margem (eles tinham muitos eufemismos para o ato). Deitados juntos no navio naufragado do leito matrimonial, os dois se sentiam um pouco confusos com o inesperado ardor do outro. Hugh limpou a garganta e murmurou:

— Uma viagem às profundezas, hein?

Sylvie não respondeu nada, pois achou que a metáfora marinha já fora esticada demais.

Mas o grão entrara na concha (explicação metafórica da própria mãe) e a pérola que viria a ser Edward Beresford Todd começara a crescer até que fosse revelado à luz do sol que brilhava antes da Grande Guerra e passasse horas a fio deitado feliz em seu carrinho tendo como única companhia uma lebre de prata pendurada na capota.

Sua mãe era uma grande leoa passeando com suavidade pela casa, protegendo todos. O pai era mais do que um enigma, desaparecendo todos os dias em outro mundo ("O Banco") e depois sem aviso para outro mundo ainda maior e mais distante ("A Guerra"). Suas irmãs o amavam, o embalavam, o sacudiam e o cobriam de beijos. O irmão, já no colégio interno, já treinado no necessário estoicismo, zombava dele quando ia para casa nas férias. A mãe encostava o rosto no dele e sussurrava:

— De todos, você é o meu favorito.

E ele sabia que era verdade e se sentia mal pelos outros. (Era um alívio, pensava Sylvie, saber afinal o que era o amor.)

Eram todos felizes, pelo menos disso ele tinha certeza. Mais tarde, percebeu que nunca foi tão simples assim. A felicidade, como a própria vida, era tão frágil quanto o palpitar do coração de um pássaro, tão efêmera quanto as campânulas no bosque, mas, enquanto durou, a Toca da Raposa foi um sonho bucólico.

1980

Os filhos de Adão

— Mamãe, estou com fome.

Viola estava ocupada demais inspecionando o mar para registrar aquela declaração. Era o fim exaustivo de uma tarde quentíssima.

— Dia de praia! — Dominic anunciara com entusiasmo naquela manhã.

Entusiasmo demais, como se ir para o litoral tivesse o potencial de transformar suas vidas de alguma maneira transcendental. Era raro que um dia se passasse sem que ele tivesse alguma grande ideia, a maioria parecendo envolver Viola em uma trabalheira. ("Juro que Dominic pensa em seis coisas impossíveis antes do café da manhã!", ria Dorothy, com ar de admiração, como se isso fosse uma coisa boa.) O mundo, na opinião de Viola, ficaria bem melhor sem tantas ideias. Estava com vinte e seis anos, mas exausta. Vinte e seis parecia uma idade especialmente desagradável. Já não era jovem e no entanto ninguém parecia levá-la a sério como adulta. As pessoas ainda lhe diziam o que fazer o tempo todo, era irritante. Parecia que seu único poder era sobre os próprios filhos e ainda assim limitado por infindáveis negociações.

Pediram emprestada a caminhonete de Dorothy para a viagem de oito quilômetros e ela quebrou (nenhuma surpresa) a quase dois quilômetros da praia.

Um motorista que passava, um homem idoso, de aparência um tanto frágil, num velho Morris Minor, parou e fez alguma coisa simples debaixo do capô e — pronto! — o carro estava consertado. Seu salvador era um fazendeiro local, um vizinho seu, e tanto ele quanto o Morris Minor eram mais fortes do que pareciam. Só as crianças o reconheceram, mas não demonstraram, já atordoadas pelo calor e pelo desespero geral que sentiam por quebrarem a caminhonete de Dorothy pela terceira vez naquele mês.

— Vocês ainda precisam levá-la a uma oficina — disse-lhes o fazendeiro. — O que eu fiz foi só provisório.

Sempre prestativo, Dominic ofereceu sua sabedoria de guru:

— Ah, meu amigo, *tudo* é provisório.

Inabaláveis montanhas e estrelas girando no céu, sem mencionar o rosto de Deus, passaram pela cabeça do fazendeiro, mas ele não estava disposto a discutir. Estava impressionado com eles — os infantes andrajosos (um toque dos pobres vitorianos) sentados com ar melancólico à beira da estrada com a mãe, ela mesma uma jovem madona em roupas que pareciam saídas de uma caixa de figurinos.

Os trajes de falsa cigana de Viola — lenço na cabeça como camponesa, botas de cano curto, saia comprida de veludo, túnica indiana bordada com espelhinhos — vestidos às pressas sem preocupação com o fato de que estavam indo para uma praia e que já fazia calor e só ficaria mais quente. Tinha sido um esforço tão grande juntar todo o necessário para aquela hégira — comida, bebida, toalhas, roupas de banho, mais comida, mais toalhas, redes de pesca, uma bola pequena, mais bebida, uma bola grande, creme de bronzear, chapéus, toalhas molhadas torcidas e colocadas em sacos plásticos, uma manta para se sentarem — que simplesmente enfiara as primeiras roupas que encontrou.

— Bonito dia — disse o velho, tirando a boina de tweed para Viola.

— É mesmo? — ela respondeu.

Enquanto isso, o mecanicamente inepto chefe da família bancava o Santo Tolo, ou talvez apenas o tolo, saltitando pela estrada como um bobo da corte. Vestia uma camiseta desbotada e jeans coberto de remendos, mesmo onde não seria preciso remendar, algo de que Viola se ressentia como se fosse ela quem tivesse feito os remendos. Em relação ao estilo, até o fazendeiro percebia que toda a família estava irremediavelmente fora de moda. Ele já vira os jovens da cidade desfilarem pela delegacia, rasgados, furados e presos por alfinetes de segurança, e sabia que eram a imagem do futuro rebelde. "Somos os filhos dos anos 1960", Viola gostava de dizer nos anos seguintes, como se isso por si só a tornasse interessante. "Os filhos das flores!" Mesmo que depois do fim dos anos 1960 Viola ainda estivesse coberta por seu impecável uniforme cinzento da escola Quaker e as únicas flores em seu cabelo fossem de eventuais e infantis trançados de margaridas, flores arrancadas da cerca viva do campo de jogos da escola.

Acendeu um cigarro de palha fino e contemplou com melancolia o carma ruim que parecia ser sua sina. Tragou com força o cigarro e depois, numa comovente demonstração de responsabilidade materna, ergueu o queixo para soprar a fumaça acima da cabeça dos filhos. Quando engravidou pela primeira vez, de Sunny, Viola não fazia ideia do que aquilo representaria dali em diante. Nem tinha certeza de já ter visto um bebê, quanto mais segurar algum, e imaginava que seria como ter um gato ou, na pior das hipóteses, um cãozinho. (E o que aconteceu não foi nem parecido.) A inércia foi sua única desculpa, na verdade, quando um ano depois se viu grávida de novo, dessa vez de Bertie.

— Nosso salvador! — alegrou-se Dominic quando o motor tossiu de volta à vida.

Caiu de joelhos diante do fazendeiro, as mãos em posição de prece acima da cabeça e tocou o asfalto com a testa. Viola se perguntou se ele tinha tomado ácido, nem sempre era fácil saber, uma vez que sua existência parecia ser uma viagem sem fim, fosse subindo ou descendo.

Só depois que terminou aquela fase de sua vida Viola percebeu que ele era um maníaco-depressivo. O termo *bipolar* chegou um pouco tarde demais para Dominic. Ele já tinha morrido.

— Andar na frente de um trem pode causar isso — Viola disse sem seriedade alguma a seu "grupo de mulheres percussionistas da alma", em Leeds, onde fazia um curso de meio período para um mestrado em estudos femininos sobre o tema do "feminismo pós-contracultura". ("Ahn?", reagiu Teddy.) O rumo na década de 1980 era um foco de revolta.

— Debiloide sorridente — o fazendeiro disse à esposa ao chegar em casa. — Superior também. A gente acha que os ricos são mais espertos.

— Não são — disse a mulher do fazendeiro, sensata.

— Me deu vontade de trazer todos eles para cá, lhes dar um prato de ovos com presunto e um bom banho.

— São todos da comunidade — a mulher comentou. — Pobres anjinhos.

Os "anjinhos" tinham aparecido na porta da fazenda algumas semanas antes, e no início a mulher do fazendeiro pensou que fossem ciganos mandados esmolar e ia enxotá-los, mas então os reconheceu como as crianças que viviam na fazenda vizinha. Convidou-os a entrar, deu-lhes leite e bolo e deixou-os dar de comer aos gansos e visitar a sala de ordenha dos Red Devons.

— Ouvi dizer que eles usam drogas e dançam nus ao luar — o fazendeiro disse. (Verdade, embora não tão interessante quanto parecia.)

O fazendeiro não vira Bertie antes de ir embora. Ela ainda estava sentada no acostamento, acenando educadamente para a traseira do Morris Minor que se afastava.

Bertie gostaria que ele a tivesse levado para casa com ele. Tinha espiado pelas grades dos portões de madeira e admirado seus campos bem cuidados, as vacas lustrosas e as ovelhas brancas e felpudas que pareciam recém-lavadas. Tinha visto o fazendeiro com seu maltratado chapéu de feltro em seu fantástico trator vermelho subindo e descendo aqueles mesmos campos bem cuidados.

Uma vez ela e Sunny perambularam, sem supervisão, pelo terreno da fazenda, e a mulher do fazendeiro lhes dera leite e bolo, chamando-os de "pobres coisinhas". Ela os levara para ver as grandes vacas vermelhas sendo ordenhadas (uma maravilha!), e então eles beberam o leite ainda morno, de pé bem ali na leiteria, e então a mulher do fazendeiro os deixara dar de comer aos grandes gansos brancos que gritavam e grasnavam de excitação, e Bertie e Sunny tiveram ataques de riso histéricos enquanto os gansos rodopiavam à sua volta. Foi maravilhoso até o momento em que Viola, como uma nuvem negra, apareceu para levá-los para casa e começou a hiperventilar por causa dos gansos. Ela odiava gansos por alguma razão misteriosa.

Bertie tinha conseguido salvar uma pena e a levou para casa, como um talismã. Aquela visita foi para ela como um conto de fadas, e ela desejava muito poder encontrar o caminho de volta à fazenda mágica. Ou ser levada até lá num velho Morris Minor.

— Com *muita* fome, mamãe.

— Você está sempre com fome — disse Viola, animada, tentando demonstrar pelo exemplo que não é preciso estar sempre se queixando. — Tente dizer "Mãe, estou com fome; há algo para comer, *por favor*?". O que diria o sr. Bonsmodos?

O sr. Bonsmodos, fosse quem fosse, atormentava a vida de Sunny, principalmente quando se tratava de comida.

Tudo o que Sunny dizia saía como uma queixa, na opinião de Viola, e seu nome soava como um apelido irônico. Ela estava sempre tentando levá-lo a adotar um tom mais alegre.

— Ponha um pouco de brilho! — ela dizia, fazendo gestos de jazz e uma cara exageradamente feliz.

Quando Viola estava na Escola Mount, em York, havia uma professora de teatro que costumava fazer isso. As garotas achavam uma ideia ridícula, mas ela conseguia ver o valor de um tom de voz alegre mesmo quando o sentimento não existia. Era mais provável conseguir o que se queria, por um lado. E, por outro, as mães não teriam vontade de estrangular os filhos a cada cinco minutos. Não que ela seguisse seu próprio conselho. Havia muito tempo que Viola não punha um pouco de brilho em coisa alguma. Se é que já pusera.

— Estou *com fome* — disse Sunny com mais veemência.

Ele tinha um jeito de arreganhar os dentes quando estava zangado que era medonho. E também mordia quando realmente se irritava. Viola ainda estremecia de horror com a lembrança da visita que tinham feito a seu pai no ano anterior, arrastando-se para o norte para o aniversário de Sunny. Sem Dominic, é claro, ele não ligava para coisas como família.

— *Família?* — repetiu seu pai, perplexo. — Ele não liga para "coisas" como família? Mas ele *tem* uma família. Você. Os filhos. Sem falar na própria família dele.

Dominic "não se dava" com os pais, e Teddy se incomodava muito com isso.

— Não, quero dizer, "coisas tradicionais" — respondeu Viola.

(É, *coisa* é uma palavra superabundante no vocabulário de Viola.) Se ele não fosse o pai de seus filhos, Viola poderia ter admirado Dominic pelo modo como ele era capaz de se isentar com facilidade de qualquer obrigação com a simples afirmação de seu direito de autossatisfação.

Sunny já ensaiava um acesso de raiva quando foi ajudado pelo avô a soprar as velas de seu bolo. Viola tinha feito o bolo naquela manhã, na cozinha do pai, e então escrevera "Feliz Aniversário, Sunny" com pastilhas coloridas na parte de cima, mas com tão pouca habilidade que seu pai pensou ter sido Bertie quem fizera a decoração.

— Quando vamos comer o bolo? — resmungou Sunny.

Ele tinha sido obrigado a se submeter (todos haviam sido obrigados a se submeter) a um indigesto macarrão integral com queijo feito por Viola que, na opinião de Sunny, não era uma refeição de aniversário. E, além do mais, supunha-se que aquele fosse o bolo *dele*.

— O sr. Bonsmodos não gostaria de ouvir esse tom — disse Viola.

Teddy perguntou-se quem seria aquele sr. Bonsmodos. Ele parecia ter usurpado a autoridade paterna.

Viola cortou o bolo e colocou uma fatia na frente de Sunny, que então, por nenhuma razão que Viola pudesse entender, avançou como uma víbora e mordeu seu braço. Sem pensar, ela lhe deu uma bofetada. O choque o catapultou em silêncio, um segundo estendido ao infinito, enquanto a sala prendia o fôlego à espera do berreiro apoplético que viria. E veio.

— Bem, ele me *machucou* — argumentou Viola, na defensiva, ao ver a expressão no rosto do pai.

— Ele tem *cinco* anos, Viola, pelo amor de Deus.

— Ele precisa aprender a se controlar.

— E você também — retrucou o pai, pegando Bertie no colo como se ela precisasse ser protegida de nova violência materna.

— Bem, o que você esperava? — disse Viola com aspereza para Sunny, disfarçando a vergonha e o remorso que sentia por seu comportamento deplorável.

Os gritos tinham se transformado em uivos, grossas lágrimas de angústia e desespero manchando o rosto de Sunny, já coberto de bolo de chocolate. Ela tentou pegá-lo no colo, mas, tão logo pôs os braços em volta dele para erguê-lo, o corpo do menino se contraiu num espasmo, transformando-se numa tábua rígida impossível de segurar. Quando ela o pôs de volta no chão, ele começou a chutá-la.

— Você não pode sair por aí chutando e mordendo as pessoas e achar que não haverá consequências — disse Viola, tão empertigada quanto uma babá antiga, sem revelar nenhum sinal da confusa mistura de emoções que ocupava suas entranhas.

Podia sentir um demônio se contorcendo dentro dela. O demônio muitas vezes falava pelos lábios enrugados da Babá Empertigada. O sr. Bonsmodos, intimidado, cedeu seu lugar à Babá Empertigada.

— Posso sim! — Sunny rugiu.

— Não, não pode — disse com calma a Babá Empertigada —, porque um policial enorme vai chegar aqui e levar você embora para a prisão e deixá-lo lá por muitos anos.

— Viola! — exclamou seu pai. — Pelo amor de Deus, contenha-se. Ele é um garotinho.

Ele estendeu a mão para Sunny e disse:

— Venha, vamos sair daqui e encontrar um doce para você.

Ele sempre era a voz da razão, não era? Ou "A Voz da Razão", na cabeça de Viola, concedendo ao pai as letras maiúsculas do Velho Testamento. Sempre a puxando para trás. Teimosa, não reconhecia naquela voz o murmúrio apreensivo de sua própria consciência.

Deixada sozinha à mesa, Viola caiu no choro. Por que tudo sempre acabava daquele jeito? E por que era sempre culpa *dela*? Ninguém nunca se preocupou em saber como *ela* se sentia, não é? Ninguém fez um bolo de aniversário para *ela*, por exemplo. Nunca mais, pelo menos. O pai costumava fazer, mas ela não recebia bem suas oferendas domésticas e ansiava pelo tipo de bolo de aniversário visto nas vitrines de Terry's ou Bettys, confeitarias que, uma de frente para a outra, se enfrentavam dos dois lados da St. Helen Square, como um casal beligerante.

Para seu aniversário de cinquenta anos, Viola encomendou seu próprio bolo na Bettys, pois Terry's havia tempos tinha abandonado o campo de batalha. "Feliz cinquentenário, Viola", escrito com delicadeza em lilás sobre branco porque, apesar de fortes insinuações, Bertie não conseguira compreender como era significativo chegar a meio século. Viola sobrevivera à mãe por mais de três anos, o que não era uma competição que tivesse desejado ganhar. Àquela altura, sua mãe retrocedera para um efêmero passado do qual não poderia ser recuperada. Quanto mais Viola esquecia a mãe, mais sentia falta dela.

Não contou a ninguém sobre o bolo dos cinquenta anos e comeu-o inteiro sozinha. Durou semanas, embora tenha ficado muito mofado no final. Pobre Viola!

Ela pegou todas as pastilhas cor de laranja do bolo de Sunny. Tinham sido feitas numa fábrica — todas, não só as de cor laranja — do outro lado da cidade. Viola tinha ido, numa excursão da escola, à fábrica Rowntree e visto as cores serem reviradas, todas juntas, no que se parecia com uma betoneira feita de cobra brilhante. No fim da visita, todos ganharam uma caixa de chocolates. Viola nunca os comeu porque, ao chegar em casa, jogou-os em cima do pai. Não conseguia se lembrar da razão. Talvez porque ele não fosse sua mãe.

Levou os pratos sujos de bolo para a cozinha e os colocou na pia. Pela janela, podia ver Sunny e Bertie no jardim com o avô, que lhes mostrava os narcisos. ("Milhares!", disse Sunny, agitado, quando entrou correndo.) Viola olhou para os filhos, ajoelhados entre as flores, os rostos brilhantes com reflexos dourados. Riam e conversavam com seu pai. A visão fez com que se sentisse estranhamente triste. Era como se tivesse estado, a vida inteira, do lado de fora da felicidade.

— Fome! — Sunny gritou para ela.

Viola, cujos olhos continuavam no mar, tão atentos quanto um faroleiro à procura de um naufrágio, alcançou a mochila e revirou às cegas seu interior antes de apresentar o saco de papel que continha os sanduíches que haviam sobrado — coisas rijas feitas com um pesado pão de centeio caseiro e recheadas com patê Tartex e pepino molengo. Sunny se enfureceu com o reaparecimento daquele banquete nada atraente.

— Eu não quero isso — berrou, jogando o sanduíche em cima dela.

Sua mira era péssima, e o sanduíche foi abocanhado e devorado por um agradavelmente surpreso labrador que por acaso passava por ali.

— *Como é?* — Viola perguntou, num tom de voz que não indicava nenhuma intenção de ouvir explicações.

— Eu quero alguma coisa *agradável* — respondeu Sunny. — Você nunca dá nada *agradável*.

— Eu quero nunca consegue — disse Viola.

(Isso não funcionava para o labrador, Sunny pensou.)

A Babá Empertigada tinha ido para a praia com eles, ao que tudo indicava. Ela ofereceu o sanduíche a Bertie, que cavava uma série de buracos. Bertie agradeceu.

— Obrigada, mamãe — ela gostava do jeito como sua obediência tornava a mãe agradável.

— De nada — Viola respondeu.

Sunny rosnou para aquela flagrante pantomina de boas maneiras, representada, ele sabia, só para que se sentisse mal. Era como quando jogavam Famílias Felizes (jovem demais para compreender a ironia) e quem não dissesse "por favor" e "obrigado" *todas as vezes* perdia o Mestre Camundongo ou o sr. Robin, mesmo que tivesse apenas *se esquecido*.

— Eu odeio você — murmurou para Viola.

Por que ela *nunca* era agradável com ele? "Agradável" era o ideal de Sunny. Um dia seu vocabulário utópico seria maior, mas por enquanto ele ficava com "agradável".

— Eu odeio você — repetiu, mais para si mesmo do que para a mãe.

— Lá-lá-lá... — fez Viola. — Acho que não consigo ouvi-lo.

Ele respirou fundo e gritou o mais alto que conseguiu:

— Eu odeio você!

Quem estava em volta se virou para olhar.

— Acho que algumas pessoas lá no mar não ouviram — comentou Viola com aquele jeito faz-de-conta-que-não-ligo que adotava e fazia Sunny querer destruí-la.

A arma gelada do sarcasmo era uma maldade perpetrada pela mãe contra a qual ele não tinha defesa. Uma tempestade se armava em seu coração atormentado. Seria capaz de explodir. E isso serviria muito bem a sua mãe.

Desista de querer brigar com ela, pensou Bertie. Você nunca vai vencer. Nunca. Continuou a cavar, tranquila, com uma das mãos manejando a pequena pá de cabo curto, e a outra segurando o sanduíche que não tinha intenção de comer. Depois de cavar placidamente por algum tempo, mudou de posição e começou outro buraco, como se tivesse um plano em mente, embora o plano não fosse além de cavar tantos buracos quanto fosse possível antes do fim do dia.

Bertie tinha sido batizada de "Lua" — batizada não, "chamada", numa "cerimônia de nomeação" inventada por Dorothy e realizada à noite no bosque atrás da casa, na presença de toda a comunidade. Viola entregou a bebê adormecida e tranquila a Dorothy, que a ergueu para a Lua como se Bertie fosse uma oferenda e, no mesmo instante, Viola se perguntou se sua recém-nascida seria sacrificada. Bertie tinha "o privilégio" de ser a primeira criança nascida na comunidade, disse Dorothy.

— Nós damos o futuro a você — sentenciou ela, dirigindo-se à Lua, que permaneceu indiferente à oferta.

Caiu a chuva, Bertie acordou e começou a chorar.

— Agora devemos nos banquetear! — declarou Dorothy ao entrarem.

Não com a bebê, mas com a placenta, que Jeanette fritou com cebolas e salsa. Viola recusou sua porção, parecia-lhe algum tipo de canibalismo, além de ser absolutamente nojento.

E, sim, Sol e Lua, aqueles eram mesmo seus nomes.

Por sorte, Bertie recebera também o nome da avó.

— Lua Roberta — disse Teddy, tentando manter a voz inexpressiva ao telefone, ao ser informado. — É incomum.

— Bem, ninguém quer ter um nome igual ao de todo mundo, quer? — respondeu Viola. — Há Sofias e Sarahs demais por aí. Queremos alguma coisa que nos faça sobressair pela diferença.

Teddy tendia a acreditar no contrário, mas guardou sua opinião. Não durou muito. Sol virou Sunny e Bertie escapou de ser Luinha recusando-se a responder a qualquer versão lunar de seu nome, até que a maioria das pessoas esqueceu que aquilo existia em sua certidão de nascimento, um nascimento que Dominic registrou com muita relutância por achar isso uma obrigação ditada por uma "burocracia totalitária", mesma razão pela qual ele e Viola não eram casados.

A única pessoa a quem Bertie dava permissão para lembrar a ideia lunática dos pais era o avô, que às vezes a chamava de "Bertie Lua", o que ela achava curiosamente reconfortante.

Terminou outro buraco, se é que um buraco pode ser considerado acabado, e derrubou o sanduíche dentro dele.

Viola deu a mochila a Sunny e disse:

— Tem uma tangerina poncã aí dentro. Em algum lugar.

O filho rosnou diante da ideia de uma poncã.

— Ah, deixa de ser rabugento, tá bom? — Viola murmurou, atenta demais ao mar para se irritar de verdade com ele.

("Por que vocês *tiveram* filhos?", Bertie perguntou, anos depois. "Só pelo imperativo biológico de procriar?" "É por isso que todo mundo tem filho", Viola concordou, "só fantasiam o motivo com roupagens mais sentimentais.")

Viola desejou ter um binóculo. O sol cintilando sobre a água tornava difícil ver qualquer coisa com clareza. Havia um monte de gente no mar e daquela distância pareciam todos praticamente indistinguíveis, só vultos boiando no azul como focas preguiçosas. Sua hipermetropia era enorme, mas ela era vaidosa demais para usar óculos.

Sunny abandonou por algum tempo a batalha e voltou a catar seixos. Adorava seixos. Rochas, pedras, cascalho, mas seixos rolados pelo mar eram o máximo. Não podia acreditar que maravilha de fonte era aquela praia. Era provável que jamais conseguisse catar todos.

— Cadê o papai? — Bertie perguntou, erguendo de repente os olhos de seus buracos.

— Nadando.

— Onde?

— No mar, é claro.

* * *

Perto de onde estava sentada, Viola percebeu uma vareta de madeira, cor de osso e frágil, espetada na areia como o dedo de um esqueleto. Pegou-a e começou a desenhar a esmo símbolos na areia seca — pentagramas, luas corníferas e a caluniada suástica. Começara havia pouco tempo a estudar magia. Ou "Mágika".

— O que você pretende... cortar uma mulher ao meio? — perguntou-lhe Teddy, perplexo.

— Mágika Ritual. Escrita com k. Feitiçaria, ocultismo, paganismo. Tarô. Não são *truques*, são coisas terrenas profundas.

— Feitiços?

— Às vezes — disse ela com um modesto dar de ombros.

Ela tinha lido o tarô na noite anterior, com Jeanette. O Sol, a Lua, o Louco, um atrás do outro... sua família. A Grande Sacerdotisa... Dorothy, é claro. A Torre... uma desgraça, um recomeço? A Estrela... outro bebê? Deus me livre, apesar de Estrela ser um nome bonito. Há quanto tempo Dominic tinha ido? Ele era um bom nadador, mas não tão bom a ponto de poder ficar tanto tempo na água.

O sol resplandecia. Para a Mágika eram necessárias a noite, uma vela tremeluzente derretendo no escuro, não aquela superexposição. Viola jogou fora a vareta e suspirou de calor. Não havia tirado as botas, a bata, a saia e o lenço, e ainda estava vestida com mais roupas do que qualquer outra pessoa na praia. Por baixo, usava uma anágua antiga e um corpete de mangas compridas que não combinava, coisas cobertas de fitas e enfeites de bordado inglês que encontrara numa loja de segunda mão. Sem que Viola soubesse, o corpete pertencera originalmente a uma balconista que morrera de tuberculose e que teria ficado chocada e nem um pouco contente ao ver sua roupa íntima em exibição numa praia em Devon.

Viola desistiu de inspecionar o mar e enrolou outro cigarro. Detestava a beira do mar. Todos os verões, quando era pequena, quando ainda eram uma família de verdade, tinham ido para praias frias e úmidas em suas obrigatórias férias de verão. O purgatório, no que dizia respeito a Viola. Só poderia ser ideia de seu pai. A mãe, com certeza, teria preferido ir para algum lugar mais quente e ensolarado, onde poderiam se *divertir*, mas o pai tinha o tipo de personalidade puritana que considerava uma praia no mar do Norte *boa* para uma criança. Tragou o cigarro com fúria. Sua infância tinha sido *desfigurada* pela sensatez dele. Deitou-se na areia e fitou o céu sem nuvens enquanto avaliava o quanto era insuportável o tédio de sua vida. Logo isso também se tornou entediante, e ela se sentou e tirou um livro da mochila sem fundo.

Nunca ficara sem um livro, até onde conseguia se lembrar. Filhos únicos nunca ficam. A literatura alimentara suas fantasias infantis e a convencera de que um dia ela seria a heroína de sua própria narrativa. Na adolescência, habitara o século XIX, percorrendo charnecas com as Brontë, afligindo-se com a coerção das salas de estar de Austen. Dickens era seu amigo, um tanto sentimental. George Eliot, outro, o mais rigoroso. Viola, no momento, relia um velho exemplar de *Cranford*. Elizabeth Gaskell não se sentia à vontade em Adam's Acre, quando o tema da leitura ia de Hunter S. Thompson aos *Sutras* de Patanjali, sem muitos intermediários. Viola sentou-se na areia quente, enrolando uma mecha de cabelo no dedo, hábito antigo que irritava todos menos ela mesma, e se perguntou por que não tinha se dedicado mais à universidade em vez de se deixar levar por Dominic e se deitar para fumar maconha. Poderia ser uma conferencista agora. Até mesmo uma professora. O sol reverberou nas páginas brancas e brilhantes da sra. Gaskell, e Viola desconfiou de que estava prestes a ter dor de cabeça. Sua mãe, basicamente, morrera de dor de cabeça.

Aquele curto intervalo foi quebrado por Sunny mudando de ideia em relação à poncã, mas, em vez de comê-la, atirou-a em Bertie, gesto que levou a uma violenta competição de gritos entre os dois, só interrompida pela manobra de distração de lhes dar dinheiro para comprar sorvetes. Havia uma caminhonete na calçada, e Viola os observou andar com dificuldade naquela direção até que não foi mais capaz de distingui-los. Fechou os olhos. Cinco minutos de paz, seria pedir muito?

Viola estava no primeiro ano numa austera universidade de concreto e vidro quando conheceu Dominic Villiers, desertor de uma escola de arte ainda pairando às margens da vida acadêmica. Era o morgado (Viola precisou procurar a palavra no dicionário) de uma família semiaristocrática. Seu lendário uso de drogas, os estudos na escola pública e os pais ricos que rejeitara a fim de viver em miséria pictórica, tudo lhe dava certo encanto. Viola, louca para se rebelar e arrebentar as correntes provincianas da burguesia, ainda que por procuração, foi atraída por aquela infâmia.

Dominic também era muito atraente e ela ficou envaidecida quando, depois de rodeá-la por várias semanas, ele se atirou sobre ela (ainda que um tanto apático, se é que alguém pode se atirar com apatia) e disse:

— Bora para a minha casa?

Nenhuma gravura à venda em seu esquálido apartamento, mas montes de telas grandes que davam a impressão de que as cores primárias haviam sido simplesmente jogadas em cima delas.

— Você entendeu? — disse ele, impressionado por ela compreender sua técnica.

Viola, ignorante que era do assunto, não pôde deixar de pensar: Mas eu poderia ter feito isso.

— Elas se vendem? — perguntou com inocência, e recebeu uma paciente preleção quanto a "subverter as relações de permuta entre produtor e consumidor".

— Você está falando de passar as coisas adiante? — perguntou, atônita. Como filha única, nunca passara nada adiante.

— Ei! — foi a reação lacônica dele ao se virar da apreciação de sua própria arte e vê-la deitada nua em seus lençóis imundos.

Ele vivia de ajuda de custo do governo, o que era bacana, disse, porque significava que o "Estado stalinista" pagava para que produzisse arte.

— O contribuinte, você quer dizer? — Teddy questionou.

Viola tinha adiado por muito tempo a ocasião de levar seu "galã" (termo de Teddy, ele tinha buscado alguma coisa inócua) à casa paterna, com medo de que os pontos de vista silenciosamente conservadores do pai e a ordeira moderação de sua casa em York pegassem mal para ela. Pensava com aversão no jardim do pai, fileiras caprichadas de sálvia, magnólia e lobélia, vermelho, branco e azul. Por que não plantar logo uma bandeira?

— Não é patriotismo — ele protestou. — Acontece que acho que essas cores ficam muito bem juntas.

— Jardins — disse Dominic.

Teddy esperou o resto da frase, que não veio.

— Você gosta deles? — ajudou.

— Pode crer, são muito bons. Minha gente tem um labirinto.

— Um labirinto?

— Pode crer.

Dominic, para seu crédito, orgulhava-se de seu igualitarismo. "Lordes ou lixeiros, dá tudo na mesma pra mim", ele dizia, embora Viola suspeitasse de que ele conhecesse mais lordes do que lixeiros. Sua "gente", como ele os chamava, morava nas profundezas de Norfolk e era da tribo da caça, tiro e pesca, vagamente aparentada com a realeza, "pelo lado errado do muro". Viola nunca os conhecera, a desavença ainda incólume mesmo depois do nascimento de Sunny e Bertie.

— Eles não querem conhecer os netos? — disse Teddy. — É muito triste.

Viola ficara aliviada. Desconfiava que nunca seria bem-vista pela "gente" dele.

— Por que exatamente ele se desligou deles? — Teddy quis saber.

— Ah, você sabe, o de sempre... drogas, arte, política. Eles acham que sou perdulária, eu acho que eles são fascistas.

— Bem, ele é um sujeito bonitão, de qualquer maneira — disse Teddy, buscando algo de positivo para dizer enquanto Viola e ele lavavam a louça juntos depois de uma salada de presunto e uma torta de maçã que ele fizera naquela manhã.

Teddy era "jeitoso" na cozinha. ("Embora seja eu quem diga.") Dominic tirava "uma pestana" na sala de estar.

— Cansado, ele? — perguntou Teddy.

Viola nunca vira seu pai dormindo, nem mesmo um cochilo na espreguiçadeira.

Quando Dominic acordou, Teddy, incapaz de pensar em qualquer outra coisa (não sabia a razão, mas não conseguia imaginar Dominic participando de jogos de tabuleiro), mostrou os álbuns de fotos nos quais o constrangimento da filha era exibido em várias idades e em diferentes graus. Viola nunca foi boa na frente de uma câmera.

— Ela é muito mais bonita na vida real — comentou Teddy.

— Pode crer, muito sexy — disse Dominic, olhando-a de lado.

Viola ficou um pouco envaidecida. O pai, ela percebeu, fez uma careta com a observação de Dominic e tudo o que ela significava. Acostume-se, pensou. Sou uma mulher adulta, agora. ("Transo, logo existo", tinha escrito na capa do seu exemplar da Penguin Classics do *Discurso do método*, de Descartes, satisfeita com sua iconoclastia.)

Ela era a seguinte numa longa fila de namoradas e nunca teve certeza da razão de Dominic ter parado nela. Não parado, só em pausa, ficou claro.

— Mas você é aquela para quem eu sempre volto — disse ele.

Como um cachorro, ela pensou, mas não sem satisfação.

Eram ambos, em essência, muito preguiçosos, e era mais fácil continuarem juntos do que se separarem.

Viola conseguiu dar um jeito de chegar às provas finais e saiu-se com um medíocre último lugar, um diploma misto em filosofia, estudos americanos e literatura inglesa.

— É irrelevante, afinal — declarou. — A vida é o que se vive, não qualificações num papel.

Não contou a ninguém como se sentiu miserável e desapontada com suas notas e escolheu não comparecer à cerimônia de formatura, "um blá-blá-blá sem sentido a serviço da hierarquia estabelecida".

— Você pode se arrepender no futuro — Teddy aconselhou.

— Você só quer uma foto minha de chapéu e beca para pôr na parede e exibir — retrucou ela, irritada.

Bem, o que haveria de tão errado nisso?, Teddy pensou.

— Vocês não vão se casar, então? — perguntou Teddy, hesitante, quando Viola lhe disse que estava grávida de Sunny.

— Ninguém mais se casa — ela respondeu com desdém. — Isso é uma convenção burguesa ultrapassada. Por que eu iria querer ficar algemada a alguém pelo resto da minha vida só porque uma sociedade autoritária quer assim?

— Ora, não é tão ruim — disse Teddy. — A gente se acostuma com as "algemas" depois que as coloca.

Quando Sunny nasceu, eles viviam num prédio invadido em Londres, com mais dez pessoas. Compartilhavam cozinha e banheiro e tinham um quarto que podiam chamar de seu atulhado com as pinturas de Dominic, além de toda a parafernália do bebê que Teddy financiara quando percebeu que ninguém mais iria comprá-la. Ele se assustara porque Viola parecia não fazer ideia do que envolvia o fato de ter um bebê.

— Você vai precisar de um berço — ensinou — e de uma banheirinha de bebê.

— Ele pode dormir numa gaveta — disse Viola —, e eu posso lavá-lo na pia.

("Pode crer", concordou Dominic. "É assim que os pobres fazem desde sempre.")

Guardar numa gaveta? Como uma coisa? Teddy desenterrou suas economias e mandou-lhes um berço, um carrinho e uma banheira.

Dominic quase nunca terminava um quadro. Às vezes, apesar de sua rejeição declarada pela economia capitalista, tentava vender algum, mas não conseguia nem mesmo dar sua arte. Viola se perguntava se um dia seriam encontrados enterrados debaixo de um monte de telas dele. O resultado era que não tinham dinheiro. Dominic se recusava a pedir qualquer coisa a sua família.

— É muito nobre da parte dele aferrar-se assim a seus princípios — ela disse ao pai.

— Muito — concordou Teddy.

Invadir era a coisa lógica a fazer, ela explicou.

— Considerar a terra um bem que você pode possuir quando se trata de algo que todos nós compartilhamos...

O argumento, que era de outra pessoa e não dela, esgotou-se. Ela não dormia direito havia semanas. Sunny uivava no começo da madrugada como se estivesse em paroxismos de pesar pela perda de suas nuvens de glória. (Ele nunca se recuperaria de todo daquele roubo.) Teddy apareceu um dia na porta do imóvel invadido, dizendo:

— Não esperei pelo convite. Do contrário, nunca saberia quando seria apresentado ao camaradinha.

O que era sem dúvida uma crítica a ela por não ter arrastado o bebê e sua comitiva de coisas para um trem, quando ela mal conseguia botar um pé na frente do outro.

Teddy comprara um buquê de flores, uma caixa de chocolates e um pacote de macacões.

— Da Mothercare — disse ele. — É nova, você já foi? Eu queria que houvesse roupas assim quando você era bebê. Eram só casaquinhos e botinhas românticos e complicados. Um enxoval, como costumávamos chamar. Você vai me deixar aqui na porta?

Enquanto abriam caminho em meio a bicicletas, a maioria quebrada, e caixas de papelão no hall de entrada, ele disse:

— Então isto é uma propriedade ilegal, hein?

("Ah, eu era mesmo radical, uma anarquista", declararia Viola anos mais tarde. "Morei numa propriedade invadida em Londres — tempos incríveis", quando na verdade tinha passado frio, sido infeliz e sozinha na maior parte do tempo, sem falar que estava paralisada pela maternidade.)

Teddy pegou o trem de volta para o norte no mesmo dia e passou toda a noite em claro, preocupado com sua única filha e o único filho dela. Viola tinha sido um bebê adorável, perfeito. Mas naquela época todos os bebês eram perfeitos, ele supunha. Até Hitler.

— Uma comunidade rural? — exclamou Teddy quando Viola lhe falou do próximo arranjo.

— É. Vida comunitária. Significa evitar os efeitos destrutivos do sistema capitalista e encontrar uma nova maneira de ser — ela explicou, papagueando Dominic. — E "antiestablishmentarianismo" — acrescentou como complemento.

Era a palavra mais comprida que conhecia e a ouvira sendo propalada na universidade, embora o significado continuasse vago para ela. ("A Igreja?", surpreendeu-se Teddy.)

— A sociedade organizada é a bancarrota moral e financeira. Nós vivemos da terra — concluiu ela, com orgulho.

— "A verdadeira liberdade existe onde um homem recebe seu sustento e preservação, e isso reside no desfrute da terra" — Teddy citou.

— O quê?

Desculpe-me, pensou Teddy. Aquilo era o que ela aprendera quando criança.

— Gerrard Winstanley — disse. — Os verdadeiros igualitários. Os escavadores. Não?

Perguntou-se o que mais Viola conseguira não aprender. Teddy ficava intrigado com todos aqueles movimentos radicais idealistas que brotaram em torno da Guerra Civil, cogitando se teria se juntado a algum caso vivesse naquela época. *Você verá o mundo virado de cabeça para baixo.* ("É um lamento, não um regozijo", Ursula o repreendera, havia muito tempo.) Todos eles sem dúvida alardearam o mesmo tipo de disparate de Viola. Os Kibbo Kift eram seus herdeiros naturais, supunha.

— O reino pacífico e tudo mais — disse a Viola. — O desejo da restauração do paraíso na Terra — insistiu. — O milenarismo.

— Ah, *isso*! — ela exclamou, enfim ouvindo algo que reconhecia.

Tinha visto *A busca do milênio* na estante de alguém. Ressentia-se do fato de o pai saber tanta coisa.

— Estamos interessados no desenvolvimento cósmico evolucionário — afirmou em tom leviano.

Não fazia ideia do que aquilo queria dizer.

— Mas você nunca gostou do campo — surpreendeu-se Teddy.

— Ainda não gosto — Viola concordou.

Ela não estava exatamente empolgada com os novos planos de vida, mas àquela altura qualquer coisa seria melhor do que a porcaria que era aquela casa invadida.

A comunidade ocupava uma velha e desconjuntada casa de fazenda em Devon; embora a maior parte da terra tivesse sido vendida, restava o suficiente para que cultivassem seu próprio alimento (se assim fosse) e criassem cabras e galinhas. Enfim, essa era a teoria.

Desde a Idade Média a fazenda se chamava Long Grove, mas, quando Dorothy a comprou num leilão, "por uma ninharia", sobretudo porque a área que restava era pantanosa, a terra boa já tinha sido comprada por um fazendeiro vizinho (é, aquele da caminhonete Morris Minor e do quintal cheio de gansos). Dorothy rebatizou a fazenda de Adam's Acre. Uma tabuleta pintada à mão com as cores do arco-íris exibindo o novo nome foi pregada no portão, à entrada do terreno. Ninguém, nem uma única pessoa da vizinhança, usava aquele novo nome.

A comunidade já funcionava havia cinco anos quando chegaram. Três outros casais, todos em torno dos vinte anos — Hilary e Matthew, Thelma e Dave (escoceses) e Theresa e Wilhelm (holandeses). Era difícil para Viola lembrar os nomes. Além de Dorothy havia mais três pessoas solteiras — uma mulher americana na casa dos trinta, chamada Jeanette, Brian, um adolescente que parecia ter fugido de casa. ("Bacana!", disse Dominic.) E por fim Bill, um cara velho, na casa dos cinquenta. Ele tinha sido mecânico na RAF,* e Viola disse:

— Ei, meu pai foi da RAF, durante a guerra.

E ele respondeu:

— É mesmo? Em que esquadrão?

— Menor ideia — disse ela, dando de ombros.

Nunca tinha falado com o pai sobre a guerra e, afinal, aquilo tinha sido *havia anos*. Sua indiferença pareceu desapontar Bill.

— Eu sou pacifista — explicou.

— Somos todos, querida.

Ela era *mesmo*, pensou, irritada. Tinha frequentado uma escola Quaker, caramba! E tomado parte numa manifestação contra a Guerra do Vietnã, durante a qual fizera de tudo para ser presa. Seus dias de glória ainda estavam por vir — Greenham, Upper Heyford —, mas ela vinha havia muito trilhando

* Royal Air Force, Força Aérea Real.

o caminho da justa indignação. O pai tinha pilotado aviões, lançado bombas sobre as pessoas. Era provável que tivesse sido o responsável pelo bombardeio de Dresden — *Matadouro-5* tinha feito parte de seu currículo na universidade.

("Só os Lancaster bombardearam Dresden", Teddy explicou. "E daí? E daí?", retrucou a filha. "Acha que isso absolve você?" "Eu não estou pedindo absolvição", ele concluiu.)

Viola achava que a guerra era ruim, mas ficou um tanto assustada com a falta de interesse de Bill por sua opinião. Ao que parecia, ele também não queria absolvição.

Dominic estava feliz porque tinha um estúdio, um velho estábulo caiado nos fundos, e Viola ficou aliviada por não precisar mais conviver com os quadros dele.

Crescia o número de pessoas na comunidade, com um fluxo contínuo de visitantes vindos na maioria de Londres para o fim de semana. Havia sempre completos estranhos dormindo no chão e em sofás ou sentados por lá, fumando maconha e falando. E falando. E falando. E falando. Esperava-se que "contribuíssem" ajudando na jardinagem ou na manutenção geral, mas isso raramente parecia acontecer.

Dorothy era a abelha rainha, claro. Tudo deveria ser compartilhado e realizado em comum, mas ela ainda detinha a escritura da sede da fazenda, e era a dona da caminhonete, o único meio de transporte de que dispunham, além de todo o negócio ter sido ideia dela. Tinha mais de sessenta anos, usava cafetãs, cobria o cabelo com longos lenços de seda e andava por ali tendo no rosto um sorriso beatífico que podia ser muito irritante para quem não estivesse se sentindo beatífico. Ela era uma velhota, na opinião de Viola, quase tão velha quanto seu pai. Tinha sido uma atriz sem sucesso e então tinha "ido atrás de um homem" para a Índia e voltado sem ele, mas trazendo a "iluminação". ("Por que ela é iluminada?", Viola murmurou para Dominic. "Não vejo nenhum sinal disso. Ela é como todo mundo, só que pior.")

Dominic tinha sido investigado quanto à sua adequação à comunidade, mas Viola só conheceu Dorothy quando se mudou. Dorothy, ela percebeu, gostava do som da própria voz e fazia Viola se sentir como se estivesse de volta à universidade.

— Adam's Acre — disse Dorothy, grandiloquente — é um lugar onde tudo o que é possível é tornado possível. Onde podemos explorar nossa natureza artística e ajudar os outros a encontrar a sua. Estamos continuamente nos movendo em direção à luz. Chá? — perguntou com ares de duquesa, assustando Viola, que começava a cochilar, como sempre acontecia em palestras.

Dorothy entregou a Viola uma caneca grosseira com alguma mistura lamacenta e amarga.

— Não é o tipo de chá que você conhece, imagino — disse Dorothy.

E Viola se perguntou se ela estaria tentando drogá-la ou envenená-la. ("Você é tão paranoica", disse Dominic.)

Balançou a cabeça quando Dorothy perguntou: "Bolinho?", estendendo um prato onde estava empilhado algo que parecia um paralelepípedo. Houve uma pausa enquanto Dorothy mastigava um pedaço de uma daquelas pedras.

— Você vai descobrir — ela continuou afinal — que somos uma indefinida *gestalt* de indivíduos poderosos que por acaso se movem no mesmo sentido. Na direção de um entendimento transcendental.

— O.k. — disse Viola, cautelosa, sem fazer ideia do que significavam as palavras que caíam dos lábios cobertos de migalhas de Dorothy.

Havia a meditação transcendental, é óbvio, que ela já tinha feito, e tinha estudado o movimento transcendentalista em literatura americana, arando seu caminho através de *Walden* e da *Natureza* de Emerson, mas nada disso parecia ter muito a ver com a queima de sálvia e os cânticos profanos de Dorothy (como um gorila deprimido).

— Para que funcione, todos devemos contribuir — Dorothy afirmou.

Devemos?, pensou Viola, exausta. Estava gigantescamente grávida de Bertie e ainda carregava Sunny no colo.

Sem nenhuma habilidade especial, ela foi encarregada das tarefas gerais — cozinhar, limpar, fazer pão, trabalhar no jardim, ordenhar a cabra "e por aí afora".

— Trabalho doméstico, basicamente? — Viola perguntou.

Ela havia marchado num protesto a favor de "Salários para o trabalho doméstico" quando era universitária, mesmo que nunca tivesse feito nenhum, e não ficou muito feliz com a ideia de fazer isso agora. E fazer coisas para os outros em vez de fazê-las para si mesma, que parecia ser o que significava viver numa comunidade. Havia também "tarefas leves de jardinagem", que queria dizer escavar o duro solo vermelho que estava cheio de cardos nas bordas em torno do gramado dos fundos. Foi poupada do "trabalho agrícola", como Dorothy chamava o cultivo de tubérculos franzinos e repolhos bichados. Os escavadores, ela pensou, infeliz, quando estava lá fora, na chuva, tentando abrir caminho na lama com uma pá torta. Tinha se tornado uma escavadora, se não *a* escavadora, já que ninguém mais parecia estar envolvido naquela tarefa específica, não inconsequente — as fronteiras eram enormes.

E estavam no meio de *lugar nenhum*. Viola nunca gostou do campo, aquele era um lugar frio e enlameado, cheio de desconfortos intermináveis. Quando era pequena, também tinham vivido numa velha casa de fazenda. No meio do nada, além de paisagens, e ela se lembrava do pai sempre insistindo com ela para ir lá fora "tomar um pouco de ar fresco", acompanhá-lo em caminhadas para procurar pássaros, árvores, ninhos, "formações rochosas". Por que alguém iria querer procurar uma formação rochosa? Lembrava-se de como ficou contente quando se mudaram para York, para uma casa geminada com aquecimento central e carpetes. Um prazer de curta duração, é claro, pois o que era uma casa sem uma mãe?

A comunidade tinha uma tenda num mercado mensal na cidade, onde vendiam coisas que tinham feito — pesadas formas de pão que pareciam mísseis que seriam arremessados de catapultas. E havia as velas multicoloridas e malcheirosas que se derretiam em poças repugnantes. E a cerâmica, claro. Wilhelm tinha um forno que era a fonte das canecas grossas e dos pratos que eles usavam. Havia também as cestas de vime de cuja tecelagem todos participavam. Como cegos, pensou Viola quando lhe pediram que aprendesse. Era a vida de um servo não remunerado do século XVIII, misturada com cestaria, considerou. E tinha que cuidar dos filhos, porque, apesar de toda a conversa sobre tarefas compartilhadas, ninguém estava muito interessado em Sunny, pelo que não podia culpá-los. O dinheiro era comum a todos, guardado num cofrinho, e ela não podia tirar um centavo dele sem antes justificar o gasto. Um dia, Viola pensou, ela iria fugir e levar com ela o cofrinho e gastá-lo em Coca-Cola, chocolates, fraldas descartáveis e todas as outras coisas condenadas pela comunidade.

Dorothy, por sua vez, parecia passar muito tempo "equilibrando seus chacras" (tudo bem para alguns, Viola pensava) e tendo seu tarô lido por Jeanette. Fazia muito pouca cestaria, e Viola nunca a tinha visto ordenhar a cabra, uma Toggenburg rabugenta que desprezava Viola tanto quanto Viola a desprezava.

Os únicos momentos em que conseguia ter alguma paz em Adam's Acre era quando saía fingindo procurar ovos. As galinhas punham em qualquer lugar que queriam, era ridículo. Teddy tinha galinhas, mas eram aves disciplinadas, que punham em seus ninhos. Nem mesmo numa busca infrutífera de ovos ela se via livre das investidas de Dorothy (ela surgia do nada, era como um morcego).

— Você é Viola Todd, não é? — ela perguntou um dia, num tom um tanto acusador, aparecendo diante dela na estrada como Miss Jessel.* Bertie dormia em seu carrinho MacLaren, um item muito frágil para aquele tipo de terreno esburacado (as rodas estavam sempre saindo). Ela tinha deixado Sunny com o pai, atitude equivalente a negligência infantil.

Bertie se agitou em seu sono e ergueu a mão como se para afastar a indesejada aparição de Dorothy. Viola, que tinha estado vagando ao longo das cercas vivas, em meio a uma poderosa fantasia que envolvia duas pilhas de torradas quentes com manteiga e o Capitão Wentworth de *Persuasão*, levou um susto tremendo.

— Sim, eu sou Viola Todd — respondeu, cautelosa.

Vivia sob o mesmo teto que Dorothy havia mais de um ano e Dorothy não sabia seu nome?

— A própria.

— Sua mãe se chama Nancy? Nancy Shawcross?

— Talvez — disse Viola, ainda mais cautelosa. Não gostava do nome da mãe na boca de Dorothy. Sua mãe era sagrada.

— Bem, chama ou não chama? — Dorothy retrucou.

— Chama — concordou Viola, relutando em colocar no passado o assunto que envolvia sua mãe.

* Personagem fantasmagórico de *A volta do parafuso*, novela gótica de Henry James.

— Ela é uma das irmãs Shawcross?

— É.

Era bom falar da mãe como se ela ainda estivesse viva.

— Eu sabia! — Dorothy exclamou, teatral. — Conheci a irmã dela, Millie. Estivemos juntas nos palcos quando éramos ambas *ingénues*. Eu a perdi de vista há anos. Como está sua querida tia?

— Morreu — disse Viola, prestativa e um tanto feliz por conceder a Millie o verbo no passado.

O rosto de Dorothy desabou numa espécie de paroxismo de angústia. Ela levou a mão à testa, num arremedo de desespero.

— Morreu!

— Eu mal a conheci — disse Viola, com naturalidade. — Ela parecia estar sempre fora do país.

— Humm — fez Dorothy, como se insultada pela notícia, e franziu a testa: — O que você está fazendo, afinal?

— Procurando ovos — mentiu, sem dificuldade.

Sempre devia ser vista fazendo alguma coisa útil. Era tão cansativo.

— Esta criança (eles eram sempre "esta criança" ou "estas crianças") não deveria estar usando um barrete?

— Barrete? — Viola repetiu, surpresa por uma palavra tão antiga. (O capitão Wentworth acenou.) — Preciso ir — disse. — Há ovos a procurar.

Quando Viola engravidou de Bertie, Dorothy defendera a ideia de um "parto natural" para o novo bebê de Adam's Acre. Viola não conseguia imaginar coisa pior. Sunny nascera num grande e movimentado hospital-escola em Londres, com Viola bêbada, como um gambá, da anestesia de peditina. À noite, os bebês eram levados para um berçário, e todas as mães recebiam pílulas para dormir. Era uma bênção. Elas eram mantidas lá por uma semana e nutridas com refeições, lanches e bebidas lácteas, e não se esperava delas mais do que amamentar e trocar as fraldas dos bebês, muitas vezes sem sequer sair da cama. Viola não pretendia desistir de tudo aquilo por algum torturante rito de passagem orquestrado por Dorothy (que não tinha filhos). Não conseguia deixar de pensar no *Bebê de Rosemary*.

Ela era uma prisioneira virtual. Não havia telefone na fazenda e como chegaria ao hospital se ninguém a levasse na caminhonete? Lamentava agora não ter perseverado nas aulas de motorista dadas pelo pai quando ainda estava em casa. Não queria ficar enfiada num carro com o pai, enquanto ele ensinava coisas que ele sabia e ela não (o que era quase tudo). Ele era um professor irritantemente paciente. De súbito, ela se lembrou de uma coisa, de como o pai passara todas as manhãs de sábado, um ano inteiro, lhe dando aulas para que ela conseguisse passar na prova de matemática. Durante todo o ano ele usara o mesmo lápis, pequeno e de grafite macia. Viola não era capaz de pôr as mãos no mesmo lápis ou caneta por mais de um dia sem perdê-los. Sentiu-se mal com a lembrança da álgebra e das equações que tinham resolvido, com o pai persistindo até que ela tivesse (mal e mal) entendido. Tudo esquecido agora, é claro; então de que tinha adiantado? E tudo aquilo só tinha servido para que ela passasse raspando, com média baixa e notas sofríveis em todas as matérias menos inglês, pusesse o pé dentro de uma universidade medíocre e terminasse com um diploma de merda. E vejam aonde isso a tinha levado. Ali. Bem ali. Sem dinheiro, sem emprego, dois filhos, um namorado inútil. Valeria mais a pena ter saído da escola aos quinze anos e feito um curso de aprendiz de cabeleireiro.

No fim, é óbvio, ela teve Bertie num hospital e o diabo não apareceu para pegar a criança. Ele não precisava, já tinha Sunny.

Ela devia ter adormecido. Acordou num sobressalto e sentiu o desconforto da pele ardendo onde o sol tinha batido. Levou alguns segundos para se lembrar dos filhos. Quanto tempo tinha passado desde que foram comprar sorvetes? Esforçou-se para ficar de pé e os procurou na praia. Nem sinal. Sequestrados, afogados, no fundo do precipício? Quaisquer que fossem as cenas dramáticas imaginadas por Viola, todas indicavam que era uma péssima mãe.

Foram afinal encontrados, esperando pacientes, ainda que um pouco infelizes, na barraca das crianças perdidas. Viola não fazia ideia de que existisse tal coisa.

— Você fez isso de propósito? — ela perguntou a Sunny, enquanto corriam pela maré-cheia para recolher os objetos molhados e cheios de areia e enfiá-los em sacos. (Por isso que não vamos à praia, pensou.)

Sunny ficou mudo de indignação. Ficara apavorado e fora de si quando percebera que não conseguia encontrar o caminho de volta do caminhão de sorvetes. A praia era grande e quase todo mundo ali era mais alto do que ele. Tinha imaginado os dois sendo engolidos pelo mar ou tendo que ficar na areia, no escuro, sozinhos. O peso adicional de saber que era ele quem, na ausência da mãe, tinha o dever de cuidar de Bertie, era perturbador e, quando uma gentil senhora com ar maternal foi até ele e disse: "Mas o que vocês dois estão fazendo andando por aí, vocês se perderam da sua mãe?", seu alívio foi enorme, e ele desabou no choro. Amou aquela mulher com todo o seu coração.

— Nunca mais faça isso — Viola avisou.

— Eu não fiz nada — ele respondeu baixinho.

A vontade de brigar havia desaparecido. Ele tinha começado o dia como um relógio acelerado e agora sabia que mal contava os segundos.

— Cadê o papai? — perguntou Bertie.

— Nadando — retrucou Viola.

— Ele está nadando há *horas*.

— Pode crer, é isso aí — Viola concordou.

Ela não tinha relógio. Teddy lhe dera um pequeno Timex quando ela terminou o colégio, mas já o tinha perdido havia muito tempo. Por favor, faça com que Dominic esteja morto, pensou.

Se ele estivesse afogado no mar, ela poderia começar uma nova vida. Seria um jeito tão fácil de terminar com ele, muito mais fácil do que juntar as coisas e partir. E, além disso, para onde iria? E havia o dinheiro. Dominic tinha um fundo fiduciário. Ela não sabia exatamente o que era aquilo, mas ele "tinha recebido" algumas semanas antes. Havia algumas razões legais complexas (ele disse) pelas quais não podia se separar do dinheiro como tinha se separado de sua "gente". Mas ele repassara alguma coisa para ela ou seus filhos? Não, ele estava dando o dinheiro para a comunidade, passando-o por procuração para Dorothy! E pior (não, não era pior, era um pouco menos ruim), ela descobrira uma carta da mãe dele, que usara um detetive particular para encontrá-lo, e na carta ela implorava para que ele "fechasse o abismo" entre eles e a deixasse ver os netos "e a mãe deles, que com certeza é maravilhosa".

Se Dominic estivesse morto, Viola receberia o fundo fiduciário (receberia?), e não Dorothy, e poderia ir embora e viver numa casa decente e levar uma vida normal. Se ao menos tivesse se casado com Dominic e assegurado seu direito à herança, agora seria uma jovem viúva trágica e as pessoas precisariam ser gentis com ela. Poderia até ir viver com os sogros desconhecidos que caçavam, atiravam e pescavam. Eles a achavam maravilhosa, afinal. Com certeza, quando a conhecessem, era provável que mudassem de ideia, mas, quem sabe, talvez com o tempo ela pudesse ser aceita no clã e se tornar "gente" também. Poderia adorar o nome deles. Viola Villiers, meio difícil de dizer, como um exercício de trava-língua, mas por outro lado o som era bonito, como o nome das atrizes do século XVIII que se tornavam amantes de algum aristocrata e com frequência acabavam recebendo o título de duquesas.

Era provável que Sunny fosse o herdeiro de alguma propriedade ou coisa assim, e por um momento ela se permitiu imaginar cisnes em lagos e pavões em gramados. Não se importava que fossem fascistas, não mesmo, não enquanto tivessem aquecimento central e secadoras de roupa, e pão branco em vez de pão de centeio, e camas macias em vez de colchões de palha no chão.

Deveria alertar alguém? Os três estavam exaustos, com certeza cansados demais para todo o bafafá que se seguiria ao aviso de alguém desaparecido. Mas então como voltariam para casa? Não sabia dirigir. Viola deu um longo suspiro.

— Mamãe? — chamou Bertie.

Bertie captava com sintonia fina os humores de Viola.

Refizeram com dificuldade todo o caminho de volta à barraca das crianças perdidas. A mulher maternal ainda estava lá. Sunny se atirou para ela, abraçando-a pela cintura, abraçando-se a ela pelo resto da vida.

— Perdeu mais alguém? — ela perguntou a Viola, com ar animado.

Sunny, Bertie, Viola e dois policiais corpulentos estavam amontoados numa pequena viatura, sendo levados para Adam's Acre. ("Isso é a fazenda Long

Grove, não é?", indagou um dos policiais.) As crianças, no banco de trás com Viola, adormeceram no mesmo instante. Ainda estavam meladas com um velho creme de bronzear, fora as pernas, cobertas de areia. Ainda estavam descalças, Viola não tinha forças para enfiar as sandálias nelas. Começavam a cheirar mal.

Seus filhos talvez ficassem melhor sem ela. Viola deveria deixá-los com a mulher do fazendeiro, pensou, hábil em transformar egoísmo em altruísmo. Teve uma lembrança repentina dos gansos no jardim e estremeceu. Tinha sido perseguida por um ganso quando era pequena, bicada até quase a morte, e tinha pavor deles desde aquele dia. Seus pais — tinha ambos naquela época — riram dela, os dois. Gansos sempre sentiam seu medo, correndo em sua direção como mafiosos, amontoando-se em volta dela, bicando e grasnando.

— Não seja um ganso bobo — Teddy costumava lhe dizer.

Sempre lhe dizendo como ser, como não ser. (A Voz da Razão.) *A menina dos gansos* era uma história que a mãe lia para ela. Tinha a ver com um cavalo decapitado que falava, até onde Viola se lembrava.

Talvez pedisse ao guarda que continuasse dirigindo até chegar a York, e deixá-la na casa do pai. Ficou surpresa ao descobrir que sentia falta de casa. Não só das ruas estreitas e das igrejas medievais, das muralhas e do grande Minster, mas da casa geminada estreita que passara metade da vida ridicularizando.

— Sra. Todd?

Ela tinha dito aos policiais que era "senhorita", mas eles ignoraram o modismo. Ela era mãe de duas crianças, portanto não a chamariam de "senhorita".

— Chegamos, sra. Todd. Está em casa.

Não estou, ela pensou.

Viola contara sua história triste para a mulher na barraca das crianças perdidas, que no mesmo instante assumiu o comando, alertando a guarda costeira, os salva-vidas locais, a polícia e muitas outras pessoas não identificadas que andavam de um lado para o outro na calçada, estimuladas pelo drama mas desapontadas por não terem o que ver. Parecia demais para um nadador solitário perdido no mar.

Viola relatara os fatos. Eram escassos. Dominic tinha dito: "Vou dar uma nadada", corrido para o mar, mergulhado, braços e pernas batendo, e não voltara. Não havia mais nada a ser extraído daquela narrativa, e então os dois policiais corpulentos os levaram de volta a Adam's Acre. Um irascível Sunny precisou ser extraído do corpo da mulher na barraca das crianças perdidas como um marisco de uma rocha.

— Pobre bichinho — a mulher disse.

E Viola respondeu:

— Pode ficar com ele se quiser.

O que, é claro, a mulher na barraca das crianças perdidas achou que era brincadeira.

A porta da sede se escancarou quando a pequena viatura da polícia parou e Dorothy apareceu, olhou furiosa para Viola e disse:

— Você trouxe os porcos para minha porta?

Os dois policiais evidentemente se ressentiram ao serem chamados daquela maneira desrespeitosa por uma mulher que era, vamos admitir, apesar do cafetã, uma pensionista idosa e deveria saber se comportar.

— Vocês não podem entrar sem um mandado — disse Dorothy, com arrogância.

— Não pretendemos entrar — retrucou um dos policiais, farejando ostensivamente o ar, embora o único cheiro fosse o fedor do patchuli de Dorothy, ainda que houvesse muita droga ali.

Dorothy, àquela altura, tinha saído para o pátio e, de mãos nos quadris, defendia seu território.

— Não passarão — disse, como se defendesse uma barricada.

— Ora, pelo amor de Deus! — exclamou Viola, que estava exausta demais para aquele tipo de idiotice.

— Por onde diabos você *andou*, Viola? Nós nos perguntávamos o que tinha acontecido com você. Dominic está no ateliê, ele já voltou há horas.

— Ele *voltou*? Para *cá*?

— Bem, para onde mais ele voltaria?

— É do sr. Villiers que estão falando? — interveio um dos guardas. — Do sr. Dominic Villiers?

— O cavalheiro para quem estamos executando uma extensa busca aérea? — perguntou o outro. — Aquele para quem pedimos um helicóptero de resgate da RAF?

— E então ele voltou do mergulho no mar e não encontrou vocês? E simplesmente voltou dirigindo para casa? — o fazendeiro perguntou, perplexo.

— De roupa de banho? — acrescentou a mulher do fazendeiro, sacudindo a cabeça num gesto de descrença diante do fato.

Viola podia perceber que tinha levado ambos ao cúmulo da imaginação. Eles nunca agiriam como Dominic porque eram pessoas normais.

Arrumara uma mala, tirara todo o dinheiro do cofrinho quando ninguém estava olhando e andara até a fazenda vizinha. Ninguém sequer notara sua partida. Tinha se preparado para correr da gritaria dos gansos, mas eles pareciam já ter ido para a cama.

— Ah, são vocês — o fazendeiro disse.

Aquela manhã parecia muito distante para todos eles.

A mulher do fazendeiro deu banho nas crianças, e elas emergiram do banheiro embrulhadas em toalhas e parecendo limpas e polidas, como novas, antes de serem vestidas com os pijamas que a mulher do fazendeiro guardava para os netos quando a visitavam. Ela tinha aquecido um ensopado e batatas, e Viola e os filhos chegaram a um mudo acordo de que ninguém mencionaria o fato de que eram vegetarianos. Viola sentiu que já tinha problemas suficientes (ah!) sem aquele acréscimo de complicações éticas (estavam numa fazenda, foi sua desculpa). Depois, a mulher do fazendeiro lhes apresentou uma coalhada feita por ela com o leite das lustrosas vacas vermelhas e Viola não disse: "Não comam isso! É feito com coalho que vem de uma enzima do estômago de uma vaca!", que era como em geral reagia ao queijo, e em vez disso deixou-a escorrer em silêncio pela garganta. Era delicioso.

Dormiram lá, entre velhos lençóis limpos, as crianças numa cama de casal. Desde muito pequena, quase antes de ter palavras para fazê-lo, Bertie falava dormindo, murmurando a noite inteira, mas naquela noite, para alívio de Sunny, ela dormiu sem um único sussurro. Ele botou um seixo debaixo do travesseiro, como consolo. Quando acordou na manhã seguinte, foi a primeira coisa que procurou.

— Ai, por Deus! — disse Viola quando ele o colocou ao lado do prato na mesa do café da manhã.

Comeram ovos mexidos tão amarelos quanto o sol e foram outra vez vestidos pela mulher do fazendeiro com mais roupas de seu baú. Sunny ostentava calças curtas limpas e uma pequena camisa Aertex, e Bertie usava um vestido estampado com bolero solto e gola de Peter Pan branca. Pareciam filhos de outra pessoa.

O fazendeiro levou-os de carro até a estação, onde pegaram um trem para Londres e de King's Cross tomaram outro trem para York.

— Olá — disse Teddy ao abrir a porta da frente e ver o pequeno grupo de refugiados de pé na soleira. — Esta é uma bela surpresa.

1947
Este implacável inverno

Fevereiro
A campânula em alva indumentária
Ergue a fronte no Dia da Candelária

— Quase não vi o montinho numa vala da sebe. A água na vala ainda está "como uma pedra", como em todos os poços e cursos d'água nesta ilha e por isso eu não esperava que o "arrojado prenúncio de primavera" de Wordsworth surgisse a tempo naquele ano. Tradicionalmente, campânulas brancas florescem no Dia da Candelária (2 de fevereiro) e são na verdade conhecidas como "sinos da Candelária", mas, no meio deste inverno mais sombrio e mais longo de todos, poderíamos sem dúvida desculpá-las se retardassem um pouco a chegada.

Nancy abafou um bocejo que Teddy percebeu, mas não comentou. Ela esquadrinhava seu tricô, na luz inadequada a seu lado. O péssimo clima resultara em cortes na eletricidade por todo o país, mas não para eles, pois era algo que não existia no chalé, para começo de conversa. Lampiões a óleo ou parafina no andar de baixo, velas no de cima. Amontoavam-se em torno da lareira que, além de seus corpos, era a única fonte de calor. Teddy inclinou-se para a frente a fim de dar à lenha um encorajador estímulo com o atiçador, olhou para Nancy e pensou: ela vai estragar os olhos com essa luz. Ela tricotava, com complexos pontos *Fair Isle* um pulôver sem mangas para ele. Havia matemática no padrão, dizia ela. Havia padrões em tudo. Matemática era "a única coisa verdadeira", segundo Nancy.

— Não é o amor? — Teddy indagou.

— Ah, o amor, claro — Nancy respondeu, sem pensar. — O amor é crucial, mas é abstrato, e números são absolutos. Números não podem ser manipulados.

Uma resposta insatisfatória, sem dúvida, pensou Teddy. A ele parecia que o amor deveria ser absoluto, superando tudo. Superaria? Para ele?

Casaram-se no outono de 1945, no cartório de Chelsea, sem nenhum convidado além de uma irmã de cada — Ursula e Bea —, que serviram de testemunhas. Teddy usara seu uniforme, mas não as medalhas, e Ursula implorara a Izzie um dos vestidos parisienses do pré-guerra, sem dizer o motivo, que Bea ajudou Nancy a modificar para que ficasse menos glamoroso e mais adequado à austeridade. Bea foi naquela manhã a Covent Garden e comprou grandes crisântemos repolhudos cor de ferrugem, que amarrou artisticamente num buquê. Bea tinha estudado em St. Martin antes da guerra e, das meninas Shawcross, era a mais dotada de natureza artística, embora Millie competisse com fúria por essa qualificação. Teddy ainda pensava nelas como meninas, embora Winnie, a mais velha, estivesse agora com quarenta anos.

Nem Teddy nem Nancy conseguiriam imaginar um grande casamento tão pouco tempo depois da guerra.

— E quem entraria comigo? — Nancy perguntou. — Seria muito triste não entrar acompanhada por meu pai.

O major Shawcross morrera, não de repente, algumas semanas antes.

Teddy achava que conhecia Nancy — antes da guerra ele a conhecia *de fato* —, mas, agora, ela era uma surpresa constante. Acreditara que, com o casamento, ele e Nancy se devotariam um ao outro e se tornariam um — em algum vago sentido bíblico dessa expressão — e, em vez disso, estava todo o tempo consciente da diferença entre ambos, e ela com frequência o desequilibrava, quando ele esperaria — desejaria — que ela o enraizasse.

Tinham sido namoradinhos de infância, ou assim alguém lhes disse.

— Como detesto essa expressão — disse Nancy na véspera de seu modesto casamento.

Tomavam um drinque num bar de segunda e quase deserto, fora de Piccadilly, escolhido pela proximidade da escola em que ambos faziam um acelerado curso de habilitação de docência.

Dar aulas era parte de seu plano de vida saudável depois da guerra. Na verdade, era o plano de Nancy; Teddy só a acompanhara, incapaz de pensar em qualquer outra coisa. Não tinha a intenção de voltar a trabalhar como bancário — sua insuportável ocupação antes da guerra — e não podia mais ser piloto. A RAF não tinha como manter as dezenas de homens — centenas, provavelmente — que queriam permanecer na ativa depois da guerra e continuar a voar. O país não os queria. Eles tinham se dado por inteiro e de repente estavam à deriva. Gratidão já não era a ordem do dia. Naquele clima, dar aulas lhe parecia uma opção tão boa quanto qualquer outra. Poesia, arte dramática, romances clássicos eram temas que um dia ele amara. Sem dúvida poderia reacender esse amor, e compartilhá-lo seria uma boa ação, não seria?

— Seria sim — Nancy disse com entusiasmo. — E o mundo precisa de arte, agora mais do que nunca. A arte pode nos ensinar, quando é evidente que o homem não pode.

Sem matemática, então?

— Não, a matemática não pode nos ensinar nada. Ela apenas é.

Teddy não acreditava que a arte (Arte, pensou, concordando com a mãe) pudesse ser didática, ela deveria ser uma fonte de alegria e conforto, de sublimação e conhecimento. (Apenas ser, na verdade.) Já fora tudo aquilo para ele um dia. Nancy, no entanto, cultivava a pedagogia.

Honestos professores de ensino fundamental compartilhando saber, dizia Nancy, radiante de entusiasmo pela ideia. Eram essas pessoas que iriam, com os poucos recursos de que dispunham, criar um futuro melhor para o mundo. Ela se filiara ao Partido Trabalhador e comparecia a todas as reuniões graves e enfadonhas. Os Kibbo Kift tinham-na preparado bem.

Estavam no bar porque Nancy disse querer se certificar de que Teddy não estava tendo uma "crise de nervos pré-nupcial" e de que ele tinha "certeza absoluta" de querer ir adiante com o casamento. Ele se perguntou se não seria o contrário e se ela não estaria desejando que ele a libertasse na décima primeira hora. Tomavam um conhaque inacreditavelmente bom que o proprietário, ao descobrir que eles se casariam no dia seguinte, fizera surgir de debaixo do balcão para os "pombinhos". Parecia improvável que tivesse uma procedência legal. Às vezes, Teddy se perguntava se todos teriam se dado bem com a guerra, menos aqueles que lutaram nela.

— *Courage, mon ami!* — brindou Nancy, em homenagem ao país natal do conhaque.

Estaria ela achando que precisavam de coragem?

— Ao futuro — ele respondeu, batendo os copos.

Por muito tempo, durante a guerra, ele não acreditara no futuro — parecia-lhe uma proposta absurda — e agora que vivia naquele "depois", como o chamava durante a guerra, a proposta lhe parecia de certa forma ainda mais absurda.

— E à felicidade — acrescentou numa reflexão tardia, porque isso era o tipo de coisa que se devia dizer, nem que só para dar sorte.

— É meio como "ele se casou com a garota da casa ao lado" — Nancy continuou a resmungar. — Como se não tivéssemos escolha, como se estivéssemos *destinados*.

— Mas você *era* a garota da casa ao lado — ele disse. — E eu *estou* me casando com você.

— É — ela concordou, paciente —, mas nós estamos fazendo uma *escolha*. Isso é importante. Não estamos só andando na direção de alguma coisa, como sonâmbulos.

Teddy pensou que talvez estivesse.

Conheciam-se desde crianças; se não tinham sido namorados, com certeza foram melhores amigos. Quando ele saiu da Toca da Raposa para o internato, Nancy era a única pessoa fora da família que estava todas as noites nas orações de Teddy. *Por favor, proteja minha mãe e meu pai* (aprendera que ninguém chamava os pais de mamãe e papai no internato, nem mesmo em suas preces silenciosas) *e Ursula e Pamela e Jimmy e Nancy e Trixie*. Depois da morte de Trixie e sua substituição por Jock, o fim foi corrigido para *e Jock e proteja Trixie no céu*. E, sim, cães são da família. Maurice em geral se juntava à lista como um adendo culpado, se tanto.

— Você não precisa continuar com isso — disse a ela. — Eu não a prenderia a coisa alguma. Afinal de contas, todo mundo ficou noivo durante a guerra.

— Ai, como você é pateta — ela retrucou. — É claro que eu quero me casar com você. E você, tem certeza de que *você* quer se casar *comigo*? Essa é a questão. E apenas um *sim* ou *não* servirá como resposta. Não vale dourar a pílula.

— Sim — ele disse, depressa e alto o bastante para que os dois outros proprietários do bar (um velho e seu cão com cara de ainda mais velho) se assustassem em seu torpor.

A guerra criara um grande abismo, e poderia não haver um caminho de volta para o outro lado, para a vida que tinham antes, para a pessoa que eram antes. Isso valia tanto para eles quanto para toda a pobre e arruinada Europa.

— A gente pensa — sua irmã Ursula disse — nos grandes pináculos e nas torres que foram derrubados, nas *Altstadts*[*] com suas ruazinhas estreitas de paralelepípedos, as construções medievais, as *Rathauses*[**] e catedrais, os grandes centros de saber, todos reduzidos a montes de escombros.

— Por mim — Teddy disse.

— Não, por Hitler — corrigiu Ursula.

Ela estava sempre disposta a jogar a culpa em Adolf, e não nos alemães em geral. Conhecera o país antes da guerra, tinha amigos lá, ainda tentava rastrear alguns deles.

— Os alemães também foram vítimas dos nazistas, mas não se pode dizer isso em voz alta, é claro.

Ursula tinha feito uma rápida excursão de reconhecimento no fim da guerra e testemunhara em primeira mão a devastação, as ruínas ainda fumegantes da Alemanha.

* Do alemão, "cidades históricas".

** Do alemão, "prefeituras".

— Mas então a gente pensa nos fornos crematórios — ela disse. — Pensa na pobre Hannie. A discussão sempre parece acabar nos campos de concentração, não é? Auschwitz, Treblinka. O horror. Nós *tínhamos* que lutar. E no entanto precisamos seguir em frente. E nunca pode haver nenhum retrocesso, seja como for, com ou sem guerra. — (Ela era a filósofa da família.) — Só podemos, sempre, andar em direção a nosso futuro, pé direito na frente e tudo mais.

Assim era quando as pessoas ainda acreditavam na natureza infalível do tempo — um passado, um presente, um futuro —, os tempos verbais sobre os quais se construíra a civilização ocidental. Nos anos seguintes, Teddy tentou, como um simples leigo, manter-se em dia com a física teórica, através de artigos no *Telegraph* e uma heroica discussão com Stephen Hawking em 1996, mas admitiu a derrota ao deparar com a teoria das cordas. Desde então, aceitava cada dia à medida que chegava, hora a hora.

Nessa ocasião, Ursula já estava morta havia décadas, subtraída de todos os tempos. Mas em 1947 o tempo ainda era uma quarta dimensão na qual se podia confiar para moldar a vida diária, e para Ursula isso significava trabalhar no serviço público, o que faria nos vinte anos seguintes, levando a vida decente e tranquila de uma mulher solteira e trabalhadora na Londres do pós-guerra. Teatro, concertos, exposições. Teddy sempre achara que a irmã teria uma grande paixão de algum tipo — um chamado vocacional, um homem, com certeza um bebê. Desejara muito ser o tio de um filho de Ursula, quase mais do que ansiara pela própria paternidade (que, para ser honesto, encarava com alguma ansiedade), mas a irmã estava com quase quarenta anos, portanto ele presumia que ela nunca seria mãe.

Teddy pensava na esposa e na irmã como dois lados da mesma moeda brilhante. Nancy era idealista, Ursula realista; Nancy uma otimista de coração jovial, enquanto o espírito de Ursula carregava a dor da história. Ursula tinha sido banida do Éden para sempre e fazia o que podia, enquanto Nancy, alegre e destemida, estava certa do sucesso de sua procura pelo portão que levava ao paraíso.

Teddy buscava imagens retóricas envolvidas, como "um cão caçando uma raposa", para citar Bill Morrison.

***

Nancy levantou os olhos de seu *Fair Isle* e disse:

— Vá. Continue com suas campânulas.

— Tem certeza? — ele perguntou, percebendo certa falta de entusiasmo.

— Tenho — disse com determinação, talvez sinistra.

> — Meus amigos ao sul da Inglaterra ainda precisam espreitá-las, mas aqui, obstinadas, neste clima árido do Norte, as "primogênitas das delícias anuais" de Keble já começaram a perfurar o lençol de neve com suas frágeis cabeças. (*Perce-neige** é o nome adequado que lhes dão os franceses.) Mas talvez meu apelido preferido para essa florzinha da primavera seja o lindo "criadinhas de fevereiro".

Ele era "Agrestis", seu *pseudônimo*, e aqueles eram seus "Cantos da natureza", pequena coluna mensal para o *North Yorkshire Monthly Recorder*. Conhecido por todos apenas como *Recorder*, era uma revista pequena, tanto em tamanho quanto em aspirações, de circulação estritamente local, salvo os poucos exemplares mandados a cada mês para o exterior, todos para países da comunidade britânica e para (assim foi levado a crer) uma noiva de guerra que vivia em Milwaukee. Eram todos emigrantes, acreditava Teddy, pessoas que se viram exiladas daquela parte do mundo com seus registros de leilões de ovelhas e relatórios de reuniões do Women's Institute. Quanto tempo, perguntou-se, levaria para que a noiva em Milwaukee começasse a achar que seu país natal era tão alienígena quanto a Lua?

Uma mulher em Northallerton — ninguém na revista nunca a vira — publicava tanto receitas quanto "Dicas úteis" e eventuais padrões de tricô. Havia uma seção de palavras cruzadas (não enigmáticas, de modo algum), cartas dos leitores, artigos sobre os atrativos da região e pontos de interesse

* Fura-neve.

histórico e páginas de anúncios maçantes dos negócios locais. Era o tipo de publicação espalhada pelas salas de espera de médicos e dentistas até estarem atrasadas meses, às vezes anos. Sem contar a mulher de Northallerton, o *Recorder* tinha uma equipe de exatamente quatro pessoas — um fotógrafo em meio expediente, uma mulher que fazia todo o trabalho administrativo incluindo "Avisos e anúncios" e assinaturas, o editor, Bill Morrison, e agora Teddy, que fazia todo o resto, incluindo os "Cantos da natureza".

Tinham se mudado para Yorkshire porque Nancy achou que seria um lugar onde poderiam levar uma vida simples e boa, uma vida campestre, cercados pela natureza — que era como homem e mulher deviam viver. Uma vez mais, os Kibbo Kift haviam cumprido sua missão. Nenhum dos dois conseguia suportar o aspecto sinistro e cheio de cicatrizes de batalha da capital, e Yorkshire, dissera Nancy, parecia bem longe, menos afetada pela mecanização e pela guerra.

— Bem... — tinha dito Teddy, pensando no bombardeio de Hull e Sheffield, nas fábricas monolíticas e negras de fuligem de West Riding e, acima de tudo, nos aeródromos varridos pelo vento nos quais havia estacionado durante a guerra e onde a maior parte, talvez a melhor parte, de sua vida tinha sido vivida no interior da gelada e barulhenta cabine de um bombardeiro Halifax.

— Você gostou de Yorkshire, não é? — Nancy disse, no tom casual em que alguém poderia dizer "Vamos visitar os Lagos este ano, você gosta de lá, não é?".

Gostar dificilmente seria a palavra usada por Teddy para se referir a uma época de sua vida em que todos os dias eram frágeis e pareciam ser seu último na Terra, e o único tempo verbal era o presente porque o futuro deixava de existir mesmo quando lutavam por ele com tanto desespero. Eles tinham se atirado indiscriminadamente sobre o inimigo, cada dia uma nova Termópilas. ("O sacrifício", Sylvie dizia, "é uma palavra que faz as pessoas se sentirem nobres em relação à carnificina.")

Mas, sim, era verdade, ele tinha gostado de Yorkshire.

Haviam, por algum tempo, falado em emigrar. Austrália ou Canadá. Teddy fizera seu treinamento inicial como piloto no Canadá e gostara do povo amistoso, do jeito despreocupado de ser. Lembrava-se ainda de um passeio que fizeram para colher pêssegos, como um sonho agora, naquele inverno.

Também percorrera a França antes da guerra, agora ainda mais efêmera do que qualquer sonho, mas a França seria a fantasia de um jovem, não um lugar para um inglês casado em 1947. Afinal, concluíram, haviam feito a guerra pela Inglaterra ("Grã-Bretanha!", Nancy o corrigiu) e parecia errado abandonar o país naquele novo momento de necessidade. Talvez tenha sido um erro, ele pensou anos depois. Deveria ter pago as cinco libras da passagem e ido embora, juntando-se a todos os outros ex-combatentes desgostosos que perceberam que a Grã-Bretanha, no sombrio rescaldo da guerra, mais parecia um país derrotado do que vitorioso.

Nancy encontrou um antigo chalé rural para alugar num vale que ficava à beira de uma charneca. Chamava-se Chalé dos Camundongos ("Que execrável!", exclamou Sylvie), embora nunca tenham descoberto a razão, porque, para surpresa deles, nunca viram um único camundongo durante todo o tempo em que viveram ali.

— Talvez tenha sido chamado assim por ser tão minúsculo — Nancy disse.

Havia um fogão de ferro fundido, com lareira e forno embutidos, e uma caldeira para fornecer água quente. ("Graças a Deus!", repetiam ambos com frequência, gratíssimos naquele frio.) Muitas vezes jantavam apenas torradas, mal besuntadas com manteiga racionada, segurando o pão com uma forquilha de bronze diante do fogo, em vez de enfrentar as rajadas geladas que entravam pela pequena copa que havia sido incorporada aos fundos do chalé em algum momento passado. Àquela copa fora anexado algo mais parecido com um galpão do que uma sala, onde havia uma bacia e um lavabo, com torneiras de latão enegrecido e esmalte desgastado e manchado de ferrugem. Sem rádio, sem telefone e um vaso sanitário do lado de fora, o que significava, naquele clima, uma compreensível dependência do detestável urinol. Era seu primeiro lar como um casal, e Teddy acreditava já imaginar como se lembrariam dele com carinho no futuro, mesmo que não necessariamente naqueles dias.

Tinham alugado o chalé totalmente mobiliado, o que era bom porque não tinham móveis próprios, fora um piano-armário que conseguiram enfiar no cômodo do térreo. Nancy era boa pianista, embora longe de ser tão boa quanto Sylvie. A proprietária anterior, ao que parecia, morrera *in situ* e com isso eles agora se valiam das xícaras e pires, almofadas e lampiões de alguma pobre velhinha, sem falar no garfo de bronze de torrar pão. Deduziram ser uma mulher porque, embora as cortinas e as capas das cadeiras fossem de linho puído num estampado jacobino que poderia ter sido escolhido por ambos os sexos, o chalé era cheio de mantas de crochê, tapetes feitos à mão e bordados em ponto de cruz emoldurados, retratando jardins e senhoras em saias de crinolina, tudo denunciando uma velhota. Pensavam nela como uma benfeitora invisível. A roupa de cama, pelo menos, não pertencia a um cadáver, porque a sra. Shawcross invadira o armário de sua lavanderia em busca de "peças sobressalentes".

Assinaram o contrato de aluguel em maio, tempo de floração, iludidos pelos céus balsâmicos.

("Tem um monte de *m* aqui, rapaz", disse Bill Morrison. "Aposto que há uma palavra para isso." "Aliteração", respondeu Teddy. E Bill Morrison retrucou: "Bem, tente não fazê-la".)

— Minha nossa! — exclamou Sylvie quando os visitou. — Um tanto primitivo, não?

Fizeram sanduíches de carne enlatada, e Sylvie trouxera ovos de suas galinhas e picles de pepino, e eles cozinharam os ovos e fizeram um piquenique bastante bom, sentados num tapete velho, achatando a grama bastante crescida do jardim.

— Vocês estão andando para trás — Sylvie observou. — Logo estarão vivendo numa caverna e se banhando no córrego.

— Seria assim tão ruim? — retrucou Nancy, descascando um ovo. — Poderíamos viver como ciganos. Eu cataria frutas nas cercas vivas e venderia estacas e amuletos de porta em porta, e Teddy poderia pescar e atirar em coelhos e lebres.

— Teddy não vai atirar em coisa alguma — respondeu Sylvie, decidida. — Ele não mata.

— Mataria, se precisasse — disse Nancy. — Pode me passar o sal, por favor?

Já tinha matado, pensou Teddy. Muita gente. Gente inocente. Contribuíra pessoalmente para arruinar a pobre Europa.

— Eu estou aqui, sabiam — avisou. — Sentado perto de vocês.

— E — continuou Nancy, visivelmente gostando da ideia — nosso cabelo cheiraria a fumaça de lenha e nossos bebês correriam nus por aí.

Dizia aquilo para irritar Sylvie, é claro. Sylvie, devidamente irritada, observou:

— Você costumava ser tão metida a intelectual, Nancy. A vida de casada mudou alguma coisa em você.

— Não, a guerra mudou alguma coisa em mim — Nancy disse.

Houve um breve silêncio, enquanto os três cogitavam o que seria aquele "alguma coisa".

Ele perdera Nancy para o Ato dos Segredos de Estado, durante a guerra. Ela não se permitira dizer a ele o que fazia, e ele fora incapaz de dizer a ela o que fazia (porque não quiseram), e seu relacionamento naufragou na ignorância. Ela havia jurado contar tudo quando a guerra acabasse ("Depois contarei tudo, prometo"), mas àquela altura ele não estava muito interessado.

— Criptologia e códigos e coisas assim — ela confessou, embora, é claro, ele já tivesse adivinhado havia muito tempo, pois o que mais ela poderia ter feito?

Nenhuma outra pessoa que havia trabalhado em Bletchley durante a guerra falava a respeito do que tinha feito, e ainda assim Nancy estava bastante disposta a quebrar seu juramento, para que não houvesse "nada entre eles". Segredos tinham o poder de matar um casamento, ela disse. Bobagem, disse Sylvie, havia segredos que podiam salvar um casamento.

Nancy estava pronta para abrir todo o seu coração para ele, mas Teddy tinha compartimentos que nunca abriu. Não era tão honesto em relação a sua própria guerra — o horror e a violência, sem falar no medo, pareciam algo imensamente privado. E também havia sua própria infidelidade. Nancy admitiu ter "feito sexo" (uma expressão rude para os ouvidos de Teddy) com outros homens quando achou que ele estivesse morto, e não num campo de prisioneiros, enquanto ele fora infiel sem a desculpa de acreditá-la morta.

Ela nunca perguntou, o que ele achou muito bom da parte dela. E ele não conseguia ver o que de bom poderia surgir de uma confissão. Pensara nisso, naquele barzinho de segunda na noite antes do casamento. Poderia ter feito uma confissão completa de seus pecados e falhas, mas na verdade nada tinha importância, e Nancy também acharia que não tinha importância, e isso poderia ser o pior de tudo.

Sylvie também levara bolo, uma coisa um tanto sólida com sementes de cominho que grudavam nos dentes. Ela mesma o fizera. Tendo aprendido tarde a cozinhar, Sylvie ainda se atrapalhava com a ciência que aquilo envolvia. Nancy fatiou o bolo e serviu-o nos pires descasados da velhota.

— Se vocês tivessem tido um casamento decente — Sylvie disse —, teriam presentes de núpcias, um serviço de porcelana, por exemplo, para que você não precisasse servir seus convidados numa louça tão peculiar. Sem mencionar todas as outras coisas indispensáveis à vida de casados.

— Ah, estamos nos dando muito bem sem as coisas indispensáveis — retrucou Nancy.

— Você está cada vez mais parecida com sua mãe — observou Sylvie.

Ao que Nancy respondeu:

— Obrigada. Vou considerar isso um elogio.

O que exasperou Sylvie ainda mais. Sylvie, é claro, nunca havia superado de verdade o fato de Teddy e Nancy terem lhe negado uma festa de núpcias. Os dois tinham agido "com dissimulação", segundo ela.

— Não é exatamente o tipo de fotografia que se pode colocar numa moldura de prata, não é mesmo? — suspirou, quando examinou os pequenos instantâneos que Bea fizera no dia, com sua velha Brownie.

— O bolo está delicioso — disse Nancy num esforço para apaziguar Sylvie, mas foi distraída por uma grande abelha que caíra de exaustão sobre o tapete e ficara presa nas fibras de lã. Nancy a encorajou a subir na palma de sua mão e a levou até a sebe, onde procurou um pouco de sombra para o inseto.

— Ela vai morrer — Sylvie disse a Teddy. — Elas nunca se recuperam. São exauridas pelo trabalho pesado, são os metodistas do mundo dos insetos.

— Mas o instinto é salvar — comentou Teddy, observando Nancy com ternura enquanto ela se inclinava sobre a pequena abelha, insignificante na ordem maior das coisas.

— Talvez às vezes não devamos — ponderou Sylvie. — Está tão quente — acrescentou, abanando-se com um guardanapo. — Vou entrar. E o bolo *não* está delicioso. Nancy sempre foi boa mentirosa.

* * *

Não suspeitaram de como seria o inverno, quando se mudaram para o Chalé dos Camundongos. Ainda falavam em conseguir um bando de galinhas legornes e aprender apicultura, em escavar o jardim negligenciado e plantar batatas "no primeiro ano", para revolver a terra. "O Éden cultivado", ria Nancy. Chegaram a falar em uma cabra. Nenhuma dessas coisas havia acontecido na ocasião em que as longas noites escuras se fecharam sobre eles. Tinham estado ocupados demais um com o outro, gafanhotos aproveitando o verão, e não formigas se preparando para o inverno. Ficaram ambos muitíssimo aliviados por nunca terem chegado até a cabra.

Era difícil, agora, lembrar aquelas primeiras tardes de verão — o calor do dia armazenado sob os beirais, as cortinas de algodão puído ondulando ao léu nos caixilhos das janelas. Faziam amor quando ainda havia luz, caindo num êxtase de sono e acordando ao raiar do dia para fazer amor outra vez. Nunca viam a escuridão. Tinham agora um velho cobertor cinzento de pelo de cavalo pregado na janela e viviam com pavor de correntes de ar. Havia gelo nas vidraças, por dentro e por fora.

— Aqui não está melhor — Ursula escreveu de Londres.

Apanhavam a correspondência numa caixa improvisada no fim da trilha. Tinham saído para o trabalho quando a carta foi entregue e, nunca tendo testemunhado o heroísmo do carteiro, só podiam imaginá-lo. Seus próprios esforços pareciam épicos o suficiente. Haviam comprado um velho jipe militar num leilão, como parte do (muito generoso) presente de núpcias em espécie dado por Izzie. Seu presente-padrão nos casamentos da família era um conjunto de garfos e facas para peixe, mas ela entregou a Teddy um belo cheque, num chá da tarde no Brown's.

— Augusto lhe deve — ela disse.

Augusto, que nunca crescera tanto quanto Teddy, continuara irresponsável e infinitamente culpado. Teddy se perguntava às vezes o que Augusto estaria fazendo se *tivesse* crescido. Imaginava que aquele sósia fictício — "Gus" — estaria agora perambulando pelo Soho no sórdido pós-guerra, frequentando bares e clubes de má fama. Uma história com certeza mais interessante do que *Augusto e o ato de desaparecimento*, última oferta da obra de Augusto que atravessara a neve dois dias antes e descansava não lida sobre o piano de Nancy. "Na qual Augusto se filia a um círculo mágico local e dá livre curso a suas habituais travessuras", lê-se na quarta capa.

— Até este infindável inverno tem que acabar — disse Nancy. — E temos as campânulas como prova. Você as viu, não viu? Não está só inventando isso para sua coluna, não é?

Ele ficou surpreso por ela pensar algo assim.

— Claro que não! — respondeu.

Começava a desejar nunca ter visto as malditas campânulas, mais ainda tê-las escolhido como tema. Ansiava por março com sua abundância de pássaros e botões de flores. Não haveria falta de assunto para Agrestis, na primavera. Tirou uma tora de lenha da cesta e colocou-a na lareira. Ela cuspiu no tapete um chuveiro brilhante de faíscas. Os dois observaram com interesse, para ver se alguma se alastraria, mas todas estalaram sem causar dano e se apagaram.

— Por que não continua? — Nancy perguntou.

— Tem certeza?

— Tenho.

Os olhos estavam firmes no tricô. (*Nancy sempre foi boa mentirosa.*)

> — Algumas pessoas dizem que a campânula foi trazida para estas terras pelos romanos, outras afirmam que foram cultivadas pela primeira vez por monges (ou talvez freiras), e, de fato, em muitos dos "coros desguarnecidos e arruinados" de Shakespeare, essas flores são encontradas em profusão, atapetando o chão na primavera. Ainda que pareça uma flor nativa, que tem estado aqui desde o início dos tempos, a própria essência da identidade inglesa.
>
> Conta uma lenda sobre a origem da campânula que, quando Adão e Eva foram expulsos do Paraíso, foram mandados para o que lhes pareceu o castigo do infindável inverno e que um anjo, apiedando-se deles, transformou

> um floco de neve numa campânula, como sinal de que a primavera voltaria ao mundo.

Mais um bocejo de Nancy, talvez menos disfarçado.

— Só estou procurando correções para lapsos — Teddy disse. — Você não precisa *gostar* do texto.

Ela ergueu os olhos do tricô e exclamou:

— Eu estou gostando! Não seja uma alma tão sensível, estou cansada, só isso!

> — Aqueles dentre nós que sofrem com este inverno implacável talvez possam simpatizar depressa demais com nossos ancestrais bíblicos. O Dia da Candelária, no calendário católico, é a Festa da Purificação de Maria…

— Está meio palavroso, não está? Você não acha?

— Palavroso? — repetiu Teddy.

Antes da guerra ele se imaginara como uma espécie de poeta e tivera alguns poemas publicados em revistas literárias obscuras, mas, numa visita à Toca da Raposa durante a guerra, dera uma olhada naquelas oblações antibélicas, guardadas numa caixa de sapatos debaixo de sua cama de criança, e as vira como realmente eram, rabiscos amadores de uma mente imatura. Como estilo, apoiavam-se em metáforas vagas e tortuosas, quase sempre numa tentativa de descrever sua reação à natureza. Ele havia sido atraído pelo grande movimento de Dorothy Wordsworth, de colinas, vales e água. "Você tem uma alma pagã", Nancy lhe dissera uma vez, mas ele não concordara. Tinha a alma de um pároco rural que perdera a fé. Mas isso não importava agora, pois o grande Pan estava mesmo morto e a guerra havia tempos destruíra em Teddy o desejo de fazer poesia.

Depois de se formar em Cambridge, ele se inscreveu para um mestrado, adiando o dia em que precisaria encontrar uma carreira. No fundo do coração, ainda queria ser um maquinista, mas supunha que isso estaria fora de questão. Teria ficado muito surpreso (e também entusiasmado) se alguém lhe tivesse dito que cinco anos depois estaria treinando para ser piloto.

Fixara-se na poesia de Blake para sua pesquisa, no que considerava sua "opaca simplicidade" ("Que diabos significa *isso*?", Sylvie questionou), mas quando chegou a hora ele estava inquieto demais e depois de um tempo abandonou Blake e voltou para a Toca da Raposa. Estava cansado da análise e dissecção da literatura, como uma "autópsia", como disse a Hugh, que o tinha convidado para o "gabinete", para um copo de malte e uma "conversinha" sobre seu futuro.

— Eu gostaria — Teddy disse, pensativo — de viajar um pouco, conhecer a ilha. E talvez também alguma coisa da Europa.

Por "ilha", ele se referia à Inglaterra, mais do que a toda a Grã-Bretanha, e por Europa queria dizer "França", mas se conteve para não mencioná-la, porque Hugh tinha um preconceito um tanto desconcertante em relação aos franceses. Teddy tentou explicar ao pai que queria uma relação *direta* com o mundo.

— "Uma vida dos sentidos", como se poderia dizer. Trabalhar na terra e escrever poesia. Não seriam atividades contraditórias.

— Não, não, em absoluto — Hugh afirmou. — Virgílio e as *Geórgicas* e tudo mais.

Ou um "poeta fazendeiro". Hugh tinha sido banqueiro a vida toda, o que sem sombra de dúvida não era uma vida dos sentidos.

Desde os doze anos Teddy trabalhara na Fazenda Municipal durante as férias, não por dinheiro, muitas vezes não era pago, mas pelo prazer do trabalho duro ao ar livre.

("Não consigo imaginar coisa pior", Izzie opinou. Numa visita à Toca da Raposa, ela o encontrou ajudando na ordenha e quase foi esmagada por uma vaca.)

— No meu coração, não sou um intelectual — ele disse ao pai, sabendo que aquela era uma postura que agradaria a Hugh, que de fato concordou com a cabeça. — E estar conectado com a terra — continuou — não é o mais profundo relacionamento? E disso resultariam os textos que não seriam o produto árido do intelecto (outra concordância de Hugh), e sim *sentido*, nas veias. Talvez até um romance. (Como era imaturo!)

— Um romance? — Hugh reagiu, incapaz de evitar que suas sobrancelhas se erguessem. — Ficção?

Sylvie era a leitora de romances, não Hugh. Hugh era um homem de seu tempo. Gostava de fatos. Mas Teddy era um dos filhos favoritos de Hugh. Tanto Hugh quanto Sylvie tinham classificações secretas para os filhos, não tão secretas no caso de Sylvie. Eram similares — Pamela ficava no meio, Maurice no final, mas era Ursula, em posição inferior na lista de Sylvie, quem era mais cara ao coração de Hugh. O preferido de Sylvie, claro, era Teddy, seu "menino de ouro". Teddy se perguntava de quem ela gostava mais antes que ele aparecesse. Nenhum deles, suspeitava.

— Bem, você não quer ficar *preso* — compreendeu Hugh.

Seu pai se sentia "preso"? Seria essa a razão por que ofereceu a Teddy vinte libras e lhe disse para ir "viver um pouco a vida"? Teddy recusou o dinheiro, era importante que ele seguisse seu próprio caminho, qualquer que fosse, mas ficou imensamente grato por aquela demonstração de apoio do pai.

A mãe não lhe deu a bênção, o que não foi uma surpresa.

— Você quer fazer *o quê*? — Sylvie exclamou. — Você tem um diploma de Cambridge e quer perambular por aí como um trovador?

— Um menestrel — Hugh explicou. — Uma coisa de farrapos e remendos. Ele era grande fã de Gilbert e Sullivan.*

— Exatamente! — Sylvie concordou. — Vagabundos vão de fazenda em fazenda buscando ser contratados para trabalhar. Não os Beresford.

— Ele é um Todd, na verdade — argumentou Hugh (o que não ajudou). — Você se tornou uma tremenda esnobe! — acrescentou, ajudando ainda menos.

— Não estou pensando em fazer isso para sempre — Teddy disse —, talvez por um ano e então me acomodarei em algum lugar.

Ele ainda estava pensando na palavra usada por Sylvie, *trovador*, e no quanto se sentia atraído por aquela (nada acomodada) ideia.

E assim foi. Plantou sementes de repolho em Lincolnshire, passou a temporada de procriação em Northumberland, ajudou na colheita de trigo em

* A frase citada por Hugh é da canção "Um menestrel errante", cena II, ato I, da ópera cômica *O Mikado*, de W. S. Gilbert e Arthur Sullivan.

Lancashire e de morangos em Kent. Foi alimentado por mulheres de fazendeiros em grandes mesas de cozinhas de fazenda e dormiu em celeiros, galpões e chalés em ruínas ao longo do ano e, durante as noites quentes de verão, em sua velha barraca de lona, um pouco mofada, que o abrigara em tempos de escotismo e Kibbo Kift. Mas sua aventura mais memorável ainda aconteceria, quando em 1938 a barraca acompanhou Teddy e Nancy a Peak District num acampamento de férias, quando os dois (enfim) deixaram de ser amigos e tornaram-se amantes.

— Não os dois? — Teddy surpreendeu-se.

— Bem, é claro — concordou Nancy, e Teddy se deu conta de que conhecia Nancy havia muito tempo e também estava por demais acostumado com ela para de repente "se apaixonar" por ela. Ele a amava, é claro, mas não estava apaixonado e nunca estivera. Perguntou-se se estaria algum dia.

Mas isso foi no futuro, agora ele estava num curral de ovelhas, ajudando na parição, lendo Housman e Clare à luz de um lampião Tilley. Havia ensaiado poemas, quase todos sobre paisagens e clima (os poemas da caixa de sapatos), que até ele achava enfadonhos. Não havia poesia a ser extraída de ovelhas e tampouco de cordeiros, aliás. ("As coisinhas trêmulas e boquiabertas" — ele sempre sentira aversão pelos "Cordeiros de Grasmere", de Christina Rossetti.) Vacas não rendiam nada além de leite. Não eram para Teddy os "céus de cores harmônicas como uma vaca malhada", de Hopkins. "Eu idolatro Hopkins", ele escreveu para Nancy de algum lugar ao norte da Muralha de Adriano. "Se eu ao menos pudesse escrever como ele!"

Teddy sempre demonstrava alegria em suas cartas, isso lhe parecia de bom-tom, quando na verdade estava desesperado com seus próprios versos toscos.

Izzie foi visitá-lo rapidamente, hospedando-se num hotel no lago Windermere, onde lhe ofereceu um jantar caro e cumulou-o de bebida e perguntas para "dar alguma autenticidade" a *Augusto se torna fazendeiro*.

O ano passou depressa. A colheita prematura de maçãs em Kent originou uma ode ao outono que teria envergonhado Keats (*As maçãs, as maçãs, belas e rosadas/ ainda não tocadas pelos dedos da geada…*). Ainda não estava pronto para renunciar à poesia ou à agricultura e entrou numa barca em Dover, com um novo, imaculado e grosso caderno na bagagem. Ao chegar a solo estrangeiro, na França, dirigiu-se logo para o Sul, para os vinhedos e vindimas, pensando no cálice da rubra Hipocrene, de Keats, embora a Hipocrene ficasse na Grécia e não na França, não era mesmo? Não considerara a Grécia, repreendeu-se pela (grande) omissão do berço da civilização em seu itinerário. Repreendeu-se mais tarde por ter perdido as maravilhas de Veneza, Florença e Roma, mas àquela altura ficou contente por ter evitado o resto da Europa. Em 1936, o continente era uma terra conturbada, e Teddy não sentiu necessidade de vivenciar suas convulsões políticas. Anos depois, perguntou-se se fizera mal, se não deveria ter encarado o mal que fermentava. Às vezes basta um único homem bom, Ursula lhe disse durante a guerra. Nenhum dos dois conseguiu pensar num exemplo histórico.

— Exceto Buda, talvez — disse Ursula. — Não estou convencida da realidade de Cristo.

— Havia exemplos abundantes de quando bastara um homem mau — completou Teddy, desalentado.

Talvez houvesse tempo para a Grécia. Afinal, seu prazo ("talvez um ano") era autoimposto.

Quando uma tardia colheita de Sauternes chegou ao fim, estava "bronzeado e forte como um camponês", ele relatou numa carta para Nancy. Seu francês também ganhara a rude fluência dos camponeses. Depois de um dia de colheita, estava faminto e se empanturrava nas enormes refeições de fim de tarde que a propriedade oferecia aos trabalhadores. À noite, armava a velha barraca de lona num campo. Pela primeira vez desde a infância na Toca da Raposa dormia o sono sem sonhos dos mortos ou dos inocentes, ajudado pela copiosa quantidade de vinho que acompanhava as refeições. Às vezes havia uma mulher. Nunca escreveu uma palavra.

Pelo resto da vida ele foi capaz de fechar os olhos e conjurar a visão e o cheiro da comida que experimentara na França — saboreara os gordurosos ensopados cheios de alho, as folhas de alcachofra mergulhadas em manteiga, os *oeufs en cocotte* — ovos assados no forno dentro de enormes tomates. Lombo de cordeiro assado com dentes de alho e folhas de alecrim, uma obra de arte. Eram sabores estranhos, de toda maneira, para o suave paladar inglês. Queijo, fermentado e forte, as sobremesas — *flaugnarde* com pêssegos, *clafouti* com cerejas, *tarte aux noix* e *tarte aux pommes* e um *Far Breton*, uma espécie de torta de ameixas e creme com a qual até o fim da vida ele sonhou comer outra vez e nunca o fez.

— Ameixas e creme? — perguntou a sra. Glover, duvidando, quando ele voltou.

A sra. Glover deixou a Toca da Raposa pouco depois da volta de Teddy, talvez devido a seus pedidos de comida regional francesa.

— Não seja bobo — Sylvie disse. — Ela se aposentou para ir morar com a irmã.

E havia o café da manhã, é claro, tomado na grande mesa da cozinha da propriedade. Não o mingau de aveia molengo do internato ou os previsíveis ovos com bacon da Toca da Raposa. Em vez disso, ele abria meia baguete recém-saída do forno, enchia o interior com Camembert e mergulhava-a numa tigela de café forte e escaldante. Ao voltar para casa, esqueceu-se por completo daquela maneira de saudar o dia e, décadas depois, quando vivia num abrigo em Fanning Court, lembrou-se de repente disso e, inspirado pelas riquezas da memória, comprou uma baguete numa filial do supermercado Tesco ("assada no local" — sim, mas feita com quê?), um pequeno Camembert longe de estar maduro e serviu seu café numa tigela de cereais, e não na caneca de sempre. Não era a mesma coisa. Nem de longe.

Como o inverno se aproximava, mudou-se para o Sul ("Sou como as andorinhas", escreveu para Ursula), até ser limitado pelo mar, e alugou um quarto em cima de um café numa pequena vila de pescadores, até então intocada pelos turistas. Sentava-se todos os dias a uma mesa naquele único café (um casaco e um cachecol era tudo o que precisava para se defender do inverno da Riviera), fumava Gitanes e bebia café preto em pequenas xícaras brancas e grossas, o caderno pousado na mesa à sua frente. À hora do almoço, já tinha passado para o vinho com pão e peixe vindo direto do mar e grelhado na madeira, e, quando as tardes sonolentas se instalavam, estava pronto para um aperitivo. Vivia a vida dos sentidos, dizia a si mesmo, mas bem no fundo suspeitava estar se esquivando da vida e sentia-se devidamente culpado. (Era inglês, afinal de contas.)

"*L'écrivain anglais*"* era como os aldeões o chamavam, um tanto orgulhosos por ele ser o primeiro poeta que os visitava, embora houvesse uma pá de artistas naquela parte do mundo. Ficavam impressionados com seu francês fluente e sua dedicação ao caderno. Ele se alegrava por eles não serem capazes de ler suas contribuições insignificantes. Poderiam perder um bocado da admiração por ele.

Decidiu ser mais metódico em seu enfoque da Arte (a letra maiúscula de Sylvie). Poemas eram construções, não apenas palavras que fluíam a contragosto do cérebro. "Observações", ele escrevera como título no começo do caderno, e as páginas estavam cheias de imagens prosaicas — O mar está especialmente azul hoje? — Safira? Anil? Ultramarino? E "o sol se reflete no mar como mil diamantes" ou "O contorno da costa parece composto de sólidos blocos de cor e quentes fatias de luz do sol". (Estava bem satisfeito com isso.) E "*Madame la propriétaire* está usando seu engraçado casaquinho verde hoje". Perguntou-se se haveria um poema a ser extraído da *Madame la propriétaire*. Pensou nos campos de lavanda e girassóis que vira em sua estada, todos agora colhidos, e buscou imagens — as "espigas imperiais" e "os discos dourados de Hélio girando para adorar seu deus". Se ao menos fosse um artista... a pintura parecia menos exigente do que as palavras. Estava certo de que os girassóis de Van Gogh não tinham lhe dado tanto trabalho.

"Gaivotas girando e gritando lá em cima, excitadas com os barcos pesqueiros de volta ao lar", escreveu com cuidado, antes de acender outro Gitane. O sol estava abaixo do lais (quase), como teria dito seu pai se estivesse ali (como ele podia não gostar da França?), hora de um *pastis*. Começava a pensar em si mesmo como um malandro, um comedor de lótus. Tinha dinheiro suficiente guardado para o inverno na Cote d'Azur e depois talvez fosse para o Norte ver Paris.

— Ninguém pode morrer sem ver Paris — Izzie dizia.

* O escritor inglês.

Mas ele não viu.

Pouco antes do Natal chegou um telegrama. A mãe estava no hospital. "Pneumonia, bastante mal, melhor vir para casa", o pai escrevera, lacônico.

— Os pulmões da mãe dela — disse Hugh quando Teddy voltou.

Teddy nunca conhecera a avó e os lendários pulmões que a mataram, segundo Sylvie. Sylvie recuperou-se, inesperada e rapidamente, e estava em casa antes que o ano se fosse. Não tinha ficado tão doente, Teddy não tinha certeza de que aquele telegrama fosse necessário e por algum tempo suspeitou de algum tipo de conspiração familiar, mas "Ela ficava perguntando por você", explicou Hugh, em tom de desculpas.

— O filho pródigo — disse o pai com carinho ao apanhá-lo na estação.

Para dizer a verdade, Teddy estava um tanto aliviado por desistir da pretensão poética e, depois da intimidade do Natal na Toca da Raposa, pareceu-lhe vagamente absurdo fazer toda a viagem de volta à França (e para quê? Para ser um malandro?). Então, em vez disso, quando o pai lhe conseguiu um cargo no banco, aceitou-o. No primeiro dia, ao entrar nos corredores silenciosos revestidos de mogno polido, sentiu-se como um condenado cumprindo uma sentença de prisão perpétua. Um pássaro de asas cortadas, preso à terra para sempre. Era assim? Sua vida, acabada?

— Muito bem, Ted — Hugh disse. — Eu sabia que em algum momento você se dedicaria a alguma coisa.

A guerra, quando chegou, foi um enorme alívio para Teddy.

— Um centavo por eles? — ofereceu Nancy, apanhando uma fita métrica na cesta de tricô e colocando-a sobre seu ombro.

— Não valem tanto — ele disse.

De volta à mísera campânula.

> — Seu nome não se refere, como muitos pensam, a uma campainha, e sim a um brinco, e pode-se ver essa delicada flor tremulando na orelha de algumas beldades elisabetanas.

— Estritamente falando, é possível um brinco tremular *numa* orelha? — indagou Nancy, deixando as agulhas no colo e franzindo o nariz para o tricô. Puxou o delicado lóbulo da própria orelha para demonstrar a imobilidade da pequena pérola cinzenta ali aninhada. Se estivesse *pendurada*, poderia tremer.

Ela era exata. Teria dado uma boa juíza do Supremo Tribunal. Era capaz de dar uma opinião sem nenhuma carga de emoção e da maneira mais agradável.

— Como você é cruel comigo — ela disse, rindo.

Aludira antes ao que considerava o caráter um tanto "insípido" daqueles textos. Aquilo era jornalismo, pensou Teddy, na defensiva, uma forma inerte de escrita. Nancy sempre queria que todos encontrassem o melhor em tudo.

Quando se mudaram para Yorkshire, Teddy se viu numa escola de ensino fundamental para meninos indiferentes numa minúscula cidade produtora de lã, cheia de fuligem, pobre e morrendo aos poucos, e soube desde a primeira aula (*Romeu e Julieta* — "... as mulheres, como vasilhas mais fracas, são sempre encostadas à parede") para uma desrespeitosa classe de garotos de treze anos que tinha cometido um erro. Viu o futuro se desenrolar à sua frente, dia após dia melancólico. Viu-se, obediente, ganhando dinheiro para sustentar Nancy e os filhos ainda por nascer cuja responsabilidade já lhe era pesada. Viu-se também, no dia em que afinal se aposentou, um homem desapontado. Era como o banco outra vez. Era um estoico, aquilo lhe tinha sido incutido no colégio, e era tão leal quanto um cão, e sabia que suportaria tudo, não importa o tamanho do sacrifício de si mesmo.

— Você lutou na guerra por esses meninos — Ursula disse quando o visitou. — Pela liberdade deles. Eles merecem?

— Não, de jeito nenhum — respondeu Teddy, e ambos riram porque aquilo era um clichê que estavam cansados de ouvir e sabiam que a liberdade, como o amor, era um valor absoluto e não se dividia em caprichos ou favores.

Nancy, em compensação, amava sua profissão. Era professora de matemática numa escola de ensino fundamental para meninas inteligentes e bem-

-comportadas, numa agradável cidade balneária. Gostava de deixá-las ainda mais inteligentes, ainda mais bem-comportadas, e em troca elas a adoravam. Mentiu na ficha de inscrição, disse à escola que não era casada (nem mesmo viúva), apagando com eficiência Teddy de sua história. Era outra vez a srta. Shawcross.

— Eles não gostam de professoras casadas — explicou a Teddy. — Elas saem para ter filhos ou são distraídas pela vida doméstica, pelos maridos.

Distraídas?

É claro que o plano era desistir de dar aulas quando começassem uma família, mas isso estava nas mãos dos deuses, e os deuses não pareciam ter pressa.

Ela sabia o quanto Teddy ficava infeliz dando aulas. Uma das muitas coisas boas de Nancy era que ela não acreditava que as pessoas devessem sofrer sem necessidade. (Teddy sempre se surpreendeu que tantas pessoas o fizessem.) Ela o encorajou a voltar a escrever.

— Um romance, desta vez.

Lera os poemas da caixa de sapatos, e Teddy acreditava que sua opinião a respeito deles fosse mais ou menos igual à sua.

— Um romance — ela insistiu. — Um romance para o mundo novo, alguma coisa original e diferente, que nos diga quem somos e o que deveríamos ser.

O mundo não parecia muito novo para Teddy, e sim um tanto velho e gasto (como ele mesmo imaginava ser), e não tinha certeza de ter algo a dizer e a respeito de que valesse a pena escrever, mas Nancy parecia determinada a que ele tivesse talento.

— Pelo menos comece — ela disse. — Você não saberá se consegue até que tente.

E assim ele deixou que Nancy o convencesse a se sentar, à noite e nos fins de semana, diante da pequena Remington que ela encontrara numa loja de artigos usados. Nada de "Observações", pensou. Nada de cadernos grossos. Só seguir em frente.

Primeiro encontrou um título, fazendo sua estreia no palco literário: *Para nós um calmo abrigo*, tomado do "Endimião", de Keats:

O que é hoje belo é alegria eterna:
Seu encanto cresce, sem jamais ceder
Ao esquecimento; e há de sempre ser
Para nós um calmo abrigo e, com o tempo,
Trará bons sonhos, saúde e suave alento.

— Ah, como ele deve ter ansiado por "saúde e suave alento" — Ursula suspirou. — E talvez ao imaginá-los tenha esperado que se concretizassem.

Sua irmã sempre falava de Keats com tristeza, como se ele tivesse acabado de morrer.

Mas aquele era um título estranho, não exatamente sedutor.

— Vai servir — Nancy disse —, por enquanto, pelo menos.

Ele sabia como ela pensava, ela acreditava que ele precisava de cura, e escrever poderia ser o médico que faria a mágica. "Arte como terapia", ele a ouvira dizer à sra. Shawcross. Sua mãe teria considerado a ideia ridícula. O primeiro verso do "Endimião", "O que é hoje belo é alegria eterna", adequava-se mais ao credo de Sylvie. Talvez fosse um título melhor. "Alegria eterna."

Infelizmente, Teddy descobriu que todo personagem introduzido ou toda trama criada eram desinteressantes ou lugares-comuns. Os grandes autores do passado haviam estabelecido padrões que faziam suas próprias tentativas de trama parecerem insignificantes. Não conseguia encontrar vínculos com as vidas unidimensionais que havia criado. Se autores eram deuses, então ele era um deus muito reles e de segunda classe, tentando se agarrar aos contrafortes do Olimpo. É preciso se interessar, imaginava, e não havia nada por que ele se interessasse para escrever a respeito.

— Mas e a guerra? — perguntou Nancy.

A guerra?, pensou ele, secretamente pasmo de que ela pudesse pensar que algo tão destrutivo na vida real poderia ser transformado tão depressa em ficção.

— A vida, então — ela sugeriu. — Sua vida. Um *Bildungsroman*.*

* Do alemão, "Romance de formação".

— Achei que eu deveria apenas *viver* minha vida — Teddy reagiu —, não transformá-la num enredo.

E a respeito de que ele poderia escrever? Excluindo a guerra (uma imensa exclusão, reconhecia), nada acontecera com ele. Uma infância na Toca da Raposa, a breve, um tanto solitária e inútil vida da mistura de poeta e peão errante, e agora o cotidiano de uma vida de casado — a lenha no fogo, a escolha entre Ovomaltine ou chocolate em pó e a personalidade metódica de Nancy, envolta em suéteres contra o frio. Não se queixava da última parte, sabia que deveria se sentir afortunado por tê-la, quando tantos que conhecera não a tinham.

— Ah, ensine-me como eu poderia me esquecer de pensar — leu em tom inexpressivo um menino cujo nome nunca lembraria.

E o sino tocou, fazendo com que toda a classe se agitasse como um bando de pardais e aos empurrões abrisse caminho para fora da sala antes que ele os dispensasse. ("Disciplina não parece ser seu forte", disse o desapontado diretor. "Imaginei que sendo um oficial da RAF...")

Teddy sentou-se a sua mesa na sala vazia, à espera de que surgisse a turma de inglês do segundo ano. Olhou em volta do cômodo encardido com seus cheiros de borracha hindu e pescoços mal lavados. O sol da manhã brilhava suave através das janelas, a poeira de giz e de meninos presa num raio de luz. Havia um mundo fora daquelas paredes.

Levantou-se da mesa num rompante e saiu da sala, forçando caminho por entre um bando de garotos de onze anos entrando relutantes pela porta.

— Senhor? — disse um deles, assustado com aquele abandono do dever.

Ele estava de licença, dirigindo para casa pela autoestrada, pensando que poderia parar em algum lugar e fazer uma longa caminhada para ter tempo para pensar. Corria o risco de se transformar num malandro, um homem que não conseguia se fixar em coisa alguma. Seus irmãos estavam se saindo bem. Jimmy estava na América, levando uma vida fácil e acelerada, "ganhando rios de dinheiro", e Maurice era um mandachuva em Whitehall, um pilar de respeitabilidade. E ali estava ele, incapaz de ser um humilde professor. Prometera, durante a guerra, que, se sobrevivesse, levaria uma vida tranquila e acomodada. A promessa parecia destinada a não se cumprir. Perguntou-se se haveria algo errado com ele.

Foi salvo por um motorista com o carro quebrado no acostamento. Teddy parou o Land Rover e foi ver se podia ajudar. A velha Humber Pullman estava com o capô aberto, e o homem olhava para o motor com a expressão desamparada de quem não entende de mecânica, como se apenas pela força do pensamento fosse capaz de fazê-lo voltar a funcionar.

— Ah, um cavalheiro da estrada — disse o homem, tirando o chapéu, quando Teddy parou a Land Rover. — Esta maldita coisa não presta mais. Como eu — acrescentou. — Bill Morrison — apresentou-se, estendendo a mão gorducha.

Enquanto Teddy lidava com a bateria, trocaram ideias sobre os pilriteiros, em plena floração gloriosa, que margeavam aquele trecho da estrada. "Flores de maio", como Bill Morrison as chamava. Vê-las lhe "dava alento", ele explicou. Mais tarde, Teddy não conseguiu se lembrar com clareza daquela conversa, mas tinham falado "de um tudo e do céu também", como colocou Bill, indo do papel do pilriteiro no folclore inglês — os espinhos de Glastonbury e por aí afora — à Rainha de Maio e aos mastros de Primeiro de Maio, e Teddy lhe falara de como para os celtas a árvore marcava a entrada para o outro mundo e que os antigos gregos a carregavam em procissões nupciais.

— Com curso universitário, não é? — Bill Morrison observou, com mais admiração do que sarcasmo, embora talvez com uma leve pitada do último. — Já tentou se dedicar a escrever?

— Bem… — objetou Teddy.

— E que tal um almoço, rapaz? Eu convido — disse Bill Morrison quando a velha Humber tossiu de volta à vida.

E assim Teddy se viu num comboio de dois a caminho de um hotel em Skipton, para o que acabou sendo horas de um grande rosbife e muita bebida, durante as quais teve sua vida examinada sob todos os ângulos por Bill Morrison.

Ele era um homem grandalhão com um tom de pele um tanto insalubre, que tinha sido "foca" no *Yorkshire Post* havia muito tempo, e era agora um rude e antiquado reacionário.

— Paternal mas esperto — Teddy disse mais tarde a Nancy.

Seu deus era um anglicano robusto, um homem de Yorkshire que com certeza jogava críquete no time do condado quando não estava mandando leis montanha abaixo. Com o passar do tempo, Teddy conheceu melhor aquele coração generoso e sua afetividade ríspida. Ele gostava do fato de Teddy ser casado ("o estado adequado ao homem") e extraiu dele a guerra. O próprio Bill havia "sobrevivido à Batalha do Somme".

Ele era o editor do *Recorder*. Passou-se um tempo surpreendentemente longo antes que Teddy soubesse que ele era também o proprietário do *Recorder*.

— Você entende disso, Ted?

— Um pouco — Teddy respondeu, educado.

Entendia mesmo? Uma vaga lembrança, na sala de espera do dentista, afastando o pensamento da iminente extração de um dente podre, já que cuidados dentários não tinham sido uma prioridade no campo de prisioneiros.

— Porque estou procurando alguém para escrever os "Cantos da natureza" — explicou Bill Morrison. — São só umas poucas linhas por semana, não vão pagar seu pão, menos ainda o bacon, mesmo que você pudesse botar as mãos em algum. Tínhamos um homem que fazia os "Cantos da natureza", assinados por "Agrestis". É latim. Sabe o que quer dizer?

— Um rústico, um camponês.

— Pois aí está você.

— O que aconteceu com o antigo? — Teddy indagou, enquanto digeria aquela oferta inesperada.

— A velhice o aposentou. Ele era um camponês da velha escola. Um sujeitinho difícil — Bill respondeu, em tom afetuoso.

Um tanto tímido, Teddy mencionou seu próprio currículo agrário, os cordeiros de Northumberland, as maçãs de Kentish, seu amor pelas colinas, vales e rios. O prazer de ter uma xícara e um pires feitos de uma bolota, a fronde não desabrochada de uma samambaia, o padrão da pena de um falcão. A beleza transcendente do coro de pássaros ao amanhecer, num bosque de jacintos. Omitiu a França, os blocos sólidos de cor, as faixas quentes de sol, elas não agradariam a um homem que lutara no Somme.

Teddy foi julgado honesto, mesmo sendo sulista.

— Era uma vez dois homens — disse Bill Morrison, enquanto escavavam o Stilton.

Teddy precisou de um tempo para perceber que aquela era a introdução um tanto solene para algum tipo de piada.

— Um deles era de Yorkshire, a terra de Deus. O outro não era de Yorkshire. O que não era de Yorkshire disse (Teddy começou a se perder neste ponto): "Conheci um homem de Yorkshire outro dia", e o que era de Yorkshire disse: "Como sabe que ele era de Yorkshire?". E o que não era de Yorkshire (agora Teddy começou a perder a vontade de viver) disse: "Por causa do sotaque". E o homem de Yorkshire: "Não, rapaz, se ele fosse de Yorkshire essa teria sido a primeira coisa que ele diria".

— Tente pôr isso num biscoito da sorte — Nancy zombou quando Teddy tentou lhe contar a piada naquela tarde, depois de rolar para casa, um pouco bêbado ("Caramba, você está fedendo a cerveja, eu gosto disso"). — E você tem um emprego novo, num jornal?

— Não, não é um jornal — Teddy respondeu —, e também não é um emprego, só uns trocados por semana.

— E quanto à escola? Ainda vai dar aulas?

A escola, pensou Teddy. Aquela manhã já estava no passado. (*Ah, ensine-me a esquecer de pensar.*) Tinha fugido, contou.

— Ah, meu pobre querido — Nancy riu.

— E isso vai piorar, eu sei que vai, posso sentir por dentro.

Piorou. Outubro com suas cores outonais, cogumelos e castanhas, e um veranico tardio. Novembro trouxe "a Mãe Natureza armazenando forças" para a batalha que se aproximava, e dezembro, a necessidade de azevinho e tordos.

— Encontre alguma coisa que aqueça os corações — Bill disse, e ele escreveu sobre a história de como o tordo ganhou penas vermelhas no peito.

Eram textos prosaicos, mas tudo bem para Bill Morrison, que não estava "em busca de erudição".

Outro almoço com muita bebida pouco antes do Natal e lhe foi oferecido o emprego de "repórter andarilho". O antigo titular do cargo morrera durante a guerra.

— Comboios do Ártico — disse Bill Morrison, brusco, não querendo se alongar no assunto e afirmando que logo também estaria morto se continuasse a correr por aí fazendo o trabalho de dois homens.

— Está feliz agora? — Nancy perguntou enquanto penduravam o azevinho e o visco que tinha colhido no bosque.

— Estou — afirmou Teddy, talvez dando à resposta mais entusiasmo do que a pergunta pedira.

As malditas campânulas.

> — Há quem considere má sorte colher aqueles pequenos e corajosos arautos da primavera e não os deixe entrar em casa. Talvez isso se deva a sua profusão nos cemitérios.

Sylvie sempre colhia as primeiras campânulas na Toca da Raposa. Era uma pena, porque murchavam e morriam muito depressa.

> — O branco da campânula e sua associação com imaculabilidade sempre deram a essa humilde flor uma aura de inocência (quem ainda se lembra da Banda das Campânulas, de meninas, do século anterior?).
>
> Há uma lenda alemã…

— Ai, Deus — Nancy murmurou.

— O quê?

— Perdi um ponto. Continue.

... que conta que, quando Deus criou todas as coisas, disse à neve que pedisse alguma cor às flores. Todas menos a gentil campânula se recusaram, e, como recompensa, a neve permitiu que ela fosse a primeira flor da primavera.

Boa música tem o poder de curar. A Alemanha não é mais nossa inimiga, e é bom para nós recordar seu rico acervo de mitos, lendas e contos de fadas, sem falar de sua herança cultural, a música de Mozart...

— Mozart era austríaco.

— É, claro — Teddy disse. — Não sei como fui esquecer. Que seja Beethoven, então. Brahms, Bach, Schubert. Schubert era alemão, não era?

— Não, outro austríaco.

— Haydn? — ele tentou.

— Austríaco.

— Há uma porção deles, não é? Então... "sua herança cultural de Bach, Brahms, Beethoven...".

Nancy assentiu em silêncio, como uma professora aprovando os acertos de um aluno. Poderia estar apenas contando pontos, é claro.

— "Entre eles, Beethoven é..."

— Deixamos a campânula de lado. Por que toda essa conversa sobre alemães?

— Porque eu estava me referindo a uma lenda alemã — Teddy explicou.

— Mas isso parece ser sobre perdoar os alemães. Foi o que *você* fez? Você os perdoou?

Seria o caso? Em teoria, talvez, mas não em seu coração, onde morava a verdade. Pensou em todos os homens que conhecera e que tinham sido mortos. Os mortos, como demônios e anjos, eram legião.

Três anos tinham se passado desde que sua própria guerra terminara, ele passara o último ano *hors de combat** num campo de prisioneiros perto da fronteira polonesa. Saltara de paraquedas de um avião em chamas sobre a

* Fora de combate.

Alemanha e não conseguira evitar ser capturado por causa de um tornozelo quebrado. Sua aeronave tinha sido detectada e abatida por fogo antiaéreo no pavoroso ataque a Nuremberg. Ele não soube disso na época, mas aquela foi a pior noite da guerra para o Comando de Bombardeiros — noventa e seis aeronaves perdidas, quinhentos e quarenta e cinco homens mortos, mais do que em toda a Batalha da Grã-Bretanha, mas quando chegou em casa tudo aquilo era notícia velha e requentada, Nuremberg estava quase esquecida.

— Você foi muito valente — Nancy disse, com a mesma indiferença encorajadora (para os ouvidos de Teddy, pelo menos) que lhe teria concedido se ele tivesse tirado uma boa nota numa prova de matemática.

Para ele, a guerra era agora um amontoado de imagens aleatórias que assombravam seu eu adormecido — os Alpes ao luar, uma pá de hélice voando pelos ares, um rosto pálido na água. *Bem, sorte sua, então.* Às vezes, o esmagador cheiro de lilases, outras uma suave cantiga de roda. E sempre, no fim do pesadelo, havia o inevitável, o fogo e o doloroso choque da queda. Nos pesadelos, nós acordamos antes do terrível fim, antes da queda, mas Teddy precisava ser acordado pelo sussurro de Nancy, por sua mão carinhosa, que o acalmava, e ele ficaria olhando para a escuridão por muito tempo perguntando-se o que aconteceria com ele se, uma noite, ela não conseguisse acordá-lo.

Fizera as pazes com a morte durante a guerra e então de repente a guerra terminara e havia um dia seguinte e um dia seguinte e um dia seguinte. Parte dele nunca se acostumou a ter um futuro.

— "Beethoven" — recomeçou, obstinado.

Não se poderia considerar Beethoven responsável pela guerra.

De repente, uma lembrança — ele e Ursula no Royal Albert Hall — quando foi aquilo — 1943? — ouvindo a "Nona Sinfonia" de Beethoven, o *Coral*, Ursula quase vibrava com o poder emocional da música. Ele também o sentira, o poder de alguma coisa maior, alguma coisa acima do mesquinho compasso cotidiano. Sacudiu-se todo, um cachorro molhado.

— Você está bem, querido?

Uma afirmativa. Só desalojando a guerra, o horror de tudo aquilo, a tristeza opressiva. Nada que pudesse lhe transmitir em palavras.

— E, você sabe — continuou Nancy, uma alma despreocupada —, não acredito que as pessoas queiram necessariamente ser lembradas da guerra quando estiverem lendo os "Cantos da natureza" de Agrestis. Na verdade, imagino que seria o oposto.

— Devo fazer chocolate? — ele se ofereceu, para mudar de assunto. — Ou você vai preferir Ovomaltine?

— Ovomaltine, por favor.

— Você vai estragar os olhos — ele comentou, enquanto despejava o leite frio numa panela e o colocava na trempe sobre o fogão.

— Estou parando — ela retrucou, enrolando com eficiência as diferentes cores de bolas de lã.

O leite subiu de repente na panela, e Teddy tirou-a do fogo antes que transbordasse. Seu rosto, quente das chamas, lembrou-o do tecido queimado no pescoço. Quase não era visível acima do colarinho, a pele rosa, brilhante e enrugada, uma promessa de outras cicatrizes em lugares menos aparentes.

— Muito bem, tenente-coronel Todd — Nancy disse —, hora de ir para a cama, eu acho.

Ela nunca usava seu posto de guerra sem uma leve ironia, como se ele tivesse fingido alguma coisa. Ele não tinha ideia de por que agia assim, mas aquilo o fazia se encolher por dentro.

Recolheram-se a Ultima Thule, como chamavam o quarto gelado no porão. Teddy tremia enquanto se livrava das camadas de roupa e pulou para a cama como se mergulhasse nas águas glaciais do mar do Norte.

Depois do choque inicial dos lençóis polares e do ar enregelante, eles se aqueceram. O ato de amor era mais vigoroso do que romântico naquele clima. ("Ninguém sente frio com um marido", escrevera a irmã de Nancy, Millie, do calor árido do Arizona, "ainda mais com um bonitão como o seu!")

Uma nevasca tinha começado, e o barulho era como o de alguém atirando bolas de neve na janela. Eles eram novos Adão e Eva, exilados no inverno sem fim.

Nancy beijou-o no rosto e disse "Boa noite, meu bem", mas Teddy já estava dormindo.

Nancy soprou a vela ao lado da cama e esperou que começassem os pesadelos de Teddy.

Precisavam ter um bebê, pensou, precisavam ter um bebê para curar Teddy, para curar o mundo.

1939

A guerra de Teddy

Inocência

Ele não ouviu Chamberlain fazer sua sombria declaração no rádio porque havia escolhido levar o velho cão dos Shawcross, Harry, para dar uma volta na alameda. Uma marcha lenta e artrítica era tudo o que o *golden retriever* conseguia. Os olhos estavam nublados pela catarata e a musculatura, antes vigorosa, definhara. O cão era só pele e osso. E estava surdo também, como o próprio major Shawcross, e os dois, homem e cão, haviam passado as longas tardes de verão de 1939 cochilando e fazendo companhia um ao outro, presos juntos em seu mundo silencioso — o major Shawcross em sua velha cadeira de vime e Harry esparramado na grama a seus pés.

— Morro de pena de vê-lo assim — Nancy comentou.

Falava de Harry, embora o sentimento se estendesse ao pai. Teddy compreendia a dor de ver um cachorro que conheciam desde filhote chegando ao fim da vida.

— O aviso da mortalidade, como não escreveu Wordsworth — disse Ursula. — Ah, se pelo menos os cães vivessem mais. Já choramos por tantos.

As meninas Shawcross adoravam seu "velho Papá", um afeto mais do que recíproco por parte do major Shawcross. Hugh era ligado a Pamela e

Ursula, sem dúvida, mas Teddy sempre ficava um tanto surpreso com a liberdade com que o major Shawcross demonstrava seus sentimentos. Todo beijos e abraços para "minhas meninas", e muitas vezes levado às lágrimas só de ver as filhas. ("Foi a Grande Guerra", explicava a sra. Shawcross. "Ela o transformou.") Hugh era mais reticente, um temperamento que, quando muito, a guerra reforçara. Teria o major Shawcross desejado um filho? Com certeza sim, não é o que desejam todos os homens? E Teddy, desejava?

Pretendia pedir Nancy em casamento. Talvez hoje. Um dia de tamanha importância histórica, para que no futuro Nancy dissesse aos filhos (porque com certeza os teriam): "Sabem? Seu pai me pediu em casamento no dia em que a guerra foi declarada". Teddy achava que já tinham esperado muito tempo, tempo demais, talvez. Primeiro, para que Nancy, em Newnham, pudesse completar os exames finais de matemática e, agora, para que ela se preparasse para o doutorado. Sua tese tinha algo a ver com "números naturais". Para Teddy, não pareciam, de modo algum, naturais. E também não queria ficar esperando que a guerra terminasse, pois quem sabia quanto tempo seria?

Teddy estava com vinte e cinco anos, quase "passando do ponto" de se casar, pelo menos na opinião da mãe. Ela estava louca por netos, mais do que estivera pelos que já tinha, cortesia de Pamela, com "três meninos e mais a caminho", e Maurice, que tinha um de cada. "Como filé com fritas", segundo Ursula. Teddy mal conhecia os rebentos de Maurice, e Sylvie os descrevia como "um tanto insípidos".

Casar com Nancy parecia inevitável. Por que *não* se casaria com ela? "Namoradinhos de infância", dizia a sra. Shawcross, enternecida pelo romantismo. A própria mãe menos enternecida.

Todos contavam com isso, até Sylvie, que achava Nancy "inteligente demais" para o casamento. ("O casamento embota as pessoas.")

— E quem mais poderia *haver* além de Nancy, afinal? — Teddy perguntou a Ursula, perplexo. — Ela é, sem sombra de dúvida, a melhor pessoa que conheço. A mais gentil, também.

— E você a *ama*. E sabe que *todos nós* também.

— É claro que eu a amo — Teddy reagiu (tinha sido uma pergunta?).

Será que ele sabia o que era o amor? Amor por um pai, uma irmã, até por um cachorro, sabia sim, mas entre marido e mulher? Duas vidas inexoravelmente entretecidas. Ou emparelhadas e atreladas. ("É essa a ideia", observou Sylvie. "Ou todos correríamos desenfreados.")

Pensou em Adão e Eva, pensou em Sylvie e Hugh. Nenhum deles parecia um belo exemplo.

— Os pais de Nancy — Ursula disse. — Não são um bom modelo? O major e a sra. Shawcross são felizes. A julgar pelas aparências, pelo menos.

Mas aparências e realidade são coisas diferentes, não são? E quem conhece os segredos de um casamento?

Ele amara Nancy quando eram jovens, porém era outra coisa, vívida e límpida, mas infantil e inocente. *Pois agora vemos através de um vidro escuro.*

— Talvez de um jeito mais direto — Ursula disse. — Como você se sentiria se *não* se casasse com ela?

Então, sim, ele pensou, é claro que se casaria com Nancy. Mudariam para um bairro agradável, teriam os inevitáveis filhos e ele continuaria sua carreira no banco até que um dia talvez os funcionários o tratassem com a deferência com que tratavam o pai. Ou talvez não.

Não seria apenas a lâmina afiada da esposa a perder o corte. O futuro era uma gaiola fechando-se a sua volta. Não era a própria vida uma grande armadilha, mandíbulas prontas para abocanhar? Nunca deveria ter voltado da França. Deveria ter deixado de ser indolente, parado de fingir que tinha alma de poeta, abraçado o aventureiro que havia nele e insistido em direção ao leste, explorado os limites do império, a Austrália, talvez. Algum lugar inóspito e imprevisível, onde um homem poderia se construir, em vez de ser construído por aqueles que o cercam. Tarde demais. Agora, não seria a geografia do império a moldá-lo, seria a arquitetura da guerra.

Tinham chegado ao pasto das vacas, e Teddy puxou uns talos altos de capim e gritou: "Uou, uou", mas as vacas, depois de uma olhadela rápida em sua direção, continuaram plácidas e indiferentes. Ele acendeu um cigarro e encostou-se no portão enquanto fumava. Harry tinha desabado todo torto no chão, as carnes magras ofegantes por causa do esforço.

— Pobre velhote! — Teddy disse, inclinando-se e coçando a parte de trás da orelha macia do cão.

Pensou em Hugh. Seus caminhos nunca se cruzavam no banco, mas o pai às vezes convidava Teddy para almoçar no clube em Pall Mall. O mundo insensível das finanças convinha a Hugh, mas, para Teddy, representava um tédio absurdo e, em algumas ocasiões, um tormento absoluto.

O pai logo se aposentaria, sem dúvida faria um pouco de jardinagem, cochilaria sobre as páginas abertas de seu almanaque *Wisden*, no jardim ou no gabinete, irritaria Sylvie. Foi exatamente assim que Hugh foi encontrado, um ano depois, numa espreguiçadeira do jardim, com um exemplar do *Wisden* aberto no colo. Adormecido para sempre. Até mesmo aquilo, a menos incômoda das mortes, pareceu exasperar Sylvie.

— Ele simplesmente fugiu sem dizer uma palavra — ela se queixou, como se ele lhe devesse mais. Talvez fosse o caso.

"Papai nunca foi de criar confusão", Ursula escreveu para Teddy no Canadá em azul-claro, a tinta irremediavelmente manchada onde uma lágrima deve ter caído.

Teddy esmagou a guimba do cigarro com o pé e disse:

— Vamos embora, Harry, vamos perder o almoço se não nos mexermos.

O cão não podia ouvi-lo, mas não se mexeu nem quando Teddy lhe deu uma palmadinha, e Teddy teve medo de que o tivesse esgotado por completo. Ele podia ser um saco de ossos, mas ainda era pesado, e Teddy não tinha certeza de poder carregar o peso morto do cachorro até em casa, embora imaginasse que daria um jeito se não tivesse alternativa — a necessidade ensina —, mas por sorte Harry, heroico, se ergueu nas quatro patas e os dois caminharam devagar até a casa de Nancy.

— Ei, fique longe daqui — a sra. Shawcross implorou quando o viu na porta dos fundos da Casa das Gralhas.

Ela sacudiu uma toalha de mesa na direção dele, como se ele fosse uma mosca. Nancy, em casa de férias, estava de cama, com o que acabou se revelando uma coqueluche ("Na minha idade!"), sendo incansavelmente cuidada pela sra. Shawcross, sabedora de que Teddy também não tivera a doença quando criança.

— Você não pode pegar — ela afirmou. — É horrível num adulto.

— Não chegue perto daquela garota — Sylvie avisou quando ele contou que se oferecera, na atual ausência de um cão residente na Toca da Raposa, para levar Harry para dar uma volta.

Tarde demais, ele pensou.

"Aquela garota" era a que ele iria pedir em casamento, mas talvez não hoje, afinal de contas.

— Ela está mesmo muito mal — disse a sra. Shawcross. — Mas transmitirei seu carinho, com certeza.

— Por favor.

Os muitos cheiros do almoço de domingo flutuavam para fora da cozinha da sra. Shawcross. Ela própria, o cabelo escapando de um coque mal preso, parecia um tanto corada e um tanto perturbada, mas, na experiência de Teddy, fazer o almoço dominical produzia aquele efeito nas mulheres. A Casa das Gralhas, como a Toca da Raposa, perdera havia pouco sua cozinheira e a sra. Shawcross parecia ainda menos dotada para as artes culinárias que Sylvie. Não havia sinal do major Shawcross. A sra. Shawcross era vegetariana, e Teddy imaginou o que ela comeria enquanto o major Shawcross degustava seu bife. Um ovo, talvez.

— Ah, por Deus, não — a sra. Shawcross disse —, só a ideia de comer um ovo me deixa meio enjoada.

Teddy avistou na cozinha uma garrafa aberta de Madeira e um copinho cheio até a metade com o licor marrom.

— Guerra! — exclamou a sra. Shawcross, com os olhos cheios d'água e, esquecendo a infecção, puxou Teddy para um abraço caloroso e um tanto úmido.

Ela cheirava ao madeira e a sabonete de alcatrão, uma combinação improvável e meio intrigante. A sra. Shawcross era grande e macia e sempre um pouco triste. Sylvie se aborrecia com o mau comportamento do mundo, mas a sra. Shawcross carregava tal fardo com paciência, como faria com uma criança. Ele imaginava que a guerra aumentaria o peso desse fardo.

A sra. Shawcross levou a mão à testa e disse:

— Ai, meu querido, acho que vou ter uma de minhas enxaquecas.

Suspirou e continuou:

— Graças a Deus só temos meninas. Neville nunca conseguiria suportar ter de mandar um filho para a batalha.

Parecia mais do que provável a Teddy que ele já estivesse com a coqueluche incubada. A sra. Shawcross não sabia que Nancy viajara a Londres na semana anterior para vê-lo, esgueirando-se para seus aposentos debaixo do olhar penetrante de sua senhoria e ficando para passar a noite, os dois espremidos na cama estreita, morrendo de rir com o barulho feito pelo rangido das molas da cama. Ainda eram novatos naquele tipo de coisa.

— Posto: amadores — Nancy disse, animada.

Havia paixão entre os dois, mas era do tipo tranquilo e bem-humorado. (Sem dúvida alguém pode argumentar que, por definição, isso não era paixão.) Houve uma garota ou outra em Oxford, e algumas na França, mas o sexo com elas tinha sido mais uma função biológica, que o deixava descontente e um tanto confuso. O ato sexual talvez não fosse bestial, mas era com certeza animalesco, e ele se imaginava grato a Nancy por domesticá-lo. O desejo selvagem e o romance ardente sem dúvida ficavam mais bem guardados entre as páginas de um livro. Era o filho de seu pai, suspeitava. A guerra mudou isso, como mudou tudo, apresentando-o a embates menos civilizados. Ainda assim, Teddy nunca ficaria confortável com termos descrevendo o sexo. Pudor ou decoro, não sabia ao certo. Sua filha não tinha problemas de vocabulário. Viola trepava, transava, chegava mesmo a foder, e fazia questão de divulgar o fato. Foi um alívio para Teddy quando ela se declarou casta, aos cinquenta e cinco anos.

Seus aposentos ficavam bem perto do Museu Britânico. Era um lugar meio caindo aos pedaços, apesar da senhoria, que teria dado abrigo a Gengis Khan por dinheiro. Teddy não fazia ideia de que aquela noite furtiva com Nancy seria, devido às implacáveis restrições da guerra e das circunstâncias, uma das poucas ocasiões em que os dois teriam momentos de intimidade mútua até o fim das hostilidades.

— Como está a pobre Nancy? — Hugh perguntou quando Teddy voltou à Toca da Raposa.

— Resistindo, imagino — Teddy respondeu, embora não a tivesse visto. — Então estamos em guerra?

— Temo que sim. Venha até o gabinete, Ted, e tome um drinque comigo.

O gabinete era o sacrário de Hugh, um porto seguro no qual só se entrava por convite.

— Melhor sermos rápidos — acrescentou —, antes que sua mãe o veja. Acho que ela vai ficar histérica. Não aceitou bem, mesmo que já soubéssemos o que aconteceria.

Teddy não tinha certeza se decidira ou não ouvir que a guerra fora declarada. Talvez apenas porque levar um cachorro para dar uma volta numa manhã ensolarada de domingo fosse uma ideia melhor.

Hugh serviu dois copos de uísque maltado da pesada garrafa de cristal lapidado que guardava no gabinete. Bateram os copos e Hugh disse: "À paz", quando Teddy esperava que ele dissesse: "À vitória".

— Já sabe o que vai fazer? — perguntou Hugh.

— Não sei — Teddy encolheu os ombros. — Alistar-me, imagino.

O pai franziu a testa e disse:

— Mas não no Exército! — o indizível horror das trincheiras passando por um instante por seu rosto.

— Na Força Aérea, acredito — Teddy disse.

Na verdade, não pensara nisso até aquele momento, mas então percebia que as portas da gaiola se abriam, e as barras da prisão caíam por terra. Estava prestes a se libertar dos grilhões do banco. E liberto também, percebeu, da perspectiva da casa elegante, das crianças que poderiam vir a ser "um tanto insípidas". Liberdade até dos laços e cabrestos do matrimônio. Pensou nos campos de girassóis dourados. Nos blocos sólidos de cor. Nas faixas quentes de sol.

Preocupou-se: sucumbiria a França aos malefícios de Hitler? Com certeza não.

— Piloto — disse ao pai. — Eu gostaria de voar.

A declaração de guerra atrasou o almoço de domingo. Sylvie ainda colhia hortelã no jardim para o carneiro quando Teddy foi a sua procura. Não lhe pareceu histérica de modo algum, só um pouco melancólica.

— Você perdeu Chamberlain — ela disse, esticando o corpo e esfregando os quadris.

Mamãe também, ele pensou, está envelhecendo.

— E imagino que você terá que lutar — disse, dirigindo-se ao punhado de hortelã que amassava na mão.

— Imagino que sim — ele respondeu.

Sylvie deu meia-volta e andou com determinação para o interior da casa, deixando um perfumado rastro de hortelã. Parou na porta dos fundos e falou com ele por cima do ombro.

— O almoço está atrasado — foi o aviso, sem dúvida desnecessário.

— Ela está muito zangada? — Ursula lhe perguntou pelo telefone, naquela mesma tarde.

— Muito — ele disse, e os dois riram.

Sylvie defendera com fúria a necessidade de pacificação.

Houve uma enxurrada de telefonemas entre diversos membros da família durante toda a tarde, e Teddy, se fosse honesto, já estava exausto de ser questionado a respeito do que pretendia fazer, como se o futuro do conflito estivesse todo sobre seus ombros.

— Mas você é o único guerreiro da família — Ursula retrucou. — O que você *vai* fazer?

— Alistar-me na RAF — ele respondeu sem pensar.

Quanto mais lhe faziam aquela pergunta durante todo o dia, mais decisiva se tornava sua resposta. (Perguntou-se o que Augusto teria feito. O adulto, seu equivalente, não o Peter Pan dos livros de Izzie.)

— E de qualquer maneira não sou o único guerreiro. Onde ficam Maurice e Jimmy?

— Maurice vai evitar qualquer risco, você vai ver — explicou Ursula. — Mas Jimmy, acredito... ah, meu querido... eu ainda penso nele como um bebê, não consigo imaginá-lo com uma arma na mão.

— Ele já tem quase vinte — Teddy achou necessário esclarecer.

* * *

O almoço foi circunspecto. Eram só os três, quatro se contassem com Bridget, na cozinha, o que não fizeram. Comeram o carneiro com batatas e vagens meio fibrosas do pomar, e depois Bridget deixou cair na mesa um prato oval de pudim de arroz, dizendo:

— Ficou ressecado, graças aos monstros alemães.

— Pelo menos Bridget agora terá alguém além de mamãe para culpar pelas desventuras de seu mundo — Ursula disse quando Teddy reproduziu ao telefone essa observação. — Vai ser uma carnificina, você sabe — acrescentou, triste.

Ursula parecia dispor de muita informação, ela "conhecia" gente, é claro, inclusive um homem do alto escalão do Almirantado.

— Como vai seu comodoro? — ele perguntou, um tanto cauteloso, porque Sylvie estava por ali.

— Ah, você sabe... casado — Ursula respondeu, em tom despreocupado.

"Não julgueis e não sereis julgados", ela dissera quando lhe contou sobre o caso. Teddy se apavorara com a ideia de a irmã ser uma mulher pecadora, ser a *outra* mulher. No fim da guerra não havia nada entre homens e mulheres que o surpreendesse. Coisa alguma entre quaisquer coisas, na verdade. Toda a estrutura da civilização revelou-se constituída de uma instável mistura de areia movediça e imaginação.

Houve outra grande dose de uísque depois do almoço e outra antes do jantar, e tanto Teddy quanto Hugh, os dois bebedores, estavam um pouco fora do prumo quando Teddy partiu para Londres. De volta ao banco pela manhã, ele pensou, mas na hora do almoço procuraria um posto de recrutamento e se alistaria, e o mundo talvez não virasse de cabeça para baixo, como na velha balada da Guerra Civil, mas sem dúvida seu eixo giraria alguns graus.

— A "balada" era um lamento, não um regozijo — Ursula disse.

Ela, às vezes, podia ser quase tão especial quanto Nancy. "*O Natal foi morto na batalha de Naseby.*" Sua irmã ainda não era puritana, a guerra a transformaria em uma.

Sylvie lhe deu um beijo de despedida no rosto, muito calma, e deu meia-volta dizendo que não diria adeus porque isso era "definitivo demais", e Teddy pensou no quanto sua mãe podia ser dramática se assim decidisse.

— Estou indo pegar o trem das sete e vinte para Marylebone — ele afirmou —, e não indo para morrer.

— Ainda não.

Hugh lhe deu um paternal tapinha no ombro e disse:

— Não dê atenção a sua mãe. Você vai tomar cuidado, Ted, não vai?

Era a última vez que seria tocado pelo pai.

Abriu caminho ao longo da alameda pelo crepúsculo em direção à estação e, já sentado num vagão de segunda classe, Teddy se deu conta de que não era o uísque de Hugh que o fazia se sentir tão tonto e febril, e sim a coqueluche de Nancy. A doença atrasou várias semanas sua tentativa de entrar na guerra e mesmo depois, quando tentou se alistar, foi mandado embora com instruções para esperar. Já ia adiantada a primavera de 1940 quando ele apanhou um envelope na mesa da portaria de seu aposento, envelope que, quando aberto, revelou-se um comunicado cor de camurça do Ministério da Aeronáutica instruindo-o para que comparecesse ao Lord's Cricket Ground para uma entrevista. No verão anterior, antes de sua ida para Oxford, o pai o tinha levado ao Lord's para ver o primeiro jogo internacional da Índia. Parecia estranho que, de todos os lugares, fosse naquele local que ele seria aceito na guerra. ("A Inglaterra ganhou por cento e cinquenta e oito corridas", lembrou o pai quando ele lhe contou onde tinha se apresentado.) E quantas corridas seriam necessárias para ganhar esta guerra... perguntou-se Teddy, mesmo àquela altura da vida, inclinado a estropiar metáforas. Na verdade, foram exatamente setenta e duas corridas canceladas: o número de surtidas em que voara até o fim de março de 1944.

Havia uma nova leveza em seus passos quando foi a pé para o trabalho. Parou para acariciar um gato que se aquecia ao sol num muro. Tirou o chapéu para uma mulher elegante que, claramente encantada, sorriu em resposta (de um jeito bem convidativo, sobretudo àquela hora do dia). Parou para sentir o perfume de um tardio lilás pendurado nas grades em torno dos jardins do Lincoln's Inn Fields. "A glória e o sonho" de Wordsworth não estava de todo esquecido, pensou.

O cheiro familiar de madeira e bronze polidos assaltou-o quando entrou no banco. Não mais, pensou, não mais.

Quase dois anos depois, com um par de asas no uniforme e a aprendizagem no Plano de Treinamento Aéreo da Comunidade Britânica já concluída, Teddy voltava de Nova York a bordo do *Queen Mary*.

— Que delícia! — Izzie exclamou ao ser informada. — Passei momentos maravilhosos a bordo desse navio.

Teddy não se deu ao trabalho de esclarecer que o navio era agora uma barcaça que transportava as tropas norte-americanas na qual fora despejado ("junto com a água acumulada no fundo") e que os homens — dos quais a metade passou toda a viagem enjoada — estavam mais amontoados do que as proverbiais sardinhas em lata. E, além disso, sentiam-se vulneráveis fazendo a travessia do Atlântico com mau tempo sem escolta, embora o navio fosse considerado rápido o bastante para escapar dos submarinos alemães, algo de que Teddy não estava convencido.

— É, a comida era maravilhosa — afirmou em tom de sarcasmo para a tia (embora até fosse, se comparada à exiguidade do racionamento).

Não sabia se ela entendera ou não a ironia. Com Izzie, nem sempre era fácil ter certeza.

Teve alguns dias de licença entre a volta do Canadá e a ida para uma Unidade de Treinamento Operacional. Sua irmã tinha conseguido ir de Londres à Toca da Raposa para almoçar. Izzie, por sua vez, estava "passando uns tempos" ali, sem ter sido convidada, segundo Sylvie. Registro do outono de 1942: Pamela se autodesterrara para o meio de lugar nenhum, embora fosse voltar logo; Maurice passava a maior parte do tempo numa casamata em Whitehall; Jimmy estava em treinamento militar na Escócia. Hugh estava morto. Como era possível? Como o pai podia estar morto?

Uma licença de luto tinha sido conseguida para Teddy, e a Marinha (na pessoa do amigo de Ursula no Almirantado, embora Teddy nunca tenha sabido disso) providenciou uma vaga num navio mercante em comboio, mas no último minuto a ordem foi revogada.

— De qualquer maneira, você perderia o funeral — Sylvie disse —, então não teria feito muito sentido.

— Estou surpreso — comentou Maurice — que em plena guerra alguém tenha considerado isso um pedido significativo.

— Maurice — afirmou Ursula — é uma dessas pessoas que carimbam (ou não) memorandos e fazem cruzes vermelhas em fichas de inscrição. Exatamente o tipo de pessoa que rescindiria uma solicitação de licença por luto.

Maurice teria ficado muito aborrecido por ser considerado novato a ponto de carimbar alguma coisa. Ele assinava. Uma assinatura fluida e negligente com sua Sheaffer de prata. Mas não naquele caso.

Quem quer que tivesse assinado a rescisão merecia agradecimentos. O comboio foi atacado por submarinos, e o navio no qual Teddy deveria ter embarcado naufragou sem sobreviventes.

— Salvo para um bem maior — Ursula disse.

— Você não acredita nisso, não é? — Teddy perguntou, alarmado com a ideia de que a irmã pudesse ter virado religiosa.

— Não — ela respondeu. — A vida e a morte são completamente aleatórias, isso eu já aprendi.

— Completamente. Aprendemos isso na última guerra — Izzie disse, acendendo um cigarro apesar de ter comido pouco do frango ensopado que Sylvie preparara para o almoço.

Sylvie matara a ave naquela manhã para "celebrar" a volta do "filho pródigo". (Outra vez, ele pensou. Seria aquele seu papel na vida? O eterno pródigo?)

— Nada pródigo — Teddy retrucou, na defensiva. — Eu estava aprendendo a lutar na guerra.

— Ainda assim, veja, matamos o frango gordo em sinal de boas-vindas — Ursula disse.

— Mais para galinha velha — observou Izzie.

— Os iguais se reconhecem. (Dito por Sylvie, é claro.)

Izzie empurrou o prato e Sylvie disse:

— Espero que você termine de comer. Esta galinha morreu por você.

Ursula deu um gritinho de escárnio e Teddy piscou para ela. Mas parecia errado ser feliz sem Hugh.

Izzie escapulira para o continente no segundo em que a guerra fora declarada, mas já tinha voltado quando Teddy desembarcou no porto de Liverpool, afirmando ser o "patriotismo" um dever moral maior do que a segurança.

— Patriotismo, no seu caso — disse Sylvie, destrutiva —, está mais para eufemismo. Você voltou para casa porque seu casamento foi um desastre.

O famoso dramaturgo, marido de Izzie, "estava tendo casos a torto e a direito e de alto a baixo em Hollywood", contou Sylvie. Ao ouvir a palavra "casos", Teddy lançou um olhar para o outro lado da mesa de jantar Regency Revival, mas Ursula mantinha os olhos a sua frente, na travessa da galinha sacrificada.

Sylvie tinha agora um bom bando de galinhas e, com seus ovos, fazia um bom escambo no vilarejo. As aves mais velhas acabavam em geral na mesa de jantar da Toca da Raposa, quando já não cumpriam com seus deveres no front de postura de ovos.

— SFM — Ursula disse.

E, quando Izzie fez uma cara de quem não tinha entendido, explicou:

— Sem fibra moral. Instáveis. Quando os nervos acabam com o que há de melhor nos homens nas Forças Armadas, mas eles chamam de covardia.

— Vi um monte disso nas trincheiras — Izzie afirmou.

— Você não esteve *nas trincheiras* — retrucou Sylvie, sempre irritada quando Izzie se referia a suas experiências na última guerra.

Como todos ficavam, em maior ou menor grau. Só Hugh, surpreendentemente, demonstrara alguma tolerância em relação à "guerra de Izzie", como ele a chamava. Ele a tinha encontrado uma vez, durante o horror do Somme, num posto de socorro não muito distante da linha de fogo. Ficou confuso quando a viu. Ela parecia estar no lugar errado — Izzie pertencia à sala de estar em Hampstead ou a um vestido de noite, flertando com algum homem indefeso e o provocando. A lembrança de sua "indiscrição", como ele preferia se referir àquilo — seu escandaloso caso com um homem mais velho e casado e o subsequente nascimento de um bebê ilegítimo — quase fora apagado de sua mente pela lama. E, de qualquer maneira, aquela era uma Izzie diferente desta. A Izzie de agora vestia algum tipo de uniforme debaixo de um avental sujo, tinha manchas de sangue no rosto, carregava alguma coisa fétida num balde esmaltado e, quando o viu, disse, ofegante:

— Ora, vejam só! Você está vivo, que maravilha! Não vou beijá-lo, devo estar terrivelmente imunda.

Tinha lágrimas nos olhos. E, naquele momento, Hugh perdoou a irmã por muitos erros futuros, ainda não cometidos.

— O que você está fazendo aqui? — perguntou, cheio de carinhosa preocupação.

— Ah, sou uma EPSY — disse ela, sem ares de importância. — Só ajudando um pouco, você sabe.

— Os *homens* estiveram nas trincheiras — Sylvie insistiu —, não algumas damas refinadas voluntárias.

— As Enfermeiras de Primeiros Socorros Yeomanry não eram damas refinadas — explicou Izzie, tranquila. — Sujamos bastante as mãos. E é uma coisa horrível rotular um homem de covarde — acrescentou em voz baixa.

— É mesmo — concordou Ursula. — Mas não é tão ruim para uma galinha.

Teddy riu, encontrando refúgio no humor. Tinha pavor de ser considerado inapto na próxima batalha.

— Ela preferiu a galinhagem — disse, apontando a galinha no prato de Izzie, e tanto ele quanto Ursula quase chegaram à histeria.

— Como vocês são crianças! — exclamou Sylvie, exasperada.

Nem tanto, pensou Teddy. Eles é que precisariam permanecer firmes para defender Sylvie e suas galinhas, e a Toca da Raposa, últimas liberdades restantes.

O conteúdo das cartas enviadas pela irmã para o Canadá tinha sido vago ("o Ato dos Segredos de Estado etc."), mas lendo nas entrelinhas ele deduziu que ela já passara por maus momentos. Teddy ainda não fora testado na guerra, mas a irmã já.

Ela estava certa em relação à guerra, é claro, era mesmo uma "carnificina". Na luxuriante segurança aquecida dos estofados cinemas canadenses, ele comia sacos de pipoca enquanto assistia, horrorizado, a cinejornais dos ataques aéreos sobre a Grã-Bretanha. E Roterdã. E Varsóvia. E a França caíra mesmo. Teddy imaginou os campos de girassóis transformados em lama pelos tanques. (Não foram, ainda estavam lá.)

— É, você perdeu muita coisa — disse Sylvie, como se ele tivesse chegado atrasado ao teatro, numa peça.

Sua mãe parecia agora muito *au fait*, em dia, com os acontecimentos da guerra e surpreendentemente belicosa, o que era fácil, imaginava Teddy, ali no relativo conforto da Toca da Raposa.

— Ela foi seduzida pela propaganda — Ursula disse, como se Sylvie não estivesse ali.

— E você não? — perguntou Teddy.

— Prefiro fatos.

— Que Gradgrind* você se tornou — observou Sylvie.

— Nem de longe.

— E o que dizem os fatos? — Izzie perguntou.

E Ursula, que conhecia uma garota no Ministério da Aeronáutica, não disse que as chances de Teddy sobreviver ao primeiro voo operacional eram, na melhor das hipóteses, poucas, e que as de sobreviver à primeira surtida operacional eram quase inexistentes; em vez disso comentou, animada:

— Que é uma guerra *justa*.

— Ah, que bom — retrucou Izzie. — Todos odiariam tanto lutar numa que fosse injusta. Você estará do lado dos anjos, menino querido.

— Então os anjos são ingleses? — Teddy perguntou.

* Thomas Gradgrind, personagem do romance *Tempos difíceis*, de Charles Dickens.

— Sem sombra de dúvida.

— Tem sido muito ruim? — ele indagara a Ursula quando a encontrou ao sair do trem naquela manhã.

Ela parecia pálida e exausta, alguém que tivesse passado tempo demais sem ar livre, ou talvez em combate. Ele se perguntou se ela ainda se encontraria com o homem do Almirantado.

— Não vamos falar da guerra logo agora. Mas, sim, tem sido bem horrível.

Fizeram um desvio para visitar o cemitério onde Hugh estava enterrado. Vindas da igreja, ouviam-se as vozes finas da congregação dominical esforçando-se para acompanhar "Louva, minh'alma, o rei das alturas".

A lápide cinzenta de Hugh, com sua inscrição aparentemente sem graça, *Amado pai e marido*, ainda chocava de tão nova. Na última vez em que Teddy tinha visto o pai ele era carne tangível e agora aquela carne apodrecia num buraco debaixo de seus pés.

— Melhor não se entregar a pensamentos mórbidos — recomendou Ursula, conselho que o manteria firme pelos três anos seguintes. Pelo resto da vida, a bem da verdade.

Teddy se viu pensando em como seu pai fora um ser humano decente, o melhor de toda a família, com certeza. A dor pegou-o desprevenido.

— *Amado pai e marido* é tão triste e ao mesmo tempo não é nem um pouco sem graça — Bertie disse.

Era 1999, quase sessenta anos haviam se passado desde a morte do pai. A própria vida de Teddy já parecia história. Bertie perguntou-lhe o que gostaria de fazer em seu aniversário de oitenta e cinco anos, e ele disse que gostaria de fazer uma pequena excursão pelos "velhos fantasmas", então alugou um carro e os dois saíram de Fanning Court para o que Bertie chamou de "um passeio de carro", e Teddy, de "um voo de despedida". Não esperava sobreviver muito à virada do milênio e achou que aquela seria uma boa maneira de fechar com chave de ouro uma vida e um século. Ficaria surpreso se soubesse que ainda teria mais de uma década a sua frente. Foi uma viagem estranha e encantadora, cheia de emoção ("Percorremos toda a escala", Bertie diria mais tarde) e sentimentos genuínos em vez de simples nostalgia, que sempre vinha com um pouco de sentimentalismo barato, na opinião de Teddy.

Àquela altura, a lápide de Hugh tinha sido suavizada pelo líquen e a inscrição começava a ficar menos legível. Sylvie estava enterrada em outro lugar no mesmo cemitério, bem como Nancy e seus pais. Teddy não fazia ideia de onde estariam Winnie e Gertie, mas Millie estava ali, de volta ao lar depois de uma vida inteira de nunca ficar muito tempo num só lugar. Todas aquelas pessoas, ele pensou, ligadas a Bertie por um frágil cordão vermelho, embora ela nunca fosse conhecê-las.

Pamela e Ursula, como Bea, haviam optado pela cremação e Teddy esperara a floração dos jacintos no bosque antes de espalhar entre eles as cinzas de Ursula. Os mortos eram legião.

— Melhor evitar pensamentos mórbidos — ele disse a Bertie.

— O que você gostaria de ter em *sua* lápide? — ela perguntou, apesar da recomendação.

Teddy pensou nos intermináveis quilômetros quadrados dos cemitérios de guerra. Nome, posto, número. Pensou em Keats, *Aqui jaz alguém cujo nome foi escrito na água*, epitáfio que Ursula sempre achou bem trágico. E no próprio Hugh, que disse uma vez: "Ah, vocês podem me pôr na lata de lixo, eu não vou me importar". E, escritos em pedra, no memorial de guerra em Runnymede, o nome dos mortos que não tinham sepultura.

Alguma coisa havia mudado. O quê? Claro — as grandes castanheiras indisciplinadas que costumavam dar sombra aos mortos de um dos lados do cemitério haviam desaparecido, e pequenas cerejeiras em flor haviam sido monotonamente plantadas em seu lugar. O velho muro de pedra que antes era obscurecido pelas castanheiras estava visível agora, limpo e recém-cimentado.

— Um enterro na floresta — ele disse. — Nenhum nome, nada, só uma árvore. Um carvalho, se você conseguir, mas qualquer coisa vai servir. Não deixe sua mãe se ocupar disso.

A morte era o fim. Às vezes levava-se a vida inteira para compreender. Pensou em Sunny, viajando sem descanso em busca do que havia deixado para trás.

— Prometa-me que vai aproveitar sua vida ao máximo — ele pediu a Bertie.

— Prometo — respondeu Bertie, já sabendo, aos vinte e quatro anos, que era improvável que conseguisse.

"Amor divino, superando todos os amores" anunciava que o culto de domingo chegava ao fim. Teddy perambulou por entre os túmulos. A maioria das pessoas neles morrera muito antes de seu tempo. Ursula catava ouriços aos pés das magníficas castanheiras na outra ponta do cemitério. Eram árvores enormes, e Teddy se perguntou se suas raízes tinham se misturado com os ossos dos mortos, imaginou-as envolvendo caixas torácicas, criando tornozeleiras e agrilhoando pulsos.

Quando andou até Ursula, encontrou-a examinando uma castanha. A casca verde espinhenta estava partida, revelando a castanha brilhante e polida em seu interior.

— O fruto da árvore — disse, estendendo-o para ele. — *Media vita in morte sumus*. Em meio à vida somos a morte. Ou é o contrário? Há alguma coisa de mágico, não há, em ver uma coisa novíssima, uma coisa que acaba de entrar no mundo, como um bezerro nascendo ou uma flor se abrindo?

Tinham visto bezerros nascerem na Fazenda Municipal quando eram crianças. Teddy se lembrava de se sentir enjoado com a visão da membrana escorregadia, o bezerro no saco amniótico parecendo uma coisa que já tivesse sido desmembrada por um açougueiro.

A congregação do culto matinal começou a transbordar da igreja para o sol. Ursula disse:

— Você gostava de brincar com os ouriços. Há alguma coisa medieval em meninos pequenos e seus ouriços. Manguais, era assim que se chamavam aquelas armas espinhentas em varetas? Ou eram estrelas da manhã? Que nome lindo para uma coisa tão horrível.

E continuou a divagar. Teddy imaginou que se podia dizer que ela estava propensa a se divertir, como um remédio contra os horrores da guerra. Ursula, ele pensou, sabia o que acontecia no solo durante um bombardeio. Teddy só podia imaginar, e dali em diante a imaginação não teria lugar em seu mundo.

Claro, ele também tinha visto algumas coisas bem medonhas, em acidentes durante o treinamento, mas aqueles não eram assuntos que se mencionasse à mesa Regency Revival, diante da galinha ensopada.

Levou os pratos sujos para a cozinha ("Bridget vai fazer isso", Sylvie disse, contundente, mas Teddy a ignorou) e avistou a carcaça da galinha em cima da mesa da cozinha, desnudada de sua carne. Seu estômago revirou, pegando-o desprevenido.

Na escola de treinamento de voo em Ontario, Teddy testemunhara um Anson chegando para um pouso de emergência. A aeronave tinha saído para um exercício de reconhecimento, mas voltara quase de imediato com problemas no motor. Teddy a observou enquanto se aproximava do campo, depressa demais, bamboleando por todo o local antes de aterrar de barriga na pista. Os tanques de combustível ainda estavam quase cheios e o impacto criou uma tremenda explosão. A maioria das pessoas correu em busca de algum tipo de abrigo ao vê-la chegar. Teddy se atirou atrás de um hangar.

Todos no chão pareciam ilesos, e os carros de bombeiros e as ambulâncias correram para o Anson em chamas.

Foi relatado que um membro da tripulação tinha escapado da pira, jogado para fora da aeronave quando ela explodiu, e Teddy se juntou à busca com alguns dos companheiros de treinamento. Encontraram a alma perdida solitária entre as árvores de lilases que margeavam a cerca do perímetro. Mais tarde, souberam que era o instrutor que estava a bordo, um experiente piloto da RAF canadense, com quem Teddy acabara de voar na véspera. Agora, ele era um espetáculo macabro, já um esqueleto, a pele completamente arrancada dos ossos pela força da explosão. ("Descarnado", Teddy pensou em algum lugar do cérebro.) As entranhas do instrutor, ainda quentes, enfeitavam os lilases. Os lilases estavam em plena floração, seu perfume ainda perceptível sob o fedor fétido da chacina.

Um dos homens que estavam com Teddy fugiu, gritando e xingando como louco. Abandonou o treinamento, nunca mais voou. Foi declarado SFM e deixou o campo desonrado, para ir não se sabe aonde. Outro piloto em treinamento com Teddy, um galês, olhou para os restos e disse apenas: "Pobre infeliz". Teddy achou que a própria reação tinha ficado entre as duas outras.

Horror pela natureza macabra do espetáculo, alívio por não estar naquele Anson. Era sua primeira experiência com as obscenidades que podiam ser atiradas sobre os frágeis corpos humanos pela mecânica da guerra, algo que, acreditava, a irmã já conhecia.

— Vai para a panela de sopa — disse Bridget ao percebê-lo encarando a carcaça da galinha, como se ele estivesse planejando roubá-la.

Ela lavava a louça, de pé diante da grande pia Belfast de pedra na cozinha, cotovelos mergulhados em espuma. Teddy pegou um pano de prato de um gancho e disse:

— Deixe-me secar.

— Vá embora — reagiu Bridget, no que era, Teddy sabia, seu jeito de exprimir gratidão.

Quantos anos teria Bridget? Não era sequer capaz de um palpite. Desde que ele nascera ela atravessara a melhor fase da vida, da inocência e até mesmo inconstância ("Recém-imigrada", como Sylvie sempre a considerou) para uma deprimida resignação. "Perdera sua chance" na última guerra, dizia, e Sylvie zombava e perguntava:

— Perdeu a chance de quê? Do trabalho pesado do casamento, da preocupação constante com os filhos? Você ficou muito melhor aqui conosco.

— Vou para casa — ela disse a Teddy, estendendo a contragosto uma travessa pingando para ele. — Quando tudo isso acabar.

— Casa? — Teddy reagiu, confuso por um instante.

Ela se virou e encarou-o, e ele se deu conta de que nunca havia olhado de verdade para Bridget. Ou tinha olhado e nunca a tinha visto.

— Irlanda — ela explicou como se ele fosse idiota, o que ele achou que era. — Volte para lá e se sente. Preciso levar o pudim.

E Nancy? O que tem Nancy? Onde ela está, queremos saber. Há um ano arrancada de repente do mundo arcano dos números naturais e posta em lugar secreto. Quando as pessoas perguntavam o que fazia, ela dizia que trabalhava para um departamento da Câmara do Comércio, que se mudara de Londres para a segurança rural. Fazia parecer tão enfadonho ("racionamento de materiais escassos de produção nacional") que ninguém queria saber mais. Teddy esperava vê-la, mas ela telefonou no último minuto e disse:

— Não posso sair daqui, sinto muito *mesmo*.

Quase dezoito meses e ela *sentia muito*. Ele ficou magoado, mas perdoava rápido.

— Ela é tão lacônica. Não sei quando vou vê-la de novo — ele disse a Ursula enquanto "preguiçavam" pela alameda. ("Adoro essa palavra, faço isso tão pouco hoje em dia", ela comentou.) Pararam e acenderam cigarros antes de chegar à Toca da Raposa. Sylvie era contra fumarem dentro de casa. Ursula inalou com força e disse:

— É um hábito medonho, mas não tão medonho quanto a guerra, imagino.

— As cartas dela são absurdas de tão insípidas — Teddy continuou, ainda insistindo no obscuro assunto que era Nancy. — Como se o censor estivesse atrás dos ombros dela enquanto ela escreve. Tudo parece inacreditavelmente sigiloso. O que você acha que ela pode estar fazendo?

— Bem, alguma coisa intrincada a ver com matemática, com certeza — respondeu Ursula, ela também propositalmente vaga. (O homem do Almirantado era dado a confidências na cama.) — Acredito que seja mais fácil para ela se você não fizer perguntas.

— Códigos alemães, aposto — Teddy afirmou.

— Bem, não repita isso, para ninguém — Ursula disse, confirmando assim suas suspeitas.

Depois do almoço, Teddy sugeriu a Ursula que fossem tomar um uísque no gabinete, pareceu-lhe uma boa maneira de marcar o falecimento do pai, algo que ele não achava que tivesse feito.

— O gabinete? — Ursula repetiu. — Receio que o gabinete não exista mais.

Sylvie, ele descobriu quando passou a cabeça pela porta do quartinho dos fundos, transformara o retiro de Hugh no que ela chamava de "quarto de costura".

— Encantador, leve e arejado agora — ela disse. — Era tão sombrio antes.

As paredes haviam sido pintadas de verde-água, o chão coberto por um tapete estilo Aubusson e as pesadas cortinas de veludo desaparecidas em favor de algum tecido de linho claro. Uma delicada mesa de costura vitoriana, antes negligenciada e relegada ao quarto espartano de Bridget, exibia-se agora convenientemente ao lado de uma espreguiçadeira com encosto em capitonê que Sylvie "conseguira por uma ninharia" numa "lojinha" em Beaconsfield.

— E ela costura aqui dentro? — Teddy perguntou a Ursula, apanhando um carretel de linha de algodão na cesta de costura e contemplando-o.

— O que você acha?

Foram então dar uma volta pelo jardim, grande parte dele agora transformada em pomar e dando lugar aos grandes galinheiros. As aves de Sylvie eram rigorosamente mantidas a sete chaves, pois sempre havia uma raposa à espreita em algum lugar. A grande faia ainda se mantinha de pé, imperturbável no meio do gramado, mas o resto do jardim, com exceção das rosas de Sylvie, começava a ser negligenciado.

— Não consigo um jardineiro decente que trabalhe por amor, e não por dinheiro — Sylvie reclamou, irritada.

— Ah, a guerra é um tremendo inconveniente — Izzie disse, sarcástica, dando um sorriso afetado para Teddy, que não reagiu porque parecia errado conspirar com ela contra a mãe, mesmo quando a mãe era exasperante.

— Perdi o último para a Guarda Territorial — continuou Sylvie, ignorando Izzie. — Deus nos ajude se o velho sr. Mortimer for tudo o que temos entre nós e as hordas invasoras.

— Ela vai arrumar um porco — disse Ursula a Teddy, enquanto olhavam as galinhas encarceradas, piando e cacarejando enquanto chocavam.

— Quem?

— Mamãe.

— Um porco? — ele não conseguia imaginar Sylvie cuidando de porcos.

— Eu sei, ela é cheia de surpresas — Ursula concordou. — Quem diria que havia nela a alma de uma contrabandista do mercado negro? Ela vai oferecer bacon e salsichas na porta dos fundos. Imagino que deveríamos aplaudir sua iniciativa.

Nos fundos do jardim, descobriram uma grande moita de malmequer — margaridas — que deviam ter emigrado da pradaria.

— Outra horda invasora — Ursula disse. — Acho que eu deveria levar algumas para Londres.

Surpreendeu Teddy quando tirou um grande canivete do bolso do casaco para cortar várias daquelas hastes finas.

— Você ficaria perplexo se soubesse tudo o que carrego comigo — ela riu. — "Esteja preparada" é o lema das bandeirantes, igual ao dos escoteiros, você sabe... "Você precisa estar preparado, a qualquer momento, para enfrentar dificuldades e até perigos, sabendo o que fazer e como fazer."

— O dos escoteiros é diferente — Teddy disse. — Maior, mais detalhado. Esperava-se mais dos homens, imaginou, embora todas as mulheres que conhecia fossem discordar daquele pensamento.

Ursula sempre se esquecia de que ele nunca passara de lobinho a escoteiro. Ela, é claro, nunca precisara passar pelas indignidades dos Kibbo Kift.

Ele optou por voltar para Londres com Ursula, ainda que soubesse que isso desapontaria a mãe, que esperava ficar com ele mais um dia. A falta do pai criara um vazio deprimente na Toca da Raposa.

— Se sairmos agora, conseguiremos pegar o próximo trem — Ursula disse, empurrando-o porta afora —, não que ele tenha respeito pelo quadro de horários.

— Temos tempo de sobra, na verdade — continuou ela depois que se despediram e alcançaram a alameda. — Eu só queria ir embora. Mamãe é difícil de aguentar na maior parte do tempo, Izzie é pior; as duas juntas são insuportáveis.

— Você vai ficar em meu apartamento? — Ursula perguntou quando o trem chegou a Marylebone, e ele disse que não, iria procurar um velho amigo, "fazer uma noitada na cidade". Não sabia ao certo por que mentira, ou, na verdade, por que não quisera ficar com a irmã. Uma irritante necessidade de não ter laços, talvez pela última vez.

Quando se despediam, Ursula disse de repente:

— Ai, quase me esqueço.

E, depois de procurar dentro da bolsa, tirou um pequeno objeto de prata, mas escurecido pelo tempo.

— Um coelho? — ele perguntou.

— Não. Uma lebre, acho, embora não seja fácil dizer. Você reconhece?

Não. A lebre — ou coelho — estava numa cestinha. A pele era entalhada, as orelhas finas e pontudas. É, é uma lebre, pensou Teddy.

— Ficava pendurada no capô de seu carrinho — Ursula disse —, quando você era bebê. Do nosso também. Acho que, na origem, fazia parte de um chocalho que pertenceu a mamãe.

A lebre, realmente, tinha sido o cabo do chocalho da bebê Sylvie, uma coisa bonitinha, com sinos pendurados e um anel de marfim para morder. Uma vez, ela quase furara com ele o olho da mãe.

— E? — quis saber Teddy, surpreso.

— Um amuleto para dar sorte.

— Sério? — ele reagiu, cético.

— Um talismã. Em vez de um pé de coelho, eu lhe dou uma lebre inteira para mantê-lo são e salvo.

— Obrigado — ele disse, divertido.

Ursula não era do tipo ligado em superstições e amuletos. Ele pegou a lebre e deixou-a cair no bolso, onde se juntou ao ouriço que ela lhe dera mais cedo e já perdera o brilho. Percebeu que as margaridas de Ursula, enroladas em jornal molhado, estavam curvadas, quase mortas. Nada podia ser *guardado*, tudo escorregava por entre os dedos como areia ou água. Ou tempo. Talvez nada *devesse* ser guardado. Um pensamento monástico, que ele rejeitou.

— Estamos morrendo desde o momento em que nascemos — Sylvie dissera a propósito de nada, enquanto observava Bridget entrando encurvada na sala de jantar com um prato de maçãs assadas.

— Só as que o vento derrubou — anunciou Bridget.

Desde que a sra. Glover se aposentara — para viver com uma irmã em Manchester —, Bridget se sentia obrigada a vestir seu manto de desaprovação. Ao que parecia, Sylvie vendera o que havia de melhor da abundante colheita de maçãs do pomar — uma fruta, a única fruta, da qual Bridget não desconfiava. ("Ela cresceu na Irlanda", explicou Sylvie. "Eles não têm frutas por lá.")

Antes que Teddy saísse, Bridget empurrara para sua mão uma maçãzinha retorcida e um tanto carcomida "para a viagem", e a fruta estava agora aninhada e aquecida no bolso superlotado.

Em vez de ir ao encontro do amigo imaginário, Teddy fez a ronda dos bares de Londres e ficou bastante bêbado, doses grátis lhe sendo oferecidas por um sem-número de simpatizantes. Descobriu o quanto um uniforme da RAF era atraente para as moças, embora tenha tentado evitar o "fogo antiaéreo de Piccadilly", que era o termo usado pelos soldados americanos para as prostitutas encontradas em West End. Eram meninas corajosas e ousadas, e ele se perguntava se aquela seria sua ocupação anterior ou se elas teriam brotado como parte do inevitável trem de carga da guerra.

Em dado momento, ele se viu perambulando por Mayfair, cogitando onde passaria a noite. Tropeçou numa moça, "Ivy, muito prazer", que também estava perdida no blecaute, e continuaram a caminhar, braços dados, até por acaso encontrarem um hotel, Flemings, na Half Moon Street. Houve muitos olhares maliciosos do porteiro da noite, dos quais riram ao se deitarem sobre as cobertas, apoiados em travesseiros, dividindo duas grandes garrafas de cerveja que ela conseguira em algum lugar.

— Belo lugar — comentou ela —, você deve ser um sujeito rico.

Era, naquela noite, já que Izzie lhe dera vinte libras — indenização por Augusto —, e ele sentia vontade de gastar o máximo possível enquanto havia tempo. Caixões não têm gavetas, como costumava dizer a perdulária Izzie.

Ivy, afinal, era uma garota despreocupada do Serviço Auxiliar Terrestre, de licença de uma bateria antiaérea num destacamento em Portsmouth. ("Ih, talvez eu não devesse ter lhe dito onde estou baseada.")

A sirene de aviso de bombardeio começou a soar, mas eles não foram para um abrigo. Em vez disso, observaram o espetáculo gratuito de fogos de artifício oferecido pela Luftwaffe. Ele ficou contente por ter conseguido ver alguma coisa da Blitz.

— Desgraçados! — Ivy exclamou animada, enquanto os aviões passavam voando. Ela operava o "Predictor", contou.

— Operadora número três. ("Xii, lá vou eu de novo!")

Ele não fazia ideia do que seria aquilo.

— Peguem eles, rapazes! — ela gritou para um ponto quando os obuses traçaram listras vermelhas no céu.

Avistaram um bombardeiro pego por um holofote. Era assim que acontecia quando estavam do outro lado, refletiu Teddy, prendendo a respiração, preocupado com o piloto naquele bombardeiro. Em poucas semanas seria ele lá em cima, pensou.

O avião deslizou para fora da luz, e Teddy voltou a respirar.

— Sem gracinhas, agora — Ivy disse, tirando a anágua antes que se enfiassem afinal na cama gelada. — Eu sou uma boa moça — disse, afetada.

Ela era feia, tinha dentes grandes e um noivo na Marinha, e Teddy considerou-a a salvo de seus avanços, ainda mais porque estava muito bêbado, mas em algum momento da agora pacífica noite os dois rolaram um para o outro no meio do colchão mole, e ela, habilidosa, deu um jeito para que ele escorregasse para dentro dela, ainda tonto de sono, e pareceu-lhe deselegante protestar. Foi rápido, muito rápido. Na melhor das hipóteses, carnal; na pior, desprezível. Quando acordaram, os dois com os olhos embaçados pela cerveja, ele esperou que ela se penitenciasse, mas em vez disso ela se espreguiçou, bocejou e se contorceu, querendo mais. À luz acinzentada da manhã, ela parecia sem graça e, se não soubesse tanto a respeito da verdadeira bateria antiaérea, ele poderia tê-la confundido com uma daquelas do fogo de Piccadilly. Teddy se repreendeu, ela era uma garota agradável, até boa companhia, e ele estava sendo esnobe. Mas desculpou-se e saiu.

Pagou pelo quarto e pediu ao homem no balcão da recepção para providenciar uma bandeja de café da manhã para "minha esposa", deslizando pelo balcão uma generosa gorjeta.

— Sem dúvida, senhor — disse o homem com um risinho de mofa, apesar da gorjeta.

Mais tarde, no mesmo dia, ele tomou um trem em King's Cross, em direção a uma UTO. Unidade de Treinamento Operacional. Depois, para uma UCP, Unidade de Conversão Pesada.

— A guerra é toda feita de siglas — Ursula disse.

Sentiu-se aliviado quando o trem superlotado afastou-se aos poucos da plataforma, contente por estar deixando para trás os destroços sujos de Londres. Havia uma guerra, afinal de contas, e ele deveria estar lutando nela. Descobriu no bolso a pequena maçã enrugada e comeu-a em duas mordidas. Estava amarga, quando ele a esperava doce.

1993
Nós que fomos deixados

— Pronto, esta caixa está feita — Viola disse, como se tivesse terminado alguma tarefa desagradável, como catar lixo sujo de outra pessoa, quando apenas encheu uma caixa de papelão com objetos de cristal, limpos.

Ela empunhava uma máquina de fita crepe como se fosse uma arma. Viu que Sunny sacudia um pacote de cigarros para tirar um e, antes que ele pudesse riscar o fósforo, gritou: "Não acenda isso!", como se ele estivesse a ponto de encostar o fósforo num detonador ou numa bomba, em vez de num Silk Cut.

— Eu tenho dezenove anos — Sunny resmungou. — Posso votar, me casar e morrer por meu país (será que ele faria alguma dessas coisas, perguntou-se Teddy), mas fumar não posso?

— É uma mania nojenta.

Teddy pensou em dizer a Viola: "Eu já fumei", mas logo viu que só serviria para acender outro tipo de estopim. Em vez de falar, ligou a chaleira para fazer chá para os homens da mudança.

Sunny desabou no sofá. O sofá, como a maioria da mobília de Teddy, por ser grande demais para o apartamento para o qual se mudava, estava sendo descartado e substituído por um menor e mais barato, de dois lugares, "para as visitas", disse Viola, encomendando-o de um catálogo. Para ele, havia algo chamado poltrona reclinável ("adequada para idosos"), que, tinha de admitir ainda que relutante, era maravilhosamente confortável. Não gostava da palavra *idosos*, que estimulava o preconceito da mesma maneira que *jovens* já havia feito.

Grande parte dos bens de Teddy devia ser doada a lojas de caridade. Ele deixava para trás mais do que levava consigo. Uma vida de acúmulos e de que adiantavam? Não muito, pelo visto. "Vovô tem tanta *porcaria*", ele ouvira Sunny dizer a Viola mais cedo, como se fosse uma afronta moral ter guardado uma década de extratos bancários ou um calendário de cinco anos antes — reproduções de pinturas japonesas de pássaros que guardara porque eram muito lindas.

— Você não vai poder levar *nenhuma* dessas coisas com você, sabe disso, não sabe? — Viola tinha dito como se ele fosse uma criança com brinquedos demais. — Você já jogou *alguma coisa* fora?

Era verdade, nos últimos anos ele começara a perder os hábitos frugais que já tivera, cansado da implacável necessidade de selecionar e decidir exigida pelo mundo material. Mais fácil deixar que tudo se empilhasse à espera da grande peneira de bens que se sucederia a sua morte. "Isto é bom", ele ouvira a filha dizer a Sunny. "Significa que haverá menos coisas a serem separadas quando ele afinal se for."

Esperem, pensou ele, até Viola ficar velha ("*mais* velha", diria Bertie), e for a vez de os filhos dela limparem as "porcarias" da mãe — os filtros de sonhos e as estátuas fosforescentes de Nossa Senhora ("incongruentes"), as cabeças de bonecas decapitadas (também "incongruentes"), as bolas protetoras que "impedem que o mal entre na casa".

Sunny parecia ter adormecido, como se estivesse exausto, como se tivesse sido submetido a serviços forçados e não apenas empurrado algumas caixas. Os homens da mudança tinham feito todo o trabalho pesado, enquanto Sunny só vasculhava papéis e arquivos, perguntando a Teddy, a cada cinco minutos: "Você quer guardar isto? Você quer guardar isto? Você quer guardar isto?", como um papagaio linguisticamente desafiado, até que Teddy se viu obrigado a dizer:

— Deixe isso comigo, Sunny. Vou fazer sozinho. Mas muito obrigado.

Teddy pôs uma travessa com biscoitos e duas canecas de chá numa bandeja. Travessas, canecas e bandeja destinavam-se todas à doação posterior.

— Você tem quatro bandejas! Quatro! — Viola exclamou, como se Teddy fosse pessoalmente responsável por uma superabundância capitalista de bandejas de chá. — Ninguém precisa de *quatro* bandejas. Você só pode levar uma.

Ele escolheu a bandeja mais velha, de estanho, arranhada e gasta, que tinha havia séculos. Pertencera à anônima velha senhora que vivera e morrera no chalé em que ele morou quando era recém-casado. "A velha fofoqueira", costumavam chamá-la, como se ela fosse um fantasma amigo.

— Aquela coisa velha? — perguntou Viola, olhando com horror para a bandeja. — Que tal aquela bonita, de bambu, que comprei para você?

— Valor sentimental — Teddy argumentou, decidido.

Levou o chá para fora de casa, onde os homens da mudança faziam uma pausa. Eles estavam sentados atrás do caminhão, fumando e aproveitando um pouquinho de sol, e agradeceram o chá.

Sunny abriu devagar os olhos, como um gato voltando do sono, e disse:

— Você não fez nada para mim? Eu mataria por uma bebida ou coisa parecida.

Teddy imaginava que Sunny tivesse herdado aquele egocentrismo dos pais. Tanto Viola quanto Dominic sempre colocaram a si mesmos em primeiro lugar. Até a maneira como Dominic morrera tinha sido egoísta. Sunny precisava ser persuadido a se manter sobre seus próprios pés, ocupar seu espaço no mundo real e compreender que havia outras pessoas e que ele não era o único.

— A chaleira está na cozinha — Teddy informou.

— Sei disso — foi a resposta sarcástica de Sunny.

— Não fale nesse tom — Viola disse (no seu próprio, observou Teddy).

Seus braços estavam cruzados numa postura combativa, olhando pela janela para os homens da mudança.

— Olhe só para eles, um bando de vagabundos, sendo pagos para tomar chá.

Desde quando Teddy conseguia se lembrar, mesmo antes de terem perdido Nancy, Viola se ressentia com o prazer alheio, como se isso subtraísse algo do mundo, em vez de somar.

— Você costumava ficar do lado dos trabalhadores, se bem me lembro — Teddy disse, conciliatório. — E, de qualquer maneira, sou eu quem está pagando a eles. São bons sujeitos, estou feliz por lhes pagar para tomarem chá por dez minutos.

— Bem, *eu* vou voltar para a infindável tarefa de separar todas essas coisas. Você *sabe* quantos copos tem? Contei *oito* copos, só de conhaque, até agora. Quando você *já* precisou de oito copos de conhaque?

Viola levava uma vida desleixada. Tinha pulado de um desastre para outro na vida. Talvez ter autoridade sobre bandejas de chá e copos de conhaque lhe desse uma ilusão de controle. Teddy desconfiou que estava entrando no perigoso território da psicologia barata.

— E você com certeza não vai precisar deles lá para onde está indo — ela insistiu.

Aquilo soou como se ela estivesse se referindo à vida após a morte, mais do que à mudança dele para um apartamento num condomínio para idosos, embora ele o imaginasse como uma espécie de pós-vida.

— As chances de oito pessoas estarem em sua casa nova e todas pedirem conhaque ao mesmo tempo são ínfimas — Viola disse.

Talvez, pensou Teddy, ele pudesse organizar algum tipo de *soirée* para degustação de conhaque quando se mudasse. Para oito pessoas, é claro. Com fotos, para provar a Viola.

— Pelo menos você não tem um cachorro para se livrar — ela disse.

— Me livrar?

— Bem, eles não permitem animais aonde você vai. Você teria que dá-lo.

— Ou você poderia ficar com ele.

— Ah, eu não poderia, não com os gatos.

Por que estavam falando de um cachorro imaginário, que nem existia?, perguntou-se Teddy.

— Ainda bem que Tinker morreu — ela disse.

Quanta crueldade!

Teddy não pensara nisso antes, mas agora se dava conta de que Tinker tinha sido seu último cão. Acreditava que tivesse imaginado que haveria outro, não um filhote, não tinha energia para um filhote, mas um cachorro mais velho, talvez rejeitado, de um canil. Poderiam ter vivido juntos seus últimos dias. Já fazia três anos da morte de Tinker. Câncer. O veterinário fora à sua casa sacrificá-lo, antes que as dores piorassem. Era um bom cachorro, talvez o melhor. Um cão de caça, muito sensato, em sua opinião. Teddy o abraçara enquanto o veterinário dava a injeção, olhando fixo para os olhos do cão até que sua vida se esvaísse. Tinha feito a mesma coisa por um homem, uma vez. Um amigo.

— Eu gostava de Tinker, vô Ted — Sunny exclamou inesperadamente, de repente com seis anos de idade outra vez. — Sinto falta dele.

— Eu sei que sente. Eu também — Teddy disse, com uma palmadinha no ombro do neto. — Você gostaria de uma xícara de chá, Sunny?

— E eu? Estou incluída nisso? — Viola perguntou naquele tom falsamente jovial que adotava quando queria fazer de conta que eram uma família feliz. ("A família em que disfunção vira sinônimo de diversão.")

— É claro que está — Teddy respondeu.

Tinham se mudado para aquela casa em York em 1960. O Chalé dos Camundongos fora substituído por uma fazenda alugada ("Ayswick"), onde Viola passou seus primeiros anos. Quando se mudaram para York, a perda do campo doera em Teddy, mas então dores maiores foram infligidas e ele se fixara em York até começar a gostar dali.

A casa era uma construção geminada no subúrbio que se parecia com milhares de outras por todo o país — fachadas revestidas com seixos, em estilo Tudor, pequenos painéis de losangos nas janelas salientes em arco, grandes jardins na frente e nos fundos. Tinha sido o lar de Viola durante a metade da infância, a pior metade, sem dúvida, embora ela sempre se comportasse como se nada significasse para ela. Talvez não significasse. Ela passara os anos mal-humorados da adolescência resmungando para fugir daquele espaço ("sem graça", "prosaico", "caixa de sapatos", e assim por diante). Quando finalmente foi para a universidade, pareceu que uma grande escuridão tinha deixado a casa. Teddy sabia que tinha falhado com Viola, mas não sabia bem como.

("Você alguma vez pensou que pode ter sido ao contrário?", Bertie perguntou. "Que ela pode ter falhado com você?" "Não é assim que funciona", Teddy disse.)

Estava se mudando para um lugar chamado Fanning Court. "Um condomínio de abrigos residenciais para aposentados." "Abrigos" fazia pensar num lugar para cães ou cavalos.

— Não seja bobo — Viola disse. — É um lugar muito mais seguro para você ficar.

Ele não conseguia se lembrar de uma época em que ela não o tivesse tratado como um aborrecimento. Imaginava que isso só fosse piorar, à medida que fosse envelhecendo. Havia algum tempo já o importunava com a história de que precisava se mudar, para que alguém "pudesse ficar de olho nele".

— Eu só tenho setenta e nove anos — Teddy disse —, sou capaz de ficar de olho em mim. Ainda não estou caducando.

— *Ainda* não — Viola retrucou. — Mas você vai ter que se mudar mais cedo ou mais tarde, então pode muito bem ser mais cedo. Você não aguenta mais as escadas e com certeza não consegue mais cuidar do jardim.

Ele cuidava do jardim bastante bem, pensou, com a ajuda de um homem que vinha uma vez por semana para fazer algum trabalho pesado e cortar a grama no verão. Havia árvores frutíferas nos fundos do quintal e antes havia ali um grande pomar. Teddy costumava cultivar muita coisa — batatas, ervilhas, cenouras, cebolas, feijões, framboesas, groselhas. Tomates e pepinos na estufa. Construíra um pequeno cercado para algumas galinhas e chegara mesmo a ter uma colmeia por alguns agradáveis anos. Agora, a maior parte do jardim dera lugar à grama, com arbustos de cultivo fácil, e a flores — sobretudo rosas. Ainda plantava ervilhas-de-cheiro no verão e dálias para o outono, embora fazer isso estivesse ficando um pouco difícil.

Seria duro perder o jardim. Quando se mudou para lá, achou que o jardim seria uma pequena compensação pela perda do cenário selvagem que deixara para trás, mas se enganava. Agora qual seria a compensação? Alguns vasos numa varanda, talvez uma jardineira. Seu coração apertou.

Havia anos Viola falava em produtos orgânicos e na dieta saudável dos filhos, e ainda assim parecia incapaz de compreendê-lo quando ele afirmava que lhe trouxera comida orgânica, "direto do pomar". Como podia ser orgânica, duvidava ela, se não havia estrume e trabalho duro antes da colheita. Quando era pequena, ela não se interessara em aprender apicultura, resistia a dar de comer às galinhas ou recolher ovos, e dizia que o jardim lhe dava febre do feno. Ainda teria febre do feno no verão?

— Você ainda tem alergias? — ele perguntou.

— Eu deixaria você viver comigo — ela continuou, como se ele não tivesse falado (deixar?, pensou Teddy) —, mas há tão pouco espaço e, é claro, você nunca conseguiria subir e descer as escadas. Simplesmente não são adequadas para uma pessoa idosa.

Viola se mudara de York para Leeds muitos anos antes. Em York, tinha trabalhado numa Unidade de Benefícios da Previdência (Teddy não fazia ideia do que seria), mas depois conseguiu um emprego numa "Mediação Familiar" em Leeds. Isso também parecia uma ocupação meio vaga e, pelo nome, dificilmente algo para o qual Viola se qualificasse. Sem dúvida, a mudança deveu-se a seu casamento com Wilf Romaine. ("Fugimos para casar", ela declarara um tanto leviana, numa entrevista para *Woman and Home*, em 1999. Teddy não tinha certeza de que "fugir para casar" fosse o termo adequado, quando se tem mais de trinta anos e dois filhos pequenos.)

Agora, ela estava em Whitby, vivendo de benefícios da Previdência até onde ele sabia, apesar de não falarem a respeito disso. Comprara o chalé de um velho pescador com o lucro de seu divórcio de Wilf Romaine. Estava com quarenta e um anos e passara a maior parte da vida vivendo de dinheiro dado a ela por outras pessoas — Teddy, a família de Dominic ("uma ninharia") e depois o desastroso casamento com Wilf.

— Se eu soubesse — desabafou ela, irritada, como se a culpa fosse de outra pessoa —, teria passado longe da maternidade e dos homens e ido direto para uma profissão quando me formei. Com certeza hoje seria inspetora na BBC ou alguma coisa no MI-5.

Teddy fez um ruído evasivo.

O chalé em Whitby tinha apenas quatro quartos, mal empilhados, um em cima do outro. Teddy não ficaria surpreso se Viola tivesse procurado lugares inusitados para encontrar algo impróprio para "pessoas idosas". Como se ele tivesse algum dia pensado em morar com ela. ("Um destino pior do que a morte", Bertie concordava.)

Viola estava "escrevendo", segundo ela. Teddy não sabia ao certo o que aquilo queria dizer e não quis perguntar mais, não porque não estivesse interessado, mas porque Viola ficava irritadíssima se alguém lhe pedisse para entrar em detalhes a respeito de alguma coisa. Sunny era igual a ela, exasperado até pelas perguntas mais inofensivas.

— Então, o que você tem feito? — Teddy perguntara quando o neto chegou (relutante) naquela manhã, para ajudar com a mudança.

Qualquer pergunta sobre os planos de Sunny para o futuro provocava um dar de ombros, um suspiro e a resposta:

— Umas coisas.

— Ele é tão parecido com o pai — Viola disse. (Não, pensou Teddy, igualzinho à mãe.) — Fico desesperada com ele. Ele não cresceu, só ficou mais alto. É claro, se ele fosse criança hoje, é provável que fosse diagnosticado como disléxico e com algum tipo de hiperatividade também. E talvez dispráxico. Até autista.

— Autista? — Teddy estranhou.

Era engraçado como ela sempre conseguia lavar as mãos da responsabilidade.

— Ele sempre me pareceu um camaradinha bem normal — comentou.

Não era inteiramente verdade, Sunny tinha errado o caminho e vacilado na vida até agora, mas alguém tinha que vir em defesa do pobre garoto. Se Teddy fosse obrigado a "diagnosticá-lo" com alguma coisa, seria com infelicidade. Teddy amava Sunny de um jeito que fazia seu coração doer. Temia por ele, pelo futuro dele. O amor de Teddy por Bertie era mais direto, mais otimista. Bertie tinha uma inteligência de olhos brilhantes, que às vezes o fazia se lembrar de Nancy (o que nunca acontecera com Viola). Algo da mesma natureza imprevisível, uma alma alegre, se bem que na morte, na lembrança — que eram a mesma coisa agora —, Nancy talvez tivesse se tornado mais imprevisível do que fora em vida.

— O que *é* isto?

O tom de Viola era de indignação, como se a caixinha retangular de papelão contivesse provas de alguma terrível transgressão. Havia a imagem de um moedor de café na caixa ainda fechada.

— É um moedor de café — Teddy respondeu, conciliador.

— É o moedor de café que dei a você no Natal. Você não usou.

— Não, não usei.

— O seu estava velho. Você disse que precisava de um novo.

Começou a abrir portas e procurar nos armários da cozinha, descobrindo afinal:

— Um moedor de café! Você *mesmo* comprou um? Gastei um dinheiro que não tinha num *presente* para você. Ah, espere! — ela esticou a mão como se tentasse parar um tanque. — Espere! Ah, é claro...

Sunny entrou na cozinha e tremeu.

— Por que a rainha do drama está resmungando agora?

Viola mostrou-lhe a caixa contendo o moedor de café sem uso.

— *Alemão!* — pronunciou, como se estivesse num tribunal e acabasse de apresentar a prova decisiva.

— E daí? — Sunny perguntou.

— Krupp — Teddy explicou.

— E daí? — Sunny repetiu.

— Ele não compra coisas alemãs — Viola disse. — Por causa da *guerra*.

Pronunciou a palavra *guerra* com sarcasmo, como se estivesse discutindo com o pai a respeito do comprimento das saias ou da quantidade de maquiagem nos olhos que estivesse usando ou o cheiro de cigarro em seu hálito — motivos de discussões acaloradas em seus anos de adolescência.

— A família Krupp apoiou os nazistas — Teddy informou a Sunny.

— Ai, lá vem aula de história — Viola disse.

— Suas fábricas produziam aço — continuou Teddy, ignorando-a. — O aço é o cerne de toda guerra.

Ele bombardeara (ou tentara bombardear) diversas vezes as instalações da Krupp em Essen.

— Eles usavam trabalho escravo. E judeus dos campos de concentração.

— Não são os mesmos Krupp! — Viola gritou com ele. — Eles são completamente diferentes. E de qualquer maneira, a guerra terminou há quase cinquenta anos. Você não acha que já é tempo de esquecer isso? E tem mais — sempre havia um mais com Viola —, muitos dos trabalhadores nessas fábricas que você estava bombardeando eram escravos e judeus também. É irônico de sua parte — concluiu, triunfante.

Caso encerrado. Júri convencido.

O primeiro carro de Viola depois de sua "emancipação" de Dominic (e quatro tentativas de passar no exame para tirar carteira de motorista) tinha sido um velho Fusca, e quando Teddy murmurou alguma coisa sobre "comprar produtos ingleses", ela entrou em erupção, com acusações de xenofobia. Mais tarde, quando Viola já vivia em Fanning Court havia vários anos, o forno embutido barato que viera com o apartamento entregou a alma a Deus e ela encomendou de Currys um novo Siemens, sem ao menos consultar Teddy. Quando os homens da entrega apareceram com o forno, ele lhes pediu (com toda a educação) que o colocassem de volta na caminhonete e o devolvessem à loja.

— Imagino que você os tenha bombardeado também — Viola disse.

— Sim.

Ele se lembrou de Nuremberg (nunca poderia esquecer), o último ataque da guerra e das instruções do oficial de informações — uma mulher — lhe dizendo que a fábrica Siemens de lá produzia holofotes, motores elétricos "e coisas assim". Depois da guerra, soube que fabricava os fornos crematórios para os campos de concentração e se perguntou se seriam as "coisas assim". Durante a guerra, fora apresentado a uma amiga de Bea chamada Hannie, uma refugiada, e, mesmo sabendo que aquilo nada significaria para Hannie agora, foi por ela que teve aquele gesto bastante mesquinho em relação à Currys. Seis milhões eram apenas um número, mas Hannie tinha um rosto, um rosto bonito, pequenos brincos de esmeralda ("Fantasia!"), tocava flauta e usava Soir de Paris, e tinha uma família que fora deixada para trás na Alemanha. Houve indícios de que Hannie ainda estava viva quando foi empurrada para o forno de Auschwitz. ("A gente se esforça para perdoá-los", Ursula tinha dito anos antes, "e então pensa na pobre Hannie.") Portanto, ele não achava mesmo que precisasse de uma desculpa para não comprar um forno alemão. Nem por ter "bombardeado e tirado vidas inocentes". Não era de todo verdade e ele poderia ter admitido isso se não estivesse discutindo com alguém tão intransigente quanto a filha. Matara mulheres, crianças e velhos, os mesmos que as convenções sociais lhe pediam para proteger. No coração retorcido de todas as guerras havia os inocentes. "Dano colateral", são chamados hoje em dia, mas aqueles civis não tinham sido colaterais, tinham sido os alvos. Era no que a guerra tinha se transformado; não era mais guerreiro matando guerreiro, eram pessoas matando outras pessoas. Qualquer pessoa.

Não ofereceu aquele ponto de vista reducionista a Viola, ela teria concordado com muita facilidade, sem compreender o terrível compromisso moral imposto pela guerra. Escrúpulos não tinham lugar numa batalha em que o resultado era desconhecido. Eles estavam do lado certo — o lado do bem, disso ele ainda estava convencido. Afinal, qual era a alternativa? A pavorosa consequência de Auschwitz? Treblinka? Hannie jogada num forno?

Teddy olhou para Sunny encostado todo torto na pia da cozinha e soube que nunca conseguiria lhe transmitir nada daquilo.

Dois pentelhos velhos, pensou Sunny enquanto a disputa na cozinha continuava, de um lado para o outro, como um jogo de pingue-pongue. Já tinha gostado de pingue-pongue (uma vez, pelo menos), quando era criança, embora Sunny não estivesse de todo convencido de que já tivesse sido criança. Passaram umas férias de verão — ele, Bertie e vô Ted — numa grande casa velha caindo aos pedaços em algum lugar, com uma mesa de pingue-pongue numa garagem ou galpão. Foram as melhores férias de sua vida. Havia cavalos. ("Pôneis", corrigia Bertie.) E uma lagoa. ("Um laguinho.")

A discussão na cozinha ainda remoía. Ah, ah.

— Então você comprou um moedor de café Philips? — Viola questionou. — E vai me dizer que as mãos *deles* estavam limpas durante a guerra? Nenhuma mão fica limpa numa guerra.

— As mãos da Philips estavam bem limpas — Teddy disse. — Frits Philips foi declarado "Honrado entre as nações" depois da guerra. Isso quer dizer que ele ajudou os judeus — explicou a Sunny.

— Blá — Viola resmungou com desdém, indicação de que estava perdendo a discussão.

Sunny bocejou e se arrastou para fora da cozinha.

Viola fugiu para o jardim. Não estava tão limpo quanto costumava estar, mas ainda revelava que o pai era capaz de controlar o esfíncter. As ervilhas cresciam retas em suas estacas, as rosas estavam intactas e frescas. No caixão de sua mãe, o pai não tinha posto uma coroa de florista, mas um buquê de rosas do jardim. Viola se lembrava de ter pensado que a mãe merecia algo opulento e extravagante, arranjado por mãos menos amadoras. Feito em casa é mais bonito, disse o pai. Muito pelo contrário, pensou Viola.

Ele não gostava de prodigalidades, enquanto Viola não conseguia ver por que seria um pecado tão grande. Não havia necessidade de jogar fora as coisas se ainda servissem. (A Voz da Razão.) É possível aproveitar potes de iogurte e latas como sementeiras, transformar pão dormido e bolos duros em pudins, moer restos de carne (quem ainda tinha um moedor de carne?). Velhos macacões de lã eram cortados e usados para estofar almofadas. Tudo o que amadurecia demais virava compota ou geleia. Ao sair de um cômodo, deve-se apagar a luz e fechar a porta. Não que Viola o fizesse. Ela nunca teve papel para desenhar quando era pequena, sempre ganhava sobras descartadas de rolos de papel de parede. ("Use o lado do avesso, serve perfeitamente.") Vinagre e jornais eram usados para limpar janelas. Todo o resto ia para a lata de adubo ou para os pássaros. Ele tirava o cabelo de escovas e pentes e os deixava lá fora para que os pássaros forrassem seus ninhos. Estava sempre preocupado demais com os passarinhos.

Ele não era mau, isso ela admitia. A casa estava sempre quente — quente demais, a manivela do aquecimento central sempre no máximo. E lhe dava mesadas generosas e a deixava escolher suas próprias roupas. A comida era abundante. Ela costumava desprezar o fato de que quase tudo vinha do jardim: frutas, ovos, legumes, mel. Galinhas não, galinhas vinham do açougueiro. Ele não seria capaz de matar uma galinha. Deixava-as morrer de velhice, o que era ridículo, porque acabou com um excesso de galinhas velhas.

Ela passara infindáveis horas de verão no jardim, como um roceiro nos campos, as mãos meladas de groselhas, cassis, framboesas. Arranhada pelos arbustos, picada por vespas, mordida por micuins, enojada por causa de lesmas e minhocas. Por que eles não podiam comprar em supermercados iluminados, escolher pacotes coloridos de ingredientes, frutas e legumes brilhantes que vinham de longe e eram colhidos por outras pessoas?

Hoje em dia, se ela fosse honesta consigo mesma, coisa que, bem sabia, raramente era, sentia falta de todas as refeições que odiava naquela época. O pai se apropriara dos velhos livros de receitas de Nancy e fazia assados e tortas de maçã aos domingos, ensopados e tortas de ruibarbo. "Seu pai é maravilhoso", todos costumavam dizer. Seus professores o adoravam, em parte porque tinham adorado Nancy, mas também pelo modo como ele assimilara o papel de mãe. Ela não queria que ele fosse sua mãe, ela queria que Nancy fosse sua mãe.

("Fomos pioneiros do movimento verde. Fui criada num ambiente doméstico autossuficiente, em que o pensamento era muito ecológico. Cultivávamos nossa própria produção, reciclávamos tudo, estávamos realmente à frente dos tempos no que se refere ao respeito ao planeta." Teddy ficou bastante surpreso ao ler isso numa entrevista do suplemento dominical em cores, pouco antes de se mudar de Fanning Court para a casa de repouso.)

Seu pai leu *Primavera silenciosa* quando foi publicado pela primeira vez, pouco depois da morte de sua mãe. (Será que ele já tinha alguma vez *comprado* um livro? "Mas precisamos prestigiar as bibliotecas públicas, ou elas deixarão de existir.") Ele costumava entediá-la mortalmente lendo trechos em voz alta. Foi quando ficou obcecado por passarinhos. Havia vários deles agora no comedouro, de diversas espécies. Viola não fazia ideia do que fossem.

Voltou para a cozinha, agora vazia, graças a Deus, e começou a tirar pratos dos armários e guardá-los em caixas, dividindo as coisas entre as caixas destinadas a Fanning Court e à loja de caridade. (Quem precisaria de quatro pratos para legumes com tampa ou mesmo de uma sopeira?)

Tudo na cozinha parecia evocar recordações. Os pratos refratários lembraram-na das tortas caseiras e das sobremesas de arroz-doce que haviam sido preparadas neles. Os copos medonhos, de vidro enrugado verde que fazia tudo o que continham parecer contaminado, serviam o leite que ela era obrigada a tomar todas as noites antes de dormir, acompanhados por dois biscoitos Rich Tea, tão sem graça quanto podem ser os biscoitos, quando ela ansiava por alguma coisa mais interessante, um Club, um Penguin. A insistência do pai num biscoito básico na hora de dormir parecia dizer tudo a respeito de sua moralidade austera. ("Estou pensando em seus dentes.") Ah, e aquela louça com padrão Midwinter trouxe um ataque de melancolia. Toda uma vida podia estar contida no padrão de um aparelho de jantar. (Uma boa frase. Ela guardou-a.) Um dia, tudo aquilo seria "vintage" e Viola ficaria muito irritada por ter mandado tudo para Oxfam sem um segundo olhar.

O pai parecia tão antiquado, mas deve ter sido novo algum dia. Essa era uma bela frase. Guardou-a também, para usar mais tarde. Estava escrevendo um romance. Era sobre uma garota, brilhante e precoce, e sua relação turbulenta com o pai solteiro. Como tudo mais, escrever era um ato secreto. Uma prática inexprimível. Viola sentia que havia dentro dela uma pessoa melhor do que aquela que queria punir o mundo por se comportar mal o tempo todo (quando seu próprio comportamento era tão censurável). Talvez escrever fosse uma forma de deixar essa pessoa se revelar à luz do dia.

Deixou cair uma jarra de leite Midwinter, que se fez em pedaços.

— Merda! — exclamou, mais baixo do que pretendia.

Teddy deixou que Viola mandasse algumas das peças mais volumosas de sua casa para leilão, onde tinham rendido, nas palavras dela, "uma ninharia". O piano de Nancy, o aparador de Gertie. Objetos preciosos. O piano estava desafinado e posto de lado, sem quem o tocasse agora. Viola desistiu das aulas (tinha pouca aptidão) depois da morte de Nancy.

Quando Teddy pensava em Nancy, muitas vezes a imaginava sentada ao piano. Pensava nela todos os dias, como pensava em tantos outros. Os mortos eram legião, e recordar era uma espécie de dever, acreditava. Nem sempre ligado ao amor.

Lembrava-se — perto do fim — de entrar naquela sala e ver Nancy tocando piano. Chopin. Tinha pensado em Vermeer, numa de suas pinturas na National Gallery — uma mulher, virginal, numa sala; não conseguia se lembrar direito, havia anos que não ia a Londres. "Mulher interrompida ao piano", pensara ao ver Nancy. Podia imaginá-la vivendo num dos interiores tranquilos e bem-arrumados. A leitura da carta, o leite sendo despejado. Ordem e objetivo. Ela levantara os olhos do piano quando ele entrou na sala, surpresa, como se tivesse se esquecido de sua existência, e com aquela expressão enigmática que às vezes tinha, como se tivesse estado perdida dentro de si mesma. A Nancy secreta.

Sentiu uma dor pavorosa quando os homens da mudança levaram o piano. Amara Nancy, mas talvez não da maneira adequada para ela. Sem dúvida havia no mundo outra pessoa que a teria feito mais feliz, e ele lamentava que não tivesse sido ele. Mas ele a *tinha* amado, não com grande romantismo, paixão ou fidalguia, mas com algo mais firme e confiável.

E também se entristeceu quando o aparador de Gertie foi descartado. Pertencera antes aos Shawcross, vivera na sala de jantar na Casa das Gralhas. Era uma peça da Liberty Arts & Crafts, havia muito tempo ultrapassada, mas voltava agora à moda, ainda que não cedo o bastante para Viola, que sempre a considerou feia e "deprimente". Vinte e cinco anos depois, em 2008, ela viu um aparador igual ao de Gertie (talvez o próprio aparador de Gertie) no *Antiques Roadshow* e ficou furiosa por não ter "se agarrado a ele", considerando o preço pelo qual estava avaliado.

— Eu o teria guardado — ela disse a Bertie —, mas *ele* insistiu em se livrar do móvel.

Quanto mais velho Teddy ficava, mais Viola se referia a ele apenas como "ele", como se ele fosse um deus patriarcal que tivesse lhe destruído a vida.

— Onde está aquele seu velho relógio de carrilhão? — ela perguntou de repente, passando os olhos pela agora quase nua sala de estar. — Não me lembro de tê-lo visto quando estávamos embalando.

O relógio tinha sido de Sylvie e, antes, da mãe dela. Fora para Ursula com a morte de Sylvie, e Ursula o deixara para Teddy, e assim fizera seu zigue-zague pela árvore genealógica.

— Você sabe — Viola disse com falsa indiferença —, se não o quiser, eu o tirarei de suas mãos.

Ela era o pior tipo de mentirosa — de uma desonestidade transparente, e ainda assim absolutamente convencida de sua habilidade de trapacear. Se precisava de dinheiro, por que apenas não *pedia* a ele? Estava sempre tentando ganhar coisas, mais insana do que predadora. Era como se houvesse alguma coisa faminta dentro dela, que nunca ficava satisfeita. Isso a tornava gananciosa.

O relógio era dos bons, feito por Fordsham, e valia algum dinheiro, mas Teddy sabia que se o desse para Viola ela o venderia ou sumiria com ele ou o quebraria, e ele achava importante que continuasse na família. Um legado. ("Linda palavra", Bertie disse.) Gostava de pensar que a pequena chave de ouro que dava corda no carrilhão, chave que com certeza seria perdida por Viola, continuaria a ser girada pela mão de alguém que fosse parte da família, parte de seu sangue. O cordão vermelho. Com essa intenção, dera o relógio a Bertie na última vez em que ela o visitara. Deveria ter dado também o armário de Gertie, combinaria com o chalé Arts & Crafts no qual ela vivia com os gêmeos e o bom homem com quem se casara — um médico que conheceu por acaso na ponte Westminster, na semana do Jubileu de Diamante da Rainha. Anos mais tarde, depois que Bertie se casou e mudou para esse chalé em East Sussex, o relógio tinha sido avaliado pelo seguro e descobriu-se que ele valia a fortuna de trinta mil libras. Todas as vezes que Viola ia visitá-la, Bertie precisava esconder seu ovinho dourado e abafar seu carrilhão. Nessa ocasião, Teddy já estava enterrado havia dois anos e nunca tinha visto o chalé Arts & Crafts de Bertie, nunca tinha visto o relógio continuar a contar o tempo em sua lareira.

— Você já embalou o relógio? — Viola perguntou em tom de acusação.

Teddy encolheu os ombros, inocente, e respondeu:

— É provável. Deve estar no fundo de alguma caixa por aí.

Ele amava Viola como só os pais podem amar os filhos, mas esse amor dava muito trabalho.

* * *

— Com certeza vamos dar uma demão de tinta neste lugar antes de colocá-lo à venda — Viola disse. — Mas o corretor disse que deve vender bem fácil. (Ela já tinha falado com o corretor? Pelas suas costas?) E então você vai ter uma renda para viver o resto de seus dias.

Era o que ele faria a partir de agora, não era? Viver o resto de seus dias. É o que sempre fizera, é claro, o que todos fazem, se tiverem sorte.

— Um novo lar — Viola disse. — Um recomeço. Vai ser... — ela procurou no ar uma palavra.

— Desafiador? — Teddy sugeriu. — Difícil?

— Eu ia dizer energizante.

Ele não tinha nenhuma vontade de recomeçar e duvidava que Fanning Court pudesse se parecer com um lar. Era um prédio ainda novo, ainda cheirando a tinta e cheio de mobílias à prova de fogo. O apartamento comprado por Teddy foi o último do condomínio a ser vendido. ("Você teve muita sorte de conseguir", Viola comentou.) Pelo menos, não estava se mudando para um apartamento onde alguém tivesse acabado de morrer e sido despachado. Aqueles lugares eram "sai um, entra outro", não eram?

— Não, é só um ponto de parada, Teddy — disse um de seus (poucos restantes) amigos, Paddy. — As estações da cruz.

Teddy desequilibrara a balança, conhecia mais mortos do que vivos, agora. Perguntava-se qual seria o último homem de pé. Esperava que não fosse ele.

— A próxima parada é uma clínica de repouso — Paddy disse. — Prefiro ser sacrificado como um cão a ir para uma dessas.

— Eu também — concordou Teddy.

Os espaços públicos de Fanning Court eram decorados com uma suave paleta de rosas e magnólias, e as paredes dos corredores exibiam inofensivas gravuras impressionistas. Parecia duvidoso que alguém chegasse a olhar para elas. Arte como papel de parede.

— Lindo, não é, papai? — Viola perguntou num tom de otimismo forçado, quando foram lá pela primeira vez. — Parece um pouco com um hotel, não é? Ou um navio de cruzeiro?

Quando Viola tinha estado num navio de cruzeiro? Ela era inflexível em sua determinação de que ele gostasse de Fanning Court.

O lugar lhes foi mostrado pela supervisora, uma mulher chamada Ann Schofield, que disse: "Me chame de Ann, Ted". (E *a mim* você chame de sr. Todd, pensou Teddy.) "A supervisora", como alguma coisa de Trollope. E agora ele devia ser um dos pobres beatos de Fanning Court — uma casa de caridade da nova era. Não que Ann Schofield tivesse qualquer relação com Septimus Harding. Empreendedora e agitada, seu sotaque arrastado das Midlands ("De Birmingham, com muito orgulho") não correspondia a uma energia decidida.

— Somos uma família feliz aqui — ela disse, um tanto incisiva, como se Teddy pudesse vir a ser a ovelha negra.

Ela ia na frente. Tinha um traseiro enorme, e Teddy se censurou pela falta de cortesia, mas era impossível não perceber. "A inspetora gorda", Bertie a apelidou quando o visitou pela primeira vez em Fanning Court. Tinha adorado a série *Thomas, a locomotiva a vapor*, adorava todos os livros. Estava no primeiro ano em Oxford, na mesma faculdade que Teddy havia cursado — agora coeducacional. Fazendo o mesmo curso. Ela era seu legado, sua mensagem para o mundo.

Foram primeiro para o saguão dos residentes, onde um grupinho de pessoas jogava bridge.

— Veja, papai — Viola sussurrou —, você gosta de jogar baralho, não é?

("Bem...", Teddy respondeu.)

— Ah, temos todo tipo de atividade aqui — Ann Schofield disse. — Bridge, como estão vendo, dominó, palavras cruzadas, boliche de tapete, teatro amador, concertos, um café da manhã coletivo toda quarta...

Teddy desligou. Sua perna começava a doer, ele queria ir para casa, tomar uma xícara de chá e ver *Countdown*. Não era um grande espectador de TV, mas gostava de programas de perguntas — programas decentes, com plateias calmas de meia-idade. Achava-os ao mesmo tempo tranquilizantes e desafiadores, o que, para sua idade, estava mais do que bom.

A excursão não tinha acabado. A próxima parada era uma lavanderia quente e úmida, cheia de máquinas enormes e então o (um tanto fedorento) "depósito de lixo", com suas latas em tamanho industrial que poderiam engolir uma "pessoa idosa" inteira, se não tomassem cuidado.

— Lindo — Viola murmurou.

Teddy deu uma olhada para ela. Lindo, pensou. Ela parecia meio maníaca. Depois foram a uma "copa-cozinha" onde podiam preparar "bebidas quentes" quando estivessem "socializando" no saguão dos residentes. Onde quer que estivessem, as pessoas sorriam e diziam "Olá", ou perguntavam a ele quando se mudaria.

— Novos amigos para você — Viola informou, animada.

— Não há nada de errado com os antigos — Teddy retrucou, seus pés começavam a se arrastar.

— Bem, fora o fato de que a maioria deles está morta.

— Obrigado por me lembrar.

— Tudo bem? — Ann Schofield perguntou, olhando para trás, intuindo dissensão nas fileiras.

Uma mulher veio mancando pelo corredor na direção deles, com a ajuda de uma muleta.

— Olá, vindo se juntar a nós, não é? — ela saudou Teddy, alegre.

De certa forma, parecia um ritual. Teddy se lembrou daquele programa de TV dos anos 1960 que Viola gostava de ver. *O prisioneiro*. Seu coração murchou. Aquilo seria sua prisão, não é? Uma prisão com uma supervisora.

Mais mulheres, por toda parte, de fato. Depois da mudança, ele percebeu que quase todos os "residentes" eram mulheres. Gostavam dele, as mulheres sempre gostaram. Claro que ele ainda era bem ágil nessa época, e competente, e as mulheres pertenciam a uma geração capaz de se impressionar se um homem simplesmente soubesse como apertar o botão numa chaleira elétrica. Acelerou muitos corações frágeis em Fanning Court, mas fez o possível para deixar claro que passava ao largo de romances e intrigas, pois, embora na superfície só houvesse gentilezas, por trás da tinta cor de magnólia o lugar fervilhava de boatos e rancores. Teddy, ainda um belo homem aos oitenta anos (sobretudo para mulheres de setenta), provocava mesmo sem querer todo tipo de emoção exaltada.

— Imagino que existam poucos homens disponíveis na minha idade — ele disse, desculpando algum incidente devido a comportamentos rancorosos.

— Na minha idade também — Bertie retrucou.

— Vamos em frente, Ted — Ann Schofield disse. — Mais montes de coisas para ver.

Montes eram um pedaço de jardim, plantado em estilo municipal. Alguns bancos. Um estacionamento.

— Ah, não acho que ele vá trazer o carro — Viola disse.

— Ah, acho que vai — Teddy disse.

— Sério, papai, você já passou um pouco da idade de dirigir.

(Ela queria o carro, ele deduziu. O dela estava sempre quebrando.) Viola gostava de ter aquele tipo de argumento numa arena pública, com uma plateia que poderia ver o quanto ela estava sendo sensata e como eram insensatos os outros membros da família. Costumava fazer isso com Sunny, o tempo todo. Deixava o pobre garoto doido. Ainda deixava.

— Ah, muitos residentes têm carros — Ann Schofield comentou, deixando Viola na mão.

O apartamento em si caberia na sala de estar de sua avó em Hampstead. Teddy não pensava em Adelaide havia muito tempo e ficou surpreso com a lembrança vívida que teve dela, em longos e negros vestidos vitorianos, mesmo nos anos 1920, queixando-se dos netos barulhentos. Quanto, quanto tempo tinha se passado desde aquela época!

Uma vez, recordou-se, numa visita especialmente aborrecida, ele e Jimmy subiram escondidos ao andar de cima, para examinar o quarto dela, um lugar absolutamente proibido para eles. Lembrou-se do guarda-roupa, uma engenhoca imensa, com o interior forrado de seda plissada e fedendo aos aromas antagônicos de cânfora e lavanda, realçados pelo perfume da decadência. Os dois tinham entrado no armário, encostando o rosto de um jeito desagradável nas roupas estranhas e fora de moda de Adelaide.

— Não gosto deste lugar — Jimmy sussurrou.

Nem Teddy, e ele pulou primeiro para fora e por acidente bateu na porta e ela se fechou. Levou um tempo para conseguir abri-la de novo, porque a maçaneta tinha um mecanismo bem estranho.

Quando Jimmy, enfim, saiu lá de dentro, seus gritos de pavor atraíram a família inteira. Adelaide estava furiosa ("Meninos levados, levados demais"), mas ele se lembrava de Sylvie segurando o lenço sobre a boca para que Adelaide não visse que estava rindo. Depois disso, o pobre Jimmy nunca mais gostou de espaços fechados. Ele tinha servido na Marinha durante a guerra, desembarcado em Sword Beach e aberto caminho pelas ruínas devastadas da Europa depois do Dia D, antes de ser declarado o fim do jogo, ligado ao sexagésimo terceiro regimento antitanque. Como deve ter odiado o interior abarrotado dos contratorpedeiros. Ele estava com o sexagésimo terceiro quando liberaram Bergen-Belsen, mas ele e Teddy nunca falaram a respeito disso, mal tinham falado da guerra. Desejou que tivessem.

Até descobrir sobre Jimmy, num dia inesperado logo depois do fim da guerra, a imagem que Teddy fazia de homossexuais era a de bichas e veados que via no Soho. Não imaginara que aqueles homens fossem capazes do tipo de coragem brutal que Jimmy deve ter tido.

Jimmy se fora havia muito tempo, na casa dos cinquenta, com um linfoma fulminante. Ao receber o diagnóstico, saiu com o carro da estrada e mergulhou num precipício. Bombástico na vida, bombástico na morte. Ele vivia na América, claro. Teddy não foi ao funeral, mas entrou numa igreja local e se sentou em silêncio com seus pensamentos ao mesmo tempo que Jimmy era enterrado do outro lado do Atlântico. Poucos dias depois, uma frágil carta aérea azul deslizou para o interior de sua caixa de correio como uma folha rara. Nela, Jimmy fazia suas despedidas. Escreveu que sempre amara e admirara Teddy e que bom irmão ele tinha sido. Teddy não achava que fosse verdade, de modo algum; se havia algo em que tivesse sido relapso eram seus deveres fraternais. Nunca perguntou da vida homossexual de Jimmy (na verdade, não queria saber) e sempre achou (de um jeito condescendente, admitia agora) que sua profissão — em publicidade — era um tanto trivial. Ficara igualmente desapontado quando Bertie escolhera um emprego em propaganda, que, até onde via, servia apenas para encorajar as pessoas a gastarem o dinheiro que não tinham em coisas que não precisavam. ("E é isso mesmo", Bertie concordou.)

— Bem, Jimmy teve uma guerra medonha — Ursula disse na ocasião. — Acho que a trivialidade é tão bom antídoto quanto qualquer outra coisa.

— Todos nós tivemos uma guerra medonha — argumentou Teddy.

— Nem todos — Ursula retrucou. — Você teve, eu sei.

— Você também.

— Havia um trabalho a ser feito — ela disse. — E nós o fizemos.

Ah, que falta sentia da irmã. Mais do que de todos, das legiões de mortos, das inúmeras infinidades de almas que partiram antes, era a perda de Ursula que mais doera em seu coração. Ela tivera um derrame, havia quase trinta anos. Uma morte rápida, ainda bem, mas era muito moça. E agora Teddy estava muito velho.

— Papai?

— Ah, desculpe, estava longe.

— A supervisora — Ann — está explicando as cordas de emergência.

Ah, que alegria, pensou Teddy.

Finas cordas vermelhas pendiam do teto em cada quarto.

— Assim, se você cair — Ann Schofield explicou —, pode puxar uma delas e pedir ajuda.

Teddy não se deu ao trabalho de perguntar o que aconteceria se não estivesse perto de uma corda quando caísse. Imaginou Ann Schofield gingando em alta velocidade em sua direção pelos corredores cor-de-rosa e magnólia, embora preferisse ficar onde tinha caído e expirar devagar, com um resto de dignidade.

Ann Schofield se referia ao condomínio como "o Fanning", de modo que aquilo soava aos ouvidos de Teddy como um hotel em Mayfair onde tinha passado uma noite com uma garota. Não conseguia se lembrar do nome do hotel (Hannings? Channings?), mas tinha certeza de que a garota se chamava Ivy. Tinham tropeçado um no outro no blecaute, os dois em busca de algum lugar em que pudessem descansar a cabeça naquela noite. Ela estava à procura do Clube Católico em Chester Street e agora Teddy não conseguia se lembrar o que procurava, se é que era o caso. Ele estava bêbado e ela bastante embriagada, e os dois tinham literalmente tropeçado por todo o hotel.

O presente era um lugar um tanto mal iluminado e fora de foco — ele imaginava que só poderia piorar —, mas o passado era cada vez mais nítido. Podia ver os degraus encardidos daquele hotel em Londres, o pórtico branco e as escadas estreitas até o aposento no sótão, no quarto andar. Quase podia sentir o gosto da cerveja que tinham bebido. Havia um abrigo no porão, mas quando a sirene soou eles não quiseram descer; em vez disso ficaram à janela, no ar gelado da noite, assistindo ao bombardeio, à bateria antiaérea no Hyde Park fazendo uma barulheira pavorosa. Ele estava de licença depois de voltar do treinamento no Canadá, um piloto ainda não batizado em batalha.

Ela era noiva de um marinheiro. Perguntou-se o que teria acontecido com ela. O que teria acontecido com seu marinheiro.

Pensara nela uma vez, numa manobra em Manheim, quando cruzavam o violento cinturão de holofotes que defendia o Ruhr. Pensara que lá embaixo no chão, em solo inimigo, com certeza haveria centenas de Ivys, gentis *Fräuleins* com dentes grandes e noivos em submarinos, manejando as baterias aéreas alemãs, todos unidos no mesmo esforço para matá-lo.

— Papai? Papai? Por favor. Preste atenção.

Viola rolou os olhos para Ann Schofield, tentando demonstrar diversão e afeto ao mesmo tempo, embora Teddy duvidasse que ela estivesse sentindo algum dos dois. Você também vai ficar muito velha, um dia, pensou. Ainda bem que não estaria por ali para ver. E Bertie também, como era triste pensar que um dia ela poderia ser uma velha senhora com um andador, arrastando-se por corredores detestáveis. É do homem a desgraça, a triste sina. Isso era Hopkins, não era? É Margaret quem você lastima. Aqueles versos sempre o emocionaram, lembrava-se…

— Papai!

* * *

Foi por sua própria culpa, acreditava. Escorregou num pedaço de gelo transparente perto de casa e soube na mesma hora que não seria bom. Ouviu-se gritar de dor, surpreso por conseguir emitir um ruído daquele, surpreso por ser ele mesmo quem gritava. Acabou meio sentado, meio esparramado na calçada. Tinha sido abatido em chamas durante a guerra, ninguém imaginaria que algo pior pudesse acontecer a alguém. Mas aquilo parecia insuportável.

Muitas pessoas, perfeitos estranhos, correram para ajudar. Alguém chamou uma ambulância e uma senhora que disse ser enfermeira cobriu seus ombros com um casaco. Ela se agachou a seu lado, tomou-lhe o pulso e então deu palmadinhas gentis em suas costas, como se ele fosse criança.

— Não se mexa — ela disse.

— Não vou — ele respondeu, dócil, bem contente por ter alguém que lhe dissesse o que fazer.

Ela segurou sua mão enquanto esperavam a chegada da ambulância. Uma coisa tão simples e, mesmo assim, sua gratidão era enorme.

— Obrigado — murmurou quando foi afinal içado para a ambulância.

— De nada — ela disse.

Nunca soube o nome dela. Gostaria de ter lhe mandado um cartão, ou talvez flores.

Quebrou a bacia e precisou ser operado. O hospital insistiu em notificar seu "parente mais próximo", mesmo que Teddy tenha pedido que não o fizessem. Queria rastejar e curar suas feridas em paz como uma raposa ou um cão, mas quando voltou da anestesia, ouviu Viola resmungando:

— É o começo do fim.

— Você tem quase oitenta anos. — Ela usou sua voz "sensata". — Não pode sair perambulando por aí como fazia.

— Eu estava a caminho da loja do bairro para comprar leite — Teddy retrucou. — Não chamaria isso de "perambular".

— Mesmo assim. Só vai ficar mais difícil para você. Não posso sair correndo todas as vezes que você fizer alguma coisa idiota.

Teddy suspirou:

— Eu não pedi para você vir.

— Ah, e eu não viria? — retrucou, hipócrita. — Não vir ajudar meu próprio pai quando ele sofreu um acidente?

Ele suportou sua presença por três dias, depois de receber alta. Ela reclamava o tempo todo de ter abandonado seus gatos para tomar conta dele. E também "odiava estar naquela casa".

— Olhe para isto, você não faz nada por este lugar há décadas. É tão *antiquado*.

— *Eu sou* antiquado — Teddy disse. — Não acho que seja ruim.

— Você não existe — bufou Viola, enrolando no dedo uma mecha do cabelo cheio de hena (um hábito irritante do qual ele havia esquecido).

Viola telefonou para Sunny e disse que ele precisava "arrumar tempo para cuidar do avô". Sempre que Viola pensava em Sunny, era tomada de pânico. Ele já havia feito uma tímida tentativa de suicídio. Mas era letárgico demais para se matar de fato. Não era? E se o fizesse? O pânico fincava as garras em seu coração. Achou que fosse desmaiar. Falhara com Sunny e não tinha ideia do que fazer a respeito disso.

O terror a deixava insensível.

— Se bem que você não tem mesmo outra coisa para fazer — disse a ele.

Sunny, por sua vez, gostou da ideia de estar de volta à casa do vô Ted. Aquele era o único lugar onde já tinha sido feliz.

Teddy dormia no sofá do térreo, enquanto Sunny ficou com o agradável quarto dos fundos no primeiro andar, que tinha sido de sua mãe e, por um tempo, de Bertie, durante o ano em que ela morou ali. Sunny também tinha vivido naquela casa, claro, se bem que não por tanto tempo, porque tinha sido forçado a passar aquele medonho e longo verão em Jordan Manor. Ele se perguntava se algum dia superaria aquilo.

Gostava daquele quartinho dos fundos. Era onde a irmã tinha dormido. Ele dormira no quarto da frente, mas em algum momento durante a noite ele sempre dava um jeito de ir para o quarto de Bertie. Sua irmã o salvara de algum jeito fundamental — calor e luz —, mas tinha ido embora. Para Cambridge, um mundo desconhecido.

— Estamos apostando nossas fichas nessa aí! — Viola costumava dizer às amigas, apontando para Bertie.

Como se fosse engraçado. Não ajudava o fato de todas acharem que as mulheres eram "a espécie superior" (toda aquela merda de "peixe e bicicleta").* Sunny, pelo visto, era a prova viva dessa máxima.

O cheiro forte de mato queimado escapava do quarto de Sunny e descia as escadas todas as noites, quando Teddy estava caindo no sono. Maconha, ele supunha, embora entendesse pouco a respeito de drogas.

Sunny ainda vivia em Leeds, deixado para trás por Viola quando ela se mudou para Whitby. Morava agora num apartamento sórdido e rebelde em Leeds, com vários membros de sua banda, todos autocentrados demais para serem qualificados de amigos.

Tinha largado a faculdade (Comunicação — "Ah, que ironia!", Viola comentou) e agora parecia não estar fazendo nada. O rapaz era desastrado em todos os aspectos. Não parecia ter nenhuma das habilidades necessárias para negociar os simples desafios da vida diária. Tocava guitarra numa banda, informou aos gritos da cozinha, onde aquecia uma lata de feijões cozidos para o lanche.

— Que bom! — Teddy gritou de volta, da sala de estar.

Tinha quase certeza de estar sentindo o cheiro de feijões queimados.

Eles comiam feijão em lata e ninhos de espaguete com bastante frequência. Peixe com fritas também, se Sunny fizesse o esforço de ir buscá-los no restaurante do bairro. Ou seus jantares eram entregues por restaurantes

* "A mulher precisa de um homem tanto quanto um peixe de uma bicicleta" foi um slogan feminista, cunhado pela jornalista australiana Irina Dunn em 1970.

de toda a cidade, na verdade de todo o mundo — hindus, chineses. Pizzas, muitas pizzas. Teddy não se dera conta disso, achava que só as mulheres do Real Serviço Feminino Voluntário entregassem comida sobre rodas.

— Ahn? — fez Sunny.

— Brincadeira — disse Teddy.

— Ahn?

Tudo aquilo custava uma fortuna a Teddy. (A necessidade ensina, disse a voz de sua mãe em sua cabeça.) O garoto não sabia cozinhar. Viola também era péssima cozinheira, pratos sem gosto compostos por arroz integral e feijões. Viola criara os dois filhos como vegetarianos, Bertie ainda era, mas Sunny agora parecia feliz em comer qualquer coisa. Teddy achava que, se fosse capaz de voltar a ficar um pouco de pé, poderia ensinar-lhe alguns pratos simples — sopa de lentilha, ensopado, um bolo madeira. O garoto só precisava de um pouco de incentivo.

Surgiu a informação de que Sunny tinha uma carteira de motorista provisória. Teddy tentou não demonstrar surpresa, tão acostumado estava a ouvir Viola falar da incompetência e da total ausência de iniciativa de Sunny.

— Muito bem, então — Teddy disse —, meu carro está parado na garagem sentindo-se abandonado, vamos levá-lo para dar uma volta. As velhas tabuletas de motorista em treinamento de sua mãe estão por aí em algum lugar.

Viola tinha sido muito resistente quanto a aprender qualquer coisa.

— Sério? — Sunny reagiu, duvidando. — Mamãe não me deixa mais usar o carro. Ela diz que quer morrer de velhice.

Teddy não achava que entrar num carro com Sunny ao volante poderia se equiparar a voar noite após noite na escuridão e enfrentar um inimigo cujo único desejo era matá-lo, e disse:

— Você nunca vai aprender se não treinar, vamos lá.

Alguém precisava ter alguma confiança no garoto, pensou Teddy. Colocaram a cadeira de rodas que o hospital tinha lhe emprestado no porta-malas e deram a partida.

Foram parar em Harrogate, uma cidade que Teddy adorava. Tinha ido lá muitas vezes, durante e depois da guerra. Estacionaram no centro, embora tenha demorado um bom tempo até conseguirem uma vaga, pois Sunny não parecia compreender a diferença entre esquerda e direita, para trás e para a frente. Porém não era mau motorista, começou lento e inseguro mas ficou mais confiante quando percebeu que Teddy, ao contrário de Viola, não iria gritar com ele o tempo todo.

— A prática leva à perfeição — Teddy disse, encorajador.

Almoçaram uma bela refeição no Bettys e depois foram para os Valley Gardens. Aqui e ali, os primeiros brotos da primavera davam reconfortantes sinais de vida na terra úmida. Sunny tendia a empurrar a cadeira de rodas um pouco depressa demais e Teddy desejou que pudessem trocar de lugar por algum tempo para que Sunny compreendesse como era desconfortável quando passavam por uma rachadura ou batiam no meio-fio.

— Sabe o que eu gostaria de fazer antes de voltarmos? — disse quando fizeram uma (algo alarmante) meia-volta e se dirigiram para a cidade.

— Um cemitério? — exclamou Sunny.

Nunca tinha estado num cemitério, ficou claro. Não fora ao funeral do pai e não conhecia nenhuma outra pessoa que tivesse morrido.

— Stonefall — explicou Teddy. — Comissão de túmulos de guerra do Reino Unido. Os canadenses são maioria lá. Há também uns poucos australianos e neozelandeses, mais um punhado de americanos e britânicos.

— Ah! — fez Sunny.

Era duro despertar o interesse do garoto.

Uma plantação de mortos. Fileiras de lápides brancas — travesseiros duros para as camas verdes. Membros de tripulações enterrados perto uns dos outros, mantidos juntos na próxima vida como tinham estado nesta. Pilotos, engenheiros, navegadores, operadores de rádio, apontadores, artilheiros. Vinte anos, vinte e um, dezenove. A idade de Sunny. Tinha conhecido um rapaz que mentira a idade com brilhantismo e fora piloto qualificado de Halifax aos dezoito anos. Morto aos dezenove. Poderia

Sunny ter feito o que ele fez? O que todos eles fizeram? Graças a Deus não precisou.

— Eram só garotos — Teddy disse a Sunny.

Porém todos pareciam homens, faziam o trabalho de homens. Foram ficando mais moços à medida que Teddy ficava mais velho. Sacrificaram a vida para que Sunny pudesse viver a dele — será que ele compreendia? Teddy acreditava que não se devia esperar gratidão. O sacrifício, por sua própria natureza, baseava-se em dar, não em receber. "Sacrifício", ele se lembrava de Sylvie dizer, "é uma palavra que faz as pessoas se sentirem nobres em relação à carnificina."

— Estas não são as tripulações das aeronaves derrubadas em território inimigo — Teddy explicou a Sunny. — Estes são só (só!) os que morreram em voos de treinamento, mais de oito mil no total. ("*Lá vem aula de história*", ele ouviu Viola reclamar.) Muito poucos desses meninos podem ter sido mortos ao pousarem de volta, ou morreram mais tarde no hospital de Harrogate, de ferimentos oriundos de algum ataque.

Mas Sunny trotava ao longo das fileiras dos mortos. Ombros erguidos, cabeça baixa, nunca parecia *olhar* de verdade para qualquer coisa. Talvez não quisesse ver.

— Pelo menos eles *têm* uma sepultura, já é alguma coisa, imagino — Teddy continuou a falar com Sunny ainda que ele parecesse estar fora do alcance de sua voz.

Aquele era um truque que tinha aprendido quando Sunny era pequeno. Podia parecer que ele não estava escutando, mas tinha o ouvido de um cão, e Teddy sempre tinha esperanças de que ele absorvesse conhecimento, mais por osmose do que por um processo intelectual.

— Mais de vinte mil tripulantes de bombardeiros não têm sepulturas — continuou. — Há um memorial em Runnymede.

Para os que não tiveram travesseiros de pedra para descansar a cabeça, cujos nomes foram escritos na água, calcinados na terra, atomizados no ar. Legião.

Teddy tinha ido ver o memorial, pouco depois de ter sido inaugurado, em 1953, pela jovem rainha.

— Por que não vou com você? — Nancy pedira. — Podemos aproveitar o fim de semana. Ficar em Windsor ou subir até Londres.

Era uma peregrinação, não dias de férias, ele tentou explicar. E quando foi sozinho, ela foi lacônica na despedida. Reclamou que ele "a expulsou" de sua guerra, o que ele achou irônico vindo de alguém cuja própria guerra tinha sido tão clandestina e que, nas raras ocasiões em que se encontraram, tinha gasto boa parte do tempo incentivando-o a esquecer as hostilidades para que pudessem aproveitar o tempo juntos. Lamentava agora. Por que não aproveitariam o fim de semana?

— A salvo em suas câmaras de alabastro — disse a Sunny, quando ele voltou.

— Ahn — fez Sunny.

— "Intocados pela manhã e intocados pelo meio-dia, dormem os dóceis membros da Ressurreição, caibros de cetim e telhados de pedra." Emily Dickinson. Foi sua mãe, por incrível que pareça, quem me apresentou a ela. Ela era poeta — acrescentou quando Sunny parecia perturbado, como se repassasse na cabeça a lista das amigas de Viola em busca de uma Emily Dickinson.

— Morta. Americana — acrescentou. — Meio mórbida, talvez você goste. "Ouvi zumbir a mosca quando morri."

Sunny se animou.

— Vou andar um pouco — Teddy disse.

Sunny o ajudou a se levantar e sair da cadeira de rodas e lhe deu o braço para que pudessem caminhar devagar por entre as fileiras dos mortos.

Ele teria gostado de ter conversado com o neto a respeito daqueles homens. De como foram traídos por aquela raposa astuta, Churchill, que nem ao menos os mencionara em seu discurso do Dia da Vitória, de como não receberam medalha ou memorial, de como Harris* havia sido ridicularizado por um plano de ação que não planejara, embora Deus soubesse que ele o levara até o fim com um zelo miserável. Mas de que adiantou? (*Lá vem aula de história*.)

— Então... — Sunny disse, esfregando a ponta da bota numa lápide.

* Sir Arthur Harris (1892-1984), comandante-chefe do Comando de Bombardeiros da Força Aérea Real (RAF) na Segunda Guerra Mundial.

As botas estavam sujas, coisas opacas que pareciam ter pertencido aos pés de um paraquedista.

— Então você viu mesmo coisas ruins?

— Coisas ruins?

Sunny deu de ombros.

— Medonhas. — Deu de ombros outra vez. — Pavorosas.

Teddy não entendia direito a atração que o lado negro exercia sobre os jovens, hoje em dia. Talvez porque nunca o tivessem experimentado. Tinham sido criados sem sombras e pareciam determinados a criar as suas próprias. Sunny confessou na véspera que "bem que gostaria" de ser um vampiro.

— Macabras — ele acrescentou, como se Teddy pudesse não ter entendido medonhas ou pavorosas.

Teddy pensou no instrutor de voo canadense que teve as entranhas arrancadas e em tudo de "medonho" que acontecera depois. *Então, boa sorte a todos.* Uma hélice voando pelos ares. Como era o nome da moça da Força Aérea Auxiliar Feminina? Hilda? É. Hilda. Era alta, de rosto redondo, rechonchuda. Muitas vezes os dirigia para a dispersão. Fazia uma bela combinação com Stella. Stella era uma garota da radiotelefonia cuja voz profunda e bem articulada dava as boas-vindas aos tripulantes exaustos de volta das missões. Ele gostava de Stella, achou que poderia ter havido algo entre eles, mas nunca aconteceu.

Hilda era do tipo alegre. "Boa sorte, rapazes!" Ele podia vê-la dizendo isso. Sempre com fome. Se eles voltassem com alguma sobra de alimento, davam-na a Hilda. Sanduíches, doces, qualquer coisa. Teddy riu. Parecia uma coisa tão estranha para lembrar.

— Vovô?

Tinha sido pouco antes do fim, antes de Nuremberg. Ele estava na dispersão, conversando com um dos montadores sobre o F-Fox, sua aeronave na época. Tinham observado juntos outro avião se aproximar, voltando com muito atraso da missão da noite anterior. Parecia avariado, sem dúvida, parecia se preparar para uma aterragem difícil. E lá estava Hilda, pedalando tranquila pela pista lateral. Era um campo de pouso enorme, todo mundo andava de bicicleta. Até Teddy tinha uma velha bicicleta desconjuntada, embora como tenente-coronel de aviação tivesse também acesso a um carro da RAF. Ele se perguntou o que Hilda estaria fazendo ali fora. Nunca saberia a resposta. O pássaro ferido rugiu em direção à pista, mas Hilda mal percebeu. Viu Teddy e acenou. Não viu a hélice saindo, uma das lâminas se soltando, cortando o ar numa velocidade espantosa, uma imensa folha de plátano girando e girando tão depressa que não houve tempo para que Teddy ou seu montador reagissem. Não houve tempo para gritar "Cuidado!". Ela não a tinha visto chegar, pelo menos isso, pensou Teddy. Foi só falta de sorte, um caso de centímetros e segundos.

— Uma pena ela ser tão alta — o montador disse depois, prático em excesso.

— Vovô?

Decapitada. A cabeça decepada pela lâmina. Ele ouviu o grito estridente de uma moça da Força Aérea Auxiliar Feminina, mais alto do que o pavoroso som da aeronave avariada rasgando a pista. O atirador tinha morrido na colisão, o navegador a bordo, já morto, havia sido atingido por fogo antiaéreo em algum lugar sobre o Ruhr. Tudo pareceu secundário. As mulheres corriam em direção a Hilda, gritando e chorando, e Teddy ordenou que saíssem dali, que voltassem para o alojamento e ficassem lá, e ele saiu e apanhou a cabeça. Pareceu errado esperar que outra pessoa fizesse aquilo. A roda da bicicleta ainda girava.

Era o que era, uma cabeça, já não era Hilda. Não era possível pensar que aquilo tivesse algo a ver com a rechonchuda e alegre Hilda. Na noite seguinte ele levou Stella para dançar num esquadrão vizinho, mas nada aconteceu.

— Vovô?

— Montes de coisas medonhas acontecem numa guerra, Sunny. Lembrar delas não ajuda. Melhor não se entregar a pensamentos mórbidos.

— Você está procurando alguém? — Sunny perguntou.

— Estou.

— Eles não têm… tipo um mapa?

— É provável — disse Teddy. — Mas veja, eu o encontrei.

Parou diante de uma lápide na qual se lia "Comandante do Ar Keith Marshall RAFA. Atirador", e disse:

— Oi, Keith.

— *Ele* não está enterrado com a tripulação — Sunny concluiu, confuso por estar com um homem que falava com os mortos, embora os dois fossem as únicas pessoas no cemitério.

— Não. O resto de nós ficou bem. Ele foi morto quando fomos atacados na volta para o campo de pouso, vindo da Cidade Grande — era assim que chamávamos Berlim. Às vezes, os invasores, os alemães, atiravam na cauda do bombardeiro quando voltávamos para casa. Era maldade. Ele era meu amigo, um dos melhores que já tive.

— Alguém mais que você quer procurar? — Sunny perguntou depois de alguns minutos de impaciência heroicamente reprimida.

— Não, na verdade não. Eu só queria que Keith soubesse que há alguém pensando nele. — Teddy sorriu para o neto. — Para casa, James. E não poupe os cavalos.

— Ahn?

Começava a escurecer e Sunny disse:

— Nunca dirigi à noite.

— Sempre há uma primeira vez para alguma coisa — Teddy retrucou.

Claro, às vezes a primeira vez era também a última. A viagem de volta foi um pouco problemática, mas Teddy estava decidido a continuar calmo para incentivar a confiança de Sunny. Para surpresa de Teddy, o neto perguntou:

— Então, o que foi que você fez? Você voou num bombardeiro? Você era o piloto?

— Era — Teddy disse. — Eu era o piloto de um bombardeiro Halifax. Os bombardeiros eram batizados com o nome de cidades britânicas — Manchester, Stirling, Wellington, Lancaster. Halifax. É claro que foram os Lancaster que ficaram com toda a glória. Podiam voar mais alto e levar carregamentos de bombas mais pesadas, mas na verdade, no fim da guerra, quando os Halifax tiveram seus motores Bristol ajustados, conseguiram se equiparar aos Lancaster. Nós amávamos o velho *Halibag*. Os Lancaster eram as celebridades depois da guerra, e nós viramos as damas de honra. E era mais provável sobreviver num Halifax, se tivéssemos que sair correndo. Os Lancaster tinham aquela grande longarina vermelha no meio e...

Sunny de repente deu uma guinada e atravessou duas faixas de tráfego; por sorte a estrada estava quase vazia.

("E-epa!")

Teddy não sabia se ele tinha tentado evitar alguma coisa ou se cabeceara de sono. Achou que seria melhor se calar. A voz de Nancy voltou de muito longe. *Vamos falar de alguma coisa mais interessante do que os mecanismos dos bombardeiros.* Ele suspirou e murmurou para si mesmo:

— Termópilas.

— Ahn?

Quando enfim chegaram em casa, Teddy disse:

— Você se saiu muito bem, Sunny. Vai dar um ótimo motorista.

Sempre melhor elogiar do que criticar. E, afinal, ele se saíra bem. Sunny fez sanduíches de bacon (demonstrava claros sinais de melhora no front da cozinha) e os dois comeram na frente da televisão, com um copo de cerveja cada um, para celebrar a volta sãos e salvos. Pela primeira vez em décadas, Teddy achou que precisava de um cigarro. Resistiu à tentação. Estava exausto e adormeceu no sofá antes que a cerveja e o programa de TV terminassem.

Talvez devesse ter voltado para o campo quando Viola criou asas e partiu para a universidade. Não muito longe, talvez Hambledon Hills. Um pequeno chalé. (Lembrou-se com carinho do Chalé dos Camundongos.) Mas, em vez de fazer isso, ficou ali e cuidou do lugar, porque alguma coisa dentro dele dizia que aquela era a vida que precisava ser vivida. E gostava de York, gostava de seu jardim. Tinha amigos, pertencia a alguns clubes. Era membro de uma sociedade arqueológica e participava de escavações. Um clube de andarilhos, um grupo ornitológico. Preferia atividades solitárias, e ser membro de um grupo podia parecer condescendência, mas ele era capaz de ser condescendente, e alguém precisava sê-lo ou o mundo desmoronaria. Não acreditava que trabalhar para um jornal provinciano fosse o emprego mais desgastante do mundo, porém, de qualquer maneira, ficou surpreso com quanto tempo livre tinha agora que se aposentara. Talvez demais.

— Que tal estes? — Viola perguntou, indicando a prateleira em que estavam *As aventuras de Augusto*. — Você acha que têm algum valor de segunda mão? Quero dizer, já saíram de moda há anos. São todos dedicados a você, imagino que isso deprecie o valor. Mas é uma coleção completa, então talvez alguém possa se interessar por eles.

— Eu me interesso por eles — Teddy disse.

— Mas você nunca gostou deles — retrucou Viola. — Você nem mesmo os leu.

— Li sim.

— Estão em ótimo estado.

— Porque fui ensinado a tratar bem os livros — Teddy lembrou.

Viola também fora, é claro, mas era uma leitora porca. Comida, bebida, vômito de gato, sabe-se lá o que mais havia nas páginas de seus livros. Vivia deixando-os cair na banheira ou largando-os do lado de fora, na chuva. Quando criança, costumava atirá-los como mísseis, sempre que ficava zangada. Teddy fora mais de uma vez atingido na testa por Enid Blyton quando ela era pequena. *The Land of Far-Beyond* quase quebrou seu nariz. Ele não se surpreenderia se ela ainda jogasse coisas. Teddy acreditava que a filha tinha tanta raiva porque havia perdido a mãe. Aí estava ele outra vez no terreno da psicologia barata. ("Eu fico com raiva porque *tenho* uma mãe", Bertie dizia.) Sylvie nunca assinara embaixo das teorias de traumas de infância. As pessoas vinham como eram, afirmava, o pacote completo esperando para ser desembrulhado. A geração de sua mãe parecia maravilhosamente livre de culpa.

Teddy pegou uma caixa vazia e começou a guardar Augusto. Havia anos não abria um. Izzie escreveu o último em 1958. Não vendiam havia muito tempo, desde a guerra, na verdade. Os dias de glória de Augusto tinham sido entre as guerras. Augusto Eduardo Swift *floruit** 1926-1939. Sem dúvida, o pobre Augusto se acabou muito antes da morte de Izzie, em 1974. O Teddy que havia nele subsistia, erguendo a cabeça de vez em quando. Seria um velho agora, estaria sendo arrastado, aos chutes e gritos, para um asilo, com um cigarro no canto da boca? Calças manchadas e queixo barbado?

Teddy foi visitar Izzie poucos dias antes de sua morte. Ela estava bem maluquinha. Era difícil relembrá-la agora, ela era uma impressão, a boca ávida e vermelha, o perfume, os maneirismos. Houve um momento em que quis adotá-lo. Teria sua vida sido muito diferente ou evoluiria da mesma maneira?

Em seu testamento, Izzie deixou para Teddy os direitos autorais de Augusto. Não valiam praticamente nada. O resto de seus bens, em grande parte representado pela casa em Holland Park, iria para "minha neta", uma mulher na Alemanha da qual nunca tinha ouvido falar. "Como reparação", lia-se no testamento.

Pamela, Teddy e a filha de Pamela, Sarah, vasculharam toda a casa de Izzie depois do funeral. Um pesadelo. Encontraram uma *Croix de Guerre* no fundo de sua caixa de joias. Parecia tão improvável. Aqueles dois mistérios, a neta alemã e a *Croix de Guerre*, pareciam resumir a impenetrável natureza de Izzie. Se Ursula, com sua alma detetivesca, ainda estivesse viva, os teria investigado a fundo. Teddy não se interessou (sentia-se culpado, agora) e não demorou muito para que Pamela revelasse sinais de um Alzheimer precoce. Pobre Pammy, passou anos vivendo uma vida medíocre. E assim a ambivalência que era Izzie nunca foi solucionada, exatamente como ela gostaria.

Embrulhou a fotografia de Izzie feita por Cecil Beaton depois de sua primeira onda de sucesso. Fazia Izzie parecer uma estrela de cinema, artificial e cheia de manipulações.

— Mas glamorosa! — Bertie observou.

— É. Acho que sim — Teddy concordou.

Deu-lhe a foto na primeira vez em que ela o visitou em Fanning Court.

— Mas a beldade era minha mãe — explicou.

* "Floresceu". Expressão utilizada, sobretudo em genealogia, para indicar o período em que uma obra ou um fato histórico atingiu seu apogeu.

O corpo de Sylvie, ele recordou, no caixão aberto no velório. Os anos haviam caído de seu rosto e Bea agarrara seu braço, como se fossem os únicos no velório (eram, ele imaginava). Por que Bea? Onde estava Nancy naquele dia? Não conseguiu se lembrar. Bea também já se fora, é claro. Gostava muito dela, talvez mais do que ela soubesse. Santo Deus, Teddy pensou, pare de pensar em gente morta. Embalou o Beaton na caixa de Augusto (dos Augustos, talvez) e a fechou com fita adesiva.

— Eles vão comigo — disse a Viola, categórico.

— Onde está Sunny? — ela surpreendeu-se.

— É, onde *está* Sunny?

> Vi diversas vezes uma grande raposa, nos últimos tempos, mas era uma tarde quente e com certeza, como a maioria das criaturas, ela estava deitada à sombra. A raposa tem uma triste reputação. Ladra habilidosa, muitas vezes encantadora em fábulas e contos de fada, seu nome é sinônimo de astúcia sórdida (poucas vezes digna). Uma criminosa moral, trapaceira e algumas vezes inequivocamente maléfica. A Igreja Cristã associa com frequência a raposa ao demônio. Em diversas igrejas no país podem-se encontrar imagens da raposa em vestes sacerdotais pregando para um bando de gansos. (Há uma bela xilogravura na catedral de Ely.) A raposa é uma predadora fora da lei, diabólica, sutil e sem escrúpulos, e os gansos um rebanho de inocentes...

Ele estava no sótão, onde, inacreditavelmente, havia ainda mais caixas de porcarias. O ar era pesado, de tanto abandono. Havia uma caixa cheia de papel — velho e fino, cheio de coisas escritas à máquina, em espaço um. Algumas eram incompreensíveis, então deveria ser poesia, Sunny concluiu.

O porão era como um museu abandonado, só poeira e ferrugem. Sunny não gostava do ambiente de museus, mas gostava da ideia de colecionar, gostava de todas aquelas bandejas de borboletas e insetos, caixas de pedras. Gostava dos livros de Augusto, embora nunca o tenha confessado. Nem tanto do interior, só das capas parecidas. Cada um tinha um número na lombada, então, quando arrumados, podia-se contar de um até quarenta e dois. Quando era pequeno, colecionava pedras, seixos, um pouco de cascalho da estrada, qualquer coisa. Às vezes, ainda hoje, sentia com frequência o impulso de pegar uma pedra e botá-la no bolso.

Uma poeira fina, como talco cinzento, se deslocava sempre que ele tirava os papéis. Lia devagar, os lábios formavam cada palavra como se ele estivesse decifrando uma língua estrangeira.

> O estábulo no qual a Sagrada Família buscava abrigo para a noite só tinha uma pequena fogueira prestes a apagar. Um tordo, uma das muitas criaturinhas que foram se regozijar com o advento do Messias, vendo como o menino estava gelado, colocou-se em frente à pequena fogueira e atiçou as chamas com suas asas. Ao fazê-lo, queimou as penas do peito, razão pela qual seriam para sempre vermelhas, em sinal de gratidão.

Havia montes desse tipo. No fim de cada um estava escrito "Agrestis". Fosse lá o que isso queria dizer. Um assunto diferente de cada vez — "farejando prímulas", a "bem-vinda volta da primavera", "a pompa dourada dos narcisos", "uma lontra e seus bebês, brilhantes de água", "a campânula no mais puro dos trajes brancos". Lebres — "as mensageiras celtas de Eostre" — que lutavam boxe num campo. Lebres lutando boxe? Sunny não entendeu nada. Numa competição?

Outra caixa bolorenta cheia de botões e moedas velhas. Uma caixa de sapatos com fotografias. Ele mal conseguia reconhecer alguém nas fotos. Várias delas eram pequenas e em preto e branco, datando da Pré-História, na opinião de Sunny. Nos anos 1970, mudavam para coloridas. Alguns pequenos instantâneos quadrados dele e Bertie no jardim de Teddy, amarelados. Os dois usavam roupas em cores primárias que os fazia parecer pequenos palhaços. Obrigado, Viola, ele pensou com amargura. Não admira que zombassem dele quando era pequeno. Ele e Bertie de pé na frente de um canteiro com Tinker sentado entre os dois. Seu coração apertou um pouco. Tinha chorado quando o avô lhe contou que Tinker precisaria ser sacrificado. Pegou a foto e guardou no bolso.

Havia outra caixa, menor e enferrujada, e quando ele a abriu encontrou medalhas. Do avô, com certeza da guerra. E também uma pequena lagarta dourada. Uma lagarta? Um cartãozinho, amaciado pelo tempo — dizia "membro do Clube da Lagarta W/C E. B. Todd". Outro cartão, diferente, do "Clube do Peixinho Dourado" para "P/O E. B. Todd". O que queriam dizer todas aquelas letras misteriosas? O que eram todos aqueles clubes estranhos dos quais o vô Ted tinha sido membro? Mal conseguiu entender os dizeres inscritos no cartão do Peixinho "escapando da morte por usar seu bote salva-vidas em fevereiro de 1943".

Sunny pensou no passeio que tinham feito até Harrogate, quando Teddy estava doente por causa da bacia. Sunny não disse que tinha gostado. Tinha apreciado a ordem das lápides no cemitério. Precisara sair de perto uma hora e deixado Ted em sua cadeira de rodas porque sentira as lágrimas chegando. Todos aqueles caras mortos, era tão triste. Tinham a idade dele, fazendo coisas nobres, coisas heroicas. Eram sortudos. Tinham feito história. Isso não ia acontecer com ele. Nunca teria a chance de ser nobre e heroico.

Isso o deixou zangado. Tirou as medalhas da lata e guardou tudo no bolso, junto com a fotografia roubada.

A guerra era mesmo interessante, toda aquela coisa sobre os bombardeiros. Sunny pensou em ler um livro sobre a guerra. Talvez então ele pudesse conversar com o vô Ted sem se sentir um idiota. Seu avô também era um herói, não era? Tinha tido uma vida. Sunny queria saber o que era preciso fazer para ganhar uma daquelas.

Desceu se equilibrando sem jeito na escada do sótão e deixou cair uma caixa no chão. Viola fez um grande drama de asfixia com a poeira.

— Você sabe que sou alérgica — explodiu, irritada.

— Tem mais uma montanha de coisas lá em cima — Sunny disse.

— Ai, pelo amor de Deus — Viola reclamou com Teddy. — Você é um *acumulador*, papai!

Teddy a ignorou e perguntou a Sunny:

— Você não achou uma caixa com minhas medalhas lá em cima, achou?

— Medalhas?

— Da guerra. Não ponho os olhos nelas há anos. Estava pensando em ir a um jantar da RAF, pensei que poderia levá-las.

Sunny deu de ombros e disse:

— Vi não.

— Podemos continuar, por favor? — Viola reclamou.

— Já está tudo no caminhão — Viola disse. — Você só precisa dar uma olhada idiota antes de ele sair.

— Uma o quê? — Teddy perguntou.

— Uma olhada idiota — Viola repetiu. — Você sabe, olhar em volta, ter certeza de que não deixou nada para trás.

Só minha vida, pensou Teddy.

1951

O verme invisível

Viola demorou a surgir no palco do mundo. Teddy e Nancy estavam casados havia cinco anos sem sinal de um bebê e quase não tinham mais esperança. Pensaram em adotar. Logo estariam velhos demais, disse uma mulher sem senso de humor na agência de adoção, e os bebês andam raros no momento (como se eles fossem sazonais). Gostariam de deixar seus nomes?

— Sim — Nancy disse, mais ávida do que Teddy imaginara.

A mulher sem senso de humor, sra. Taylor-Scott, estava sentada atrás de uma escrivaninha barata do serviço público. Teddy e Nancy estavam em cadeiras desconfortáveis diante dela, sendo interrogados. ("Como alunos desagradáveis", observou Nancy.)

— Se houver "escassez" — Nancy disse —, não nos importamos se for um bebê de outra cor.

Virou-se para Teddy e perguntou:

— Não mesmo, não é?

— Não — ele respondeu, pego de surpresa.

Não haviam conversado sobre isso. Nem sequer lhe passara pela cabeça que seu bebê não seria branco. Uma vez, na guerra, ele tinha conhecido um sujeito estranho, um artilheiro de retaguarda que vinha da Jamaica, negro como carvão. Não conseguia se lembrar do nome dele, só que tinha dezenove anos e era cheio de vida, até ser cuspido da torreta de cauda, num regresso do Ruhr.

— Não me importo — Teddy disse —, se bem que meu limite seja verde.

— Acomodações? — a sra. Taylor perguntou, escrevendo alguma coisa ilegível no formulário de inscrição com sua letrinha miúda.

Já haviam deixado o Chalé dos Camundongos para trás e viviam alguns quilômetros mais para o interior do vale, numa fazenda alugada chamada Ayswick, nos arredores de um pequeno vilarejo onde havia uma escolinha, um bar, um armazém, o salão do vilarejo e uma capela metodista, mas nenhuma igreja.

— Tudo o que precisamos — Nancy disse —, embora talvez não a capela.

Meio século depois, o bar era um gastrô-bar, a escola se transformara numa olaria, o armazém era um café ("tudo feito em casa"), o salão era uma galeria de arte que também vendia as habituais quinquilharias turísticas de bolsinhas de tapeçaria, calendários, "descansos de colher" e bibelôs de ovelhas, e a capela metodista era uma casa particular. Os chalés eram, em sua maioria, casas de veraneio. Os turistas apareciam, às vezes em ônibus alugados, porque o vilarejo tinha sido usado como cenário de uma série de TV ambientada num passado nostálgico.

Teddy sabia de tudo isso porque voltara lá com Bertie em 1999, em seu "voo de despedida". Descobriram que o Chalé dos Camundongos desaparecera por completo, não sobrou nenhuma pedra, mas Ayswick ainda estava onde costumava estar, parecendo igual por fora. Era uma pousada agora, rebatizada de Bela Vista, dirigida por um casal de cinquenta e poucos anos "que fugira da selva de pedra".

Decidiram, num impulso, passar a noite lá. Teddy foi instalado no quarto que dividira antes com Nancy e pediu para ser transferido; dormiu num quartinho nos fundos que, só ao acordar na manhã seguinte, percebeu ser o antigo quarto de Viola e se perguntou como podia ter esquecido. Ali ficava seu carrinho, seu berço e, por fim, sua caminha. Seguindo as instruções de Nancy, ele prendera na parede figuras recortadas de madeira compensada — Jack, Jill, o poço e um balde. ("Não, mais para a esquerda, faça com que o balde pareça estar caindo.") Havia uma luzinha noturna perto da cama, uma casinha, a luz agradável brilhando através das janelas. Ele construíra uma estante para os livros infantis de Viola — *O vento nos salgueiros*, *O jardim secreto*, *Alice no País das Maravilhas* — e agora ali estava ele, do outro lado do espelho, olhando para um papel de parede *toile de jouey*, uma grande paisagem do vale no inverno pintada por um amador e um abajur com uma cúpula de papel branco barato. E não há como voltar, nunca mais, para o outro lado.

A casa estava muito mais quente do que quando ele vivera ali com Nancy, embora fosse uma pena ver que os painéis georgianos haviam desaparecido das paredes, vítimas da década de 1960, imaginou Teddy, e que agora o lugar estava decorado com listras e flores, tapetes em tons claros e banheiros adjacentes a todos os quartos. Ayswick fora transformada em alguma coisa irreconhecível, na Bela Vista, na verdade, e ali nada restava dele ou de seu passado. Ninguém além de Teddy jamais saberia que ele e Nancy se encolhiam na cozinha junto ao grande fogão Aga, quando o vento soprava colina acima e assobiava em todos os cômodos, competindo com Beniamino Gigli e Maria Caniglia cantando a *Tosca* em seu querido gramofone. Ninguém saberia que seu *collie* preto e branco tinha sido batizado de Moss e dormia contente num tapete de pano na frente do grande Aga enquanto Teddy rascunhava suas "Notas da natureza" num caderno e Nancy, uma semente madura prestes a explodir, tricotava coisas pequeninas e rendadas para o bebê que logo conheceriam.

Tudo morreria com ele, deu-se conta ao passar manteiga na torrada na sala do café da manhã da Bela Vista, antes uma empoeirada e inútil saleta e agora, era obrigado a admitir, bem bonita com três mesas redondas e suas toalhas brancas, um pequeno ramalhete de flores em cada uma. Foi o primeiro hóspede a descer e já tinha comido um prato de bacon, ovos e salsichas (ainda tinha um "bom apetite", na opinião de Viola, que fazia isso soar como crítica) e conversou amavelmente com a proprietária antes que surgissem outras pessoas. Não lhe contou que tinha vivido ali. Pareceria estranho, decidiu. E a conversa seguiria rumos previsíveis. Ela expressaria surpresa e diria: "Tudo deve ter mudado muito desde seu tempo", e ele diria: "Mudou sim, sem dúvida!", e nada disso revelaria o grasnar das gralhas no fim da tarde, correndo para se empoleirarem na fileira de árvores atrás da casa, ou a magnificência blakiana do pôr do sol no alto da colina.

— Ayswick — Nancy disse. — É uma sede de fazenda.

A sra. Taylor-Scott ergueu uma sobrancelha, como se desaprovasse casas de fazenda.

— Num vilarejo — Nancy acrescentou depressa. — Ou de qualquer maneira à beira dela. Todas as comodidades necessárias, e assim por diante.

Conseguiram alugar Ayswick porque o fazendeiro que a possuía tinha construído pessoalmente uma casa de alvenaria moderna com "todos os confortos modernos" e considerava a velha sede um "elefante branco"; ele estava bem contente por ter locatários dispostos a assumir seus corredores de pedra cheios de correntes de ar e janelas que chacoalhavam.

— Mas com tanta personalidade! — Nancy exclamou, encantada, quando assinaram o contrato.

Enquanto o Chalé dos Camundongos era minúsculo, a casa da fazenda era enorme, grande demais para duas pessoas. Datava de meados do século XVIII, e as pedras cinzentas e gastas das fachadas não demonstravam, mas o interior revelava certa elegância no piso de tábuas corridas de carvalho, nos painéis georgianos na sala de estar, nas cornijas baixas com festões e, o melhor de tudo, na enorme cozinha de fazenda com um velho fogão Aga cor de creme "como um grande animal tranquilizador", segundo Nancy. Ainda não tinham móveis deles, salvo o piano de Nancy, e nenhuma velhota fofoqueira para lhes emprestar seus pertences *post-mortem*, portanto ficaram gratos quando o fazendeiro e a esposa deixaram para trás sua enorme mesa de cozinha, feita para dar café da manhã a uma manada de trabalhadores agrícolas famintos.

A mulher do fazendeiro insistira no recém-criado sofá Ercol com estofamento liso em sua pequena sala de estar sobressalente.

— Lindo — Nancy disse, amável, quando a visitou.

Ela levara flores para dizer "obrigada" e sentou-se à mesa simples, de olmo, e tomou café Camp, que tinha sido fervido com leite evaporado. Tanto

Teddy quanto Nancy eram bastante exigentes com relação ao café. Usavam grãos de torrefação italiana, vindos pelo correio da Border's de York. O carteiro sempre parecia surpreso pelo aroma que escapava do pacote de papel marrom. Moíam os grãos num moedor manual que deixavam sempre preso à mesa da cozinha e passavam o café num velho coador que Teddy trouxera da França, antes da guerra.

— A nova sede não tem alma — Nancy contou a Teddy, na volta. — Nenhuma personalidade.

Sem poeira, sem rachaduras arrastando-se pelo teto ou umidade avançando pelas paredes que um dia dariam à filha duramente conquistada uma tosse seca e uma catarreira no inverno. E a nova sede se aninhava num ponto abrigado de uma colina, enquanto Ayswick dava para a extensão do vale, recebendo o peso da força bruta do vento. Podiam ficar na porta da frente e observar o mau tempo vindo em sua direção, como um inimigo que se aproximava. Aquilo vivia com eles, tinha personalidade — "o sol está tentando sair", "acho que vai chover", "a neve não vai embora".

Era sábado, e Nancy encontrou Teddy com humor pastoril ao voltar da nova sede.

> Os bosques estão agora cheios de dedaleiras. O nome em latim — dado a essa humilde flor nativa pelo botânico alemão do século XI Leonhart Fuchs — é *Digitalis*, que se traduz por "do dedo", e de fato aqui em Yorkshire elas são às vezes chamadas de "dedos de bruxa". (Talvez seja uma coincidência estranha que "Fuchs" signifique raposa em alemão.) A dedaleira tem muitos outros nomes — luvas de fada, sinos de fada, sinos de raposa, caudas de raposa —, mas a maioria de nós a conhece como dedaleira ou digital.

— Eu nunca tinha pensado na origem da palavra — Nancy disse. Estava atrás dele, descansando as mãos em seus ombros enquanto lia.

É uma flor despretensiosa e foi usada por séculos como medicamento popular para curar um sem-número de doenças antes que se descobrisse sua eficácia no tratamento de problemas cardíacos. Talvez alguns se lembrem de, durante a guerra, ter feito parte de algum Comitê de Ervas do Condado, encarregado de colher dedaleiras para a fabricação do remédio digitalina quando não podíamos importá-lo de nossa fonte habitual.

— Você aprendeu isso com minha mãe — Nancy disse.

— Aprendi sim. Ela era a diretora do Comitê de Ervas do Condado.

— Sua mãe acha que a minha é uma bruxa — Nancy continuou. — Há trezentos anos, teria feito com que a escondessem e a afogassem.

Seu próprio jardim, o jardim de Ayswick, estava cheio de dedaleiras e pouca coisa mais. Fizeram um gramado tosco pedindo duas foices emprestadas ao fazendeiro e deixaram o resto para a natureza. Parecia sem sentido criar um jardim e vê-lo engolido pela magnificência da paisagem. Teddy ficou surpreso, quando se mudaram para York, ao descobrir quanto prazer podia ser obtido de um metro quadrado de área residencial.

Nancy beijou-o no alto da cabeça e disse:

— Tenho deveres para corrigir.

Ela já não dava aulas às animadas meninas do ensino fundamental. Talvez levada pela consciência de dever ir aonde fosse "realmente necessária", dirigia todos os dias até a cidade mais próxima onde era diretora de matemática num reconhecido ensino médio técnico. Usava o nome de casada agora, deixando a "srta. Shawcross" na escola fundamental. A nova escola, cheia de alunos "menos favorecidos", não era tão ambivalente em relação a mulheres casadas. Nancy dizia que não teriam se importado se ela fosse um cavalo sem cabeça, desde que conseguisse salvar o Departamento de Matemática.

Quanto a Teddy, tinha aos poucos se tornado o editor *de facto* no *Recorder*, enquanto Bill Morrison se retirava cada vez mais para "os bastidores". Teddy empregou um rapaz recém-saído da escola para fazer os trabalhos de rua mais entediantes, mas ainda se via escrevendo a maior parte dos textos.

Nos fins de semana, como informaram à sra. Taylor-Scott, saíam para longas caminhadas pela colina e pelo vale, observando a natureza "em todas as suas diversas indumentárias", como diria Agrestis, e obtendo inspiração para as "Notas da natureza". Tinham um cachorro, Moss, um ótimo *collie* preto e branco que ia trabalhar com Teddy todos os dias. Nos fins de tarde, faziam palavras cruzadas ou liam um para o outro os classificados do *Manchester Guardian*. Tinham um aparelho de rádio e gostavam de jogar cartas e ouvir o gramofone, que fora um presente de casamento de Ursula.

— E amigos? — perguntou a mulher da agência de adoção.

— Não sobra muito tempo, na verdade — Nancy disse. — Temos nossos empregos e temos um ao outro.

— Foi como um terrível exame oral — Nancy comentou com Teddy mais tarde. — Quando eu disse que gostávamos de ouvir discos de ópera, juro que ela estremeceu. E quando eu disse que nós dois vínhamos de famílias bem grandes, podia-se vê-la cogitando se tínhamos tendências genéticas para a luxúria incontinente ou — pior — para o catolicismo. E não consegui descobrir se era melhor ter um grande círculo social ou apenas um ou dois amigos. Errei nessa, acho. Talvez não devêssemos ter mencionado Moss, ela não era amiga de cães. E o *Guardian* foi um erro, podia-se ver que ela era leitora do *Mirror*.

— Igreja? — a sra. Taylor-Scott perguntara, encarando Teddy como se tentando extrair dele um segredo cheio de culpa.

— Todo domingo, Igreja da Inglaterra — Nancy disse, animada.

Outra rápida contração da mão.

— E seu vigário escreverá uma carta de recomendação?

— É claro.

("Não fugi dessa." Não, só contou uma mentira deslavada, pensou Teddy.)

— Poderíamos nos tornar metodistas, frequentar a capela local — Nancy disse, mais tarde. — Estou certa de que Wesley seria atraente para a sra. Taylor-Scott, ele era tão atento a um comportamento exemplar.

"Deus permita que eu jamais viva para ser inútil!" Teddy citara essas palavras no funeral de Ursula e depois se arrependera porque aquilo fazia a irmã parecer horrivelmente altiva, ainda mais em 1966, quando a utilidade estava fora de moda. Ursula não tivera, sob nenhum aspecto, inclinações religiosas, a guerra as expulsara de dentro dela, mas admirava o modo como o não conformismo forjava tanto a reserva quanto o empenho.

Teddy tomara todas as providências para o funeral de Ursula e depois passara meses à espera de que ela escrevesse e lhe contasse tudo. ("Meu querido Teddy, espero que esta o encontre bem.")

— Você está bem, vovô? — Bertie perguntou, escorregando para a cadeira ao lado dele na mesa de café da manhã da Bela Vista e se inclinando para beijá-lo no rosto. — Esta excursão pelos caminhos da memória o está perturbando?

Ele lhe deu palmadinhas na mão e disse:

— De modo algum.

Nesse dia, preparavam-se para explorar alguns campos de pouso onde ele servira em sua carreira na RAF durante a guerra. Polos industriais agora, ou centros comerciais fora da cidade. Casas tinham sido construídas sobre eles e, em um, uma prisão, mas o lugar onde ele tinha ficado baseado em seu primeiro voo ainda era o lugar abandonado e melancólico de sua imaginação, com os fantasmagóricos vestígios de blocos de alojamento, o traçado da faixa de perímetro, o contorno de um buraco de bomba coberto de grama e o aspecto abatido e alquebrado da torre de controle com os caixilhos enferrujados das janelas e o concreto em ruínas.

— E isto também passará — Teddy disse a Bertie enquanto estudavam o mapa, e Bertie disse:

— Não! Vamos começar a chorar. Vamos encontrar algum lugar para tomar uma xícara de chá.

Encontraram um bar chamado Cisne Negro, onde tomaram chá com bolinhos, e foi só quando pagavam a conta que Teddy se lembrou de que aquele era o lugar que, em seu primeiro voo, costumavam chamar de "Pato Sujo" e onde a tripulação tinha feito muitas farras.

— Você acha que fomos aprovados no interrogatório da sra. Taylor-Scott? — Nancy choramingou.

— Não sei. Ela estava segurando as cartas bem perto do peito.

Mas, antes que um bebê de qualquer cor fosse encontrado, Nancy desceu um dia para o café da manhã e disse:

— Acho que um anjo me visitou.

— Como é? — estranhou Teddy.

Preparava torradas no Aga, a cabeça em Agrestis, não na anunciação. Tinha visto lebres boxeando no campo, na véspera, e tentava construir uma frase que transmitisse o prazer que sentira.

— Um anjo? — repetiu, arrancando a cabeça da *Lepus europaeus* ("as mensageiras celtas de Eostre, a deusa da Primavera").

Nancy lhe deu um sorriso de beatitude.

— Você está queimando as torradas — ela disse.

E depois:

— Bendita sou entre as mulheres. *Acho* que vou ter um bebê. Nós. Nós vamos ter um bebê, meu amor. Um novo coração batendo. Dentro de mim. Um milagre.

Nancy podia ter rejeitado o cristianismo há muito tempo, mas às vezes Teddy vislumbrava a sublime *religieuse* que a habitava.

Houve um momento, perto do fim do angustiante trabalho de parto de dois dias de Nancy, em que Teddy foi chamado de lado por um médico e alertado de que poderia precisar fazer uma escolha entre salvar Nancy e salvar o bebê.

— Nancy — ele disse sem hesitar. — Salve minha esposa.

Teddy não tinha sido preparado. Com o fim da guerra, esperava-se que ele se mudasse do vale das sombras da morte para as terras altas ensolaradas. Ele não estava pronto para a batalha.

— Eles lhe pediram para escolher — Nancy disse quando mãe e filha estavam a salvo.

(Quem teria lhe contado?, ele se perguntou.) Ela estava deitada na cama, pálida pela perda de sangue, lábios secos e crestados, o cabelo ainda escorrido de suor. Ele pensou que ela era linda, uma mártir que sobrevivera às chamas. A bebê em seus braços parecia estranhamente intocada por sua provação.

— Eu teria escolhido o bebê, você sabe disso, não sabe? — Nancy disse, beijando com ternura a testa daquela nova criatura. — Se fosse uma escolha entre salvar você e o bebê, eu seria obrigada a escolher o bebê.

— Eu sei — ele disse. — Fui egoísta. Você estaria reagindo a um imperativo materno (parecia que o paterno não se aplicava).

Anos depois, Teddy se perguntou se de alguma maneira Viola saberia que, pelo menos em teoria, ele pensara em condená-la à morte sem refletir. Quando, durante a gravidez, lhe perguntavam o que ela "desejava", se menino ou menina, Nancy sempre ria e dizia: "Vou ficar feliz se for um bebê", mas, quando Viola nasceu e souberam que aquela seria sua única filha, ela disse:

— Estou contente por ser uma menina. Um menino cresce, se casa e vai embora. Pertence a outra mulher. Mas uma menina sempre pertence à mãe.

O médico disse que não haveria outros bebês. Nancy era uma de cinco irmãos, assim como Teddy. Era estranho serem reduzidos àquela singularidade, aquela pupa gorda em seu berço-casulo. Açúcar e tempero. (Mais tempero do que açúcar, percebeu-se.) Já haviam falado sobre nomes, Viola para uma menina. Nancy, ao pensar em suas quatro irmãs, imaginava filhas, acrescentando uma Rosalinda, uma Helena e talvez uma Pórcia ou uma Miranda. Garotas habilidosas.

— Sem tragédias — ela dizia. — Nada de Ofélias ou Julietas.

E um filho, ela pensava, para Teddy, e eles o chamariam de Hugh. O menino que nunca seria.

Shakespeare parecera uma escolha óbvia para um nome. Estavam em 1952 e ainda consideravam o que significava serem ingleses. Para ajudá-los havia uma nova e jovem rainha em ascensão. Em seu adorado gramofone, ouviam Kathleen Ferrier interpretar canções folclóricas britânicas. Tinham viajado para vê-la cantar com a orquestra Hallé na reabertura do Free Trade Hall, em Manchester. O teatro fora bombardeado em 1940, e Nancy disse que 1940 parecia tão distante.

— Que patriotas bobos nós somos — ela comentou, enxugando uma lágrima, enquanto a plateia batia os pés e manifestava sua aprovação de Elgar e a *Terra de esperança e glória*. Quando, no ano seguinte, Kathleen Ferrier morreu, jovem demais, Bill Morrison disse "grande moça", reclamando-a para o Norte, embora ela fosse do outro lado dos Apeninos, e escreveu seu obituário para o *Recorder*.

Nancy se apaixonou por Viola assim que a viu. Um *coup de foudre** mais intenso e avassalador do que qualquer forma de amor romântico. Mãe e filha eram todo um mundo uma para a outra, completo e incontestável. Teddy sabia que nunca poderia ser tão consumido por outra pessoa. Amava a mulher e a filha. Talvez fosse mais uma profunda afeição do que uma magnífica obsessão, mas de qualquer maneira ele não tinha dúvida de que, se preciso fosse, sacrificaria a própria vida por elas num piscar de olhos. E sabia também que já não ansiaria por algo mais, por algo maior, pelas faixas quentes de cor ou pela intensidade da guerra ou do romance. Tudo aquilo ficara para trás, ele tinha agora outro tipo de dever, não para consigo mesmo, não para com seu país, mas para com aquele pequeno grupo que era uma família.

Seria apenas amor da parte de Nancy? Ou algo mais febril? Sua experiência compartilhada de estarem no lugar que fica entre a vida e a morte, talvez. Sua própria experiência de maternidade se baseava em Sylvie, é claro. Sabia que ela o tinha amado imensamente quando era pequeno (a vida toda, era provável), mas ela nunca investira nele sua felicidade. (Investira?) É claro que ele nunca compreendera a mãe, duvidava que alguém a tivesse compreendido, com certeza não seu pai.

Nancy, a ateia despreocupada, decidiu que Viola seria batizada.

— Acho que o nome disso é hipocrisia — Sylvie disse a Teddy, longe dos ouvidos de Nancy (que era onde acontecia a maioria de suas conversas com ele).

* Amor à primeira vista.

— Bem, então acho que vocês duas são hipócritas — Teddy retrucou. — Você ainda vai à igreja, mas sei que não acredita.

— Que bom marido você é — Nancy disse depois —, sempre tomando o partido da esposa, e não o da mãe.

— É do lado da razão que estou — Teddy afirmou —, acontece que é onde você sempre pode ser encontrada, e minha mãe poucas vezes.

— Não estou correndo riscos — Nancy explicou a Sylvie no batizado. — Estou ampliando as apostas, à maneira de Pascal.

Sylvie não se deixava abrandar por referências a matemáticos filósofos franceses. Se pelo menos Teddy fosse casado com alguém menos preparada, pensou.

Foram para "casa" a fim de batizar Viola.

— Por que ainda a chamamos assim quando temos nossa própria casa perfeitamente adequada? — Nancy refletiu.

— Não sei — Teddy disse, embora em seu coração soubesse que a Toca da Raposa sempre seria seu lar.

As madrinhas — tias Bea e Ursula — comprometeram-se a rejeitar o diabo e qualquer rebelião contra Deus, e depois festejaram na Casa das Gralhas com xerez e um bolo Dundee, e Sylvie, desnecessário dizer, muito perturbada por não estarem na casa vizinha, a Toca da Raposa.

Teddy deu a Nancy um anel, um pequeno solitário de brilhante, para marcar a entrada de Viola no mundo, sã e salva.

— O anel de noivado que nunca dei — disse.

Viola cresceu, a pupa engordara mas ainda não se transformara em borboleta. Nancy voltou ao trabalho quando Viola entrou na escola fundamental do vilarejo, assumindo um emprego de meio expediente num caro internato particular da Igreja da Inglaterra perto de casa, para meninas que não tinham passado nos exames para o ensino médio, mas cujos pais não suportariam a humilhação social de um curso técnico.

O fazendeiro se oferecera para lhes vender Ayswick, e eles fizeram um empréstimo para comprar a antiga sede da fazenda. Parecia que a vida continuaria do mesmo jeito para sempre, Teddy não era ambicioso, e Nancy parecia contente, até que um dia, no verão de 1960, quando Viola estava com oito anos, ela decidiu que queria sublevá-los.

Para ela, viver no campo era muito bom, mas logo Viola precisaria de mais, uma boa escola que não ficasse a uma hora de distância de ônibus, amigos, vida social, e era difícil encontrar aquilo "no meio do nada". E a sede da fazenda era grande demais, impossível mantê-la limpa, custava uma fortuna aquecê-la, o encanamento era da Idade das Trevas. E por aí afora.

— Não acredito que tivessem encanamento na Idade das Trevas — Teddy disse. — Achei que você a adorasse porque tinha "personalidade".

— Pode-se ter personalidade demais.

Aquela emboscada fora uma completa surpresa. Estavam sentados na cama, na ocasião, os dois lendo seus livros da biblioteca, uma conclusão tranquila para o que tinha sido, pelo menos para Teddy, um dia um tanto maçante, fazendo a cobertura de uma feira agrícola local para o *Recorder*. Havia apenas várias ovelhas bem tratadas e prateleiras de vegetais, algo pelo qual não era possível um homem se interessar. E, para seu desespero, ele tinha sido designado para julgar as esponjas Victoria na barraca do Instituto Feminino (sentindo-se mais como um juiz novato num concurso de beleza). "Leve como uma pluma", foi o que declarou sobre o vencedor, grato por poder cair no clichê.

Eram férias escolares, e Nancy queria ir a um oftalmologista fazer um *check-up*. Como o tempo estava muito bom, Teddy disse que levaria Viola com ele para a exposição agrícola. Viola, é claro, não gostava dos animais da fazenda. Ficava nervosa perto de vacas e porcos, até ovelhas a deixavam ansiosa, e ela gritava se um ganso se aproximasse um pouco mais (um incidente infeliz quando ela era menor).

— Mas haverá outras coisas — Teddy disse, esperançoso. E houve de fato uma mostra de flores que Viola disse ser "bonita", embora, apesar dos avisos de Teddy, enfiar o nariz em vaso após vaso de ervilhas-de-cheiro lhe tivesse provocado alergia. O julgamento dos cães pastores, entretanto, foi "chato" (Teddy foi obrigado a concordar), mas o tiro ao alvo dos Jovens Fazendeiros foi um sucesso, e ela gastou um monte de dinheiro para pouco retorno, atirando a esmo e sem mira. Depois de algum tempo, Teddy precisou intervir e arremessar algumas bolas para ganhar um peixinho dourado para que ela não saísse de mãos vazias. Houve também uma exposição de pôneis à qual, apesar de uma declarada aversão a cavalos, ela gostou de assistir, aplaudindo com entusiasmo sempre que um deles conseguia saltar sobre os pequenos obstáculos.

Na barraca do IF, Viola foi tratada como um bichinho de estimação — todas as mulheres do Instituto Feminino conheciam bem Teddy — e lhe deram bolo demais. Teddy também ganhou bolo demais. Viola era como Bobby, seu labrador amarelo — continuava comendo até que alguém lhe dissesse para parar. Assim como Bobby, era um pouco gorducha. "Gordura de filhote", Nancy dizia. Para Viola talvez, mas não para Bobby, fazia tempo que ele passara do estágio de filhote. Moss, seu ótimo *collie*, morrera não muito depois de Viola ter nascido, e o plácido Bobby tinha sido escolhido para ser o companheiro fiel e paciente da infância de Viola.

No fim da tarde, Viola estava mal-humorada, com calor e cansaço. Isso, somado ao bolo e às copiosas quantidades de suco de laranja que bebera, criou uma combinação letal, e Teddy precisou parar o carro duas vezes na volta para casa, a fim de que Viola pudesse vomitar na grama do acostamento.

— Coitadinha de você — disse, tentando abraçá-la, mas ela se contorcia e não deixava.

Teddy esperava ter com a filha um relacionamento semelhante ao que o major Shawcross tivera com as dele, ou talvez um pouco mais contido, como o que Pamela e Ursula haviam desfrutado com Hugh, mas Viola não tinha espaço para ele em seu coração, Nancy o ocupara inteiro. Depois que a perderam, Nancy ocupava ainda mais espaço no coração de Viola. Sua filha foi consumida pelo ressentimento para com um universo que lhe tirara a mãe e a deixara com o pobre substituto que era o pai.

Viola dormiu o resto do caminho para casa, deixando para Teddy a preocupação com o peixinho dourado (que Viola já batizara de Goldie) no calor sufocante de sua prisão de plástico.

* * *

— Quero um pônei — Viola pediu a Nancy quando chegaram em casa.

E quando Teddy, bastante razoável, argumentou: "Mas você não gosta de cavalos", Viola começou a chorar e gritou com ele que pôneis não eram cavalos. Ele não discutiu.

— Ela está cansada demais — Nancy disse quando Viola se atirou no sofá num ataque de soluços, um tanto histriônico. — Onde foi parar o famoso estoicismo Todd? — murmurou.

"Sensível", era como ela descrevia a filha melindrada. "Excesso de condescendência", teria dito Sylvie.

Teddy salvou o peixinho de ser esmagado pela gordura de filhote de Viola.

— Está tudo bem, querida — Nancy disse a Viola. — Vamos lá, vamos lhe dar um pedacinho de chocolate, isso vai animá-la, não vai?

Assim foi.

Teddy levou o peixinho para a cozinha e libertou-o do saco, vendo-o deslizar para uma bacia com água da torneira.

— Não é uma vida grandiosa, hein, Goldie? — perguntou.

Teddy foi dos primeiros membros do Clube dos Peixinhos Dourados, embora raramente pensasse nisso. Havia um pequeno crachá de pano em algum lugar, um peixe com asas, resultado de ter uma vez pousado nas águas do mar do Norte. Aconteceu durante seu primeiro voo e às vezes ele se perguntava se não poderia ter feito um trabalho melhor, voado aqueles últimos poucos quilômetros para aterrissar em vez de bater a barriga de seu Halifax no mar. Tinha sido horrível. *Bem, então boa sorte a todos.*

Fez uma anotação mental para ir a uma loja de animais no dia seguinte e comprar um aquário para Goldie, a fim de que o peixe pudesse passar o resto da vida nadando em círculos em solitário confinamento. Poderia, imaginou, comprar um companheiro para ele, mas isso seria apenas duplicar a tristeza.

Deitado na cama naquela noite, Teddy sentia que estava pagando o preço por todo aquele bolo da barraca do IF... desconfortavelmente preso em algum lugar abaixo de suas costelas.

— Coitado! — reconheceu Nancy. — Devo pegar um pouco de leite de magnésia?

Ele percebeu que ela usava o mesmo tom de voz que empregara para acabar com a atitude de Viola em relação à dor e ao sofrimento (*um pedacinho de chocolate*). Recusou a oferta e voltou para seu livro. Estava lendo *Uma leoa chamada Elsa*, Nancy lia *O sino*, de Iris Murdoch. Perguntou-se se os livros diriam algo a respeito deles.

Mas não conseguia se concentrar e fechou o livro com um pouco mais de força do que pretendia.

— Então você quer que nos mudemos? — indagou, intrigado.

— É, acho que quero.

Quando Viola nasceu, Teddy e Nancy falaram com entusiasmo sobre a saudável infância robusta que pretendiam lhe dar — imaginando-a trepando em árvores e pulando valas, perambulando pelo campo tendo apenas um cão como companhia. ("Um pouco de negligência nunca fez mal", Nancy disse. "Você há de concordar que nos fez bem, quando éramos crianças.") Ela ficava bem contente presa em casa o dia inteiro, lendo um livro ou ouvindo o pequeno toca-discos Dansette que tinham lhe dado (Cliff Richard, os Irmãos Everly), com Bobby deitado preguiçosamente no tapete a seus pés. Tanto o cão quanto a criança tinham concordado havia muito em não passear ou pular. Talvez Nancy estivesse certa. Viola ficaria muito melhor em áreas residenciais.

E, de qualquer maneira, talvez uma mudança fosse melhor para todos, dizia Nancy. Teddy não sentia necessidade alguma de mudança, estava muito contente por viver "no meio do nada" e achava que Nancy também.

— *Melhor* para nós? De que maneira?

— Mais estimulante. Mais coisas a *fazer*. Cafés, teatros, cinemas, lojas. Gente. Não podemos todos ficar felizes farejando a primeira prímula da primavera ou ouvindo o canto das cotovias.

(Ela não estava contente? *A esposa descontente*, como uma comédia da Restauração,* pensou Teddy. Das bem ruinzinhas. Impossível, para ele, não pensar na mãe.)

— Você costumava ficar contente "farejando prímulas", como você coloca — disse.

Até gostava da expressão, mais poética do que a intenção de Nancy, e guardou-a para Agrestis. À medida que se passaram os anos, seu alter ego assumira forma e personalidade em sua mente — um camponês durão, boné na cabeça, cachimbo na mão, um homem com os pés no chão, mas ainda assim atento aos caprichos da Mãe Natureza. Teddy se sentia, às vezes, imperfeito diante daquele duplo vigoroso.

Houve um tempo em que a descoberta de um ninho de passarinho ou, na verdade, da primeira prímula teria encantado sua esposa descontente.

— Mas nenhum de nós é a mesma pessoa que já foi — ela disse.

— Eu sou — Teddy retrucou.

— Não, não é.

— Estamos discutindo?

— Não — Nancy respondeu, rindo. — Mas você está com mais de quarenta agora, arrastando-se por aí…

— Me arrastando?

— Não é uma ofensa. Só estou dizendo que talvez precisemos nos sacudir um pouco. Você não quer que a vida passe em branco, quer?

— Achei que isso fosse por causa de Viola, não por nós.

— Não estou sugerindo que emigremos para o outro lado do mundo — explicou Nancy. — Só até York.

— York?

Nancy pulou da cama, dizendo:

— Vou buscar o leite de magnésia para você, afinal. Todo aquele bolo deixou você de mau humor. Isso vai ensiná-lo a não fazer tanto charme para todas aquelas mulheres do IF.

* Comédias refinadas e burlescas, escritas e encenadas na Inglaterra durante o período da Restauração (1660-1710), também conhecidas como comédias de costumes.

Quando passou por seu lado da cama, ela despenteou o cabelo dele com carinho, como se ele fosse um menino, e continuou:

— Só estou dizendo que podemos *pensar* nisso, não que vamos necessariamente *fazer* isso.

Ele arrumou o cabelo e olhou fixo para o teto. Se arrastando, pensou. Nancy voltou do banheiro, sacudindo o conteúdo da garrafinha azul. Por um instante ele receou que ela fosse lhe dar uma colher do leite de magnésia, mas ela lhe entregou o vidro, dizendo:

— Aqui está, isto deve resolver.

Ela voltou para a cama e para seu livro, como se o assunto da mudança de vida tivesse sido satisfatoriamente discutido e decidido.

Ele tomou uma golada do remédio branco e espesso e apagou seu abajur. Como era frequente, o sono fugiu e seus pensamentos se voltaram para Agrestis, que trabalhava numa coluna sobre ratazanas de água.

> Embora da ordem *Rodentia*, este encantador amiguinho (*Arvicola terrestris*) é muitas vezes erroneamente chamado de rato aquático. O adorado personagem Ratty, de *O vento nos salgueiros*, é na verdade uma ratazana de água. Uma criatura de vida curta na natureza, tem um mero punhado de meses para cumprir seu tempo na terra, embora tenha provado viver muito mais em cativeiro. Há cerca de oito milhões de ratazanas de água vivendo — como o Ratty de Grahame, em tocas nas margens de rios, bem como de valas e córregos e outros cursos d'água...

Pouco antes de se mudar de Fanning Court para o Lar de Cuidados para Idosos Colina dos Álamos, quando ainda estava bem, com mais de noventa (uma "vida em cativeiro" que claramente prolongou sua existência), Teddy leu um artigo no *Telegraph* (àquela altura ele se valia da ajuda de uma lupa para ver o que estava impresso). O artigo afirmava que não chegava a haver um quarto de milhão de ratazanas de água vivas na Grã-Bretanha. Ficou zangado por conta delas e levantou o assunto, com bastante energia, no café da manhã semanal, para algum estranhamento dos residentes.

— Visons criados em viveiros — ele explicou — fogem para a natureza e acabam com as ratazanas. Eles as *comem*.

Uma ou duas residentes anciãs no saguão comunitário se agarravam inflexíveis a seus casacos de vison, embalados com naftalina nos frágeis armários de melamina de Fanning Court, e não se mostravam inclinadas a simpatizar com a inocente ratazana de água.

— E é claro — continuou Teddy —, destruímos seu habitat, coisa em que os humanos são muito bons.

E assim por diante. Se estivessem prestando atenção, e muitos faziam questão de não estar, não haveria nada que os residentes de Fanning Court não tivessem aprendido a respeito da ratazana de água (ou, na verdade, sobre o polêmico assunto do aquecimento global) ao fim de sua palestra.

A cruzada de Teddy em prol de um pequeno mamífero negligenciado não combinou com o Nescafé e os biscoitos de chocolate. (Nem seus sentimentos em relação ao humilde ouriço ou à lebre marrom e "quando foi que vocês ouviram um cuco pela última vez?".)

— Abraçador de árvores — resmungou um dos residentes, um advogado aposentado.

— Convenhamos, papai — Viola disse —, você não pode ficar *arengando*.

Ao que parecia, a Inspetora Gorda, Ann Schofield, pedira a Viola para "ter uma conversinha" com Teddy em relação a seu comportamento "beligerante".

— Mas nós perdemos quase noventa por cento da população de ratazanas de água em trinta anos — reclamou com Viola. — É suficiente para que alguém se sinta beligerante. Embora imagino que não chegue nem perto do quanto as ratazanas de água devem se sentir irritadas.

("Você não sabe o que tem até que tenha ido", Bertie disse. "Como diz a música." Teddy não conhecia a música, mas compreendeu o sentimento.)

— Não seja bobo — Viola disse. — E acho que você está meio velho para abraçar *causas*.

A vida selvagem corria riscos no rígido universo darwiniano da filha.

— Toda essa obsessão com a ecologia não está lhe fazendo nenhum bem — ela insistiu. — Você está velho demais para ficar tão exaltado.

Teddy pensou: Ecologia?

— Natureza — ele retrucou. — Costumávamos chamar de Natureza.

Por ocasião dessa "visita de médico" a Fanning Court, Viola já fazia campanha a favor da mudança de Teddy para um asilo — trouxera com ela um punhado de folhetos. Ele levara um tombo dias antes, nada sério, suas pernas falharam e ele perdeu o equilíbrio.

— Fiquei entalado na minha maldita bunda — ele disse a Ann Schofield quando ela chegou (sim, ele estava perto de um dos cordões vermelhos, e, sim, ele o tinha puxado).

— Olha a boca, por favor! — ela censurou, como se ele fosse uma criança delinquente. Isso porque na véspera, achando que estava sozinha na lavanderia, ele a ouvira se dirigir a uma porta teimosa de uma máquina de lavar com as palavras: "Por que você não se comporta direito, sua bostinha de merda?", um xingamento de certa forma tornado ainda mais desconexo por seu sotaque de Birmingham.

Ele conseguiu, com uma ajuda mínima da Inspetora Gorda ("É contra os regulamentos de Saúde e Segurança, tenho que chamar os paramédicos"), se colocar sobre os próprios joelhos e daí até o sofá, e estava perfeitamente bem a não ser por algumas contusões, mas aquilo foi a "prova definitiva" para Viola de que ele não conseguia ter uma "vida independente".

Ela o atormentara para deixar sua casa e ir para Fanning Court, e agora tentava arrancá-lo dali e levá-lo para um lugar chamado Colina dos Álamos. Ele imaginava que ela não ficaria satisfeita enquanto não o azucrinasse até o caixão.

Ela abriu um leque com os folhetos de asilos, o da Colina dos Álamos propositadamente deixado no alto da pilha, e disse:

— Pelo menos dê uma olhada.

Ele passou os olhos — fotografias de gente feliz e sorridente, cabeças cheias de cabelos grisalhos e, como ele comentou, nem sombra de merda e mijo e demência.

— Sua linguagem anda terrível nos últimos tempos — Viola disse, puritana. — O que está acontecendo com você?

— Logo estarei morto — ele respondeu. — Isso está me tornando rebelde.

— Não seja bobo.

Ele percebeu que ela estava muito elegante.

— Estou indo a algum lugar.

— Algum lugar?

Ela sempre detestara *explicar*, era parte de seu temperamento fechado.

Uma vez, quando ela era adolescente, ele passou por ela na rua. Ela estava com amigos da escola e passou direto, sem olhar para ele. Um filho chamado Hugh nunca teria feito uma coisa dessas.

— Algum lugar? — repetiu, tentando provocar uma resposta.

— Estão fazendo um filme de um de meus romances. Tenho um encontro com os produtores.

O modo apático mas proposital com que ela disse as palavras *filme* e *produtores* fez com que soassem como se ela estivesse indiferente, quando obviamente não estava. Tinha havido um filme de seu segundo romance, *Os filhos de Adão*. Um tipo inferior de filme — britânico. Viola lhe dera um DVD. Não que o livro fosse grande coisa, para começar. Não que ele jamais tivesse dito isso a ela. Tinha achado "muito bom", foi o que disse.

— Só muito bom? — ela reclamou, com uma careta.

Ai, Deus, ele pensou, não era o bastante? Ele teria ficado mais do que satisfeito com um "muito bom", se tivesse terminado sua tentativa de romance. Como se chamava? Alguma coisa a respeito de dormir e respirar em paz, era uma frase de Keats, até aí se lembrava, mas de que poema? Podia sentir as nuvens se avolumando em seu cérebro. Talvez Viola tivesse razão, talvez fosse hora de desistir, de assinar o ponto na sala de espera de Deus.

Seu primeiro romance, *Pardais ao alvorecer* (que título medonho!), tinha sido sobre uma menina "esperta" (ou irritantemente arrogante) criada pelo pai. Ficava claro que era autobiográfico, algum tipo de mensagem de Viola para ele. A garota era injustiçada o tempo todo, e o pai, um tirano imbecil. Não era o que Sylvie teria chamado de Arte.

— Qual deles? — perguntou, juntando os pensamentos, empurrando as nuvens para fora. — De que romance estão fazendo um filme?

— *O fim do crepúsculo.*

E então, impaciente, quando o viu olhando para ela sem expressão:

— É aquele sobre a mãe que precisa dar seu bebê.

("O que ela gostaria de ter feito", Bertie disse.)

Ela exagerou o gesto de ver as horas no pesado relógio de ouro em seu pulso. ("Rolex. Na verdade, um investimento.") Ele não sabia bem se aquele gesto de ostentação tinha sido feito para lembrá-lo da vida ocupada que ela levava ou do sucesso que fazia. As duas coisas, supôs. Ela era uma visão mais delgada dela mesma naqueles dias, de dieta e penteada, o cabelo com dez diferentes tons de louro que Teddy nunca tinha visto. Nada de hena, nada de roupas frouxas, todos os veludos e lantejoulas aos quais ela se agarrou até a meia-idade tinham desaparecido, e agora, sempre que ele a via, ela estava com roupas sob medida e cores neutras. "*Os filhos de Adão* mudaram minha vida", ele leu num exemplar da *Woman's Weekly* deixado no saguão comunitário que ele tinha folheado a esmo, em busca de receitas prometidas na capa para "Ceias baratas e fáceis". "A premiada autora Viola Romaine fala de seu romance, um sucesso de vendas. 'Nunca é tarde demais para ir em busca de seu sonho', ela nos diz nesta entrevista exclusiva." E por aí afora.

— Preciso ir — ela disse, levantando-se de repente, balançando a bolsa pela corrente pesada. — Você precisa começar a pensar na ideia de um asilo, papai. "Lar de cuidados", é como chamam agora. Dinheiro não é problema. Vou ajudar, é claro. Este aqui (ela bateu na brochura da Colina dos Álamos com uma unha pintada de cor-de-rosa) parece ser excelente. Pense nisso. Pense para onde gostaria de ir.

Ele pensou na Toca da Raposa. Era para onde gostaria de ir.

Teddy não lutou contra o súbito desejo de mudança de Nancy e, quando surgiu o emprego no *Yorkshire Evening Press*, candidatou-se. Poucas semanas depois, mudaram-se para York. (Foi rápido, como uma incisão.) Nancy encontrou com facilidade um cargo de meio expediente no Departamento de Matemática em Mount, uma escola quaker, e voltou à tranquilidade de ensinar a meninas inteligentes e bem-comportadas. Viola começou a cursar o ensino médio. Nancy gostava da Sociedade de Amigos, disse, era o mais próximo que o cristianismo podia chegar do agnosticismo.

Teddy conhecia York da guerra. Naquela ocasião, a cidade era um misterioso labirinto de ruas e passagens escuras e estreitas. Tinha sido um lugar para ir beber e dançar, festejar no Bettys Bar ou trocar de garotas nos quartos do De Grey, local de beijos desajeitados com garotas voluntárias no tenebroso blecaute. À luz da paz, York era uma cidade menos velada, sua história à mostra por toda parte. Ele gostava mais dela às claras, embora continuasse a ser um lugar de segredos, como se sempre que uma camada fosse desenterrada houvesse outra à espera de ser descoberta. A própria vida parecia insignificante no cenário de tanta história. Era um estranho conforto pensar em quanta coisa havia acontecido, quanta coisa havia sido esquecida. Era a ordem natural.

A casa que compraram, uma sólida construção geminada num bairro residencial, não era do tipo em que Teddy jamais imaginara viver. Ao contrário do Chalé dos Camundongos e de Ayswick, não tinha nome, era só um número, o que se adequava a seu insípido anonimato. Absolutamente nenhuma "personalidade". A nova Nancy, aquela que não queria farejar prímulas, gostou dela — "sensata e prática", ela disse. Instalaram aquecimento central, acarpetaram e modernizaram tanto a cozinha quanto o banheiro. Não havia nenhuma virtude estética aos olhos de Teddy. Sylvie teria ficado horrorizada, mas ela já estava morta havia dois anos àquela altura, derrubada por um colapso quando podava suas rosas. Sempre usavam o pronome possessivo, as rosas não pertenciam a ninguém exceto à mãe deles. Agora nem sequer existiam — foram "desenterradas", segundo Pamela, pelos novos proprietários da Toca da Raposa.

— O truque, imagino — Ursula disse —, é não se importar.

Mas ele se importava. E ela também.

Meses a fio depois que se mudaram para York, Teddy acordava pela manhã e sentia uma pontada de tristeza quando ouvia um minguado coro de pássaros que saudava o amanhecer urbano competindo com o ruído distante de trânsito vindo de algum lugar, da A64, acreditava. Sentia falta de ter um mundo verde e agreste a sua porta — não havia coelhos, faisões ou texugos em York, só pavões nos jardins do Museu. Não viu uma raposa até que as sarnentas espécies urbanas começassem a pilhar as latas de lixo nos fundos de Fanning Court. Teddy contrabandeava sobras de comida para elas, caridade secreta que fazia Ann Schofield cambalear de horror. Eram uma praga, segundo ela. ("Ela é a praga", Bertie disse. Às vezes, ele achava que Bertie lembrava Sylvie, no que ela tinha de melhor, pelo menos.)

A casa nova tinha um generoso jardim nos fundos, e ele comprou um livro de jardinagem do *Reader's Digest*. Um jardim, até onde Teddy podia ver, era a natureza domada e restringida por meio de artifícios. Suas asas tinham sido cortadas, como Tweetie, o periquito azul que Viola insistira em ganhar de aniversário.

— Um tordo numa gaiola — Teddy murmurou quando Nancy voltou da loja de animais com o pássaro.

— Eu sei, eu sei — ela disse —, isso enraivece todo o paraíso, mas periquitos são *criados* para o cativeiro. É uma pena, mas eles não conhecem outra vida.

— Deve ser um grande consolo para eles — Teddy disse.

O outro pequeno prisioneiro, o desafortunado Goldie, não sobreviveu à mudança. Na litania de injustiças de Blake nada havia sobre "um peixe dourado numa tigela", mas ele com certeza não aprovaria. Viola ficou perturbada ao ver o pálido cadáver flutuante, e Teddy desencavou seu velho crachá do Clube do Peixinho Dourado e lhe deu.

— Imagine-o com asas — aconselhou — subindo aos céus.

Tweetie provou ser um pássaro mal batizado, nunca emitiu um único trinado em toda sua curta vida, grande parte da qual passou bicando desatento seu osso de peixe ou alternando os pés em seu poleiro de madeira. Talvez fosse melhor, pensou Teddy, num momento fugaz de identificação com a rabugenta criatura, ser Ícaro e aceitar a queda.

— Viajar? De novo? — ele perguntou, fazendo um esforço para parecer sereno.

— É, de novo — ela respondeu, tranquila. — Tudo bem para você, não é?

— Tudo, claro — disse. — Só que... — hesitou, sem saber como expressar suas dúvidas.

Aquela seria a terceira vez que Nancy estaria fora em três meses, cada vez para visitar uma das irmãs. Na primeira, tinha ido a Dorset ajudar Gertie a se mudar, pouco depois houve uma viagem aos Lagos com Millie (o chalé de Wordsworth e tudo mais). Millie vinha levando uma vida bastante agitada em Brighton e, no momento, estava "entre maridos".

— Ela com certeza precisa de um ombro amigo — Nancy afirmou.

Nancy dizia ser "uma criatura caseira", nem sequer interessada em se deslocar para as férias anuais à beira-mar. Todo verão, os três, "o triunvirato familiar" como dizia Nancy — dando a Viola poder igual ao dos pais, embora Teddy percebesse que não eram bem um triunvirato, e sim uma pequena tirana e seus dois dedicados atendentes —, tiravam férias bem-comportadas na costa leste — Bridlington, Scarborough, Filey. Para o bem de Viola, mais do que para eles. "Balde e pá", dizia Nancy, era tudo o que uma criança pequena precisava, e insistia heroicamente nessa crença enquanto o triunvirato, tremendo, se protegia do vento em abrigos alugados ou se refugiava em úmidas e abafadas casas de chá depois de comer os sanduíches de salsicha que a dona da pensão embalava para eles todas as manhãs.

Aquilo era mais um teste de resistência do que férias. "Já podemos ir para casa?" era o refrão constante de Viola, ao qual Teddy fazia eco em silêncio. Ficavam em pensões das quais seu cão era exilado, e era nessas ocasiões que a inegável condição de filha única de Viola ficava mais evidente. Ela não era muito boa em brincar sozinha e menos ainda com os outros.

O litoral fustigado pelo vento de Yorkshire não era a ideia que Teddy fazia de férias. O mar do Norte era o túmulo de inúmeros mortos incorpóreos em Runnymede, o fundo do mar estava repleto de ricos e estranhos. Ele passara duas das piores noites da guerra flutuando impotente em suas ondas inclementes. (*Bem, boa sorte para vocês.*) Quando Viola estivesse um pouco mais velha, dizia Nancy, iriam mais longe — País de Gales, Cornualha.

— Europa — Teddy dizia.

Os blocos sólidos de cor. As faixas quentes de sol.

Mas agora Nancy propunha uma visita a Bea em Londres. ("Só por algumas noites, ver um espetáculo, talvez uma exposição.") Era tarde, quase hora de dormir, e ela ainda corrigia deveres de casa. Teddy podia ver colunas de frações que não faziam sentido para ele. "Mostre-me as contas", Nancy escreveu em tinta vermelha, e depois fez uma pausa e olhou para ele. Sua expressão era sempre tão sincera e inocente, convidava à confissão, prometia absolvição. Ele acreditava que seus alunos a adoravam.

— Bem, de qualquer maneira — ela falou —, acho que parto para Londres na tarde de quarta e volto na sexta. Viola estará no colégio, enquanto você trabalha, e depois da aula pode ir para a casa de sua amiga Sheila e esperar que você vá buscá-la.

(Como era detalhado aquele esquema, Teddy pensou. Não seria mais fácil para todos se ela simplesmente visitasse Bea no fim de semana?)

— Você não se *importa* de cuidar de tudo, não é? E Viola vai adorar passar algum tempo sozinha com você.

— Vai? — perguntou Teddy, um pouco triste.

Viola, agora com quase nove anos, ainda idolatrava a mãe, enquanto Teddy parecia ser apenas um inevitável acessório paterno.

— Não vou se você não quiser que eu vá — Nancy disse.

Que conversa mais educada era aquela, pensou Teddy. E se ele dissesse "Não, não vá", o que ela teria dito? Em vez disso, respondeu:

— Não seja boba, por que eu iria querer que você não fosse? É claro que você vai, não há razão para não ir. E posso falar com você na casa da Bea se houver algum problema.

— Tenho certeza de que não vai precisar — retrucou Nancy, e acrescentou, tranquila: — E nós passaremos muito tempo na rua, espero.

Quando Nancy esteve nos Lagos, não havia telefone no chalé alugado por Millie. Quando ela foi ajudar Gertie com a mudança, o novo telefone ainda não tinha sido instalado.

— Se houver uma emergência extraordinária — Nancy disse, alegre — ou se acontecer um acidente pavoroso (era desafiar o destino mencionar essas coisas num tom tão leviano, pensou Teddy), você pode mandar divulgar um desses anúncios que a gente ouve no rádio, sabe — *a polícia está tentando entrar em contato com — fulano —, que deve estar na região de Westmorland. Por favor comunique-se*, e assim por diante.

Quarenta anos depois, quando ele vivia em Fanning Court, Viola lhe deu um telefone celular e disse:

— Pronto, agora você nunca mais ficará incomunicável. Se tiver outro acidente (ela falava da bacia quebrada, nunca o deixava se esquecer daquele percalço como se aquilo tivesse exposto uma grande falha de seu caráter), ou se perder ou coisa parecida.

— Me perder?

Ele nunca aprendeu a usar o celular. Os botões eram pequenos demais, as instruções complicadas demais.

— Cachorro velho, truques novos... — ele disse a Bertie. — E, de qualquer maneira, por que eu iria querer estar "acessível" o tempo todo?

— Não há lugar algum onde alguém possa se esconder hoje em dia — ela respondeu.

— Na imaginação — ele sugeriu.

— Mesmo aí — Bertie insistiu, séria — ninguém está seguro.

— Muito bem — Nancy disse. — Então vou na quarta. Está resolvido.

Ela começou a empilhar os cadernos, com capricho.

— Tudo pronto. Por que você não esquenta o leite para um chocolate? — deu-lhe um sorriso maroto e continuou: — Está tudo bem? Não precisamos nos preocupar com chocolate, se você não quiser.

— Não — Teddy respondeu —, está tudo bem. Vou fazer.

Mostre-me suas contas, Nancy, ele pensou.

Quando Nancy estava incomunicável em Dorset, ajudando Gertie com a mudança, Teddy ficou surpreso quando o telefone tocou e era a própria Gertie. Mulher não dada a preâmbulos, ela perguntou:

— Sabe aquele grande aparador de carvalho de minha sala de jantar, o Arts & Crafts que antes ficava na sala de jantar na Casa das Gralhas?

— Aquele com dobradiças de cobre e azulejos De Morgan? — Teddy respondeu. Claro que sabia.

— Esse mesmo. Não há lugar para ele nesta casa nova. Não há lugar para quase nada — acrescentou, alegre, e Teddy se lembrou do quanto gostava de Gertie e por quê. — De qualquer maneira, sei que você sempre o admirou e achei que poderia querer ficar com ele. Posso enfiá-lo numa caminhonete, uma dessas que fazem transportes pequenos, não deve custar muito caro. Se não, receio que terá de ser vendido.

— É muito gentil de sua parte. Eu adoraria, mas — ele acrescentou, em dúvida —, não tenho certeza se há lugar para ele.

Ele pensou com tristeza em Ayswick e em como o aparador ficaria bonito na grande cozinha da sede da fazenda, mas ali, com as insípidas e banais paredes da casa conjugada de York, com certeza pareceria fora de lugar. Surpreendeu-se com uma repentina pontada de desejo, era uma peça de mobília da casa dos Shawcross da qual se lembrava bem. Direto do passado.

— O que Nancy acha disso?

— Não tenho ideia — Gertie disse. — Por que você não pergunta a ela?

— Você pode chamá-la?

— Chamá-la? O que você quer dizer?

— Chamá-la ao telefone.

— Se *eu* posso chamá-la ao telefone? — A voz de Gertie soava perplexa.

— Ela está aí com você — Teddy disse, perguntando-se como tinham chegado a tamanha confusão.

— Não, não está — ela disse.

— Ela não está em Lyme Regis? Com você? Ajudando na mudança?

Houve um silêncio constrangedor antes que Gertie falasse, cautelosa.

— Não, aqui não.

Teddy intuiu que ela estivesse ansiosa por ter talvez traído Nancy de alguma forma, e seu primeiro instinto (curiosamente) foi tirar Gertie da turbulência na qual estava entrando, dizendo, amável:

— Ora, não se preocupe, confundi tudo. Vou procurar por ela e volto a você. Aliás, o aparador foi uma oferta adorável. Obrigado, Gertie.

Desligou depressa o telefone, precisando rever aquela estranha informação. *Vou a Lyme dar uma mão a Gertie na mudança.* Não era exatamente uma declaração que desse margem a interpretações erradas.

Se havia acontecido alguma coisa que Nancy não quisesse que ele soubesse, algo que a obrigasse a fingir estar em Dorset com Gertie, então ela com certeza devia ter algum motivo. Ele sabia que ela era capaz de mentir com graça quando fosse preciso, mas Nancy não era *dissimulada*, na verdade era bem o oposto. Às vezes, ele sentia que a intimidade de seu casamento se baseara no fato de ela ter violado o Ato dos Segredos de Estado. Quando ela voltou de "Dorset", ele não fez perguntas além de "Como foi a mudança?", à qual ela respondeu: "Boa, tudo correu bem".

— A casa nova de Gertie é bonita, não é?

— Hum. Muito bonita — disse ela, um tanto vaga.

E ele deixou as coisas como estavam, não querendo dar a impressão de que a estava interrogando. Em vez disso, esperaria para ver se alguma coisa surgiria daquela omissão. Adultério não era dos primeiros itens de sua lista de suspeitas, ele achava quase impossível considerar Nancy o tipo de esposa que passaria o marido para trás. Sempre pensara nela — ainda pensava nela — como irrepreensível, escrupulosa tanto no pensar quanto no fazer o que é certo. Nancy não era do tipo que finge inocência. Mas também não era do tipo que dá informações erradas. Se tinha mentido para ele, devia ser uma mentira baseada em princípios utilitários. Talvez houvesse uma surpresa oculta no meio daquele passe de mágica. Um presente de aniversário ou uma reunião de família? Com Sylvie morta e a Toca da Raposa vendida, parecia que não sobrara nada para reunir toda a família Todd. Teddy e suas irmãs confiáveis — Ursula e Pamela — nunca pareciam estar juntos no mesmo lugar ao mesmo tempo, a não ser em enterros. Não em casamentos, parecia não haver mais casamentos, por quê?

— Porque estamos entre gerações — Nancy explicou. — Daqui a pouco será a vez de Viola.

Viola era a flecha solitária que eles lançaram às cegas para o futuro, sem saber aonde chegaria. Deveriam ter mirado melhor, pensou Teddy enquanto a observava (depois de ter evitado se casar com Dominic, o pai de seus filhos) enfim dar o passo na prefeitura de Leeds com Wilf Romaine, no pior arremedo de cerimônia de casamento que já existiu.

— Ele gosta de tomar uns tragos, não é? — Teddy comentou, com cautela, quando Viola o apresentou a "meu novo homem".

Ao que Viola retrucou:

— Se isso é uma crítica — e quando foi que você fez alguma coisa além de encontrar defeito em mim? —, você pode pegá-la e enfiar lá onde o sol não brilha.

Ah, Viola...

Quando Nancy saiu de novo, para se encontrar com Millie em Lake District, Teddy jurou para si mesmo não controlá-la, como um detetive particular barato. Nenhum presente de aniversário ou reunião de família surgira desde sua volta de Dorset, mas isso não era prova de alguma coisa desonesta. Resistiu à vontade de pegar o telefone e ligar para o apartamento de Millie para ver se ela estava lá, mas seu desconforto deve ter infectado Viola, que passou todo o irritante tempo em que Nancy esteve ausente resmungando: "Quando é que mamãe vai chegar?". Aquilo lhe dava uma razão legítima, argumentou consigo mesmo, de forma um tanto ilusória, para investigar a esposa descontente.

— Ora, oi, Teddy — Millie atendeu, despreocupada —, não falo com você há séculos.

— Então você não está nos Lagos com Nancy? — ele perguntou sem rodeios, sentindo-se com raiva de repente.

Justificável, sem dúvida?

Houve uns segundos de silêncio, antes que Millie dissesse:

— Acabei de voltar. Na verdade, acabo de deixá-la no trem indo para casa.

Ela era uma atriz, nunca tão boa no palco quanto estava sendo agora, ele pensou. Não fazia sentido que Nancy tivesse ido até Brighton antes de voltar para casa, mas ele não tinha como provar que era aquilo que ela tinha feito. Ou não tinha. Teddy se deu conta de que nunca sentira ciúmes, quando o detetive particular barato ergueu a feia cabeça e indagou:

— E como *estavam* os Lagos, Millie? O que vocês fizeram exatamente?

— Ah, você sabe — ela respondeu sem problemas —, o chalé de Wordsworth e tudo mais.

Não teria Millie contado aquela conversa a Nancy? Ela parecia com certeza alegre e sem nenhuma suspeita de que ele pudesse ter duvidado dela quando declarou sua intenção de visitar Bea. (Estariam *todas* as irmãs conspirando para enganá-lo? Até a bondosa Gertie e a sólida matrona Winnie?)

Teddy não se sentia resignado, e sim paralisado. Não podia perguntar a Nancy o que estava acontecendo (a coisa óbvia a fazer) porque a resposta seria ou uma mentira ou uma verdade que ele não queria ouvir. Então se "arrastava" (a palavra parecia assombrá-lo), embora agora tudo parecesse manchado pela desconfiança. Remoía em detalhes todas as nuances do comportamento de Nancy. Havia, por exemplo, algo decididamente clandestino em descobri-la uma noite, encostada à parede do corredor coberta de papel Anaglypta, sussurrando ao telefone e interrompendo de repente a conversa ao vê-lo.

— Quem era? — perguntou, como se o assunto lhe fosse indiferente.

— Bea, só conversa fiada — ela respondeu.

Ou na maneira com que ela ficava ansiosa para pegar a correspondência pela manhã, antes de levar Viola para o colégio de bicicleta. Estava esperando alguma coisa? Não, nada.

Ele deparara com ela, em mais de uma ocasião, tendo no rosto um ar de preocupação ou olhando para o vazio, enquanto preparava um molho ou fazia um plano de aula. "Desculpe, estava longe", ou "Um pouco de dor de cabeça", ela dizia — tornara-se vítima de enxaquecas, nos últimos meses. Às vezes, também, ele percebia em seu rosto uma expressão fugaz de dor quando ela olhava para Viola. Dividida entre sentimentos pelo amante e pela filha, ele supunha. Trair um marido já era ruim o bastante, mas trair um filho era bem diferente.

Ele não acreditava que ela pretendesse ir a Londres ou visitar Bea. Em sua imaginação — agora um tanto sinistra —, sua esposa adúltera mantinha encontros românticos em algum lugar por perto, talvez ocultos num hotel sórdido em Micklegate. (Uma lembrança de seus tempos de guerra. Uma garota local. Um encontro lamentavelmente dissoluto.)

Depois que ela saiu para pegar o trem para King's Cross, ele telefonou para Ursula e desabafou, mas, em vez de demonstrar simpatia, ela foi ríspida e disse:

— Não seja bobo, Teddy, Nancy nunca seria infiel.

Et tu, Brute?, ele pensou, pela primeira vez desapontado com a irmã.

Como planejado, no fim da tarde de sexta-feira, um táxi trouxe a esposa errante de volta da estação. Teddy viu o carro parar e observou Nancy pagar enquanto o motorista tirava sua bagagem do porta-malas. Ela parecia abatida ao subir a entradinha de cascalho até a casa. Exaurida pela paixão, talvez, ou perturbada por ter que deixar o amante.

Ele abriu a porta, enquanto ela ainda procurava a chave.

— Ah, obrigada. — Nancy passou por ele sem olhá-lo. Cheirava a cigarro e a álcool.

— Você andou fumando? — perguntou.

— Claro que não.

Seu amante devia ser fumante, deixando seu cheiro nela toda. Seu *rastro*.

— E bebendo — ele continuou, nauseado.

— Todo mundo estava fumando no vagão — ela afirmou, impassível. — E sim, tomei um uísque no trem. Algum problema? Desculpe, mas estou morta de cansaço.

— Devem ter sido todos aqueles museus e exposições — ele retrucou, sarcástico.

— O quê? — Ela botou a maleta no chão e se virou para encará-lo, sua expressão impenetrável.

— Eu sei o que está acontecendo — ele disse.

— Sabe?

— Você está tendo um caso. Está usando todos esses passeios como disfarce.

— Passeios?

— Você deve mesmo achar que sou lento para entender. Coitado do velho Teddy se arrastando por aí.

— Se arrastando?

— Eu sei o que você tem feito — ele repetiu, irritando-se por ela não reagir a suas alfinetadas.

Se ela confessasse, declarasse que seu caso tinha acabado, ele a perdoaria, decidiu, magnânimo. Mas, se ela continuasse a mentir, temia que pudesse fazer ou dizer algo e que não haveria volta. ("Eu nunca fui 'apaixonado' por você, você sabe.")

Não ajudou quando ela simplesmente lhe deu as costas e foi até a cozinha, onde encheu um copo d'água na pia. Bebeu devagar e então pousou o copo vazio com cuidado no escorredor.

— Eu *sei* — ele reafirmou, furioso, embora ainda tentando manter a voz baixa porque Viola estava acordada no andar de cima.

Nancy olhou para ele, triste, e disse:

— Não, Teddy. Você não sabe. Você não sabe de nada.

1942-1943

A guerra de Teddy

Experiência

— *Vinte minutos para atingir o alvo, comandante.*

— *O.k., navegador.*

Tinham conseguido abrir caminho em meio à artilharia antiaérea instalada pelas defesas costeiras e seguido fielmente o plano de voo sobre o território ocupado antes de passar pelo espesso cinturão de holofotes que cingia o Ruhr. Durante a batalha, a quantidade de nuvens tinha sido muito pequena, e eles às vezes foram capazes de ver as luzes lá embaixo — uma fábrica em funcionamento ou um blecaute não sendo observado com rigor. Mais de uma vez tochas ou lanternas brilhavam para eles e, sobre a Holanda, Norman Best, seu silencioso engenheiro de voo, lera em voz alta o código Morse de um simpatizante lá embaixo, *ponto-ponto-ponto-traço*. V de vitória. Era uma mensagem de fé e conforto que viam com frequência.

"Obrigado, amigo, seja você quem for", Teddy ouviu o artilheiro de retaguarda dizer. O artilheiro era um escocês de dezoito anos, magricelo, ruivo e do tipo falante, mas que fazia um esforço para guardar sua tagarelice para quando estivessem em terra. A tripulação de Teddy sabia que ele preferia silêncio no intercomunicador, a não ser que houvesse algo que precisasse ser dito. Era muito fácil começar a bater papo, principalmente na volta, quando todos estavam mais relaxados, mas até um instante de distração, sobretudo para os artilheiros, e pronto. Fim da história.

Teddy sentia o mesmo que seu artilheiro de retaguarda em relação ao anônimo holandês — ou holandesa — lá embaixo. Era bom saber que eram apreciados por lá. Estavam tão separados da terra — até quando a destruíam com suas bombas (talvez ainda mais quando a destruíam com suas bombas) — que podiam às vezes se esquecer que havia nações inteiras para quem eles eram a última esperança.

— Posso ver os marcadores de alvos descendo, comandante, trinta e dois quilômetros à frente, vermelho-cereja.

— O.k., bombardeador.

Era a última missão de seu grupo e estavam nervosos por conta da superstição. Tinham superado as probabilidades de chegar até aquela noite, e todos se perguntavam se o destino seria cruel a ponto de levá-los até tão longe e então dar o bote. (Podia acontecer. Eles sabiam.)

"Só mais um, Jesus, só mais um", ele tinha ouvido seu bombardeador australiano ateu murmurar, enquanto esperavam na pista pelo sinal verde.

Tinha sido um tremendo esforço chegar aos indispensáveis trinta. Algumas de suas surtidas só contavam como um terço de missão. Voos "de jardinagem" — lançamento de minas nos canais de navegação holandeses ou no litoral frísio — ou ataques a alvos na França só valiam um terço de missão. A França ocupada era considerada um país "amigável", mas amigável ou não ainda estava cheia de alemães tentando derrubá-los. Era verdade que as chances de serem mortos num ataque à Alemanha eram maiores ("Quatro vezes maiores", segundo a garota que Ursula conhecia no Ministério da Aeronáutica), mas ainda era arriscar a vida. Era bastante iníquo, pensava Teddy. Ou, na linguagem mais direta do seu oficial-artilheiro: "Uma puta duma injustiça". Keith foi a primeira pessoa que Teddy escolheu como tripulante na Unidade de Treinamento Operacional.

Escolher uma tripulação era algo inesperado que pegava a maioria deles de surpresa. Todos os membros — pilotos, navegadores, operadores de rádio, apontadores e artilheiros — eram simplesmente descarregados juntos num hangar e ouviam do comandante da estação: "Então, companheiros, escolham-se da melhor maneira que puderem", como se alguma misteriosa lei de atração fosse criar uma tripulação de bombardeiro melhor que qualquer procedimento militar. E, estranhamente, parecia ser verdade, pelo menos até onde Teddy percebia.

Todos tinham rodado por ali sem objetivo como um bando de gansos num pátio na hora da comida, um tanto confusos com o que lhes estava sendo pedido.

— É como estar numa maldita pista de dança, tentando atrair o olhar de alguma garota — Keith disse, aproximando-se de Teddy e apresentando-se. — Keith Marshall, sou bombardeador.

Seu uniforme azul-marinho indicava que era australiano.

A primeira escolha de Ted teria sido um navegador, mas ele gostou da aparência de Keith, e, se havia algo que a guerra estava ensinando a Teddy, era que se podia muitas vezes conhecer o caráter de um homem por sua aparência, por uma expressão no olhar, um vislumbre aqui e ali, mas em grande parte por alguma coisa indefinível. Ele se perguntou se teria sido essa qualidade indefinível que o tinha feito gostar de Keith à primeira vista. E o fato, é claro, de ter ouvido um instrutor dizer que ele era "um bom sujeito, que sabe o que faz". E era verdade, Keith podia ter ficado de fora como piloto ("Não conseguia aterrissar a maldita droga."), mas tinha obtido o primeiro lugar de sua turma no curso de bombardeio.

Os australianos tinham fama de ser indisciplinados, mas Keith parecia equilibrado, com seus olhos azuis pensativos. Tinha vinte anos, crescera numa fazenda de ovelhas e passara boa parte da vida, imaginava Teddy, olhando para o horizonte distante sob um sol inclemente, ao contrário dos campos verdes e amenos da infância de Teddy. Isso deve formar a percepção de vida de cada um, acreditava.

Keith disse estar ansioso para ver alguma coisa do mundo, "nem que seja só o Terceiro Reich em chamas".

Apertaram-se as mãos, como cavalheiros, e Keith disse:

— Bem, comandante, melhor irmos em frente, não queremos ficar só com aqueles que ninguém mais quer.

Aquela era a primeira vez, pensou Teddy, que um membro de sua tripulação (sua tripulação!) o chamava de "comandante". Sentiu-se como se enfim assumisse o controle de sua vida.

Esquadrinharam juntos o hangar, e Keith disse:

— Está vendo aquele fulano ali, perto da parede, rindo de alguma coisa? É um operador de rádio. Bebi com ele ontem à noite e me pareceu um bom sujeito.

— O.k. — concordou Teddy.

Parecia uma recomendação tão boa quanto qualquer outra.

O rapaz era de Burnley, tinha dezenove anos e se chamava George Carr. Teddy já testemunhara George Carr se oferecendo para consertar a bicicleta de alguém, entusiasmando-se ao fazê-la em pedaços e juntando tudo antes de entregá-la ao dono dizendo: "Aqui está, e aposto que melhor do que quando era nova". Dizia gostar de consertar coisas, o que parecia uma característica útil num operador de rádio.

George, por sua vez, apontou-lhes um artilheiro do ar, outra vez um conhecimento de uma noite de bebidas no refeitório. Ele se chamava Vic Bennett, era de Canvey Island e ria com todos os dentes (tinha os piores dentes que Teddy já vira). Depois de ser apresentado, chamou "um parceiro" que tinha estado em seu curso de tiro.

— Esperto que só ele — afirmou. — Reflexos de um rato. Tem até um pouco de cara de rato. Um rato ruivo.

Era seu jovem escocês falante.

— Kenneth Nielson, mas todos me chamam de Kenny.

Ainda sem navegador, pensou Teddy, confuso com a rapidez com que perdera todo o controle daquele processo. Era quase um jogo de consequências, ou talvez uma brincadeira de cabra-cega.

Como se define um bom navegador, perguntou-se, passando os olhos pela sala. Alguém imperturbável, mas essa era uma característica que todos precisavam, não era? Absorto no que faz, concentrado exclusivamente no trabalho. De algum lugar atrás dele, ouviu o som lento e imperturbável de um sotaque canadense. Deu meia-volta e, identificando o dono da voz, viu o brevê de navegador e se apresentou:

— Ted Todd. Sou um piloto em busca de um bom navegador.

— Eu sou bom — disse o canadense, com um encolher de ombros. — Bom o bastante, pelo menos.

Chamava-se Donald McLintock. Mac, é claro. Teddy gostava de canadenses; quando esteve lá descobriu serem confiáveis, e não dados a neuroses ou fantasias hiperativas, nenhuma das duas características sendo boas qualificações para um navegador. E só o fato de ouvir o sotaque trouxe lembranças dos grandes céus abertos nos quais aprendera a voar em Tiger Moths e Fleet Finches, rodopiando acima da grande colcha de retalhos de Ontario. Eram coisinhas frágeis se comparados aos Anson e Harvard nos quais se formara, sem falar nos enormes Wellington nos quais iriam fazer seu treinamento na UTO. "Motoristas de ônibus" era como os pilotos de caça se referiam pejorativamente aos pilotos de bombardeiro, mas Teddy achava que seriam os ônibus a ganhar a guerra.

— Bem-vindo a bordo, navegador — Teddy disse.

Mais apertos de mão cavalheirescos entre todos. Eram um balaio de gato, tudo bem, pensou Teddy. Gostava disso.

— Só precisamos de um neozelandês como engenheiro de voo — Keith disse, fazendo eco a seus pensamentos — e seremos como a maldita Liga das Nações.

Não conseguiram um neozelandês, conseguiram Norman Best, de Derby, um rapaz um pouco tímido, sério, ex-aluno de faculdade diplomado em línguas e com sólida fé cristã, mas isso só quando chegaram a sua Unidade de Conversão Pesada, então era tudo por enquanto. Eram uma tripulação. Simples assim. Daquele momento em diante, bebiam juntos, comiam juntos, voavam juntos, e a vida de cada um estava nas mãos dos outros.

Naquela primeira noite, depois de terem formado uma equipe, foram tomar a obrigatória bebedeira da tripulação. O espírito igualitário significava que cada um deveria pagar uma rodada, então seis meios litros depois eles cambalearam de volta até seus alojamentos, bêbados como lordes e declarando amizade imortal. Teddy nunca ficara tão embriagado na vida e descobriu, deitado no beliche naquela noite, com o quarto girando em torno dele, que também nunca estivera tão radiante. Ou pelo menos não havia muito tempo, talvez não desde criança. Estava prestes a viver uma aventura.

Eram todos oficiais subalternos, exceto Teddy. Ele recebera uma patente, por nenhuma razão, até onde poderia dizer, além do fato de ter frequentado a escola certa e a universidade certa e por ter dito, ao ser questionado, que sim, gostava de críquete, o que não era exatamente verdade, mas ele sentira que dizer não seria a resposta errada. E era por isso que estava ali, meses depois, a caminho de Duisburg, líder de homens, mestre de seu destino, comandante de sua alma e de uma maldita Halifax de quatro motores com uma irritante tendência para oscilar para a direita ao decolar e aterrissar.

— *Dez minutos para o alvo, comandante.*

— *O.k., navegador. Dez minutos para o alvo, bombardeador.*

— *O.k., comandante.*

No ar, dirigiam-se uns aos outros por seus postos, mas em terra eram definidos por eles mesmos — Ted, Norman, Keith, Mac, George, Vic e Kenny. Como companheiros numa aventura de livro de histórias, pensou Teddy. Entre os "comparsas" de Augusto havia Norman e George, mas o Augusto de Izzie e seus parceiros ainda tinham onze anos, para sempre jovens, ocupados com estilingues, catando peixinhos e invadindo a despensa em busca de potes de geleia, que por alguma razão pareciam considerar o Santo Graal dos gêneros alimentícios. A criação de Izzie e seu bando de meninos alegres estavam agora "fazendo sua parte" em *Augusto e a guerra* — conseguindo papel ao tirar os jornais das caixas de correio das pessoas e recolhendo sucata de metal ao roubar latas e panelas dos indignados vizinhos Swift. ("A frigideira não é sucata", disse uma furiosa sra. Swift. "Mas é para a guerra", protestou Augusto. "Vocês estão sempre dizendo que precisamos doar coisas. Estou doando as panelas das pessoas.") O Augusto de Izzie, pensou Teddy um tanto ressentido, não precisava lidar com fogo antiaéreo ou se preocupar com um Messerschmitt descendo em cima dele como uma ave de rapina faminta.

Seu próprio Augusto, seu duplo já adulto, como o imaginava, estaria quase com certeza dando um jeito de não servir. Era provável que fosse um contrabandista, um aproveitador da guerra, vendendo bebidas, cigarros e qualquer outra coisa em que pudesse pôr as mãos sujas. ("Aqui está, chefe, são dez paus. Lembre-se, a palavra é mãe.")

Abriam caminho com dificuldade em meio à artilharia antiaérea — açoitados por incessantes clarões de obuses e lufadas gordurosas de fumaça cinzenta, embora o barulho das explosões fosse abafado pelos ensurdecedores motores Merlin da própria aeronave.

— Alerta total, todo mundo — Teddy disse.

À distância, podia ver uma chuva de bombas incendiárias caindo, com certeza jogadas por um avião tentando ganhar mais altura. Tudo o que conseguia era fornecer iluminação útil para os caças alemães que derrubavam marcadores luminosos — lindos como candelabros — que pareciam pairar no ar, fornecendo um corredor bem iluminado a ser atravessado pelo infeliz bombardeiro. Segundos depois, um bombardeiro explodiu numa bola de fogo vermelho-sangue, expelindo fumaça preta.

— Registre isso, navegador — Teddy instruiu.

— Sim, comandante.

Tinham decolado com atraso. Como tripulação experiente, estariam normalmente numa das primeiras posições da formação de bombardeiros, mas tinham tido problemas com o motor interno de bombordo e eles estavam no último, e não no primeiro, avião a decolar de sua estação e estavam bem na cauda do bando quando chegaram ao ponto de encontro sobre Flamborough Head.

— Bem, alguém precisa ficar na traseira — Teddy disse, numa fútil tentativa de encorajar sua tripulação desanimada.

Todos sabiam que o fim da fila os tornava um alvo mais fácil para o ataque dos caças — um pontinho nítido no radar alemão, em vez de parte de um bando protetor.

Uma formação cerrada de bombardeiros apresentava seus próprios terrores, é claro. Antes, tinham feito parte do primeiro ataque de mil bombardeiros de Harris, em Colônia. Numa grande expedição como aquela, viam-se chafurdando na esteira de alguém, perguntando-se o tempo todo onde estavam os outros. Parecera a Teddy que o maior perigo não vinha dos caças alemães ou da artilharia antiaérea, e sim de seu próprio lado. Tinham sido empilhados em camadas, os lentos Stirling embaixo, os Lanc, que voavam alto, em cima, os Halifax como o recheio do sanduíche. Velocidade, peso e posição exatos de cada aeronave eram predeterminados, mas isso não queria dizer que todos estivessem onde deveriam estar.

Num ponto da rota, outro Halifax passara bem por cima deles a uns seis metros de distância, uma grande forma escura como uma baleia, com tubos de escape em brasa. E mais tarde, na rota para o alvo, Vic Bennet, na torre dorsal, começara a fazer um escarcéu porque havia um Lancaster acima deles que acabara de abrir o compartimento de bombas, e Teddy precisou manobrar depressa para se afastar, preocupado com o risco de, por sua vez, bater em outra aeronave.

Tinham testemunhado uma colisão próxima demais para sua própria segurança, quando um Halifax a bombordo atravessou a fileira de bombardeiros e um Lancaster foi direto a seu encontro. Sua própria aeronave — J-Jig, antes de a perderem — foi abalada pela enorme explosão. Labaredas brancas e brilhantes jorraram dos tanques de gasolina nas asas do Lanc, e Teddy gritou para seus artilheiros que não olhassem, caso perdessem a visão noturna.

Não tinham tido nenhuma dificuldade para achar Colônia. Quando atingiram o alvo, ele ardia. Chamas vermelhas e fumaça por toda parte já haviam bloqueado a visão dos sinais luminosos, então apontaram para o centro do incêndio maior, soltaram suas bombas e se afastaram. Em retrospectiva, apesar do tamanho colossal da ação, tudo parecia um ataque sem incidentes, e, para dizer a verdade, Teddy mal conseguia se lembrar dos detalhes. Era como se tivesse vivido muitas vidas. Ou talvez aquela única noite interminável para a qual, segundo Blake, alguns nasciam.

E o próprio tempo tinha outra qualidade. Antes, era como um grande mapa — aparentemente sem fim — que se abrira diante dele e no qual podia escolher que direção seguir. Agora, o mapa se desenrolava debaixo de seus pés, um passo de cada vez, e poderia desaparecer a qualquer momento.

— Senti a mesma coisa no auge dos ataques a Londres — Ursula disse, tentando decodificar aquela tortuosa metáfora quando o viu em sua primeira licença.

Tinham seis dias de folga a cada seis semanas, e ele preferira passar aquela em Londres, em vez de ir à Toca da Raposa. Nem sequer dissera a Sylvie que estava de licença.

— Antes da guerra — Ursula continuou —, todos os dias eram mais ou menos iguais, não eram? Casa, escritório, casa de novo. A rotina entorpece os sentidos. E então de repente é como se vivêssemos no limite da própria vida, como se ninguém soubesse se vai cair ou voar.

Nenhum dos extremos parecia envolver um pouso suave, refletiu Teddy.

— Acho que sim — concordou, percebendo que não sabia bem do que estava falando e que não se importava muito.

Vivia a vida diante da morte. Era uma redução bastante simples, sem enfeitá-la com linguagem figurada.

— Oito minutos para o alvo, comandante.

— O.k., navegador.

— Estado de alerta, artilheiros.

— Certo, comandante.

— O.k., comando.

Os artilheiros não precisavam de recomendação, era só uma forma de manter todos em contato. Eles sabiam que giravam armas pelo céu, sempre atentos. Mal as haviam disparado em todo o voo. Assim que alguém começava a disparar era marcado como alvo. Um caça poderia muito bem não vê-lo no escuro, mas, se houvesse um rio vermelho de fogo levando direto a sua porta, seria fácil para ele encontrá-lo. E seus grandes canhões causariam muito mais danos do que suas próprias e insignificantes metralhadoras Browning. Os artilheiros eram — basicamente — seus olheiros. Havia artilheiros que passavam todo um voo sem disparar uma única vez.

A irmã de Teddy, Pamela, era casada com um médico. Ele lhe disse que havia lido alguns dados a respeito de experiências em câmaras de oxigênio e que o oxigênio ajudaria a visão dos artilheiros, que também seria a primeira coisa perdida por eles caso sofressem de privação de oxigênio. Depois disso, Teddy começara a manter seus artilheiros no oxigênio, da decolagem ao pouso.

Estavam no meio de uma área fortemente defendida. Na frente deles, uma cortina cinza de fumaça da barragem antiaérea, uma cortina de explosivos que precisavam atravessar.

Comparada aos grandes ataques de mil bombardeiros, aquela noite era modesta, em torno de duzentas aeronaves, doze de seu próprio esquadrão, todas embicadas em bando para o Ruhr, o Vale Feliz.

Tinham visto um Lancaster cair, atingido na asa por um caça, por sua vez transformado numa folha incendiada que caía, e tinham visto também um companheiro Halifax sendo pego pelos holofotes quando atravessava as defesas do Ruhr. Tinha sido pego pelo feixe principal de luz azul, e eles assistiram sem comentários aos feixes secundários girarem, como autômatos sem alma, em direção à presa, encurralando-a em ofuscante luz branca e, sem remorsos, direcionando para ela seus obuses. A aeronave fez um desesperado mergulho em espiral, mas os holofotes não lhe deram trégua e a bateria antiaérea deve tê-la encontrado, porque a viram explodir numa grande bola de fogo.

— Registre isso, navegador — Teddy disse em tom neutro. — Alguém viu paraquedas?

Um murmúrio de "nãos" no intercomunicador, um "pobres infelizes" de Keith, afundado em seu front, no nariz do avião, pronto para o ataque. Era sempre chocante ver uma aeronave cair, mas não era hora de pensar nisso. Não era você, e isso era o mais importante.

Se nós formos, rezou Teddy, deixem-nos ir num instante, a bola de fogo, e não a queda. Não haveria pouso suave, fosse como fosse. Ele era mais fatalista que mórbido. A última coisa que sua tripulação precisava naquela hora — em qualquer hora — era de um comandante desanimado. Ainda mais naquela noite, quando estavam tão nervosos. Teddy percebeu também que pareciam exaustos, um esgotamento que ia além do mero cansaço. Ele se deu conta de que, na verdade, pareciam velhos. E, no entanto, Keith acabava de comemorar seu vigésimo primeiro aniversário, com uma festa agitada no rancho do sargento. Havia uma inocência em todas as comemorações, como meninos travessos numa festa de crianças barulhentas. As pegadas de fuligem no teto, as letras indecentes de canções em volta do piano depois que as moças da Força Aérea Auxiliar Feminina tinham se retirado à noite (uma ou duas mais ousadas ficavam, às vezes). Não muito diferente de Augusto e seus amiguinhos, afinal de contas.

Sylvie, um tanto inclinada à cronometragem indolente, mantinha os relógios da Toca da Raposa adiantados em dez minutos (hábito que causava mais confusão do que pontualidade). Teddy pensou como teria sido melhor se alguém tivesse atrasado seus relógios, se tivessem sido levados a pensar que aquela era sua vigésima nona surtida, e não a trigésima, libertando-os de duas sombrias premonições.

Para piorar a situação, tinham um contrapeso a bordo, um piloto novato, em seu batismo de fogo. Era costume mandar um piloto iniciante com uma tripulação experiente para "dar uma olhada" antes de voar com sua própria tripulação, mas por alguma razão um copiloto inexperiente era considerado pé-frio. Que Teddy soubesse, não havia nenhuma explicação para aquela crença. Seu próprio batismo de fogo tinha sido num voo para bombardear as docas em Wilhelmshaven com C-Charlie, uma tripulação em sua décima segunda manobra, e eles mal tinham tomado conhecimento de sua existência, como se, ao ignorá-lo, pudessem fazer de conta que ele não estava ali sentado na carlinga. C-Charlie voltou praticamente sem danos, com alguns buracos de fogo antiaéreo e um motor quebrado, mas mesmo depois do pouso a tripulação ainda o evitava como se ele pudesse contaminá-los de alguma maneira. Ao contrário de sua tripulação, que ficou felicíssima por tê-lo de volta "são e salvo" e foram todos tomar uma grande bebedeira num bar local, inclusive a equipe de terra, para comemorar o feito. O Cisne Negro, conhecido por todos como o Pato Sujo, tinha um proprietário muito compreensivo, que deixava os tripulantes pendurarem as contas, mesmo sabendo que a maioria delas nunca seria paga. Cálculo de probabilidades.

No segundo voo de Teddy, havia uma tripulação de recrutas — W-William era a aeronave — que tinha perdido seu comandante quando ele voava como copiloto em sua primeira missão. Receberam na mesma hora um substituto que, como era devido, fez seu voo de copiloto e também não voltou. (Talvez fossem pé-frio, afinal.) Os recrutas sem comandante estavam, àquela altura, bem perturbados, como cães ansiosos, e, quando receberam um terceiro piloto (compreensivelmente nervoso), Teddy levou toda a equipe com ele em sua primeira missão, o novo comandante no assento do copiloto da W-William, seu próprio avião. Foi um teste de esforço máximo num ataque a Berlim, e eles se saíram mais do que bem.

Quando desembarcaram, estavam exultantes.

— Bom trabalho, meninos!

Eram meninos, nenhum com mais de vinte anos. Eles o convidaram para um drinque no rancho do sargento; ele era, afinal de contas, parte de sua equipe, disseram. Ele foi, mas saiu cedo. "A discrição é a melhor parte da coragem", escreveu a Ursula, pois aquele era um de seus aforismos preferidos.

"Nem sempre", ela escreveu de volta.

A W-William estava na ordem de combate no dia seguinte, uma viagem relativamente segura de lançamento de minas para jogar "vegetais" sobre Langeoog, no lado leste da Frísia. Teddy ficou mais triste do que de costume ao ler o registro de missões do dia seguinte. *Esta aeronave decolou às dezesseis e vinte e não voltou. Foi portanto dada como desaparecida.* Depois da guerra, achava difícil olhar para o mar do Norte sem pensar nele como um enorme cemitério aquoso, cheio de ferrugem e ossos de aeronaves e corpos jovens.

Na surtida seguinte, a tripulação da C-Charlie, que com tanta relutância levara Teddy como copiloto, ficou sem combustível e buscou na névoa um lugar para pousar, despedaçando-se nas charnecas perto de Helmsley.

— Era o décimo terceiro voo — disse Vic Bennett, como se isso explicasse.

Ele era o mais supersticioso de todos. Quando estavam em sua décima terceira missão, para Stuttgart, numa sexta-feira, para piorar, ele pediu ao capelão uma bênção especial para o pobre J-Jig, pedido que o capelão, um sujeito jovial e prestativo, atendeu de boa vontade.

As tripulações consideravam as primeiras cinco missões e as últimas cinco as mais perigosas, e mesmo Teddy podia ver que as leis das probabilidades sempre se aplicavam. Apenas uma em cada seis tripulações completava seu primeiro voo. (Nunca antes ou desde a guerra houve tanta gente obcecada por estatísticas.) Ele não precisara da garota que Ursula conhecia no Ministério da Aeronáutica para saber que as chances se acumulavam contra eles. No começo daquela missão, se Teddy fosse um jogador, o que não era, não teria feito apostas que envolvessem eles viverem para ver os netos. Ou os filhos, porque ainda não haviam chegado àquele estágio de vida. Nenhum deles era casado e, pelos cálculos de Teddy, pelo menos a metade entrara ainda virgem para o serviço. Seriam ainda? Ele não sabia. Não Vic Bennett, que estava noivo de uma garota chamada Lillian (Lil), de quem não parava de falar, em tudo o que "se envolviam".

Vic se casaria na semana seguinte, estavam todos convidados. Teddy achava que Vic não deveria ter feito planos. Ele próprio não fazia mais planos. Havia o agora, seguido por outro agora. Se você tivesse sorte. ("Que ótimo monge budista você daria!", Ursula disse.)

— Se olharmos para o percentual de perda — disse a garota que Ursula conhecia no Ministério da Aeronáutica, bebericando com ar afetado um gim cor-de-rosa —, então, matematicamente falando, a morte é inevitável. Havia outra maneira de olhar para os números — ela acrescentou depressa quando Ursula a encarou.

Teddy a conheceu quando estava de licença no mês de maio seguinte. Os três saíram juntos para beber e depois dançar no Hammersmith Palais. Teddy não se divertiu, tinha a impressão de que, todas as vezes que a garota do Ministério da Aeronáutica o olhava, via um conjunto de tabelas estatísticas.

Será que Nancy conhecia o cálculo frio da morte no Comando de Bombardeiros? Era provável que não. Estava encerrada em algum lugar, na segurança clínica de um posto intelectual. Tentava fazer arranjos para vê-lo em Londres, assim que terminasse a missão. Tinha escrito: "Quem sabe posso ir ao casamento de seu colega? Você pode conseguir um convite ou namoradas são consideradas necessidades excedentes?". Para ele, o tom daquela carta pareceu todo errado. O uso infeliz da palavra *colega*, por exemplo. Vic Bennett não era um *colega*. Era *parte* de Teddy, como um braço ou uma perna. Era um amigo, um parceiro, um camarada. Se a civilização sobrevivesse — e isso era uma incógnita —, haveria uma sociedade de iguais? Uma nova Jerusalém cheia de niveladores e escavadores? E não era só na RAF, sem dúvida, onde as barreiras de classe tinham sido derrubadas quando todos foram obrigados a "se sujar" juntos. Teddy se misturara com homens — e mulheres — com quem nunca teria cruzado num mundo de colégios, universidades, bancos. Ele podia ser seu comandante, podia ser responsável por eles, mas não era seu superior.

Queimara a carta de Nancy no fogão de sua cabana. O combustível era sempre pouco.

— *Quatro minutos para o alvo, comandante.*

— *O.k., navegador.*

— *Quatro minutos para o alvo, apontador.*

— *O.k., comandante.*

— O maldito motor de bombordo ainda não está bom, comandante — Norman Best disse.

A luz no medidor de pressão de combustível acendera e apagara durante todo o voo, parecendo ter vida própria. Era o mesmo motor que havia atrasado sua decolagem, e já havia algum tempo Norman o monitorava com desconfiança. Vic Bennett disse que tinha sido bom terem se atrasado na saída. Logo ele, entre todos, tinha, sabe-se lá como, esquecido seu amuleto e convencera a motorista da Força Aérea Auxiliar Feminina que os levara de carro à dispersão a levá-lo depressa de volta aos aposentos da tripulação para buscar seu talismã, enquanto a equipe de terra trabalhava no motor defeituoso. A "brigada da chave de fenda" — os heróis anônimos, montadores, reparadores e mecânicos, alguns oficiais subalternos, outros apenas humildes recrutas, que trabalhavam a qualquer hora do dia e da noite e em qualquer clima, que lhes acenavam em despedida quando partiam e lhes davam as boas-vindas na volta, que eram capazes de passar a noite inteira de prontidão nos barracões em áreas desertas à espera de que "sua" aeronave voltasse em segurança. Nenhum amuleto para eles, apenas corteses apertos de mão para todos na partida e "Até amanhã, então".

O amuleto especial de Vic Bennett era uma calcinha de cetim vermelho que pertencia a sua noiva, a já mencionada Lil. Aquele "indescritível" item, como Vic o chamava, era guardado, bem dobrado, no bolso de seu uniforme em todas as viagens.

— Se chegarmos a esse casamento — Keith disse —, sei no que todos nós estaremos pensando quando a noiva ruborizada caminhar pela nave.

— Quem vai ficar vermelho sou eu — retrucou Kenny Nielson.

Sorte era tudo. "E ela não é uma dama, só uma maldita prostituta", segundo Keith. A superstição corria solta na base. Todos no esquadrão pareciam ter seu próprio talismã, uma mecha de cabelo, um são Cristóvão, uma carta de baralho, o onipresente pé de coelho. Havia um sargento que sempre cantava "La Donna è mobile" no vestiário da tripulação quando vestiam seus trajes de voo, e outro que sempre precisava calçar a bota esquerda antes da direita. Quando se esquecia, precisava tirar toda a roupa e começar de novo. Ele sobreviveu à guerra. O sargento que cantava "La Donna è mobile" não conseguiu. Nem centenas de outros com seus ritos e cerimônias estranhas. Os mortos eram legião, e os deuses tinham sua própria agenda secreta.

Keith não tinha amuleto e afirmava que toda a sua família era "do contra", sua sorte vinha ao contrário, e ele sem dúvida alguma poderia passar debaixo de uma escada com uma dúzia de gatos pretos cruzando seu caminho que estaria "muito bem, obrigado". Seus antepassados condenados eram ciganos irlandeses, deportados para a Austrália por vadiagem.

— Falsos ciganos, é mais provável — disse. — Vagabundos e trapaceiros, espero.

Kenny Nielson era o mais jovem de uma família de dez irmãos, o "caçulinha", e seu talismã era um surrado gatinho preto — o próprio — feito de peças de feltro um pouco mal costuradas por uma de suas tantas sobrinhas. Era uma criatura deplorável que parecia ter passado a maior parte da vida na boca de um cachorro.

E, sim, o amuleto de Teddy era a lebre de prata que Ursula havia lhe dado e que, no começo, ele tratara com desrespeitoso pouco-caso, mas que agora voava em todas as missões confortavelmente acomodada no bolso de seu uniforme, bem em cima do coração. Sem perceber, ele desenvolvera seu próprio ritual, tocando a lebre como uma relíquia antes da decolagem e depois do pouso, em prece e agradecimento silenciosos. Não que ele pudesse sentir a criaturinha inanimada através das grossas camadas da jaqueta de pelo de carneiro e do colete salva-vidas. Mas sabia que ela ali estava, fazendo em silêncio o melhor que podia para mantê-lo são e salvo.

Ficaram por ali sem ter o que fazer, à espera de que a moça da Força Aérea Auxiliar Feminina trouxesse Vic de volta. George Carr comia seu chocolate, como sempre. Todos guardavam os seus para depois, mas ele argumentava que poderia morrer durante o ataque e "nunca conseguir saboreá-lo". Ele afirmava que o suprimento de chocolate tinha sido escasso em sua infância em Lancashire.

Fumaram o último cigarro das próximas seis horas ou mais, esvaziaram as bexigas encostados à cauda da S-Sugar e fitaram o chão, melancólicos; até o jovem escocês, em geral tagarela, estava calado. O infeliz copiloto começava a parecer a caminho da execução.

— Eles são sempre assim? — murmurou para Teddy.

E Teddy, que não podia dizer ao pobre rapaz que "eles acham que hoje é a noite da foice", traiu a consciência coletiva de sua tripulação e respondeu:

— Não, eles são só um bando de pobres coitados.

Naquela manhã, Teddy recebera uma carta de Ursula. Nada de interessante, mas no final ela perguntara: "Como você está?", e a emoção contida naquelas três palavrinhas lacônicas pareceu transbordar da página e se transformar em algo muito maior e mais sincero. "Tudo bem por aqui", ele escreveu com a mesma contenção. "Não se preocupe comigo", acrescentou, oferecendo o reconfortante presente de uma frase adicional.

Pediu a uma moça da Força Aérea Auxiliar Feminina, uma empacotadora de paraquedas chamada Nellie Jordan, que era gentil com ele, para expedir a carta. As moças da Força Aérea Auxiliar Feminina eram sempre gentis com Teddy. Ele acreditava que isso era apenas porque estava ali havia mais tempo que a maioria dos tripulantes. Aquela era uma carta a ser expedida, não a ser mantida em seu armário para o caso de ele não voltar. Teddy tinha três assim, uma para a mãe, uma para Ursula e uma para Nancy. Todas diziam mais ou menos o mesmo, que as amava e que não deveriam chorar demais por ele porque morrera fazendo algo em que acreditava, e elas deveriam continuar com suas vidas porque era isso que ele gostaria que acontecesse. E assim por diante. Ele não achava que aquela correspondência unilateral e final fosse lugar para exames de consciência ou introspecção filosófica. Ou, no caso, para verdades. Teria sido estranho escrever sobre ele mesmo num futuro no qual não existiria, uma espécie de charada metafísica.

Se ele morresse, alguém do comitê de ajuste — um eufemismo ridículo — apareceria e esvaziaria rapidamente suas coisas. Tudo o que pudesse dar a uma mãe ou esposa motivo de desconforto — fotos obscenas, cartas para "outras" mulheres ou preservativos — seria colocado numa sacola extra. Não que Teddy tivesse qualquer indiscrição para esconder, nenhuma da qual tivesse deixado provas tangíveis, pelo menos. Ele às vezes se perguntava o que acontecia com os itens censurados por benevolência — seriam apenas jogados fora ou haveria em algum lugar um depósito cheio de segredos indesejáveis? Nunca soube a resposta para essa pergunta.

No ano seguinte, durante sua segunda missão, ele abriu sem querer a porta de um depósito na base e descobriu-o cheio de uniformes de tripulantes pendurados em cabides. Achou que fossem de reposição, até que os examinou mais de perto e viu galões, divisas, fitas e medalhas, e se deu conta de que vinham dos corpos dos mortos e feridos. Alguma coisa nos uniformes vazios poderia dar origem a uma imagem poética, se nessa época ele não tivesse praticamente abandonado a poesia.

Às vezes, quando uma nova tripulação chegava à base, seus membros descobriam que os pertences dos ocupantes anteriores dos abrigos Nissen ainda estavam espalhados pelo lugar, como se eles fossem voltar a qualquer momento. O comitê de ajuste os expulsaria dali enquanto "arrumavam tudo", empacotando os pertences da tripulação morta, enquanto a Força Aérea Auxiliar Feminina ou ordenanças tiravam as roupas de cama e as arrumavam. E às vezes aqueles mesmos recrutas voariam naquela mesma noite e não voltariam, sem ao menos dormir nas camas recém-feitas. Poderiam chegar e sair sem que ninguém sequer soubesse quem eram. Seus nomes escritos em água. Ou calcinados na terra. Ou atomizados no ar. Legião.

Vic Bennett chegou, exibindo as indescritíveis ("Mas descritas com tanta frequência", Mac disse, irônico), e subiram a bordo da S-Sugar, substituto de J-Jig, que tinha sido uma besta difícil de domar. Como tantos Mark II, parecia relutar para sair do chão. Se fosse um cavalo seria do tipo que precisa ser incentivado para começar a corrida, sem falar em ir até o fim, e quem não o conhecesse, não tivesse sido avisado sobre seus pontos fracos, sobretudo seu desejo suicida de desviar para a direita, poderia ver seu fim antes mesmo de ter começado.

Aquela era a segunda missão na qual voavam na S-Sugar. Era um pássaro novo, direto do chão da fábrica, tão inexperiente quanto fora uma vez sua tripulação. Todos queriam terminar a missão na J-Jig, já objeto de afetuosas lembranças. Ela lhes trouxera sorte, mantivera todos a salvo, e ainda sentiam sua perda e estavam convencidos de que aquele era mais um sinal de que não chegariam ao fim do trigésimo. Vinte e seis bombas tinham sido gravadas em sua fuselagem, uma para cada voo, uma chave para o vigésimo primeiro e uma casquinha de sorvete para a Itália — o miserável ataque a Turim. A única missão da S-Sugar até então, para Dusseldorf, ainda não fora comemorada e, apesar de ser nova, ninguém confiava nela. O superaquecimento do motor de bombordo era só uma de muitas falhas.

Seu oficial comandante tinha ido de carona com Vic até a dispersão e agora estava preocupado com a hora. Dez minutos, ele disse batendo no relógio. Dez minutos para sair ou perderiam a hora e teriam que ser cortados.

O caminhão com a moça da Força Aérea Auxiliar Feminina e o oficial comandante os seguiu pela trilha do perímetro e estacionou perto da caravana de controle de voo, onde desceram e se juntaram a um grupo bem irregular de pessoas que, pacientes, aguardavam para acenar em despedida. Teddy suspeitou que algumas já haviam desistido de esperar por eles e ido embora.

Arrastaram-se pela pista, todos acenando para eles com entusiasmo, sobretudo o oficial comandante, que sempre fazia questão de estar lá em todas as decolagens, e muitas vezes dava a impressão de acreditar que, se acenasse com bastante entusiasmo — com os braços erguidos, correndo ao lado deles ao longo da pista sinalizada —, os ajudaria a subir as rodas com sucesso e impelir para o ar sua barriga cheia de bombas. Acidentes na decolagem eram responsáveis por tantas perdas de vida que, para Teddy, era sempre um momento de supremo alívio conseguir tirar o Halifax do concreto e içá-lo acima das sebes e das árvores.

Se alguém desistisse de chegar ao alvo, e isso acontecia o tempo todo por causa do clima ou de problemas técnicos com a aeronave, então esses voos não contavam como uma missão, por mais arrepiantes que fossem.

— Maldita injustiça — Teddy disse.

— Iníquo, meu camarada — Keith afirmou, numa atroz tentativa de conseguir um sotaque inglês decente.

Estavam absurdamente bêbados nessa ocasião, na licença de quarenta e oito horas depois de Turim. Teddy se dava conta que deveriam ter voltado de Turim, mas ele era um daqueles pilotos que "insistiam". Alguns desistiam.

Na primeira vez que voltaram — apenas sua segunda surtida — foi porque o motor de estibordo começou a vazar líquido de arrefecimento sobre o mar do Norte, depois a fagulha do intercomunicador parou de funcionar e Teddy tomou a decisão que considerou sensata de voltar para casa, alijando inofensivamente as bombas no mar do Norte. Seu oficial comandante — que não era o mesmo de agora — não ficou impressionado, ele desaprovava retornos antecipados e por muito tempo os interrogou sobre a razão de pensarem que não deveriam ter insistido em chegar ao alvo. Teddy achava a razão bastante óbvia — o motor ia superaquecer e pegar fogo; naqueles primeiros dias eles eram menos otimistas em relação a essas coisas —, e eles precisavam conseguir se comunicar pela fagulha.

— Você *acha*? — retrucou o oficial comandante. — Numa situação extrema você agiria com segurança? E um bom piloto não pensaria duas vezes em voar com apenas três motores.

Foi quando Teddy se deu conta de que eles não eram exatamente guerreiros, e sim sacrifícios por um bem maior. Pássaros jogados numa parede, na esperança de que, se fossem muitos pássaros, talvez quebrassem a parede. Estatísticas num dos grandes livros-razão de Maurice no Ministério da Guerra. ("Que babaca pomposo ele se tornou", escreveu Ursula, irritada.)

E foi quando decidiu que a coragem da equipe não seria questionada outra vez, eles não seriam os "irmãos mais fracos de Harris" e sempre "insistiriam" até o alvo, a não ser que fosse absolutamente impossível, e ele faria tudo o que pudesse para manter todos vivos. Até o fim da primeira missão, quando não estavam em campo, ele os mantinha todo o tempo em exercícios de paraquedismo e amaragem — talvez irreais, sem ar ou água para treinarem, mas se soubessem o que fazer, se aquilo realmente passasse a fazer parte deles, então eles iriam — poderiam — superar as sombrias probabilidades. Logo que se juntaram à tripulação na Unidade de Treinamento Operacional, Vic e Kenny treinaram mais artilharia aérea do que qualquer um. Participaram de bombardeios fictícios no porto de Immingham e fizeram incontáveis exercícios em cooperação com caças, praticando manobras evasivas. Teddy levou-os também ao máximo possível de exercícios em campos ou matas, e exercícios com Spitfires da estação de caças mais próxima. Ele convenceu toda a tripulação a ser perita em código Morse e a compreender o trabalho dos companheiros a fim de que, naquela antipática "situação extrema" de oficial comandante, pudessem ser capazes de substituir uns aos outros. Em teoria, Keith, que no início treinara como piloto, seria a melhor pessoa para assumir caso algo acontecesse a Teddy, mas Teddy treinou também Norman Best em rudimentos de voo, "porque aquele maldito tosquiador australiano pode ser capaz de fazer o pássaro voar, mas não vai conseguir pousar o maldito". Teddy xingava muito naqueles dias, a blasfêmia era contagiante, mas ele ainda tentava evitar palavrões. É claro que, se alguma coisa acontecesse a Teddy, era provável que, de qualquer maneira, todos já estivessem condenados.

Teddy sabia que Mac sempre se desviava um pouco da rota para o território neutro mais próximo, Suíça, Suécia ou Portugal, e que, sempre que a noite estava clara, ele aprimorava suas habilidades de astronavegação. E o tímido e reservado Norman Best usava um traje francês completo, até a roupa íntima, debaixo do uniforme, roupas compradas em Paris quando ele era estudante. Tinha também uma autêntica boina francesa no bolso. Um escoteiro, se fosse o caso, pensou Teddy. "Mantenha a mente preparada, pensando de antemão em qualquer acidente ou situação que possa surgir." De alguma maneira, parecia improvável que seu treino com arco e flecha nos Kibbo Kift fosse ser de muita ajuda se estivesse foragido na França.

Norman pulou de paraquedas sobre a França quando preciso, voava com outra tripulação numa segunda missão em 1943, mas sua preparação para a fuga foi inútil porque seu paraquedas já ardia em chamas quando ele pulou da aeronave; bateu no chão como um peso de chumbo em chamas, nunca mais recuperando o corpo. Norman não carregava nenhum amuleto, não tinha ritos compulsivos como George Carr, que precisava girar três vezes para a direita, como um cachorro se ajeitando, antes de entrar no avião, achando que ninguém percebia.

O pobre copiloto ficou de pé ao lado de Teddy na decolagem. Chamava-se Guy, um ex-aluno de Eton, disse ele, na esperança de criar algum tipo de vínculo com Teddy.

— Não estive em Eton — Teddy comentou, com algum desdém.

Guy tinha muito que aprender. Se vivesse o bastante. ("Que palerma!", disse Vic.)

Claro, ele não era o primeiro copiloto que carregavam; tinham voado com alguns sujeitos estranhos quando diversos membros da tripulação não puderam sair em missões. George Carr recebera licença para ir ao funeral do pai. Mac perdera uma missão por problemas de estômago e Kenny sofreu uma luxação no tornozelo que o deixou fora de combate num ataque a Bremen (resultado de um dos treinos de paraquedismo de Teddy). Vic Bennett perdera a acidentada missão final da J-Jig a Turim na semana anterior, por conta de um resfriado debilitante.

Mac compensara suas horas voando com outra tripulação, mas isso ainda deixava seus dois artilheiros com uma missão a menos numa operação completa. Precisariam voar como sujeitos estranhos em outras tripulações. Amuletos sem sorte.

No ataque a Turim, voaram com um artilheiro do ar substituto na posição de Vic, na torre dorsal. Ele tinha um leve sotaque do West Country ("Zomerzet") e não disse mais do que algumas palavras durante toda a viagem.

Tinham voado sobre os picos nevados dos Alpes à luz de uma esplêndida lua cheia.

— Não são muitos os que veem isto, hein, comandante? — Kenny Nielson esganiçou no intercomunicador.

Até Mac saiu de trás da cortina para "ver a vista".

— Quase tão boa quanto as Rochosas — disse.

Kenny retrucou:

— Mas você nunca viu as Rochosas de *cima*, não é?

Keith começou a murmurar alguma coisa a respeito das Montanhas Azuis, até que Teddy interveio com um "Parem, vocês todos" antes que explodisse uma acalorada discussão quanto aos méritos relativos das cadeias montanhosas do mundo.

O sujeito estranho não tinha nada a dizer sobre montanhas. Teddy achava que não havia muitas em Somerset. Além de alguns feriados à beira-mar na Cornualha quando eram crianças, aquela não era uma parte do país que tivesse explorado. Se sobrevivesse à guerra, pensou, gostaria de fazer um grande tour pela Inglaterra, por todas as estradas e caminhos, os vilarejos escondidos, os grandes monumentos, os prados, charnecas e lagos. Tudo pelo que estavam lutando.

Eram "privilegiados", segundo Norman, por ver o mundo de um ângulo que poucas pessoas já haviam visto. Um privilégio pelo qual estavam pagando um preço terrível, pensou Teddy.

Estavam impactados não só pela visão dos Alpes ao luar, mas também pelo céu negro salpicado com milhares e milhares de estrelas — sementes brilhantes espalhadas por algum deus generoso, pensou Teddy, resvalando para perigosamente perto do reino abandonado da poesia. Havia crepúsculos e auroras de emocionante grandeza e uma vez, numa surtida a Bochum, um magnífico espetáculo exibido para eles pela aurora boreal — uma vibrante cortina de cores desdobrada no céu que os deixara em busca de superlativos.

Em sua isolada posição na retaguarda, Kenny Nielson afirmou ter "a melhor poltrona da casa". Os poentes, sobretudo, deixavam-no maravilhado. Da cauda da aeronave ele podia ver o sol descendo por muito tempo depois que o resto da tripulação já estava mergulhado na escuridão.

— O céu está em chamas — reportou uma vez, entusiasmado, depois de Teddy ter arrastado o Halifax da pista para o ar.

Teddy teve um momento de terror — uma visão do Armagedom sendo atirado sobre eles pelo inimigo, mas então Vic Bennett, na torre dorsal, disse:

— É o melhor pôr do sol que já vi.

— Como se Deus pintasse o céu — Kenny disse.

— Podemos ter alguma paz e silêncio? — Teddy reagiu, aliviado porque o fim do mundo não era iminente e chocado com si mesmo por ter pensado que poderia ser.

— Mas é deslumbrante — Kenny insistiu, ainda sem conseguir desistir da beleza. Ou da "Beleza", como Sylvie poderia ter dito.

Como artilheiro de retaguarda, Kenny era, entre todos, o que tinha menos probabilidades de ver um pôr do sol em tempos de paz, só uma em quatro chances de ficar vivo até lá, disse a garota de Ursula. No final, é claro, era a garota do Ministério da Aeronáutica quem estava vivendo sem um futuro, morta pelo bombardeiro Aldwych V-1 em junho de 1944. Ela estava no telhado de Adastral House, tomando sol enquanto comia um sanduíche na hora do almoço. (Teddy se perguntou quais seriam as chances de *aquilo* acontecer.)

Outras garotas do Ministério da Aeronáutica foram jogadas para fora das janelas estilhaçadas do prédio e caíram mortas na rua. Um homem foi cortado ao meio por uma vidraça que caía, Ursula contou. Teddy pensou que, para algumas pessoas, Ursula também era uma garota — a garota da Defesa Civil.

Ela se chamava Anne. A garota do Ministério da Aeronáutica. E, quando saíram para beber no fim de tarde que passaram na companhia um do outro no Hammersmith Palais (ela dançava um bom foxtrote), despediu-se de Teddy com um "Bem, boa sorte" e não o olhou nos olhos.

Não tinham ficado muito ao alcance do fogo antiaéreo na surtida para Turim, os atiradores italianos sempre pareciam desanimados. Bombardearam o alvo a quatro mil e oitocentos metros, nos marcadores vermelhos. O clima começava a mudar enquanto se aproximavam. Os Alpes já não eram belos, na verdade nem visíveis, e quando voltaram para casa viram-se confrontados com uma enorme e escura torre de nuvens negras elevando-se bem acima deles. Dentro daquele monstro havia brilhos e centelhas, como se ali acontecessem pequenas explosões que eles, a princípio, acharam que teriam a ver com o bombardeio, ou até com algum novo tipo de arma sendo testada neles, e foram necessários alguns minutos para que compreendessem que estavam voando para dentro de um imenso e sinistro cúmulo-nimbo.

A turbulência era medonha, jogando a J-Jig de um lado para o outro como se fosse um avião de brinquedo. Como moscas para garotos travessos. Ou deuses travessos. Zeus atirando seus raios. Thor brandindo seu martelo. As fadas mudando os móveis de lugar, costumava dizer Bridget, uma interpretação menos vingativa para tempos mais gentis. Muitas fadas, pensou Teddy. Pelo intercomunicador, Teddy podia ouvir os palavrões indo do apavorado controle cristão de Norman — "Ai, Senhor!" — à crueza de Keith — "Merda, merda, merda, tira a gente desta merda, comando".

Todos concordaram depois que aquilo tinha sido pior do que qualquer fogo antiaéreo que já tinham enfrentado. De fogo antiaéreo eles entendiam, mas aquilo era algo mais primitivo. Às vezes, raios iluminavam fissuras e cavernas letais no interior da massa escura. As turbulentas correntes de ar eram aleatórias — jogando-os para cima, para baixo ou para os lados, e Teddy se perguntava se a aeronave não se partiria com tanta tensão.

A temperatura exterior caiu drasticamente, e o gelo começou a se formar nas asas. Gelo era um inimigo feroz, podia se formar depressa e às vezes sem aviso prévio — diversas toneladas dele, congelando os motores e controles e cobrindo as asas com grossas camadas brancas. Podia deixar um avião tão pesado que ele simplesmente caía do céu ou se fazia em pedaços no ar.

O intercomunicador estava vivo, com involuntários "Jesus", "Cristo" e "Merda" à medida que eram sacudidos e, também, o murmúrio do Salmo 23, "Ainda que eu ande pelo vale da sombra da morte", que foi interrompido por várias exclamações de surpresa quando a J-Jig foi de repente ejetado do cúmulo para se ver possuído por um espectro.

Tocado em todos os lugares pelo fogo de santelmo, sobrenatural e azul-claro — uma estranha luminescência que ardia ao longo das bordas das asas e chegava a girar com as hélices, rodopiando fora delas e criando estranhos rastros emplumados na escuridão, como fantasmagóricos fogos de artifício. Aquilo estava "dançando" entre as bocas dos canhões, reportou Kenny da retaguarda.

— Aqui em cima também — veio da torre dorsal.

O estranho fenômeno fez Teddy pensar nas *willis* de *Giselle*. Tinha visto uma apresentação do balé quando estava no colégio, uma excursão à Royal Opera House organizada pelo professor de música. As bailarinas brilhavam com a mesma luz sinistra e sobrenatural que tinha sido agora atraída pela J-Jig. Em retrospectiva, parecia uma estranha escolha para uma classe de agitados meninos de treze anos de uma escola pública. Seu pai, quando soube, levantara uma sobrancelha e perguntara o nome do professor ("Um apreciador de Wilde, espero"). E mesmo Sylvie, com seu amor pela arte, questionara o fato de serem expostos àquela escolha um tanto "visionária", como qualificou, já que em geral as únicas vezes que saíam do colégio era para ir a jogos de rúgbi. Depois do espetáculo, Teddy teve pesadelos, sonhando que as mulheres espectrais punham as mãos sobre ele e tentavam arrastá-lo para algum lugar escuro e desconhecido.

O fogo azul acabou por piscar e morrer, e o motor externo de estibordo começou a tossir e engasgar com a vibração antes de enlouquecer. Teddy tinha acabado de controlá-lo quando o problemático motor de bombordo também começou a vibrar. Parecia pretender se soltar sozinho da aeronave. Talvez ficassem melhor sem ele.

Teddy disse a Mac para elaborar um novo plano de voo que os levasse o mais depressa possível para casa. A tempestade inutilizara seus instrumentos magnéticos, e Mac precisou fazer cálculos de posição para traçar um novo curso, mas não antes que o motor de bombordo resolvesse pegar fogo. Dá um tempo, pensou Teddy, empurrando os manetes para forçar um mergulho abrupto ("Segurem-se todos!") que teve o bem-vindo efeito de não só apagar as chamas, mas também desalojar o gelo das asas. Depois da tempestade, a bonança, ele pensou. Em compensação, antes de cada bonança há uma tempestade.

O motor externo de estibordo fumegava agora, e poucos minutos depois Keith relatou estar vendo chamas, e então, sem aviso, o motor explodiu, com uma força que quase virou a aeronave. Uma série de "Jesus Cristo" e "Inferno da porra" no intercomunicador, e Teddy disse: "Tudo certo". Que coisa ridícula de dizer, pensou. Voavam com dois motores, lutando contra um vento de proa, ainda congelando, sem rádio e contando apenas com o cálculo de posição para levá-los para casa. Nada estava certo.

Teddy pensava em dar ordem de abandonar a aeronave quando algo ainda mais alarmante aconteceu. Mac começou a cantar. Mac! E não era uma antiga canção do interior canadense, e sim uma interpretação cacofônica de "Boogie Woogie Bugle Boy". Mesmo responsabilizando o intercomunicador, era uma versão bem horrível, sobretudo quando ele imitou a corneta, como um elefante sofredor. E, mais chocante ainda, seguiu-se àquilo a risada de seu sisudo canadense, mais para o jeito de Charles Penrose cantando "The Laughing Policeman". Teddy pediu a Norman para descobrir o que estava acontecendo atrás da cortina de Mac.

Verificou-se que seu tubo de oxigênio havia congelado. Norman tentou descongelá-lo com o café da garrafa térmica, mas àquela altura o café estava apenas morno. Arrastaram Mac para fora de seu assento, conseguiram prendê-lo ao tanque central de oxigênio e torceram pelo melhor. Hipóxia costumava levar as pessoas a fazerem as coisas mais estranhas e depois podia matá-las.

Depois da guerra, Mac trabalhou numa grande companhia de seguros em Toronto. Casou-se, teve três filhos e aposentou-se cedo ("fez alguns investimentos espertos"); Teddy esteve com ele num jantar de confraternização do esquadrão, o único ao qual Teddy compareceu. Não parecera de modo algum familiar, e ocorreu a Teddy que talvez nunca o tivesse conhecido direito. Talvez nunca tivesse conhecido nenhum deles. Talvez tivesse tido essa impressão apenas devido às circunstâncias nas quais se encontravam. Aquela versão mais velha de Mac pareceu, aos olhos de Teddy, bastante satisfeita consigo mesma. O horror da época que haviam compartilhado não parecia ter deixado marcas. Supunha que os idosos se entregavam a reminiscências de velhas guerras desde o começo dos tempos. Jericó, Termópilas, Nuremberg. Não queria ser um deles. Teddy saiu cedo do encontro, dizendo: "Lamento, tenho que puxar o bonde, companheiros", escorregando facilmente de volta ao jargão do qual agora as pessoas zombavam.

Mas, mesmo assim, tantos anos depois, ele descobriu que nas longas e escuras vigílias noturnas, atormentado pela insônia, recitaria aqueles nomes. *Essen Bremen Wilhelmshaven Duisburg Vegesak Hamburgo Saarbrücken Dusseldorf Osnabruck Flensburgo Frankfurt Kassel Krefeld Aachen Gênova Milão Turim Mainz Karlsruhe Kiel Colônia Gelsenkirchen Bochum Stuttgart Berlim Nuremberg*. Alguns podiam contar carneiros. Teddy contava as capitais e as cidades que tentara destruir, que haviam tentado destruí-lo. Talvez tivessem conseguido.

Na volta de Turim foram pegos pelo fogo antiaéreo quando se aproximavam do litoral francês. Um obus explodiu de encontro à fuselagem, quase arrancando J-Jig dos céus. Estavam atravessando uma nuvem densa e, por um momento de desorientação, Teddy achou que estivessem voando de cabeça para baixo. A aeronave cheirava a pólvora e havia fumaça saindo de algum lugar, embora sem nenhum sinal de chamas.

Teddy fez uma checagem da tripulação.

— Estão todos bem? — perguntou. — Artilheiro de retaguarda? Torre dorsal? Bombardeador?

Teddy sempre se preocupava mais com o artilheiro de retaguarda, preso lá fora na cauda, longe deles. Surpreendeu-o que alguém tão falante e sociável como o pequeno Kenny Nielson ficasse tão contente em seu ninho frio e solitário. Teddy sabia que não teria suportado aquele espaço exíguo e claustrofóbico.

Todos responderam, de diversas maneiras. "O.k.", "Tudo bem", "Ainda aqui", e por aí afora. Norman foi verificar se havia danos. Alguns buracos na fuselagem e a escotilha de fuga inferior arrancada. E o sistema hidráulico devia estar cortado, ele disse, porque tinha chapinhado em líquido, mas não havia nada em chamas. Voavam mais baixo e mais devagar a cada quilômetro. Estavam a menos de mil e quinhentos metros e tiraram as máscaras de oxigênio. Mac já estava reanimado e deitou-se na área de descanso.

Teddy decidiu que não poderiam continuar daquela maneira por mais tempo e disse a todos que se preparassem para abandonar a aeronave, mas já estavam voando sobre o mar, e todos concordaram que preferiam insistir a cair fora. Sua fé na capacidade de Teddy de levá-los ao alvo e de volta para casa tornara-se inabalável à medida que os voos se sucediam. Talvez uma fé mal colocada, pensou Teddy, com tristeza.

Quando o litoral inglês se fez visível ("Obrigado, Senhor", ele ouviu Norman dizer), estavam quase sem combustível e não havia muito mais a ser extraído dos tanques. George havia passado as últimas horas consertando o rádio e conseguira mandar um "melancólico" pedido de pouso de emergência, mas tudo parecia estar fechado para a noite. Estavam tão baixo que, ao sobrevoarem uma ferrovia, puderam ver o trem serpenteando abaixo deles, com o brilho vermelho intenso da fornalha do motor escapando das placas de vedação. Teddy não gostava das chances de sucesso que teriam ao fazer paraquedismo daquela altura e lhes disse para assumirem posição de colisão, o que não era muito mais do que se amarrarem a alguma coisa acessível, mas então, no último minuto, uma voz feminina fria e eficiente em Scampton deu-lhes permissão para pousar, e Norman disse: "Vamos conseguir, comandante", e assim foi, mais pelo desejo de conseguirem, pensou Teddy, do que por qualquer habilidade da parte dele. Se sete cabeças trabalhando em harmonia conseguiam pilotar um avião apenas pela força de vontade, então conseguiram. Seis cabeças, na verdade.

Mas não o suficiente para levá-lo à pista. Sem sistema hidráulico, Teddy não podia usar os flaps e o trem de pouso não poderia descer, então fizeram uma aterragem de barriga a duzentos e quarenta quilômetros por hora, ultrapassando a pista, arrebentando a sebe do perímetro, invadindo um campo, saltando sobre uma estrada, quase cortando a empena de uma fileira de chalés antes de girar sobre outra sebe e avançar a custo sobre um campo em que enfim deslizaram até uma parada final trepidante e chacoalhante. Muitos membros da tripulação foram empurrados para o anteparo frontal, de modo que, machucados e doloridos, levaram algum tempo para escalar a escada da escotilha de fuga superior. A aeronave se encheu no mesmo instante de fumaça acre, e Teddy, de pé embaixo da escada para ajudá-los a sair, instava-os a fazê-lo "o mais depressa possível, rapazes". Contou-os. Faltavam dois, um era Kenny. E nem sinal da torre dorsal.

Quando Teddy finalmente saiu, viu que a torre da retaguarda ainda estava presa, mas o resto da aeronave estava praticamente aos pedaços. J-Jig deixara um rastro atrás de si — rodas, asas, motores, tanques de combustível, como uma mulher devassa se despojaria de suas roupas. O que restava da fuselagem estava em chamas, e ele encontrou seus atordoados tripulantes reunidos em volta da torre de retaguarda, onde Kenny parecia preso, e Keith gritando para ele: "Sai daí, seu idiota!", embora fosse evidente que ele não poderia, pois as portas da torreta estavam bloqueadas e não giravam.

Santos deuses, pensou Teddy, não haveria um fim para aquela missão pesadelo? Seria só um horror atrás do outro? É, imaginou, pois a guerra não era isso mesmo?

A fuselagem queimava com violência atrás de Kenny, e Teddy pensou com pavor nos cintos de munição que alimentavam os canhões e se perguntou quanto tempo teria antes que o fogo os encontrasse. Kenny berrava a plenos pulmões, palavrões que depois até Keith disse nunca ter ouvido. Seriam todos obrigados a vê-lo morrer queimado?

Havia um pequeno painel na torre de onde o Perspex havia sido removido para dar ao artilheiro de retaguarda uma visão mais clara (além de congelá-lo quase até a morte) e começaram a incentivar Kenny para tentar subir através daquela minúscula abertura. Ele já tinha conseguido se livrar da roupagem volumosa e quente, mas ainda estava atrapalhado pelo uniforme.

Uma vez, numa ida ao zoológico de Londres, Teddy vira um polvo se espremer para passar através de um buraco impossivelmente pequeno, um truque que o tratador fazia questão de mostrar aos meninos menores. Mas o polvo não estava atrapalhado com uma jaqueta de uniforme e enormes botas de voo, nem tinha um esqueleto, mas se alguém era capaz de executar aquele truque de Houdini, esse alguém era seu pequeno ratinho artilheiro de retaguarda.

Ele conseguiu pôr a cabeça para fora e começou a se contorcer para passar os ombros. Teddy imaginou que era mais ou menos como nascer, embora não tivesse certeza da mecânica de tal ato. Quando Kenny conseguiu passar os ombros pela abertura, eles o agarraram, puxaram e puxaram, todos gritando a plenos pulmões, até que de repente ele pulou para fora como a rolha de uma garrafa ou Jonas sendo vomitado pela baleia. Mas então, para pânico de todos, em vez de saltar dali na mesma hora, ele se desvencilhou dos braços dos outros e enfiou a cabeça de volta no buraco da torreta, emergindo triunfante um segundo depois com um gato preto muito puído e muito sortudo.

Todos então correram como loucos, para se afastar dos restos da aeronave que um minuto depois explodiu, brilhantes línguas de chama branca lambendo o céu do amanhecer, graças às garrafas de oxigênio, seguidas de desagradáveis estalos e respingos dos cintos de munição.

E foi esse o fim do pobre J-Jig, que, burro de carga que era, os tinha levado de um lado para o outro do inferno em sua barriga fedorenta e oleosa.

— Ele era um bom pássaro — Keith disse, fazendo o elogio fúnebre.

Era sim, concordaram todos.

— Descanse em paz — Kenny completou.

Os ocupantes dos chalés tinham tido um despertar rude, mas uma mulher gentil e maternal levou-lhes uma bandeja com chá. O fazendeiro apareceu e repreendeu-os por destruírem suas couves e foi, por sua vez, repreendido pela mulher maternal. Foi nesse ponto que um caminhão de Scampton surgiu para lhes dar uma carona até a estação, onde receberam café da manhã e precisaram esperar pelo transporte de volta ao esquadrão.

Tudo o que queriam era dormir, e a viagem de volta pareceu interminável. Mesmo quando chegaram, tiveram ainda que passar pela habitual rotina de relatar o voo a um oficial de informações. Estavam mortos de cansaço, os rostos ainda vincados das máscaras de oxigênio, quase surdos dos motores da J-Jig. A cabeça de Teddy latejava de dor, o que era comum ao fim de um voo.

Era quase hora do almoço, mesmo assim foram premiados com suas habituais canecas de chá batizado com gotas de rum, e o capelão fez a ronda com cigarros e biscoitos, e disse: "É bom vê-los de volta, meninos". O pessoal de terra esperara por eles até ouvirem de Scampton que estavam a salvo; o oficial comandante não tinha dormido e se juntara a eles quando foram interrogados pelo oficial de informações. Tinha um afeto paternal por eles, que eram a tripulação com mais tempo de serviço. Turim tinha sido sua vigésima oitava missão e algum engraçadinho havia pintado um sorvete em J-Jig, em vez de uma bomba.

Tinham pousado sem o sujeito estranho. Deduziram que ele devia ter se mandado bem depressa quando Teddy deu a primeira ordem para abandonarem J-Jig. Havia sido sobre a França. Não? Ou sobre o mar do Norte. Teddy estava tão cansado que mal conseguia se lembrar do próprio nome, muito menos de grandes detalhes daquela volta medonha. Com certeza não conseguia se lembrar do nome do sujeito estranho.

— Fred, acho — George Carr disse.

"Frank", segundo Norman. "Decididamente alguma coisa começando por F", concordaram todos, e o oficial de informações precisou folhear sua papelada antes de falar.

— Na verdade, H. Harold Wilkinson.

— Chegamos perto — George Carr disse.

Mac não tinha nenhuma lembrança da anoxia, disse que nem ao menos sabia a letra de "Boogie Woogie Bugle Boy", embora não parasse de cantá-la na bebedeira que se seguiu a Turim. Tiveram uma licença de quarenta e oito horas, dormiram a metade do tempo e, na outra metade, beberam até cair no Bettys Bar, em York.

Depois da guerra, muito tempo depois da guerra, Teddy pesquisou um pouco para ver se conseguiria descobrir o que acontecera com o sujeito estranho. Não havia registro de que ele tivesse aterrado a salvo de paraquedas, de que tivesse se evadido ou sido feito prisioneiro. Foi dado como desaparecido, e mais tarde seu nome apareceu no memorial de Runnymede para os homens que não tiveram sepultura conhecida, onde foi lembrado como Harold Wilkinson, e não como "o sujeito estranho".

— Babaca palerma — Vic Bennett disse. — Deveria ter tido mais fé no seu piloto, não é mesmo? Não posso acreditar que tenha perdido a festa.

Voltaram pouco antes da tripulação da A-Able, que, como eles, também havia partido para o ataque a Turim, mas, no caminho de casa, tivera que desviar para Argel depois que dois motores seus foram eliminados. Haviam sido oficialmente declarados desaparecidos quando voltaram para a estação. Seu Halifax, para alegria geral, estava carregado de caixotes de laranjas, que foram distribuídas pelo esquadrão e algumas mandadas para a escola de ensino fundamental local. Teddy comeu sua laranja muito devagar, saboreando cada gomo e pensando em fatias quentes do sol do Mediterrâneo que não esperava ver de novo. Não viu. Depois da guerra, Teddy nunca mais saiu do país, nunca tirou férias no exterior, nunca pisou a bordo de um avião moderno ou entrou num barco no mar. Viola disse a ele que aquela "política isolacionista" era "patética" e que não era uma *política*, era apenas o jeito como as coisas tinham acontecido. Nem se tratava de atitude chauvinista e xenofóbica, duas palavras do arsenal dela. Ela o acusava de não ter "senso de aventura", e ele achava que a guerra proporcionara "aventura" suficiente para várias vidas e que um homem podia muito bem se nutrir em seu próprio jardim. "*Il faut cultiver notre jardin*", ele argumentou, mas ela nunca tinha ouvido falar em Cândido.* Ele não tinha nem certeza se ela já ouvira falar em Voltaire.

— *Porta de bombas aberta, comandante.*

— *O.k., bombardeador.*

— *Firme, comandante. Esquerda. Esquerda. Firme. Um pouco à direita. Firme, firme. Bombas lançadas.*

A S-Sugar subiu no ar, aliviada de sua carga de bombas. Ainda sem escapatória para eles, pois tinham que continuar a voar sobre o alvo, reto e nivelado, por cerca de mais trinta segundos, enquanto o brilho do flash era disparado e a câmera no dispositivo de bombas fizesse a fotografia. Era a prova de que tinham estado no bombardeio, sem isso o voo não contaria como uma missão, mas sabe Deus o que alguém veria quando examinasse os resultados, pensou Teddy. O alvo estava totalmente coberto de nuvens e somava-se a elas o miasma de fuligem industrial que camuflava com insistência o Ruhr e, pelo que sabiam, aquilo poderia ser a superfície da Lua. Tinham bombardeado conforme marcadores celestes determinados pela recém-formada força Pathfinder e torciam para ter feito certo.

Mais tarde, muito mais tarde, quando todos os livros de história, memórias e biografias começaram a ser publicados e as pessoas pararam de querer esquecer a guerra e começaram a recordá-la, Teddy examinou aquele ataque e descobriu que grande parte da força havia bombardeado um lugar dezesseis quilômetros a oeste do alvo e, no cômputo geral, talvez mais danos tenham sido causados pelos bombardeiros do que por qualquer um no chão. Quanto mais lia, mais descobria como seu lançamento de bombas havia sido impreciso naqueles primeiros anos. Conversara a respeito disso com Mac no jantar de confraternização.

— Que desperdício — disse Teddy.

— Um desperdício de bombas — retrucou Mac.

* Personagem-título de *Cândido ou o otimismo*, do filósofo francês Voltaire (1694-1778).

Teddy imaginou que, como navegador, ele se sentia pessoalmente ofendido.

— Bem, não foi exatamente isso o que eu quis dizer — Teddy objetou. — Tantos homens e aeronaves perdidos para tão pouco resultado. Achamos que estávamos minando sua economia, mas em boa parte do tempo estávamos matando mulheres e crianças.

— Não posso acreditar que você faça parte dos angustiados, Ted.

— Não faço — ele protestou.

— Foram eles que começaram, Ted.

E nós acabamos, pensou Teddy. Estava feliz por ter ficado de fora nos últimos dezoito meses da guerra, num campo de prisioneiros, sem testemunhar o Comando de Bombardeiros tentar eliminar a Alemanha do mapa da Europa.

Aquele era o argumento final de toda a discussão. Eles começaram. Eles semearam o vento. Eles pediram. Os clichês vomitados pela guerra.

— Olho por olho — disse Mac. — E você pode dizer o que quiser, Teddy, mas alemão bom ainda é alemão morto.

(Todos eles?, perguntou-se Teddy. Até agora?)

— Eu sei. Não estou dizendo que não deveríamos tê-los bombardeado — concordou Teddy —, mas em retrospectiva…

— O problema é, Ted, com toda a sua chamada "retrospectiva", você faria de novo, se lhe pedissem?

Faria. Claro que faria (Auschwitz, Treblinka). Mas não deu a Mac a satisfação de uma resposta.

A câmera se fechou e Teddy tirou a S-Sugar dali e Mac definiu o rumo para o trecho de volta para casa.

— Não foi tão ruim — disse o copiloto.

(Guy, não era? Teddy não tinha certeza. Ele parecia Guy. Ou seria Giles?) Duas ou três vozes gemeram no intercomunicador.

— Longo caminho à frente — Teddy disse.

E na verdade o fogo antiaéreo estava tão ruim, se não pior, no caminho de volta quanto tinha estado no de ida. Podiam sentir a explosão dos obuses espocando em volta e as trepidações e os baques quando lascas de bombas atingiam a fuselagem.

Houve um súbito clarão ofuscante a bombordo quando um Lancaster foi atingido na asa. A asa foi arrancada e arremessada no ar sem nenhum controle até bater em outro Lancaster, decepando sua torre dorsal. Os dois Lancaster caíram espiralarando, num quase balé, em sua queda vertiginosa.

— Porra! — fez uma voz aterrorizada no intercomunicador.

Vic ou George, Teddy não tinha certeza. Porra mesmo, ele pensou em silêncio. Mandou Norman lá atrás para atestar os danos da bateria antiaérea.

— Maldito buracão — disse.

Quase não precisavam ouvir aquilo, havia um vendaval ártico soprando dentro da S-Sugar. Guy parecia ter mudado de ideia quanto a não ser tão ruim e indicou a Teddy que ia à retaguarda familiarizar-se com o repulsivo banheiro Elsan. Guy. Vinha de Eton. "Preciso me lembrar", censurou-se Teddy. O sujeito estranho perdido em Somerset o deixara se sentindo culpado, relapso em seu dever. Todos na aeronave eram sua responsabilidade, afinal. O mínimo que podia fazer era lembrar seus nomes, por Deus. Guy nunca mais voltou porque naquele instante os dois artilheiros começaram a gritar ao mesmo tempo no intercomunicador.

— Caça a bombordo, manobra saca-rolha, vai!

E Teddy empurrou a coluna de controle, mas não antes de serem atingidos por tiros de canhão de um caça, um grande chocalhar, como se um deus dos céus atirasse pedras na fuselagem. O cheiro de fumaça de pólvora encheu a aeronave.

Teddy tinha feito um mergulho violento com a J-Jig, mas, quando virou a estibordo e voltou a subir, o caça já tinha desaparecido sem que Teddy o tivesse visto. Não voltou, desaparecendo tão misteriosamente quanto havia surgido. Norman definiu um curso direto para casa, evitando as áreas fortemente defendidas em torno de Rotterdam e Amsterdam, mas quando chegaram à costa holandesa estavam reduzidos a seiscentos metros. O caça tinha feito seu trabalho. Os motores internos de bombordo e estibordo não funcionavam mais, o elerão de estibordo idem, e cinco tanques da asa estavam perfurados. Havia também um grande corte na fuselagem, reportou Teddy. Norman desligou os motores inúteis e eles continuaram em frente, tarde demais para dar meia-volta, pois tinham voado dentro de uma nuvem e, quando afinal saíram dela, estavam bem em cima do mar do Norte.

Durante algum tempo outro Halifax voou em formação com eles, mas voavam tão baixo e devagar que o companheiro desistiu deles e subiu com um aceno de despedida das asas. Estavam sozinhos.

A quatro mil e seiscentos metros, Teddy disse a sua tripulação que se preparasse para amerissar. Dezesseis quilômetros para a costa inglesa, Teddy reportou, calmo.

— Leve-nos para um pouco mais perto, comandante — alguém disse.

A ideia de amerissar era ruim demais, mas cair na água e ser pego pelos alemães era impensável.

— Continue em frente — Norman berrou. — Voltamos de Turim, lembre-se.

A trezentos metros, podiam ver os cavalos brancos na crista das ondas. Com quatro, talvez seis metros de altura. Borrasca, pensou Teddy.

Até ali, já haviam lançado tudo o que podiam — a mesa do navegador, almofadas, frascos, garrafas de oxigênio. Teddy atacou os assentos com o machado para quebrá-los e Vic desmantelou os canhões da torre dorsal e atirou-as para fora da aeronave, seguidas da própria torre. Tudo para mantê-los seguindo em frente um pouco mais.

— Seis quilômetros para a costa inglesa — informou Teddy, a voz calma como sempre.

Seus papéis e mapas tinham voado para todo lado quando fizeram o mergulho para evitar o caça, e agora ele juntava tudo como se estivesse fechando um escritório para o fim de semana. Uma coisa era não entrar em pânico, pensou Teddy, mas não ter um sentimento de urgência era outra. Lembrou-se de como, quando tentavam libertar Kenny da torre de retaguarda, Teddy recuara comentando, enquanto os outros o ajudavam com frenesi.

— Continue, comandante — disse outra voz.

A cento e cinquenta metros, George Carr prendeu a chave Morse, colocou o radar na frequência internacional de perigo e recolheu o rádio inútil.

A cento e vinte metros, o medidor de combustível marcava zero, eles abriram as escotilhas de emergência, e Teddy disse a todos que assumissem posições de amaragem. Teddy se deitou a estibordo e Norman a bombordo, com os pés apoiados na longarina dianteira. Os artilheiros tinham as costas apoiadas na longarina traseira, e George e Teddy sentaram-se entre as pernas deles. Para absorver o choque, todos puseram as mãos atrás do pescoço ou sobre os paraquedas. Teddy os treinara bem.

Bateram na água a cento e setenta e sete quilômetros por hora. O compartimento do apontador partiu com o impacto e uma grande onda de água invadiu a S-Sugar, imergindo-os até o pescoço pouco antes de terem tempo de inflar seus coletes salva-vidas. George tinha sido nocauteado no impacto e eles o puxaram desajeitadamente pela escotilha de emergência. Descobriram que Kenny não sabia nadar e, mais ainda, que tinha pavor de água, e Mac precisou segurá-lo pela nuca com uma das mãos e arrastá-lo pela água que já havia enchido a fuselagem, enquanto ele se debatia, gritando de medo. Teddy ficou para trás. Um capitão era sempre o último a deixar a nave.

O bote que estava acondicionado na asa tinha sido inflado e agora bloqueava a escotilha superior. A S-Sugar estava quase totalmente cheia d'água e começava a adernar para bombordo, e por um instante Teddy pensou, é o fim, mas então mergulhou e nadou, entrando pelo buraco na fuselagem.

Todos saíram e, de um jeito ou de outro, subiram no bote. Norman cortou a corda e deslizaram para longe da S-Sugar. A aeronave ainda estava à tona, flutuando torta no cinza implacável, mas em minutos foi sugada para baixo e para sempre perdida para o mundo.

Em algum lugar na escuridão podiam ouvir um motor. Mac agarrou a pistola Verey e tentou disparar um cartucho, mas seus dedos estavam tão inchados e dormentes de frio que ele não conseguiu. Havia quantas horas estavam na água? Tinham perdido a noção de tempo. Era sua segunda noite, disso tinham certeza. Logo ficara claro para eles que a amaragem fora só o começo dos problemas. Houve uma enorme onda no mar, e eles mal tinham acabado de conseguir subir no bote, quando foram todos jogados de volta ao mar por outra onda enorme. Pelo menos o bote não tinha virado (pequenas compensações), mas fora preciso um esforço tremendo, quase sobre-humano, de todos eles para escalá-lo outra vez, sem falar que ainda precisaram subir o desacordado George.

Vic perdera as botas em algum lugar pelo caminho e estava sofrendo com o frio. Todos se revezaram para esfregar seus pés, mas suas próprias mãos inchavam cada vez mais. As roupas estavam completamente ensopadas e se colavam à pele, multiplicando por cem o frio e o desespero.

O pobre acidentado George Carr tinha sido desajeitadamente escorado e não parava de escorregar para a água no fundo do bote. Estava semiconsciente, mas reclamando muito. Era difícil dizer se estava ou não sentindo dor, mas de qualquer maneira Mac lhe deu uma injeção de morfina e ele se acalmou.

O rádio se perdera quando foram jogados ao mar, e eles não sabiam a que distância da posição original de amaragem poderiam ter flutuado. As chances de um avião avistá-los ou de uma lancha de salvamento encontrá-los pareciam remotas.

O som de motor se extinguira de todo, até que um deles — Norman — conseguiu puxar o gatilho da pistola Verey e Keith disse: "Atrasado pra caralho". O cartucho só serviu para iluminar a vasta escuridão na qual estavam à deriva e, se possível, deprimi-los ainda mais. Teddy se perguntou se o motor de um avião teria sido uma alucinação. Talvez fosse como estar perdido no deserto e logo veriam miragens ou se tornariam presa de todo tipo de enganos e ilusões.

— Eu daria qualquer coisa por um mata-rato — Keith disse.

— Eu tinha um maço de cigarros — Kenny disse, tentando tirá-lo do bolso.

Eles olharam com pena para os Woodbines molhados antes de os jogarem para o lado. Todos os suprimentos de emergência tinham desaparecido, é claro; cigarros, comida e qualquer coisa que poderia tê-los animado ou sustentado tinham sido levados pela água quando submergiram pela segunda vez. Teddy encontrou num bolso um pedaço de chocolate, e Mac o dividiu escrupulosamente com seu canivete e distribuiu os fragmentos. George tinha tido razão ao comer seu chocolate antes de partir, pensou Teddy — não tinha com que se preocupar agora. Vic recusou o chocolate, estava terrivelmente enjoado.

— Já ouvi todas aquelas lendas — Keith disse — de homens à deriva no mar durante semanas, num bote aberto, e como acabaram comendo uns aos outros, começando pelo garoto da cabine.

Todos se viraram instintivamente para olhar para Kenny.

— Mas só quero que vocês saibam, eu ia preferir comer meu próprio pé a qualquer um de vocês, seus malditos.

— Estou me sentindo pessoalmente insultado — Mac retrucou. — Dou uma boa refeição para qualquer homem.

Aquilo fez com que todos falassem de comida, o que nunca é uma boa ideia quando não há possibilidade alguma de consegui-la, mas aos poucos a conversa diminuiu e morreu. Estavam exaustos demais para conversar e, um a um, caíram num sono irregular. Teddy preocupou-se com a possibilidade de eles não acordarem daquele cochilo gelado e permaneceu acordado, vigilante.

Ele se divertiu perguntando-se o que escolheria para comer. Se pudesse fazer uma refeição, como seria? Um grande restaurante ou um jantarzinho caseiro? Por fim, decidiu-se por uma das tortas da sra. Glover e, de sobremesa, pão de ló com melado e creme. Mas não era a comida que importava, era o fato de estarem todos sentados à mesa estilo Regency Revival, Hugh à ponta, voltando dos mortos. Jimmy no colo de Pamela, as meninas ainda com fitas nos cabelos e saias curtas. Bridget trazendo os pratos da cozinha, a sra. Glover resmungando nos bastidores. Sylvie graciosa e de bom humor. Havia até um lugar para Maurice. E um cão sentado debaixo da mesa. Ou dois — porque em sua imaginação eles existiam, e não suas sepulturas, Trixie e Jock, juntos, refastelavam-se calorosamente a seus pés. Apesar de suas boas intenções, não conseguiu manter os olhos abertos e caiu no poço escuro do sono.

A segunda manhã no mar trouxe um tipo de luz deprimente que nada prometia. O mar tinha estado mais calmo por algumas horas, mas de repente ficou violento. Eles eram todo o tempo ensopados por respingos, que os atingiam em cheio no rosto, dificultando a respiração. Parecia impossível que pudessem ficar mais molhados, mas mesmo assim descobriram ser perfeitamente possível. Para piorar ainda mais as coisas, descobriram que parecia haver um vazamento no bote e eles precisaram bombear com o fole de emergência, mas depois de algum tempo ele também parou de funcionar e não conseguiram descobrir um jeito de consertá-lo, então a única maneira que tinham de tirar a água era com as mãos congeladas, tornando-as ainda mais imprestáveis.

George estava mal, bem como Vic. Nenhum dos dois conseguia se defender das ondas que os açoitavam sem trégua. Teddy se arrastou até George e tentou sentir seu pulso, mas o movimento das ondas era violento demais. Achava que George poderia estar morto, mas não disse nada aos outros.

Quando olhou para Kenny, viu que ele encarava George com ar melancólico. Ele desviou o olhar para Teddy e disse:

— Se eu vou morrer, comandante, prefiro morrer com você do que com qualquer outra pessoa.

— Você não vai morrer — Teddy retrucou, quase malcriado.

Todos estariam perdidos se começassem a se desesperar. *Melhor não se entregar a pensamentos mórbidos.*

— Eu sei, mas se tiver que…

Onde estava o copiloto? Guy. Ninguém conseguia se lembrar de tê-lo visto depois que foram atacados pelo caça, e durante algum tempo houve muita discussão no bote a respeito do que poderia ter acontecido com ele. Por fim, concluíram que ele não desaparecera no ar e deveria ter caído, sem que ninguém visse ou ouvisse, pelo buraco na fuselagem quando eles giraram no ar, e despencara no mar do Norte, sem paraquedas.

Outra grande onda fatal os atingiu como concreto. Eles se seguraram como puderam, mas Vic e Kenny foram jogados na água. Teddy nunca soube como tiveram forças para reaver um Kenny aterrorizado ("Porque ele era um nanico", Keith disse mais tarde), mas conseguiram. E não importava quantas vezes tentassem içar o peso morto de Vic de volta para o bote, ele sempre escorregava de volta para a água. Era uma tarefa impossível, estavam fracos demais. Conseguiram prender um de seus braços nas cordas do bote, mas Teddy não via como ele poderia aguentar mais do que poucos minutos na água.

Teddy assumiu a posição mais perto possível dele e ainda tentava agarrá-lo, quando Vic deixou a cabeça cair para trás e olhou Teddy nos olhos. Teddy soube que não havia mais luta dentro dele.

— Bem, boa sorte para vocês — Vic sussurrou e deixou o braço escorregar para fora das cordas do bote.

Afastou-se flutuando, só por alguns metros, e então desapareceu em silêncio entre as ondas, em direção a seu túmulo desconhecido.

George Carr não estava morto, como Teddy receara, mas morreu dois dias depois no hospital, de "choque e imersão", que Teddy imaginou querer dizer que morrera de frio.

Foram encontrados por sorte por um barco da Marinha Real que estava em busca de outra aeronave caída. Foram puxados a bordo e despojados de suas roupas, receberam chá quente, rum e cigarros, foram enrolados em cobertores e deitados em beliches com ternura, como bebês. No mesmo instante Teddy caiu no mais profundo sono que já conhecera e, quando foi acordado, mais ou menos uma hora depois, com mais chá quente e rum, desejou que o tivessem deixado dormir para sempre naquele beliche.

Passaram a noite num hospital em Grimsby e depois foram levados de trem de volta à base. A não ser George, é claro, que foi resgatado pela família e enterrado em Burnley.

Receberam vários dias de licença, mas ainda havia o problema da trigésima missão de Kenny. Nenhum deles podia acreditar que, depois de tudo pelo que haviam passado, ainda se esperava que ele completasse oficialmente sua missão, mas o oficial comandante, que eles sabiam ser um bom homem, disse "estar de mãos atadas".

Assim, apenas uma semana depois de terem sido puxados de alto-mar como gatinhos meio afogados, eles se viram sentados na pista à espera do sinal de decolar. A tripulação remanescente — Teddy, Mac, Norman e Keith, todos já fora de serviço — apresentou-se para voar outra vez com Kenny, num último ataque. Ele chorou quando lhe contaram, e Keith disse:

— Seu fracote.

Era um gesto um tanto imprudente e irresponsável. Por alguma razão, sentiam-se “imunizados” pela amaragem, como se nada de mau pudesse lhes acontecer, o que, como poderia ter dito a garota do Ministério da Aeronáutica, simplesmente não era o caso. E isso a despeito do fato de que todos os sinais e presságios eram ruins. (Talvez a sorte ao contrário de Keith não estivesse funcionando.) Tomaram emprestada uma aeronave de outra tripulação e levaram dois outros homens precisando fazer surtidas, segundo o princípio de que eram todos sujeitos estranhos naquela viagem. Chegaram até a levar com eles um copiloto, embora o copiloto não fosse um novato ganhando experiência, mas seu próprio oficial comandante que “gostou da ideia” de ir a bordo. Teddy esperava que ele lhes desse uma viagem tranquila, talvez uma missão leve, jogar panfletos na França, mas não. Foram para Berlim num ataque de máximo esforço. Estavam todos contaminados por uma espécie de loucura e, ridiculamente, bem-humorados, como meninos saindo numa expedição de escoteiros. Foram e voltaram de Berlim intocados pelas baterias antiaéreas e nem sequer encontraram um caça. Foi uma das primeiras aeronaves a aterrissar de volta à base. Kenny pulou do avião e beijou o concreto da pista. Todos se apertaram as mãos, e o oficial comandante disse:

— Então, não foi tão mal assim, não é, rapazes?

Ele não deveria ter dito aquilo. Voou no ataque fatal a Nuremberg e Teddy soube depois que nunca voltou.

Lillian estava, sem sombra de dúvida, prestes a ser mãe, usando um velho guarda-pó estampado, já esgarçando nas costuras. Parecia exausta, olheiras no rosto e veias salientes nas pernas magras. Nenhum brilho ali, pensou Teddy. Era difícil acreditar que aquela era a mesma Lil do indescritível cetim vermelho. E aonde todo aquele cetim a levara.

— Tivemos um velório no lugar de um casamento — a sra. Bennett disse. — Sente-se, Lil, descanse um pouco.

Lillian se sentou, obediente, enquanto a sra. Bennett preparava um chá.

— Eu nunca tinha vindo a Canvey Island — Teddy disse.

E a mãe de Vic rebateu:

— Por que viria?

Vic herdara dela os dentes ruins, Teddy notou.

— Ele não falou nada a respeito do bebê.

E a sra. Bennett rebateu mais uma vez:

— Por que diria?

E Lillian levantou uma sobrancelha e sorriu para Teddy.

— Nascido fora do matrimônio — informou a mãe de Vic, despejando o chá de uma grande chaleira de estanho.

Ela era uma estranha mistura de desaprovação e conforto.

— Não será o primeiro, nem será o último. Ele deixou uma carta — Lillian contou a Teddy —, todos eles deixam, sabia?

— É, eu sei — concordou Teddy.

— É claro que ele sabe — retrucou a sra. Bennett —, ele também deixou uma.

Teddy pensou que a mãe de Vic nunca poderia ser oficialmente a sogra de Lillian e que, no futuro, poderia haver alguma maneira de a pobre garota escapar dela. Pequenas compensações.

— Ele *disse* — Lillian insistiu, ignorando a sra. Bennett —, ele disse que quando o bebê nascesse, se fosse menino, eu deveria chamá-lo de Edward.

— Edward? — Teddy repetiu, sem expressão.

— Como você.

E pela primeira vez em toda a guerra Teddy fraquejou. Desabou em lágrimas, com soluços altos e sofridos, e Lillian se levantou e pôs os braços em volta dele, puxando-o para seu corpo inchado e dizendo: "Passou, passou", como poucos meses depois faria com o próprio filho.

A mãe de Vic, mais amável agora, insistiu para que ele jantasse com eles, como se seus bolinhos de carne enlatada pudessem de alguma forma curar sua dor coletiva. Deram-lhe mais chá, cigarros e doces que tinham em estoque para as boas-vindas de Vic, e só conseguiu escapar quando suas pálpebras começaram a cair e Lillian disse:

— Deixem o coitado ir embora, vou acompanhá-lo até o ponto de ônibus.

— Vou com você — a sra. Bennett se ofereceu, enfiando um chapéu na cabeça.

Ele era tudo o lhes restava de Vic, Teddy pensou, e eles quase não podiam suportar deixá-lo ir.

— Ele escreveu a seu respeito — declarou a mãe de Vic, olhando reto para a frente enquanto esperavam o ônibus. — Ele disse que você era o melhor homem que ele já tinha conhecido.

Teddy percebeu que os lábios dela tremiam. O ônibus surgiu, salvando-o de pensar numa resposta.

— Eu quase ia me esquecendo — ele disse. — Nosso artilheiro de retaguarda, Kenny Nielson, me pediu para dar uma coisa ao bebê.

Teddy apresentou o surrado gato preto que tinha sido o amuleto da sorte de Kenny. Ele sobrevivera ao mergulho no mar do Norte, mas com certeza não ficara mais bonito por isso. Em sua última missão, foi e voltou de Berlim orgulhosamente montado na carlinga.

— É horrível — a sra. Bennett constatou. — Não se pode dar isso a um bebê.

Mas Lillian pegou o gatinho de pano e garantiu a Teddy:

— Obrigada, vou guardá-lo com carinho.

— Tenho que ir. — Teddy subiu os degraus do ônibus. — Foi muito bom conhecê-las. Bem, boa sorte para vocês — acrescentou, só mais tarde se dando conta de que aquelas também tinham sido as últimas palavras de Vic.

1980
A coragem da madrugada

Muitas noites ele soluçou no travesseiro, perguntando-se o que tinha feito para merecer aquilo. Era porque havia alguma coisa errada com ele, não era? Todos diziam isso — a mãe, a avó, até a irmã, às vezes —, mas o que *estava* errado? Porque se ele soubesse o que havia de errado tentaria consertar, tentaria mesmo. Tentaria muito mesmo. E então talvez aquela punição interminável chegasse ao fim e a bruxa má que afirmava ser sua avó deixasse que ele fosse para casa e ele nunca mais seria desobediente enquanto vivesse.

Todas as noites, ao ir para a cama, Sunny refletia desesperado sobre o catálogo de regras desconcertantes, perguntas e geral insatisfação (de todos os lados) que preencheram seu dia em Jordan Manor (*endireite as costas coma de boca fechada quando comer fora de casa muito obrigado lave dentro das orelhas você está fazendo uma plantação de batatas dentro delas o que é isto na sua mão o que há de errado com você*). Não importava o que ele fizesse, nunca estava certo. Aquilo estava lhe dando nos nervos. E por que ele *nunca* conseguia se lembrar de dizer "por favor" e "obrigado", a avó ralhava.

Tinha que abafar o choro porque se ela o ouvisse, subiria as escadas batendo os pés, irromperia em seu quarto e lhe diria para ficar quieto e ir dormir.

— E não me faça subir aqui de novo — ela sempre acrescentava. — Essas escadas ainda vão me matar um dia.

Ah, se acontecesse mesmo, pensava Sunny. E por que ela tinha que colocá-lo lá em cima se subir escadas era tão difícil para ela?

Era uma cela, embora ela dissesse que era o "quarto das crianças" — um cômodo horrendo no sótão, no que ela chamava de "o andar dos criados", embora não tivessem mais criados "decentes", ela dizia. Os que tinham — a sra. Kerrich e Thomas — nunca iam lá em cima, de qualquer maneira. Estavam vivendo em "circunstâncias reduzidas", dizia a avó, que era a razão de só ter a sra. Kerrich, que ia todos os dias cozinhar e limpar, e Thomas, que vivia num chalé nos portões de Jordan Manor e que empurrava, carregava peso, consertava e "dava um jeito" no jardim. Sunny não gostava de Thomas. Ele estava sempre lhe dizendo coisas como: "Tá bão? Ocê qué vi vê meu lenha, garoto?", e então, rindo como se aquilo fosse a maior piada do mundo, mostrava os buracos negros onde faltavam dentes. Tanto Thomas quanto a sra. Kerrich tinham sotaques peculiares, monocórdios e cantados ao mesmo tempo. ("Norfolk", a sra. Kerrich explicou.)

— São campônios, na verdade — a avó disse. — Mas são pessoas boas. Mais ou menos.

Tanto Thomas quanto a sra. Kerrich passavam muito tempo queixando-se um para o outro de estarem "o tempo todo à disposição de dona leidi", e mais tempo ainda queixando-se de Sunny e do "trabalho extra" que ele lhes dava. Falavam dele na sua frente, como se ele não estivesse ali, sentado à mesa da cozinha com eles, Thomas fumava seus Woodbines e a sra. Kerrich tomava chá. Tinha vontade de perguntar a eles: "Onde está o sr. Bonsmodos hoje?", que era o que sua mãe teria feito com *ele* se ele fosse rude com as pessoas na frente delas. Na verdade, o sr. Bonsmodos teria tido muito que fazer se tivesse vivido em Jordan Manor. Sunny nunca mais seria rude com alguém enquanto vivesse, se eles só *o deixassem ir para casa*.

Mas de qualquer maneira era melhor estar na cozinha do que no resto da casa. Aquele era o cômodo mais quente e sempre havia chance de comida. Se ele ficasse bastante tempo na cozinha, a sra. Kerrich lhe dava de comer, com a mesma atitude indiferente com que de quando em quando jogava alguma coisa para os cães. Seus avós tinham hábitos alimentares frugais, e ele estava sempre com fome. Era um garoto em fase de crescimento, precisava comer.

Até sua mãe dizia isso. Para piorar tudo, as refeições eram acompanhadas por uma saraivada de instruções — *mastigue de boca fechada sente-se com as costas retas use direito sua faca e seu garfo onde você cresceu num celeiro?* Seus modos à mesa eram pavorosos, dizia a avó, talvez eles lhe devessem dar lavagem de porco, já que ele comia como um.

— Eles não têm mais porcos — a sra. Kerrich disse —, ou ela era capaz de dar *ocê* pra eles *comê*.

Menos uma ameaça do que uma afirmação, na verdade.

A sra. Kerrich suspirou e disse a Thomas:

— Bem, é mió levar pra dona leidi o chafé da manhã — as últimas palavras ditas com sarcasmo, indicando a posição de camponesa da sra. Kerrich como orgulhosa bebedora de chá forte e doce, e não do pretencioso café da classe alta.

A avó de Sunny não era "lady", era apenas uma simples "senhora". Sra. Villiers. Sra. Antonia Villiers. "Vovó" — palavra que o fazia gaguejar quase todas as vezes que tentava dizer (em grande parte por achar difícil acreditar que realmente fosse parente dela). Por que não podia chamá-la de "vó" ou "avó"? Tentou, uma vez. Ela estava parada diante das janelas francesas da "sala de estar", observando Thomas, que cortava a grama ("Incompetente!") enquanto Sunny brincava no tapete com um velho Meccano do pai que lhe tinha sido relutantemente "emprestado" ("Cuidado!") pela avó, quando disse "Posso tomar um copo de leite, vó?", e ela deu meia-volta num pulo, encarou-o como se nunca o tivesse visto na vida e depois disse "*Como é?*" de um jeito parecido com o que a mãe dele usava, só que dez vezes mais desagradável, como se ela quisesse usar as palavras para mordê-lo.

— Vovó — ele emendou depressa. — Por favor — acrescentou.

(O sr. Bonsmodos acenou em aprovação.)

A avó continuou a encará-lo até que ele achou que um dos dois se transformaria em pedra, mas depois de algum tempo ela murmurou: "*Posso tomar um copo de leite, vó?*", como se aquela fosse a coisa mais surpreendente que jamais ouvira. E então voltou a observar Thomas ("Dá para pensar que ele nunca viu um gramado na vida!").

— Leite? — A sra. Kerrich riu. — Ocê nunca tá satisfeito, minino, é o seu probrema.

Meninos em fase de crescimento *deviam* tomar leite, Sunny sabia disso, todo mundo sabia disso! O que havia de *errado* com aquelas pessoas? E comer biscoitos e bananas e pão-com-manteiga-e-presunto e todas as outras coisas que eram consideradas luxos em Jordan Manor, mas que seu avô de verdade — vô Ted — via como medidas necessárias durante o dia. Sunny estava acostumado a viver com adultos que não entendiam nada de crianças — Adam's Acre, o "grupo de mulheres pela paz" da mãe, sua classe na escola —, mas em todos esses lugares ele era alimentado, mais cedo ou mais tarde.

— Ih, cara, pode crer — disse seu pai, Dominic. — É como viver num romance de Dickens. *Por favor, senhor, posso comer mais?* Eu me lembro. E depois quando você vai para o internato, tem que comer a merda que eles servem lá.

Internato?, Sunny pensou. Não iria para o internato, iria para casa no fim das férias de verão, de volta para o colégio em York do qual não gostava muito, mas que agora começava a parecer um paraíso perdido.

— Ah, não tenha tanta certeza — o pai lhe disse. — Agora que ela pôs as garras em você, não vai deixá-lo escapar.

Dominic estava morando na parte de cima da cocheira ("minha mansarda") e em geral podia ser encontrado deitado num velho sofá maltratado, cercado por telas inacabadas. Tudo o que restava dos cavalos era o persistente cheiro de estrume quando se subia os degraus externos de pedra até seu quarto. O pai de Sunny estava exilado ("por vontade própria") da casa principal.

Dominic também não parecia comer muito, embora em geral tivesse uma barra de chocolate em algum lugar, que dividia entre os dois. Não tinha estado bem, ele disse, "hospital e toda essa merda", mas agora estava muito melhor. Todas as vezes que Sunny ia vê-lo, ele parecia estar dormindo, ainda que afirmasse estar pensando. Era inútil se queixar de qualquer coisa com ele. Ele tomava "remédios fortes por receita médica", contou. Os vidrinhos estavam alinhados no batente da janela.

— Ele é como uma preguiça — a avó de Sunny dizia ao avô ("vovô", outra palavra impossível).

E, mesmo que Sunny achasse que deveria defender o pai, não havia como escapar do fato de que a avó tinha razão. Na verdade, preguiças ficariam impacientes com Dominic. (Sunny tinha visto um documentário sobre preguiças com o vô Ted.) "Vovô" não tinha opinião a respeito de Dominic. Era porque ele estava gagá, segundo a sra. Kerrich. "Ovos mexidos no lugar do cérebro."

— Como naquele estado Dominic poderia ficar com a herança? — a avó de Sunny insistia em perguntar, imperturbável diante da natureza unilateral de todas as conversas com o marido, embora fosse provável que as preferisse daquele jeito. — E se ele não se restabelecer? Aquela criança será nossa única esperança, que Deus nos ajude.

"Aquela criança" se perguntava qual o sentido daquelas palavras. Não gostava da ideia de ser a única esperança de ninguém. Parecia que ele era o "último Villiers". Mas, e quanto a Bertie?

— Ela é uma *menina* — a avó disse, desdenhosa. — "A linhagem terminava nas filhas." É como está dito no Debrett's.

Parecia a Sunny ser um lugar bastante bom para terminar, mas eles precisavam de um herdeiro homem, afirmou a avó, mesmo que fosse ilegítimo. ("Ele é um bastardinho, não é?", a sra. Kerrich dizia a Thomas. "Sob mais de um aspecto.")

— Ainda vamos fazer dele um Villiers — a avó disse —, mas é um trabalho árduo.

O "estado" em que seu pai se encontrava era, aparentemente, culpa de Sunny. Como? Por quê?

— Só bruquê ocê existe — a sra. Kerrich explicou, entregando-lhe um biscoito Rich Tea seco. — Si o moço Dominic num tivesse usado droga e sua mãe e isso tudo — disse —, intão ele pudia ter andado nos cavalo tudos dia e casado cuma garota bunita qui usassi pérola e blusa cum casaquinho, cumo esse tipo di genti deve fazê. Invêis, ele virô (e ela fez orelhas de coelho) um autista. I dispois istragô a raça tendo um filho quinem ocê.

A sra. Kerrich era um poço sem fundo de informações, infelizmente a maioria falsa ou cheia de erros.

Os cães, pressentindo biscoitos, surgiram na cozinha e se agitaram em torno de suas pernas debaixo da mesa. Eram três coisas lerdas, uma espécie de *spaniel*, sem nenhum outro interesse além deles mesmos. Snuffy, Pippy e Loppy. Nomes idiotas. Vô Ted tinha um cachorro decente chamado Tinker.

Vô Ted dizia que Tinker era "sólido como uma rocha". Os cães da avó estavam sempre dando mordidinhas secretas em Sunny com seus dentes horríveis, e quando ele se queixou com ela, ela reagiu dizendo:

— O que você fez com eles? Você deve ter feito alguma coisa com eles, eles não morderiam sem motivo.

Quando era exatamente isso o que faziam.

— Pra fora, seus bichu horrívi — a sra. Kerrich disse a eles, palavras que não tiveram efeito algum.

Eles não eram sequer bem treinados e deixavam o que sua avó, condescendente, chamava de "salsichinhas" em cima dos tapetes persas que "já tinham visto dias melhores". ("Nojento", dizia a sra. Kerrich.) Toda a casa já vira dias melhores. Estava caindo aos pedaços à volta deles, segundo a avó, cuja voz irritante foi ouvida gritando de outro canto da casa: "Snuffy! Pippy! Loppy!", e os cães saíram da cozinha tão depressa quanto tinham entrado.

— Já tinha acabado cum tudos ele si fossem meu — disse a sra. Kerrich.

Sunny desconfiou que ela não estava falando só dos cachorros. Ele se comportava muito melhor do que os cães e, no entanto, era tratado muito pior. Como aquilo poderia ser justo?

Uma das campainhas dos criados no vestíbulo começou a tocar. As campainhas ressoavam de um jeito horrível, como se a pessoa que as tocava do outro lado estivesse furiosa (embora em geral estivesse).

— Ai, caramba! É seu lordi di novo — disse a sra. Kerrich, erguendo-se da cadeira. — Convocada pelos sinos. — (Ela dizia isso todas as vezes.) Seu lordi — que também não era lorde, e sim "coronel Villiers".

O avô de Sunny (supostamente) pouco saía da poltrona perto do fogo. Seus olhos remelentos eram de um azul pálido e, em vez de falar, ele emitia um som que ficava entre latido e tosse, como uma foca, que a avó e a sra. Kerrich pareciam não ter problemas para interpretar, mas Sunny tinha uma enorme dificuldade para traduzir para um inglês reconhecível. Sempre que Sunny estava por perto, o avô o pegava e o mantinha agarrado, muitas vezes beliscando-o ao mesmo tempo e latindo em seu ouvido: "Quem é você?".

Sunny não tinha muita certeza de qual seria a resposta para aquela pergunta. Aparentemente, ele não era mais Sunny. A avó disse que não conseguiria chamá-lo por um nome tão idiota. Sun era ainda mais ridículo, e por isso ela disse que dali em diante ele se chamava "Philip", que era o nome de seu avô gagá.

— Ih, cara — seu pai disse, resignado, quando Sunny foi informá-lo de que agora se chamava Philip. — Deixa sua avó chamar você do jeito que quiser. É mais fácil do que brigar com ela. O que é um nome, afinal? É só uma etiqueta que penduram no seu pescoço.

Não era só seu nome, a avó o levara a Norwich e o equipara com roupas novas em folha para que ele não usasse mais seus macacões e blusões listrados de palhaço tricotados à mão, e sim ostentasse shorts cáqui e camisas "espertas", e suas sandálias de plástico por antiquados modelos Start-Rite. O pior de tudo foi ela o ter levado a um "senhor barbeiro" que cortou e raspou seus longos cachos em alguma coisa chamada "curto atrás e dos lados", que transformou por completo sua aparência. Realmente ele não era mais ele mesmo.

Não contou ao vô Ted sobre a nova identidade, sentindo que isso levaria a mais perguntas do que era capaz de responder. Havia um telefonema semanal. A avó ficava a seu lado, enquanto ele se atrapalhava com o grande e estranho receptor do telefone e "batia um papinho" com vô Ted. Infelizmente, a surpreendentemente ameaçadora presença da "vovó" impedia que Sunny revelasse a verdade sobre o quão terrivelmente infeliz ele estava. Não era muito bom de conversa e por isso só dava respostas monossilábicas às perguntas de Teddy. Estava se divertindo? *Sim.* O tempo estava bom? *Sim.* (Em geral, chovia.) Estavam lhe dando de comer direito? *Sim.* (Não!) E então Teddy costumava terminar perguntando: "Você quer falar com Bertie?" (*Sim*), e, como ela era tão ruim de conversa quanto Sunny, seguiam-se dois minutos de silêncio enquanto os dois ouviam a respiração adenoidal um do outro até que a avó, impaciente, dizia: "Me devolve o telefone" e ordenava a Bertie, do outro lado da linha, que devolvesse o receptor para o avô. Então a avó fazia uma voz mais amável e dizia coisas como: "Ele está tão bem aqui agora, acho que poderia ficar um pouco mais. É, todo o ar puro do campo, e conviver com o pai. E, é claro, é como deseja a querida Viola". E assim por diante. Querida Viola?, pensou Sunny, incapaz de conceber um cenário que pusesse "vovó" e "querida Viola" no mesmo cômodo.

Sunny gostaria de saber algum código ou ter uma linguagem secreta através da qual pudesse transmitir sua desgraça (*Socorro!*), mas, em vez disso, dizia "Tchau, vô", mesmo sentindo alguma coisa horrível (agonia) subindo do seu (um tanto vazio) estômago.

— Síndrome de Estocolmo — Bertie disse. — Você começa a se identificar com seus captores, como Patty Hearst.

Era 2011 e eles estavam sentados no alto do monte Batur, vendo o sol nascer. Tinham subido até lá à luz de uma lanterna, antes do amanhecer. Sunny já vivia em Bali havia dois anos. Antes, tinha estado na Austrália e antes ainda na Índia, durante anos. Bertie o visitara diversas vezes, Viola nunca.

Bertie teria se saído melhor em Jordan Manor. Ela sabia como agradar, mas também sabia quando se rebelar. Sunny, na verdade, jamais aprendera direito nenhuma das duas atitudes.

— Eles eram como vampiros — Sunny disse a Bertie. — Precisavam de uma infusão de sangue novo. Não importava se estivesse contaminado.

— Você acha que eles eram tão ruins quanto você se lembra? — perguntou Bertie.

— Piores, muito piores — Sunny riu.

Eles o haviam, basicamente, sequestrado e agora o mantinham prisioneiro contra sua vontade. Vô Ted perguntara:

— Você gostaria de passar uns dias com seu pai?

Eram as férias de verão. Fazia um ano que haviam saído de Devon e da comunidade em Adam's Acre. Embora ele tivesse quase certeza de que tinha odiado o lugar na época, Devon havia se transformado numa lembrança dourada, sem dúvida alimentada pelas fantasias utópicas da irmã, que falava em gansos, vacas vermelhas e bolos. Sunny tinha esperado que todos eles pudessem viver com vô Ted quando se mudaram para York, mas a mãe afirmou: "Não é provável", e depois de algumas semanas ela alugou uma pequena casa geminada e colocou-o no Colégio Steiner, do qual ele não tinha gostado, mas para o qual voltaria agora de boa vontade.

— Você pode ir conhecer seus outros avós — disse vô Ted, num tom que sem dúvida era de falso entusiasmo. — Eles moram numa casa grande no campo, cachorros, cavalos e coisas assim. Poderia ser bom passar algumas semanas com eles, o que você acha?

Os cavalos já tinham sido mandados embora havia tempos, e os cachorros o comeriam, se tivessem oportunidade.

— Eles também têm um labirinto — Teddy disse.

Sunny achou que aqueles antes desconhecidos avós vivessem "dentro" de um labirinto, o que não o surpreendeu. Ele também não estava encontrando a saída para aquela surpresa de se ver mandado ir morar lá. Ele não tinha vontade própria, sabia disso. Viola inculcara essa ideia em sua cabeça. "Você não tem o direito de dizer o que quer fazer", "Você vai fazer o que eu mandar, não o que você quer", "Porque *eu* quero!".

— Não foi ideia minha — Sunny ouviu o avô dizer no telefone para algum interlocutor invisível —, mas a mãe dele faz muita questão.

Isso foi depois que sua mãe o deixara, aos dois é claro, *para cuidar de seus interesses*, segundo ela. O que aquilo queria dizer? Seus filhos não eram tão importantes quanto seus interesses? Não eram a mesma coisa? Ela fora para Greenham Common. Bertie disse que o nome era como o de um lugar de contos de fadas (até que Bertie foi lá). Bertie achava que tudo tinha nome de lugar de contos de fadas. Viola estava lá para "abraçar o movimento", fosse o que fosse aquilo. "Ela podia tentar abraçar os filhos", Sunny ouviu Teddy resmungar.

Sua avó e Dominic chegaram num grande carro velho e, quando desembarcaram, vô Ted cochichou ao ouvido de Sunny: "Esta é sua avó, Sunny", embora não a tivesse visto antes. A avó usava um casaco de pele gasto que parecia ter sido feito de pele de rato, e seus dentes eram tão amarelos quanto os narcisos do jardim do avô. Ela parecia uma anciã, mas recordando anos depois Sunny considerou que ela não tinha mais que setenta anos. ("Antigamente as pessoas pareciam mais velhas", Bertie disse.)

— Papai! — Bertie gritou, passando por Sunny e jogando-se nos braços do pai, surpreendendo Sunny e ainda mais Dominic, com seu entusiasmo de cachorrinho.

— Ei — o pai disse, dando um passo para trás como se a filha o estivesse atacando.

— Oi, Ted — Dominic cumprimentou depois de ter identificado Bertie. — Como está tudo?

Teddy ofereceu-lhes uma xícara de chá.

— E fiz um bolo, um sanduíche Victoria — explicou, e a nova avó franziu a testa com a ideia não apenas do bolo, mas de ter sido um homem que o preparara.

E chegara a hora. Chá tomado, bolo comido — ou não —, e Sunny foi empacotado na parte de trás do carro com três cães muito ressentidos e em seguida soube que estava em Norfolk; aquela que diziam ser sua avó recomendava que ele precisava começar a crescer. Ele só tinha sete anos! Ainda faltavam muitos anos para ele crescer! Era tão injusto.

Deu uma última fungada infeliz no travesseiro. Tinha problemas para dormir todas as noites e, quando adormecia, acordava num sobressalto e se via cercado de todo tipo de objeto sinistro que o ameaçava na escuridão. Na luz mais segura do dia ele podia ver o que na verdade era — os restos, amontoados durante anos, do que um ressentido Thomas deixara para trás quando lhe mandaram limpar o quarto para "o garoto" —, um cestinho gasto, um berço quebrado, um pé de esqui, um abajur enorme e, o pior de tudo, um manequim de alfaiate de madeira que Sunny podia jurar que chegava mais perto, centímetro por apavorante centímetro, à medida que a noite avançava, como se estivesse fazendo uma horrível brincadeira de estátua.

— Ih, cara, "o quarto das crianças" — disse Dominic —, que buraco dos infernos. Se eu tivesse filhos, eu lhes daria o melhor quarto da casa.

— Você tem filhos — o filho retrucou.

— Ah, sei, bem, você entendeu o que eu quis dizer.

Não mesmo, pensou Sunny.

Fazia frio no quarto das crianças, mesmo que estivessem no verão. Havia manchas úmidas nas paredes e um pedaço do papel de parede tinha caído e ficava pendurado como pele esfolada. A única janela, salpicada de mofo preto, estava emperrada, ou Sunny poderia ter tentado subir e fugir escorregando pelo cano de esgoto — o tipo de coisa que Augusto fazia nos livros.

O vô Ted tinha aqueles livros, montanhas deles, chamados *As aventuras de Augusto*, que a tia tinha escrito sobre ele. Viola tinha lido alguns para Sunny. Augusto aprontava todo tipo de coisas ruins, e todo mundo parecia achar que estava tudo bem, mas se Sunny deixasse cair uma ervilha do prato, ele era o pior garoto do mundo, na opinião da avó. Não era justo.

Queria que Bertie estivesse ali. Ela teria se aconchegado com ele na cama e o manteria aquecido. Ela era boa de aconchego, e vô Ted também. Ninguém em Jordan Manor se encostava nele, a não ser para beliscar ou dar um tapa, ou, no caso dos cães, morder. A avó preferia uma régua de madeira de trinta centímetros na parte de trás de suas pernas.

— Funcionava muito bem com Dominic — afirmava.

("Seei... i vê lá nu qui deu", disse a sra. Kerrich. Não que a sra. Kerrich fosse contra a punição corporal. Longe disso.)

Ele molhava bastante a cama, o que também fazia em casa, mas ali era a sra. Kerrich quem precisava lidar com os lençóis, e ela nunca deixava de lembrá-lo que ele era "um mijãozinho". Quando estava irritada de verdade, ela ainda o fazia dormir nos lençóis frios e úmidos na noite seguinte.

Livros mofados e quebra-cabeças vitorianos também tinham sido largados sem cuidado no quarto. Sunny fez o melhor que pôde com eles. Era um péssimo leitor, mas muito bom com quebra-cabeças, embora pouquíssimas vezes fosse possível alguém ficar contente fazendo O chalé de Anne Hathaway ou O rei Arthur em Dartmoor.

O quarto ainda estava repleto das sobras da infância de Dominic, e Sunny sempre pisava num boneco articulado ou derrapava num carrinho Dinky, juntando aqueles pequenos tesouros numa velha caixa de sapatos. Ele se apegara (contra todas as probabilidades) à pequena lebre de prata que ganhara do vô Ted, mas gostaria de ter o consolo de suas pedras. Havia um pouco de cascalho na entrada, mas era difícil de tirar. Seu melhor seixo, que tinha encontrado na praia um dia antes de saírem de Devon, lhe tinha sido tirado pela avó. ("Coisa imunda.") Se tivesse suas pedras, poderia ter deixado uma trilha como João e Maria e, depois, encontrado o caminho de volta. Ou Bertie, sua Maria, poderia seguir a trilha e encontrá-lo e libertá-lo de sua gaiola e empurrar "vovó" para dentro de um forno e queimá-la até virar cinzas. Ele adormeceu com aquele pensamento feliz na cabeça.

Veio à tona a "polêmica questão" de sua instrução. A sra. Kerrich disse a Thomas que não entendia por que ele não podia simplesmente ir para a escola local.

— Não é bom o bastante para um Villiers — Thomas respondeu.

Meu nome é Todd, pensou Sunny. Sunny Todd, e não Philip Villiers. Quanto tempo até que se esquecesse? A sra. Kerrich disse que achava que o "filho e herdeiro" era retardado, de modo que dona leidi não precisava tirar as calças pela cabeça com aquela história de escola para ele.

— Eu não sou retardado — Sunny murmurou.

A sra. Kerrich disse:

— Fale quando falarem com você, ô meu camaradinha.

O sr. Bonsmodos balançou a cabeça em desespero, com a falta de educação de Thomas e da sra. Kerrich.

A sra. Kerrich tinha razão, a escola de ensino fundamental local estava fora de questão para a avó, as simples palavras *escola pública* a faziam estremecer. Ele não tinha idade suficiente para o colégio interno frequentado por Dominic.

— Ainda não — a avó disse.

Não até que fizesse oito anos. Oito parecia horrivelmente pouco, mesmo do ponto de vista de quem tinha sete.

— Tá — o pai concordou. — Eu era infeliz lá, mas não tinha saudades de casa. Ninguém pode ter saudades de um lugar como este, a gente pode se sentir doente quando está *em* Jordan Manor, mas é um alívio estar *fora* daqui.

Aquela era uma frase enorme para Dominic. Estava saindo de sua "hibernação", explicou, sacudindo o torpor.

— Parei com os remédios e toda aquela merda. Vendo as coisas mais claras agora. Preciso sair daqui.

— Eu também — Sunny disse.

Talvez pudessem fugir juntos. Sunny teve uma visão dos dois andando por uma estrada rural, carregando suas coisas em lenços de xadrez vermelho e branco amarrados em varetas. Talvez um cãozinho trotando a seu lado.

— Eles não entendem nada de crianças — o pai continuou. — Você não faz ideia do que foi crescer aqui.

Eu sei como é, pensou Sunny, *estou* crescendo aqui.

— Eles acreditam em privação, esse é o problema, eles acham que isso forma o caráter, quando na verdade acontece o oposto. É claro, na verdade fui criado por uma babá. Ela era pior do que todos eles juntos.

Sunny não tinha ideia do que fosse uma babá. A única "babá" de que se lembrava era uma cabra que havia em Devon. Tinha um cheiro horrível e sempre tentava comer as roupas de quem chegasse muito perto. Parecia improvável que seu pai tivesse sido criado por uma cabra, mas nada surpreendia Sunny naquela época.

— É — Dominic disse, mergulhando nas lembranças. — A babá era mesmo uma pentelha.

— O que é isso? — Sunny quis saber.

— Uma pessoa muito má.

"Uma solução" foi encontrada pela avó. Uma escola de ensino fundamental local, um externato para onde Thomas iria levá-lo e buscá-lo de carro todos os dias. ("Ah, ele vai, vai mesmo?", Thomas disse.)

— Não é um colégio excepcional, na verdade — a avó disse. — Mas isso quer dizer que não nos envergonharemos tanto com o comportamento de Philip.

Que comportamento? Ele era dócil como um camundongo naquela época.

— Vou para o colégio daqui — ele contou ao vô Ted no telefonema semanal.

— Eu sei — respondeu Teddy, soando quase tão infeliz quanto Sunny se sentia. — Sua mãe planejou com Antonia. Vou tentar fazer alguma coisa a respeito disso, está bem? Até lá você vai precisar ser estoico, Sunny.

Sunny não fazia ideia do que era ser estoico, mas estava claro que não era agradável.

Nos poucos dias que antecederam o início das aulas, o clima estava ótimo, como se tivesse feito questão de esperar até que quase não houvesse tempo para aproveitá-lo. Sunny os passou brincando no gramado grande demais. Era chato brincar sozinho, e ele já havia praticamente esgotado sua capacidade de ser um solitário cavaleiro medieval num torneio, Robin Hood ou explorador da selva. Assim, foi um alívio quando o pai disse:

— Vamos viver uma aventura, vamos, Phil?

Sunny achou que já poderia ter vivido "aventuras" suficientes. Dias antes, sem querer, ele tinha entrado no labirinto — que tinha sido "oficialmente proibido" pela avó —, mas como nem ao menos sabia direito como era, ficou difícil evitá-lo. Era um lugar terrível, todo cheio de mato alto, e ele voltara atrás quase no mesmo instante — tarde demais! Já estava perdido, ameaçado pelos espinhos e cercado de alfeneiros. Estava escuro quando Thomas veio procurá-lo, assobiando como se ele fosse um cachorro. Sunny tinha adormecido sobre as raízes duras da sebe e acordou com Thomas piscando uma lanterna em seu rosto e cutucando-o com a bota para encorajá-lo a se levantar.

— Por que você fez isso quando lhe foi expressamente dito para não fazer? — guinchou a avó.

Nenhuma preocupação de ninguém pelo terror que ele havia sentido, é claro. Já estava mais do que acostumado com aquilo, então quando o pai disse "aventuras", uma vozinha interior aconselhou cautela. Era uma palavra que em geral prometia muito por parte do pai, mas que costumava dar em pouco. Em geral, acontecia o oposto com vô Ted.

— É, tire-o do caminho até o fim do dia — a amorosa avó disse.

Durante vários dias Dominic tinha pintado, trabalhando sem parar, dia e noite, jogando tinta na tela.

— Inspirado — disse. — Fazendo alguma merda brilhante.

Dominic chocou todos numa manhã ao surgir para o café da manhã, refeição frugal mesmo nos melhores dias, pedindo todo animado: "Seus melhores ovos com bacon, sra. Kerrich!", quando ela chegou com sua habitual tigela de mingau aguado.

Ela saiu resmungando.

— Ai, deuzi, vai cumeçá di novo, lá tá ele doidão.

Nem ovos nem bacon apareceram, o que não foi nenhuma surpresa para Sunny, que conhecia o estado da despensa melhor que a maioria, porque passava muito tempo esgueirando-se lá para dentro em busca de comida. Poucas provisões, uma estranha cebola em conserva ou batatas frias. Às vezes, nervoso, passava o dedo dentro do pote de geleia. A sra. Kerrich era como um falcão.

Dominic pareceu se esquecer na mesma hora do bacon com ovos e, em vez disso, acendeu um cigarro. A avó também fumava muito, todas as paredes de Jordan Manor tinham uma leve pátina amarelada. Os olhos de Dominic estavam vermelhos, e ele estava tão agitado quanto um sapo.

— Venha logo, Phil — disse antes que Sunny pudesse enfiar na boca uma colherada de mingau. — Vamos nessa.

Tinham caminhado por horas, alimentados por uma barra de chocolate recheada, amassada e meio derretida, que Dominic quebrou e dividiu. Ele tinha tomado umas pílulas cor-de-rosa no começo do passeio, mostrando-as na palma da mão para Sunny e discutindo consigo mesmo se deveria ou não dar uma delas a Sunny.

— Assim tipo um quarto de comprimido? — considerou. — Porque imagine só como seria fazer uma criança viajar.

No fim, decidiu não dar, porque tudo o que iria conseguir seria "uma porrada da loba".

Beberam água de uma lagoa de aparência meio verde que Dominic disse ser uma fonte mágica de água e conter, bem no fundo, um sapo com um rubi na testa.

— Se você olhar bem de perto, vai conseguir vê-lo.

Sunny não conseguiu, para desapontamento do pai. Partiram de novo, o pai ainda divagando sobre o sapo. Sunny já exausto. Aquilo não tinha muita cara de aventura.

— Estou cansado — Sunny disse. — Podemos parar um pouco?

Ele estava preocupado por não saber como fariam para voltar para Jordan Manor, com certeza não seria andando. Tinham atravessado quilômetros, e suas pernas começavam a tremer de cansaço. Se vô Ted estivesse ali, ele o poria nos ombros e diria: "Ufa, estou ficando velho demais para isso".

— É um bom exercício para você — Dominic argumentou, continuando a andar. — Vamos lá.

O rosto de Sunny queimava. Ele sabia que deveria estar usando chapéu e filtro solar. Estava com muita sede e não tinham mais passado por nenhuma lagoa, verde ou não. De repente, Sunny se deu conta de que não estava com alguém que fosse realmente *responsável* por ele. O pai não era um adulto de verdade, era? Uma pontada de medo o atingiu na barriga. Ele não estava seguro ali.

Chegaram a um bosque, o que foi um alívio porque forneceu um pouco de sombra, e Sunny encontrou framboesas selvagens que estavam horrivelmente azedas, mas pelo menos podia comê-las.

Paravam o tempo todo para que Dominic pudesse admirar uma folha de samambaia ou se entusiasmar com um pássaro cantando.

— Você está ouvindo? Santo Cristo, você está *ouvindo*, Phil?

Quando encontraram crescendo numa árvore um cogumelo venenoso que por ali chamavam de chapéu-de-sapo, ele caiu de joelhos e ficou olhando fixo. O cogumelo o manteve extasiado pelo que pareceram horas, e Sunny pediu: "Podemos ir, por favor?", porque sua barriga estava doendo, provavelmente por conta das framboesas azedas, mas Dominic começou a pular e gritar.

— Aimeudeus, aimeudeus, não acredito que não entendi. Chapéu-de--sapo, chapéu-de-sapo, e o sapo com o rubi na testa. Os dois estão conectados.

— Porque o cogumelo serve de chapéu para um sapo? — Sunny arriscou.

— Porque o sapo é o *rei* dos cogumelos, é esse o segredo. Que pode mudar tudo. Nós temos o conhecimento secreto. Gnóstico.

— Nóstico?

— Pode crer. Ih, cara.

E aquilo ainda continuou por um bom tempo. Sunny pensou em deitar e se cobrir de folhas como um animalzinho da floresta. Poderia tirar um cochilo e, depois, talvez, quando acordasse, estaria de volta a Jordan Manor, ou melhor ainda, na casa do vô Ted.

Fora do bosque e de volta à tortura do sol quente. Dominic tinha parado de falar e, na verdade, todo seu humor parecia ter mudado e dado lugar a alguma coisa mais sombria. Resmungava sozinho, mas as palavras não faziam nenhum sentido.

* * *

Desciam agora uma alameda, ladeada por sebes altas, e então de repente a alameda acabou e eles chegaram a uma pequena estrada. Fazia muito calor na estrada e os pés de Sunny doíam tanto que ele achava que não conseguiria andar mais. Havia dois portões brancos na estrada. Havia um grande círculo vermelho no meio de cada porta e uma pequena lâmpada acima de cada uma que não estava acesa porque não estava escuro. Eles passaram pelas portas abertas, e Sunny se deu conta de que estavam numa estrada de ferro. Enfim alguma coisa excitante. Haveria um trem? Podiam esperar por ele?

— É claro — disse Dominic. — Com certeza era por isso que tinham sido levados até ali.

Por quem?, Sunny duvidou. Pelo rei dos chapéus-de-sapo? Não questionou, só estava aliviado porque o pai parecia feliz de novo.

Sunny nunca tinha visto uma passagem de nível. Adorava trens. Vô Ted o levava ao museu ferroviário de York o tempo todo. Ele disse que também adorava trens quando era pequeno.

Sunny esperava que fossem atravessar os trilhos, mas Dominic sentou-se bem no meio da estrada, entre as duas portas brancas, e começou a enrolar um cigarro. Sunny parou hesitante a seu lado. Sentar numa estrada, ainda mais numa com trilhos de trem passando por ela, não parecia uma ideia muito boa, mesmo para uma criança de sete anos, por outro lado suas pernas e pés não conseguiriam aguentar muito mais.

Os trilhos estavam embutidos em toras de madeira no trecho em que cruzavam o asfalto, e seu pai deu um tapinha na madeira a seu lado dizendo: "'Relaxa, senta aqui". Acendeu o rolinho de fumo e descobriu um saco achatado de pastilhas de chocolate completamente derretidas no bolso de trás, olhou para elas com espanto.

— Demais! — exclamou. — Roxas!

Sunny se sentou, menos relutante agora que tinha visto o chocolate e a parte de madeira da estrada não estava muito quente. Ele podia ver todo o caminho ao longo da linha férrea, em ambas as direções.

— Legal, hein? — Dominic disse. — Como uma aula de perspectiva. Você entende de perspectiva?

Ele não entendia.

— Você tem que pintar uma coisa menor se ela está mais longe. As pessoas levaram milhares de anos para entender isso.

A perna de Sunny encostou num dos trilhos de metal, e ele deu um gritinho, porque estava muito quente.

— Pode crer, o sol, cara — Dominic disse. — É quente. Como, e *você é* o sol, certo?

Seu pai não estava realmente dizendo frases, pensou Sunny, só pensamentos confusos.

— E sapo e sopa! Não pode ser coincidência duas palavras serem tão parecidas, pode? Rá. Apolo. Também teriam sido nomes legais, mas nós chamamos você de Sun. Sol. Nosso Sol.

(Ou talvez ele tivesse dito Sono. O nome de Sunny sempre gerava confusão.)

— Eu sou Philip agora — Sunny lembrou ao pai.

Estava coberto de chocolate derretido, o que era exatamente o tipo de coisa que causaria problemas com "a loba", mas agora ele estava com sono demais para se importar. Começou a cochilar, encostado ao corpo magro e agitado do pai.

— E com as linhas paralelas, como os trilhos, aí você tem que ter um ponto de fuga.

Dormir parecia a coisa mais deliciosa do mundo. Os pensamentos incoerentes de Dominic — culto ao Sol, perspectiva, chapéus-de-sapo — desapareciam felizes na distância.

Foi acordado por sinos tocando e luzes piscando e viu que os dois portões brancos se moviam devagar, fechando a estrada. Iam ficar presos? Por fim, os portões se fecharam num estrondo.

— Demais! — fez Dominic. — Isto vai ser incrível, você não vai querer perder.

Sunny ia querer e tentou se levantar, mas Dominic puxou-o de volta.

— Confie em mim, Phil, você vai querer ver isto. Ih, cara, tá chegando. Tá vendo o trem? Tá vendo? Inaporracreditável.

Dominic se levantou de repente, arrancando Sunny do chão.

O pequeno objeto que estava muito longe — o trem das três e meia de King's Cross para Norwich, como seria mais tarde explicado no inquérito — foi ficando cada vez maior, a perspectiva mudando a cada segundo.

— Fica, fica — Dominic ordenou como se ele fosse um cão. — O que há de errado com você? Você não quer viver esta experiência? Vai ser alucinante. *Agora!* Aargh!

Não, não exatamente "aargh", que seria algo dito por Augusto, e não por um homem sendo atingido em pleno rosto por um trem expresso.

— Muito bem, deve ser aqui — Teddy disse.

No banco de trás do carro, Bertie tomou o restinho de seu suco de caixinha e olhou em volta com interesse.

Uma tabuleta afixada a uma das colunas do arco de entrada de arenito anunciava "Jordan Manor" e abaixo dela outro aviso dizia: "Particular". Teddy se perguntou se o nome se referia ao bíblico rio Jordão ou ao nome de alguém. Poucos anos antes ele poderia considerar Jordan um sobrenome. Durante a guerra, conhecera uma moça da Força Aérea Auxiliar Feminina chamada Nellie Jordan (e não, não no sentido bíblico), mas parecia que hoje era usado como nome de batismo cristão — havia um Jordan (um menino) na classe de Bertie na escola. Havia também, além da costumeira leva de Hannahs e Emmas, uma criança chamada Alecrim e outra Lótus (ambas meninas), e um Dharma (uma criaturinha pálida e magra cujo sexo Teddy nunca foi capaz de determinar). Na classe de Sunny havia uma menina chamada Esquilo. Pelo menos era um nome que não poderia ser abreviado, algo que havia preocupado Nancy quando escolheram o nome de Viola.

— Você acha que as pessoas vão chamá-la de "Vi"? Espero que não.

Com o passar dos anos, Teddy se via, às vezes, pensando nessa garota. Teria ela mudado de nome ou, em algum lugar do mundo adulto, haveria uma professora, uma advogada ou uma dona de casa sendo chamada de "Esquilo"?

Qualquer uma das profissões acima mencionadas parecia improvável, dado o tipo de escola que era. Rudolph Steiner — "educação centrada na criança", segundo Viola, ao contrário da própria Viola, que realmente nunca foi muito centrada em crianças. E agora ela era alguém não submissa à autoridade e havia aprovado a escolha dos Villiers de uma escola de ensino fundamental particular para o pobre Sunny. Já era ruim demais o fato de que ela tivesse mais ou menos lavado as mãos em relação a ele, mas ela também o separara da irmã. Teddy podia imaginar muito bem a dor que ele mesmo teria sentido se, com a tenra idade de sete anos, tivesse sido afastado de Ursula e Pamela. E se os Villiers mudassem de ideia em relação a Bertie? Viola deixaria que ficassem também com ela?

— Os pais de Dom podem dar a Sunny todo tipo de benefícios — Viola disse a Teddy. — Afinal, ele é o herdeiro dos Villiers, e Dom se reconciliou com a família, voltou a morar com eles e está trabalhando em seus quadros.

Teddy tinha certa tendência para esquecer que Dominic era um artista, talvez porque ele fosse tão espetacularmente malsucedido.

— E você há de concordar que seria bom para Sunny ter enfim um pai de volta a sua vida.

E por aí afora, em justificativas sem fim para sua decisão de abandonar o filho. Teddy suspeitava que o dinheiro e sua necessidade dele fossem a origem de tudo aquilo.

É claro, a proposta original havia sido de "algumas semanas" durante as férias escolares, e Teddy não percebera que poderia haver um plano de longo prazo em andamento. Agora parecia que Sunny continuaria com os Villiers. ("Para sempre?", Bertie perguntou, com uma expressão de horror no rosto.) Ele era uma criança sensível, e a Teddy parecia muito errado desenraizá-lo daquela maneira e esperar que florescesse ao lado de pessoas que, para ele, eram quase estranhas. Sem comentar com Viola, Teddy consultara seu advogado e dera entrada numa petição na Vara de Família visando obter a custódia dos netos. Não estava muito esperançoso quanto ao resultado, mas alguém precisava defendê-los.

Os impressionantes portões de ferro fundido de Jordan Manor estavam bem abertos e passaram por eles de carro sem nenhum impedimento. A viagem até

Norfolk fora mais demorada do que Teddy calculara. Ele nunca tinha estado ali, nos confins do mapa da Inglaterra. Tinham rodado por uma estrada de mão única na última tortuosa meia hora, presos atrás de vagarosos veículos agrícolas e ovelhas teimosas. Suas provisões estavam quase esgotadas. Tinham se sustentado com sanduíches de pão branco com queijo e picles, batatas chips e chocolate Kit Kat — tudo estritamente proibido por Viola, que deixara "sugestões dietéticas" ("nada que tenha um rosto") para Teddy, Bertie e Sunny, como "painço cozido com espinafre" e "bolo de talharim com tofu". Ele podia concordar com o fato de serem vegetarianos ("Eu não como animais mortos, vô Ted", Bertie dissera), era uma dieta admirável sob muitos aspectos, mas não com decretos mandatórios de Viola.

— Minha casa, minhas regras — Teddy afirmou. — E isso significa nenhuma comida de papagaio.

Ele se lembrava de comprar painço para Tweetie, o periquito de Viola. Pobre pássaro, pensou ele, mesmo depois de tantos anos.

O vegetarianismo, a escola Steiner, as cansativas caminhadas pela cidade para ir às reuniões de Woodcraft Folk, Teddy se dispunha a concordar com tudo aquilo, se isso significasse que Viola os deixaria permanecer em segurança sob seu teto. Errara ao deixar Sunny ir para a casa dos Villiers. Viola evaporara em direção ao Sul para se manifestar contra os mísseis Cruise e, quando Teddy suavemente sugeriu que seus deveres de mãe, e mãe solteira, poderiam ser mais importantes que a necessidade da paz mundial, ela disse que aquela era a coisa mais ridícula que já ouvira e que estava tentando garantir o futuro de todas as crianças do mundo, o que parecia uma tarefa um pouco difícil demais para uma pessoa. Da última vez que viajara para um protesto, levara Sunny e Bertie com ela, e passaram vários dias acampados em Greenham Common. As crianças imploraram para não ir de novo — "frio" e "fome" era como descreviam sua experiência, e tinham ficado apavoradas com a polícia montada em Thames Valley, tratando as mulheres como arruaceiras. Da próxima vez, tinha dito Viola, ela esperava ser presa. Teddy disse que a maioria das pessoas passava a vida na esperança de *não* ser presa, e Viola retrucou que ele não entendia de não violência, e será que ele nunca pensava nas milhares de pessoas inocentes que bombardeara durante a guerra? Ela era mestra em *non sequitur*.

— Isso não tem nada a ver com o assunto — Teddy disse, e Viola continuou:

— Isso tem *tudo* a ver com o assunto.

(Teria? Ele não sabia mais. Ursula saberia a resposta.)

Por fim, Teddy declarou:

— Sunny e Bertie podem ficar comigo.

E Viola olhou para ele como Atlas teria olhado para alguém que lhe tivesse dito que tudo bem, ele podia pôr o mundo abaixo agora.

Aquilo acontecera havia vários meses e os dois tinham entrado num acordo. O amor sempre parecera ser a Teddy uma atitude tão prática quanto qualquer coisa — festas escolares, roupas limpas, horários regulares de refeições. Sunny e Bertie pareciam concordar. Já tinham sido vítimas da maternidade excêntrica de Viola.

("Eu fui uma mãe absurda!", ela grita com alegria, na revista *Mother and Baby*, 2007. "Foi mesmo", Bertie concordou.)

Teddy ainda tinha galinhas e abelhas naquela época, e as crianças as adoravam. Brincavam muito no quintal. Teddy pendurou um balanço no galho de uma das grandes pereiras no fundo do jardim. Fizeram passeios pelos arredores rurais de York, foram ver os lírios-d'água em Pocklington, visitaram Castle Howard e Helmsley, Dales na temporada de nascimento de cordeiros, Fountains Abbey, Whitby. O mar do Norte parecia menos desamparado na companhia de Bertie e Sunny. Eles adoravam andar pelas trilhas de samambaias ou fazer piqueniques na grama. Prestavam atenção em víboras, borboletas e falcões. (Seriam mesmo filhos de Viola?) Teddy estava aposentado, e as crianças preenchiam muitos espaços em sua vida. E ele preenchia um grande espaço na delas.

Ele começou a fazer planos de longo prazo. Talvez devesse transferi-los para uma escola pública, alistá-los nos Escoteiros e Bandeirantes, em vez da Woodcraft Folk. Então, sem mais nem menos, Viola telefonou e deu as novas instruções para Sunny. Teddy torcera o nariz para a ideia de Sunny ir para Jordan Manor, mas o que poderia fazer? Viola tinha todo o direito. Por todo aquele tempo, Viola dera a impressão de estar vivendo num acampamento e só quando ela voltou, meses depois, Teddy descobriu que ela fugira com Wilf Romaine, depois de alguma grande manifestação da Campanha pelo Desarmamento Nuclear no Hyde Park, e que os dois estavam, segundo ela, "amigados" em Leeds desde então. A primeira vez que ele tomou conhecimento disso foi quando ela disse:

— Vou me casar semana que vem, você quer vir?

Uma avenida de olmos deve ter proporcionado algum dia uma esplêndida guarda de honra para o longo caminho que levava a Jordan Manor, mas agora tudo o que restava eram os tocos das árvores doentes. A mesma tragédia atingira Ettringham Hall havia mais de uma década, mas tudo tinha sido replantado com carvalhos. Teddy considerava que plantar um carvalho era um ato de fé no futuro. Gostaria de plantar um carvalho. Ele voltara a Ettringham Hall muitos anos depois, em 1999, em seu "voo de despedida" com Bertie. O Hall se tornara um "hotel rural". Os dois beberam alguma coisa no Daunt Bar e fizeram uma refeição nada ruim no restaurante, mas se hospedaram numa pousada barata no vilarejo. Mal podia continuar a ser chamado de vilarejo. A Toca da Raposa e a Casa das Gralhas haviam sido cercadas por novas e caras propriedades com vivendas independentes e isoladas. Casas de jogadores de futebol, disse Bertie. Tinham sido construídas no prado. Linho e esporinhas, botões de ouro e papoulas do campo, candelárias vermelhas e margaridinhas. Não havia mais nada.

As mudanças deixaram Teddy mais triste do que esperava, e Bertie também, porque aquele era um lugar que ela não conhecera e nunca poderia conhecer, mas que mesmo assim compreendia que resultara na pessoa que ela era. Bertie queria bater à porta e perguntar aos atuais proprietários se podiam entrar, mas havia portões eletrônicos com câmeras de segurança e, quando Bertie apertou a campainha e ninguém respondeu, Teddy ficou extremamente aliviado. Não acreditava que teria sido capaz de cruzar a entrada.

— Doença holandesa do ulmeiro — Teddy explicou a Bertie enquanto seguiam em direção a Jordan Manor. — Matou todos os olmos.

— Pobres árvores.

Ao contrário de Ettringham Hall, os olmos destruídos não haviam sido substituídos por outro plantio e o cenário resultante era lúgubre, como se uma batalha tivesse sido travada nos terrenos. O ar de abandono era palpável muito antes de chegarem à porta da frente. Viola devia ter superestimado a riqueza dos Villiers. Custaria uma fortuna apenas para consertar o telhado num lugar como aquele.

Talvez, culpou-se Teddy, se ele mesmo tivesse levado Sunny até lá, se desse conta do quão dilapidados estavam a casa e os próprios Villiers, mas em vez disso Dominic e a mãe tinham ido buscá-lo de carro numa tarde, no começo das férias escolares.

— Antonia — cumprimentou Teddy em tom amistoso, estendendo a mão para apertar a dela.

E ela lhe apresentou dedos moles e flácidos, dizendo "sr. Todd", sem sequer olhar para ele.

— Ted, por favor — Teddy disse.

"Antonia" usava um punhado de anéis de brilhantes, cinzentos e enevoados pela sujeira. Ele dera a Nancy um pequeno anel de brilhante quando Viola nascera — nada vistoso —, e ela havia dito que era ilógico ter um anel de noivado quando já estavam casados ("*post facto*"), mas nunca tinham ficado oficialmente noivos durante a guerra e ele queria que ela tivesse um símbolo de sua fé em seu futuro juntos. Apesar de seu ceticismo, ela disse que era um belo gesto. Limpava o anel uma vez por semana, com escovinha e pasta de dente, para que sempre brilhasse. Ele guardara o anel para Viola e lhe dera em seu vigésimo primeiro aniversário, mas não conseguia se lembrar de tê-la visto com ele.

E ao longo da tarde ficou evidente que Dominic ou tomara algum tipo de alucinógeno — LSD, supôs Teddy — ou era tão louco quanto um chapeleiro.

— Bolo! — exclamou, esfregando as mãos quando Teddy pôs algumas fatias do bolo num prato. — Que tal, mãe? — continuou, pegando três fatias do prato e se afastando dali, deixando Teddy e Antonia entregues aos desafios de iniciar uma conversa.

— Chá, Antonia? — Teddy ofereceu, não desconhecendo o quanto a irritava ser chamada pelo primeiro nome.

Parecia importante para ele, porém, que ela se conformasse com sua igualdade na condição de progenitores da criança pequena, que, relutante, aguentava sua companhia.

Sunny e Bertie haviam desaparecido quase no mesmo instante em que as visitas desceram do carro, e Teddy precisou convencer Sunny a voltar para a sala de estar. O menino estava terrivelmente inquieto e em poucos minutos sua recém-apresentada avó estava lhe dizendo "Sente-se direito" e "Pare de pular em volta do sofá". Teddy soube que era um erro deixá-lo ir com ela, mas tinha que deixar, não tinha?

— Como você toma o chá? — perguntou, polido.

E Antonia respondeu:

— Chinês, fraco, com um pouco de limão.

E Teddy explicou:

— Sinto muito, só tenho chá inglês, Afternoon Blend Rington. Mas a granel, não em saquinhos.

— Preciso ir ver se os cães estão bem — Antonia disse, levantando-se de repente e pousando xícara e pires, o chá intocado. — Eles estão no banco de trás do carro — acrescentou, quando Teddy a olhou sem compreender.

Ele não percebera os cães e disse "Cachorros" para Sunny, que se animou um pouco com a ideia. Sunny gostava de cachorros.

— Por que você não vai com sua vovó ver os cachorros? — encorajou-o Teddy, percebendo que ela se encolheu ao ouvir a palavra "vovó".

E mesmo assim ele deixara o menino ir com ela!

— *Mea culpa* — murmurou quando Bertie e ele pararam diante da porta da frente de Jordan Manor.

Nenhum sinal de vida, nada de cachorros, nem de Antonia, nem de Sunny. Teddy suspirou e disse:

— Esperemos que alguém tenha posto a chaleira no fogo, Bertie.

Pouquíssimo provável que fosse Antonia.

Quando ela foi ver os cães, Teddy saiu em busca de Dominic e encontrou-o no jardim dos fundos com Bertie e Tinker. As roseiras estavam em plena floração, Teddy tinha algumas magníficas encostadas a um muro ensolarado e Dominic colhera uma rosa, uma maravilhosa Belle de Crécy cor de cereja. Um "leito de alegria carmesim", pensara Teddy ao plantá-la, e desejou que nenhum verme invisível devorasse seu coração negro e secreto, mesmo sabendo que aquilo era uma metáfora de Blake e não algum tipo de precaução ligado à horticultura.

Bertie lançou um olhar à rosa colhida e perguntou a Teddy:

— Tudo bem?

Ela parecia estar monitorando Dominic com bastante ansiedade, depois de ter desaparecido seu primeiro impulso de entusiasmo ao vê-lo. Teddy se perguntou se ela estaria lembrando quanto era imprevisível o comportamento do pai quando viviam juntos. Tinker, alerta, estava sentado perto de Bertie, colado a ela, como se pudesse ser, a qualquer momento, chamado a agir.

— Tudo, claro — disse Teddy. — Ele pode colhê-la. É uma flor tão linda, não é mesmo? — dirigiu-se a Dominic, que parecia absolutamente cativado pela rosa que segurava a não mais de dois centímetros do rosto.

— Pode crer — Dominic disse. — Incrível.

— Chama-se Belle de Crécy — informou Teddy, prestativo.

— Quer dizer, *olhe* para isto, cara, olhe de verdade para isto. Imagine se você pudesse entrar dentro dela.

— Dentro dela?

— Pode crer, porque é como... um *universo* aí dentro. Podia ter galáxias inteiras escondidas aí dentro. É como quando você viaja pelo espaço...

— Você viaja? — Teddy perguntou.

— Pode crer, isso aí, estamos todos viajando pelo espaço. E você cai num buraco de minhoca, sabe?

— Não muito.

— O *significado* da rosa — Dominic continuou. — Poderia ser a chave. Demais!

— Por que você não volta para dentro, Dominic? — convidou Teddy.

Antes que desapareça dentro dessa rosa e nós o percamos para sempre, pensou. Era como ouvir a tagarelice sem sentido de um idiota. E mesmo assim ele deixara Sunny ir com eles!

— Venha comer mais bolo, Dominic — insistiu, no tom de voz usado para subornar uma criança enraivecida.

Naquele instante as portas do pátio se abriram (deslizantes, dupla camada de esmalte, Teddy as instalara havia bem pouco tempo e estava muito satisfeito com elas), e três cães precipitaram-se latindo e correndo pelo jardim. Tinker, acalentado numa falsa sensação de segurança pela inconsequência da conversa de Dominic, foi apanhado desprevenido ao se ver de repente cercado por um trio de convidados ganindo e rosnando.

— Snuffy! Pippy! Loppy! — gritou Antonia, do pátio.

Teddy e Tinker trocaram olhares e Teddy disse: "Está tudo bem, garoto", na voz mais tranquilizadora que conseguiu emitir. Ele não teria deixado seu próprio cão ir embora com os Villiers e, mesmo assim, mandara o neto.

— Eu não quero ir — Sunny disse quando estavam de pé ao lado do carro, e Dominic guardava sua pequena valise no porta-malas.

Ele se agarrou à mão de Teddy, e o avô foi obrigado a se soltar com a maior delicadeza que conseguiu.

— Tenho uma coisa para você — disse, pondo a mão no bolso e exibindo a pequena lebre de prata que estivera uma vez pendurada em seu carrinho, segundo Ursula. Colocou-a no bolso de Sunny e disse:

— Isto me manteve a salvo durante a guerra, agora vai manter você a salvo, Sunny. E é só por algumas semanas. Você vai gostar quando chegar lá. Acredite em mim!

Acredite em mim! Teddy havia traído qualquer confiança ao deixá-lo ir com aquelas pessoas. Com o coração pesado, observou o carro se afastar. Bertie chorou e Tinker deu-lhe uma lambida de consolo na mão. Alguma coisa estava errada, mas o cachorro não sabia o quê. Agora viajavam para corrigir aquele erro. Iam salvar Sunny.

Desceram do carro. Teddy esticou-se e disse a Bertie:

— Ficando velho demais para esse tipo de farra. Ossos velhos não conseguem ficar muito tempo sentados sem emperrar.

Em vez de campainha, havia uma corda grossa de sino, que Teddy precisou puxar com força para conseguir algum resultado. Ouviram um fraco tilintar em algum lugar atrás da porta da frente que parecia a de uma fortaleza.

Nem sinal de passos de alguém correndo para abri-la. Era uma casa enlutada, supôs Teddy.

Dominic estava morto havia três semanas quando Antonia achou por bem informar Teddy. Suas ligações regulares para Sunny não obtinham resposta, e ele já pensava em ir até lá quando ela por fim telefonou e disse que tinha acontecido "uma tragédia". Por um pavoroso instante Teddy pensou que ela estivesse falando de Sunny, de modo que, quando ela disse que Dominic havia morrido, ele quase riu de alívio, o que com certeza não seria a reação adequada, mas conseguiu repetir "Dominic". Droga, ele imaginou, mas Antonia disse um "terrível acidente" e não quis, "não conseguiu", dar detalhes.

— Eu realmente não posso falar sobre isso.

Mas por que ela não o avisara antes?

— Perdi meu único filho — disse friamente. — Tenho coisa melhor a fazer do que telefonar para todo mundo.

— Todo mundo? — Teddy balbuciou. — Bertie é *filha* de Dominic.

E Sunny, ele pensou, como poderia o pobre Sunny estar lidando com aquilo?

Ele não sabia como dar a notícia a Bertie. No fim, não foi tanto a morte do pai que a perturbou, e sim o problema existencial de seu atual paradeiro. Em lugar nenhum, pensou Teddy. Ou talvez ele estivesse no coração místico da rosa. Apelou para a reencarnação como a melhor resposta para o enigma a ser bem recebido por uma criança. Seu pai poderia ter se tornado uma árvore, sugeriu. Ou um pássaro? Ela gostou da ideia de um gato. Teddy achou que havia alguma coisa de gato em Dominic, sobretudo sua propensão para adormecer.

— Ele vai ser um filhote? — Bertie perguntou. — Ou um gato adulto?

— Um filhote, acho — respondeu Teddy. Parecia lógico.

— Se nós o encontrarmos — Bertie continuou, franzindo a testa —, podemos ficar com ele como bichinho de estimação?

— É provável que não — disse Teddy. — Tinker pode não gostar.

E o pobre Sunny naquele tempo todo?

Ele começara as aulas "antes que o pai estivesse frio e enterrado", nas palavras da sra. Kerrich, embora até seu coração endurecido por banha de porco tivesse se enternecido — um pouquinho — pela maneira como esperaram que Sunny se comportasse como se nada tivesse acontecido. Ele durou três dias no colégio antes que a avó fosse chamada para levá-lo embora.

— Ele é quase selvagem — relatou o diretor. — Mordendo, chutando, gritando, atacando tudo o que vê. Tirou um bom pedaço da mão da diretora. É de acreditar que ele tenha sido criado por lobos.

— Não, pela mãe, o que imagino ser quase a mesma coisa. Receio que ele nunca tenha sido disciplinado.

A avó virou-se para Sunny — é, aquela conversa acontecia diante dele, o sr. Bonsmodos encolhido a seu lado — e perguntou:

— Algo a dizer em sua defesa?

O que ele poderia dizer?

Tinha sido vítima de abusos desde o momento em que entrou pela porta da escola. Fizeram piadas com a morte de seu pai, com seu sotaque (não suficientemente elegante), com sua ignorância a respeito do "bê-á-bá", fosse lá o que fosse aquilo, com tudo o que pudessem encontrar para usar contra ele. Atormentaram-no, jogando-o de um lado para o outro, beliscando, empurrando e dando-lhe cascudos. Puxaram seu short de flanela cinza até os tornozelos — duas vezes — no banheiro e uma das vezes um dos garotos sacudiu uma régua e disse: "Vou enfiar na bunda dele", e talvez só tenha sido impedido de fazê-lo pela inspetora, que passou a cabeça redonda pela porta e disse: "Agora, meninos, chega de brincadeira".

("São as grosserias normais de um colégio de meninos", disse o diretor.)

E o tempo todo sua cabeça era inundada pelo que acontecera na passagem de nível (ele tinha aprendido que era assim que se chamava). Conseguiu se arrancar das garras do pai no último instante, mas o resto era só um borrão de velocidade e ruído esmagadores. Atirou-se longe da locomotiva e não viu o que aconteceu com Dominic, embora não fosse difícil de adivinhar. De onde estava no chão, podia ver os trilhos, ver que o trem, longe, bem longe, tinha parado. Não achou que estivesse ferido, só uns arranhões e esfoladuras, mas decidiu ficar ali e fingir que dormia. As consequências do que acabara de acontecer seriam medonhas demais para enfrentar.

Um guarda o levantara e o levara de carro ao hospital. Se fechasse os olhos, Sunny ainda podia sentir o tecido grosso do uniforme do guarda quando apoiou a cabeça em seu peito.

— Você está bem, filho — o guarda disse, e Sunny se perguntou como ele sabia que seu nome era Phil. Amou aquele guarda.

— Eu sei que foi terrível o que aconteceu ao pai dele — continuou o diretor (Aconteceu comigo também, pensou Sunny) e acredito que ele tenha morrido como um herói... (a avó moveu a cabeça num aceno silencioso e contido, aceitando o elogio), mas a senhora sabe, este tipo de menino...

A frase ficou inacabada, fazendo Sunny se perguntar que tipo de menino ele era. Malvado, é claro, isso parecia fora de discussão. Parece que ele tinha matado o pai. Como? Como tinha feito aquilo? Como?

— Claro queles sabe cocê tava cum seu pai quando ele morreu — disse a sra. Kerrich. — I si ocê num tivesse junto ele num taria lá, né naum? Naquela passagi di nivo. I daí ele si sarcrificô purôce, né naum? Pra sarvá ocê do marditu trem.

Sério?, Sunny pensou. Aquilo não combinava com sua própria lembrança fragmentada e angustiada dos acontecimentos, mas afinal o que ele sabia? ("Nada", disse a avó.) Aquela era, aparentemente, a versão do acidente a que chegara o "inquérito". Seu pai o empurrara para fora do alcance do trem. O traumatizado motorneiro (que estava em permanente licença de saúde por causa do "incidente") relatou que "Tudo aconteceu tão depressa. Um homem — sr. Villiers — parecia estar lutando com um garotinho na passagem de nível. O homem — sr. Villiers — parecia estar tentando tirar os dois dos trilhos do trem. Ele conseguiu empurrar o garoto, mas não teve tempo suficiente para se salvar". O sr. Villiers deveria ser condecorado por seu heroico altruísmo, disse o juiz encarregado do inquérito.

"Pai herói morre salvando o filho", dizia o jornal local. No trabalho, Teddy mandara um funcionário examinar o microfilme e encontrou a descrição do acidente no jornal, bem como um relatório do inquérito. Passagem de nível não controlada, trem das três e meia para Norwich, e assim por diante. Dominic Villiers, artista local. Seu filho era conhecido por ter problemas de comportamento e era "fascinado por trens", havia dito o jardineiro e faz-tudo de Jordan Manor, Thomas Darnley.

— Santo Deus! — exclamou Teddy.

O veredito real — Dominic se matara quando estava fora de si num coquetel de LSD e produtos químicos nocivos ao cérebro, que ele tentara levar consigo o filho nunca foi aventado, embora, na opinião de Teddy, fosse infinitamente mais provável do que o pai de Sunny ser capaz de se mover com suficiente rapidez para evitar um trem em alta velocidade.

Pobre Sunny, sem jamais conhecer a verdade, vivendo com o peso da culpa por toda a vida, ou pelo menos até se tornar budista e se livrar do passado. ("Você tinha sete anos!", Bertie disse. "Como poderia ter tido culpa?")

— Vamos mantê-lo em casa — disse a avó ao diretor.

— Acorrentado, espero — riu ele.

Ele agora molhava a cama todas as noites, e muitas vezes molhava as calças durante o dia. Parecia não ter controle sobre seu corpo ou sua mente. Era apavorante. Eles "contrataram um mentor" — um sr. Alistair Treadwell, cujo método de ensino era simplesmente repetir as coisas cada vez mais alto até perder a paciência. O sr. Treadwell passava boa parte do tempo falando com Sunny sobre "injustiça" e de como "o caso contra ele" tinha sido "deturpado" por alguém cheio de inveja. Ele nunca tinha ficado nem ao menos *sozinho* com a criança, afirmou. Mas, uma vez sua reputação questionada, era o fim.

Tinham aulas na mesa da sala de jantar, que era tão grande, se não maior, do que toda a sala de jantar de Teddy. O sr. Treadwell comia sanduíches de ovo no almoço e depois soltava seu bafo de ovo em cima de Sunny, a tarde inteira. Em geral, Sunny caía no sono e, quando acordava, o sr. Treadwell estava lendo um livro grosso ("Tolstói"). Sunny era "refratário a qualquer aprendizado", disse o sr. Treadwell à avó. "Você não aprendeu nada em sua última escola?", ele sempre se perguntava. "*Nem* o básico? O bê-á-bá?" Parecia que não. Steiner não ensinava o básico antes que se fizesse seis anos, e Sunny passara os dias desenhando com lápis de cera e cantando canções que falavam de anões, anjos e ferreiros, sendo o misterioso bê-á-bá uma ameaça distante no horizonte.

E um dia, quando faziam o que o sr. Treadwell chamava de "simples aritmética", mas que Sunny não achava nem um pouco simples, Sunny se deu conta de que precisava ir ao banheiro. O sr. Treadwell disse: "Termine esta conta primeiro, por favor", de modo que quando ele chegou no fim da soma, ou melhor, quando o sr. Treadwell desistiu de arrancar dele a resposta correta, ficou claro para Sunny que ele nunca conseguiria entender aquilo. O banheiro mais próximo era o "reservado do térreo", que ficava a quilômetros de distância, e ele saiu correndo desajeitado e quase levou um tombo quando numa dobra do corredor deu de encontro com a avó.

— Eu preciso ir — ele disse.

— Você não esqueceu nada? — ela perguntou.

Ele começou a entrar em pânico porque não conseguia atinar o que poderia ser e precisava muito, muito mesmo do banheiro. O que tinha esquecido?

— Por favor, obrigado, sinto muito, vovó — falou, lançando em desespero tudo o que conseguia pensar.

— Com licença — ela disse.

— Tá bom — ele disse.

— Não, com licença.

— Sei, tá bom.

— Você se esqueceu de dizer "com licença".

Mas era tarde demais, ele precisava fazer um número dois naquele segundo. Tomou uma decisão precipitada sobre qual seria o menor de dois males — tirar ou não o short. O que diria o sr. Bonsmodos? Não sujar o short pareceu a coisa decente a fazer, portanto ele seguiu o exemplo dos cães e se agachou no tapete.

A avó gritou como se tivesse sido atacada por um assassino.

— O que você está *fazendo*?

— Cocô — ele respondeu, no desespero do momento, empregando a palavra que sua mãe quase sempre usava ("chame a pá de pá").

— O *quê*?

Ela parecia incapaz de recuperar o fôlego e esticou a mão para se apoiar em algum enfeite (um vaso de flores, na verdade), espatifando-o no chão. A comoção fez acorrerem tanto a sra. Kerrich quanto Thomas.

— Eeca, prucaria di fedeio nojento! — exclamou a sra. Kerrich.

Mas os cães faziam a mesma coisa!

— Salsichinhas — ele disse, apelando para a avó.

Àquela altura, o sr. Treadwell havia chegado. Era incrivelmente constrangedor ter todas aquelas pessoas a sua volta naquela situação.

— Você é o menino mais nojento que jamais existiu — gritou a avó para ele.

E ele devolveu o grito:

— E você é uma puta!

Vapt! Alguém (Thomas, soube-se depois) bateu nele e mandou-o girando e deslizando pelo chão até a parede mais próxima.

Ele foi mandado para o quarto.

— Sem jantar procê, lordizinho Fauntleroy — a sra. Kerrich disse. — Ocê vai tê sorti si ganhá mais alguma comida.

Sua cabeça doía demais, no lugar em que tinha sido esmagada de encontro à parede. Ele quis que o trem tivesse passado por cima dele.

Ele *ganhou* comida. A sra. Kerrich lhe trouxe uma tigela de mingau na manhã seguinte e o avisou para ficar no quarto e "se fazer de morto hoje", que era o que ele estava fazendo, sentindo-se muito morto mesmo, quando Teddy e Bertie chegaram a Jordan Manor.

Por fim, depois de muitas puxadas na corda do sino, a porta de Jordan Manor se abriu num estalo suspeito.

A sra. Kerrich conduziu-os por um longo corredor. Pelo estado do vestíbulo e ocasionais vislumbres através das portas abertas dos cômodos que partiam do corredor, a negligência da casa era evidente.

— Um toque da srta. Havisham — Teddy murmurou para Bertie.

Foram levados para uma enorme sala de estar, ocupada apenas pela figura agora um tanto encolhida de Antonia. O coronel estava estacionado na estufa cheia de goteiras, pois depois da morte de Dominic ninguém tinha paciência com ele.

— Desculpe-nos por aparecer sem avisar, Antonia — Teddy disse.

* * *

Estavam todos cansados demais para voltar para casa naquela noite, então Teddy parou numa casa de fazenda que alugava quartos e partiram cedo na manhã seguinte.

— Para o mercado, para o mercado comprar um porco gordo — Bertie disse quando Teddy deu partida no motor.

A viagem de volta parecia ainda mais longa, e Bertie e Sunny passaram a maior parte do dia dormindo pesadamente, enroscados como gatinhos no banco de trás do carro.

Teddy havia esperado ter que brigar um pouco com Antonia, mas ela lhe devolvera Sunny sem luta.

— Leve-o — disse —, você é bem-vindo para levá-lo.

Sunny tinha um machucado feio do lado da cabeça, e Teddy disse a ela: "Eu deveria chamar a polícia", mas na verdade tudo o que queria era tirar Sunny daquele lugar.

Teddy esticou a mão para tocar em Sunny e ele se encolheu. Tentou de novo, mais devagar, como faria com um cão nervoso, a palma da mão para cima, segurou a cabeça de Sunny nas mãos e sentiu o coração se partir pelo menino.

O coronel morreu no verão seguinte, mas Antonia continuou a apodrecer por muitos anos. A Assistência Social se envolveu, e Thomas e a sra. Kerrich foram processados por roubo. ("Foi só umas coisinha", a sra. Kerrich disse em sua defesa.) Os dois também haviam tentado, sem sucesso, fazer com que ela revertesse o testamento a favor de ambos (ela também tinha ficado gagá, como se aquilo fosse contagioso). Seu testamento ainda declarava Dominic como herdeiro quando ela morreu, portanto Bertie e Sunny herdaram tudo. O inventário demorou anos — mais uma manifestação da *Casa soturna*,[*] pensou Teddy. Quando Jordan Manor foi vendida e pagos os impostos de transmissão, restaram poucos milhares para cada um deles. Bertie comprou um carro novo e Sunny doou o dinheiro para um orfanato na Índia.

[*] Romance de Charles Dickens, escrito em 1853, que tem como tema as imperfeições das leis inglesas.

Como por instinto, as duas crianças acordaram quando dobraram a esquina da rua de Teddy.

— De novo em casa, de novo em casa, trá-lá-lá-lalá! — Bertie cantarolou cheia de sono, enquanto Teddy estacionava em frente à porta.

Ele deixara Tinker com uma vizinha, e, quando ela abriu a porta de sua casa e disse: "Olá, Ted, fez boa viagem?", Tinker abriu educadamente caminho por entre suas pernas para recebê-los. Sunny estava tão encantado que mal podia falar e, quando Teddy disse: "Que tal entrarmos? Sei que preciso de uma xícara de chá e tenho certeza de que você vai gostar de leite com bolo, não vai, Sunny? Fiz seu preferido, de chocolate", ele achou que seu coração iria explodir e derreter de felicidade.

— Sim, por favor, vô Ted — disse. — Obrigado, muito obrigado, obrigado.

E Teddy retrucou:

— Não precisa me agradecer, Sunny.

1943

A guerra de Teddy

Alegria eterna

Ele sentiu o perfume das últimas rosas silvestres na brisa quente e empoeirada. Já havia muitos frutos bastante grandes nas roseiras-bravas que se enredavam com a sebe, mas algumas flores tardias ainda resistiam à temperatura dos dias de canícula. O cão parou por um instante e ergueu o focinho para o céu, como se também saboreasse aquele resíduo de doçura.

— *Rosa canina*. Rosas de cachorro — Teddy disse ao cão, como se ele pudesse apreciar o nome. — Dias de canícula — acrescentou, por precaução.

O cão não tinha como dar nome às coisas por si mesmo, por isso Teddy tomara a si o dever de dicionarizar o mundo para ele.

Eram dois cachorros velhos passeando, e ambos tinham a expressão encovada em torno dos olhos que surgia com a idade ou as provações. Teddy não fazia ideia de quantos anos teria o cão, mas sabia que tinha passado por maus momentos durante a Blitz, e Teddy, aos vinte e nove, era um ancião ("o velhote", ele ouvira ser carinhosamente chamado) comparado ao resto da tripulação. O cão se chamava "Sortudo", o que era mesmo. Batizado por sua irmã ("um clichê horroroso, sinto muito") depois que ela o salvara das ruas da sitiada Londres.

— Achei que seu esquadrão poderia gostar de uma mascote — disse.

A última vez que ele levara um cachorro para passear na alameda tinha sido antes da guerra — Harry, o cão dos Shawcross. Harry morrera quando Teddy estava em treinamento no Canadá, e Nancy havia escrito: "Desculpe-me pelo 'silêncio do rádio'. Passei algum tempo sem conseguir encostar a caneta numa folha de papel, só escrever as palavras 'Harry morreu' me deixava tão triste". Sua carta chegara no mesmo dia do telegrama informando-o da morte de Hugh, e, embora aquela fosse uma dor menor, ele ainda assim encontrou espaço no coração para se entristecer com a notícia.

Sortudo correu na frente e começou a latir, atônito com alguma coisa na cerca viva, talvez uma ratazana ou uma víbora. Ou nada — ele era um cachorro da cidade, e o campo e seus habitantes eram um mistério. Podia ficar assombrado por um pássaro voando baixo, mas permanecer indiferente a quatro motores de um Rolls-Royce Merlin rugindo lá em cima.

Eles deveriam ter tido motores Bristol Hercules nos Halifax, para começo de conversa, que era o que havia sido projetado, e os Merlin nunca tinham se comportado como deveriam. Pelo menos os Halifax tiveram seus estabilizadores de cauda modificados, graças em parte ao bom e velho Cheshire, que acelerara o processo para substituir os velhos estabilizadores de cauda triangulares que poderiam fazer a aeronave estolar mortalmente caso fosse preciso fazer um mergulho em espiral. Teddy supunha que alguém, como Maurice no Ministério da Aeronáutica, tivesse tomado a decisão de instalar os Merlin. Economia ou estupidez, ou ambas, já que as duas costumam andar de mãos dadas. Os Hercules...

— Ah, por favor, querido — Nancy disse. — Não vamos falar da guerra. Estou tão cansada disso, vamos falar de alguma coisa mais interessante do que mecanismos de bombardeio.

Teddy foi silenciado por aquela observação. Tentou pensar em algo mais interessante e não conseguiu. Na verdade, os motores do Halifax eram o começo de uma história que ele sabia que Nancy gostaria de ouvir, mas agora uma parte rabugenta dele decidiu não dar o braço a torcer. E é *claro* que ele queria falar da guerra e dos "mecanismos de bombardeio", aquela era a vida dele e era quase certo que seria sua morte, mas imaginou que ela não conseguiria entender isso, trancada em sua torre de marfim de segredos.

— Bem, podemos falar do que *você* fez o dia inteiro — disse, um tanto provocador.

E ela segurou sua mão com mais força e retrucou:

— Ah, você *sabe* que não posso. No futuro, contarei tudo, prometo.

Como era estranho, pensou Teddy, acreditar num futuro.

Isso aconteceu alguns dias antes e estavam passeando por uma avenida à beira-mar. ("Mar", ele explicou para um Sortudo extasiado.) Caso fosse possível ignorar a pompa de defesa costeira ao redor deles (difícil, sem dúvida), pareceria uma atividade normal para um casal num dia de verão. Por algum milagre, Nancy tinha conseguido sincronizar sua licença com a dele.

— Um encontro! — ela disse. — Que romântico!

Teddy tinha ido direto do relatório depois do ataque em Gelsenkirchen — e da habitual recompensa de bacon com ovos por permanecer vivo durante uma missão — para a estação de trem de onde fizera uma interminável viagem até King's Cross. Nancy fora a seu encontro na plataforma, e aquilo *parecera* mesmo romântico, pelo menos à maneira dos filmes e romances (embora a primeira coisa que viesse à cabeça fosse *Anna Kariênina*). Só quando avistou seu rosto ansioso ele se deu conta de que se esquecera de como ela era. Não tinha fotos dela e achou que precisava consertar isso. Ela havia posto os braços em volta dele e dito:

— Querido, senti tanto sua falta. E você tem um cachorro! Nunca me disse.

— É, Sortudo.

Já tinha o cão havia algum tempo e devia ter se esquecido de contar.

Ela se agachou e fez um carinho no cão. Talvez um pouco mais de carinho do que havia feito em Teddy, pensou ele, não que se importasse.

Ele esperava que ficassem em Londres, mas ela disse que seria "bom sair dali" para passar a noite (ela parecia determinada a esquecer a guerra), então atravessaram a cidade até outra estação e pegaram um trem para o litoral. Ela reservara um quarto num grande hotel ("donas de pousadas são barulhentas demais") e tinha ido preparada com um anel de noivado ("da Woolworth"). Descobriram que o hotel estava cheio de oficiais da Marinha e suas esposas, embora a maioria fosse de esposas isoladas em terra, enquanto os oficiais pareciam ocupados em outro lugar, fazendo o que quer que fizessem os oficiais da Marinha quando não estavam embarcados. Teddy se sentira um tanto acanhado em seu uniforme da RAF.

A esposa de um dos oficiais se aproximara dele no bar enquanto ele esperava por Nancy e, tocando em seu braço, dissera:

— Só queria lhe dizer que vocês, rapazes, estão fazendo um trabalho excelente. Nem tudo é o Serviço Sênior, ainda que eles pensem assim, é claro.

Teddy nunca achara que fosse; até onde podia ver, os bombardeiros eram os únicos que guerreavam com o inimigo, mas sorriu e acenou com cortesia e disse: "Obrigado". Sentiu uma pressão maior da mão dela em seu braço e o cheiro do perfume de gardênia. Ela abriu uma cigarreira, ofereceu: "Quer um?" e estava se inclinando em direção à chama do isqueiro dele quando Nancy surgiu, adorável num vestido azul-claro, e a esposa do oficial exclamou:

— Ora, aí está sua esposa, você é um homem de sorte. Só acendendo o cigarro — ela acrescentou para Nancy e se afastou, graciosa.

— Isso foi bem-feito — riu Nancy. — Ela se salvou com a maneira como saiu de cena.

— Do que você está falando?

— Ah, querido, não banque o inocente, é claro que você entendeu o que ela queria.

— O quê?

— Você, naturalmente.

Sim, é claro, ele sabia disso e se perguntou o que teria acontecido se estivesse sozinho. Imaginava que teria ido para a cama com ela. Sempre se surpreendia com o quanto a guerra tornara as mulheres audaciosas e estava num estado de espírito que fazia dele uma presa fácil. A mulher tinha ombros adoráveis e certa desenvoltura, como se conhecesse seu próprio valor.

— Ela comeria você vivo — Nancy disse.

Ele percebeu que ela presumia que ele não teria gostado. Ou que de alguma maneira não estaria à altura.

— Vou tomar um gim, por favor — ela acrescentou.

— Você está linda — disse Teddy.

— Ora, obrigada, gentil cavalheiro. E você está muito atraente.

* * *

Nancy tinha razão, ele admitiu para si mesmo um tanto a contragosto, era agradável sair de Londres. Acordou cedo e descobriu que seu braço estava desajeitadamente preso sob o corpo dela. Os lençóis da cama cheiravam a seu lírio do vale, mais saudável do que a enjoativa gardênia.

As gaivotas deviam tê-lo acordado. Faziam uma barulheira medonha, mas ele bem que apreciava sua arruaça. Deu-se conta de como vivia uma vida interior desde o início da guerra (voar sobre o mar do Norte na escuridão realmente não contava como "beira-mar"). A qualidade da luz também era muito diferente, mesmo a pequena faixa que abria caminho pelo vão entre as pesadas cortinas de brocado. Tinham um quarto muito bom, janelas francesas dando para uma varanda de ferro forjado e vista para o mar. Nancy disse que havia pago "o resgate de um rei" pelo quarto e só o conseguiram porque um contra-almirante não precisaria dele naquela noite. Ela era muito *au fait* em relação à hierarquia naval, muito mais do que Teddy, que tinha o desprezo de um aviador pelas outras armas. Códigos navais, pensou, devia ser nisso que ela trabalhava.

O cão, sintonizado com cada respiração dele, acordara ao mesmo tempo. Tinham feito uma cama para ele passar a noite numa gaveta que puxaram da penteadeira e rechearam com um cobertor reserva surrupiado do guarda-roupa.

— Caramba — Nancy exclamou —, parece mais confortável que nossa própria cama!

Teddy — por mais que lhe parecesse absurdo — sentiu-se constrangido por fazer amor com Nancy com o cão no mesmo quarto. Imaginou-o olhando para eles com perplexidade, se não com franco alarme, mas, quando dera uma olhada para a gaveta no meio do "ato" ("Está tudo bem, querido?", Nancy perguntou), o cachorro pareceu estar dormindo. A discrição é a melhor parte da bravura.

Suspeitou que a gaveta bem equipada tivesse, na verdade, proporcionado melhor noite de sono do que o colchão do contra-almirante, uma coisa irregular recheada de crina, quase tão dura quanto os "biscoitos" da RAF. Ao acordar, Teddy se sentia tão emperrado e cheio de câimbras quanto se tivesse acabado de passar nove horas num Halifax. Nancy estava mais uma vez certa — quase sempre estava —, ele não teria correspondido às atenções da esposa do oficial de Marinha na noite anterior. Estava exausto demais para ter sobrevivido a seus encantos aracnídeos.

Antes que Sortudo pudesse acordar Nancy pulando em cima da cama, algo que lhe era permitido nos domínios de Teddy, livrou-se dos lençóis e, sem ruído, deslizou os pés até o assoalho. As janelas haviam sido deixadas abertas a noite inteira, e ele se esgueirou para a varanda por entre as cortinas, esticando os braços acima da cabeça e enchendo os pulmões de ar puro. Recebeu uma lufada salgada, sentida como um alívio. O cão se juntou a ele, e Teddy se perguntou que lembrança ele teria da paisagem.

— Mar — ele lembrou.

Duas noites antes, sua nova aeronave, Q-Queenie, fizera um pouso de emergência em Carnaby. Carnaby ficava no litoral e era equipada com uma pista extra larga para receber os pobres coitados desgarrados mancando de volta pelo mar do Norte e aqueles que, como a Q-Queenie, estavam simplesmente perdidos na escuridão. Carnaby estava equipada com "FIDO", uma sigla cujo significado Teddy esquecera, só sabia que tinha algo a ver com cerração. A pista era delimitada por mangueiras de combustível contendo milhares de galões de gasolina que poderiam ser inflamados em caso de nevoeiro para orientar os perdidos e os feridos.

Ao ser devolvido em segurança a seu próprio campo de pouso, Teddy se viu falando com o cão, seu próprio Fido,* a respeito de Carnaby, pensando que ele talvez se interessasse, por causa do nome. Foi naquele momento que se deu conta de que talvez estivesse desequilibrado. Riu com a lembrança e coçou o alto da cabeça de Sortudo. O que importava? O mundo inteiro estava desequilibrado.

A varanda havia sofrido com a maresia, grandes manchas de ferrugem eram visíveis através da tinta branca. O país inteiro estava em estado de abandono. Quanto tempo, pensou Teddy, até que se tornasse irreversível, antes que a Grã-Bretanha desmoronasse em ferrugem e pó?

* Cão vira-lata adotado em 1939 por um trabalhador italiano e que se tornou o símbolo da fidelidade canina.

Não ouviu a discreta batida à porta que sinalizava a bandeja com o chá matinal que haviam pedido na noite anterior e se surpreendeu com Nancy a seu lado na varanda, entregando-lhe uma xícara e um pires. Ela usava um prático pijama de algodão.

— Não exatamente um traje de lua de mel — ela considerou.

— Isto é uma lua de mel? — Teddy indagou, bebendo o chá, já meio frio com o ar da manhã.

— Não, mas deveríamos ter uma, não acha? Primeiro precisaríamos nos casar, é claro. Vamos? Casar?

— Agora? — Teddy perguntou, um tanto abalado.

Por um instante, pensou que talvez ela tivesse organizado aquilo como uma surpresa, uma licença especial em alguma igreja local e meio que esperou que uma multidão de Todd e Shawcross irrompesse no quarto, gritando parabéns. Pensou em Vic Bennett, que não chegara ao casamento, e em que festança teria sido, apesar do estado de Lillian. Sentiu-se culpado por não ter se mantido em contato e nada soubesse do filho de Vic, Edward. Ou talvez uma menina. Lillian e a criança seguiriam em frente, mas Vic se apagaria aos poucos, dia após dia, até que chegaria um tempo em que ninguém mais se lembraria dele. *Ele disse que você era o melhor homem que ele já tinha conhecido.* Vic deveria ter vivido mais, pensou Teddy, teria conhecido muitos que seriam melhores.

— Não. Não *agora*. Depois da guerra.

Ah, o futuro, pensou Teddy. A grande mentira.

— Vamos — concordou. — Casaremos, é claro. Então é isso? Estamos noivos? Você quer que eu me ajoelhe?

Pousou xícara e pires no chão da varanda e se pôs sobre um joelho, tendo o cão como testemunha curiosa daquele comportamento, e disse:

— Nancy Roberta Shawcross, você me concede sua mão em casamento? (É assim que se diz?)

— Eu ficaria encantada — ela respondeu.

— Precisamos comprar um anel?

Ela levantou o dedo anular e disse:

— Este aqui vai servir por enquanto. Um dia você pode me comprar um brilhante.

Casaram-se com o anel da Woolworth.

— Valor sentimental — explicou ela quando ele o colocou em seu dedo no Cartório do Registro Civil de Chelsea, depois da guerra.

Tinha sido um casamento simples, e mais tarde Teddy se perguntou se não deveria ter feito mais alarde. Ursula e Bea assumiram os papéis de convidadas, damas de honra e testemunhas. Ursula levou Sortudo, uma gravata-borboleta vermelha amarrada na coleira, e disse:

— Eis aqui seu padrinho, Teddy.

Nunca substituíram o anel da Woolworth por um mais caro, mesmo que o metal barato deixasse às vezes um círculo negro nada atraente no dedo de Nancy. Teddy comprou um brilhante de verdade para ela, um pequeno, quando Viola nasceu.

— Comprometidos — disse ela enquanto caminhavam pela praia de braços dados, depois do café da manhã.

Tinham transposto o cascalho e as armadilhas antitanques para chegar à areia grossa e marrom junto à beira d'água, exposta pela maré baixa. O cão corria para dentro e para fora das ondas. Às vezes, Teddy lhe jogava uma pedra, mas a novidade de ir ao encalço do mar era atraente demais para que ele se interessasse pelas convencionais tarefas caninas de apanhar e trazer.

— Empenhando nossa palavra — Nancy insistiu, alegre. — Como soa arcaico! De onde você acha que vem o verbo *empenhar*?

— De *empenho*, um sinônimo de *compromisso* — Teddy respondeu, com os olhos ainda no cão.

— Claro. Faz sentido.

Ela apertou seu braço, e Teddy pensou na esposa do oficial da noite anterior. Nancy sorriu para ele e perguntou:

— Você está feliz, querido?

— Estou.

Havia muito tempo não fazia ideia do que significava aquela palavra, mas, se ela queria que ele se declarasse feliz, então ele concordava. ("O engano", dizia Sylvie, "é pensar que o amor equivale à felicidade.")

— O que eu queria contar — ele disse, condescendendo e oferecendo a história do Halifax que lhe havia sido negada na véspera —, semana passada, eu estava no refeitório, na verdade jogando cartas. Tínhamos uma missão naquela noite, Wuppertal, e sempre há uma calmaria no meio da tarde, depois que todas as checagens de voo são feitas e ficamos esperando as instruções...

Ele sentiu a pressão no braço afrouxar um pouco. Ouviria com prazer os detalhes cotidianos da vida dela, se ela quisesse descrevê-los.

— Devo continuar?

— Claro.

— Bem, então ouvi um motor de avião. Nada de mais, é óbvio, mas então Sandy Worthington, meu navegador, pôs a cabeça para dentro do refeitório dos oficiais e disse: "Venha ver, Ted, é o novo Halifax, o Mark III".

— E é muito melhor, tem uma cauda diferente — Nancy completou, como uma aluna aplicada orgulhosa de sua memória para fatos maçantes.

— Não, não é isso o que interessa — embora seja muito interessante para mim, porque vai salvar vidas. Então, enfim, peguei uma bicicleta e pedalei pela pista — o refeitório fica distante, o campo é bem grande.

Nancy pegou um pedaço de madeira e jogou-o no mar para o cachorro, que pareceu pensar em ir buscá-lo, mas mudou de ideia.

— E a aeronave — continuou Teddy — estava taxiando ao longo da cerca do perímetro da dispersão, e adivinhe quem a pilotava!

— *Gertie?*

E finalmente ele obtinha sua atenção.

— É. Gertie. Foi uma surpresa.

A irmã mais velha de Nancy estava nos Transportes Aéreos Auxiliares, levando aeronaves de um lado para o outro, de esquadrões, fábricas, unidades de manutenção. Tinha obtido o brevê de piloto antes da guerra e Teddy se lembrava do quanto a invejara. Os homens do esquadrão de Teddy, embora nem sempre admitissem, tinham muito respeito pelas garotas dos Transportes Auxiliares ("Mulheres", corrigiu Gertie). Elas pilotavam qualquer coisa a qualquer momento — Lanc, Mosquito Spitfire, até as fortalezas voadoras americanas —, façanhas de aviação que teriam derrotado a maioria dos pilotos da RAF.

— É seu, acho — o oficial comandante disse a Teddy quando se encontraram com Gertie na dispersão, admirando a nova aeronave.

— Meu? — questionou Teddy.

— Bem, você é o líder do esquadrão, Teddy, acho que você deve ficar com o melhor pássaro.

— Ele voa bem — Gertie informou.

E assim a Q-Queenie se tornou dele.

Gertie foi tratada como oficial honorária e convidada para o chá no refeitório.

— E bolinhos! Que adorável! (Não eram.)

Por sorte, em vez de precisar pegar um trem, havia um avião que devia ser levado para uma Unidade de Manutenção para reparos na fuselagem retorcida. As aeronaves não tinham sido projetadas para o tipo de manobras violentas que requeriam os mergulhos em espiral. (Nem ele, pensara Teddy muitas vezes.) Gertie não acelerou nenhum coração masculino durante sua breve estada — talvez o do oficial comandante, que comentou como ela era "valente" —, pois Gertie, como Winnie, era do tipo simples, um tanto caseiro. Teddy tinha tendência a classificar as meninas ("as mulheres") Shawcross quanto aos atrativos — desconfiava que todos faziam isso — de Winnie, a menos interessante, até Nancy e a delicada Bea. Em seu coração, acreditava ser Bea a mais atraente, mas em geral a lealdade a Nancy censurava tal pensamento. "Cada uma das meninas Shawcross é menor e mais bonita do que a anterior", dissera uma vez Hugh, quando eram todos mais jovens. Millie, no meio, teria ficado bem irritada ao ouvir aquele julgamento.

Gertie ganhou um bom bota-fora do esquadrão, em parte por ter entregado o muito bem-vindo novo *Halibag* e em parte por conta de sua ligação com Teddy, "como cunhada", ele explicara, como imaginava que seriam se houvesse um futuro. Um pequeno grupo, inclusive Teddy, se reuniu na caravana de controle em sua decolagem, e todos acenaram com tanto entusiasmo como se ela estivesse partindo para um ataque a Essen, em vez de ir entregar um Halifax numa Unidade de Operações em York. Ela balançou as asas em despedida e rugiu para dentro do azul. Teddy sentiu orgulho dela.

— Eu não a vejo há séculos — Nancy comentou.

— Você não vê ninguém há séculos.

— Não por escolha — ela retrucou, num tom um tanto frágil.

Ele estava sendo injusto, é claro que a guerra devia estar cobrando um tributo dela também. Apertou mais seu braço com o dele e assobiou para o cão.

— Vamos — ele disse. — Vou comprar um sanduíche para você no salão de chá da estação. Temos muito tempo antes do trem.

— Você sem dúvida sabe como agradar uma garota — disse Nancy, recuperando o bom humor.

O cão não reapareceu quando Teddy assobiou. Ele examinou a praia, o mar, uma bolha de pânico cresceu no seu peito. O cão sempre vinha quando ele assobiava. O canal parecia calmo, mas Sortudo era um cão pequeno e talvez tivesse se cansado de tanto nadar, ou tivesse sido apanhado por uma corrente traiçoeira ou uma rede de pesca. Pensou em Vic Bennett deslizando por entre as ondas. *Bem, boa sorte para vocês.* Nancy andava de um lado para o outro, gritando o nome do cachorro. Teddy sabia que os sentidos de Sortudo estavam sintonizados com alguma frequência animal superior. Os membros da equipe de terra tinham contado a Teddy que ele os acompanhava para esperá-los e sabia, muito antes de todos, quando sua aeronave se aproximava do campo. Se ele se atrasasse na volta ou tivesse que fazer um pouso de emergência em outro lugar, o cão permanecia resoluto em seu posto. Quando, por fim, Teddy não voltou, quando foi feito prisioneiro pelos alemães, Sortudo passou dias à espera, com o olhar fixo no céu.

Depois de algum tempo, o cão foi devolvido aos cuidados de Ursula e ao voltar para casa Teddy não o pediu de volta, por mais que tivesse vontade. Tinha Nancy como companhia, raciocinou, mas sua irmã não tinha ninguém e amava o cachorrinho quase tanto quanto ele.

Não fazia muito tempo que o cão se escondera na Q-Queenie. Nunca descobriram como. Ele costumava, às vezes, pegar uma carona no caminhão que os levava à dispersão, embora ninguém se lembrasse de tê-lo visto naquele dia. Só o perceberam a bordo depois de atingirem o ponto de encontro acima de Hornsea, quando ele se esgueirou — com ar de culpa — para fora do compartimento onde tinha se escondido.

— Ei, vocês aí em cima — anunciou Bob Booth, o operador de rádio, no intercomunicador —, parece que temos um pequeno copiloto.

O fato de aquilo ser contra todas as regras, talvez ainda maior do que ter a bordo uma garota da Força Aérea Auxiliar Feminina, não foi o problema. O problema era que já estavam a mais de mil e quinhentos metros e Teddy acabara de dizer a todos para colocarem as máscaras de oxigênio. O cão já parecia não conseguir se manter de pé, embora isso pudesse se dever ao fato de estar dentro de um monstruoso bombardeiro quadrimotor lutando para atingir a altura operacional sobre o mar do Norte.

Teddy lembrou-se de repente de Mac cantando "Boogie Woogie Bugle Boy" numa viagem de volta de Turim. Não achava que Sortudo fosse capaz de algo tão estranho, mas não havia dúvida de que o inevitável resultado da privação de oxigênio seria o mesmo para homens e cães.

Talvez o cachorro apenas tivesse ficado curioso para saber aonde iam quando entravam em seus gigantes de metal. Talvez sua lealdade a Teddy fosse a razão, ou um desejo de testar sua própria coragem canina. Quem sabia o que se passava na mente de um cão?

Todos menos os artilheiros partilharam suas máscaras com o cão, uma experiência desagradável para todos os envolvidos. "Oxigênio", explicou Teddy enquanto colocava sua máscara sobre o pequeno focinho. Por sorte, era um voo de reconhecimento sobre os canais holandeses de navegação, e não um longo ataque a Berlim. Depois que pousaram em segurança, Teddy contrabandeou o cão para fora da aeronave, enfiado em sua jaqueta de voo.

Depois disso, Teddy tentava se lembrar de ter sempre uma máscara de oxigênio de reserva a bordo para, caso tivessem outro clandestino, poderem conectá-lo ao oxigênio central. Mas quem, em seu juízo perfeito, iria querer se infiltrar num bombardeiro?

Deu meia-volta e de repente lá estava o cão, pulando pela praia, parecendo um tanto cansado, mas sem vocabulário para lhes contar que tipo de aventura vivera.

Outra vez juntos, passearam ao longo do cais até que foram parados por um fotógrafo e concordaram em posar para um instantâneo. Teddy pagou o homem, deu o endereço de seu esquadrão e, ao voltar de seus seis dias de licença, a foto — da qual já tinha se esquecido — estava a sua espera. Era bonita, e ele pensou em mandar fazer mais cópias — talvez para Nancy —, mas nunca chegou a tomar providência a respeito disso. Ele estava de uniforme, é claro, e Nancy usava um vestido de verão e um belo chapéu de palha, o anel barato de noivado não se via. Os dois sorriam como se não tivessem nenhuma preocupação no mundo. Sortudo estava com eles, também parecendo feliz.

Teddy colocou a fotografia no bolso do uniforme, ao lado da lebre de prata. Ela sobreviveu à guerra e ao campo e depois da guerra foi jogada, de modo um tanto descuidado, numa caixa de lembrança e troféus.

— *Objets de vertu** — Bertie disse, examinando a caixa depois que ele se mudou para Fanning Court. Sempre foi fascinada por Nancy, a avó que nunca conheceu. — E um cachorro! — exclamou, no mesmo instante atraída pelo ar alegre do cãozinho.

("Sortudo", Teddy explicou, com carinho. O cão estava morto havia mais de quarenta anos, mas ele ainda sentia uma pontada de tristeza no coração quando pensava em sua ausência no mundo.)

A foto estava manchada, uma faixa marrom no alto, e quando Bertie perguntou qual a origem daquilo, Teddy disse:

— Chá, eu acho.

Quando terminou sua primeira série de voos, Teddy foi transferido para uma Unidade de Treinamento Operacional como instrutor, mas pediu para ser posto de volta em ação antes de assumir a tarefa. "Por Deus, por quê? Você poderia ter tido mais alguns meses de relativa segurança antes de precisar fazer outra série", Ursula escreveu. *Relativa* era uma palavra para uma UTO, segundo Teddy. Logo ao chegar, olhou para os campos que cercavam a estação e contou os destroços de pelo menos cinco aeronaves que ainda não tinham sido removidos. Numa UTO, recebiam velhos pássaros dilapidados para voar — aeronaves descartadas, em sua maioria — como se a má sorte já não estivesse lançada sobre as novas tripulações. Teddy não perguntou qual o destino dos ocupantes das aeronaves que atulhavam os campos. Decidiu que preferia não saber.

* Raridades.

"Bem", escreveu de volta para a irmã, "o trabalho ainda não terminou." Nem de longe, pensou. Milhares de pássaros haviam sido arremessados de encontro à parede e ela ainda resistia. "E sou um piloto danado de bom", ele acrescentou, "então acho que posso servir melhor o esforço de guerra voando do que treinando recrutas."

Releu a carta. Pareceu uma justificativa razoável. Uma que podia apresentar à irmã, a Nancy, ao mundo, ainda que se ressentisse um pouco de se ver obrigado a se justificar quando estavam no meio da batalha. Não tinha sido designado o guerreiro da família? Embora desconfiasse que aquele nobre manto já poderia ter sido passado para Jimmy.

A verdade era que não havia mais nada que quisesse fazer, que pudesse fazer. Voar em bombardeios se tornara ele. Quem ele era. O único lugar com o qual se importava era o interior de um Halifax, os cheiros de sujeira e óleo, de suor azedo, de borracha e metal e do oxigênio. Queria ser ensurdecido pelo trovejar de seus motores, precisava ter pensamentos drenados pelo frio, pelo ruído e por quantidades iguais de tédio e adrenalina. Acreditara uma vez que seria formado pela arquitetura da guerra, mas agora, dava-se conta, havia sido apagado por ela.

Tinha uma nova tripulação, artilheiros Tommy e Oluf, um de Newcastle, o outro norueguês. Havia bem poucos noruegueses no Grupo 4, sem número suficiente para formar seu próprio esquadrão, como haviam feito os poloneses. Os noruegueses eram quase tão ferozes em seu comprometimento quanto os poloneses sedentos de sangue. *Eles* sempre pressionavam. Viviam para o dia em que poderiam voar para casa, para uma Polônia livre. Não aconteceu, é claro. Teddy pensou muitas vezes neles enquanto a Polônia negociava seu destino ao longo do século XX.

Era outra tripulação heterogênea. Sandy Worthington, seu navegador, vinha da Nova Zelândia; Geoffrey Smythson, o engenheiro de voo, formara-se em Cambridge. ("Matemática", ele afirmava, solene, como se fosse uma religião.) Teddy cogitou que ele poderia conhecer Nancy e ele disse ter ouvido falar nela, ela ganhara o prêmio Fawcett, não?

— Garota inteligente — comentou.

— Mulher inteligente — Teddy corrigiu.

Seu operador de rádio era Bob Booth, de Leeds, e seu artilheiro era...

— B'dia, fala, companheiro.

— Que diabos você está fazendo aqui? — perguntou Teddy.

— Bem, eu estava como instrutor numa UTO quando soube que o famoso Ted Todd acabava de voltar para Operações e pensei: aquele maldito não vai voar sem mim. Um esquadrão australiano tentou me agarrar, mas puxei umas cordinhas.

Teddy quase sufocou com a aparição de Keith — era com ele que melhor se entendera na antiga tripulação, e os dois haviam compartilhado tantas coisas que não poderiam comentar com mais ninguém, mas mesmo assim, no reencontro, ambos se controlaram e se cumprimentaram com um curto e viril aperto de mãos. Mais tarde, com o avanço do século, Teddy observou que os homens começaram aos poucos a perder o constrangimento quando se tratava de seus sentimentos, até que, quando o XX já entrevia o XXI (e com o advento da década com o nada atraente apelido de anos zero-zero), pareceram ter perdido de todo o controle de suas emoções, e talvez também de seu bom senso. Jogadores de futebol e de tênis explodindo em todos os lugares, o homem comum, nas ruas, abraçando e beijando outros homens no rosto.

— Ai, pelo amor de Deus, pai — Viola disse. — Como você pode pensar tanta merda? Não perder a pose! Você acha honestamente que o mundo era um lugar melhor quando os homens não demonstravam seus sentimentos?

— Acho.

Ele às vezes ainda se lembrava com horror como havia se descontrolado na cozinha da mãe de Vic Bennett. Não conseguia ver o que aquilo trouxera de bom, sobretudo para ele mesmo. Quando Nancy morreu, ele chorou em silêncio e sozinho, parecera ser a maneira respeitosa de prantear alguém.

— Para mim, a culpa é da Diana — Bertie disse.

— Diana?

— A princesa. Ela fez com que expressar a dor parecesse heroísmo. No seu tempo, costumava ser o oposto.

Estavam sentados no alto da colina do White Horse, em Kilburn, comendo sanduíche que a gentil proprietária de uma pousada embrulhara para eles numa parada da turnê de despedida.

Como um cachorro, pensou Teddy, ele também tivera seus bons tempos.

— Estou velho demais para o mundo — afirmou.

— Eu também — Bertie concordou.

Nancy só conseguira uma noite de licença, assim os dois se separaram em mais uma plataforma de estação ferroviária apenas vinte e quatro horas depois de terem se encontrado em outra. Ele tinha tido a impressão de que conseguiriam ficar mais tempo juntos e se sentiu um tanto melancólico quando acenou para ela em despedida, mas, quando o trem desapareceu, deu-se conta de que talvez o que estivesse sentindo fosse culpa pelo alívio.

Keith também chegara a Londres de licença e os dois se encontraram e formaram um quarteto agradável e platônico no Quaglino, com Bea e a amiga Hannie, uma refugiada. Todos beberam bastante, e Keith fez de tudo para flertar com duas mulheres ao mesmo tempo. Hannie era muito bonita, mas parecia desinteressada, e Bea estava, por assim dizer, noiva de um médico, embora ambas tenham sido muito doces com Keith. Teddy nunca conheceu o "doutor" de Bea. Ele estava com as tropas no Dia D e foi morto na Gold Beach. Com isso, ela se casou com um cirurgião, depois da guerra.

Bea trabalhava na BBC, produzindo e fazendo um pouco de continuidade e algum "bastidores", e Hannie trabalhava como tradutora para um obscuro departamento governamental. Bea se mudava para um mundo médico durante a Blitz, quando foi recrutada para trabalhar num necrotério, juntando as peças dos quebra-cabeças de partes de corpos humanos. Sua experiência artística na faculdade fez com que, por qualquer razão improvável, fosse considerada adequada para aquele trabalho. ("Anatomia, suponho", ela disse.) Mesmo Teddy, que se habituara à visão dos corpos desmembrados, não acreditava que teria estômago para aquele trabalho. Anos depois, em outra era de terrorismo, Teddy lia a respeito de bombas em parques e casas noturnas, em arranha-céus e aviões de passageiros, corpos explodindo em pedaços ou caindo ao solo, e se perguntava se haveria alguém para juntar as peças. Sylvie sempre afirmara que a ciência era coisa dos homens buscando novas maneiras de matarem uns aos outros e, com o passar dos anos (como se a guerra não fosse prova suficiente), ele começou a pensar que ela talvez tivesse razão.

Ele dançou com Hannie, ela era da altura certa para ele e cheirava a Soir de Paris, que disse ter sido trazido da França para ela por "alguém", o que o fez pensar que ela devia ter acesso a círculos um tanto secretos. (Haveria alguma mulher que não tivesse?) Ela usava brincos de esmeralda e deu uma risadinha quando ele comentou a respeito deles, explicando: "Bijuteria! Pareço alguém que pode pagar por esmeraldas?". Hannie deixara a família para trás na Alemanha e queria que "todo e qualquer nazista" morresse sofrendo. Bastante justo, pensou Teddy.

Os quatro combinaram um novo encontro na noite seguinte e foram assistir a *Arsênico e alfazema*, que todos concordaram ser um excelente antídoto para a guerra.

Depois da guerra, Teddy soube por Bea que Hannie estava com a Executiva de Operações Especiais e tinha sido lançada de paraquedas sobre a França antes do Dia D. Ursula e Bea fizeram o possível para descobrir o que acontecera com ela ("porque agora ela não tem mais ninguém"). Era a terrível história de sempre.

Descobriu-se que aqueles brincos não eram falsos, e sim esmeraldas genuínas, francesas, *fin de siècle*, muito bonitas, e haviam pertencido à mãe dela, também francesa. ("E também tenho sangue húngaro, sangue alemão e até um pouco de romeno. Uma vira-lata europeia.") Os brincos haviam começado a vida em 1899 no ateliê de um ferreiro no Marais e, à maneira dos objetos, sobreviveu em muito às pessoas que os usaram. Hannie deixou-os com Bea "por segurança". ("Talvez você não me veja por algumas semanas.")

— Acho que ela sabia que não ia voltar — Bea disse.

Ela os deu a Teddy antes de morrer, porque ele era, literalmente, a única pessoa no mundo que se lembrava de Hannie e foi assim que Bertie usou aqueles brincos no dia de seu casamento, um dia que infelizmente Teddy não viveu para ver. Ela se casou no inverno, com o homem que conheceu por acaso na ponte de Westminster, numa igreja saxônica em Cotswolds, vestindo renda antiga e carregando um buquê de campânulas. Depois de alguma discussão, permitiu que Viola a levasse ao altar. Foi perfeito.

* * *

No dia seguinte, um domingo, Keith e Teddy pegaram cedo um trem para a Toca da Raposa, onde Sylvie fizera uma grande algazarra sobre convidá-los para almoçar. Keith ficou entusiasmado, visitara a casa antes e encantara Sylvie. E também sabia o quanto sua despensa estava bem estocada. Ursula se recusou a ir com eles.

— Mamãe pode ficar com vocês só para ela — disse com um risinho um tanto malicioso.

Teddy levou Keith até a vizinha Casa das Gralhas, para encontrar a sra. Shawcross, que também ficava animada, talvez até mais do que Sylvie, para conhecer os membros da tripulação de Teddy que iam com ele à Toca da Raposa. Ele teve oportunidade de lhe contar que tinha estado com Gertie, e a sra. Shawcross disse:

— Que incrível! Mas me preocupo muito com ela. Ficamos pensando em Amy Johnson, sabe?

Millie estava "de passagem" em casa e flertou escandalosamente com Keith.

— Aquela garota devia ser mantida a ferros — ele riu quando afinal escapou de suas garras. — Não faz meu tipo — comentou. Ele ainda estava bem encantado por Hannie, a amiga de Bea. — Não consigo me imaginar levando-a para a terra das ovelhas.

Keith nunca duvidou de que voltaria para a Austrália. Aquela certeza era reconfortante para Teddy.

— Ela é judia, sabe? — falou Keith.

— Sei.

— Primeiro judeu que conheço — disse Keith, como se fosse um acontecimento. ("Primeira judia", Sylvie diria.) — Deve ser bom se apaixonar — acrescentou, revelando um lado surpreendentemente romântico. — Siga seu coração e todas essas coisas.

— Vamos com calma! — fez Teddy. — Você está começando a falar como um personagem de matinê. (Ou uma mulher.)

Meses depois, o próprio Teddy "se apaixonou". Seguiu seu coração e ele o levou até um beco sem saída, mas Teddy não se importou muito.

* * *

Um interlúdio romântico.

Julia. Ela era alta e tinha cabelos claros, dois atributos que em geral Teddy não achava atraentes numa mulher.

— Loura natural — ela observou.

— Acho que nunca conheci nenhuma — Teddy disse.

— Agora conhece — Julia retrucou e riu.

Ela jogou a cabeça para trás quando riu, de um jeito que poderia ter sido grosseiro, mas na verdade foi encantador. Não era dessas mulheres que cobrem a boca quando riem, e tinha belos dentes, cor de creme e muito perolados. ("Boa educação", disse ela. "E também boa dentição.") Ela ria muito.

Tinha sido colega de colégio de Stella, e Stella pedira a Teddy para "cuidar de Julia" quando estivesse em Londres, o que era altruísta por parte de Stella.

— Não se apaixone por ela — advertiu (preparando o terreno). — Ela já partiu o coração de homens melhores do que você.

Mesmo que Stella não conhecesse nenhum homem melhor do que Teddy.

Teddy não queria morrer sem se apaixonar e, como esperava morrer a qualquer momento, sem dúvida forçou a mão do Cupido para que lhe desse um sabor de romance em tempos de guerra. Estava no ponto certo.

Julia estava no Serviço Auxiliar Terrestre, trabalhava numa garagem no centro de Londres dirigindo caminhões do Exército. Sempre havia nela alguma mancha de óleo ou graxa e suas unhas eram imundas. Mesmo assim, cabeças sempre se viravam quando ela passava. Aquilo era tão natural quanto o cabelo louro. Ela era o tipo de garota que sempre conseguia boas mesas nos restaurantes, bons lugares no teatro, o tipo de garota a quem as pessoas davam coisas. Havia nela algo de deslumbrante, uma espécie de glamour que fascinava as pessoas. Fascinou Teddy. Por uma semana inteira.

Ela "forjou" uma licença depois de seu primeiro jantar juntos. Primeira noite juntos, também. ("Não faz nenhum sentido adiar as coisas, querido", ela disse, desabotoando a jaqueta do uniforme de Teddy.) Era o tipo de garota que conseguia forjar licenças.

— Papá conhece todo mundo.

"Papá" era "conselheiro governamental", o que quer que isso significasse, mas deixava sua maravilhosa filha única voar livre e solta. Ela estava com vinte e dois anos, não era criança. Mamãe tinha morrido.

— Muito triste.

Julia tinha "rios de dinheiro"; Papá era lorde também. Teddy convivera na faculdade com inúmeros filhos de lordes e não ficou surpreso com o nível de instrução dela, embora não pudesse deixar de se impressionar um pouco com a enorme mansão perto de Regent Park, que era a "casa de Londres" da família. Tinham uma "residência ancestral" em Northamptonshire e "um lugar" na Irlanda. "Ah, e um apartamento em Paris, ocupado agora por algum *Gauleiter** nojento." Papá se mudara, estabelecendo-se em algum lugar em Westminster, e Julia tinha um apartamento em Petty France.

A casa de Londres ficaria fechada enquanto fosse preciso. Tudo havia sido simplesmente deixado onde estava, amortalhado sob camadas de poeira. Os lustres enormes ainda pendiam do teto debaixo de suas capas, parecendo presentes mal embrulhados. Havia panos pendurados sobre quadros valiosos, como se a casa estivesse de luto. Uma estranha variedade de panos, lençóis e velhas roupas de cama — algumas não tão velhas — havia sido jogada sobre a mobília. Teddy descobriu um sofá Luís XV debaixo de uma colcha de fustão, uma magnífica cômoda de Boulle para Luís XIV enrolada num lençol, uma escrivaninha que pertencera a Maria Antonieta com um edredom amarrado a sua volta. E encontrou um Gainsborough debaixo de uma toalha de chá. Ficou apreensivo com a falta de segurança de tudo aquilo.

— Você não fica preocupada com essas coisas?

— Preocupada?

(Aquela palavra não existia em seu vocabulário, ela era criminosamente despreocupada, foi isso que o atraiu.)

— Com a possibilidade de alguém roubá-las ou de serem destruídas por uma bomba?

* Governador provincial, no regime de Hitler.

Julia só deu de ombros e disse:

— Nós temos montes disso.

Ele levantava o véu sobre um pequeno Rembrandt todas as vezes que passava por ele na escadaria. Ninguém sentiria falta, pensou. Pessoas tão descuidadas mereceriam tal tesouro? Se ele levasse o Rembrandt, sua vida seria bem diferente. Para começar, ele seria um ladrão. Uma narrativa diferente.

Havia dois Rubens, um Van Dyke e um Bernini no corredor. Todo tipo de tesouro da Renascença italiana, mas foi o pequeno Rembrandt que roubou seu coração. Ele poderia ter saqueado a casa inteira. Havia uma chave debaixo de um vaso na porta da frente. Quando ele a repreendeu pela falta de segurança, ela riu e disse:

— Sei, mas é um vaso muito pesado.

Era.

— Por mim, você pode ficar com ele, querido — Julia disse quando o pegou olhando o Rembrandt. — É uma velharia.

— Obrigado. Mas não.

Que pilar de retidão moral. No fim da vida, ele desejou ter se apropriado do quadro. Ninguém teria acreditado que fosse um Rembrandt verdadeiro, o quadro teria existido inteiramente para seu próprio prazer culpado, pendurado numa parede suburbana. Deveria ter ficado com ele. A casa de Londres foi atingida por um V-2, o Rembrandt perdido para sempre.

— Por mim, você pode ficar com sua arte — Julia disse. — Temo que eu seja muito superficial.

Na experiência de Teddy, pessoas que alardeavam ser alguma coisa eram em geral o oposto, embora, no caso de Julia, fosse verdade. Ela era admiravelmente inculta.

Não foram para Petty France, em vez disso passaram seu interlúdio romântico na casa de Londres ou, numa noite memorável em que o sono não desempenhou nenhum papel, numa suíte do Savoy que parecia estar permanentemente à disposição dela. Havia "galões" de champanhe na adega da casa de Londres, e eles passaram a semana bebendo e fazendo amor em cima de um sem-número de antiguidades de valor inestimável. Ocorreu a Teddy a possibilidade de que ela passasse todo seu tempo de vida daquela maneira.

Julia tinha um corpo perfeito, gênero deusa grega. Ele podia imaginá-la como uma deusa, fria e indiferente, bem feliz por condenar algum pobre Acteon a ser dilacerado pelos cães. Nancy nunca poderia habitar o mundo cruel do Olimpo, estava mais para um alegre duende pagão.

— Quem é Nancy?

— Minha noiva.

— Ah, querido, que gracinha!

Ele ficou um tanto desconcertado com aquela resposta. O tempero de um pouco de ciúme teria incrementado a experiência. Era o que aquilo era, uma experiência, seu coração nunca esteve totalmente entregue. Ele estava brincando de romance. Foi depois de Hamburgo, depois de Beethoven, depois da morte de Keith, não muito antes de Nuremberg, quando ele não se importava demais com coisa alguma, em especial com lindas louras superficiais. Mas apreciou a dádiva do sexo vigoroso e irrestrito ("Imundo", como Julia colocava), de modo que, anos mais tarde, quando voltou para o tipo mais comum ou usual, pelo menos sabia o que era foder com desapego. Não gostava da palavra, mas na verdade era a única que se adequava a Julia.

No último dia de licença, ele voltou à casa de Londres e levantou o pesado vaso para encontrar não a chave, mas apenas um pedaço de papel com um bilhete rabiscado: "Querido, foi adorável, nos vemos por aí. Beijinhos, J.". Ficou um tanto ressentido por se ver impedido de entrar na casa, começara a se sentir bem à vontade lá dentro.

Não muito tempo depois, Julia foi transferida para uma base de artilharia do Exército e foi uma das dezessete pessoas mortas quando um depósito de munições explodiu por acidente. Teddy já estava no campo de prisioneiros e só soube do acidente quando, anos depois, leu uma notícia a respeito do pai dela em seu jornal ("Morre nobre envolvido em escândalo sexual").

Ele imaginou os membros brancos e perfeitos de Julia quebrados e espalhados como esculturas antigas. Eram notícias velhas, velhas demais para que ele realmente se abalasse — Nancy tinha acabado de ficar doente. Também não soube da casa de Londres até ler o mesmo artigo de jornal ("Inúmeras e inestimáveis obras de arte perdidas durante a guerra"). Lamentou a perda do pequeno Rembrandt mais do que a de Julia, em quem não pensava havia muito tempo.

Mas aquilo ficava no futuro. Agora, ele voltava da Casa das Gralhas com Keith e encontrava a sala de estar da Toca da Raposa cheia de visitas. Sylvie convidara pessoas para almoçar, pessoas que Teddy nunca vira e nas quais tinha pouco interesse.

Havia um membro do conselho local ditador de regras e sua esposa, um advogado (autointitulado "solteirão à moda antiga") que parecia estar se candidatando a potencial pretendente à mão de Sylvie. Havia também uma viúva, bem idosa, que se queixava bastante, sobretudo de como a guerra tornara sua vida difícil, e, por fim, o "representante do clero", nas palavras de Sylvie. Não um clérigo comum, mas um bispo — uma espécie superior de exorcista. Um tanto untuoso, como Teddy imaginava que fosse um bispo.

Bebiam elegantes cálices de xerez — os homens também — e Sylvie disse a Keith e Teddy:

— Espero que vocês prefiram cerveja.

— Eu não recusaria um bom copo, sra. T. — Keith respondeu, com seu mais amável sotaque australiano.

Sylvie parecia ter reunido um elenco de personagens para uma farsa banal. Era o tipo de sociedade burguesa para a qual ela costumava ter pouco tempo, e Teddy não conseguia entender por que ela escolhera ampliar seu círculo social com a elite da paróquia. Foi só quando ela começou a fazer uma cena apontando para suas condecorações e se gabando de seus "feitos de bravura" — ainda que ele não tivesse comentado quase nada com ela a respeito de seus "feitos", de bravura ou não — que ele começou a desconfiar que ela o estava exibindo para aquela coleção de ilustres. Descobriu que nada tinha a dizer quando insistiram para que contasse algumas de suas "façanhas ousadas", e coube a Keith entretê-los com relatos bem-humorados de suas proezas, de modo que a guerra começou a soar como uma série de escapadas doidivanas, bem ao estilo de uma das aventuras de Augusto.

— Mas ainda assim — disse o solteirão, em busca de algo mais brutal — nem tudo são brincadeiras e diversões. Vocês com certeza já andaram acabando com a alegria dos Jerry.

— É, bom trabalho — concordou, pomposo, o membro do conselho. — Um belo espetáculo. Hamburgo foi um grande sucesso da RAF, não foi?

— Sim, bom, trabalho, rapazes — o bispo emendou, fazendo um leve gesto de brinde com seu copo de xerez. — Agora vamos acabar com o resto deles.

Todos eles?, perguntou-se Teddy.

"Devo avisá-lo", Ursula escrevera a Teddy, "que o porco foi morto." Desde a chegada do porco de Sylvie, Teddy o encontrara diversas vezes como um rotundo leitão rosado. Ele o admirara bastante. Não tinha aspirações a grandeza, fungando e fuçando trufas em seu cercado, grato por quaisquer sobras que encontrasse pelo caminho, e agora, ao que tudo indicava, o pobre coitado estava sendo empacotado como bacon, linguiça, presunto e todos os outros produtos que o futuro reserva para um porco. Presumivelmente, para ser apregoado e transformado em dinheiro pela mascate Sylvie.

Iriam comer pernil de porco assado com legumes da horta, molho de maçã em conserva feito com as maçãs do outono anterior e uma "Rainha das tortas", em grande parte fornecida pelas galinhas sobrecarregadas de trabalho. Teddy não conseguiu deixar de pensar no porco quando ainda estava vivo, ainda de posse de quatro pernas robustas.

— Tudo da Toca da Raposa — Sylvie informou com orgulho —, do porco à mesa até a geleia e os ovos da torta.

Talvez estivesse anunciando a economia familiar para o solteirão. Ou para o bispo. Teddy não podia imaginar a mãe se casando de novo. Ela se firmara numa meia-idade um tanto pretenciosa e decidida, e gostava de fazer tudo a seu modo.

— É um aroma capaz de levantar os ânimos de um homem — disse o bispo, erguendo seu refinado nariz episcopal para cheirar o porco assado.

— A senhora é muito engenhosa ao ser tão autossuficiente, minha cara — disse o advogado a Sylvie, esgotando o xerez de seu minúsculo cálice e lançando a seu redor um esperançoso olhar de busca por uma licoreira.

— Deveria haver medalhas para mulheres no front doméstico — resmungou a esposa do membro do conselho —, pela nossa ingenuidade, se não por tudo o que precisamos sofrer.

Observação que provocou mais resmungos da viúva idosa. ("Sofrimento! Nem me fale!") Teddy sentiu aumentarem seu calor e inquietação.

— Desculpem-me por um instante — disse, pousando o copo de cerveja.

— Tudo bem, companheiro? — Keith perguntou, quando ele passou.

— Só preciso de um pouco de ar — Teddy respondeu.

"Pausa para um cigarro", Teddy ouviu Keith dizer, criando uma desculpa.

Teddy assobiou para o cachorro, que encontrou do lado de fora, dedicado a estudar as galinhas, encerradas em segurança atrás do arame do cercado. Sortudo, obediente ao extremo, seguiu Teddy pela alameda.

O cão escorregou por baixo do portão e passou para o pasto do rebanho leiteiro, perturbado com a visão das vacas.

— São vacas — Teddy explicou. — Não vão machucá-lo — acrescentou.

Mas o cão começou a latir freneticamente. Estava nervoso e em atitude de desafio, uma mistura inquietante para as vacas, em geral tranquilas, e Teddy o pegou no colo antes que causasse problemas.

Hamburgo *tinha* sido um "bom show", ele refletiu. As condições de voo eram perfeitas sobre o mar do Norte e os alemães haviam obstruído as comunicações na cordilheira Gee errada, de modo que os navegadores puderam conseguir posições confiáveis dos alvos com o sistema de navegação por rádio. (*Vamos falar de alguma coisa mais interessante do que os mecanismos dos bombardeiros.*)

Depois da longa travessia sobre a indistinta escuridão do mar do Norte, tinha sido um alívio chegar à costa alemã e ver os marcadores de rota deixados cair pelos batedores, velas douradas de fogo, transbordando com graça e pingando na terra, delimitando sua cancela, reunindo-os e orientando-os em direção ao caminho correto e estreito do bombardeio. Nas instruções, foi-lhes enfatizado que o fluxo de bombas precisava ser coeso e ininterrupto, não apenas para concentrar o bombardeio, mas também para que a Janela, que usavam pela primeira vez, pudesse proteger o maior número possível de aeronaves. Janela era sua nova "arma secreta". Houve algum ceticismo quanto à misteriosa Janela e, nas instruções, podia-se pensar que os inventores tivessem aparecido com o Santo Graal, mas em ação as tripulações ficaram gratas e animadas com ela.

Algumas aeronaves já haviam sido modificadas e recebido rampas especiais para os sinais luminosos, mas a maioria, como a Q-Queenie, ainda usava as antigas para alinhar a Janela. Era um trabalho desgraçado, e Teddy tinha mandado um Keith muito ressentido descer à fuselagem gelada, onde, atrapalhado pela garrafa de oxigênio portátil, e mais uma tocha e um cronômetro, precisava se empoleirar perto da rampa de lançamento, onde, a cada sessenta segundos, tinha que remover o elástico dos perigosos pacotes e mandá-los para fora da aeronave. Mas, ah, era uma beleza aqueles longos feixes luminosos de alumínio que caíam por terra e enevoavam o radar terrestre alemão para que seus caças não pudessem ser direcionados para os bombardeiros! Eles podiam ver os holofotes girando sem rumo pelo céu, enquanto os raios azuis eram impotentes para guiá-los. Os canhões antiaéreos alemães não tinham como fazer pontaria; assim, ao se aproximarem da cidade, havia apenas uma barragem de disparos atirados às cegas, como faíscas de uma fogueira noturna. Atingiam o alvo sem nenhum dano real.

E que alvo. Duas mil e trezentas toneladas de bombas e mais de trezentos e cinquenta mil incendiários em uma hora. Um recorde mundial. Os primeiros Indicadores de Alvos, IAS, atirados sobre a cidade pelos batedores eram fontes de vermelho e dourado jorrando sobre a terra, e a elas se seguiam os lindos IAS verdes, de modo que o efeito geral era de fogos de artifício cascateando pelo céu negro. Às luzes coloridas juntavam-se os rápidos e brilhantes clarões dos explosivos e explosões maiores e mais lentas das bombas gigantes de mil e oitocentos quilos, e por toda parte havia um encantador piscar de luzes brancas à medida que milhares e milhares de incendiários choviam sobre a cidade.

A intenção era que as bombas pesadas explodissem os prédios arrancando os telhados para que os incendiários pudessem cair e começar incêndios, transformando os prédios em lareiras ardentes. Era o que faziam os bombardeiros, punham fogo em tudo o que estivesse no solo abaixo deles. A cidade era uma estopa seca, quase sem umidade, condições perfeitas para finalmente mostrar a Hitler (e ao governo britânico) do que era capaz o Comando de Bombardeiros.

A Q-Queenie tinha saído na segunda leva, atrás dos batedores e dos Lancaster que já haviam iluminado o alvo para eles.

Parecia Natal, os lampejos e as faíscas dos incendiários salpicando o céu. Chamas vermelhas brilhavam por toda parte, embora logo tenham começado a ser encobertas por uma nuvem escura de fumaça. Keith os guiava para o centro daquela exibição pirotécnica, "Esquerda, direita, direita mais um pouco...", até que Teddy o ouviu dizer "Bombas lançadas", e eles voltaram para casa, enquanto outras quatro levas de bombardeiros ainda seguiam seu caminho sem pressa em direção ao alvo.

Foram para Essen na noite seguinte, outro esforço máximo, e depois foram mantidos em terra por tão necessárias vinte e quatro horas, enquanto os americanos assumiam, dois ataques a Hamburgo à luz do dia, um depois do outro, atiçando as lareiras com incendiários e criando novas com seus altos explosivos. Teddy sentiu pena dos pilotos americanos; viajando em formação cerrada em pleno dia, eles suportavam o choque das defesas alemãs. Algumas semanas antes, a Q-Queenie fizera um pouso de emergência em Shipdham, na base da Força Aérea dos Estados Unidos, e eles tiveram uma animada recepção. Quase nunca tinham contato com companheiros aliados, de modo que foi encorajador encontrar-se no meio de um esquadrão americano cujos pilotos eram, como disse Tommy, de Newcastle, "iguaizinhos a nós". Só mais reluzentes e mais novos, o brilho ainda não ofuscado, embora logo fosse desaparecer. E com uma comida muitíssimo melhor, de modo que, quando por fim voltou à sua base, a Q-Queenie estava carregada de chocolate e cigarros, frutas em conserva e boa vontade.

O clima estava bom e as tripulações descansavam em espreguiçadeiras ou se reuniam em mesas de carteado ao ar livre. Alguém organizou um jogo de críquete num campo próximo, um jogo agitado e divertido, mas muitos apenas dormiam, exauridos pela guerra. Teddy e Keith saíram para um longo e preguiçoso passeio de bicicleta com duas moças da Força Aérea Auxiliar Feminina, Sortudo saltitando ao lado deles. Quando se cansou, foi posto na cestinha da bicicleta de uma das moças, onde se sentou todo orgulhoso, com as orelhas levantadas pela brisa.

— Na carlinga — disse a moça.

Edith, uma garota azarada da qual só se podia ter pena. Os três últimos tripulantes com quem saíra não tinham voltado de suas missões e agora ninguém queria se aproximar dela. Num momento mais depressivo, Teddy considerara a hipótese de dormir com ela só para ver o que lhe aconteceria depois. Talvez ainda o fizesse, pensou. Ela era encantada por ele, mas naquela época acontecia o mesmo com todas as moças da Força Aérea Auxiliar Feminina.

Comeram sanduíches de pasta de peixe e beberam água de um riacho; foi como se o Terceiro Reich não existisse e a Inglaterra tivesse sido restaurada ao seu estado original verdejante e agradável.

Ele consultou o relógio, três horas da tarde. Deviam ter almoçado sem ele na Toca da Raposa. Assim esperava, pelo menos. Considerou que havia deixado Keith naquelas garras profanas por tempo demais.

Cruzaram o prado, em pleno esplendor de verão — linho e esporinhas, botões de ouro, papoulas do campo, candelárias vermelhas e margaridinhas — e contornaram os limites de um dos grandes campos de trigo da Fazenda Municipal. O trigo cintilava e ondulava ao vento. Ele trabalhara muitas vezes naqueles campos, na colheita interrompida por almoços de queijo e cerveja com os peões, sob o sol quente. Difícil acreditar que a vida já fora tão simples. Relembrava agora aqueles tempos como um idílio romântico pré-guerra, *Vós, tisnados ceifeiros exaustos do mês de agosto, vinde dos sulcos e alegrai-vos*, mas acreditava que para os peões não havia nenhuma pastoral shakespeariana a encontrar em sua lida, e a colheita não passava de mais um turno do ano agrícola e de sua interminável e opressiva labuta.

Havia um sem-número de papoulas salpicadas em meio ao trigo, pontos rubros de sangue em meio ao ouro, e ele pensou naqueles outros campos daquela outra guerra, a guerra do pai, que sentiu um grande vazio com a lembrança de Hugh. Desejou que ele estivesse na Toca da Raposa, aguardando seu regresso no jardim com uma caneca de cerveja ou no gabinete com um copo de uísque.

O cão tinha pulado para o meio do trigal e ele não podia mais vê-lo, mas o ouvia latir animado, não de nervosismo, devendo portanto ter encontrado alguma criatura menos ameaçadora do que uma vaca — um coelho ou um camundongo-do-mato. Teddy assobiou para que o cão se orientasse e encontrasse o caminho para fora do trigal.

— Hora de ir — disse, quando Sortudo voltou em disparada.

— Achamos que tivéssemos perdido você — Sylvie observou, zangada.

— Ainda não — Teddy retrucou.

— Tudo bem? — Keith perguntou, entregando-lhe um copo de cerveja.

Keith estava sentado no alpendre, parecendo bem à vontade. As visitas ilustres pareciam ter ido embora.

Ele decidiu passar a última noite de sua licença com Ursula. Keith tinha ido farrear com alguns compatriotas.

Teddy atravessou os parques e postou-se do lado de fora do escritório de Ursula, esperando para surpreendê-la quando ela saísse do trabalho.

— Teddy!

— O próprio.

— E Sortudo! Que bom vê-lo!

Mais uma vez, Teddy se sentiu em segundo lugar no coração do cão. Sortudo estava fora de si de alegria por rever Ursula.

— Este é um bom momento — ela disse —, ou talvez você não pense assim. O que acha de me acompanhar ao concerto? Tenho duas entradas e a amiga que iria comigo precisou desistir. Podemos comer depois.

— Maravilha — Teddy disse, tremendo por dentro com a ideia de ir a um concerto, talvez a última coisa que gostaria de fazer. O ar do mar e sua licença de vinte e quatro horas com Nancy, sem falar no almoço na Toca da Raposa, haviam drenado quaisquer reservas de energia que pudesse ter tido e ele teria preferido ir a um cinema e adormecer na escuridão abafada ou quem sabe passar a noite bebendo até o esquecimento em algum lugar agradável e sem desafios.

— Ah, que bom! — Ursula exclamou.

Ela decidiu deixar o cão em seu escritório.

— Contra as regras, suponho — disse Ursula alegre, mas haveria diversas pessoas trabalhando durante a noite, e ele "seria estragado de tanto mimo".

Sortudo era um cachorro pragmático e no mesmo instante se ligou a uma das secretárias.

Fazia uma bela noite, e eles aproveitaram a pequena caminhada até o Royal Albert Hall. Chegaram cedo e ainda havia muito sol para aquecê-los nos jardins de Kensington, onde se sentaram num banco e comeram os restos dos sanduíches que ela não tivera tempo de terminar porque precisara "ir e voltar correndo" de Whitehall.

— Na verdade, tudo o que fiz foi mudar papéis de lugar. Acho que isso é o que faz a maioria das pessoas. Não você, é claro.

— Graças aos céus — Teddy disse, lembrando-se do tédio de seu trabalho como bancário.

Se por sorte sobrevivesse à guerra, o que iria fazer na vida? A ideia de um futuro o enchia de pavor.

Sua irmã se levantou e sacudiu as migalhas da saia.

— Melhor irmos, não quero deixar Beethoven me esperando.

Tinham bons lugares, os ingressos tinham sido dados a Ursula por "alguém". Ela esperava levar a amiga, a srta. Wolf, mas a outra precisara cancelar.

— É muito triste — Ursula contou —, ela acabou de saber que o sobrinho, do Exército, foi morto no Norte da África. A srta. Wolf é uma pessoa simplesmente *esplêndida*, uma estrela brilhante, e tem muita fé no poder curativo da música. E ouvir Beethoven em plena guerra, ainda mais *este* Beethoven, lhe teria dado um enorme prazer.

Qual Beethoven?, perguntou-se Teddy. Leu o programa. A "Nona". Concerto da Orquestra Sinfônica da BBC, coro Alexandra Choir, maestro Adrian Boult.

— *Alle Menschen werden Brüder* — citou Ursula. — Você acha possível? Algum dia? Que todos os homens possam ser irmãos um dia? As pessoas, com o que em grande parte quero dizer os homens, vêm matando umas às outras desde o início dos tempos. Desde que Caim atirou uma pedra na cabeça de Abel, ou seja lá o que ele tenha feito.

— Não acho que a Bíblia seja tão específica — Teddy retrucou.

— Temos instintos terrivelmente *tribais* — Ursula continuou. — No fundo, somos todos primitivos, por isso precisamos inventar Deus, para ser a voz de nossa consciência, ou estaríamos nos matando a torto e a direito.

— Acho que é isso o que *estamos* fazendo.

O auditório se enchia depressa, as pessoas afluindo, e, para deixá-las passar, eles precisavam muitas vezes mover os joelhos para o lado. Lá embaixo, o público disputava educadamente os bons pontos de observação da arena.

— Estes lugares são muito bons — Teddy comentou. — Quem quer que seja o homem que os deu, deve gostar muito de você.

— É, mas não são os *melhores* lugares — retrucou Ursula, parecendo achar aquela observação bem divertida. — Foram ataques bem violentos, os da semana passada — disse de repente, numa mudança de assunto que o desequilibrou.

— É.

— Você acha que Hamburgo está acabada?

— Acho. Não. Não sei. Talvez. A vinte e um mil e trezentos metros de altura não dá para enxergar muito. Só atiramos.

O coro começou a ocupar seus lugares.

— Elas levaram uma verdadeira saraivada — continuou Ursula.

— Elas?

— As pessoas. Em Hamburgo.

Teddy não pensava no alvo como pessoas. Eram cidades. Eram fábricas e pátios de manobras, bases de caças, docas.

— Você chega a ter dúvidas? — ela insistiu.

— Dúvidas?

— Você sabe, quanto às áreas de bombardeio.

— Áreas de bombardeio?

Aquela era uma expressão que ele já ouvira, mas não uma na qual já parara para pensar.

— Ataques indiscriminados. A população civil considerada alvo legítimo, gente inocente. Isso não faz você se sentir… pouco à vontade?

Ele se virou e a encarou, perplexo com sua franqueza. (*Pouco à vontade?*)

— Não *miramos* em civis! Você consegue imaginar uma guerra em que ninguém seja morto? Precisamos destruir sua indústria, sua economia, se quisermos vencer. Suas casas também, se for preciso. Estou fazendo, estamos fazendo o que nos é exigido para defender nosso país, para defender a liberdade. Travamos uma guerra contra um inimigo mortal e arriscamos nossa vida cada vez que voamos.

Ele foi capaz de se ouvir escorregando para a retórica e se irritou, mais com si mesmo do que com a própria Ursula, porque ela, com certeza e mais do que qualquer outra pessoa, compreendia o conceito de dever.

E agora vamos acabar com o resto deles, dissera na véspera o bispo de Sylvie.

— E, aliás, como você define "inocente"? — continuou. — Trabalhadores em fábricas que constroem bombas? Ou armas, ou aeronaves, aço, rolamentos de esfera, tanques? A Gestapo? Hitler?

Ele estava definitivamente hiperbólico agora.

— E não vamos nos esquecer de que foram os alemães que começaram esta guerra.

— Eu diria que nós a começamos em Versalhes — disse Ursula, tranquila.

Teddy suspirou, lamentando sua resposta irada. *Parece-me ter ele protestado em excesso.*[*]

— Às vezes — falou —, penso que, se pudéssemos voltar no tempo, podíamos matar Hitler, ou, ainda melhor, fazê-lo nascer morto.

— Mas então — disse Ursula —, imagino que se possa continuar a voltar no tempo, mudando a história pelo caminho, até chegar de novo a Caim e Abel.

— Ou à maçã.

— Psssiu! — fez alguém irritado, quando o primeiro violinista entrou no tablado.

Eles se juntaram aos aplausos, aliviados por encerrar a conversa. Ursula pôs a mão em seu braço e sussurrou:

* Referência a uma frase da rainha Gertrudes, em *Hamlet*, de Shakespeare, ato III, cena 2.

— Desculpe. Não perdi a fé na guerra. Só me perguntava como você estava se sentindo. Se você estava, sabe, de bem com você mesmo.

— É claro que estou.

Teddy ficou grato quando, muito aplaudido, surgiu Boult. Fez-se um grande silêncio.

Ursula deveria parabenizá-lo, não levantar dúvidas. A Operação Gomorra foi considerada um enorme sucesso pelas tripulações. Um momento decisivo, apressaria o fim da guerra, ajudaria aquelas tropas, aqueles "corpos negros", que em alguma data futura teriam que aterrissar de novo em solo europeu e lutar até o fim. "Um belo estrago", tinha escrito Geoff Smythson, seu engenheiro de voo, no relatório. *Um belo espetáculo*, dissera na véspera o advogado, babando com antecedência pelo pobre porco.

As tripulações estavam satisfeitas, pensou Teddy, dando uma olhada na irmã, agora de todo absorta na música, será que todos estavam?

Mais tarde, muito mais tarde, muito depois do fim da guerra, ele soube que tinha havido uma "tempestade de fogo". Nunca tinha ouvido aquela expressão, não durante a guerra. Soube que tinham sido mandados de propósito para distritos residenciais. Aquelas pessoas foram fervidas em fontes e assadas em porões. Foram queimadas vivas ou sufocadas, foram reduzidas a cinzas ou a gordura derretida. Foram pegas como insetos em papel mata-moscas enquanto tentavam atravessar o asfalto derretido das ruas em que viviam. Um belo estrago. ("Olho por olho", disse Mac na reunião do esquadrão. "Até que todos ficassem cegos?", perguntou-se Teddy.) Gomorra. Armagedom? Um Deus do Velho Testamento de despeito e vingança apocalípticos. Uma vez começado, não havia volta. Hamburgo não foi um momento decisivo, foi um ponto de baldeação. Acabou por levar a Tóquio, a Hiroshima, e depois qualquer argumento quanto à inocência passou a ser irrelevante quando se tornou possível apertar um botão num continente e destruir milhares em outro. Caim, pelo menos, precisou olhar para o rosto de Abel.

A RAF voltou para um segundo ataque na terça-feira à noite e encontrou a cidade ainda em chamas — um amplo inferno, como um tapete de chamas incandescentes estendido sobre a paisagem, sufocando o que havia por baixo.

Era como voar sobre um imenso vulcão contendo o coração ardente do inferno onde violentas explosões entrariam em erupção a qualquer momento. A Cidade da Destruição. Sua ferocidade, sua medonha e aterradora beleza, quase devolveu a Teddy a poesia. Um apocalipse medieval, ele pensou.

— Navegador, venha ver isto — disse, convencendo Sandy Worthington a sair de trás de sua cortina. — Você nunca mais verá algo assim.

Keith precisou mostrar-lhes o caminho, era possível distinguir a conflagração a muitos quilômetros de distância e, enquanto sobrevoavam o caldeirão ardente e borbulhante, ele perguntou:

— Então, capitão, vamos botar outra pá de carvão na fogueira?

Uma densa e imunda coluna de fumaça atingiu a altura da aeronave e puderam sentir o tremendo calor que subia da terra. Através das máscaras de oxigênio podiam sentir o cheiro da fumaça e de alguma outra coisa, ainda menos bem-vinda. Na volta, ao pousarem no esquadrão, descobriram que as janelas da Q-Queenie estavam cobertas por uma fina película de fuligem.

A fumaça e a fuligem do incêndio haviam subido centenas de metros. E aquela outra coisa, algo que Teddy jamais esqueceria, algo a respeito de que jamais conseguiu falar — o cheiro de carne queimada elevando-se da pira.

Ele soube então, no fundo do coração, que em algum momento chegaria o dia do acerto de contas.

Às vezes, um caça alemão se infiltrava na fileira de bombardeiros enquanto atravessavam de volta o mar do Norte, numa manobra especialmente ardilosa. Isso podia derrubar uma aeronave a caminho de casa ou quando já estava em terra, quando já se acreditava em segurança. Poucas semanas depois da Batalha de Hamburgo, depois de meses de artimanhas e tramas, a Q-Queenie foi afinal apanhada ao voltar de um ataque a Berlim.

Tinha sido difícil e demorado voltar da Grande Cidade e estavam todos com sono e frio. Tinham comido chocolate, tomado café, engolido as pílulas estimulantes, e foi um grande alívio quando viram enfim a luz vermelha no alto da torre da igreja no vilarejo mais próximo do campo de pouso. Teddy presumia que o sinal luminoso estivesse lá para impedi-los de colidir com a torre, mas eles sempre o viam como um farol guiando-os para casa. As luzes da pista foram acesas e eles ouviram a voz alegre de uma moça da Força Aérea Auxiliar Feminina na torre de controle dando-lhes as boas-vindas, mas ela mal havia começado a falar quando as luzes da pista se apagaram, o campo mergulhou na escuridão e o sinal de alerta de intrusos foi transmitido.

Teddy apagou as luzes da Q-Queenie e puxou de volta os controles para levantá-lo. Em algum lugar, em qualquer lugar, menos ali, porque ele podia ver projéteis se cruzando na frente deles e os artilheiros gritavam que havia um bandido, mas nenhum parecia saber onde ele estava e suas armas atiravam para todos os lados do céu. Não havia céu para um mergulho em espiral, nem velocidade suficiente para fazer alguma coisa, e ele achou que talvez a melhor atitude a tomar fosse apenas pousar de qualquer maneira, aterrando de barriga sobre o que quer que estivesse debaixo deles.

Antes que ele pudesse fazer alguma coisa, a Q-Queenie foi martelada por tiros de canhão vindos do caça. Devem ter atingido o trem de pouso, porque aterraram numa só roda e a aeronave se inclinou, uma asa para cima, a outra escavando o chão, e eles saíram da pista e se arrastaram aos guinchos pelo terreno antes de bater numa árvore que todos juraram nunca ter estado lá antes, mas que era real o suficiente para fazê-los capotar como um inseto gigante, e o mundo dentro da Q-Queenie virou de pernas para o ar.

Ouviam-se muitos gemidos atrás de Teddy, mas eram gemidos de pessoas que tinham sido jogadas por ali, machucadas e contundidas, não mortalmente feridas. Ele ouvia um bocado de raiva em norueguês. Só Keith estava em silêncio, e Sandy Worthington e o rapaz de Newcastle chutaram a portinhola de escape do piso — agora o teto — e ajudaram a arrastar Keith.

Enquanto saíam da aeronave capotada, as luzes da pista voltaram, e Teddy ficou surpreso ao descobrir que ainda estavam dentro dos limites do campo de pouso e que a ambulância e os bombeiros já corriam em sua direção. Fora o fato de estarem de cabeça para baixo, ou talvez por causa disso, tinha sido uma aterragem miraculosa. Por aquele "ato de bravura" acrescentou-se um tom à salada de cores das fitas em seu uniforme — um galão para usar com sua DFC.*

Keith perdera muito sangue, tinha sido atingido por um tiro de canhão antes da batida. Estava mortalmente silencioso embora os olhos estivessem entreabertos e o dedo mínimo tremesse. Sem últimas palavras. *Bem, então boa sorte para vocês.*

Eles o deitaram no chão, e Teddy o puxou para seu colo segurando nos braços, desajeitado, uma brutal *Pietà*. A sorte de Keith deixara de ser "do contra" e se tornara qualquer coisa podre. E tinha fugido. Teddy sabia que ele não duraria mais que alguns segundos e viu o instante em que o dedo parou de vibrar e os olhos entreabertos perderam a luz, e lamentou não conseguir pensar em nada para dizer a Keith que pudesse tê-lo feito se sentir melhor ao deixar esta vida. Mas na verdade não havia o que dizer, não é mesmo?

Ao voltar para seus aposentos, Teddy tirou o uniforme ensanguentado e esvaziou os bolsos. Seus cigarros, a lebre de prata e, por fim, a foto tardiamente feita dele mesmo, Nancy e o cão no passeio à beira-mar. Uma mancha na parte de cima, ainda úmida. O sangue de Keith. Parecia precioso, como uma relíquia. "Chá", ele diria mais tarde à neta, quando ela perguntou do que se tratava, não porque ela não estaria interessada, mas porque era algo privado.

Manteve seus sentimentos só para o cão, apertando o rosto de encontro ao pescoço do animal para reprimir as emoções. Sortudo sofreu por algum tempo e então lutou para se livrar do abraço.

— Desculpe — Teddy disse, aprumando-se.

Mas isso ainda aconteceria algumas semanas depois, no futuro. *Agora*, no presente, no Royal Albert Hall, Beethoven cumpria sua missão secreta em Teddy.

Teddy decidiu apenas *sentir* a música e parou de buscar palavras para descrevê-la, e quando veio o Quarto Movimento e Roy Henderson, o barítono,

* Distinguished Flying Cross, condecoração militar concedida a integrantes da Força Aérea Real (RAF) por "ato de coragem ou devoção ao dever, voando em operações ativas contra o inimigo".

começou a cantar (*O Freunde!*), fazendo os pelos na parte de trás de seu pescoço se arrepiarem. No assento a seu lado, Ursula quase vibrava com a energia da emoção, como uma mola em espiral, um pássaro prestes a sair do chão a qualquer momento. No movimento final, quando a magnificência do *Choral* se torna quase insuportável, Teddy teve a estranha impressão de que poderia realmente precisar segurar a irmã para impedi-la de subir no ar e levantar voo.

Mais tarde, deixaram o Albert Hall e caminharam pela tarde agradável. Ficaram em silêncio por um bom tempo enquanto o crepúsculo se fechava a seu redor.

— Prodigioso — disse Ursula, quebrando enfim o silêncio. — Há uma centelha do divino no mundo; não é Deus, chega de Deus, mas *alguma coisa*. Será amor? Não o tolo amor romântico, mas algo mais profundo...?

— Acho que talvez seja algo para o que não temos um nome — Teddy respondeu. — Queremos dar nome a tudo. Talvez aí esteja nosso erro.

— "E o nome dado por Adão a todo ser vivo passou assim a ser seu nome." Ter o domínio sobre todas as coisas tem sido uma maldição terrível.

No futuro, porque se revelou que haveria um futuro para Teddy, ele resolveu que sempre tentaria ser bom. Era o melhor que podia fazer. Era tudo o que podia fazer. E, afinal, isso poderia ser amor.

1960

Seus pequenos e esquecidos atos de gentileza e amor

Começara com uma dor de cabeça terrível no meio do dia na escola. Foi antes de se mudarem para York, e Nancy ainda lecionava no ensino técnico em Leeds. Uma péssima segunda-feira de inverno, um vento oeste gelado e muito pouca luz do sol.

— Meio deprimida — Nancy disse quando Teddy observou, no café da manhã, que ela parecia "abatida".

Na hora do almoço ela foi à enfermaria e lhe foram dadas duas aspirinas, que não fizeram efeito e ela precisou desistir de dar a aula do primeiro período da tarde e se instalou na enfermaria.

— Parece uma enxaqueca — disse com autoridade a enfermeira da escola. — Deite-se no escuro e descanse.

Assim ela fez, na desconfortável maca da enfermaria com seu áspero cobertor vermelho, cujas ocupantes habituais eram adolescentes com cólicas menstruais. Depois de mais ou menos meia hora, ela se sentou com dificuldade e vomitou no cobertor vermelho.

— Ai, meu Deus, sinto *muito* — ela se desculpou com a enfermeira.

— É decididamente uma enxaqueca — disse a enfermeira, que era do tipo maternal e, depois de limpar, deu palmadinhas na mão de Nancy e afirmou: — Você logo vai estar novinha em folha.

Ela *realmente* se sentiu um pouco melhor depois de vomitar e bem o suficiente para dirigir até Ayswick — com muito cuidado — antes do fim do horário escolar, embora parecesse haver um enxame de abelhas laboriosas dentro de sua cabeça.

Quando Nancy chegou em casa, Viola já estava lá com Ellen Crowther. A sra. Crowther era a mulher que haviam contratado para pegar Viola no colégio do vilarejo e cuidar dela até que um deles voltasse do trabalho. A "cria" da sra. Crowther já estava crescida e fora de casa, mas havia um marido, que era fazendeiro, e um sogro idoso ("o velho"), ambos parecendo mais difíceis de contentar do que qualquer criança, mesmo Viola. Ela era uma mulher com aparência de bruxa, o cabelo fino repuxado num coque e uma expressão retorcida no rosto devido a algum tipo de paralisia infantil. Apesar desses atributos, parecia bastante sem personalidade, desgastada pelo trabalho e pela obediência.

— Você *gosta* da sra. Crowther? — Nancy perguntou um dia a Viola, e Viola lhe deu um olhar confuso e perguntou:

— A senhora quem?

Em geral, quando Nancy chegava em casa, a sra. Crowther estava pronta para sair, com um lenço enrolado na cabeça e uma capa marrom de gabardine com cinto, passava pela porta como um galgo pulando da armadilha antes que Nancy tivesse tempo de dizer "olá". Seu marido (e talvez também o velho) parecia ser rigoroso quanto à pontualidade, sobretudo quando era hora de o chá estar na mesa.

— Vou ouvir um sermão se chegar atrasada — eram as palavras habituais da sra. Crowther enquanto saía correndo.

Chegando mais cedo do que de costume, as abelhas ainda diligentes em sua cabeça, Nancy deve ter entrado em casa mais silenciosamente do que percebeu, pois nem Viola nem a sra. Crowther perceberam sua chegada. Viola estava sentada na grande mesa de fazenda, lendo *Bunty*; numa das mãos havia um sanduíche de presunto e, com um dedo da outra, torcia uma mecha de cabelos — um hábito surpreendentemente irritante que não tinham conseguido eliminar. A sra. Crowther escrevia o que parecia ser uma lista de compras no verso de um envelope, com lápis grosso de marceneiro, uma xícara de chá à mão. Nancy sentiu-se estranhamente afetada por aquela cena doméstica. Talvez sua tranquila normalidade — o abafador de crochê no bule, o modo como a sra. Crowther mexia o açúcar na xícara sem tirar os olhos da lista de compras. A expressão de concentração no rosto de Viola enquanto comia o sanduíche, perdida na aventura semanal de "As quatro Marias".

Por um instante, imperceptível na soleira da porta, Nancy teve uma repentina e estranha sensação de desapego. Era invisível, uma observadora, olhando para uma vida da qual estava de algum modo impedida de participar. Começou a se sentir perigosamente desligada, como se de repente pudesse simplesmente sair flutuando e não fosse capaz de voltar para onde pertencia. Começou a entrar em pânico, mas, naquele momento, Viola ergueu os olhos da revista em quadrinhos e a viu.

— Mamãe! — ela exclamou, iluminando o rosto.

O feitiço estava quebrado, e Nancy atravessou a soleira e penetrou na segurança da cozinha, o velho Aga expelindo conforto e calor para recebê-la. A sra. Crowther disse:

— Santo Deus, a senhora me arrepiou parada ali. Por um minuto achei que era assombração. A senhora está branca como um fantasma — acrescentou (como se fosse íntima dos espíritos). — Está se sentindo bem? Venha, sente-se aqui. Deixe-me servir uma xícara de chá.

— Tive uma enxaqueca na escola — Nancy explicou, deixando-se cair numa cadeira.

As abelhas se moviam sem cessar em sua cabeça, atrás dos olhos. A sra. Crowther serviu o chá e, antes que Nancy pudesse protestar, pôs três colheres de açúcar na xícara.

— Chá quente e açucarado — disse a sra. Crowther. — Exatamente o que a senhora precisa.

Era estranho ser cuidada por alguém que em geral era um borrão de gabardine no corredor. (A sra. Crowther provou ter insuspeitos reservatórios de conversa fiada.)

— Obrigada — disse Nancy, gratíssima pelo chá, mesmo com a enorme carga de açúcar.

— Você chegou cedo — disse Viola.

Ela desconfiava de qualquer mudança de rotina, não gostava de surpresas. Seria por ser filha única? Ou só por ser criança?

— É, querida, cheguei.

Depois de terminar o chá e, por recomendação da sra. Crowther, comer um biscoito para forrar o estômago ("Ajuda, não é mesmo?"), Nancy disse à sra. Crowther:

— Eu sei que é um abuso, mas a senhora se importaria de ficar aqui até meu marido chegar? Acho que preciso me deitar.

Deve ter adormecido logo. Quando acordou, estava escuro, mas a porta do quarto estava aberta e havia luz no corredor. As abelhas não zumbiam mais, haviam partido em busca de nova rainha. O relógio perto da cama marcava nove horas. A cabeça estava pesada, mas muito menos.

— Ei — Teddy saudou-a quando ela desceu. — A sra. Crowther me disse que você estava com enxaqueca, então deixei-a dormir. (Nancy se perguntou se a sra. Crowther teria "ouvido um sermão" do marido e do velho.) Dei-lhe uma gorjeta por ter me esperado. Hoje de manhã eu disse que você parecia abatida, já devia ser por isso. Quer que eu prepare uma costeleta para seu jantar?

Ela não teve outra enxaqueca, só algumas dores de cabeça, mais do que o normal, mas nada tão sério quanto o dia na enfermaria.

— Imagino que seu trabalho seja um tanto cansativo — disse o oftalmologista quando ela o consultou para descobrir por que de vez em quando via uma onda de luz no olho esquerdo, uma pequena e tremeluzente linha dourada que na verdade era bem bonitinha. — Enxaqueca oftálmica — diagnosticou inspecionando o olho, tão de perto que ela podia sentir o cheiro da menta que ele tomara para mascarar (sem muito sucesso) o cheiro de cebola do almoço. — Nem sempre ela se manifesta com dores, minha cara.

Ele era bem idoso, do tipo paternal, e exercia seu ofício havia anos na pequena cidade. Não havia nada, afirmava tranquilizador, que não soubesse a respeito de olhos.

— E às vezes, quando escrevo muito no quadro-negro — disse Nancy —, minha visão fica um pouco turva, como quando se esfrega vaselina num vidro, e não consigo ler ou escrever direito.

— Definitivamente uma enxaqueca oftálmica — ele reafirmou.

— Tive uma enxaqueca clássica há pouco tempo — ela lembrou — e mais dores de cabeça do que de costume.

— Pois aí está.

— Minha mãe costumava ter dores de cabeça — ela continuou, recordando a mãe se arrastando escada acima até o quarto escuro, com um sorriso triste e conformado quando lhes dizia: "Numa das minhas cabeças, eu acho". Aquilo costumava fazê-las rir (não quando ela sentia dor, elas não eram filhas cruéis). "A Hidra", chamavam-na com carinho. "Mas uma Hidra boa", dizia Millie. "Uma linda e querida mamãe Hidra."

Mais adiante, Nancy se perguntou se havia sentido algo, algum tipo de premonição, que a motivara a escolher aquela tarde em especial para sugerir que os três se desenraizassem e se mudassem para a cidade, onde a vida seria mais fácil e mais conveniente. Quando saiu do oftalmologista, porém, armada com a prescrição de óculos de leitura ("É só a idade chegando, minha cara, nada com que se preocupar"), o pensamento predominante em sua cabeça era a xícara de chá com uma fatia de bolo com que se presentearia no café da esquina antes da bastante árdua pedalada até chegar em casa. O dia estava quente e Teddy saíra com o carro. Ele ia a uma feira agrícola, levando a reboque uma relutante Viola. Nancy se sentia terrivelmente cansada, mas o chá iria reanimá-la.

Assim foi e, quando ela buscava moedas para deixar uma gorjeta para a garçonete, ocorreu-lhe a ideia de que a única coisa que estava acontecendo com ela — com ela e com Teddy (até mesmo com Viola, embora mais devagar) — era que estavam simplesmente envelhecendo. Ou suas vidas continuariam na mesma. Estavam andando sem sair do lugar, arrastando-se pela rotina, por que não poderiam fazer alguma coisa diferente, sacudir-se um pouco?

— Arrastando? — reagiu Teddy, um espasmo fugaz de angústia contraía seus traços.

Estavam na cama — chocolate, livros da biblioteca, e por aí afora: uma boa definição de arrastar-se em qualquer dicionário, Nancy considerou. Ela se lembrou de Sylvie dizendo: "O casamento embota as pessoas".

— Não é uma ofensa — ela explicou, mas Teddy não pareceu convencido.

Um fim de semana, não muito tempo depois de se mudarem para York, Nancy tirava do forno o assado de domingo quando, sem nenhum aviso, seu braço esquerdo perdeu a força e a assadeira desabou no chão com todo seu conteúdo. Teddy deve ter ouvido o barulho porque chegou correndo à cozinha e perguntou:

— Você está bem?

— Estou, estou, tudo bem — respondeu, observando com desânimo o desastre de carneiro e batatas, sem falar na gordura quente que espirrara para todo lado.

— Não se queimou? — Teddy insistiu, ansioso.

— Não — ela o tranquilizou, nenhuma queimadura. — Sou uma tonta desastrada, é isso o que sou.

— Vou buscar um pano.

— Acho que eu estava acostumada com o Aga da casa velha e só, não sei, calculei mal alguma coisa. Ai, coitado do carneiro — acrescentou com tristeza, como se o pernil fosse um velho amigo. — Você acha que podemos salvá-lo? Tirá-lo do chão e fingir que nada aconteceu?

A perna de carneiro parecia ter incorporado todos os vestígios de areia e sujeira do que antes Nancy acreditava ser um chão de cozinha limpo. Ela se repreendeu em silêncio por seu desleixo como dona de casa.

— Podemos lavá-lo na torneira de água quente. Durante a guerra, não deixaríamos que fosse para o lixo. Ainda temos cenouras — acrescentou, esperançosa. — E molho de hortelã.

Teddy riu e respondeu:

— Acho melhor esquentarmos uma lata de feijão e fazer alguns ovos mexidos. Não consigo imaginar Viola comendo cenouras no almoço de domingo.

Aconteceram outras pequenas coisas, dormência e formigamento naquele traiçoeiro braço esquerdo, mais dores de cabeça e outra enxaqueca medonha que começou numa tarde de sexta-feira e não passou até a manhã de segunda. Isso a levou a uma consulta com o novo clínico, na esperança da prescrição de analgésicos potentes. Depois de alguns testes bem estranhos — andar em linha reta, mover a cabeça em diversas direções, como se a testasse por embriaguez, o clínico disse que desejava encaminhá-la ao hospital. Ele era o jovem assistente de um médico com mais tempo de prática e estava ansioso para não cometer erros.

— Mas não há necessidade de alarme — explicou —, é provável que a senhora tenha razão ao achar que é uma enxaqueca.

Também não era urgente, ao que parecia, e, quando o cartão de consulta com o especialista chegou à caixa de correio, Nancy já achava que o hospital a tinha esquecido. Ela não dissera nada a Teddy a respeito daquilo. Não havia razão para preocupá-lo. (Ele era alguém que se preocupava, Nancy não.) Ela acreditava que os resultados seriam vagos e que terminaria como a mãe, tendo "cabeças". Duvidava que pudesse sofrer com tanta paciência.

O clima de primavera estava perfeito no dia da consulta de Nancy no hospital e, quando ela saiu do curso na hora do recreio ("Volto na hora do almoço"), decidiu ir a pé até lá. Se planejasse o trajeto, poderia andar parte do caminho pela Bar Walls e apreciar os narcisos recém-florescidos e agora em sua "pompa dourada", expressão que se lembrava de uma antiga coluna de Agrestis. Teddy ficara "extasiado" com os narcisos silvestres que encontraram inesperadamente num passeio pelos bosques alguns anos antes.

Teddy continuava, então, com suas "Notas da natureza". Era um artigo pequeno, uma vez por mês, ele argumentava (consigo mesmo), e ele podia dirigir sem problemas até o campo — podiam ir todos, fazer um piquenique, levar binóculo.

— Não é exatamente a mesma coisa, eu sei, do que estar *no meio* dele. No "meio do nada" — acrescentou um tanto incisivo —, mas a necessidade ensina. Até que o *Recorder* encontre alguém para me substituir.

Encontraram alguém, um ano depois, na verdade uma mulher, embora o novo Agrestis nunca tenha admitido a mudança de sexo. Mas àquela altura isso não afetou Teddy, ou afetou muito pouco, e ele deixou Agrestis no passado sem olhar para trás.

Os narcisos crescendo nas colinas gramadas sob Bar Walls eram mesmo encantadores. Não havia nenhum no jardim da casa nova, por alguma razão (todo mundo tinha narcisos, não?), e Nancy decidiu que deveria falar com Teddy para plantar alguns. Muitos (muitíssimos, na verdade) num grande turbilhão wordsworthiano. Ele gostaria disso. Para sua surpresa, ele começara a se interessar por jardinagem, folheando catálogos de sementes e traçando planos e esquemas. Nancy lhe dava total liberdade, embora ele continuasse a consultá-la: "O que você acha de gladíolos?", "Que tal um laguinho?", "Ervilhas, vagens, ou ambas?".

Foi quando ela desceu as colinas em Monkgate Bar e esperava para atravessar a rua que uma cortina negra desceu de repente e cobriu seu olho esquerdo. Mais um blecaute do que uma cortina — ela nunca pensara na origem daquela palavra. Seu blecaute particular. Teve uma sensação de tragédia. "De repente cega", aquilo parecia bíblico, ainda que Monkgate dificilmente fosse a estrada para Damasco.*

Conseguiu encontrar um banco e sentou-se em silêncio, aguardando para ver o que aconteceria a seguir. Uma revelação de fé? Parecia improvável. Se tivesse ficado cega de todo, teria pedido ajuda às pessoas que passavam, mas a perda de um olho só não lhe parecia motivo suficiente para envolver estranhos. ("Isso é ridículo", disse Millie, quando ela lhe contou. "Eu teria feito um escândalo." Mas Nancy não era Millie.) Mais ou menos dez minutos depois de estar sentada no banco numa espécie de contemplação silenciosa, a cortina de blecaute se abriu — tão depressa e misteriosamente quanto se fechara — e a visão do olho voltou ao normal.

— Nervos em frangalhos ou coisa parecida — ela disse ao atendente quando por fim chegou ao hospital. — Imagino que tenha sido uma sorte enorme eu não estar de bicicleta ou dirigindo.

Viu-se tagarelando, aliviada, a crise superada, a catástrofe bíblica evitada.

* Referência à súbita cegueira de Saulo, em Ato dos Apóstolos (9, 1-9).

— Bem — disse o atendente —, de qualquer maneira vamos começar a examiná-la com cuidado, tudo bem?

Ele não era jovem, paternal ou amistoso, e tinha muito pouco a dizer quanto ao problema das enxaquecas.

Ah, e então tudo aconteceu tão depressa quanto algum horrível trem expresso que não para. Fizeram mais testes e raios X. Eram ambíguos ao falar com ela, diziam-se inseguros em relação ao que viam. Ela era casada, não era? Por que não levava o marido na próxima consulta?

— Não se não me derem um diagnóstico — disse a Bea ao telefone. — Estão bancando os espertos comigo por alguma razão que não é boa.

Ela sabia o que acontecia em casos ruins. Eles contavam aos cônjuges, parentes, até amigos, qualquer pessoa, menos aos pacientes, para que eles pudessem "continuar a levar uma vida normal". Conhecera uma moça da Marinha em Bletchley Park — Barbara Thoms —, do tipo pragmático, uma das engrenagens da roda. Das muitas rodas. Nancy tinha sido uma grande roda, uma decodificadora, um dos rapazes. Em geral, ela não tinha afinidades com uma engrenagem menor, mas ambas eram jogadoras no time de handebol do condado e tinham tentado, sem sucesso, organizar um time em Bletchley. (Nancy jogara em Cambridge.) Nancy tinha sua própria mesa no fim da guerra, era chefe-adjunta. Conhecera todos eles — Turing, Tony Kendrick, Peter Twinn. Adorava aquele mundo, obscuro, secreto, autossuficiente, mas sempre soube que era temporário, que "o serviço normal seria retomado". Teria que ser retomado.

A pobre Barbara desenvolveu um câncer, "muito rápido, incurável". E era também um câncer feminino, constrangedor demais para que sua mãe, menos pragmática, desse mais detalhes. A sra. Thoms contara a alguém com quem Barbara trabalhava e em pouco tempo todas as moças da seção de Barbara ficaram sabendo. Todas menos Barbara. A sra. Thoms as fizera jurar segredo porque assim os médicos haviam aconselhado, "para não lançar uma sombra na vida que lhe resta", ela explicou. A pobre moça continuou a trabalhar até não conseguir mais e então foi para casa, para morrer, ainda na ignorância, ainda com esperança de cura.

Ela quase se esquecera de Barbara quando a sra. Thoms escreveu e disse que ela estava morta e enterrada. "Um funeral tranquilo. Ela nunca soube o que havia de errado, isso era um consolo." Bolas!, pensou Nancy. Se ela tivesse alguma doença horrível que fosse matá-la, não queria ser mantida no escuro, queria *saber*. Na verdade, seria tudo ao contrário, *ela* saberia e seus entes queridos não. Por que Teddy e Viola deveriam viver "com a sombra"?

— Você precisa se consultar com alguém em Harley Street — disse-lhe Bea. — Ainda tenho algumas conexões no mundo médico.

Bea tinha se casado com um cirurgião depois da guerra, mas o casamento não durara ("Acho que não fui feita para o casamento").

— Vou descobrir quem é o melhor em atividade, alguém que não minta para você. Mas você deveria contar a Teddy, Nancy.

— Eu vou, prometo.

Ela quase morrera ao dar à luz Viola e achava que de alguma maneira era "à prova" de tragédias, talvez tenha sido por isso que levou tanto para atacar aquilo. E aquilo a agredia o tempo todo. E, ainda por cima, no cérebro. Se pelo menos pudesse ter sido um seio, um braço, um olho. Mesmo que tivesse significado uma morte prematura, pelo menos ela poderia ter conseguido manter o raciocínio até o fim. Às vezes, quando se via presa entre os deveres coexistentes do casamento e da maternidade, pensava em como sua vida tinha sido afetada pelo amor. Viola saindo do útero numa onda de raiva, Teddy sempre exibindo uma expressão de alegria, fingindo não estar se remoendo por dentro.

Logo que se mudaram para aquela casa, havia um lindo lilás que enfeitava o jardim da frente, mas Teddy pusera a árvore abaixo quando ela estava cheia de flores perfumadas, no primeiro mês de abril. "Mas por quê?", ela começou a perguntar, mas então viu a expressão nos olhos dele e percebeu que era alguma coisa ligada à guerra — a grande queda em desgraça — e que não era provável que ele explicasse. A guerra de Teddy era o único enigma que ela jamais decodificara. Mas já estavam em 1960, por Deus, ela pensava às vezes, descobrindo-se sem paciência. Estava cansada. Parecia ter passado boa parte da vida empurrando e encorajando as pessoas — Teddy, Viola, seus alunos. Era como voltar a ser a capitã de um time.

Teddy não era o único que havia sacrificado anos preciosos. Ela havia terminado a Universidade em Newnham com nota máxima nos dois exames finais, era doutora em matemática, graduada em primeiro lugar com louvor em 1936, recebera o prêmio Philippa Fawcett e depois tinha sido transferida, recrutada na primavera de 1940, para a Escola Governamental de Códigos e Cifras. Desistira de uma carreira brilhante pela guerra e depois desistira de novo por Teddy e Viola.

— Vou a Lyme dar uma mão a Gertie na mudança.

— Sem problemas. Vai fazer bem a você — Teddy disse.

— Vai ser só para arrumar as peças leves, louças, bibelôs e coisas assim. Só por uns dias. Achei que seria bom passar algum tempo com ela, só nós duas.

Um dia depois de ter voltado para casa, havia um cartão de Gertie, uma aquarela de violas. "A flor preferida de nossa mãe, é claro, como você sabe." Não, ela se esquecera, e ainda assim dera à filha o nome de Viola. Tinha sido por causa de Shakespeare, não da mãe. Como era possível uma filha se esquecer de algo assim? Ou, de qualquer maneira, não recordar conscientemente. O que sua própria filha esqueceria, com o passar do tempo. Nancy teve um repentino sentimento de desolação. Queria que a mãe ainda estivesse viva. Era assim que Viola se sentiria sem mãe. Era insuportável. Lágrimas quentes e dolorosas brotaram em seus olhos. Ela as limpou e disse a si mesma para se controlar.

Continuou a ler o cartão de Gertie. "Só achei que deveria mandar um bilhete rápido", dizia. "Teddy telefonou a sua procura, enquanto você estava 'aqui'. Tem certeza, querida, de que não deveria contar a ele o que esta acontecendo? (Sem querer interferir, só perguntando.) Com muito amor, G.

"P.S.: Vocês decidiram alguma coisa em relação ao aparador?"

— Você deveria contar a ele — Millie disse. — Deveria mesmo. Quero dizer, dou uma *imensa* cobertura a você, dizendo que acabei de deixá-la no trem e tudo mais e que dias maravilhosos passamos nos Lagos, mas Teddy vai acabar descobrindo, de um jeito ou de outro.

Foi para as irmãs e não para o marido que Nancy se voltou; pequenas rajadas de comunicação entre diferentes permutações. Podia preocupar as irmãs, mas não podia preocupar Teddy. Ele não era ingênuo, devia suspeitar de alguma coisa, mas ela não lhe contaria enquanto não fosse definitivo. No fundo, ela não deixara de ser matemática, acreditava em absolutos. E se acontecesse o pior dos piores, então quanto menos tempo ele tivesse que sofrer, melhor seria.

— Você precisa contar a ele, Nancy.

— Vou contar, Millie, é claro que vou.

Ela pode não ter ido a Dorset ou aos Lagos, mas Nancy com certeza estava em Londres com Bea. Não, é verdade, para ir a *um show, talvez uma exposição*, e sim no sofá do apartamentinho um tanto Bohemian Chelsea da irmã, segurando um copo de uísque. Ursula, sentada perto de Nancy, levara uma garrafa.

— Achei que precisaríamos de algo mais forte do que chá — ela disse.

— Sempre tenho gim — retrucou Bea.

Ela se divorciara havia algum tempo do marido cirurgião. Trabalhava na BBC e estava feliz vivendo sozinha.

Millie chegou, alvoroçada e sem fôlego por subir correndo as escadas.

— Eu me perdi — explicou. — Desculpem-me.

— Uísque ou gim? — ofereceu Bea. — Ou chá?

— Os três me tentam, mas gim, por favor. Bem forte.

Ela olhou para Nancy, mas continuou a falar com Bea.

— Vou precisar, não vou? É ruim, não é?

— Muito ruim — respondeu Bea, a voz embargada.

— *Totalmente* ruim?

Millie falava num estranho ritmo entrecortado, ou para tentar não deixar aflorar a emoção ou se imaginando personagem de uma peça ou filme, alguém que precisava não perder a pose — lembrou-se de Celia Johnson em *Desencanto*. O chamado do dever, o imperativo moral de fazer a coisa certa. Algo que Nancy admirava, mas ao mesmo tempo algo nela se rebelava. Fugir dali, pensou, esquecer o dever. Imaginou-se correndo pela escada íngreme e estreita de Bea e depois pela rua, ao longo do rio, cada vez mais longe, até ultrapassar a coisa medonha em seus calcanhares.

Um cintilar no olho de Millie e um leve tremor na mão com que segurou o copo de gim tranquilizou Nancy, ela não estava atuando.

— Eu *estou* aqui — falou com a irmã. — Você pode perguntar a mim.

— Acho que não quero perguntar a você — declarou Millie. — Acho que não quero saber.

O cintilar se transformou numa lágrima que rolou pelo rosto, e Bea empurrou-a com gentileza até uma cadeira e depois se sentou no tapete a seu lado.

— Bem, é verdade — Nancy disse, com calma. — Foi confirmado e receio que seja *totalmente* ruim, como você falou. Lamento dizer que é o pior que poderia ser.

Millie soltou um horrível soluço e sua mão voou até a boca como se pudesse impedir que o som escapasse, mas era tarde demais. Bea segurou-lhe a outra mão e as duas ficaram agarradas. Era como se enfrentassem um naufrágio.

— Não há *nada* que se possa fazer? — Ursula perguntou. — Com certeza...

— Não — fez Nancy, interrompendo-a.

Todas queriam ter esperanças, explorar possibilidades, e ela já tinha ido além das possibilidades.

— Ele disse que talvez, se tivesse sido detectado num estágio anterior, algo poderia ter sido feito. E não vai operar — continuou, erguendo a mão para silenciar Bea, que estava prestes a protestar. — Não podem operar devido ao local onde está, e agora ele está enredado em vasos sanguíneos. — "Ai, Deus!", fez Millie. Ela estava esverdeada, sempre tinha sido a mais impressionável de todas. — Isso impossibilita tudo. Uma cirurgia seria, na melhor das hipóteses, meu fim.

— E se a morte é a melhor hipótese, qual é a pior? — Ursula estava perplexa. Millie sufocou um grito diante da palavra *morte*, como se pronunciá-la fosse uma espécie de blasfêmia.

— É provável que eu fique completamente incapacitada, mental e fisicamente...

— Provável? — questionou Bea, ainda se agarrando à esperança em meio aos destroços da tempestade.

— Quase certo — Nancy disse. — O que também seria meu fim, de outra maneira. Mas mesmo isso não adiantaria, porque pela posição eles não conseguiriam operar.

Millie parecia prestes a vomitar. Aquilo só aumentava.

— Na verdade — Nancy continuou, talvez com menos gentileza do que pretendera —, seria melhor, melhor para *mim*, se vocês aceitassem isso.

Ela, no fundo, adivinhara que seria daquela maneira, desde a primeira consulta em Harley Street, quando estava supostamente ajudando Gertie com a mudança. O médico que Bea encontrara, dr. Morton-Fraser, era um escocês sensível.

— Foi muito bem recomendado — Bea tinha dito. — Reputação de ser escrupuloso. Não deixa escapar nada, e assim por diante.

Houve então talvez uma leve esperança, reduzida quando ela voltou no mês seguinte (*o chalé de Wordsworth e tudo mais*) e ele lhe mostrou os raios X, ela viu o quanto aquilo já havia crescido em pouco tempo.

— Talvez se você tivesse vindo me ver há um ano — disse ele —, mas mesmo assim quem pode saber...

Muito rápido, incurável — o diagnóstico da pobre Barbara Thom.

— Não consigo suportar — murmurou Millie, enquanto Bea enchia o copo de todas.

Nancy sentiu uma súbita pontada de ressentimento. Era ela quem precisava suportar aquilo, não as outras.

Queria ser deixada sozinha e em paz, desaparecer em seu próprio mundo silencioso e refletir sobre a morte. Morte. É, ela também podia pronunciar aquela palavra rude e obscena. Mas em vez disso era ela quem ia precisar ser gentil, forte e dizer que tudo ficaria bem (o que evidentemente não era verdade) e que ela já "se conformara".

— Tudo vai ficar bem — ela disse a Millie. — Estou bem. Já me conformei com a situação e agora é sua vez.

— E Teddy? — perguntou Ursula, com a voz falhando. — Ele me telefonou hoje pela manhã, Nancy. Ele suspeita que você esteja tendo um caso, por Deus! Você precisa tirá-lo desse desespero.

Nancy riu com amargura e retrucou:

— E colocá-lo num desespero pior?

— Conte a ele o quanto antes, é injusto mantê-lo tanto tempo no escuro.

(Ursula, pensou Nancy, um tanto irritada, sempre a maior protetora e defensora de Teddy.)

— Embora eu imagine que não para Viola...

Ai, Deus. Viola, pensou Nancy. Teve uma silenciosa convulsão de desespero.

— Não, Viola não! — Bea exclamou, depressa. — Ela é criança demais para entender.

— Estaremos aqui para ela — disse Millie, descontrolada. — Cuidaremos dela...

— Mas primeiro você precisa contar a Teddy — Ursula insistiu. — Você precisa ir para casa agora e contar a ele.

— Está bem — Nancy suspirou. — Está bem, vou contar.

Todas a acompanharam até King's Cross e a puseram no trem. Bea a beijou com ternura, como se de repente ela tivesse se transformado em cristal e pudesse estilhaçar a qualquer momento.

— Coragem! — disse ela.

Ursula não pareceu ter medo de quebrá-la e lhe deu um abraço apertado.

— Você vai precisar ajudar Teddy — ela falou, com urgência na voz. — Ajude-o a lidar com isso.

Ai, Senhor, pensou Nancy, exausta, nenhuma delas a deixaria ser irremediavelmente fraca e egoísta?

Ficaram acenando na plataforma enquanto o trem saía da estação, todas banhadas em lágrimas, Millie aos soluços. Até parecia que eu ia para a guerra, pensou Nancy. A batalha, entretanto, já tinha acontecido e estava perdida.

— Se arrastando? — ela indagou.

— Eu sei o que você tem feito — disse ele. Em todos aqueles anos, ela nunca vira Teddy zangado, com certeza não daquele jeito. Não com ela.

Nancy foi para a cozinha, andou até a pia, abriu a torneira e encheu um copo com água. Tinha ensaiado aquele momento no trem (uma viagem horrenda, presa num vagão cheio de fumantes bebedores de cerveja que lhe lançavam olhares), mas, quando chegou a hora, não parecia encontrar as palavras. Bebeu devagar a água, para se dar mais tempo.

— Eu *sei* — Teddy repetiu, a voz tensa com aquela nova animosidade.

Ela se virou para encará-lo e disse:

— Não, Teddy. Você não sabe. Não sabe de nada.

A princípio, o tumor parecera a Nancy ser um predador, um invasor, insinuando-se nas fibras de seu cérebro, consumindo-a, mas agora ele se instalara, agora não havia mais *possibilidades*, ele não era mais o inimigo. Podia não ser um amigo (longe disso), mas era *parte* dela. Dela e só dela, e seriam companheiros até o horrível fim.

Parou de trabalhar na mesma hora. Que sentido faria, afinal de contas, continuar, dar-se para os outros? Viola, que estava acostumada a ir e voltar da escola com Nancy, foi informada de repente que passaria a fazer isso sozinha. Nancy ensinou-a a pegar o ônibus ("Mas *por quê*?"), explicando que não se sentia muito bem e precisava de algum tempo sem dar aulas para melhorar. Era duro para Viola ser empurrada para uma independência que ela deveria ter adquirido aos poucos, mas agora era preciso lidar com aspectos práticos, não com sentimentos. A dureza penetrara na alma de Nancy.

Ela comprou roupas para Viola, dois ou três números a mais, fez listas e notas, onde morava a professora de piano, endereços e telefones dos pais das amigas, suas preferências e aversões — Teddy, é claro, sabia de muita coisa que Viola gostava, mas mesmo ele não poderia avaliar todo o quadro.

Sentiu-se, por ironia, admiravelmente bem durante as primeiras semanas que se seguiram à confirmação de sua sentença de morte. Era o nome que dava à doença, embora para o bem de todos os outros usasse eufemismos. Limpou gavetas e armários, jogou fora coisas desnecessárias, reduziu seu próprio guarda-roupa. Duraria até o inverno seguinte? Precisava daquelas gavetas cheias de lãs, pulôveres e meias grossas? Acreditava que suas irmãs dividiriam entre si suas roupas quando ela se fosse, como haviam feito com as coisas da mãe depois do funeral. Seria uma ajuda para elas se ela facilitasse as coisas desde já. Não discutia com ninguém aquelas tarefas um tanto macabras. Isso as perturbaria mais do que a ela, porque Nancy extraía considerável satisfação do pensamento de que deixaria tudo em ordem. Imaginava Gertie olhando em volta em seu quarto depois que ela se fosse e dizendo: "Nossa boa Nancy, é típico dela deixar tudo bem arrumado". Quando aconteceu, é claro, Gertie não disse isso, devastada demais pela dor para fazer esse tipo de observação superficial.

Teddy ficou confuso com toda aquela energia e quis acreditar que de alguma maneira o diagnóstico tivesse sido um erro ("exames são trocados o tempo todo"). Ou talvez ela estivesse mesmo melhorando.

— Seria um milagre, Teddy — ela disse, da maneira mais gentil que conseguiu. — Não há cura.

Ter esperanças seria a pior coisa para ele. Para ela também. Ela queria viver aquela prorrogação pelo que era, não pelo que nunca poderia ser.

— Mas você achou que eu tinha morrido na guerra — ele insistiu. — Você perdeu as esperanças?

— Perdi. Perdi sim. Você sabe que perdi. E você mesmo disse: "Achei que você tivesse morrido".

— Então, portanto, quando voltei, foi um milagre — ele retrucou, como se tivesse ganhado a discussão.

Mas ele voltara de um campo de prisioneiros, não da morte. Não havia lógica nele naquela época, mas afinal o que importava? Ele logo deixaria de acreditar em milagres.

E então todas as gavetas foram arrumadas, todas as listas feitas. Quando parou de se ocupar, ela descobriu que ansiava por ficar sozinha em casa, enchendo o silêncio com o piano, às vezes Beethoven, muitas vezes Chopin. Perdera a prática, mas percebia que dia a dia tocava um pouco melhor e dizia a Teddy: "Pelo menos algumas coisas *têm* remédio", mas ele não gostava de humor negro.

Uma tarde, ela tentava tocar a "Polonaise" em mi bemol — dificílima —, e percebeu que Teddy havia chegado em casa mais cedo, algo que fazia cada vez mais. Podia senti-lo tentando preencher seu coração e sua mente com ela, porque era ali que ela viveria no futuro. (Não viveria, seria apenas uma lembrança, uma ilusão.) E também no coração das irmãs. E um pouco dela em Viola, e isso desapareceria e seria esquecido. *A flor preferida de nossa mãe, como você sabe.* "Minha flor favorita é o jacinto", um dia ela disse de repente a Viola, que fez "Ahn", com indiferença, mais interessada no programa de TV. Mas Teddy morreria, suas irmãs morreriam, Viola morreria, e nada restaria de Nancy. Era assim que funcionava. A tragédia da vida é a morte. *Sic transit gloria mundi.** "Um tostão por seus pensamentos", Teddy dizia, muitas vezes, vezes demais, quando ela estava imersa nessa filosofia (inútil, por sua própria natureza). Melhor ser um animal estúpido como Bobby e saudar cada nova manhã na ignorância.

— Ah, meus pensamentos são bobagens — respondeu, esforçando-se para sorrir para Teddy. — Você desperdiçaria seu tostão.

Não que não quisesse compartilhar seus pensamentos com Teddy ou passar tempo com ele — e Viola, é claro —, mas estava se preparando para ir para sua própria escuridão, um lugar (nem mesmo um lugar, um nada) no qual tudo deixaria de importar — chocolate, livros da biblioteca. Chopin. Amor. Essa lista, caso escolhesse fazê-la, seria infinita. Optou por não fazê-la. Estava farta de listas. Deixou de lado sua mórbida filosofia. Em vez disso, tocou Chopin.

— Isso é o "Revolucionário"? — Teddy indagou, interrompendo sua concentração e fazendo-a errar uma nota que soou sobremaneira dura a seus ouvidos. — Minha mãe costumava tocá-la — ele explicou.

Sylvie tinha sido uma pianista incrível. Nancy costumava se esgueirar pela porta lateral para ouvi-la. Quando Sylvie estava de mau humor, não era necessário ir à Toca da Raposa para ouvi-la, dizia o pai de Nancy, podia-se ouvi-la do fim da alameda. Ele dizia aquilo com carinho. ("Lá vai a sra. Todd!") O major Shawcross tinha Sylvie em grande estima ("uma criatura magnífica").

Nancy não percebera aquilo na época, mas talvez Sylvie também quisesse ser deixada sozinha, talvez se ressentisse da pequena ouvinte silenciosa no canto da sala de estar. Ela parecia perdida na música, alheia à presença de

* Do latim, "Assim passa a glória do mundo".

Nancy até terminar a peça que estivesse tocando. Nancy não conseguia deixar de aplaudir. ("Bravo, sra. Todd!")

— Ah, é você, Nancy — Sylvie dizia, um tanto áspera.

— Não, não é o "Revolucionário", é a "Heroica" — Nancy explicou, descansando as mãos impacientes sobre as teclas. A carruagem alada do tempo, pensou. Podia ouvir as asas batendo, pesadas e rangendo, como um grande ganso sobrecarregado. Podia sentir sua própria força desaparecendo e sua impotência para lutar.

— Sua mãe era perfeita — observou. — Receio não passar de mera amadora. E é uma peça tão difícil.

— Pareceu muito bem para mim — Teddy disse. Ele mentia, ela sabia. — Você me lembrou Vermeer, quando entrei na sala.

— Vermeer? Por quê?

— Aquele quadro na National Gallery. *Senhora ao virginal*, ou algo parecido.

— *Uma jovem sentada ao virginal* — disse Nancy.

— Isso. Sua memória é sempre tão precisa.

— Por que Vermeer? — ela indagou.

— Foi o jeito com que você se virou para me olhar. A expressão enigmática em seu rosto.

— Sempre achei que a moça naquele quadro tinha a expressão de um sapo — Nancy disse, pensando: Pareço enigmática porque estou morrendo.

— Não há também o de uma mulher de pé diante de um virginal? — ele perguntou, perplexo. — Ou estou confundindo os dois?

— Não, são dois, os dois estão na National.

— Mesma mulher? — Teddy quis saber, parecendo ruminar. — Mesmo virginal?

Ai, vai, vai embora, meu amor, pensou Nancy. Pare de esticar conversas para poder olhar para elas depois, pare de criar *lembranças*. Deixe-me com Chopin. Suspirou, fechou a tampa do piano e disse com falsa animação:

— Vamos tomar um chá?

— Vou preparar — Teddy respondeu, decidido. — Você gostaria de bolo? Temos bolo?

— Acho que sim.

* * *

— Quero que você me prometa uma coisa.

— Qualquer coisa — Teddy disse.

A promessa decisiva, pensou Nancy. Estavam sentados à mesa da sala de jantar. Teddy fazia as contas do mês, enquanto Nancy costurava etiquetas de identificação no uniforme de Viola. As férias escolares estavam quase no fim, o novo ano letivo prestes a começar. O ritmo da vida de Nancy sempre acompanhara o ano letivo e parecia estranha a ideia de que começaria mais um, do qual ela não veria o final.

Viola B. Todd, diziam as etiquetas naquela letra cursiva familiar. *B* de Beresford, o nome do meio de Teddy, sobrenome de Sylvie antes de se tornar Todd. Seu pai tinha sido um artista "muito famoso em sua época", segundo Sylvie, embora a família não tivesse nenhuma de suas obras. Nancy ficou encantada quando, visitando com Viola a galeria de arte de York, encontrou um quadro, retrato de algum dignitário local havia muito esquecido, pintado pelo pai de Sylvie no fim do século anterior. Na plaquinha de bronze lia-se "Llewellyn A. Beresford 1845-1903". E um fantasmagórico monograma com as letras *L*, *A* e *B* estava pintado no canto da tela.

— Veja — Nancy mostrou a Viola —, este quadro foi pintado por seu bisavô.

Mas era um parentesco distante demais para fazer algum sentido para Viola.

Nancy começou a prender mais uma etiqueta no colarinho de uma blusa do uniforme, e quase no mesmo instante espetou-se com a agulha. Tinha se tornado uma costureira desajeitada. E já não conseguia reproduzir um modelo de tricô. Imaginava que as abelhas silenciosas construíam em segredo uma colmeia em seu cérebro.

— Você está bem? — perguntou Teddy, olhando para a pequena e perfeita esfera de sangue em seu dedo.

Ela assentiu e lambeu a gota antes que manchasse a blusa.

— Prometa-me — continuou, deixando de lado a costura — que, quando chegar a hora (Teddy encolheu-se ao ouvir aquilo), que você vai me ajudar, quando chegar a hora.

— Ajudar com o quê?

Ele abandonou a conta de gás que conferia. Sabia exatamente com o quê.

— Me ajudar a ir, quando começar a ficar ruim, se eu não conseguir sozinha. E vai ficar ruim, Teddy.

— Talvez não.

Ela seria capaz de gritar de frustração diante da contestação, do disfarce e da negação. Estava morrendo de câncer no cérebro, seria brutal, devastador (*totalmente* ruim). A não ser que tivesse uma sorte absurda, não se extinguiria num sono tranquilo.

— Mas *se* começar a ficar ruim — continuou, com paciência —, então quero ir embora antes de virar uma imbecil babona. — (Quero morrer como *eu mesma*, pensou.) — Você não deixaria um cachorro sofrer, então por favor não me deixe.

— Você quer que eu a sacrifique? Como a um cão? — ele perguntou, irritado.

— Não foi isso o que eu disse. Você sabe que não foi.

— Mas quer que eu a mate?

— Não. Que me ajude a me matar.

— E como isso é melhor?

Nancy foi adiante.

— Só se for difícil para eu fazer sozinha, por ter ficado incapacitada. Morfina ou comprimidos, algo assim, não tenho certeza. — Ou só ponha um travesseiro em cima de meu rosto, por Deus, e acabe logo com tudo, pensou. — Tem que ser, é claro, feito pela minha mão — prosseguiu. — Ou você será julgado por assassinato.

(Agora havia mais uma palavra cruel diante dele.)

— Mas dá na mesma — ele argumentou. — Realmente não vejo diferença.

As mãos de Teddy estavam entrelaçadas, e ele as olhou como se avaliasse se seriam ou não capazes de executar a tarefa. Depois de um silêncio considerável, disse:

— Não sei se consigo.

Olhava para qualquer lugar, menos para ela, tinha o rosto cheio de angústia.

Você fez a promessa decisiva, pensou Nancy. Você prometeu "qualquer coisa". Você também fez outra promessa. Na alegria e na tristeza. E agora chegamos à tristeza. À pior delas. E veio um pensamento cruel: quantos ele havia matado durante a guerra?

— Deixe para lá — falou, estendendo os braços sobre a mesa e colocando mãos indulgentes sobre as dele, agora entrelaçadas numa espécie de rigor. — Talvez eu não fique ruim demais; afinal, vamos ter que esperar.

Ele assentiu, agradecido, como se ela lhe tivesse dado a bênção.

Ele era um terrível covarde. Tinha feito chover destruição sobre milhares, sobre mulheres e crianças — não diferentes de sua mulher, sua filha, sua mãe, sua irmã. Matara gente a seis mil metros de altura, no céu, mas matar uma pessoa, uma pessoa que pedia para morrer? Tinha assistido à vida sair de Keith, não sabia se poderia fazer aquilo de novo. Nem por Nancy. Ele a conhecia desde os três anos de idade (*namoradinhos de infância*), toda a sua vida de lembranças conscientes, e seria ele o seu executor?

Idealizara-os chegando a uma velhice sem desafios. Não conseguia se ver, mas podia imaginar Nancy ficando com a cintura mais grossa, adquirindo queixos confortáveis e cabelos grisalhos. Um pouco como a sra. Shawcross. Ela apertaria os olhos para tricotar e fazer as palavras cruzadas do *Telegraph*. Ele desenterraria batatas, ela puxaria as ervas daninhas. Ela não gostava de jardinagem, mas não sabia ficar parada. Seriam bons companheiros e murchariam juntos e em silêncio. E agora ela simplesmente partiria cedo. Ele se lembrava do desagrado de Sylvie com a morte súbita e fácil de Hugh. *Ele simplesmente fugiu sem dizer uma palavra*. Acabar à meia-noite sem dor, pensou Teddy. Nancy mereceria aquilo?

Precisaria buscar sua própria solução, percebeu. Estava deitada na cama de Viola, com a filha adormecida sobre seu braço. Nancy estava de mau jeito, ainda era uma cama de criança, Viola logo precisaria de uma maior, mas não seria Nancy quem a compraria. Tinha lido *Anne de Green Gables* para Viola. Anne também tivera que endurecer a alma. Às vezes, se não estava com muito sono na hora de dormir, era Viola quem lia para Nancy. Viola era uma boa leitora, uma minhoca devoradora de livros, expressão que odiava. "Como pode ser bom alguém ser uma minhoca?", Viola questionava. Eu gostaria de ser uma minhoca, pensou Nancy, se essa fosse a única oferta de existência. E então riu de si mesma por ter chegado a tal ponto.

— Sem minhocas as plantações não se desenvolveriam e todos morreriam de fome — Nancy disse, sensata.

Precisava se certificar de que Teddy soubesse que ela queria ser cremada. Subir em chamas, uma pira, e ser devolvida ao mundo atômico dos elementos. Seria melhor para Viola não passar o resto da infância imaginando a mãe enterrada na terra escura e úmida, minhocas se alimentando de sua carne. O coração de Nancy pesava mais a cada dia. Pensar nessas coisas (sentir-se obrigada a pensar nessas coisas) deitada com um dos braços em volta de um filho, *Anne de Green Gables* aberto sobre as cobertas, o copo de leite de Viola pela metade na mesa de cabeceira (*chocolate, livros da biblioteca e por aí afora*).

Nas semanas anteriores, tinham lido juntas *O jardim secreto* e *Heidi*. Nenhuma coincidência todos contos falarem de órfãos. Depois de *Anne* (se houvesse tempo), Nancy planejava passar para *Mulherzinhas* — não eram órfãs, é verdade, mas eram moças fortes e inventivas. Todas as irmãs Shawcross tinham amado Louisa May Alcott.

— E os contos de fada também — ela disse a Winnie, que tinha "aparecido para uma visitinha rápida de fim de semana".

Winnie, a mais velha, vivia em Kent. Tinha se "casado bem", com um autodenominado "capitão da indústria", título que divertia as irmãs. Mas era uma mulher boa, competente e de bom coração.

— Pense em todas as heroínas que precisavam pensar rápido apenas para sobreviver — Nancy disse. — Chapeuzinho Vermelho, Cinderela, Branca de Neve. As pessoas interpretam mal os contos de fada, acham que falam de serem resgatadas por belos príncipes, quando na realidade eles são um tipo de manual para as meninas.

— A Bela e a Fera — sugeriu Winnie, animando o tema.

Tomavam chá e Winnie fatiava uma torta de cerejas que trouxera. Ninguém mais esperava que Nancy cozinhasse. O que era muito bom, porque ela mal conseguia segurar uma chaleira. Teddy chegava em casa todas as tardes, fazia a comida e arrumava tudo. Nancy nunca tinha fome. Sempre cansada. Costumava se levantar com as galinhas, mas agora Teddy levava seu chá na cama todas as manhãs e ela ficava lá por horas depois que Teddy e Viola saíam de casa para continuar a vida.

— Você está bastante bem — Winnie disse.

— Tenho dores de cabeça — Nancy retrucou, na defensiva.

Estava cansada das pessoas lhe dizendo como ela estava bem, como se ela as estivesse enganando de alguma maneira. É claro, não era isso que Winnie pensava, repreendeu-se.

— A pastorinha de gansos — Winnie disse. — Qual era seu nome? Só consigo me lembrar do nome do cavalo.

— Falada. Um nome engraçado para um cavalo. Mas não sei quanto à pastorinha de gansos. Sem nome, acho.

— Posso bancar a mãe e servir você? — Winnie perguntou.

Até a mais simples das frases podia ser um punhal no coração de Nancy.

— Por favor.

Perguntou-se se aquela seria a última vez que veria a irmã mais velha. Logo (até mesmo já) haveria uma cascata de últimas vezes. Era imperativo evitar depressa, o quanto antes, o horror de todas as despedidas. Ela poderia se atirar debaixo das rodas de um trem expresso (mas então pense no coitado do maquinista). Poderia andar mar adentro ou se jogar num rio? Mas, por instinto, seria provável que nadasse.

— A menina com os irmãos que foram transformados em cisnes — Winnie disse. — Como era o nome dela? Era muito corajosa.

— Era sim. Elise. *Os gansos selvagens*.

Quem sabe veneno? Horrível demais, pensou Nancy, cheia de dúvidas: poderia engasgar, em vez de engolir.

— João e Maria — continuou Winnie. Mas na verdade só Maria. João não era muito brilhante, era?

— Não, ele se deixou trancafiar. Irmãs são sempre mais espertas que os irmãos nos contos de fada.

Enforcar-se, ao que parecia, era rápido, mas terrivelmente traumático para quem encontrasse o corpo e poderia ser — provavelmente seria — Teddy ou (impensável) Viola.

— Cachinhos Dourados — Winnie lembrou. — Será que ela era mais boboca do que empreendedora?

— Boboca, acho — Nancy disse. — Ela precisou ser salva.

Ela teria que salvar a si mesma. Precisava começar um estoque — pílulas para dormir e analgésicos, qualquer coisa que pudesse conseguir. Precisava tomá-los enquanto ainda era capaz, enquanto ainda tinha controle. Era difícil avaliar qual seria a dose fatal. Não era o tipo de coisa que se podia perguntar, embora tivesse um novo médico, dr. Webster, que era o sócio mais velho e mais experiente do clínico com quem se consultara primeiro ("um garotão", como o chamava o dr. Webster). Felizmente, o dr. Webster não tinha problemas em falar da realidade do que viria.

Mas e se ela tivesse deixado para muito tarde? Já seria tarde demais?

— Gerda, em *A rainha das neves* — disse a Winnie. — Era muito esperta.

As séries de Fourier, teoremas, lemas, gráficos, teorema de Parseval, números naturais — palavras giravam em seu cérebro. Já compreendera todas, mas agora seu significado se perdera para ela. As abelhas estavam de volta, um zumbido interminável e irritante que ela tentava abafar com o piano. Tocara a "Heroica" o dia inteiro. Era incrivelmente desafiador, mas estava determinada a dominá-la.

Tocava com muita energia. *Con brio*. Parecia quase perfeita a seus ouvidos. Que coisa extraordinária, que maravilha ter se tornado tão capaz de executar uma peça tão difícil. Era como se aquilo, e só aquilo, tivesse sido seu trabalho de toda a vida. Terminou com um grande floreio.

— Ei — Teddy disse, entrando na sala. — Interessada numa xícara de chá?

Trazia uma bandeja, Viola trotando atrás dele.

— Posso ajudá-la a ir para uma poltrona?

Estava inquieto. Pousou a bandeja e levou-a até uma poltrona perto da janela.

— Você gosta desta, não é? — perguntou. — Daqui você pode ver os pássaros em sua casinha.

Ela gostaria que ele não a encarasse daquela maneira, como se tentasse ver alguma coisa atrás de seus olhos. Ele arrumou os pés dela sobre um banquinho, o chá numa mesa a seu lado. Chá numa caneca. Xícaras e pires de repente tinham se tornado desajeitados, confusos.

— Você quer um biscoito, mamãe? — Viola pairava ao lado de seu cotovelo. — De chocolate com licor ou dos cor-de-rosa?

— Ou ainda temos um pouco do bolo de Winnie — Teddy sugeriu. — Aquilo não acaba. Resolveria mais problemas do que pães e peixes para alimentar cinco mil.

Nancy ignorou as duas gentilezas. Estava um tanto aborrecida por nenhum deles tê-la cumprimentado pela magnífica execução. (*Bravo, sra. Todd!*) Mas seu triunfo com Chopin já começava a se esvair. As abelhas a deixavam com sono, todo aquele zumbido. O mel escorria por seu cérebro.

O tempo voltou sobre si mesmo. Onde Teddy tinha ido? Não estava ali havia um minuto? Parecia que todos tinham acabado de deixar o quarto. Ou talvez fosse a própria Nancy quem deixara o quarto. Mas não havia quarto, só havia algo para o qual ela não tinha um nome. Nada. E então nem aquilo havia. E então as abelhas voaram e a beijaram em despedida e Nancy parou. Morta.

— Uma boa dose de uísque é minha receita. Sirva-me uma também.

Seu clínico, o dr. Webster, estava "ansioso pela aposentadoria, um pouco de golfe, pintar umas aquarelas". Era do tipo antiquado. Dera sua bênção a Nancy quando ela recusou a cirurgia, fora generoso com a morfina e não fizera sermões.

Uma clara manhã de outono. Teias de aranha se estendiam por entre as plantas no jardim. Seria um lindo dia.

Bobby, seu labrador, andava pelos quartos, confuso com a mudança em seu regime. Rotina era a primeira coisa a ser descartada por uma morte.

Teddy serviu o uísque e estendeu um copo para o médico. Ele ergueu o copo e por um estranho, ou absurdo, momento, Teddy achou que ele fosse dizer "Saúde", mas em vez disso ele disse: "Vamos brindar a Nancy", e aquelas ainda eram palavras estranhas e um tanto absurdas, mas de algum modo faziam sentido, e Teddy ergueu o copo e repetiu: "A Nancy".

— Deste mundo para o que virá — o dr. Webster disse, surpreendendo Teddy com *O peregrino*.* — Ela era uma boa mulher. Uma mente brilhante e uma natureza gentil.

Teddy virou o uísque num gole, não estava pronto para elogios.

— O senhor deveria chamar a polícia — disse.

— Mas por que motivo eu o faria?

— Porque eu a matei — Teddy confessou.

— Você a ajudou a seguir caminho com uma pequena dose extra de morfina. Se isso fosse crime, eu estaria cumprindo várias penas de prisão perpétua.

— Eu a matei — Teddy teimou.

— Agora me escute. Ela estava a poucas horas da morte.

O clínico parecia alarmado. Teddy percebeu. Tinha sido ele, afinal, quem fora tão generoso nas receitas de morfina líquida nas últimas semanas, para as horríveis enxaquecas de Nancy.

— Nancy estava em agonia — o médico continuou. — Você fez a coisa certa.

Ele visitara Nancy na tarde da véspera e transmitira sua opinião de que "agora já não vai demorar muito", e acrescentara: "Você tem morfina suficiente?".

Suficiente?, pensou Teddy.

Ele estava na cozinha, preparando um empadão de carne, quando ouviu a horrível cacofonia vinda da sala de estar. Antes que pudesse correr para ver o que havia, uma Viola aos prantos apareceu na cozinha e disse:

— Tem alguma coisa errada com a mamãe.

Nancy batia nas teclas do piano como se tentasse destruir o instrumento. Suas mãos estavam crispadas e, quando ele as segurou num esforço para acalmá-la, ela o olhou com um sorriso estranho e torto no rosto e tentou formar palavras. Parecia importante para ela que ele compreendesse, mas foi Viola, de pé atrás deles, quem traduziu seu murmúrio espasmódico.

* *O peregrino — a viagem do cristão à cidade celestial*, livro do pastor batista John Bunyan (1628-1688), publicado na Inglaterra em 1678.

— A "Heroica" — ela explicou.

Ele a levou com gentileza até uma poltrona perto da janela e eles lhe deram chá e biscoitos, mas quando ele a olhou nos olhos soube que aquilo que ela mais havia temido já tinha acontecido, Nancy não era mais Nancy.

Ele a tinha ajudado a se deitar cedo, mas ela acordara antes da meia-noite, gemendo e gritando, ele não sabia dizer se de dor ou desespero. Ambos, imaginava. A casca, a sombra da mulher que um dia fora sua esposa berrava coisas sem sentido, nem mesmo palavras, só latidos e rosnados como um animal.

Esquentou leite, acrescentou um pouco de rum e esvaziou vários frascos de morfina na caneca. Então sentou Nancy e enrolou uma manta em volta de seus ombros magros.

— Beba — disse, num tom alegre demais. — Isso vai fazer você se sentir muito melhor.

Não percebeu Viola, despertada pelos ruídos inumanos emitidos pela mãe, de pé à porta do quarto, descalça e de pijama de algodão.

Em vez de mergulhar no sono profundo que Teddy esperava ser o precursor da morte, Nancy ficou de repente muito mais agitada, rolando na cama, arrancando as cobertas, a camisola, o cabelo, como se tentasse se libertar de um demônio em chamas. Ele acrescentou mais morfina ao leite que sobrara no copo, mas os braços irrequietos dela jogaram tudo longe. Ela começou a gritar, um som profano, contínuo, a boca escancarada num buraco negro como se ela enfim se tornasse o demônio que havia em seu cérebro. Em desespero, Teddy agarrou um travesseiro e comprimiu-o sobre seu rosto, primeiro hesitante e depois com mais firmeza, incapaz de suportar a ideia de que no fim, bem no fim, ela não teria paz, não teria seu acabar à meia-noite sem dor. Apertou o travesseiro com mais força. Era aquilo que significava matar alguém. Uma luta corpo a corpo. Até que a morte nos separe.

Ela estava imóvel. Ele tirou o travesseiro. A luta a abandonara ou talvez a morfina fizera efeito, mas ela estava imóvel. Sentiu o pulso. Nada. Seu próprio coração em disparada. O rosto dela estava em paz, a dor e o desespero animal haviam desaparecido. Ela era outra vez Nancy. Era ela mesma.

* * *

Viola voltou em silêncio para a cama. "Os verdadeiros pesadelos acontecem quando estamos acordados", segundo o narrador de *Terceiras intenções*, seu último romance. ("O melhor de todos", *Good Housekeeping*.)

— E o que aconteceria com aquela menininha lá em cima se você fosse preso e condenado? — o dr. Webster perguntou.

Havia muitas tias com quem ela poderia viver, Teddy pensou. Qualquer uma delas deveria se sair melhor do que ele. "Se alguma coisa acontecer com você também", lhe dissera Nancy, "acho que Viola deveria ir viver com Gertie." ("Não que alguma coisa *vá* acontecer com você, é claro.")

De todas as tias disponíveis, Gertie parecera quase a escolha mais estranha, ficando Millie em primeiro lugar na disputa pela inadequação.

— Por que Gertie? — ele perguntou.

— Ela é sensata, prática e paciente — Nancy disse, contando nos dedos as virtudes de Gertie. — Mas, ao mesmo tempo, ela é aventureira e não se assusta com as coisas. Ela será capaz de ensinar Viola a ser corajosa.

Viola não era corajosa, ambos sabiam, mas nenhum deles jamais o disse.

Que direito tinha ele de falar de coragem, pensou Teddy, servindo mais um uísque para o dr. Webster e para si mesmo.

— Vou emitir o atestado de óbito — o clínico disse. — Você deveria telefonar para uma funerária, ou, se preferir, farei isso.

— Não — Teddy disse. — Eu faço.

Depois que o médico saiu, Teddy subiu ao quarto de Viola. Ela ainda dormia profundamente. Ele não foi capaz de acordá-la para lhe dar a pior notícia que ela jamais ouvira. Acariciou-lhe a cabeça um pouco úmida e beijou-a de leve. "Amo você", disse. Aquelas deveriam ter sido suas últimas palavras para Nancy, mas ele estava ocupado demais com a terrível luta final para lhe dizer qualquer coisa. Viola se mexeu e deu um múrmurio, mas não acordou.

2012

AMOR, COMPAIXÃO, PIEDADE, PAZ

A RAINHA VELEJAVA LENTAMENTE pelo Tâmisa.

— A rainha — Viola disse. — Ela está na televisão.

Ela mantinha simples sua interpretação dos acontecimentos — a flotilha no rio, a chuva, a admirável perseverança da monarquia.

— Mas você não consegue ver televisão, consegue?

Ela falava com Teddy muito alto e devagar, como se ele fosse uma criança especialmente idiota. Estava sentada perto da cama dele, numa das poltronas de encosto alto da casa de cuidados. Sentar naquela poltrona sempre a perturbava. Era projetada para idosos e ela morria de medo de ser considerada um deles, agora que tinha idade suficiente para frequentar excursões dos "mais de cinquenta" e almoços em salões paroquiais, idade bastante para usar moletons beges e calças compridas de elástico. (Como se.) Tinha idade bastante para se mudar para Fanning Court. Deus a livrasse daquilo!

Teddy não conseguia mais se sentar na cadeira. Não conseguia mais sair da cama, não conseguia mais nada. Aproximava-se do fim de seu crepúsculo, entrando na escuridão final. Viola imaginava as sinapses no cérebro de seu pai cintilando e esmaecendo como a lenta morte de uma estrela. Logo Teddy queimaria totalmente, implodiria e se tornaria um buraco negro. Viola era nula em termos de astrofísica, mas gostava da imagem.

Ele usava uma etiqueta, uma pulseira hospitalar de plástico no pulso. Sunny e Bertie as tinham usado na maternidade. Outras pessoas guardavam coisas como aquelas — os primeiros dentes do bebê, os primeiros sapatos, desenhos do maternal, relatórios escolares — considerando-os preciosas relíquias da infância, mas Viola conseguira se livrar de tudo. (Sim, ela lamentava. Tudo bem?)

"NTR", não tentar ressuscitação, lia-se na pulseira de plástico de Ted, indicando que sua existência se arrastava, muito além do prazo de validade. Ai, Deus, a vida era horrível. A recordação da noite anterior voltou a sua mente, embora a noite anterior nunca houvesse desaparecido. Estremeceu ao se lembrar. Seu constrangimento tinha sido enorme. *Humilhação* seria uma palavra melhor.

Vindo de Harrogate, ela chegara a York à tarde, esperando encontrar alguns amigos. Sim, tinha amigos, contra todas as probabilidades. Telefonaria para eles e diria, como por acaso: "Que tal nos vermos? Vamos tomar alguma coisa?", fingindo ser uma ideia repentina, quando na verdade planejara aquilo havia dias. Tentava ser mais espontânea. O que na juventude acreditara ser espontaneidade reconhecia agora como mero torpor. ("Vamos à praia?" "Tá, tudo bem.") Tentava também recuperar uma vida social que já tivera, mas lamentavelmente negligenciara desde o sucesso. ("Tão ocupada com tudo, sinto muito.")

Não via aqueles amigos havia muito tempo — anos (e anos) — e tinham se separado em termos um tanto ruins. Eram todos parte de uma "Cooperativa Feminina de Alimentos Integrais", que basicamente significava que compravam grandes e feios sacos de palha e cascas, mascaradas como granola, e os dividiam entre si. Não tinham muito em comum, além da escola Steiner e da Campanha pelo Desarmamento Nuclear, o que parecia enorme, mas não para Viola.

Chegando a York, percebeu que se esquecera de que, além de sábado, era feriado, e encontrou York ornamentada com enfeites de Jubileu, um frenesi de bandeiras em vermelho, azul e branco. Nos fins de semana, a cidade também era sitiada por hordas enlouquecidas de veados e galinhas vindos de longe.

Registrou-se no Cedar Court Hotel, que antes fora a sede da Estrada de Ferro do Nordeste. Tudo acabava virando um hotel. Poeira, areia e hotéis. Esperara conseguir um quarto com vista, um dos que davam para Bar Walls, mas não havia nenhum disponível. Se estivesse num romance de Forster, encontraria naquele ponto o amor de sua vida (e também teria quarenta anos a menos), se apaixonaria perdidamente e, no fim, conseguiria a vista. Não que quisesse se apaixonar perdidamente, nem encontrar o amor de sua vida, mas teria gostado de um quarto com vista. A garota que a registrou na recepção (que nunca ouvira falar de Forster ou de Viola Romaine, mas "se divertira" com *Cinquenta tons de cinza*, fato que teria deixado Viola apoplética), entregou-lhe o cartão e disse que pediria a alguém para lhe mostrar o quarto.

— Deseja mais alguma coisa, sra. Romaine?

Depois do divórcio, Viola mantivera o sobrenome de Wilf (e metade da renda auferida com a venda da casa, é claro), alegando que era um nome mais interessante do que o prosaico "Todd".

— Como se escreve Romaine? Com *e*, como romeiro? — alguém lhe perguntara poucos dias antes.

A tia de seu pai, a autora daquela interminável e medonha série de livros de Augusto, usara o nome Fox (muito mais bonito do que um romeiro), por que não pensara nisso? Viola Fox. Talvez pudesse usá-lo como pseudônimo, escrever outro tipo de livro, um sério, que não vendesse mas fosse louvado pela crítica. ("Um texto que desafia nossos pressupostos epistemológicos quanto à natureza da ficção", Suplemento Literário do *Times*.)

Casaram-se um mês depois do primeiro encontro. "Uma imensa paixão", explicou Viola para seu grupo de mulheres desapontadas, ainda que estranhamente invejosas. *Paixão* era uma palavra atraente para Viola, talvez mais a palavra do que a paixão em si. Era catastrófico e lembrava as Brontë, e ela sentia que não tivera muito daquilo na vida. Ansiava pelo romantismo. Com Wilf Romaine não houve nem paixão nem romance, apenas ilusão.

Wilf Romaine parecera instigante, mas revelou-se apenas bombástico. Era polêmico, ativista político, pró-desarmamento nuclear, partido trabalhista etc., que se vangloriava de ser filho de minerador de carvão, mas, como Viola achou necessário salientar para ele durante o casamento, ser o filho de um minerador de carvão não transforma ninguém em minerador de carvão. Em vez disso, era um conferencista em comunicação (uma disciplina sem sentido) num remoto estabelecimento de ensino superior, com diabete tipo 2 e um problema com o álcool. Parecera orgulhoso e nobre, mas no fim foi tão decepcionante quanto qualquer outro.

— Ele batia em você? — perguntou Gregory, seu terapeuta.

Gregory se interessava muito por violência doméstica como causa e efeito.

— Batia — Viola concordou, porque isso parecia infinitamente mais interessante do que a verdade fria e estúpida da indiferença mútua.

Quando se envelhece e o tempo passa, nos damos conta de que a distinção entre verdade e ficção não importa muito, porque tudo acaba desaparecendo na confusão sentimental e amnésica da história. Pessoal ou política, não fazia diferença.

Seus filhos saíram de casa e ela se mudou para Whitby, embora, tecnicamente, Sunny não tenha saído de casa; quem saiu foi Viola. Foi quando ela se tornou escritora. Até Viola foi obrigada a admitir que precisava se desvencilhar de seu espírito indolente e encarar a realidade da vida — que era o tipo de coisa que diria a Voz da Razão, é claro. Escrever pareceu-lhe algo que sabia fazer, embora só conhecesse o outro lado — ler —, e ela precisou de um tempo para perceber que escrever e ler são atividades completamente diferentes, polos opostos, na verdade. E, exatamente pelo fato de ser capaz de escrever em letra cursiva, descobriu que isso não queria dizer que poderia escrever livros. Mas perseverou, talvez pela primeira vez na vida.

Tinha feito um bom aprendizado — leitora precoce, filha única, órfã de mãe e uma índole essencialmente voyeurística. Quando criança, demorava-se às soleiras das portas ouvindo e observando. ("Escritores não passam de abutres!", *People's Friend*, 2009.) *Pardais ao alvorecer* foi mandado para um agente. Que o rejeitou. E depois para outro e mais outro, até que afinal um escreveu de volta dizendo que era "interessante" e, embora o agente tenha feito "interessante" soar como um insulto, de qualquer maneira vendeu-o para um editor que fez um (modesto) contrato para dois livros, e menos de um ano depois *Pardais ao alvorecer* era um item tangível e sólido no mundo fenomenal, em vez de um amontoado de ideias na cabeça de Viola. ("E agora?", disse Bertie a Teddy. — *Texugos para o café da manhã? Coelhos na hora de dormir?*)

Seu pai não pareceu tão impressionado com aquela façanha quanto ela gostaria. Ela lhe mandara uma prova do livro e, no dia do lançamento, foi a York, onde ele a levou para jantar fora e, para sua surpresa, pediu champanhe "para comemorar", mas sua crítica do romance não foi entusiasmada. Ela gostaria que ele tivesse ficado maravilhado e perplexo com seu talento, em vez do "Muito bem" com que o recebeu, conseguindo fazer soar como o oposto. Ele também não compreendeu (aparentemente) que o livro — menina pequena, brilhante e precoce, relacionamento problemático com o pai viúvo etc. — falava *deles*. Não era evidente que soubesse? Por que não tinha *dito* nada? Em vez disso, na volta para casa, cantou: "E essa singular anomalia, a moça romancista, não acho que ela fará falta... tenho certeza de que não fará falta!", como se a coisa toda fosse divertida. Gilbert e Sullivan, ele explicou.

— Fiz uma listinha.

Não fazemos todos?, ela pensou.

Pardais ao alvorecer fez um sucesso limitado. "Sentimental demais", "Um tanto verborrágico". Tinha escrito um enredo que a jogara no fundo do poço, mas ela deu um jeito de vir à tona com o segundo romance, *Os filhos de Adão*, uma "tragicomédia agridoce sobre a vida numa comunidade nos anos 1960". Retroagira suas experiências para uma década mais chique e as contara do ponto de vista de uma criança de quatro anos.

— Mas essa não é minha história, em vez da sua? — Bertie comentou, um tanto irritada.

O livro teve enorme popularidade ("Por alguma razão", Bertie disse, perplexa, a Teddy) e foi transformado num filme muito inglês e amplamente esquecido, com Michael Gambon e Greta Scacchi.

E assim se deu o início de sua brilhante carreira.

Seu quarto no Cedar Court era amplo e bastante escuro e devia ter sido, antes, o escritório de alguém. Ela telefonou para os amigos com quem planejara se encontrar e descobriu que o número já não funcionava, o que era um indício de há quanto tempo não faziam contato. Para ser honesta (o que também tentava ser mais), ficou aliviada. Todo aquele reencontro teria sido forçado. E ela estava muito diferente do que fora naquela época, e eles provavelmente não. Se pensava neles, imaginava-os ainda vestindo macacões grosseiros e saias longas, calçando tamancos, cortinas de cabelo caindo sobre o rosto, ainda tirando comida de cavalo de sacas, embora na verdade um fosse advogado em North Square e o outro tivesse morrido.

Deitou-se na cama do hotel e ficou olhando para o teto. Eram só seis horas, e a luz da tarde de verão desapareceria para sempre, e isso seria deprimente. Poderia ficar deitada ali encarando o teto ou ver televisão e pedir o serviço de quarto. Nenhuma das opções a atraía, portanto decidiu enfrentar uma noite de feriado em York, o que não era um programa fácil. Pelo menos não era dia de corrida, acontecimento que também atraía grandes grupos de moças vestidas de modo inapropriado que podiam ser diferenciadas das bobocas habituais pelos chapéus de renda que usavam, um ridículo item de adornos de cabeça, se é que a tinham. E também eram tão gordas! Como se viravam em cubículos de sanitários e poltronas de cinema? Podia-se morrer esmagado por uma delas, se não se tomasse cuidado.

Ainda era cedo, mas, quando saiu do hotel, Viola descobriu que garanhões e gatinhas já estavam em ação, e já espantosamente bêbados. Estremeceu ao imaginar em que estado estariam mais tarde. Alguns dos rapazes estavam fantasiados — todo um grupo (ela achou que os chamaria de bando) de homens vestidos de bananas deslizava pelos degraus até o Slug & Lettuce, perto do rio. A maioria, porém, usava o típico uniforme masculino — jeans claros e camiseta, exalando loção pós-barba, os músculos já meio flácidos. As garotas eram tribais, vestindo camisetas que exibiam suas origens em cristais — Despedida de Solteira da Claire, Solteiras na Cidade, O Único Caminho É Darlington — o último grupo especialmente iludido, na opinião de Viola. Cor-de-rosa era a ordem do dia para as garotas, chapéus de caubói cor-de-rosa, camisetas cor-de-rosa, roupas de bailarina cor-de-rosa, faixas cor-de-rosa. Era o tipo de garota que achava que cupcakes eram sofisticados. Cupcakes eram outra implicância de Viola. Eram só bolinhos, pelo amor de Deus! Por que tanto estardalhaço? Para fazer dinheiro, é claro.

Ela avistou os arcos com pompons (cor-de-rosa, é claro) nas cabeças de um bando de garotas (Amigas Animadas de Anna) que se sacudiam debaixo dos sinais de trânsito na ponte Lendal, hesitantes quanto ao próximo destino de seus favores. Viola não via arcos com pompons desde os anos 1980. Bertie teve um quando era pequena, bolinhas de lantejoulas prateadas que bamboleavam sobre sua cabecinha como antenas de insetos. E — Viola lembrou-se de repente — combinando, asas de lantejoulas prateadas. Uma mariposa, e não uma borboleta, Bertie tinha dito. Um espetinho para o coração. Era preciso ter cuidado com os espetos; se usasse muitos, podiam estragar o tecido do coração, abrir fendas e fissuras e, antes que se percebesse, toda a frágil estrutura poderia se desfazer em mil minúsculos fragmentos. O coração de Viola era mantido por esparadrapo e cola. Será que aquela imagem era boa? Não tinha certeza.

Bertie, contra os conselhos de Viola, insistira em dormir com as asas prateadas. Na manhã seguinte, ao descobrir que estavam irremediavelmente quebradas, soluçara desconsolada.

— Bem, você deveria ter me ouvido, não é mesmo? — Viola dissera. — Eu avisei que isso iria acontecer.

Semear e colher, Viola. Semear e colher.

Atrás das Amigas Animadas de Anna havia duas mulheres mais velhas de aparência um tanto desconsolada, talvez a mãe da noiva, uma tia ou a futura sogra. Seus corpos caídos lutavam desconfortavelmente com as camisetas cor-de-rosa apertadas, sem falar no epíteto de cristal inscrito em seus peitos oscilantes. ("Bons espartilhos", confidenciou Viola Romaine em tom conspiratório, "são o segredo da boa aparência da mulher mais velha." *Sunday Express, Life & Style*, 2010. Não foi o que ela disse! Totalmente deturpado.)

Viola se perguntou se seria assim um dia. Afinal de contas, Bertie poderia resolver, a sua maneira pós-irônica, ter uma despedida de solteira tradicional (Bonecas de Bertie) e lhe infligir aquela humilhação. Primeiro precisaria encontrar alguém com quem se casar, é claro. Começava a parecer que Viola jamais conheceria a redenção de ser avó. Sunny, pelo andar da carruagem, poderia virar monge, e Bertie não parecia ter namorado algum e, se tivesse, com certeza não contaria à mãe.

As Amigas Animadas de Anna pareceram chegar a um acordo tácito e o bando desceu a Rougier Street. Quando passaram por ela, Viola percebeu, para seu constrangimento, que as anteninhas oscilantes para as quais estava olhando eram na verdade pequenos pênis inflados. Sem aviso, os pênis se iluminavam e começavam a piscar, e as garotas, estridentes, grasniam umas para as outras. Viola se percebeu enrubescendo, enquanto corria até o conforto familiar do Bettys. Um santuário de distopia, um lugar confiável, limpo e bem iluminado.

Comeu uma salada de frango e tomou dois copos de vinho. Não era mais vegetariana. Era difícil permanecer magra com todos aqueles grãos. Um homem tocava piano — muito bem, não só as costumeiras músicas ambiente, mas um pouco de Chopin e Rachmaninov. Chopin fazia Viola se lembrar da mãe e sempre a deixava terrivelmente triste. Viola abandonou as aulas de piano depois da morte de Nancy; se tivesse continuado poderia ter feito carreira como musicista. Uma concertista — bem, por que não?

Viola desceu as escadas até o banheiro. Havia um pedaço de espelho lá embaixo, o espelho que costumava estar atrás do bar quando o lugar se chamava Bettys, durante a guerra. Os tripulantes da RAF costumavam rabiscar seus nomes no vidro. Seu pai lhe contara histórias do Bettys Bar, como ele ia beber ali durante a guerra, mas ela não tinha prestado atenção àquelas reminiscências. Agora, o espelho era uma relíquia (perto dos banheiros). Quase todos os homens que haviam deixado o nome ali deveriam estar mortos, muitos deveriam ter morrido durante a guerra, imaginou Viola. Esquadrinhou os nomes quase ilegíveis. Teria seu pai deixado o seu ali? Gostaria de ter feito perguntas sobre a guerra enquanto ele ainda estava *compos mentis*.* Poderia ter usado as lembranças dele como base para um romance. Um que todos respeitariam. As pessoas sempre levavam a sério romances sobre a guerra.

* Do latim, "Mentalmente são".

Quando voltou à mesa e se sentou, viu que um grupo de homens vestidos como preservativos cambaleava pela praça St. Helen. Estavam numa das cidades medievais mais bem conservadas da Europa e se vestiam como preservativos. O que havia de errado com Benidorm? Ou com Magaluf? ("Você quer que todos se comportem melhor, mas você mesma não se comporta melhor", Bertie disse.)

Um dos homens-preservativo esmagou-se como um inseto de encontro à grande vidraça do Bettys e espiou os clientes. O pianista ergueu os olhos do teclado e depois continuou tranquilo, com Debussy. Uma van parou no centro da praça St. Helen e vomitou diversas pessoas vestidas de zumbis. Os zumbis começaram a perseguir os homens que estavam vestidos de preservativos. Os homens-preservativo não pareciam muito surpresos, como se estivessem *esperando* ser perseguidos pelos zumbis. ("Eles pagam por isso", Bertie disse.) Qual era a graça? Viola se desesperava. Era possível, pensou, que tivesse ganhado a corrida para chegar ao fim da civilização. Não havia prêmio. É claro.

Mas ainda não. A linha de chegada estava à vista, e Viola ainda precisaria tropeçar nela. Saiu do Bettys e abriu seu caminho de volta pela ponte Lendal, onde a baderna agora era decididamente maior. Sabe-se lá como, ela se viu, por acidente, cercada pelas Solteironas da Amy, uma ninhada bêbada e desgrenhada, tendo à frente a própria Amy, de grinalda torta e uma faixa sobre um bustiê barato proclamando-a "A Noiva" e uma tabuleta com um *L*, do tipo que prendiam nos veículos quando o motorista ainda estava em treinamento, presa a suas nada insignificantes ancas. Foi para isso que Emily Davison* se jogou debaixo de um cavalo? Para que meninas pudessem usar pênis acesos na cabeça e comer cupcakes? Sério? Sempre que encontravam um macho da espécie, todas levantavam um dedo e gritavam: "Bota um anel aqui!", antes de se agarrarem umas às outras porque não se aguentavam em pé de tanto rir.

— Vou fazer na calça — guinchou uma delas.

Uma manada de machos cercou Viola.

* Emily Wilding Davison (1872-1913), militante do movimento pelo voto feminino na Grã-Bretanha que, em junho de 1913, se jogou na frente do cavalo do rei Jorge v no Derby Epson Downs, provocando assim sua morte cerebral.

— Anime-se, tia velha! — gritou-lhe um deles. — Capaz de você dar sorte se parar de parecer tão infeliz.

Viola sapateou, fervendo de fúria. Fendas e fissuras se alastraram, rasgando a superfície de seu coração. Ela era um piano tensionado demais, todas as cordas prestes a se romper e estourar como molas num terrível cataclismo de metáforas.

Como as pessoas podiam ser tão estúpidas e ignorantes? ("Por que você está o tempo todo zangada?", Sunny perguntara havia muito tempo. "Por que não?", ela retrucara.) E por que seus filhos não a amavam? Por que ninguém a amava? E por que ela estava tão sozinha e entediada e, vamos admitir, se sentindo absolutamente miserável e...

Ela saiu voando, tropeçando numa protuberância da calçada, aterrissando pesadamente, osso sobre pedra, sobre as mãos e os joelhos, como um gato de chumbo, tudo em sua cabeça silenciado por um instante pelo choque. Os joelhos doíam tanto que ela não queria se mover. Teria quebrado as rótulas? Um macho fez algum comentário obsceno sobre a posição em que ela estava, com um forte sotaque de Newcastle, e uma mulher lhe disse para se mandar. Viola se aprumou, ajoelhada no chão, os joelhos gritando. Uma camiseta cor-de-rosa surgiu diante de seus olhos. Os cristais anunciavam Cadelas Endoidam em York. Uma mulher, na verdade uma menina, mais moça do que sua voz de fumante indicava, com um rosto sorridente e preocupado, agachou-se perto de Viola e perguntou:

— Você tá bem, coisinha?

Não mesmo, pensou Viola, nem um pouco. Caiu no choro, bem ali nas pedras de York, a cara meia-calça da Wolford desfiada, os joelhos em carne viva e sangrando. Não conseguia parar. Era horrível, as lágrimas jorravam de suas entranhas como se ela tivesse de repente aberto algum antigo aquífero de mágoa. Mas não foram só as lágrimas que a horrorizaram, foram as palavras que saíram de sua boca. O grito primal, o alfa e o ômega de todas as invocações humanas. Não um grito, e sim um gemido.

— Eu quero minha mãe — ela sussurrou. — Eu quero minha mãe.

— Pode ficar com a minha, coisinha — disse alguém, e todas as gatinhas explodiram em gargalhadas, mas ainda assim, intuindo uma mulher destruída, talvez pela bebida, talvez não, as gatinhas cerraram fileiras e, protetoras, se agruparam em volta dela. Uma delas a ajudou a ficar de pé, outra lhe deu um lenço de papel, uma terceira lhe passou uma garrafa de água mineral cujo conteúdo era vodca pura. Uma das gatas mais velhas, de pescoço enrugado, rosto que parecia desfeito e usando uma camiseta que a declarava Mãe da Noiva, entregou a Viola um envelope de lenços umedecidos. Certificaram-se do lugar para onde ela ia e ela foi carinhosamente pastoreada de volta ao Cedar Court por sua legião de Cadelas. O porteiro fez uma vã tentativa de impedi-las de invadir seu território, mas elas já avançavam pela soleira e se espalhavam pelo vestíbulo. Viola procurou o cartão do hotel, e uma das gatinhas o ergueu em triunfo e abanou-o diante do nervoso recepcionista.

— Ela está um pouco cansada e nervosa — explicou uma gatinha.

— Coitada da velhota — disse outra, bem novinha.

Velhota! Eu só tenho sessenta anos, quis protestar Viola, são os novos quarenta. Mas não lhe restava nenhum protesto.

Teve uma alarmante visão das gatinhas continuando a festa em seu quarto, mas acabou conseguindo convencê-las a deixá-la na porta do elevador. A Mãe da Noiva pôs algo em sua mão, um presentinho enrolado num lenço de papel.

— Valium — disse a Mãe —, mas só tome metade. São muito fortes. Eu desenvolvi tolerância.

Uma Viola ainda em lágrimas soluçou sua gratidão.

No refúgio de seu quarto, ela renunciou à costumeira rotina noturna — remoção de maquiagem, dentes escovados, cabelo idem — e em vez disso arrastou-se exausta para dentro dos lençóis que estalavam de tão engomados e, imprudente, engoliu o Valium inteiro com duas pequenas garrafas de vodca do minibar. Teve medo de ter pesadelos, mas caiu num sono surpreendentemente delicioso. Cochilos dourados beijaram seus olhos, mariposas de prata esvoaçaram em torno de sua cabeça, e ela teve sonhos poderosos.

Acordou cedo, tomou uma chuveirada, vestiu-se, pediu um café duplo e avaliou os estragos. Sentia-se como se tivesse estado, se não numa guerra, com certeza numa escaramuça sangrenta. O que mais sentia? Examinou todo o corpo, por fora. Os pulsos pareciam torcidos e os joelhos estavam terrivelmente emperrados e doloridos, como se alguém os tivesse martelado durante a noite inteira. A cabeça parecia recheada de lã (o Valium da Mãe da Noiva, ela imaginou), mas fora isso estava intacta. Olhou-se então por dentro. Completamente fodida, concluiu.

Deixou o hotel, aliviada por não haver sinal da equipe que testemunhara sua humilhante queda em desgraça na noite anterior. Perguntou-se como estariam as Cadelas naquela manhã. Com uma ressaca desesperadora, talvez ainda dormindo, embora na verdade estivessem se servindo com entusiasmo de um café da manhã inglês completo do tipo coma-o-quanto-puder num hotel barato e se preparando para compras arrasadoras na Primark. Eram de Gateshead, tinham energia.

Viola pediu ao porteiro que lhe conseguisse um táxi para a Colina dos Álamos. Passar o dia com o pai seria uma penitência pela noite da véspera. Assistiria com ele ao Jubileu de Diamante, para uma contrição extra.

Seu pai estava evidentemente exausto, dormindo quase o tempo todo agora, como um cachorro velho. Por que não ia logo? Estava esperando o centenário? Mais dois anos daquilo. Não passava de mera existência — uma ameba tinha mais vida. "O triunfo da mente humana", disse a nova freira enfermeira, nova o bastante para falar em "resultados positivos" e "programas de aperfeiçoamento" — palavrório supostamente tranquilizador, sem sentido para a maioria dos moradores da Colina dos Álamos, que estavam morrendo, ou dementes, ou ambos. O lugar era chamado de Lar de Cuidados para Idosos, mas não havia praticamente nada ou muito pouco a ser feito quando se era dirigido por um provedor de serviços de saúde baseado em lucros que pagava salário mínimo aos funcionários. E, aliás, não havia álamos ou colinas à vista. Aquela era uma recriminação que Viola se via trazendo à tona a intervalos regulares, quando na verdade era a menor de suas críticas e só fazia com que os cuidadores — homens, em sua maioria — a vissem como mais uma louca. ("Fala-se polonês e malaio", lia-se na brochura da Colina dos Álamos.)

— Está tão abafado aqui — ela disse a Teddy.

Ele murmurou alguma coisa que deve ter significado concordância. O aquecimento estava absurdamente no máximo, intensificando os cheiros repugnantes que davam enjoo no instante em que se entrava no prédio e incubando os milhões de germes que deviam estar em circulação. Havia os costumeiros odores animais de urina e fezes, assim como o fedor de alguma coisa podre e estragada que nenhuma quantidade de desinfetante conseguia disfarçar. O cheiro da velhice, imaginava Viola. Quando visitava a Colina dos Álamos, levava na manga um lenço mergulhado em Chanel, que cheirava de vez em quando, como um ramalhete contra a peste.

As portas dos quartos eram mantidas abertas, então cada quarto era uma pequena vinheta, a decadência interior à mostra, como um medonho zoológico ou um museu de horrores. Algumas pessoas estavam deitadas nas camas e mal se moviam, enquanto outras gemiam e gritavam. E havia aquelas que eram postas em cadeiras, cabeças pendendo sobre o peito, como bebês adormecidos, e em algum lugar, invisível, uma mulher miava como um gato. Andando pelos corredores, era preciso contornar os obstáculos representados pelos feridos ambulantes (como Viola os classificava), as almas perdidas que passavam o dia todo indo de um lado para o outro sem fazer ideia de quem eram ou aonde iam (a lugar nenhum, era óbvio). Nenhum deles sabia o código de segurança da porta trancada da ala ("1-2-3-4", qual era a dificuldade?) e, se soubessem, não conseguiriam lembrar, e, caso lembrassem, ainda não faria sentido, porque tinham o cérebro cheio de buracos, como renda. Às vezes Viola os encontrava agrupados, como zumbis (zumbis lentos, não perseguiriam ninguém, pagos ou não), na porta, olhando em silêncio através da vidraça para um mundo que agora lhes era proibido. Eram prisioneiros cumprindo suas penas de prisão perpétua.

Para intensificar a desagradável atmosfera da ala, havia uma cacofonia estridente de aparelhos de televisão competindo entre si, cada um num quarto e todos com o volume no máximo — um programa tentando abafar o outro e na verdade ninguém ligando para o que estava assistindo porque não compreendiam nada. Havia sempre uma campainha soando em algum lugar, longa e insistente, com um residente tentando chamar a atenção de alguém, de qualquer um.

Havia também um salão comum, onde os moradores eram estacionados diante de um aparelho de televisão ainda maior e mais alto. Por razões que Viola não conseguia conceber, o salão tinha também uma grande gaiola com um casal de pombinhos aos quais ninguém nunca prestava atenção. Ela não gostara de Fanning Court, o asilo no complexo habitacional no qual, mais de vinte anos antes, convencera Teddy a ir morar, mas, comparado ao lar de idosos, ah, perdão, Lar de Cuidados para Idosos, era um paraíso perdido.

— Porque isto aqui é o inferno — disse a Teddy, em tom casual —, nem eu estou fora dele, nem você.

Deu um sorriso brilhante para um assistente que passou em frente à porta aberta. Quem, em juízo perfeito, poderia achar que a eutanásia era algo ruim? Shipman* tinha estragado tudo para todos.

Mas, por mais horrível que fosse a Colina dos Álamos, ela significava que Viola não precisava tomar conta, trocar fraldas, dar mingau na colher e pensar em maneiras de entretê-lo nas longas horas de ócio. Nunca fora muito boa naquelas coisas com os filhos, então parecia improvável que começasse a desenvolver habilidades para lidar com alguém na outra ponta da vida. Simplesmente não era feita para cuidar dos outros.

Viola se imaginava como alguém cujas entranhas eram feitas de matéria dura, como se órgãos e tecidos macios tivessem se calcificado em algum ponto no passado distante. *A petrificação de Viola Romaine*. Um bom título para alguma coisa. Para sua vida, pensou. Mas quem escreveria? E como impediria?

Para ser honesta (com si mesma, de qualquer maneira), ela na verdade não *gostava* de gente. ("*L'enfer, c'est les autres*, Viola Romaine dá um risinho, embora isso, evidentemente, não seja verdade, já que ela escreve com muita simpatia pela condição humana", revista *Red*, 2011.) Em sua defesa (Viola

* Harold Shipman (1946-2004), médico britânico conhecido como "dr. Morte", suspeito de praticar eutanásia em cerca de duzentos e cinquenta pacientes terminais.

pensava muitas vezes em si mesma na terceira pessoa, como se estivesse se apresentando a um júri), ela era, nessa ocasião, levada com regularidade às lágrimas por relatos de crueldade com animais, o que, pelo menos, provava que não era uma sociopata. (O júri não declarava a sentença.) Se lêssemos os tabloides, o que Viola fazia — "É importante conhecer o inimigo", ela teria dito ao júri, mas na verdade aquele tipo de jornal era leitura muito melhor do que os presunçosos jornalões donos da verdade —, podia parecer que por toda parte havia pessoas matando cavalos de fome, pondo cachorrinhos em secadoras de roupa ou enfiando gatinhos em micro-ondas como se fossem sanduíches.

Essas histórias deixavam Viola num estado de horror absoluto que não se comparava com o que sentia, por exemplo, em relação à crueldade com crianças. Precisava manter esse fato para si mesma, era um tabu, como votar no Partido Conservador. Nem mesmo Gregory, seu terapeuta, sabia a verdade. Sobretudo não Gregory, que adoraria zombar daquilo. *Sua personalidade secreta*, como ocultar sua verdadeira natureza, por Viola Romaine.

Sua desculpa (Precisava de uma? Era provável que sim) era que tinha sido exilada do amor depois da morte da mãe. "Depois que perdi minha esposa", era como seu pai teria dito, como se Teddy houvesse deixado Nancy se extraviar por acidente. *Exílio do amor* era o título de um dos primeiros romances de Viola. "Um comovente relato de luta e perda", segundo *Womens's Own*. Era onde se encontrava o que de melhor havia nela, em seus livros. ("Quase tão bom quanto Jodi Picoult", *Mumsnet*.) Todos seus leitores (quase exclusivamente mulheres), e eram muitos, dedicados etc., achavam que ela era boa pessoa — boa não, maravilhosa. Era assustador. Fazia com que se sentisse como se tivesse feito promessas que jamais conseguiria cumprir.

Visitava a Colina dos Álamos todas as semanas, havia três anos, e teria ficado muito feliz se nunca tivesse posto os pés naquele lugar, mas não queria ser considerada negligente. Viola não tinha prazer algum na companhia do pai. Sempre suspeitara dele por um ou outro motivo, mas agora que ele estava um caco, mais criança do que colosso, parecia um perfeito estranho. O Velho Marinheiro teve sorte — seu albatroz já estava morto antes de ser pendurado em seu pescoço.

Tinha chegado de trem porque estava a caminho de outro lugar. Fez uma anotação mental. *A caminho de outro lugar* — bom título. Harrogate era o tipo de lugar que ganhava competições do tipo "Grã-Bretanha em flor" e onde, se havia pobreza, tinha sido varrida e bem escondida. Viola ainda acalentava um pesar por nunca ter ido além dos limites de Yorkshire, nunca ter vivido uma vida londrina, sofisticada e metropolitana (ou assim a imaginava).

Sua breve estada num prédio invadido com o caloteiro Dominic nem contava. Tinha sido em Islington, antes de isso se tornar moda, e ela mal saíra de casa. "Depressão pós-parto", explicou depois às pessoas, insígnia digna de ser exibida, embora na verdade tenha sido pura e simples depressão. ("Acho que nasci deprimida", ela diz à revista *Psychologies*. "Acho que isso me permitiu uma maior compreensão das pessoas.")

Se vivesse em Londres nessa ocasião, seria convidada para festas, almoços e "eventos". Vendia bem demais ("best-seller internacional") para ser adotada pelas celebridades, mas seria bom não se sentir como uma bárbara populista batendo nos portões. ("Sou do Norte e me orgulho", entrevista ao *Daily Express*, março de 2006. Verdade? Não muito.)

Preferiria ter sido educada nos aveludados Condados Domésticos, na Toca da Raposa, meio mítica agora em suas lembranças, na lembrança de todos. Tinha seis anos quando Sylvie morreu e a casa foi vendida. O lar da infância de sua mãe, a Casa das Gralhas, teve o mesmo destino alguns anos depois, quando a sra. Shawcross sucumbiu à elegante senilidade e terminou seus dias em Dorset com a paciente Gertie. Era culpa de seu pai, ele escolhera se fixar ali depois da guerra. Ela nunca perguntara o motivo. Tarde demais, agora. Tarde demais para tudo.

A rainha velejava, heroica, sob vento e chuva.

— Jubileu de diamante — Viola informou a Teddy. — Ela está no trono há *sessenta* anos. Isso é *muito* tempo. Você se lembra da coroação?

Viola mal tinha um ano de idade quando a rainha foi coroada e não conheceu outro monarca. Acreditava que veria Charles subir ao trono, talvez William, se vivesse o suficiente, mas não veria aquele bebê gordo se tornar George VII. A vida era finita. Civilizações ascendiam e caíam e no fim tudo era poeira e areia, até aquele gordo bebê real. Nada permanecia. Hotéis, talvez.

Viola mergulhou numa (reconhecidamente autocomplacente) melancolia existencial e só foi puxada para fora quando Teddy começou a engasgar. Entrou em pânico e tentou ajudá-lo a se sentar. Quase não havia água na jarra sobre a mesa, mesmo quando se esperava que fosse mantida tampada. Todos os "residentes" (palavra ridícula, como se eles tivessem escolhido morar ali) deviam estar sofrendo de desidratação. Sem falar na fome. "Três refeições nutritivas por dia", dizia o site da Colina dos Álamos. Havia cardápios espetados diariamente num quadro de avisos — empadão de carne, peixe e batatas cozidas, caçarola de frango. Faziam parecer comida de verdade, quando de fato todas as refeições vistas por Viola eram uma espécie de mingau bege e gelatina de sobremesa. Teddy não parecia comer mais, um respiratoriano à revelia. Viola tinha sido por pouco tempo (muito pouco tempo, é claro) atraída para o respiracionismo, como era por todas as coisas *cult*. Viver de luz parecia uma boa maneira de perder peso. Era uma ideia absurda e, em sua defesa (ela se virou para os jurados), ela estava passando por uma "fase especialmente braba" em sua vida. Isso foi antes que ela descobrisse que tudo o que se precisa fazer para perder peso é comer menos. ("Esbelta", segundo o *Mail on Sunday*, "e ainda possuidora de um bom par de pernas, mesmo que agora tenha o direito de andar de graça no transporte público." Não andava. Pegava táxis. Ou carros com motorista. E teria preferido que o "bom" fosse "belo".)

Viola derramou o resto da água da jarra num copo plástico e misturou o espessante que transformava qualquer líquido numa gosma nojenta, mas que deveria impedir Teddy de engasgar. Levou o copo aos lábios dele, para que ele pudesse tomar um gole da gosma.

— Você acha a velhice, em si mesma, repugnante? — Gregory perguntou. — Ou só a de seu pai?

— As duas coisas — ela disse.

— E a sua?

É, tudo bem, ela tinha pavor de envelhecer. ("Você *está* velha", Bertie disse.) Seria aquele seu destino quando chegasse ao fim do jogo? Almoços comunitários, cadeiras especiais para idosos e gosma dada por alguém que falava malaio? Aquela pessoa não seria alguém que realmente *se importasse*.

Colhemos o que plantamos, seu pai costumava dizer. Bertie com certeza não ficaria com ela. Talvez pudesse ir viver em Bali com Sunny. Ele era budista, a religião o obrigava a ser compassivo, não era? ("É mais um estado de espírito do que uma religião", Bertie disse.)

Imagine se fosse uma lei e todos tivessem que obedecê-la. Rostos sorridentes e preocupados por toda parte, perguntando a ela se está tudo bem. Seria utópico ou só um pouco irritante?

Havia dez anos não via Sunny. Uma década! Como podia ser? Que tipo de mãe deixa uma década se passar sem ver o filho? Fizera algumas tentativas ao longo dos anos. Quando foi à Austrália numa turnê literária, por exemplo, mas ele disse que estaria "na Tailândia", enquanto ela estivesse lá. Talvez pudesse parar na Tailândia, na volta, ela sugeriu. Estava "fazendo caminhadas" no Norte do país, ela não conseguiria encontrá-lo, ele respondeu.

— Eu não chamaria isso de tentar com afinco — disse Bertie.

Justa, como o avô, é claro.

— Você desistiu dele — continuou.

Era verdade, ela o entregara aos cruéis Villiers.

"Em minha defesa..." Mas os membros do júri não escutavam.

O *Espírito de Chartwell* atracara perto da ponte da Torre.

— A rainha parou — Viola informou a Teddy. — Chove a cântaros. Você, em particular, admiraria seu estoicismo, se a pudesse ver.

Teddy resmungou alguma coisa. Soou como se sua boca estivesse cheia de pedras. Ele já não enxergava o suficiente para assistir televisão e, mesmo que conseguisse ver, teria dificuldade para conectar um momento com o seguinte, como se tudo se fragmentasse no instante de tentar compreender. Livros estavam fora de questão. Antes do último surto de pneumonia, quando ele ainda conseguia ler livros impressos com letras grandes, Viola descobriu que ele estava lendo várias vezes o primeiro capítulo de *Barchester Towers*, voltando ao começo a cada vez. Talvez seu cérebro estivesse se tornando econômico com o tempo, conservando o pouco que restava ao se aproximar dos últimos dias. Mas o tempo era uma construção artificial, não era? A flecha de

Zenão ziguezagueando e tartamudeando seu caminho para algum ponto final ficcional no futuro. Na realidade, aquela flecha não tinha algo, não estavam numa viagem e não havia destino final onde tudo de repente se encaixaria transcendentalmente em seu lugar, revelando os mistérios. Eram todos apenas almas perdidas, vagando pelos corredores, agrupados em silêncio na saída. Sem terra prometida, sem paraíso recuperado.

— Tudo é tão *inútil* — ela disse a Teddy, mas ele parecia ter cochilado.

Viola suspirou e devolveu à mesa a gosma intocada de Teddy.

— E agora são só barcos e navios passando diante dela. De todos os tipos e modelos. Bem cansativos.

O telefone de Viola tocou. "Bertie" apareceu no visor. Viola pensou em não atender. Atendeu.

— Você está assistindo ao desfile do Tâmisa com o vô Ted? — Bertie perguntou.

— Estou. Estou no quarto dele.

— Uma porcaria, não é? E a coitada da rainha, ela é quase tão velha quanto o vô Ted e tem que passar por tudo isso.

— Com um tempo desses, a rainha vai acabar encontrando a morte — disse Viola.

Ela pontificara sobre socialismo e republicanismo na maior parte de sua vida adulta, mas nos últimos tempos revelava um estranho afeto pela família real. E votara no Partido Conservador na última eleição, embora seria preciso torturá-la para que o fato se tornasse público. "Em minha defesa, foi um voto tático", explicou aos jurados. Não se convenceram. O Partido de Independência do Reino Unido ainda não era legal, mas nunca diga nunca. As pessoas não amadureciam na velhice, só se decompunham, até onde Viola conseguia ver.

— Enfim — Bertie indicava que já não tinha o que dizer à mãe —, você pode passar o telefone para o vô Ted?

— Ele não vai entender você.

— Tudo bem, só passe o telefone para ele.

Se Viola pudesse começar de novo — não há segunda chance, a vida não é um ensaio, blá-blá-blá —, sim, mas *se pudesse*, se pudesse refazer a viagem que na verdade não era uma viagem, o que faria? Aprenderia a amar. *Aprendendo a amar*, uma viagem dolorosa, mas finalmente redentora, revelando carinho e compaixão enquanto a autora aprende a superar a solidão e o desespero. Seus passos para restaurar o relacionamento com os filhos são especialmente gratificantes. (Metade dos membros do júri assentia agora.) Ela tentara, realmente tentara. *Trabalhara* em si mesma. Anos de terapia e recomeços, embora nada que requeresse um esforço real por parte dela. Queria que outra pessoa realizasse a mudança dentro dela. Parecia absurdo que não se pudesse apenas tomar uma injeção que de repente consertaria tudo. ("Tente heroína", disse Bertie.) Ela ainda não se voltara para a Igreja, mas depois que votara no Partido Conservador (voto tático!), talvez o passo seguinte fosse o anglicismo. Mas não parecia importar quantos recomeços tivesse, Viola de alguma forma sempre se via no mesmo lugar e, não importa o quanto tentasse, o primeiro modelo de si mesma sempre parecia triunfar sobre as versões posteriores. Então por que se preocupar? Sério?

— Inútil — ela repetiu, enquanto tentava abrir mais a janela; havia uma trava que a impedia de abri-la mais que alguns centímetros, como se tentassem impedir elfos de caírem lá fora, em vez de idosos de tamanho normal, ainda que ligeiramente encolhidos. Estavam no primeiro andar e viam as enormes lixeiras industriais que continham sabe-se lá que tipo de lixo intragável.

Seu pai devia sentir falta de ar puro, ele passara a vida ao ar livre. Amava a natureza. Ela sentiu uma repentina faísca de simpatia por ele e se agarrou a ela.

Quando era criança, iam de carro para o campo quase todos os fins de semana e andavam quilômetros a pé enquanto ele a entupia de informações a respeito de flores, animais e árvores. Ah, Deus, como ela odiava aqueles passeios pela natureza. Durante anos, ele escreveu uma coluna para alguma revista rural obscura. Claro, se o tivesse ouvido, poderia ter aprendido alguma coisa útil, mas, a princípio, ela não o ouvia porque não havia nada que ele pudesse dizer que compensasse a perda de sua mãe. *Eu quero minha mãe.* O grito desesperado de uma criança no meio da noite. ("Ah, pelo amor de Deus, supere isso", disse Bertie. Ela era desnecessariamente dura, na opinião de Viola.)

— Você usou a palavra *suspeita* antes, a propósito de seu pai — disse Gregory.

Ele era outra encarnação da Voz da Razão, é claro, uma voz que a perseguira durante toda a vida.

— *Suspeita?* — ele insistiu.

— Eu usei essa palavra?

— Usou.

Ela supôs que ele estivesse tentando desencavar abusos ou algo igualmente traumático e dramático. Mas tinha sido a personalidade prudente do pai que a fizera querer manter distância dele. Seu estoicismo (é, essa palavra gasta demais), sua alegre frugalidade — as abelhas, as galinhas, os legumes plantados em casa. Tarefas precisavam ser feitas. ("Eu lavo se você secar.") Sobras precisavam ser aproveitadas. ("Bem, vejamos, há um pouco de presunto e batatas cozidas na geladeira. Por que você não dá um pulo lá fora e vê se nossas amigas emplumadas não botaram alguns ovos?") E sua perseverante paciência com ela, como se ela fosse um cachorro teimoso. ("Vamos lá, Viola, se você vier aqui, se sentar e fizer seu dever de casa, veremos uma recompensa depois.")

— Ele parece sensato, Viola.

— Espera-se que você esteja do meu lado. (Sensato! Que palavra horrenda.)

— É mesmo? — Gregory retrucou, conciliatório.

Não haveria ninguém que se comovesse com seus infortúnios? Mesmo as pessoas às quais ela pagava uma fortuna, exatamente para isso?

— E ele cortou meu cabelo depois que minha mãe morreu.

— Ele mesmo?

— Não, ele me levou a um salão.

Nancy costumava levá-la ao Swallow & Barry, em Stonegate, e depois iam ao Bettys comer suspiros recheados com creme. Na noite da véspera, ela pedira um suspiro no Bettys. Estava muito bom, mas não era o suspiro da sua infância.

No andar térreo do Swallow & Barry havia um pequeno balcão onde eram vendidos pentes e prendedores de tartaruga incrustrados de pedras e que cheirava a algum adorável perfume de adultos, e, no andar de cima, o cabeleireiro sempre dizia como era lindo seu cabelo comprido e, depois, aparava um pouco as pontas porque "ficaria ainda mais lindo". Era um lugar de luxo e prazer, onde as pessoas lhe diziam que era bonita e onde todos amavam Nancy, mas depois que ela morreu o pai disse que não conseguia lidar com suas tranças todas as manhãs e que ela precisava de algo mais "prático", e por isso a levou a um salãozinho horroroso perto de casa. Era pintado de lilás, o tipo do lugar que hoje seria chamado de "Um corte acima" ou "Cachos", mas que na época se chamava "Jennifer", e ela se lembrava com clareza de que fazia frio e que a tinta cor de malva estava descascando.

Saiu com um corte curto medonho que não ficava bem nela e a fazia parecer um pudim, o cabelo perdido abandonado no linóleo rachado do Jennifer. Sem suspiros no Bettys, só limonada gasosa e bombons de chocolate em casa.

— Você não sabia pentear seu próprio cabelo?

— Como é? Eu tinha nove anos. Então, não. Não direito.

Bertie tinha cabelo comprido quando era pequena. Na verdade, por negligência, porque Viola nunca a levou a um cabeleireiro. Viola se lembrava de apressar os filhos para que fossem para a escola, pela manhã, sempre uma hora caótica e terrível, Bertie era lenta e Sunny irritante. ("Por que você não se levanta um pouco mais cedo?", Teddy sugeriu. Claro, como se ela conseguisse dormir o bastante.) Bertie odiava o ritual do cabo de guerra com a pequena Mason Pearson, uma escova que não estava à altura da tarefa. Mexia-se sem parar e berrava quando a escova não o desembaraçava, portanto em geral ia para a escola com o cabelo cheio de nós. Numa escola Steiner, todas as crianças chegavam parecendo meio despenteadas, então isso não parecia ter muita importância.

Viola estremeceu com uma lembrança havia muito esquecida que veio à tona de modo inesperado — ela gritando com Bertie: "Pois bem, escove você mesma seu cabelo, se não está preparada para ficar quieta!", antes de jogar a escova longe. Quantos anos Bertie tinha? Seis? Sete?

Ah, Viola.

Essa lembrança, vinda do nada, foi outra pequena pontada no coração de Viola, já severamente danificado pelos festejos da noite anterior. ("Fui mesmo uma mãe tão horrível?", ela perguntou a Bertie. "Por que o verbo no passado?", Bertie retrucou. Semear e colher.) Outra pontada. A fissura no coração ossificado de Viola virou uma fenda. Pontada, pontada. É claro, não é que as pessoas não a amassem (embora com certeza *parecesse* que não), ela não tinha sido exilada do amor, ela mesma se exilara. Não era idiota, sabia disso. Então qual seria o próximo passo?, perguntou a Voz da Razão. Seria, talvez, começar…

— Ah, cala essa boca — Viola disse, exausta.

Quando Bertie foi ficar com o pai de Viola ("Eu *vivi* com ele, não *fiquei* com ele"), fiel à prática anterior, ele a levou a um cabeleireiro e ela voltou com um corte antiquado e bem curto, puxado para trás por um arco de plástico. Declarou ter adorado, mas Viola suspeitava que ela só tivesse dito aquilo para irritá-la.

— Agora ela pode cuidar de si mesma — disse seu pai.

Ele era obcecado por autossuficiência, é claro, por as pessoas serem *responsáveis* por si mesmas.

Teddy começou a roncar.

— Ainda estou interessado na palavra *suspeita*.

Viola suspirou.

—Talvez tenha sido a palavra errada.

Todos gostavam de seu pai. Ele era bom. Ele era gentil. Ela o tinha visto matar sua mãe.

— Você quer falar a respeito disso, Viola?

O desfile inconsistente começava a chuviscar molemente para o fim, e dois cuidadores entraram na sala, dizendo: "Pronto para a cama?", como se falassem com uma criança.

— Ele já está na cama — Viola salientou, e os cuidadores riram como se ela tivesse dito algo engraçado.

Os dois eram filipinos ("Fala-se malaio") e riam de tudo o que se dissesse. Seriam as Filipinas um lugar tão feliz assim ou eles só estavam felizes por não estarem lá? Ou será que não entendiam uma palavra do que ela dizia? Eram só seis da tarde, até a hora de dormir era a de uma criança pequena. Um deles segurava uma fralda geriátrica e esperaram em silêncio que ela saísse do quarto. ("Preservar a dignidade de nossos residentes é de suma importância.")

Uma vez Teddy limpo e aconchegado debaixo das cobertas, Viola voltou para se despedir.

— Não virei na semana que vem — disse, embora parecesse inútil falar com ele sobre qualquer assunto que envolvesse o futuro, inútil falar sobre qualquer assunto, na verdade. — Não vou para casa — acrescentou. — Vou a um festival literário em Cingapura.

Teddy disse alguma coisa, que poderia ter sido "Sunny".

— É, vai ter música — ela concordou, embora soubesse que não era o que ele queria dizer. Sunny, som, música.

Era só "um pulo, de Cingapura a Bali", Bertie dissera, se já ia até tão longe, por que Viola não iria ver "seu único filho"? (E Bertie dizia que *ela* era passiva agressiva!) Eram quatro horas, na verdade, mas não era o tempo ou a distância, a menos que se pensasse nessas coisas como metafóricas. O que Viola fazia.

— Então, bem, vou sair agora — Viola disse, olhando com alívio para o relógio. — Chamei um táxi para me apanhar.

Beijou Teddy de leve na testa, a proximidade da fuga tornando-a quase carinhosa. Ele era frio e seco ao toque, já meio embalsamado e mumificado. Sua mão se contraiu, mas aquele foi o único sinal de reconhecimento que ele lhe deu.

No térreo, na porta principal, uma velha, um dos feridos ambulantes, pisava na água olhando para o que poderia ter sido um jardim bastante agradável para os "residentes" se não estivesse reservado para o estacionamento do pessoal. Viola a reconheceu como alguém chamada Agnes. Ela ainda estava de posse de suas faculdades mentais quando seu pai se mudara para a Colina dos Álamos e costumava sentar-se em seu quarto e conversar com ele. Agora, tinha um olhar de peixe morto e era fluente em palavras sem sentido.

— Olá — fez Viola, simpática. A experiência lhe ensinara que era difícil conversar com alguém cujos olhos deslizavam por você como se você fosse um fantasma, e não eles, mas insistiu.

— Você me dá licença? Eu gostaria de sair e você está no caminho.

Agnes disse algo, mas era como ouvir Bertie falando dormindo.

— Você não tem permissão para sair — Viola continuou, empurrando-a para tirá-la da frente da porta, mas Agnes se mantinha firme, imóvel como uma vaca ou um cavalo.

Viola suspirou e disse:

— Então, que seja por sua conta e risco! — E teclou o código mágico de saída na tranca de segurança ("4-3-2-1"). Agnes deslizou depressa para fora, com impressionante rapidez, já bem adiante quando Viola subiu no táxi. Era de admirar seu espírito de fuga.

A nova freira saiu do prédio andando desajeitada e perguntou a Viola:

— A senhora não viu Agnes, viu?

Viola deu de ombros e disse:

— Sinto muito.

Pegou o último trem para Londres e não viu a notícia no *The Press* do dia seguinte. A matéria estava enfiada entre fotos das festividades de rua do fim de semana e comunicados das celebrações do Jubileu, e Viola não leu que "a residente de uma casa de repouso, com oitenta anos de idade e sofrendo de Alzheimer, foi dada como desaparecida. Ela foi vista por um motorista vagando pelo acostamento da estrada A64 e a polícia tenta rastrear seu paradeiro pelo circuito de câmeras de vigilância. A mulher, cujo nome não foi divulgado, era residente do Lar de Idosos Colina dos Álamos. Um porta-voz da casa de repouso disse que uma investigação completa estava sendo levada a cabo a fim de descobrir como a mulher tinha sido capaz de escapar de um lugar de segurança máxima e não quis fazer mais comentários".

Viola, àquela altura, estava no aeroporto de Changi. Outra fugitiva.

Pegou um táxi de King's Cross para o Mandarin Oriental em Knightsbridge. Sugerira a Bertie que se encontrassem enquanto estava na cidade.

— Jantar? No Dinner, o restaurante de Heston Blumenthal no Mandarim? (E falam de chamar os bois pelos nomes.) Por minha conta!

— Desculpe, não posso — Bertie respondeu. — Estou ocupada.

— Ocupada demais para sua própria mãe? — Viola retrucou, informal. (Semear e colher.)

O horror da noite de sábado começou a reaparecer. Gregory disse que ela tinha "problemas de abandono". ("Como em que você nos abandonou?", Bertie perguntou.) Sentiu-se mal.

Se fossem concedidos três desejos a Viola, o que ela pediria?

Os filhos de volta, como bebês. Os filhos de volta, como bebês. Os filhos de volta, como bebês.

Em algum lugar acima do oceano Índico, lembrou-se do sonho poderoso da noite anterior. Estava numa estação de trem, não uma moderna, parecia ser do passado, escura e suja de fuligem. Sunny estava com ela, cinco ou seis anos de idade, usando aquele casaquinho engraçado de lã vermelha e um lenço listrado no pescoço. (Sim, ela o vestira mal, admitia, tudo bem?) A estação estava cheia, as pessoas corriam para pegar o trem, para ir para casa. Eram impedidas por uma catraca e um coletor de bilhetes num guichê. Havia degraus que levavam até a plataforma e o trem, ambos fora do campo de visão. O trabalho de Viola e Sunny era ajudar as pessoas a pegarem o trem, direcionando-as como cães pastores e gritando para encorajá-las. E então a corrida se reduzia a uma fila e, por fim, desaparecia. Ouviam bater lá embaixo as últimas portas do trem e o guarda soprar seu apito. Sunny se virava para ela e, com um sorriso radiante no rosto, dizia: "Conseguimos, mamãe! Todo mundo entrou no trem". Viola não fazia a menor ideia do que o sonho significava.

— Está tudo bem, sra. Romaine? — a encantadora comissária asiática perguntou.

Eram todos muito amáveis na primeira classe. Viola imaginava que era isso o que se pagava. Lágrimas desciam por seu rosto.

— Filme triste — respondeu, indicando a tela da televisão desligada. — Você pode me trazer uma xícara de chá?

Passou pelo controle de passaportes e pela esteira de bagagens e caminhou em direção à saída, puxando a mala. As portas automáticas no salão de chegada deslizaram com suavidade. Do outro lado da barreira havia um motorista segurando uma tabuleta com seu nome. Ele a levaria até um hotel muito agradável e depois, amanhã ou no dia seguinte (parecia ter perdido a agenda), ela compareceria a um evento do tipo "Conheça o autor" e faria uma palestra, uma pequena apresentação de seu novo livro, *Cada terceira intenção*, a ser lançado no mês seguinte. Acreditava se lembrar de que também estava escalada para participar de algumas mesas de debates. "O papel do escritor no mundo contemporâneo." "Livros populares versus literatura — uma falsa divisão?" Algo do gênero. Era sempre algo do gênero. Festivais literários, livrarias, entrevistas, bate-papos pela internet, na verdade estava apenas preenchendo espaços vazios de outras pessoas. Mas elas também estavam enchendo seus espaços vazios.

Aproximou-se do motorista. Ele não fazia ideia de quem ela era, a menos que se identificasse. Desviou-se para longe dele, continuando como se aquela fosse sua intenção desde sempre, pegou a escada rolante de volta à área de check-in, descobriu o balcão da Singapore Airlines e comprou uma passagem para Denpasar.

Imaginou a expressão no rosto de Sunny. ("Surpresa, surpresa!") Teriam colocado todos no trem. De um jeito ou de outro.

30 de março de 1944
O último voo

A queda

Acabava de assobiar para o cão quando avistou duas lebres no campo gramado que ficava do lado oeste da fazenda. Lebres de março, socando o ar como boxeadores sem luvas, enlouquecidos pela primavera. Avistou uma terceira lebre. Depois uma quarta. Uma vez, quando criança, contara sete de uma vez, no prado da Toca da Raposa. O prado não existia mais, Pamela informara, arado para o trigo de inverno para bocas famintas em tempos de guerra. Linho e esporinhas, botões de ouro e papoulas do campo, candelárias vermelhas e margaridinhas, nada mais havia. Tudo se fora para sempre.

As lebres podiam estar convictas da nova estação, mas para Teddy não havia muitos sinais de primavera. Nuvens pálidas deslizavam por um céu lavado. Eram levadas por um vento leste cortante que soprava do mar do Norte sobre a paisagem monótona, arrancando a terra dos sulcos secos e sem vegetação. Era o tipo de clima que deprimia os ânimos, embora a moral de Teddy tivesse sido um pouco levantada pela visão das lebres boxeadoras e pelas notas agudas e aflautadas de um melro respondendo, de algum lugar invisível, ao som do seu próprio assobio.

O cão também ouviu o assobio — Sortudo sempre o ouvia assobiar — e corria de cabeça erguida em sua direção, alegremente inconsciente da luta de boxe das lebres que acontecia por lá. O cão corria para bem longe naquela época, muito à vontade no campo, embora parecesse se sentir igualmente à vontade nos aposentos da Força Aérea Auxiliar Feminina. Ao chegar perto dele, o cão se sentou depressa, olhando para seu rosto à espera das próximas ordens.

— Vamos embora — disse Teddy. — Temos operações hoje à noite. Só eu — acrescentou. — Você não.

Bastava uma vez.

Quando olhou de novo, as lebres tinham desaparecido.

As ordens tinham vindo do Quartel General do Comando de Bombardeiros em High Wycombe naquela manhã, mas só um pequeno punhado de pessoas na estação — Teddy entre elas — recebera um aviso prévio do alvo.

Como tenente-coronel de aviação, ele era desencorajado de voar com muita frequência, ou "perderíamos um tenente-coronel de aviação por semana", nas palavras do oficial comandante. Todas as noções de hierarquia do pré-guerra na RAF estavam abaladas havia muito. Podia-se ser um tenente-coronel aos vinte e três anos, morto aos vinte e quatro.

Estava em sua terceira missão. Não tinha havido pressão alguma para se alistar, ele poderia ter voltado a ser instrutor, poderia ter solicitado um trabalho burocrático. Era "loucura", escreveu Sylvie. Ele tendia a concordar com ela. Voara em mais de setenta ataques, àquela altura, e chegara a ser considerado intocável por muitos no esquadrão. Era assim que se criavam mitos naquela época, pensou Teddy, pelo simples fato de continuar vivo por mais tempo do que os outros. Talvez fosse seu papel agora, ser o talismã, ser a magia. Para manter a salvo tantos quanto fosse possível. Talvez *fosse* imortal. Testou essa teoria mantendo-se em combate o máximo possível, apesar dos protestos dos superiores.

Estava de volta ao primeiro esquadrão em que servira, não mais na confortável base pré-moldada da RAF do pré-guerra que os alojara no começo da guerra, e sim numa cidadela num terreno confiscado, erguida às pressas com ferro corrugado e lama. Só levaria alguns anos depois que partiram (pois com certeza partiriam — até a Guerra dos Cem Anos chegara ao fim) para que o lugar voltasse ao campo. Ao marrom, ao verde e ao dourado.

Caso fosse numa surtida, voaria num F-Fox. Era uma aeronave boa e segura que já superara as probabilidades de levar tripulações com segurança em seus voos, mas ele na verdade só gostava do nome e da associação com sua casa. Ursula informou que Sylvie, que havia muito tempo tinha amado as raposas da Toca da Raposa, espalhara veneno para elas depois que fizeram um ataque especialmente bem-sucedido ao galinheiro. "Ela pode voltar como raposa na próxima vida", Ursula escreveu, "e então se arrependerá muito." "Gostava da ideia" de reencarnação, a irmã tinha lhe dito, mas é claro que não acreditava mesmo naquilo. Era esse o problema com a fé, Teddy pensou, era impossível por sua própria natureza. Ele não acreditava em mais nada. Talvez em árvores. Árvores, pedras e água. O nascer do sol e a corrida do cervo.

Lamentou as raposas, ele as teria colocado acima de um galinheiro, na ordem das coisas. E também acima de muitas pessoas.

Esquivara-se do Natal na Toca da Raposa dizendo que precisava ficar na estação, o que era apenas uma meia mentira, e não via sua potencialmente vulpina mãe havia muitos meses, na verdade desde o irritante almoço na Toca da Raposa depois de Hamburgo. Deu-se conta de que deixara de sentir qualquer afeto por Sylvie.

— Acontece — Ursula comentou.

A equipe de terra da F-Fox sempre emitia terríveis alertas para quem quer que tivesse sido autorizado a usá-lo, "devolva o pássaro do tenente-coronel são e salvo, ou então", embora no que dissesse respeito à equipe de terra, a aeronave fosse propriedade deles e eles admoestassem Teddy quase nos mesmos termos.

Às vezes, Teddy voava num dos pássaros antigos estropiados para testar ainda mais sua teoria de imortalidade. Sua equipe de terra regular ficaria deprimida se ele voasse com os novos, os não testados e os instáveis. Ocasionalmente, pilotava uma tripulação de recrutas, mas em geral ocupava a boleia e voava com eles como um tranquilizador copiloto. Não era sinal de má sorte se ele estava num avião, muito pelo contrário. "Estaremos a salvo agora, com o tenente-coronel conosco", ouvia-os dizer. Lembrava-se de Keith e sua sorte do contra que o abandonara no final.

Foi até a área de dispersão para visitar a F-Fox e sua equipe de terra.

Era o primeiro voo para tripulantes com os quais Teddy iria a bordo. Tinham sido entregues havia pouco, vindos da UTO em Rufforth naquela manhã. Tinham direito a sua própria aeronave, mas a equipe de terra a declarara inapta para o voo depois do teste no ar, e Teddy lhes oferecera a F-Fox, além dele mesmo. A perspectiva os deixara alegres e animados como cachorrinhos.

Um caminhão-tanque já alimentava de combustível os reservatórios da F-Fox. A equipe de terra tinha uma ideia de para onde iriam pela quantidade carregada, mas nunca falavam com a tripulação a respeito do alvo. Guardavam tudo para eles. Talvez achassem que não daria sorte. Alguns fariam uma longa vigília à noite, em geral reunidos ao redor de um fogão inadequado em seu barracão pequeno e escuro na dispersão, em cochilos intermitentes numa cama de campanha ou mesmo sentados numa caixa de ferramentas virada, ansiosamente à espera da F-Fox. À espera de Teddy.

Um carrinho de bombas se aproximou da aeronave, um trem em miniatura, e os armeiros começaram a içar os obuses para o compartimento de bombas. Alguém havia escrito num deles: "Isto é para Ernie, Adolf", e Teddy cogitou quem seria Ernie, mas não perguntou e ninguém disse. Um dos operários, um rapaz alegre de Liverpool, estava no topo de uma escada, preocupado em polir o Perspex na torre de retaguarda com um par de "apagões", as grandes calcinhas práticas usadas pelas moças da Força Aérea Auxiliar Feminina. Ele descobrira — talvez fosse melhor não imaginar como — que era o melhor material para aquele trabalho vital. A mínima partícula de poeira no Perspex poderia ser confundida pelo artilheiro com um caça alemão e, antes que percebesse, estaria disparando armas por todo o céu, revelando ao inimigo sua posição. O operário avistou Teddy e perguntou:

— Tudo bem, comando?

Teddy respondeu com uma afirmativa animada. Uma confiança calma, que era o melhor comportamento para um capitão, punha todos sob suas ordens no mesmo clima de otimismo. E tentar aprender os nomes de todos. E ser gentil. Por que não?

Ele fizera um juramento, uma promessa particular para o mundo nas longas vigílias noturnas, que, se sobrevivesse, tentaria sempre ser gentil no grande futuro, viver uma vida boa e tranquila. Como Cândido, cultivaria seu jardim. Sem alardes. E aquela seria sua redenção. Mesmo que só pudesse adicionar uma pena ao equilíbrio, ela seria algum tipo de ressarcimento por ter sido poupado. Quando tudo acabasse e chegasse o acerto de contas, talvez ele precisasse daquela pena.

Ele sabia que estava apenas fazendo figuração, sem produzir nada de útil. Aqueles acessos de inquietação, mental e física, pareciam aumentar o tempo todo. Às vezes, ele se via perambulando, não apenas perdido em pensamentos como sem pensamento algum e, sem perceber, viu-se no pombal. Os pombos-correios eram mantidos num galpão atrás dos abrigos Nissen das tripulações e cuidados por um dos cozinheiros, que era columbófilo e sentia falta de suas próprias aves, lá em Dewsbury.

Teddy fez o cão ficar do lado de fora do galpão. Ele sempre latia para as aves e as deixava trêmulas de nervoso, ainda que em geral fossem, por natureza, uma espécie de criaturas firmes e até mesmo heroicas. A teoria era que os pombos a bordo de uma aeronave poderiam ser usados para retransmitir mensagens e que, em caso de amaragem ou paraquedismo, seria possível escrever sua posição, colocá-la num recipiente, e o pássaro voltaria para casa com a preciosa informação. No entanto, para Teddy, parecia altamente improvável que, se estivesse tentando fugir de território inimigo, alguém fosse encontrá-lo por causa de uns rabiscos incoerentes. Para começar, seria preciso conhecer o local, e o pássaro precisaria superar tremendos obstáculos para levá-los de volta à costa britânica. (Perguntou-se se a garota do Ministério da Aeronáutica teria números para *aquilo*.) Os alemães mantinham falcões ao longo da costa francesa, com o único propósito de abater as pobres aves.

E, é claro, seria preciso se lembrar de tirar o pássaro do cesto que ficava guardado na fuselagem e enfiado num recipiente não muito maior que uma garrafa térmica (o que já era uma tarefa difícil). Pular de um bombardeiro danificado envolvia, na melhor das hipóteses, uma louca corrida de vida ou morte para vestir o paraquedas, abrir as portinholas de escape, ajudar os feridos a sair, enquanto durante todo o tempo a aeronave estava em chamas ou num mergulho incontrolável. Naqueles últimos segundos desesperados, os pobres pombos não seriam prioritários na cabeça de ninguém. Perguntava-se quantos teriam sido deixados para trás, impotentes, presos nos cestos, abandonados para queimarem, se afogarem ou simplesmente se desintegrarem numa pequena nuvem de penas quando a aeronave explodisse. Todos sabiam que não se punha pombos no pássaro do tenente-coronel.

Teddy foi embalado pelo arrulhar suave e pelo cheiro forte de amoníaco do galpão pouco iluminado. Tirou uma das aves dóceis de seu poleiro e acariciou-a com gentileza. Ela suportou suas atenções sem protestar. Quando ele a pôs de volta no lugar, ela o olhou fixo e ele se perguntou o que estaria pensando. Não muita coisa, supôs. Quando voltou para a luz crua do dia, o cão o farejou com desconfiança, em busca de sinais de infidelidade.

Era hora do almoço e ele se dirigiu ao refeitório. Tinha pouco apetite naqueles dias, mas, obediente, obrigava a comida a descer. Havia uma espécie de pão de ló com ameixas, especialmente indigesto, batizado de "pudim de ameixa" no cardápio do quadro-negro e que pesou em seu estômago. Ele se lembrou, com prazer, de uma coisa chamada Far Breton que comera sob um sol quente francês. Os franceses conseguiam transformar até ameixas em algo delicioso. Ele fizera um pouso de emergência em Elvington, onde estavam baseadas as tripulações francesas, e descobriu que os cozinheiros também eram franceses e tratavam suas rações com uma dose bem maior de entusiasmo do que o pessoal da cantina da RAF. E mais, que acompanhavam as refeições com um copo de vinho tinto, argelino, mas vinho. Não teriam tolerado um pudim de ameixa.

As tripulações haviam passado o resto da tarde descansando — escrevendo cartas, jogando dardos, atentos ao rádio silencioso no refeitório, sempre sintonizado no programa *BBC Forces*. Alguns dormiam, muitos tinham estado em operações na noite anterior e não tinham caído na cama até bem depois das primeiras luzes.

Enquanto isso, o alvo ia sendo revelado aos pilotos e aos navegadores, em instruções preliminares. Havia instruções especializadas para os operadores de rádio e os artilheiros. Teddy desejava muito que a operação fosse cancelada, estavam na lua crescente e os céus estavam claros, mas logo, com as noites mais curtas da primavera, seria impossível fazer longos ataques ao interior da Alemanha. Supunha que aquele seria o último hurra de Harris na Batalha de Berlim. A longa e cansativa série de ataques de inverno, com sua alta incidência de baixas, quase chegava ao fim. Setenta e oito bombardeiros perdidos em Leipzig no mês anterior, setenta e três em Berlim na semana anterior. Quase mil tripulantes perdidos desde novembro. Todos jovens. "Flores da floresta" foi o lamento tocado no funeral de um navegador canadense que Teddy e Mac conheceram em sua primeira missão. Walter. Walt. Seu apelido era Disney. Teddy achava que não sabia seu nome verdadeiro, embora ele com certeza o tivesse. Parecia ter sido há muito tempo, mas não era.

O oficial comandante lhes pediu para acompanharem o corpo de Disney até Stonefall e carregarem o caixão. Uma flauta escocesa tinha sido encontrada em Leeds e tocada junto ao túmulo. Disney fora morto por fogo antiaéreo num ataque a Berlim. O engenheiro navegador de voo usara astronavegação para levá-los para casa, impossibilitado de consultar os mapas e gráficos de Disney porque estavam tão encharcados de sangue que se tornaram inúteis.

Estavam queimando cidades queimadas, bombardeando cidades bombardeadas. Fora uma boa ideia. Derrotá-los no ar e salvar o mundo do horror do conflito armado em terra, em Ypres, Somme, Passchendaele. Mas não estava funcionando. Quando eram derrubados, eles voltavam a se levantar, a essência dos pesadelos, uma colheita sem fim de dentes de dragão brotando na planície de Ares. E ainda assim continuavam a atirar as aves no muro. E o muro ainda estava de pé.

Um vice-marechal do ar passou pelo esquadrão. Exibia muitas medalhas e alamares — ovos mexidos.

— Gosto de mostrar meu rosto aos homens — ele disse.

Teddy não se lembrava de ter visto aquele rosto.

Seu pensamento estava em Nancy. Tinha recebido uma carta naquela manhã, muitas palavras, como de costume, mas sem dizer coisa alguma, como de costume também, mas no fim uma referência ao noivado. ("Você me escreve tão raramente, querido.") Estaria, na verdade, dizendo que os sentimentos *dela* haviam mudado. Seu oficial comandante perguntou: "Pronto, Ted?", interrompendo suas reflexões, e caminharam até o barracão de instruções, o vice-marechal andando com autoridade à frente de ambos. Estava acompanhado por sua bastante glamorosa motorista da Força Aérea Auxiliar Feminina, que surpreendeu Teddy ao piscar para ele.

As tripulações já estavam definidas, conferidas numa lista pela polícia da RAF na entrada. Quando todos estivessem lá dentro, as portas seriam trancadas e as janelas fechadas. A motorista do vice-marechal do ar era deixada do lado de fora. A segurança era reforçada antes de um ataque. Ninguém podia sair da estação ou fazer ligações telefônicas. Era vital que o alvo fosse mantido secreto, embora às vezes se brincasse que, para saber qual o próximo alvo, só era preciso ir ao Bettys Bar. A realidade era que, de um jeito ou de outro, os alemães os perseguiam desde o instante em que decolavam. Ouviam suas frequências de rádio, distorciam o Gee,* rastreavam o H2S e os pegavam na rede de seu próprio radar que se estendia ao longo do litoral europeu. Corpo a corpo, golpe a golpe.

Quando entraram no barracão de instruções, houve uma grande barulheira de cadeiras empurradas, e os tripulantes, cerca de cento e vinte, se perfilaram em posição de sentido. O lugar — um abrigo Nissen — estava enfumaçado e abafado como de costume. Mais arrastar e batidas de cadeiras quando todos voltaram a se sentar. O mapa na parede estava coberto por uma cortina de blecaute e o oficial comandante sempre a retirava com um floreio teatral, como se fosse parte de um truque de mágica, antes de pronunciar as palavras já consagradas pelo tempo:

— Senhores, seu alvo para esta noite é…

Nuremberg? Houve um burburinho de descontentamento vindo das tripulações mais experientes, alguns "Jesus" e "Cristo", um "caraca" australiano, apesar da presença dos ovos mexidos. Era um voo longo, bem no coração do

* Nome de código dado ao sistema de radionavegação britânica utilizado pela Força Aérea Real (RAF) durante a Segunda Guerra Mundial.

inimigo, quase três vezes mais longe que Ruhr. A fita vermelha seguia quase em linha reta para o alvo, praticamente sem os costumeiros zigue-zagues.

A oficial superior de informações, uma moça de expressão severa da Força Aérea Auxiliar Feminina que levava suas funções muito a sério, levantou-se e informou-os da importância do alvo. Sete longos meses tinham se passado desde o último ataque e a cidade estava em grande parte intacta, apesar de ser a sede de enormes quartéis da SS, bem como da "famosa" fábrica de armamentos MAN e, depois que as instalações da Siemens em Berlim foram bombardeadas, havia sido intensificada a produção de holofotes, motores elétricos "e assim por diante" na filial de Nuremberg.

A cidade era simbólica, onde Hitler realizava seus comícios de massa, e ficava perto do coração do inimigo, continuou a oficial de informações. O ataque abalaria sua moral. Os alvos principais eram os pátios ferroviários, mas as primeiras bombas lançadas poderiam atingir a cidade medieval, a Altstadt, disse, com péssima pronúncia alemã. Estariam transportando grandes cargas de incendiários e os velhos prédios de madeira queimariam bem.

O lugar de nascimento de Dürer ficava na Altstadt. Teddy tinha crescido vendo duas gravuras de Dürer. Estavam penduradas na sala de café da manhã da Toca da Raposa — uma representando uma lebre e a outra dois esquilos ruivos. A oficial de inteligência não mencionou Dürer, estava mais interessada nas posições da bateria antiaérea e dos holofotes, marcadas no mapa com sobreposições de celuloide verdes e vermelhas. Os tripulantes também prestaram especial atenção a elas, seu mal-estar aumentava cada vez mais enquanto olhavam para a longa linha reta vermelha.

Mas o que mais os perturbava era a Lua, que também perturbava Teddy. Era uma meia-lua excepcionalmente brilhante e os iluminaria como uma moeda reluzente por toda uma longa noite escura. Sua infelicidade se agravou quando lhes foi dito que deveriam voar sobre o desfiladeiro de Colônia. Informaram que era "improvável" que estivesse fortemente defendida naquele fim de ano. É mesmo?, Teddy pensou. A rota passava perto das defesas do Ruhr e de Frankfurt, de campos noturnos de caças e seus faróis, Ida e Otto, ao redor dos quais os caças alemães circulavam, aguardando, como falcões à espreita de pombos.

O oficial da meteorologia subiu ao palco e deu detalhes da velocidade dos ventos, condições de nuvens e o provável clima a ser encontrado. Disse haver uma cobertura de nuvens boa na ida e na volta, que "poderia" escondê-los dos caças. A palavra *possibilidade* fez com que todos, nervosos, se remexessem nas cadeiras. A palavra *poderia* piorou tudo. *Bastante* também não era muito promissora. Estaria claro sobre o alvo, ele disse, ainda que os primeiros batedores já tivessem reportado cúmulos a dois mil e quatrocentos metros, informação que não foi repassada aos tripulantes. Eles precisavam que acontecesse o oposto, nuvens naquele longo trecho do percurso, para ocultá-los dos caças, e a Lua iluminando o alvo.

O oficial comandante confidenciara a Teddy que tinha "certeza" de que a operação seria cancelada. Teddy não sabia nem mesmo por que havia sido aventada. Churchill gostava do alvo. Harris gostava do alvo. Teddy não. Não acreditava que Harris e Churchill se importassem muito com sua opinião.

Os líderes especializados fizeram algumas observações pertinentes. Os navegadores detalharam a rota e os pontos de mudança de direção. Os operadores de rádio foram lembrados de sua frequência para a noite. Os bombardeiros líderes especificaram a carga útil e a proporção dos compostos explosivos para os incendiários e do tempo e extensão dos ataques, cores dos indicadores de alvo sobre os quais deveriam deixar cair as bombas. Todos foram lembrados das cores do dia. Todos conheciam os casos de tripulações abatidas por fogo aliado por soltarem as cores erradas do dia.

E Teddy se levantou. Um curso constante de quatrocentos e vinte e seis quilômetros sobre o bem defendido território inimigo à luz brilhante da Lua, com pouca chance de cobertura de nuvens. Por uma questão de moral, (o líder tranquilo e confiante) tentou transformar os dados sombrios em algo menos horrendo, destacando uma vez mais a importância da cidade como centro industrial e de transportes, o golpe no estado de ânimo do inimigo e por aí afora. O longo percurso sugeria uma série de outros possíveis alvos para os caças, portanto eles teriam a atenção desviada do desfiladeiro de Colônia. A mera simplicidade do longo trecho os confundia e a falta de curvas economizaria combustível, significando que as cargas de bombas a bordo poderiam ser mais pesadas. E, sendo o voo mais direto, resultaria em menos cansaço para todos, a ida até lá seria mais rápida e quanto mais depressa chegassem lá, mais depressa voltariam em segurança. E eles deveriam manter um fluxo contínuo de bombardeio. Sempre.

Voltou a sentar-se. Confiavam nele, ele podia ver isso nos rostos abatidos. Era provável que agora não houvesse volta para eles, portanto era melhor que saíssem num bom estado de espírito; nada podia ser pior do que partirem oprimidos pela sensação de que estavam a caminho da foice. Lembrou-se de Duisburg, a última operação de sua primeira missão, como seus tripulantes estavam nervosos, convencidos de que fariam a viagem sem volta. E assim foi para dois deles, claro. George e Vic. De Mac recebera uma carta dizendo que estava casado, lua de mel em Niágara, "pequenino a caminho". Para Mac, a guerra já acabara.

Kenny tinha ido treinar novos artilheiros aéreos numa escola de artilharia e escrevera para Teddy, em sua caligrafia quase ilegível. "Eu, um instrutor! Quem teria imaginado?" Algumas semanas depois, estava numa aeronave que fez uma aterrissagem forçada ao voltar de um exercício de reconhecimento. Três membros da tripulação sobreviveram. Kenny não era um deles. Uma de suas muitas irmãs escreveu a Teddy, "Wee Kenny é um anjo agora", numa letra quase tão ruim quanto a de Kenny. Se ao menos isso fosse verdade, Teddy pensou, se ao menos as fileiras dos "esquadrões brilhantes" estivessem sendo aumentadas pelas do Comando de Bombardeio. Mas não estavam. Os mortos estavam mortos. E eram legião.

Kenny deveria ter ficado com seu gato preto sarnento, em vez de dá-lo ao bebê de Vic Bennett. Uma carta acabou chegando a suas mãos, não de Lily, mas da sra. Bennett, uma nova avó relutantemente orgulhosa. "Uma menina, não muito interessante, mas será." Margaret, e não Edward — e Teddy ficou aliviado por não ter um homônimo. *Margaret, você lamenta estar Goldengrove perdendo as folhas?**

* Primeiro verso do poema *Spring and Fall: To a Young Child* [Primavera e outono: Para uma criança pequena], de Gerard Manley Hopkins (1844-1889).

O oficial comandante disse algumas palavras de incentivo, o vice-marechal fez algumas observações cordiais, como convinha a alguém ostentando tantos galardões, um médico de pé junto à porta distribuiu pílulas estimulantes à medida que saíam. E foi tudo.

Houve a tradicional última ceia, não um banquete naquela noite — salsichas e um ovo borrachudo. Sem bacon. Teddy pensou no leitão de Sylvie, no cheiro de porco assado.

Estavam no isolamento agora, uma má hora quando seus pensamentos são capazes de fazer tudo parecer pior. Teddy jogou algumas partidas de dominó com um tenente, no refeitório dos oficiais. Era bobo o suficiente para distrair os dois, mas foi um alívio quando chegou a hora de ir para os aposentos da tripulação e vestir o uniforme.

Ceroula e camiseta de lã grossa, meias até o joelho, pulôver de gola rulê, calça e camisa do uniforme, coturnos forrados de pele de carneiro, três camadas de luvas — seda, camurça, lã. Metade das peças de roupa não era sequer do uniforme, aquilo dava a alguns deles uma aparência depravada, quase de salteadores — um tanto contrabalançada pelo modo como gingavam ao andar, como se estivessem de fraldas. E então ainda acrescentavam mais — o colete salva-vidas, os arreios do paraquedas, até que o simples ato de caminhar se tornava difícil.

Conferiram os apitos nos colarinhos, as placas de identificação penduradas no pescoço. Então, com as serventes da Força Aérea Auxiliar Feminina, coletavam suas garrafas de café, sanduíches, balas, chicletes, barra de chocolate Fry. Recebiam seus "estojos de fuga" — mapas de seda, impressos em echarpes ou lenços com os países sobre os quais voavam, dinheiro local, bússolas ocultas em canetas e botões, listas de frases. Teddy guardara um pedaço de papel de um longo ataque a Chemnitz, quando havia o receio de que, se caíssem, poderiam ser capturados pelos russos que não saberiam o que fazer com eles e atirariam enquanto se decidiam. Lia-se (parecia): "Eu sou inglês".

Apanharam os paraquedas, e uma garota bonita da Força Aérea Auxiliar Feminina deu a Teddy um lenço de seda e, tímida, pediu:

— O senhor pode levar isto para mim? Então poderei dizer que ele sobrevoou a Alemanha e bombardeou o inimigo.

Tinha um perfume doce.

— Violetas de abril — ela disse.

Como um cavaleiro levando uma prenda de uma formosa donzela num conto de cavalaria, ele pensou. E guardou-o no bolso. Nunca mais o viu, deve ter caído em algum momento. A época dos contos de cavalaria acabara havia muito tempo.

Esvaziaram os bolsos de tudo o que pudesse identificá-los. Era um gesto que sempre parecia simbólico a Teddy — cruzar o limite entre serem indivíduos e se tornarem aviadores, anônimos, intercambiáveis. Ingleses. E australianos, neozelandeses, canadenses. Hindus, antilhanos, sul-africanos, poloneses, franceses, tchecos, rodesianos, noruegueses. Ianques. Na realidade, toda a civilização ocidental se enfileirava contra a Alemanha. Era o caso de se perguntar o que havia acontecido com o país de Beethoven e Bach e como se sentiriam a respeito se tivessem um futuro. *Alle Menschen werden Brüder.* A pergunta de Ursula: "Você acha possível? Algum dia?". Não. Ele não achava. Não mesmo.

Uma moça da Força Aérea Auxiliar Feminina parou à porta da sala das tripulações e chamou as equipes de F-Fox e L-London. E todos se empilharam a bordo do velho jipe que ela dirigia. Às vezes, o transporte parecia tão informal quanto algumas roupas suas.

Sortudo fora deixado nos braços de uma moça da Força Aérea Auxiliar Feminina especialmente atraente, uma garota da radiotelegrafia chamada Stella. Ele gostava de Stella, achou que talvez pudesse haver algo entre eles. Na semana anterior, Teddy a acompanhara a um baile no refeitório de uma estação vizinha. Um beijinho no rosto na volta e um "Obrigada, senhor, foi muito divertido". Nada mais. Um dia antes, acontecera um incidente revoltante em seu próprio campo, uma moça da Força Aérea Auxiliar Feminina tinha sido decapitada por uma pá de hélice. Teddy fugia daquela lembrança, que deixara todos tristes, sobretudo as garotas da Força Aérea Auxiliar Feminina. Stella era boa, gostava de cães e cavalos. Às vezes, o horror da guerra levava ao sexo, outras não. Era difícil compreender as razões para os diferentes resultados. Ele se arrependia de não ter ido para a cama com Stella e se perguntou se ela sentiria o mesmo. Tinha tido um caso curto — muito curto — com uma amiga de Stella, chamada Julia. Houve muito sexo envolvido. Muito bom sexo. Uma lembrança secreta.

Chegaram à F-Fox na dispersão e desceram do veículo. Mesmo àquela altura, Teddy esperava a luz vermelha que lhes diria que o ataque havia sido cancelado. Mas, ao que parecia, não era o caso, então ele continuou, subindo à aeronave com o novo piloto, o engenheiro de voo e a equipe de terra. O engenheiro se chamava Roy, Teddy disse a si mesmo. O artilheiro da torre dorsal era um canadense de nome Joe, o da retaguarda — sempre apelidado de Charlie-traseiro — felizmente se chamava Charlie. Parecia ter cerca de doze anos de idade. O Perspex de retaguarda recebia um polimento final com os blecautes.

Teddy ofereceu cigarros a todos, só o apontador não fumava.

— Clifford — lembrou ele a Teddy ao vê-lo se esforçando para lembrar.

— Clifford — Teddy murmurou.

Toda a equipe de terra fumava como chaminé. Teddy gostaria de levá-los num ataque, um seguro, do qual todos teriam a volta garantida. Parecia um absurdo que nunca vivenciassem as experiências pelas quais o avião "deles" passava, nunca vissem a vista através daquele Perspex bem polido. No fim da guerra, a RAF fez "turnês de Cook", levando o pessoal terrestre em voos sobre a Alemanha, para que pudessem ver os estragos que tinham ajudado a fazer. Teddy não fazia ideia de como Ursula conseguiu embarcar numa delas, mas não ficou surpreso. A guerra provara que sua irmã era bastante boa em deslindar o grande jogo da burocracia. Era terrível, ela confessou, ver um país completamente arruinado.

Todos os recrutas de Teddy urinaram na roda da F-Fox e depois pareceram um pouco envergonhados ao perceberem que Teddy não participara daquele ritual masculino. Ele era o *sadhu* dos rapazes, pensou Teddy, um guru. Se lhes dissesse para subir ao topo da torre de controle e se jogar de lá em determinada sequência, eles o fariam. Suspirou, atrapalhou-se com aquela enorme quantidade de roupa e fez um desnecessário xixi na roda. Os recrutas trocaram disfarçados sorrisos de alívio.

Então a equipe de terra apresentou suas discretas e otimistas despedidas, apertando as mãos uns dos outros.

— Boa sorte. Vemos vocês de manhã.

Teddy ficou ao lado do piloto para decolar. O piloto se chamava Fraser, de Edimburgo, um aluno do St. Andrews. Um escocês diferente de Kenny Nielson. Não havia copiloto para ele; em vez disso, estava a seu lado o todo-poderoso tenente-coronel de aviação. Lembrou-se da tripulação da W-William. *Esta aeronave decolou às dezesseis horas e vinte minutos e não retornou. Em consequência, foi dada como desaparecida.*

Os motores Bristol Hercules gemeram quando as hélices fizeram as primeiras rotações espasmódicas antes de pegar e girar no *staccato* familiar. Bons motores, disse Teddy a Fraser enquanto faziam as checagens. Fraser, necessariamente, interessava-se por *mecânica de bombardeio*.

Motor externo de bombordo, motor interno de bombordo, depois motor externo de estibordo, motor interno de estibordo. Depois de todas as checagens feitas — magnetos, pressão de óleo etc. —, Fraser pediu ao controle permissão para taxiar. Olhou para Teddy como se precisasse mais de sua aprovação do que a da torre de controle, e Teddy lhe mostrou o polegar erguido. Os calços foram removidos e eles avançaram para se juntar à procissão na pista, motores pulsando e roncando, uma vibração que chegava aos ossos através dos músculos e se alojava no coração e nos pulmões. Havia algo de extraordinário naquilo, sentia Teddy.

Estavam no quinto lugar da fila de decolagem e oscilaram sobre a pista, motores a pleno vapor, à espera, um galgo numa armadilha pronto para correr quando as luzes Aldis do controlador ficassem verdes. Teddy ainda esperava a luz vermelha da torre de controle, o cancelamento da operação. Nunca aconteceu. Às vezes, chegavam a ser chamados já no ar. Não dessa vez.

O habitual grupo de despedida se reunira no carroção do controlador. Diversas garotas da Força Aérea Auxiliar Feminina, o pessoal da cozinha e a equipe de terra. O oficial comandante estava lá, e também o vice-marechal do ar, saudando cada aeronave que passava. Aqueles que vão morrer não vos saúdam, pensou Teddy, e, em vez de responder, fez o sinal de positivo para Stella, que também estava lá com Sortudo no colo, e quando eles rolaram pela pista ela ergueu uma das patas do cão e acenou para ele. Melhor que qualquer cumprimento engalanado, na opinião de Teddy. Ele riu, e Fraser lhe lançou um olhar assustado. Decolar era um negócio sério, ainda mais quando é sua primeira surtida operacional e seu tenente-coronel é seu copiloto. E esse mesmo tenente-coronel dava mostras de comportamento excêntrico.

Surgiu a luz verde e eles começaram a se arrastar pela pista como um pássaro com excesso de peso tentando chegar aos cento e sessenta e oito quilômetros por hora necessários que "desencalhariam" da terra doze toneladas de combustível e explosivos. Teddy ajudou com os reguladores de pressão do motor e sentiu o alívio de sempre quando Fraser descomprimiu o manche e a F-Fox se esforçou para arrancar do chão. Sem se dar conta, Teddy tocou a pequena lebre de prata no bolso do peito.

Rugiram em direção à casa da fazenda e Teddy procurou a filha do fazendeiro, mas não viu sinal dela. Sentiu um arrepio. Ela sempre estava lá. Ele podia ver os campos planos ao entardecer, a terra nua e marrom, o horizonte que escurecia. A casa da fazenda. O terreiro da fazenda. Inclinaram-se e começaram a circular, reunindo-se e entrando em formação antes de dirigirem para o litoral e, quando a asa da F-Fox mergulhou a bombordo, ele a viu. Ela olhava para eles, saudando às cegas, acenando para todos. Estavam seguros. Acenou de volta, embora soubesse que ela não podia vê-lo.

Os esquadrões ao norte precisaram decolar uma hora mais cedo do que os dos aeródromos mais ao sul e voar até o ponto de encontro. Isso lhes dava algum tempo em relativa segurança para continuar as tarefas de rotina. Uma vez no ar, não havia momentos de ócio, desaparecia qualquer introspecção nebulosa que poderia se manifestar em terra. O engenheiro de voo era mantido ocupado sincronizando os motores, calculando os estoques de combustível, alternando os tanques de gasolina. O sistema de identificação foi ligado para que os próprios caças da RAF soubessem que se tratava de amigos, e não de adversários. O eletricista ligou o sistema aéreo de rádio e o navegador abaixou a cabeça, trabalhando em correções precisas, comparando os ventos reais com os previstos. Ao sobrevoarem o mar, o apontador começou a ejetar a janela.

Ainda voavam com as luzes de navegação, e Teddy podia ver as luzes vermelhas e verdes cintilando na ponta das asas de outras aeronaves.

Rangendo, seguiram seu caminho ao longo do mar do Norte, sempre subindo. As ondas eram destacadas pela Lua e as asas da F-Fox brilhavam como prata polida. Daria na mesma terem um holofote brilhando em cima deles. Os artilheiros testaram as Brownings em rajadas curtas sobre o mar. As bombas foram armadas, as luzes de navegação apagadas.

Avançaram sobre a Bélgica, acompanhados pelo vento. A visibilidade era tão boa que podiam ver muitas outras aeronaves na formação de bombardeiros. Era o mais perto de um ataque diurno em que Teddy já participara. Sua vida acontecia à noite. A Lua superalerta podia ser vista refletida em lagos e rios quando passavam sobre eles, acompanhando-os, quilômetro após quilômetro iluminado. *Não há em seu rosto vestígio de insegurança ou timidez.* Hugh adorava suas gravações para gramofone de Gilbert e Sullivan. Um espetáculo amador do *Mikado* havia sido encenado no salão do vilarejo e seu pai os surpreendera desempenhando o papel de Ko-Ko, o Senhor Alto Executor. Ele saboreava a completa mudança de personalidade que aquilo lhe proporcionara, olhando de soslaio, cantando e andando empertigado pelo palco. "Muito Jekyll e Hyde", Sylvie comentara. A sra. Shawcross representara Katisha. Ela também, outra revelação dramática.

Alcançaram o primeiro ponto crítico perto de Charleroi, e não muito tempo depois do início do massacre.

Havia caças por toda parte, como vespas furiosas cujos ninhos tivessem sido perturbados. Foi um choque encontrá-los tão cedo e em tal quantidade. Não um ninho que tivesse sido perturbado, e sim um enxame que parecia ter estado à sua espera.

— Posso ver uma aeronave caindo em chamas a bombordo — disse o artilheiro da torreta dorsal.

— Registre isso, navegador — disse Fraser.

— O.k., comandante.

Agora a voz do artilheiro de retaguarda:

— Um caindo a estibordo.

— Registre isso, navegador — Fraser repetiu.

Teddy, posicionado ao lado de Fraser, podia ver aeronaves atingidas de todos os lados. O céu estava semeado de brilhantes estrelas brancas de explosões.

— São espantalhos, senhor? — o apontador perguntou.

Teddy percebeu que Fraser era o "comandante" e a tripulação optara por "senhor" para ele, a fim de não confundi-los. Todos tinham ouvido o boato de que os alemães estavam usando "espantalhos" — escudos antiaéreos simulando bombardeiros explodindo —, mas Teddy sempre considerara improvável. Ele viu algumas das estrelas brancas brilhantes vomitando as chamas sujas, vermelhas e oleosas que lhe eram por demais familiares. Até então, aquela tripulação de recrutas nunca vira um bombardeiro ser abatido. Batismo de fogo, pensou.

Alguns desciam flutuando como grandes folhas, outros despencavam direto para a terra. Um companheiro Halifax a bombordo passou voando com todos os quatro motores incendiados lançando rios de gasolina em chamas, mas longe demais para saber se havia tripulação a bordo. De repente, suas asas caíram, como laterais dobráveis de uma mesa, e tudo desabou do céu.

— Receio que não sejam espantalhos, são aeronaves — ele respondeu e, pelo intercomunicador, ouviu diversos sons de horror.

Talvez devesse tê-los deixado iludidos. Por toda parte aviões caíam em chamas, ou explodindo, muitas vezes sem nenhum sinal de que ao menos soubessem terem sido atacados. O artilheiro dorsal continuou a contá-los e o navegador a registrá-los em seu diário até que Teddy interveio e disse: "Já chega", porque percebeu, pela respiração dos homens, que a tripulação começava a entrar em pânico.

A bombordo, uma aeronave em chamas da popa à proa passou voando, em linha reta e nivelada, mas de cabeça para baixo. Teddy viu um Lancaster emitir lâminas de labaredas brancas e cair sobre um Halifax logo abaixo. Ambos desceram girando juntos, gigantescos cata-ventos de fogo. Teddy viu o que parecia ser um batedor rodopiar até a terra, suas luzes vermelhas e verdes explodindo lindamente ao baterem no chão. Nunca testemunhara tamanha carnificina. Em geral, as aeronaves caíam à distância, estrelas resplandecendo e morrendo. Tripulações simplesmente desapareciam, não estavam lá na manhã seguinte para o bacon com ovos, não se pensava muito em *como* haviam desaparecido. O horror e o terror daqueles últimos instantes ficavam ocultos, agora eram inevitáveis.

O batedor intrigava Teddy, ele deveria estar à frente da Força Principal. Ou estava no lugar errado, ou eram eles que estavam. Pediu ao navegador para conferir mais uma vez os ventos. Para Teddy parecia que tinham se deslocado mais para o norte, fora daquela fita vermelha. Sentiu a dúvida na resposta do navegador. Viu-se desejando a experiência de Mac.

Mais abaixo, podia ver os destroços em chamas de aeronaves no chão se estenderem por oitenta ou cem quilômetros.

Então, como mais uma prova do mito do espantalho, viram a estibordo um Lancaster iluminado pela Lua cruel — poderia muito bem ter sido apanhado pelo cone de um holofote — sendo sorrateiramente perseguido por baixo por um caça alemão, invisível para o artilheiro de retaguarda. O caça tinha um canhão apontado para cima, o primeiro que Teddy já vira. Óbvio, era por isso que tantas aeronaves caíam tão de repente. O canhão parecia estar apontando diretamente para as vulneráveis barrigas dos bombardeiros, mas, se atingissem as asas, onde ficavam os tanques de combustível, os bombardeiros não tinham nenhuma chance.

Assistiu, impotente, ao caça abrir fogo antes de se afastar velozmente de sua vítima. As asas do Lancaster explodiram em grandes gotas de fogo branco e a F-Fox balançou com violência.

Antes que pudessem se recuperar, foram sacudidos por um tiro de canhão, rasgando e atravessando com estrondo a frágil fuselagem de alumínio, e, sem aviso, se viram jogados num mergulho vertical. Teddy achou que Fraser deveria estar tentando fugir do caça, mas quando se virou para ele viu, para seu horror, que ele estava caído sobre os controles. Não havia nenhum sinal de lesão, pelo que Teddy era capaz de ver, o piloto poderia ter desmaiado. Gritou por ajuda pelo intercomunicador, era quase impossível chegar aos controles com Fraser naquela posição e ele precisava tentar içar e manter afastado seu corpo inerte, ao mesmo tempo que puxava os controles enquanto a força da gravidade era como uma tonelada de concreto em sua cabeça.

O eletricista e o engenheiro se deslocaram para a frente e começaram a lutar com o imóvel Fraser. O assento do piloto era bastante alto e era preciso entrar da maneira certa para se acomodar dentro dele com todo o equipamento. Tirar alguém daquela posição parecia uma tarefa quase impossível, ainda mais com Teddy encarapitado no braço do assento e agarrado aos controles com todas suas forças. Por um momento, ele acreditou que precisaria se acocorar no colo do pobre Fraser. Sabe-se lá como, os dois conseguiram remover o piloto e Teddy tomou seu lugar. Não havia sinal de sangue, pelo que agradecia.

Agora berravam "quatrocentos e oitenta e dois quilômetros por hora para o chão", a F-Fox em posição quase vertical. Teddy chamou aos gritos o engenheiro de voo e os dois se colaram ao manche e se penduraram nele com todas suas forças. Teddy teve medo de que as asas fossem simplesmente arrancadas, mas por fim, depois do que pareceu uma eternidade, mas que deve ter sido apenas alguns segundos, sua força somada foi a exatamente necessária para acionar os profundores e trazer o nariz de volta para cima, e eles nivelaram e começaram a subir, ainda que com muita dificuldade.

Houve inúmeros palavrões no intercomunicador depois do nivelamento. Teddy fez uma checagem da tripulação e lhes disse, lacônico:

— O piloto foi atingido, estou com medo, estou assumindo. Navegador, trace novo rumo para o alvo, por favor.

Só os deuses sabiam onde estavam agora, e talvez nem eles.

O eletricista e o engenheiro de voo tinham arrastado Fraser para o local de descanso dos tripulantes.

— Ainda respirando, comandante — o eletricista relatou.

Ele não era mais "senhor", percebeu. Era o comandante. O capitão.

Murmúrios amargurados do apontador alertaram Teddy para algo que jamais vira. Trilhas de vapor. Nunca eram vistas a menos de sete mil e seiscentos metros e agora estavam por toda parte, jorrando das caudas dos bombardeiros. As esteiras eram estandartes brilhantes, marcando-os como alvos ainda com mais clareza do que a Lua, se é que era possível.

Fazia tempo que a formação de bombardeiros começara a se desintegrar, e os pilotos mais experientes já haviam percebido que sua posição, em vez de ser a mais segura, tornara-se a mais vulnerável. Teddy começou a abrir caminho até lá, enquanto subia mais. *Mantenham um fluxo de bombardeio coeso. Sempre.* Sua última fala para o esquadrão. Esperava que não estivessem seguindo suas instruções ao pé da letra. Teddy trabalhava o céu, tanto quanto podia. A F-Fox não podia se equiparar aos Lancaster, mas, no ar rarefeito e com bons motores, ele conseguiu chegar bem perto. Ainda assim, foram vistos.

— Um se aproxima, comandante.

— O.k., navegador.

— Duzentos e setenta metros. Duzentos e quarenta.

O navegador calculava a distância do ruído em sua tela de radar.

— Cento e oitenta, duzentos e dez.

— Vendo alguma coisa, artilheiros?

— Não, comandante — responderam ambos.

— Cento e vinte, cento e cinquenta.

— Já vi, comandante — disse o artilheiro da dorsal. — Quadrante superior bombordo. Espiral a bombordo. Vai, vai, vai.

— Acelerar, engenheiro.

— Cem, comando.

— Segurem-se, todos — disse Teddy quando empurrou os controles, rolando a aeronave e inclinando a asa a bombordo.

A força da gravidade colou-o ao assento. Giraram para baixo, o altímetro se desenrolando, no fim do mergulho ele rolou a aeronave para estibordo, puxou de volta os elerões e, com esforço, voltaram a subir. Ele tentava encontrar uma nuvem para se esconder, mas o artilheiro dorsal gritava.

— Quadrante superior estibordo. Espiral a estibordo. Vai, vai, vai!

Às vezes, só a quantidade de turbulência criada era o suficiente para afastar um caça, mas não aquele. Assim que subiram, houve um grito do artilheiro de retaguarda:

— Bandido na cauda, mergulhar a boreste.

As Brownings dos artilheiros eram expelidas e a aeronave se encheu do cheiro de pólvora. O céu ao redor da F-Fox estava coalhado de rastros de balas e canhões. Teddy arremessou a pesada aeronave pelos céus, fazendo um mergulho a estibordo e depois inclinando-a numa curva a bombordo, retomando a subida, tentando arrancar o caça de seus calcanhares. *A necessidade ensina*, ouviu sua mãe dizer. Os artilheiros estavam sem munição, mas o da torreta dorsal relatou:

— Bandido bombordo afastado, comando.

E depois:

— Bandido estibordo saiu também, comando.

Em busca de outro infeliz, Teddy pensou. E disse:

— Bom trabalho, artilheiros.

Sua sorte acabou. Nunca alcançaram o alvo, Teddy não tinha certeza se o teriam encontrado. Muitos não conseguiram, ele soube depois.

Aconteceu muito depressa. Num minuto estavam na escuridão vazia do céu, sem qualquer sinal da formação de bombardeiros, e no seguinte eram atingidos por fogo antiaéreo — estrondos violentos e abafados, como se a fuselagem estivesse sendo socada por uma marreta. Deviam ter sido pegos pelas defesas do Ruhr. Ofuscado e cego pelos holofotes, tudo o que Teddy podia fazer era jogar a aeronave em novo mergulho. Podia sentir a pobre F-Fox protestar, ele já a testara além de seus limites e acreditava que sua resistência acabaria a qualquer momento. Suspeitava que ele também tinha sido testado além de seus limites, mas de repente estavam fora daquela luz horrorosa e de volta à bem-vinda escuridão.

A asa de bombordo estava em chamas e perdiam altura muito depressa. Teddy soube, por instinto, que daquela vez não haveria pouso suave, ou amaragem, ou garotas da Força Aérea Auxiliar Feminina os orientando até um aeródromo aliado. A F-Fox ia de encontro à morte. Deu a ordem de abandonar a aeronave.

O navegador chutou a escotilha de fuga e ele e o eletricista amarraram um paraquedas ao piloto ferido e o empurraram para fora. O eletricista saiu em seguida, depois o navegador. O artilheiro dorsal desceu de sua torreta e os seguiu. O de retaguarda informou que sua torre tinha sido atingida e ele não conseguia girá-la. O apontador se arrastou para fora do nariz, lutando contra a gravidade e foi ver se podia ajudar o artilheiro a liberar manualmente a torre.

Chamas começavam a lamber o interior da fuselagem. Tinham voltado do mergulho, mas ainda perdiam altura. Teddy esperava que a F-Fox explodisse a qualquer momento. Nenhuma palavra foi trocada entre o apontador e o artilheiro de retaguarda. Clifford e Charlie, os nomes voltaram de repente a sua lembrança.

Ele agora lutava com a F-Fox, tentando manter seu voo nivelado e reto. Clifford surgiu a seu lado e disse que o fogo não o deixara chegar à retaguarda, e Teddy lhe disse para pular. Ele desapareceu pela escotilha.

Depois disso, tudo ficou muito confuso, havia uma cortina de chamas atrás dele, podia senti-las começando a chamuscar seu assento. O intercomunicador já não funcionava, mas ele continuava a lutar com a F-Fox para dar ao artilheiro de retaguarda uma última chance de escapar. O comandante era sempre o último a sair.

E então, quando ele achou que estava resignado com a morte — e até a aceitando —, o instinto de vida se rebelou e as mandíbulas da morte foram arrombadas. Viu-se arrancando os cordões gêmeos de oxigênio e intercomunicação, jogando-se para fora do assento, e foi mais ou menos sugado do ventre da F-Fox através da escotilha de fuga.

Era impressionante o silêncio do céu noturno depois do barulho dentro da aeronave. Estava sozinho, flutuando na escuridão, na grande e tranquila escuridão. A Lua brilhava suavemente sobre ele. Lá embaixo, um rio corria como prata, a Alemanha exposta como um mapa ao luar, cada vez mais próxima à medida que ele se aproximava à deriva, como um emplumado dente-de-leão.

Acima dele, o vulto em chamas da F-Fox continuava a deslizar em sua queda. Teddy se perguntou se o artilheiro de retaguarda ainda estaria lá dentro. Não deveria tê-lo abandonado. A aeronave chegou ao chão antes de Teddy e ele a viu explodir numa brilhante estrela de luz. Percebeu que viveria. Haveria um futuro, afinal. Deu graças ao deus, qualquer que fosse ele, que entrara em cena para salvá-lo.

2012
DIRETO PARA A GLÓRIA

— … *GEOFENCING*… DEVERÍAMOS QUERER FAZER, porque… as novas normas… relacionamento cliente-agência, por outro lado… e também comunicação por campo de proximidade…

O homem que falava tinha mestrado em jargão e doutorado em disparates. Suas palavras flutuavam no ar, linguagem desprovida de significado, sugando o oxigênio, fazendo Bertie se sentir meio sem ar. O homem que falava, o Homem-Disparate, como ela pensava nele, se chamava Angus e vinha "do estoque escocês" — daí o nome —, embora seu sotaque fosse totalmente escola pública inglesa. "De Harrow, na verdade", e Bertie sabia dessas coisas porque tinha tido um encontro com ele, encontro proporcionado por aquele famoso alcoviteiro, Match.com. E esse era o motivo de ela estar encolhida no fundo da sala, tentando se esconder ali.

Sentira uma aversão quase instantânea por ele durante um jantar no Nopi, onde, quando a conta chegou, ele tinha ficado mais do que feliz em dividi-la, sendo assim reprovado em uma das principais exigências em um pretendente, que era se comportar como um cavalheiro. Ela queria portas sendo abertas, refeições pagas, flores. *Billets doux** (palavras amá-

* Bilhetinhos de amor.

veis, fazendo-a pensar em pombinhos — carícias e arrulhos). Queria ser cortejada. Galanteria. Que palavra linda! Sem chance de coisa parecida. Ela bufou e o homem sentado a seu lado no "seminário industrial" deu-lhe um olhar nervoso.

— Bertie? — exclamara o Homem-Disparate durante o jantar. — Que espécie de nome é esse?

— Um nome muito bom.

E, depois de um silêncio um tanto longo e entediante:

— Roberta, da minha avó.

Roberta era o segundo nome de Bertie, ela não ia entregar o ouro a Angus.

Tomando o caminho oposto ao da sensatez, ela foi para casa com ele (erro clássico), ao apartamento dele em Battersea, um lugar recoberto de superfícies de vidro brilhante como se tivesse sido concebido no futuro e, continuando, fez com ele um sexo desagradável e bêbado, o que, é claro, levou à autorrepugnância e a uma saída furtiva na madrugada, uma caminhada envergonhada ao longo do Tâmisa, para aliviar sua pena. Ficou surpresa com a quantidade de pessoas andando a esmo ao longo da orla do fluxo prateado do Tâmisa, embora as ninfas de Spenser, as Filhas do Dilúvio, fossem notáveis por sua ausência, a menos que fossem uma equipe universitária de moças remadoras e resmungonas, batendo os remos na água marrom como se estivessem sendo perseguidas por um monstro do rio. Bertie se perguntou que tipo de mulher se levantava às seis da manhã para remar. Uma mulher melhor do que ela, supunha.

Spenser cedeu lugar a Wordsworth, que veio a seu encontro na ponte de Westminster, onde, num início de manhã em fins de maio, Londres era realmente toda brilho e resplandescência no ar sem fumaça, ainda que por pouco tempo.

Ela se surpreendeu, para dizer o mínimo, ao olhar do alto da ponte e ver uma barcaça dourada, em formato de pescoço de cisne, sendo remada em sua direção. Observando a embarcação deslizar suave sob a ponte, Bertie se perguntou se teria talvez viajado no tempo, de volta à era Tudor.

— *Gloriana* — disse uma voz.

Ela não percebera o homem que havia parado a seu lado.

— É a barca da rainha — explicou ele —, para a flotilha. Ensaiando, imagino.

É claro, ela pensou. O desfile no rio. Londres estava *en fête* para o Jubileu de Diamante. Tantas palavras bonitas, refletiu Bertie — dourada, jubileu, flotilha, diamante, desfile, *Gloriana*. Era quase demais para suportar.

— Por um instante, achei que tivesse voltado no tempo — comentou.

— E você gostaria? — ele perguntou, como alguém que a estivesse convidando para entrar numa máquina do tempo estacionada logo ali, dobrando a esquina.

— Bem… — ela respondeu.

— Fornecimento transacional baseado em relacionamentos e mercantilização…

Bertie trabalhava numa agência de publicidade e, por razões já esquecidas, estava em Belgravia, onde Angus promovia uma "maratona hacker" (É, isso aí.)

O pai de Angus era conselheiro do Reino, a mãe consultora de um hospital, e a família — um irmão e duas irmãs — foi criada em Primrose Hill, onde Angus teve uma "infância bem normal". Bertie desconfiou dele no mesmo instante. Ninguém tinha uma infância normal.

Ele trabalhava com marketing, era "um inovador", o que para Bertie não parecia uma profissão respeitável.

— Eu trabalho numa biblioteca — ela informou, porque essa frase sempre desestimulava as conversas.

— Na sua página — ele disse, perplexo — está que você trabalha com "educação comunitária".

— É a mesma coisa — ela retrucou. Mais ou menos. Nunca conseguia se lembrar do que dizia em seu disfarce, daria uma péssima espiã. — Biblioteca comunitária — emendou.

Os olhos dele, como esperado, vidraram ao receber essa informação e ele voltou a atenção para o galeto duplamente cozido em seu prato. Uma vez não teria sido suficiente para o coitadinho?

— … *bluejacking*… *roadblocking*…

Angus vestia uma camiseta preta com uma foto de Nipper, seu cão. Debaixo de Nipper — e ela realmente gostaria de não saber disso — o peito de Angus era depilado a cera. Nipper, por sua vez, estava debaixo do prédio da Lloyd Seguros em Kingston-upon-Thames. Bertie desejou não acabar enterrada debaixo de um prédio. Ou pior, desenterrada e posta em exibição, como todas aquelas pobres múmias egípcias ou os cidadãos de Pompeia, imortalizados em seus impotentes estertores. Seu vô Ted queria um enterro na floresta. ("Um carvalho, se possível.")

— Ele terá o que lhe dermos — Viola disse. — Não há como ele saber, não?

(Mas, e se soubesse?)

A luta pelo cadáver já começara e ele nem sequer estava morto. Bertie amava o avô. O avô a amava. Era o mais simples dos acordos.

— … coloquialidade diferencial…

Mas afinal o que ela estava fazendo da vida? Poderia apenas se levantar e sair?

— … *hot linking*…

Viola era a última pessoa com quem poderia conversar a respeito dos homens com quem saía. Bertie estava com trinta e sete anos — "e sem volta", como Viola sempre fazia questão de lembrar, naquele jeito frívolo de estudante que às vezes adotava.

— Agarre o primeiro! Você não quer perder a maternidade.

As amigas de Bertie que eram casadas e tinham filhos — na verdade, todas as amigas com as quais Bertie passara o que pareciam ser quase todos os fins de semana dos últimos cinco anos em casamentos ou batizados — pareciam, todas elas, agir como escravas dos filhos, cada um deles uma versão do Messias. Nenhuma daquelas crianças parecia a Bertie especialmente atraente e ela se perguntava se gostaria de um bebê, caso o tivesse. Viola lhe vinha à mente. Ela não os tinha amado, ou com certeza não os fizera se sentirem amados, e definitivamente não gostava deles (embora parecesse não gostar de ninguém). "Não se trata exatamente de gostar", lhe dissera o vô Ted quando ainda era capaz de dar conselhos. "Você vai ficar deslumbrada pelos seus." Bertie não tinha certeza de querer se deslumbrar com alguém, sobretudo com alguém pequeno e indefeso.

— Sua avó era deslumbrada por Viola — disse-lhe o avô.

Então, ficava claro, tudo era possível.

Havia muito tempo, antes de partir em sua hégira, Sunny tinha engravidado uma garota. Viola ficou horrorizada e, quando a garota fez um aborto, também ficou horrorizada.

— Não há como agradar algumas pessoas — disse Sunny.

Viola tinha começado a mandar para Bertie links para sites de doadores — supermercados de esperma nos quais se podia pegar um pacote de genes da prateleira (escandinavo, setenta e um quilos, um metro e oitenta e seis, cabelos louros, olhos azuis/verdes, professor) e colocar no "seu carrinho".

— Parece que os dinamarqueses são os melhores — Viola aconselhou.

É claro, Viola tinha pavor da ideia de que se ela não lhe desse netos, seus genes morreriam e nada restaria dela. Ela deixaria de existir. Puff! Viola estava agora com sessenta anos, sempre à espera de que as pessoas reagissem com um "Não parece!". O que não acontecia.

— Você pode não pensar assim agora — Viola lhe disse —, mas, quando chegar aos cinquenta, olhar em volta e descobrir que é tarde demais para ser mãe, você vai ficar *devastada*.

Por que sua mãe precisava sempre ser tão desnecessariamente melodramática? Porque ninguém a ouviria se não fosse?

Com certeza ninguém ficou mais surpresa do que Bertie quando dois anos mais tarde ela teve gêmeos (e, sim, ficou deslumbrada), depois de se casar com um homem absolutamente correto, um médico (sim, o homem na ponte de Westminster) e se sentir, bem... feliz. Mas isso ainda não estava acontecendo. Agora havia Angus bombeando o ar com fervor evangélico como se estivesse num encontro de orações e exortando a considerar "*sellsumers*". Bertie tentou se distrair pensando em rimas para Homem-Disparate (resgate, xeque-mate, abacate, desempate), mas no fim se viu obrigada a puxar fiapos do saquinho de maravilhas que era obrigada a carregar naquela época para se proteger do maléfico universo materialista. (Será que a propaganda era a profissão certa para ela?)

Sugo da mesma fonte que a abelha

Ela poderia simplesmente sair. Tinha uma reunião às duas e levaria séculos para atravessar Londres. O pessoal de criação estava apresentando ao cliente ideias para uma nova pasta de dente. Já não havia pasta de dente suficiente no mundo? As pessoas precisavam mesmo de tanta escolha a ponto de jamais chegar ao fim da escolha? Como se o mundo precisasse de mais quantidade de qualquer coisa. É, era oficial — ela estava na profissão errada. Se Bertie fosse uma deusa (uma de suas fantasias favoritas), estaria manufaturando coisas que haviam se tornado escassas — abelhas, tigres, ratos-silvestres — e não chinelos, capas de celulares e pastas de dente. Não, não vá por esse caminho, ela pensou, a fantasia criativa era tão vasta e ampla que ela poderia se perder para sempre lá dentro.

— … monetarizar… maturialismo…

a geada cumpre seu secreto sacerdócio sem ajuda de vento algum

— … consumidores sempre on…

a quem pertencem tais bosques não sei

— … relacionado ao evento escalonado…

a mais bela árvore, a cerejeira, tem agora

— … ruptura dos resultados específicos da mídia

afogueiam-se os martins, faíscam as libélulas

— … conteúdo megarrelevante… reenergizar as percepções dos consumidores…

Em Wenlock Edge está o bosque em apuros

— … e assim fazendo podemos chegar à glória…

Há um inequívoco facho de luz

— Detecção de Interação Automática ajustada ao Chi...

O quê?

Santo Deus. Quando foi que a linguagem e o significado se divorciaram e decidiram percorrer caminhos distintos? A reserva diária do saquinho de maravilhas de Bertie estava quase esgotada e nem chegara a hora do almoço.

Oh, quão cheio de espinhos é este mundo de dias úteis!

— Ah, me desculpe — ela disse quando o homem nervoso sentado a seu lado se encolheu —, eu falei em voz alta?

— Falou.

Ela se levantou, um tanto abrupta, e sussurrou para o homem encolhido:

— Com licença, preciso ir. Acabei de me lembrar que deixei meu verdadeiro eu no metrô. Ela deve estar se perguntando o que aconteceu. Fica perdida sem mim.

Angus finalmente a viu e franziu a testa como se tentasse se lembrar de quem ela era. Ela lhe deu um adeusinho, sacudindo os dedos de um jeito que esperava parecesse irônico, mas isso pareceu confundi-lo ainda mais.

No metrô, na linha de Piccadilly, ainda que essa informação talvez não fosse relevante, não havia sinal de seu verdadeiro eu, mas havia um exemplar do *Daily Mail* esquecido por alguém. Estava dobrado numa página com uma manchete que apregoava: "Poderia o universo entrar em colapso HOJE? Físicos afirmam que o risco 'é mais provável do que nunca e pode já ter tido início'". (Mas como alguém poderia saber?) Era um curioso uso das maiúsculas. Bertie teria colocado a ênfase em "colapso". Era assim que Viola falava ("Você vai ficar DEVASTADA").

Revirando o fundo do saquinho de maravilhas em busca de alguma migalha, Bertie só conseguiu encontrar um punhadinho de tomilho selvagem.

— Você está assistindo ao desfile do Tâmisa com o vô Ted? — Bertie perguntou.

— Estou. Estou no quarto dele.

— Uma porcaria, não é? E a coitada da rainha, ela é quase tão velha quanto o vô Ted e tem que passar por tudo isso.

— Com um tempo desses, a rainha vai acabar encontrando a morte — disse Viola.

Então era assim que acontecia?, Bertie refletiu. Era preciso encontrar sua morte e agarrá-la como a um cavalo desembestado? E algumas pessoas, como o vô Ted, levavam muito tempo para domá-la, enquanto outros conseguiam controlar as rédeas no mesmo instante? Como a avó que ela não chegara a conhecer — Nancy de pés ágeis, cavaleira corajosa, pulando tão depressa para as costas da morte que deve ter pego todos de surpresa. Talvez até a própria morte.

— Enfim — disse Bertie —, você pode passar o telefone para o vô Ted?

— Ele não vai entender você.

— Tudo bem, só passe o telefone para ele. Alô, vô Ted, aqui é Bertie.

No dia do Jubileu, é claro, a rainha abandonara a barcaça dourada em prol de um mais prosaico cruzador do Tâmisa, tendo a *Gloriana* sido considerada pequena demais para todos os agregados — guarda-costas, damas de companhia e lacaios que eram necessários quando uma rainha viajava pelo rio. Bertie pretendia se juntar às manadas de pessoas às margens do Tâmisa, para ser parte de algo maior do que ela, algo de que se lembraria no futuro, da mesma maneira que as pessoas se lembravam de onde tinham passado a meia-noite da virada do milênio. (Bêbada, na Soho House, algo que agora lamentava. É claro.) Mas chovera o dia inteiro, sem trégua, e Bertie assistira à admirável perseverança da monarquia pela televisão, meio pelo qual também acompanhara o funeral de Diana, a queda das Torres Gêmeas e o último casamento real. Um dia, pensou, estaria realmente *presente* em algum lugar quando algo acontecesse e não veria as coisas de segunda mão, através de uma lente. Mesmo que fosse um espetáculo medonho, uma bomba, um tsunami, uma guerra, ela teria, ao menos, conhecido a grandeza do horror.

O irmão do vô Ted, Jimmy, morto antes que Bertie pudesse conhecê-lo, foi um dos primeiros a ir para Belsen e, depois da guerra, se mudou para a Madison Avenue e ingressou numa das primeiras agências de publicidade, como redator. Aquela vida com tantas polaridades deixava-a com inveja. Hoje, era só se formar em comunicação.

E o próprio vô Ted, é claro, corpo e mente desintegrando-se um pouco mais a cada dia, como uma ruína magnífica e negligenciada, tinha sido piloto de bombardeiro, voando todas as noites para as garras da morte.

— Garras da morte é um tremendo clichê, não? — ela lhe perguntou em sua viagem de despedida, uma elegíaca revisitação de seus velhos fantasmas, há mais de dez anos. ("Por que ele não morre de uma vez?", Viola lamentou. "Quanto tempo é *preciso* para dizer adeus?")

A viagem deu a Bertie maior compreensão da vida do avô e da própria história, e isso, embora gratificante, também irritou e confundiu suas dúvidas existenciais.

— Prometa-me que vai aproveitar sua vida ao máximo — ele dissera a Bertie.

E ela aproveitou? Mal e mal.

Tirou o som dos fúteis comentários da BBC e disse:

— Como vai, vô Ted?

Imaginou-o deitado na cama, naquele asilo horroroso, vivendo aquela indesejável sobra de vida. Bertie gostaria de poder salvá-lo, arrancá-lo de lá e levá-lo para longe, mas agora ele já estava muito doente e frágil. O avô morou quase vinte anos em Fanning Court, então caiu e quebrou uma perna, o que levou a uma pneumonia que deveria ter resultado numa morte tranquila ("A amiga dos idosos", Viola observou, melancólica), mas ele sobreviveu. ("Ele é imortal", Viola disse.) Ele era cada vez menos Teddy, estava à beira da impotência, e foi entregue aos braços duvidosos da casa de repouso, onde, imaginava Bertie, ele morreria.

— Todas as vezes que o vejo, acho que pode ser a última vez — afirmava Viola, esperançosa.

Ele merecia deixar a vida num lugar melhor que a Colina dos Álamos.

— E onde estão esse álamo e essa colina míticos? — Viola sempre reclamava, como se os problemas com o lugar fossem uma questão de semântica.

Viola ficava furiosa com os custos da casa de repouso. O apartamento do condomínio tinha sido vendido, mas o dinheiro estava sendo "engolido" pelas despesas com a casa de repouso.

— Mas você tem rios de dinheiro — disse Bertie.

— Essa não é a questão. Ele deveria ter se preocupado comigo o suficiente para me deixar alguma coisa. (Essa não é a QUESTÃO. Ele deveria ter se PREOCUPADO comigo o suficiente para me deixar ALGUMA COISA.) Um legado. Não restará nada, quando ele morrer.

— Bem, não sobrou nada dele, de qualquer maneira — Bertie retrucou. — E você não quer ser tão horrível assim — acrescentou.

— Quero sim — insistiu Viola.

* * *

— Está assistindo à flotilha pela televisão, vô Ted? O Jubileu? (Ai, Deus, sua maneira de falar parecia a da mãe.)

— Sunny manda beijos — ela informou, e o avô pareceu rir (ou talvez estivesse engasgando), porque sempre compreendera Sunny melhor que qualquer um deles.

Vô Ted poderia estar se encaminhando devagar para o fim da vida, mas sua personalidade ainda era palpável, algo que sua mãe parecia incapaz de compreender. Sunny não mandara beijos, mas teria mandado se soubesse que ela estava falando com o avô. Sunny amava o avô. O avô amava Sunny. Era o mais complicado dos acordos.

— Vou para Cingapura amanhã.

A voz um tanto estridente da mãe substituiu de repente o silêncio do avô, e Bertie se afastou do telefone.

— Cingapura?

— Um festival de literatura.

Viola costumava soar constrangedoramente satisfeita consigo mesma quando falava da face mais glamorosa da vida literária. "Uma reunião em Londres com um produtor de cinema", "almoço no The Ivy com meus editores", "o palco principal do Cheltenham". Agora, pareceu estranhamente abatida.

— Estarei em Londres esta noite — ela continuou —, eu poderia levar você para jantar. No Dinner.

— Desculpe, tenho um compromisso.

Era verdade, mas Bertie teria dito isso de qualquer maneira. A mãe pareceu desapontada, o que era interessante quando por mais de trinta anos a reação fora inversa.

— Você vai visitar Sunny? — perguntou.

— Sunny?

— Seu único filho.

— Cingapura não é Bali. É um país completamente diferente — justificou Viola, embora parecesse não ter certeza, geografia nunca fora seu forte.

— Mas é bem pertinho. Você vai ter feito bem mais da metade do caminho quando chegar a Cingapura. Nem que você tivesse mais o que fazer. E você deveria ir, e depressa, porque talvez não saiba, mas o universo já começou a entrar em colapso. Há sinais por toda parte. Tenho que ir.

— Não, não tem.

— Não, não tenho, mas vou desligar. Despeça-se do vô Ted por mim.

A rainha tinha chegado à ponte da Torre. Bertie desligou a televisão, alerta para os sinais do colapso do universo.

Havia na cozinha um velho Aga, que fornecia calor. Ela pensava nele como um grande animal amistoso. Junto ao Aga havia uma pequena poltrona coberta por uma manta de crochê e sobre a manta dormia a sono solto um grande gato malhado. O piso de pedra era aquecido por tapetes feitos à mão. Um aparador galês abrigava a louça azul e branca e sobre a grande mesa de pinho encerado havia uma pequena jarra com ervilhas doces e malmequeres do jardim. Bertie estava de pé junto à antiga pia Belfast, pacientemente enxugando potes e arrumando-os no escorredor.

Podia ver o jardim pela janela da cozinha. O jardim era um pedacinho do Éden, os botões escarlate do feijão-flor, os montículos ordenados dos morangueiros, e as fileiras emaranhadas das ervilhas. Uma macieira ao lado do...

Uma sirene interrompeu aquele delicioso devaneio. Bertie voltava do almoço no Wolseley com um colega da produção. Em Piccadilly, descobriu, havia no ar uma sensação de grandes acontecimentos. Ou de ameaça, era difícil saber a diferença. Polícia e militares por toda parte e multidões encurraladas na calçada. Uma escolta de motociclistas sinalizava a importância. Um carro enorme passou, conduzindo a realeza.

— O Memorial ao Bombardeio — explicou alguém quando ela perguntou.

Claro, a rainha inauguraria naquele dia o Memorial ao Bombardeio, a meio caminho entre o Jubileu e o início da Olimpíada, um patriótico verão para Londres, em vermelho, branco e azul.

Mais tarde, pela televisão (porque aquele foi outro espetáculo de segunda mão), ela assistiu à cerimônia no noticiário e viu todos os velhos frágeis lutando para conter as lágrimas, e não conseguiu conter as dela, pois cada um deles a lembrava do avô e seu misterioso passado.

Bertie, paciente, esperou na calçada, junto à multidão. O Comando de Bombardeiros esperara setenta anos, ela achou que poderia esperar alguns minutos. Uma formação de jatos de caça Tornado rugiu lá em cima, vibrante e barulhenta, seguida por um solitário Lancaster, que deixou cair sobre Londres o conteúdo de seu compartimento de bombas. Papoulas floresceram em manchas vermelhas ao encontro de um céu azul e branco de verão.

Bertie estava a caminho de casa depois do trabalho quando Viola telefonou.

— Fomos convocadas — ela disse, pomposa.

— Convocadas?

— Chamadas a comparecer. Pela casa de repouso — Viola explicou.

Parecia animada. Ela adorava um drama, desde que não a ameaçasse.

— Vô Ted! — Bertie exclamou, de repente alerta. — O que aconteceu?

— Bem... — fez Viola, como se fosse embarcar numa narrativa emocionante, quando na verdade o que acontecera era que Teddy havia adormecido na noite anterior e não o puderam acordar naquela manhã.

— Eles disseram para chegarmos lá o mais depressa possível, mas não vou conseguir pegar um avião antes de amanhã. Será tarde da noite quando eu conseguir chegar a York.

— Vou agora mesmo para lá, de carro — Bertie afirmou.

A convocação não tinha sido para elas, Bertie pensou, e sim para o avô. Os anjos enfim o chamaram.

— Eles não tiveram pressa — Viola disse.

2012

O ÚLTIMO VOO

DARMA

— HÁ UMA LENDA HINDU QUE DIZ QUE houve um tempo em que todos os homens eram deuses, mas abusaram de sua divindade. Brahma, o deus da criação, concluiu que as pessoas haviam perdido o direito à divindade e decidiu retirá-la. Desejando escondê-la em algum lugar no qual os homens não seriam capazes de encontrá-la, solicitou um concílio para que todos os deuses o aconselhassem. Alguns sugeriram enterrá-la nas profundezas da terra, outras no leito dos oceanos. Outros ainda sugeriram colocá-la no pico da montanha mais alta, mas Brahma disse que a humanidade era engenhosa e escavaria o cerne da terra, dragaria os oceanos mais profundos e escalaria todas as montanhas no esforço de reavê-la.

"Os deuses estavam a ponto de desistir quando Brahma disse: 'Eu sei onde esconder a divindade do homem, vamos ocultá-la dentro dele. Ele procurará pelo mundo inteiro, mas nunca olhará para si mesmo a fim de encontrar o que já está dentro dele'."

Viola não estava realmente ouvindo. Sunny gostava de terminar suas sessões de ioga com o que ela chamava de um "pequeno sermão". Palavras de sabedoria dos iluminados, retiradas de toda parte — hinduísmo, sufismo, budismo e até cristianismo. Os balineses, ela aprendera, eram hindus. Viola se equivocara antes, achando que eram budistas.

— Somos todos o Buda — Sunny disse.

"Por escrito, parece pregação", afirmou Viola num e-mail para Bertie, "mas na verdade é uma espécie de iluminação. Ele teria dado um bom vigário." Bertie se perguntou quem seria aquela nova versão dócil da mãe.

Sunny ensinava num lugar chamado Via Brilhante, em Ubud. No começo, Viola evitara as sessões no Via Brilhante. Estava hospedada num hotel "retiro de bem-estar" escandalosamente caro, mais ou menos a meia hora de carro de distância, onde tinham seu próprio professor de ioga, e aulas individuais e particulares eram ministradas em algo chamado "ioga bale", um agradável e arejado pavilhão construído em teca polida, situado entre árvores nas quais pássaros trinavam e tagarelavam de um jeito exótico, e insetos zumbiam ou cacarejavam como brinquedos mecânicos de corda.

No Via Brilhante, por sua vez, as aulas aconteciam num enorme salão do primeiro andar, que era quente e abafado mesmo com todas as janelas escancaradas num esforço de atrair uma brisa. Era um tanto básico, ou o produto de um "ascetismo simples", dependendo do ponto de vista, de Viola ou do site do Via Brilhante.

Apesar do tamanho do salão, estava sempre cheio, sobretudo de mulheres, jovens australianas atléticas e americanas de meia-idade, a maioria destas fazendo o que Bertie chamava de "comer-rezar-amar de merda".

Sunny se capacitara anos antes como professor de ioga, na Índia, e agora dava aulas em Bali. Era, ao que tudo indicava, um "professor respeitado no circuito internacional". Ia com regularidade à América e à Austrália para coordenar retiros sempre muito concorridos. Todos faziam retiros, na opinião de Viola.

Sunny estava por toda a internet, para quem soubesse onde procurar — para quem soubesse quem procurar —, porque embora se pudesse pensar que Sun (ou mesmo Sunny) seria um bom nome para alguém que fizesse o que ele fazia, ele era conhecido por todos como "Ed".

— Sun Edward Todd — foi a explicação sensata que deu a Viola — é o meu nome.

E essa era apenas uma pequena parte de sua transformação. Corpo de bailarino, cabeça raspada, tatuagens orientais, o leve sotaque australiano — tudo era uma absoluta surpresa para ela. Um mutante. E as mulheres o amavam! Eram tietes fanáticas, sobretudo as da turma do comer-rezar-amar. Viola não via Sunny havia quase dez anos e, nesse meio-tempo, ele se transformara num ser humano completo. ("Talvez as duas coisas não independam uma da outra", Bertie observou.)

— Obrigado por esta prática. *Namastê* — Sunny disse, curvando-se de mãos postas.

Houve uma porção de "obrigadas" e "*Namastês*" de volta. (Levavam aquilo tão a sério!) Sunny abandonou a posição de lótus e ficou de pé com alarmante fluidez. Viola fez um esforço para se levantar, não da posição de lótus, só de uma rígida e desconfortável posição de pernas cruzadas que a faziam pensar em reuniões escolares.

Sunny vivia num vilarejo bem próximo do hotel escandalosamente caro em que ela estava hospedada e parecia não ter intenção alguma de convidar Viola para sua casa, portanto ela decidiu, relutante, que a única maneira de conseguir passar algum tempo com ele seria ir às aulas e aguentar a absurda adoração das outras "alunas" — às quais ele parecia sublimemente indiferente —, sem mencionar os medonhos desafios físicos da aula. Ela já fizera ioga antes, é claro — quem não? —, mas as aulas em geral aconteciam em salões paroquiais arejados ou centros comunitários e não envolviam muito mais do que um pouco de cauteloso alongamento e, deitada, uma "visualização" de si mesma num lugar em que se sentisse "segura e em paz". Isso sempre era um desafio para Viola e, enquanto as outras pessoas (mulheres, sempre mulheres) se deitavam em alguma praia tropical ou numa cadeira em seus jardins, a imaginação de Viola corria aflita em busca de alguma coisa — qualquer coisa — que pudesse ser reconhecida como tranquila e segura.

Quando Sunny terminou sua homilia hindu e todos se cumprimentaram numa interminável "namasteização", a mulher americana que ocupara o colchonete ao lado de Viola ("Shirlee, com dois *es*") virou-se para ela e disse:

— Ed é um professor maravilhoso, não é?

O garoto que não conseguia aprender coisa alguma, Viola pensou.

— Sou a mãe dele — informou.

Há quanto tempo Viola não dizia aquelas palavras? Talvez não desde que Sunny estava no colégio.

— Oh!

Uma súbita e horrível lembrança do pronto-socorro no hospital St. James em Leed voltou a sua memória. Sunny tinha acabado de entrar para a faculdade e, quando telefonaram do hospital, ela imaginou que fossem drogas, mas parecia que ele tinha sido encontrado vagando pela rua com sangue escorrendo do braço depois de uma tentativa fracassada de cortar os pulsos. "Sou a mãe dele!", ela gritara com o médico que o atendia quando ele lhe disse que era melhor que Sunny não visse ninguém "naquele momento".

Por quê?, ela perguntou quando foi enfim admitida em seu cubículo. Por que ele tinha feito aquilo? O habitual dar de ombros inarticulado.

— Não sei. — Quando pressionado: — Porque minha vida é uma merda?

Será que ele ainda tinha a cicatriz? Estaria oculta pelo dragão complicado que lhe envolvia o braço?

Shirlee com dois *es* riu e disse:

— Não penso nele tendo uma mãe.

— Todo mundo tem mãe.

— Deus não — disse Shirlee.

— Até Deus — Viola retrucou. Talvez seja onde tudo tenha começado a dar errado.

É claro, ninguém diria, ao observá-los, que eram mãe e filho. Sunny a chamava de Viola e ela na verdade não o chamava de coisa alguma. Ele a tratava exatamente da mesma maneira que tratava todos na classe, com uma espécie de cuidado impessoal. ("Você tem artrite nos joelhos?" Não, ela não tinha, muito obrigada.)

— Surpreso? — ela perguntou quando por fim o localizou.

— Estou — ele respondeu.

Abraçaram-se com cautela, como se um deles tivesse uma faca.

Só Bertie e Sunny sabiam onde ela estava. Ela não se deu ao trabalho de dizer à equipe da Colina dos Álamos que estava num continente diferente do pai doente. Estava na outra ponta de uma linha de telefone, se precisassem entrar em contato com ela.

Ela tinha saído da vida dele. Se soubesse como era fácil, teria feito isso há muito tempo. Mandara um e-mail para sua agente e pediu-lhe para dizer às pessoas que ela estava sendo submetida a uma cirurgia (e estava, sua mente estava sendo removida) e se desculpar com todos. Não queria que as pessoas pensassem que tinha fugido, desaparecido, como Agatha Christie. A última coisa que queria era que as pessoas procurassem por ela. Não, não era verdade — a última coisa que ela queria era que as pessoas a encontrassem.

O hotel incrivelmente caro em que Viola estava hospedada tinha sido remodelado a partir de uma antiga herdade e ficava no alto de um desfiladeiro de onde se descortinavam belas paisagens ao longo do rio, bem lá embaixo. Havia seguranças, mordomos pessoais e nada era problema. Reservara um chalé, o maior de todos, o mais caro, só para ela. Era grande demais, poderia ter acomodado várias famílias, mas ela gostava da solidão. Ao se levantar, pela manhã, podia preparar um expresso na máquina ultramoderna da "área de estar" (e não era tudo uma área de estar?) e tomá-lo enquanto observava a névoa subir do vale e ouvia os pássaros chamando uns aos outros por toda a floresta. Depois alguém traria algo delicioso para completar o café da manhã e ela iria para o spa ser massageada ou desceria os antigos degraus de pedra até o "rio sagrado". Sunny disse que todos os rios são sagrados. Ao que parecia, tudo era sagrado.

— Até cocô de cachorro?

— É, até cocô de cachorro.

Ela compilava uma lista de coisas que poderiam não ser sagradas. Hiroshima, massacres jihadistas, gatos em micro-ondas. Isso são atos, disse Sunny, não coisas. Mas os atos não eram cometidos por pessoas, e pessoas não eram sagradas? Ou só árvores e rios?

À tarde, dormia (uma quantidade alarmante de sono) e, quando acordava, o carro do hotel a levava para Ubud, onde se juntava à classe de Sunny. Ele nem ao menos guardava um lugar para ela no chão coalhado de colchonetes, então, se chegasse atrasada, não haveria lugar e ela precisava se sentar no pequeno escritório e ler os livros que havia numa pequena "biblioteca" (ou seja, uma prateleira). Nem é preciso dizer que todos os livros tinham algum tipo de enfoque espiritual. Havia uma tabuleta manuscrita presa à prateleira, onde se lia: "Por favor, caro amigo, deixe estes livros no estado em que os encontrou", o que era ridículo, porque nenhum livro jamais poderia ser deixado no estado em que foi encontrado porque era alterado cada vez que alguém o lia.

A aula, se houvesse espaço para ela, durava duas horas (a ideia era de punição) e, depois, o motorista a levava de volta ao hotel e ela observava a família de macacos que todas as tardes saía da floresta para brincar nas antigas paredes da herdade em torno de seu chalé. E jantava também, é claro. A parte "comer" era fácil. Rezar e amar eram mais difíceis.

Uma ou duas vezes ela tinha ido à aula matinal de meditação de Sunny, que era menos concorrida, mas ainda mais difícil.

— Não pense, Viola — disse Sunny.

Como alguém pode não pensar?

— E também pare de não pensar.

— Penso, logo existo — disse Viola, teimando em se agarrar a um antiquado universo cartesiano. Se parasse de pensar, ela poderia parar de existir.

— Só se solte — Sunny disse.

Soltar-se? Do quê? Para começo de conversa, ela não tinha em que se segurar.

E então! O rio fluindo, os pássaros chamando, os insetos mecânicos, os macacos tagarelas, todos cumpriram afinal seu papel e sua mente parou de funcionar e o alívio foi inacreditável.

No carro, a caminho da aula de Sunny, foi surpreendida pelo telefone tocando. Era a casa de repouso.

O fim estava próximo. Ela tinha esperado o pai morrer para que sua vida pudesse começar, mas, como todos nós poderíamos ter dito a ela, não é assim que funciona. De qualquer maneira, ela sabia disso. Mesmo.

— O Buda perguntou a um shramana: "Qual a duração da vida humana?". Ele respondeu: "Alguns dias". "Você ainda não compreendeu o Caminho", retrucou o Buda. Ele perguntou a outro shramana: "Qual a duração da vida humana?". A resposta foi: "O tempo de uma refeição", e o Buda disse: "Você ainda não compreendeu o Caminho". E perguntou a outro shramana: "Qual a duração da vida humana?". Ele respondeu: "O tempo de uma única respiração". Disse o Buda: "Excelente. Você compreendeu o Caminho".

As palavras fluíam sobre Viola. Ela não fazia ideia do que significavam. Tinha ido à aula de Sunny, como sempre. Não vira razão para não ir. Só na manhã do dia seguinte poderia estar num voo de volta à Grã-Bretanha. Esperou até que Sunny "namasteasse" todos, a brigada do comer-rezar-amar comportando-se como se ele as estivesse abençoando antes de marcharem com relutância para o calor e a umidade do fim da tarde. Viola ficou.

— Viola? — Sunny indagou, solícito, sorrindo para ela como se ela fosse uma inválida.

— A casa de repouso ligou — disse ela. — Meu pai está morrendo.

— Vô Ted? — a sobrancelha de Sunny se ergueu, ele mordeu o lábio e por um instante ela viu a sombra de um Sunny mais jovem. — Você vai voltar?

— Vou. Embora eu espere que Bertie chegue lá muito antes de mim. Você vai?

— Não — Sunny respondeu.

Havia muitas coisas que Viola poderia dizer naquele momento. Ela pensara em todas elas enquanto olhava para a floresta, o rio sagrado, os pássaros, sendo "Lamento muito" a primeira, mas em vez disso ela lhe falou do sonho.

— E então você se virou para mim, e estava sorrindo, e disse: "Conseguimos, mamãe. Todos entraram no trem".

— Não acho que tenha sido sobre o trem.

— Não — Viola concordou. — Era sobre como me senti quando você falou comigo.

— E como foi?

— Inundada de amor. Por você.

Ah, Viola. Finalmente.

Bertie levara com ela um exemplar de *A última crônica de Barset* e sentou-se à cabeceira de Teddy, lendo para ele. Sabia que aquele era um de seus livros favoritos e imaginou que não importaria muito se ele pudesse compreender as palavras, porque deveria ser tranquilizador para ele ouvir os ritmos familiares da prosa de Trollope.

Ele fez um pequeno som, não uma palavra, mas alguma coisa, como se estivesse confuso. Ela pousou o livro sobre a colcha e segurou uma das frágeis e magras mãos do avô.

— É Bertie Lua quem está aqui, vovô.

A carne das mãos dele era como sebo derretido e as veias eram grandes cordas azuis. A outra mão ergueu-se em ângulo reto e ele acenou devagar, como se pedisse licença. Que lhe era concedida, ela imaginava.

Um dia ele foi um bebê, ela refletiu. Novo e perfeito, embalado pelos braços da mãe. A misteriosa Sylvie. Agora era um invólucro delicado, prestes a explodir. Seus olhos estavam entreabertos, leitosos, como os de um cachorro velho, e a boca se projetara com a idade, abrindo e fechando, um peixe fora d'água. Bertie podia sentir um tremor contínuo passando por ele, uma corrente elétrica, o zumbido fraco da vida. Ou talvez da morte. A energia se concentrava em torno dele, havia estática no ar.

Teddy lutava com a F-Fox, tentando mantê-la nivelada e voando reta. Ela queria desistir. O apontador — Clifford — apareceu a seu lado e disse que o fogo o impedira de chegar ao artilheiro da retaguarda. Teddy não sabia nada a respeito do garoto, a não ser que parecia apavoradíssimo, e Teddy achou que ele tinha sido corajoso ao tentar ajudar o retaguarda — Charlie — de quem ele também não sabia nada. A única coisa em que Teddy conseguia pensar naquele momento era que aqueles meninos precisavam ser salvos. Disse a Clifford para pular, mas ele havia perdido seu paraquedas e Teddy disse: "Leve o meu. Pegue-o, vá, pule!", e Clifford hesitou mas obedeceu a seu comandante, pegou o paraquedas e desapareceu pela escotilha de escape.

Ele era são Jorge e Cleolinda era sua Inglaterra, mas o dragão o estava dominando, queimando-o com seu hálito de fogo. Havia uma cortina de chamas atrás dele. Podia senti-las começando a queimar seu assento. O intercomunicador não funcionava mais e ele não sabia se o artilheiro de retaguarda havia saído ou não, então continuou a lutar com a F-Fox.

O quarto era iluminado apenas por uma lâmpada fraca. Era quase meia-noite e a casa de repouso havia sido vencida pelo sono, perturbado apenas por um eventual grito de terror que parecia o de um animalzinho sendo atacado.

O avô estava morrendo de velhice, Bertie pensou. Debilitado. Nenhum câncer, ou ataque cardíaco, acidente ou catástrofe. A velhice parecia um árduo caminho a ser percorrido. Havia longos intervalos entre cada respiração rascante. Às vezes, ele parecia entrar em pânico e dizer alguma coisa, e Bertie apertava sua mão, e acariciava seu rosto, e murmurava alguma coisa sobre o bosque de jacintos que nunca vira e as pessoas que nunca conhecera e que estariam à espera dele. Hugh e Sylvie, Nancy e Ursula. E os cachorros, os longos dias ensolarados. Será que era lá que ele estava preso? Nos longos dias de sol na Toca da Raposa? Ou na escuridão eterna? Ou simplesmente em coisa alguma, pois até mesmo a escuridão tinha uma qualidade própria na qual nada era realmente nada. Estariam os brilhantes esquadrões de Spenser esperando para recepcioná-lo? Estariam todos os mistérios prestes a lhe serem revelados? Perguntas que ninguém jamais respondera e ninguém jamais responderia.

Ela o alimentou com fiapos de seu saquinho de maravilhas, porque palavras eram tudo o que restava. Talvez ele as pudesse usar para pagar o barqueiro. *Muito tenho viajado em reinos de ouro. O mundo é culpado da grandeza de Deus. Sob cinco braças, jaz teu pai. Cordeirinho, quem te criou? Embora mintam os mundos de folhas esfareladas. Naquela melhor porção da vida de um homem bom, seus pequenos atos anônimos e esquecidos de generosidade e amor. Cada vez mais longe, todos os pássaros de Oxfordshire e Gloucestershire.*

O ar sussurrou e brilhou. Tempo reduzido a uma ponta de alfinete. Estava prestes a acontecer. *Porque o Espírito Santo paira sobre o mundo subjugado com o coração ardente e, ah!, asas brilhantes.*

Momentos passados, Teddy pensou. Um punhado de batimentos cardíacos. Era isso a vida. Um pulsar seguido de um pulsar. Uma respiração seguida de uma respiração. Um momento seguido de outro momento, e então havia um último momento. A vida era tão frágil quanto a pulsação de um pássaro, fugaz como os narcisos no bosque. Não importava, ele percebeu, não se importava, estava indo para onde milhões já haviam ido e para onde milhões ainda iriam. Compartilhava seu destino com muitos.

E agora. Este momento. Este momento era infinito. Ele fazia parte do infinito. A árvore e a rocha e a água. O nascer do sol e a corrida do cervo. *Agora.*

Soam as trombetas com o fim dos festejos. A estrutura sem bases começa a se desintegrar. O material do qual são feitos os sonhos começa a se despedaçar e tremem as paredes de uma torre coberta de nuvens. Leves borrifos de pó começam a cair. Pássaros sobem no ar e voam para longe.

Sunny está sentado na varanda do quarto alugado, meditando no escuro antes da alvorada. Vai se mudar em breve. Sua namorada australiana, também professora de ioga, está grávida de seis meses e já voltou para Sydney. Sunny vai se encontrar com ela em algumas semanas. Acompanhará Viola ao aeroporto no fim daquela manhã e a verá no avião, e antes de se despedir vai presenteá-la com essa novidade, para que a leve para casa. Seu outro presente para ela será a pequena lebre de prata que guardou todos aqueles anos. Contra qualquer probabilidade.

— Para dar sorte. Para proteção.

Sua namorada australiana é o Buda. Ela carrega o Buda dentro dela.

De repente, ele respira fundo como se tivesse adormecido e acordasse num susto.

Uma alarmante rachadura surge no lindo palácio. A primeira muralha estremece e desmorona. A segunda muralha empena e cai, pedras rolam pelo chão.

Viola toma seu café, à espera do amanhecer, à espera de que a névoa se levante do rio e os pássaros comecem a chamar. Ela pensa na mãe. Pensa nos filhos. Pensa no pai. Está tomada pela dor do amor. Os pássaros começam seu coro de alvorada. Algo está acontecendo. Algo está mudando. Por um instante, é assaltada pelo pânico. *Não tenha medo*, pensa. E não tem.

A terceira muralha cai com um grande estrondo, levantando uma nuvem de poeira e detritos.

Bertie segura a mão do avô, desejando que ele sinta seu amor, porque não é isso que todos gostariam que fosse a última coisa a sentir? Ela se inclina e beija seu rosto encovado. Algo tremendo está acontecendo, algo catastrófico. Ela será testemunha. O tempo começa a falhar. *Agora*, ela pensa.

Cai a quarta muralha do solene templo, silenciosa como plumas.

Ele já não pode lutar com a F-Fox. A aeronave estava mortalmente ferida, um pássaro atingido no ar. *Ah! Asas brilhantes.* Ele ouve as palavras com tanta clareza como se alguém na carlinga as tivesse dito. Conseguira chegar ao litoral.

Atrás dele, a Lua salpicava o mar do Norte de mil diamantes. Ele se reconciliara com aquele momento, com aquele agora. O ruído na aeronave havia cessado, o calor das chamas desaparecera. Havia apenas um belo e sobrenatural silêncio. Ele pensou no bosque e nos jacintos, na coruja e na raposa, um trem Hornby sacolejando pelo chão de seu quarto, o cheiro de um bolo assando no forno. A cotovia ascendendo em pleno canto.

A F-Fox caiu com Teddy ainda dentro dela, uma labareda de luz na escuridão, uma estrela brilhante, uma exaltação, até que suas chamas foram por fim extintas pelas ondas. Acabara. Teddy caiu no leito silencioso do mar e se juntou a todo o tesouro embaciado que ali jazia invisível, a quarenta braças de profundidade. Estava perdido para sempre, com apenas uma pequena lebre de prata a lhe fazer companhia na escuridão.

E com um enorme rugido desaba a quinta muralha e cai a casa de ficção, levando com ela Viola, Sunny e Bertie. Eles se dissolvem no ar rarefeito e desaparecem. Puf!

Os livros escritos por Viola evaporam das prateleiras como que por mágica, Dominic Villiers se casa com uma moça que usa pérolas e casaquinhos, e morre de tanto beber. Nancy se casa em 1950 com um advogado e tem dois filhos. Num exame de rotina, seu câncer no cérebro é descoberto e removido com sucesso. Sua mente é menos aguçada, sua inteligência menos brilhante, mas ela ainda é Nancy.

Um homem, um médico, de pé na ponte de Westminster, afasta-se dali depois que a *Gloriana*, a barcaça do Jubileu, passa por baixo da ponte. Por um instante, acha que há alguém de pé a seu lado, mas não há ninguém, só uma flutuação no ar. Ele tem a impressão de ter acabado de perder algo, mas não consegue imaginar o que seria. Em Bali, uma australiana professora de ioga receia nunca encontrar alguém para amar, nunca ter um filho. Uma idosa chamada Agnes morre na casa de repouso Colina dos Álamos, sonhando em fugir. Sylvie tem uma overdose de comprimidos para dormir no Dia da Vitória, incapaz de se entender com um futuro que não tivesse Teddy. Seu filho preferido.

No mundo inteiro, milhões de vidas são alteradas pela ausência dos mortos, mas três membros da última tripulação de Teddy — Clifford, o apontador, Fraser, o piloto ferido, e Charlie, o artilheiro de retaguarda Charlie — todos se salvaram saindo de paraquedas da F-Fox e viram o resto da guerra num campo de prisioneiros. Ao voltarem, todos se casaram e tiveram filhos, fractais do futuro.

Cinquenta e cinco mil, quinhentos e setenta e três mortos do Comando de Bombardeiros. Sete milhões de alemães mortos, inclusive os quinhentos mil mortos pela Campanha de Bombardeios dos Aliados. Um total de sessenta milhões de mortos na Segunda Guerra Mundial, inclusive os onze milhões assassinados no Holocausto. Dezesseis milhões na Primeira Guerra Mundial, mais de quatro milhões no Vietnã, quarenta milhões nas conquistas mongóis, três milhões e meio na Guerra dos Cem Anos. A queda de Roma levou sete milhões, as guerras napoleônicas quatro milhões, a Rebelião Taiping vinte milhões. E assim foi e foi e foi, por todo o caminho de volta até o Paraíso quando Caim matou Abel.

Todos os pássaros que nunca nasceram, todas as músicas que nunca foram cantadas e portanto só podem existir na imaginação.

E esta é a de Teddy.

1947

As filhas do Elísio

O pilriteiro na alameda começava a dar flores e Ursula disse:

— Ah, veja, o pilriteiro está florescendo. Teddy adoraria ver isto.

— Ah, não — fez Nancy, as lágrimas brotando. — Não consigo acreditar que ele se foi para sempre deste mundo.

As duas caminhavam de braços dados, Sortudo correndo de um lado para o outro, animado por estar solto no ar tépido e puro.

— Eu queria que tivéssemos uma sepultura para visitar — disse Nancy.

— Fico contente por não termos — Ursula retrucou. — Assim podemos imaginá-lo tão livre quanto o ar.

— Só consigo imaginá-lo no fundo do mar do Norte, gelado e sozinho.

— Os corais são feitos de seus ossos — disse Ursula.

Um trêmulo "Oh" veio de Nancy.

— Eis as pérolas que foram seus olhos.

— Pare, pare, por favor.

— Desculpe. Você quer andar pelo prado?

— Veja! — Nancy exclamou, soltando o braço de Ursula e apontando para o céu.

E acrescentou, num sussurro emocionado, como se pudesse perturbar a ave:

— Ali, um pássaro, uma cotovia. Ouça.

— Lindo — Ursula murmurou.

Subjugadas pela cotovia, observaram-na subir no ar, voar cada vez mais alto até não ser mais do que um ponto no céu azul e então só havia a lembrança do ponto.

Nancy suspirou.

— Às vezes eu me pergunto... — disse. — Quanto à reencarnação. Sei que é absurdo, mas não seria maravilhoso se Teddy voltasse como outra coisa, como aquela cotovia, por exemplo. Quero dizer, nós não *sabemos*, não é? Ela *poderia* ser Teddy nos cumprimentando, deixando-nos saber que está bem. Que, de alguma maneira, ainda *existe*.

Depois de caminharem um pouco mais, Nancy perguntou:

— E *você*? Você acredita em reencarnação?

— Não — Ursula respondeu. — Acredito que temos apenas uma vida e acredito que Teddy viveu muito bem a dele.

E quando tudo mais se foi, resta a Arte. Até mesmo Augusto.

As aventuras de Augusto

As terríveis consequências

— Aquele não é Augusto? — sussurrou a srta. Slee ao ouvido do sr. Swift.

Um sussurro um tanto alto, do tipo que faz as pessoas nas poltronas vizinhas se virarem e olharem com interesse.

A feição do sr. Swift estava impassível, embora ele não conseguisse reprimir um leve estremecimento com o espetáculo diante dele. A srta. Slee inclinou-se mais para a frente, a fim de chamar a atenção da sra. Swift.

— Aquele é Augusto, não é? — insistiu, num sussurro ainda mais alto, acrescentando: — Seu filho.

Não se poderia mais qualificar aquilo como um sussurro. Estava mais para exclamação. A expressão da sra. Swift permaneceu inescrutável. Tanto quanto os pais de Augusto, o resto da plateia estava paralisado pela cena que se desenrolava à sua frente no salão de festas do vilarejo.

"A Inglaterra através dos séculos" chegara à Armada, e Elizabeth I fazia seu inflamado discurso às tropas em Tilbury. Gloriana confiscara a carruagem de Boadiceia — uma coisa meio improvisada — e brandia um tridente que pegara emprestado de Britânia. Aqueles dois nobres símbolos emblemáticos do sexo feminino (interpretados pela irmã de Augusto, Phyllis, e por Lady Laminfton, da prefeitura) não haviam entregue suas terras e estavam em pé de cada lado do palco, encarando Gloriana com ar ameaçador.

Os demais participantes do desfile permaneciam corajosamente em seus lugares, apesar de metade do cenário ter desmoronado e de vários cães vagarem sem rumo pelo palco.

O vigário, sentado do outro lado da sra. Swift, lhe disse:

— Mas eu achava que a sra. Brewster tivesse assumido o papel da rainha Elizabeth. Quem *está* no palco? — perguntou, intrigado.

A peruca vermelha de Gloriana escorregara para o lado e, não tendo um figurino adequado, ela se enrolara na capa de um centurião romano. Uma vez mais, um item não cedido de boa vontade pelo mencionado centurião. Seus joelhos absurdamente sujos eram visíveis sob a capa e havia em seu bolso o que se parecia, sem sombra de dúvida, com um estilingue.

— Vocês estão se saindo muito bem — gritou a descabelada Gloriana num tom nada régio. — 'Cabando com todos esse ispanhos e outros trecos.

— Espanhóis — fez-se ouvir a voz da sra. Garrett esganiçando do lado do palco.

Gloriana brandiu alto o tridente de Britânia e gritou:

— E agora vâmu lá matá o resto!

Uma horda de crianças salteadoras surgiu no palco, rugindo, gritando e, em alguns casos, guinchando. Os cachorros, excitados, latiram ao vê-las. Algumas — melhor dizendo, muitas — daquelas crianças tinham sido boazinhas, mas agora pareciam estar sob o feitiço hipnótico de Gloriana. Como, ao que tudo indicava, estavam diversos componentes da plateia que a olhavam boquiabertos de horror.

O vigário perguntou à sra. Swift:

— Essas crianças deveriam representar os espanhóis? "Hordas invasoras" — acrescentou, consultando o programa.

— Não tenho certeza de saber quem deve representar o quê — disse a sra. Swift, distraída pela medonha visão da peruca vermelha escorregando ainda mais sobre o rosto do filho.

— São as mesmas crianças — o vigário continuou, perplexo — que fizeram os saxões, os vikings e os normandos? É difícil dizer, agora que estão todas cobertas de tinta verde. O que será que representam? A terra verdejante e agradável da Inglaterra?

— Duvido muito — respondeu a sra. Swift, dando um gritinho de alarme quando a carruagem de Boadiceia, que já não era muito firme, despencou de repente e Gloriana foi derrubada no palco sem nenhuma glória, levando com ela o que restava do cenário. Um pequeno *West Highland terrier* correu e, com excelente senso de oportunidade, abocanhou a peruca vermelha e saiu correndo, acompanhado de alguma gritaria nos bastidores.

— Aquele é Augusto — disse a srta. Slee.

— Eu nunca vi esse garoto na minha vida — declarou o sr. Swift, decidido.

— Nem eu — concordou a sra. Swift.

Rememorando, o sr. Swift, melancólico, afirmou que teria sido possível ver que aquilo estava fadado ao desastre.

— E tudo começou tão bem — lamentou a sra. Swift.

— Sempre começa — disse o sr. Swift.

Todo o vilarejo tinha vivido momentos de grande excitação. Havia sido descoberto pelo sr. Robinson, que dirigia a sociedade histórica local, que o vilarejo era muito mais antigo do que se pensava, sendo a prova originária das ruínas de uma vila romana descobertas num campo nos arredores do vilarejo.

— Prova de uma antiga ocupação pelos tiranos de Roma — declarou o sr. Robinson.

— Um vilão — repassou Augusto a seu pequeno grupo de camaradas. Há pouco tempo, seus companheiros, Norman, George e Roderick, decidiram batizar o grupo. Consideraram e rejeitaram "piratas", "proscritos", "ladrões" e, depois de muita discussão (interminável, diriam alguns) e uma ou duas briguinhas, decidiram-se afinal por "apaches" como um nome que proclamava seu ousado destemor. (Ou homicídio sedento de sangue, diria o sr. Swift.)

— Tiranossauros romanos — Augusto continuou a explicar.

Houve um murmúrio de interesse entre os apaches. No outono, o terreno da escola destinado aos jogos tornava-se o campo de batalha para a Guerra Anual dos Tiranossauros, uma forma particularmente violenta de luta que inevitavelmente terminava com vários feridos no gabinete da diretora.

O sr. Robinson fora convidado para jantar pelo casal Swift, bem como o vigário, que era afável e um pouco confuso, um tipo de vigário muito comum na região, e a srta. Slee, uma solteirona sem papas na língua e um tanto masculinizada, cujo passatempo nos fins de semana era "andar à toa". ("Andar à toa?", Augusto repetiu para os pais, zombando. "Como é que isso pode ser um *passatempo*? Vocês vivem me dizendo: 'Pare de andar à toa, Augusto' e *depois*", ele puxou as lapelas imaginárias de uma imaginária toga de advogado, "e depois vocês dizem: 'Por que você não arranja um passatempo sensato, Augusto?'.")

Também bebericando o xerez dos Swift estavam o sr. e a sra. Brewster, que eram novos no vilarejo, e o coronel Stewart, em geral desagradável com todos e com uma especial antipatia por meninos pequenos.

— Uma *soirée* — exclamou a sra. Brewster ao ser convidada —, que ideia encantadora.

A sra. Brewster era uma figura bastante marcante. Era alta, com os cabelos em impressionantes cachos ruivos e gestos um tanto teatrais. Parecia muito interessada em teatro amador.

— Não só os romanos — disse o sr. Brewster, com um olhar ansioso para a garrafa de xerez quase vazia. — Anglos, saxões, vikings, normandos, tivemos uma horda invasora depois da outra.

Os Brewster eram "novos-ricos", no dizer da srta. Carlton, uma velha solteirona com ar de megera, que espiava o sr. Brewster de olho na garrafa. Ela era "abstêmia", o que parecia torná-la irritável. Ela persuadira Augusto e o resto de sua pequena tribo a assinar um compromisso de que jamais beberiam bebidas alcoólicas, em troca de uma doação de um punhadinho de sorvetes de limão. ("Troca justa", concordaram os apaches.) Fechando o desfile da *soirée* estava a vizinha de porta dos Swift, a sra. Garrett.

— Anteriormente — disse o sr. Robinson, recomeçando —, só conseguíamos chegar até o Dia do Juízo Final.

— Dia do Juízo — Augusto murmurou, satisfeito. — Dia do Juízo.

Ele se impressionava muito com palavras que pareciam conter em si a promessa de um caos quase infinito. Sua espionagem foi rudemente interrompida pela cozinheira batendo-lhe na cabeça com uma colher de sopa — sua arma preferida — e enxotando-o dali. "Esse menino vive *emboscado*", ele a tinha ouvido se queixar com a arrumadeira, Mavis. "Ele é um rematado espiãozinho." Augusto ficou bem satisfeito com esse elogio.

É claro, ele *seria* um espião quando crescesse. E também piloto, maquinista, explorador e "colecionador de coisas".

— Que tipo de coisa? — perguntou a sra. Swift na mesa do café naquela manhã e no mesmo instante se arrependeu da pergunta, quando Augusto desfiou uma entusiasmada lista que incluía esqueletos de ratos, vinténs de ouro, moluscos, barbante, diamantes e olhos de vidro.

— Nunca ouvi falar em vinténs de ouro — o sr. Swift disse.

— Por isso é que vou colecionar. Vão valer o resgate de um rei.

— E se não existirem? — o sr. Swift insistiu.

— Então vão valer mais ainda.

— Você o deixou cair de cabeça quando ele era bebê? — perguntou o sr. Swift à mãe de Augusto.

A sra. Swift murmurou alguma coisa que pareceu ser "Bem que eu gostaria", e acrescentou, bem mais alto:

— Pare de *brincar* com o pote de geleia, Augusto.

— Sai daqui — disse-lhe a cozinheira.

Ela ainda estava muito furiosa com a charlote russa que planejara para a "sobremesa", que era o que comiam quando havia convidados. Quando não havia convidados era só pudim. Augusto disse que não era *culpa* dele ter comido todos os biscoitos champanhe. Ele tinha ido pegar só um e então, não sabia como, quando olhou de novo todos tinham desaparecido! Como foi que aconteceu? (Como acontecia tantas vezes?) Para desgosto da cozinheira, a charlote russa tinha sido rebaixada a um corriqueiro bolo recheado.

— O que eles vão pensar? — resmungou.

— Eles vão pensar que deram a maior sorte — Augusto disse, vítima da confusão de ter entendido "de veado" e não "recheado".

E veado parecia um item culinário muito mais emocionante do que era em geral servido à mesa dos Swift. Na verdade, "veados" eram o tipo de presa que os apaches podiam caçar com seus arcos e flechas antes de assá-los no espeto em cima de uma fogueira. (O arco e flecha de Augusto havia sido confiscado, devido a um incidente infeliz.)

— Não há veados nesta região — o sr. Swift observou.

— Como se pode saber — Augusto retrucou —, sem nunca ter visto um?

"Você tem as qualidades essenciais de um belo empirista", havia dito o pai, depois de uma discussão especialmente desafiadora a respeito de bolas de críquete e estufas de vidro.

("Mas, se vocês não *viram* quem jogou a bola, então como podem *saber* que fui eu?" "Porque é sempre você", o sr. Swift respondeu, exausto.)

A sra. Garrett bateu palmas de repente e exclamou:

— Um desfile! (Augusto voltara à espionagem, uma colher de sopa não seria freio para um apache.) Deveríamos fazer um desfile para comemorar a história do vilarejo.

O grupo reunido manifestou sua concordância em animada tagarelice.

— Vamos retratar toda a história da Grã-Bretanha sob o ponto de vista de um vilarejo tipicamente inglês — entusiasmou-se a sra. Garrett.

— Eu mesma — a sra. Brewster disse — já encarnei várias rainhas em produções teatrais.

A sra. Swift murmurou algo inaudível.

— Mas nenhum daqueles meninos terríveis poderá tomar parte — salientou o coronel Stewart.

— Ah, por Deus, só posso concordar! — a srta. Carlton disse. — Ai, sinto muito — emendou, apressada, dirigindo-se ao sr. Swift: — Um deles é seu, não é?

— Bem... — o sr. Swift objetou —, na verdade nós o encontramos na soleira da porta da frente.

Augusto franziu a testa diante daquela traição paterna. Houve muitos murmúrios solidários por parte de todos, e a sra. Swift retrucou, simpática:

— É claro que não o encontramos lá. Foi na porta dos fundos.

Muitos risos se seguiram a esse comentário. O rosto de Augusto franziu-se ainda mais. Será que ele *tinha sido* encontrado numa soleira? Da frente ou dos fundos, parecia irrelevante. Ele era um órfão abandonado. Ficou bem satisfeito com a ideia. Talvez seus pais verdadeiros fossem incrivelmente ricos e o estivessem procurando desde que, por acidente, o deixaram à porta do casal Swift.

— Ora, tenho certeza de que podemos encontrar alguma coisa para todas as crianças — a sra. Garrett disse.

A sra. Garrett era uma figura um tanto perturbadora no mundo de Augusto. Até pouco tempo, era apenas a viúva um tanto grandona e amistosa da casa ao lado. Gostava de crianças (característica nada comum em adultos) e tinha uma ótima estufa cheia de pêssegos e uvas que os apaches estavam sempre tentando invadir, para fúria do jardineiro. Era também generosa com doces e bolos, outro hábito incomum em adultos. Mas, infelizmente, era a líder do "capítulo" local do Afor Arod. *Afor Arod* — aquelas eram as palavras saxônicas para *feroz* e *ousado*, qualidades que nenhum dos membros possuía. Se fosse possível imaginar um grupo de escoteiros formado apenas pelos párias e rejeitados da sociedade infantil, teria o Afor Arod — os bonzinhos, os gordos, os bajuladores, os cê-dê-efes… e meninas.

Eram uma alternativa amante da paz para os "um tanto militaristas" escoteiros, segundo a sra. Garrett, que era uma fervorosa adepta do pacifismo e da não violência. "Cooperação e harmonia", ela defendia. A mãe de Augusto achou que isso seria "bom" para Augusto, já que ele sofria de uma "singular deficiência" daquelas qualidades.

— Não é verdade! — ele protestou. — Veja os apaches.

— Com certeza… — a sra. Swift reagiu, e arrastou-o para uma reunião.

Era tão injusto, ele pensou amargurado, enquanto observava um grupo de crianças dançando em círculo. Dançando! Ninguém tinha falado em dança.

— Ah, aqui temos um novo amigo! — a sra. Garrett declarou, como se nunca o tivesse visto antes, quando na verdade encontrava Augusto quase todos os dias.

E então Augusto conheceu sua nêmese. Avistou uma menina no canto da sala, uma menina pequena com os cachos mais encaracolados e as covinhas mais doces do mundo.

— Madge... olá.

Ela fazia uma espécie de costura.

— Ponto de cruz... um emblema... você gostaria que eu fizesse um para você, Augusto?

Augusto assentiu com a cabeça, como um tonto, parecendo ainda mais idiota do que o normal.

E agora ele vivia no pavor de que o resto dos apaches o pegassem no meio de um dos medonhos passatempos do Afor Arod — a tal dancinha e aquela costura, a cantoria e ter que escrever poesia. Passeios pela natureza que, ficou claro, não significavam pilhagem de ninhos de pássaros ou o apedrejamento indiscriminado de objetos com estilingues, nenhuma *violência*, na verdade.

A coisa toda era odiosa, mas ele estava absolutamente escravizado por Madge. ("Ah, obrigada por me ajudar a enrolar minha lã, Augusto.")

— Um desfile — ele repassou aos apaches. — Hordas invasoras — acrescentou.

Passou uma bala de pera de uma bochecha para a outra, movimento que em geral significava pensamentos profundos.

— Tive uma ideia — disse, como quem não quer nada. — Se nós...

— Ah, pare! — Teddy pediu a Ursula.

— Ele não tem nada de você, você sabe — afirmou a irmã, rindo.

— Eu sei disso — Teddy concordou. — Mas, por favor, pare de ler agora.

Nota da autora

Quando decidi que queria escrever um romance ambientado na Segunda Guerra Mundial, imaginei com grandiosidade que de alguma maneira poderia cobrir todo o conflito em menos da metade do tamanho de *Guerra e paz*. Ao me dar conta de que era um grande desafio — tanto para o leitor quando para a escritora —, escolhi os dois aspectos da guerra que mais me interessavam e que acreditei que forneceriam o material mais rico — o ataque a Londres e a campanha de bombardeio estratégico contra a Alemanha. *O fio da vida* trata de Ursula Todd e do que ela passa durante o ataque, enquanto *Um deus em ruínas* (gosto de pensar nele mais como um "companheiro" do que como uma continuação) retrata o irmão de Ursula, Teddy, e sua vida como piloto de Halifax no Comando de Bombardeiros. Nenhum dos dois romances discorre exclusivamente a respeito da guerra. Na verdade levei, em ambos, muito tempo até chegar à deflagração das hostilidades e também muito tempo me dedicando às consequências. Ainda assim, são as experiências individuais e compartilhadas de Ursula e Teddy durante a guerra que permeiam suas vidas.

Ursula viveu muitas versões de sua vida no romance anterior, o que me deu certa liberdade quando se tratou da vida de Teddy, da qual muitos detalhes são diferentes neste livro. Gosto de pensar em *Um deus em ruínas* como uma das vidas de Ursula, uma que não foi escrita. Isso soa como estratagema de romancista, e talvez seja mesmo, mas não há nada de errado com um pouco de estratagema.

Teddy pilota um Halifax, portanto é quase desnecessário dizer que está baseado em Yorkshire, onde se situava a maioria dos aeródromos dos Halifax. (O Lancaster recebe todo o glamour e a glória. Eu lhes transmitiria todos os resmungos de Teddy a respeito dele, muito mais do que os meus.) O Halifax de Teddy pertence ao Grupo 4 do Comando de Bombardeiros, um dos dois grupos baseados em Yorkshire (o outro era o Grupo 6 — o RCAF). Nunca dou detalhes explícitos a respeito disso, nem amarrei Teddy a determinado campo de pouso ou esquadrão, a fim de me permitir um pouco de latitude autoral. Imaginei-o, entretanto, como membro do Esquadrão 76 e fiz uso, como um guia para sua guerra, dos registros operacionais do esquadrão (nos Arquivos Nacionais) quando ele esteve baseado em Linton-on-Ouse ou em Holme-on-Spalding Moore.

Em proveito do leitor, acrescentei uma pequena bibliografia de algumas das fontes que usei para compor este romance. Li muitos e vívidos relatos em primeira mão de situações vividas por tripulantes aos quais sou devedora; tanto histórias e relatos baseados em experiências pessoais quanto histórias oficiais. As narrativas dos homens que serviram no Comando de Bombardeiros são todas extraordinárias, documentando não apenas a valorizada virtude do estoicismo quanto o heroísmo e a determinação (e a modéstia), que nos parecem quase estranhas nos dias atuais, ainda que, é claro, não tenhamos sido testados como eles o foram. A média de idade daqueles homens (meninos, na verdade), todos voluntários, era de vinte e dois anos. Eles passaram por algumas das piores condições de combate imagináveis e menos da metade deles sobreviveu. (Apenas dez por cento dos tripulantes voando no começo da guerra chegaram vivos ao fim das hostilidades.) É impossível não se emocionar com o sacrifício de suas vidas, e suponho que tenha sido isso o que me levou, em primeiro lugar, a escrever este romance.

Não há nada que aconteça em *Um deus em ruínas* durante os capítulos ambientados na guerra que não seja, de alguma forma, baseado num incidente da vida real com o qual deparei ao longo de minha pesquisa (mesmo o mais terrível, mesmo o mais estranho), embora quase sempre alterado de alguma maneira. Às vezes é difícil lembrar que se está escrevendo ficção e não história, assim como é muito fácil ater-se às mais detalhadas (e às não tão detalhadas) tecnicidades, mas é preciso saber que as necessidades do romance deveriam sempre triunfar sobre as obsessões peculiares a cada um. O motor Bristol Hercules tornou-se a minha, mas isso, também, entreguei a Teddy.

Admito com presteza ter me valido de empréstimos feitos a todos, mas em especial a uma angustiante recordação de amaragem na autobiografia de Geoffrey Jones, *Raider*, e também aprendi muito a respeito de como ser pego numa tempestade em *Inferno*, de Keith Lowe. Falsifiquei algumas coisas, a data da introdução dos malditos motores Bristol, para começar, e, em grande parte, ignorei os constantes progressos das ajudas técnicas e de navegação, para que o leitor não tropeçasse todo o tempo em desajeitadas referências a, por exemplo, H2S, Fishpond ou Monica. Não expliquei algumas coisas — pelo mesmo motivo, mas também porque eu mesma não as compreendi (acho melhor ser honesta).

A linha condutora é ficcional. Pessoalmente, acho que nenhum romance é apenas ficção, mas é também sobre ficção. (Não, não acho, por mais autorreferente e pós-moderno que possa parecer.) Estou cansada de ouvir que um novo romance é "experimental" ou "reinventa a forma", como se Laurence Sterne, Gertrude Stein ou mesmo James Joyce nunca tivessem escrito uma palavra. A cada vez que um escritor se lança na primeira linha de um romance está embarcando numa experimentação. Numa aventura. Acredito na rica interação textural (e textual) de enredo, personagem, narrativa, tema, imagem e todos os outros ingredientes jogados na panela, mas não acredito que isso me torne necessariamente uma tradicionalista (como se não fôssemos todos parte de uma tradição, a tradição de escrever romances).

Todos sempre perguntam "do que trata" um romance. A respeito de *O fio da vida*, queixei-me de que o livro tratava dele mesmo e de que não passei dois anos escrevendo para defini-lo em meia dúzia de linhas. Mas é claro que um livro trata de alguma coisa. Se me fizessem essa pergunta a respeito de *Um deus em ruínas*, eu diria tratar-se de ficção (e de como devemos imaginar o que não temos como saber) e da Queda (do Homem. Em desgraça).

Há no livro, vocês talvez percebam, um sem-número de referências à Utopia, ao Éden, a um passado arcádico, ao *Paraíso perdido* e a *O peregrino*, até mesmo ao livro que a filha de Teddy, Viola, joga em sua cabeça a certa altura é *The Land of Far-Beyond*, de Enid Blyton, que é, por sua vez, baseado em *O peregrino*. Muito disso é apenas em parte intencional, como se houvesse uma região do cérebro-escritor que sabe o que está fazendo e outra que é deploravelmente ignorante. Só agora vejo quantas ascensões e quedas há no texto. Todos e tudo voando para as alturas ou caindo no chão. (E os pássaros! Bando sobre bando!)

A linguagem figurativa é, para mim, de extrema importância num texto, não uma linguagem figurativa complexa que pula para cima e para baixo e exige que lhe apertem a mão, mas uma rede mais sutil que vai tecendo seu caminho, muitas vezes de maneira enigmática, e amarra tudo. O "cordão vermelho" de sangue que une os Todd ecoa a fita vermelha da longa perna até Nuremberg, que ecoa as cordas vermelhas do condomínio para idosos de Teddy — um padrão que só percebi na última leitura do romance mas que agora considero fazer todo sentido. (Só não me perguntem por que há tantos gansos. Não faço a menor ideia.)

E, sem dúvida, há uma grande concepção oculta no coração do livro a ver com ficção e imaginação e que só é revelada no final, mas que, de certa forma, é toda a *raison d'être** do romance. Acho que só se pode ser tão obstinadamente ficcional se houver uma genuína preocupação com o que se está escrevendo, caso contrário ocupa-se um espaço bidimensional no qual o texto deixa de ser uma interface entre o eu e o mundo mais amplo. Se isso é uma refutação do modernismo, do pós-modernismo ou do que quer que tenha substituído o pós-modernismo, que assim seja. Qualquer categoria destinada a restringir deveria ser descartada. ("Constrangimento" e "repressão" são ideias abordadas com frequência ao longo deste romance — e seu oposto, "liberdade" —, algo que também só percebi quando o havia terminado. Pensei em eliminá-las e me decidi a não fazê-lo. Há uma razão para estarem ali.)

* Razão de ser.

A guerra é a maior queda em desgraça da humanidade, é claro, sobretudo quando sentimos um imperativo moral para lutar e nos vemos às voltas com amarras éticas. Nunca podemos duvidar (jamais) da coragem daqueles homens nos Halifax, Stirling e Lancaster, mas a guerra de bombardeio foi, sem sombra de dúvida, uma coisa brutal, um método violento fazendo uso de uma arma grosseira, sempre dificultado pelo clima e pela falta de tecnologia (apesar dos enormes avanços sempre precipitados pela guerra). A grande lacuna entre o que foi afirmado pelos resultados da campanha de bombardeio e o que foi na verdade alcançado nunca foi de todo compreendida na época, e com certeza não, assim imagino, pelos homens que voaram nos bombardeiros.

A lógica por trás do deliberado distanciamento da tentativa de precisão no bombardeio de alvos legítimos (quase impossível à noite e com pouca tecnologia) no sentido de atacar a população civil foi que matar os trabalhadores nas fábricas e destruir seu espaço era em si uma forma de guerra econômica. Essa campanha começou com a melhor das intenções — evitar o desgaste das trincheiras da Primeira Guerra Mundial — e, no entanto, acabou se transformando numa guerra de atrito, ampliando-se cada vez mais, uma boca sempre faminta que nunca acreditava ter o suficiente — mão de obra, tecnologia, matérias-primas —, tudo o que talvez pudesse ter sido direcionado com maior proveito para outro lugar, talvez sobretudo naqueles últimos meses — quase apocalípticos para a Europa —, quando a obsessão de Harris por pulverizar uma Alemanha moribunda até sua completa destruição mais parece um castigo bíblico do que uma estratégia militar (embora eu não seja um dos detratores de Harris). A percepção em retrospectiva é com certeza maravilhosa, mas infelizmente não está disponível no meio da batalha.

Temos sido, desde o fim da guerra, atormentados por dúvidas quanto à moralidade da ofensiva de bombardeio estratégico (talvez com a ajuda da diplomática retratação de Churchill quanto à responsabilidade política) e se nossa guerra contra a selvageria não acabou por se tornar selvagem quando atacamos as mesmas pessoas — velhos, jovens, mulheres — que se espera que sejam defendidas pela civilização. Mas o que importa é que a guerra é selvagem. Para com todos. Inocentes ou culpados.

Isto é um romance, não uma polêmica (e eu não sou historiadora), e, agindo de acordo, deixei que dúvidas e ambiguidades fossem expressas pelos personagens e pelo texto.

E, como nota final, tenho certeza de que a maioria dos leitores reconhecerá que Augusto tem uma dívida para com a fama de William Brown de *Just William*. Augusto é uma mal esboçada sombra de William, que continua a ser, para mim, um dos maiores personagens de ficção já criados. Curvo-me diante de Richmal Crompton.

Agradecimentos

Tenente-coronel M. Keech, BEM R. Signals

Líder do esquadrão da RAF Stephen Beddoes

Suzanne Keyte, arquivista, Royal Albert Hall

Anne Thomson, arquivista, Newnham College, Cambridge

Ian Reed, diretor do Museu do Ar de Yorkshire, que respondeu com tanta exatidão minhas perguntas (provavelmente entediantes).

O Museu do Ar de Yorkshire (www.yorkshireairmuseum.org), sediado em Elvington, na Inglaterra, num dos muitos aeródromos dos tempos de guerra, é um lugar maravilhoso para quem se interesse por Halifax, ou mesmo pela guerra como um todo. O museu fez um trabalho excepcional ao trazer de volta à vida o pobre coitado do *Halibag*, e devo agradecer a Phil Kemp pela visita deliciosamente informativa ao interior do *Sexta-feira 13*, infelizmente não a aeronave oficial, que foi vendida como sucata, assim como todos os Halifax que sobreviveram à guerra.

E, é claro, meus agradecimentos a Peter Straus, meu agente; a Marianne Velmans, minha editora; e a todos da Transworld, em especial Larry Finlay, Alison Barrow e Martin Myers. Agradeço também a Reagan Arthur, da Little, Brown; Kim Witherspoon, da Inkwell Management; Kristin Cochrane, da Doubleday Canada; e Camilla Ferrier, da Marsh Agency.

Desnecessário dizer que todos os erros, intencionais ou não, são meus.

Fontes

Ashcroft, Michael. *Heroes of the Skies*. Headline, 2012.

Baden-Powell, Robert. *Scouting for Boys*. oup, 2005.

Beck, Pip. *Keeping Watch*. Crecy, 2004.

Beer, Stewart. *An Exaltation of Skylarks*. smh, 1995.

Bishop, Patrick. *Bomber Boys*. Harper Perennial, 2007.

Blanchett, Chris. *From Hull, Hell and Halifax, an Illustrated History of No. 6 Group, 1937-48*. Midland, 2006.

Chorley, W. R. *In Brave Company, 158 Squadron Operations*. W. R. Chorley, 1990.

________. *To See the Dawn Breaking, 76 Squadron Operations*. W. R. Chorley, 1981.

________. *Bomber Command Losses of the Second World War, v. iv, 1943*. Midland Counties, 1996.

________. *Bomber Command Losses of the Second World War, v. v, 1943*. Midland Counties, 1997.

________. *Bomber Command Losses of the Second World War, v. ix, Roll of Honour*. Midland, 2007.

Cornell, Simon. *Hare*. Reaktion, 2007.

Danziger, Danny. *The Goldfish Club*. Sphere, 2012.

Delve, Ken. *Bomber Command*. Pen and Sword Aviation, 2005.

Hart-Davis, Duff. *Fauna Britannica*. Weidenfeld and Nicolson, 2002.
Hastings, Max. *Bomber Command*. Pan Books, 2010.
Jones, Geoffrey. *Night Flight, Halifax Squadrons at War*. William Kimber, 1981.
________. *Raider, the Halifax and Its Fliers*. William Kimber, 1978.
Lake, John, *Halifax Squadrons of World War 2*. Osprey, 1999.
Ledig, Gert, *Payback*. Granta, 2003.
Lee, Janet. *War Girls: The First Aid Nursing Yeomanry in the First World War*. Manchester University Press, 2012.
Lomas, Harry. *One Wing High, Halifax Bomber, the Navigator's Story*. Airlife, 1995.
Lowe, Keith. *Inferno: The Destruction of Hamburg, 1943*. Viking, 2007.
Mabey, Richard. *Flora Britannica*. Chatto and Windus, 1997.
McKay, Sinclair. *The Secret Life of Bletchley Park*. Aurum, 2011.
Messenger, Charles. *Cologne: The First 1000 Bomber Raid*. Ian Allan, 1982.
Middlebrook, Martin. *The Battle of Hamburg*. Penguin, 1984.
________. *The Nuremberg Raid*. Pen and Sword Aviation, 2009.
________; Everitt, Chris. *The Bomber Command War Diaries: An Operational Reference Book, 1939-1945*. Penguin, 1990.
Nichol, John. *The Red Line*. Harper Collins, 2013.
________; Rennell, Tony. *Tail-End Charlies: The Last Battles of the Bomber War, 1944-5*. Penguin, 2005.
Otter, Patrick. *Yorkshire Airfields in the Second World War*. Countryside, 2007.
Overy, Richard. *The Bombing War*. Allan Lane, 2013.
Pickering, Sylvia. *Bomber Command* waaf. Woodfield, 2004.
Pilot's and Flight Engineer's Notes, Halifax iii *and* iv. Air Ministry, 1944.
Rapier, Brian, *White Rose Base*. Aero Litho, 1972.
Riva, R. V. *Tail Gunner*. Sutton, 2003.
Robinson, Ian. *Home is the Halifax*. Grub Street, 2010.
Rolfe, Mel. *Hell on Earth*. Grub Street, 1999.
Sebald, W. G. *On the Natural History of Destruction*. Notting Hill, 2012.
Taylor, James; Davidson, Martin. *Bomber Crew*. Hodder and Stoughton, 2004.
Wadsworth, Michael. *Heroes of Bomber Command, Yorkshire*. Countryside, 2007.

WALLEN, Martin. *Fox*. Reaktion, 2006.

WEBSTER, Sir Charles; FRANKLAND, Noble. *The Strategic Air Offensive, v. I e II*. The Naval and Military Press, 2006.

WILLIAMSON, Henry, *The Story of a Norfolk Farm*. Clive Holloway, 1941.

WILSON, Kevin. *Bomber Boys*. Cassell Military Paperbacks, 2005.

________. *Men of Air: The Doomed Youth of Bomber Command, 1944*. Weidenfeld and Nicolson, 2007.

WINGHAM, Tom. *Halifax Down!*. Grub Street, 2009.

DOS NATIONAL ARCHIVES

The Operations Record Books for 76 Squadron — AIR/27/650. Maio e dez. 1942; AIR /27/651. Fev. e dez. 1943; AIR /27/652. Mar. 1944.

DVDS

Forgotten Bombers of the Royal Air Force. Simply Home Entertainment, 2003.

Halifax at War. Simply Home Entertainment, 2010.

Nightbombers. Oracle, 2003.

Now it Can Be Told. IWM, 2009.

Target for Tonight. IWM, 2007.

The History of Bomber Command. Delta Leisure Group, 2009.

The Royal Air Force at War, v. 1-3. IWM, 2004.

Este livro, composto na fonte Fairfield,
foi impresso em papel Pólen Soft 70 g/m², na gráfica Lis.
São Paulo, julho de 2016.